李书元 著

LI
SHU
YUAN

ZUOPIN

和《钗头凤》

红酥手，黄藤酒。

满城春色宫墙柳。

东风恶，欢情薄，

一怀愁绪，几年离索，

错、错、错。

春如旧，人空瘦，

泪痕红浥鲛绡透；

桃花落，闲池阁，

山盟虽在，锦书难托，

图书在版编目（CIP）数据

和《钗头凤》 / 李书元著. -- 北京 : 九州出版社, 2013.6

ISBN 978-7-5108-2161-5

Ⅰ. ①和… Ⅱ. ①李… Ⅲ. ①长篇小说－中国－当代 Ⅳ. ①I247.5

中国版本图书馆CIP数据核字（2013）第120474号

和《钗头凤》

作　　者	李书元　著
出版发行	九州出版社
出 版 人	黄宪华
地　　址	北京市西城区阜外大街甲35号（100037）
发行电话	(010)68992190/2/3/5/6
网　　址	www.jiuzhoupress.com
电子信箱	jiuzhou@jiuzhoupress.com
印　　刷	北京京海印刷厂
开　　本	710毫米×1000毫米　16开
印　　张	31.5
字　　数	450千字
版　　次	2013年7月第1版
印　　次	2013年7月第1版第1次印刷
书　　号	ISBN 978-7-5108-2161-5
定　　价	62.00元

前 言

“不是无端悲怨深，直将阅历写成真，但写真情并实意，任他埋没与流传。”历史可以忘记我们，但我们不会忘记历史。尽管历史不可改变，但可以借鉴。我蘸着自己的心血和泪水总算把这篇故事写了出来。回忆过去是为了现在和将来，经过战争的人，真正知道和平的可贵；挨过饿的人，更知道每粒米的价值；囚在牢里的人，才会对自由体会更深。人活一世，不可能事事都经历得到。但事事都可以进行了解，所谓艺多不压身，心有诗书气自华，知识越多本事越大，生活质量越高。如果说人生是个大舞台，本书只不过是一出戏。大幕随着作者辍笔而落下，但戏中的人物并没有隐退到幕后。也许不少朋友在读本书时也和作者写书时一样流泪，但那并非作者的本意。乾坤的运转，从古到今是那样的轻松自如。而我们的生活，从昨天到今天却委实来之不易。如果读者在拭去眼泪之后，在品尝今天幸福的同时，努力创造更美好的明天，那才是我所希望的。

目 录

引 子

一辆大轿车在蜿蜒的山区公路上不紧不慢地行驶，红色的车身在空旷的山野中特别显眼。车厢内，坐在前排位置的牛永进也与众不同，他不住地往车窗外张望。他那仍保持着英俊的脸上流露出复杂的表情。此时是一九八六年的金秋。塞外秋天来得格外早，也像早熟少女那样迷人。红的叶，黄的花，金的果都是那样的鲜亮诱人。

班车是从深山里的赤县开往塞市去的，车顶上有牛永进的行李，他身上装着一纸调令。这就是说他已不再是大山里的人了，汽车正载着他离开。

十七年啊！多少风风雨雨，多少酸甜苦辣，多少血汗和泪水，他把壮美的青春贡献给了大山，大山让他有了更多的爱。

为什么要离开？在做梦吗？不是。

真的就这样离开了吗？是的，真的就这样离开了。

前面就是锁阳关，盘下十八盘，天不一样蓝天了，冷暖也不一样了，下到关底，就算出了大山了。

车到关顶，牛永进想再看一眼那山山相抱、山山相连的群山，可他什么也没看到，满眶油然而生的泪水挡住了他的视线。轿车慢慢下关，每下一盘他的热泪就增加一圈，下到第九盘，他脸上出现两条小溪，下到关底，他再也抑制不住内心的情感，两手抱住头，终于呜咽起来。乘客们惊呆了，以为他病了或丢了什么东西，坐在他身边的人关切地问，他什么话也说不出来，由呜咽发展成恸哭.

男儿有泪不轻弹，怎么回事？不要问了吧，十七年的事，一下子怎能说得清！也别劝吧，劝不住的，他好不容易哭出来，就认他哭个够吧。

一个堂堂的七尺男儿，在这么多陌生人面前拉下脸来哭，这已经很不一般了。看他哭得又如此伤心，可见对故土是何等依恋！可以说，有离别热土经历的人不在少数，但像他这样恸哭的人，恐怕不会多。牛永进为何要哭？难道单单是因为依恋？不！他的长河似的泪水和惊天地动鬼神的哭声，包含着十七年的故事。

十七年前的这个时候，也是从这里进的山，那时乘的还是敞车。他记得清楚，也是这个季节。一上十八盘，他就觉得汽车在往天上开；上到锁阳关顶，他日夜思念的大山首先给他个下马威，冻得他上下牙打架，他觉得路实在是长……

今天不同了，他坐在舒适的大轿车里，本想对故土更多地看上几眼，可路偏偏就变得这样短。

进山前，他把大山想象得颇为神秘；等踏遍了大大小小的山头，频繁地翻越长长短短的沟壑，又觉得司空见惯的平常；如今离开，反而觉得大山更加神密莫测了！

好一个十七年，好一曲《和<钗头凤>》，好一场漫长的梦！

第一章 小站上的离别

一九七〇年秋天，牛永进与袁秋萤难分难舍地离别，尽管还不知道那是永久的分手。

小火车站，人来车往。一对风华正茂的学生从广阔的天地来到这里。他俩不慌不忙地在花池旁找位置坐下，火车阵阵长鸣声揪着他们的心。他俩就是牛永进和袁秋萤，后者为前者送行。

牛永进仔细端详着袁秋萤，相面先生也不会有他认真，肖像画师也不会有他细致。他自言自语四句话，是相面又是画像："眼角眉梢舞春风，言谈风雅吐字清，两颊微露幽默笑，嘴边深藏含蓄情。"

袁秋萤听清了。她有满腹的心事，要不脸红之后准要反唇相讥的。事情的变化太出她预料，一下子还难以接受。好不容易盼到毕业分配，偏偏牛永进被扣在学习班里。她以为一时半时解决不了问题，昨天刚把给他的信发出去，今天这头牛犊就气喘吁吁地来到她面前，大喜过望的她激动的泪珠还没滚下来，高兴的笑容还没有消失，就听屁股还没坐热的牛永进说要走，好个狠心郎，不尽人情哟。

痴心老婆负心汉吗？秋萤痴心倒是不假，说永进负心可是天大的冤枉。他被放出牛栏，一口气就跑到这来，没有去边山看望为他骄傲的爸妈，也没有去故乡看望为他自豪的爷奶，第一站就奔到这来看她袁秋萤。秋萤知道永进对边山和故乡的亲人有着深厚的感情，他已有几年没去看望他们了。而与她才刚刚分别两三个月。永进解释说怕他的萤火虫再对别人闪光。这使袁秋萤的心里感到甜甜蜜蜜的。

英俊潇洒的牛永进使秋萤感到骄傲和自豪，永进蒙冤时就有人劝导甚至威逼她与永进划清界限；毕业离校时又有好心人劝她借机与永进一刀两断。面对这一切，秋萤没有动用她"吐字清"的口才，而是报以幽默和含蓄的微笑。她对永进的信任和情感深深地藏在她坚贞的心里。

他们第一次接触，牛永进一下子就让袁秋萤折服得五体投地。

那是来得迅猛异常的“文化大革命”席卷全国的年代。袁秋萤手拿一叠材料兴冲冲地到红卫兵总部找牛永进。总部的门大敞四开，永进在屋里忙着什么。秋萤敲门。“门没关，不用敲，进来吧。”永进说着瞟了一眼秋萤，“什么事快说，我很忙。”“我揭发。”秋萤晃了晃手中的材料。“好，揭发谁？”永进坐下来听。“我爸爸。”秋萤平心静气地说。“什么什么？”永进吃惊地问。“揭发我爸爸。”秋萤肯定地加重了语气。“好一个完全彻底的无产阶级革命派！”永进赞扬之后又问，“他在哪儿，干什么的？”得到永进的赞许，秋萤很是沾沾自喜，心想这下总算有资格加入红卫兵了。她扇动两片薄嘴唇爽利地回答：“他不在我们这，在平原当地委书记。”“揭发他啥问题？”“你看吧。”秋萤把材料递过去。永进看也不看材料一眼，盯着揭发者说：“我没空看，拣主要的给我说两条。”袁秋萤不假思索地说“他对我进行地主式的溺爱……”“不是地委书记吗？”永进打断她的话问。“就是。”“既然是地委书记就不是地主，哪个父母都爱自己的子女；再说自由平等博爱并非地主资产阶级专有，我们无产阶级的爱比他们更广阔。还有什么？拣主要的说。”永进又催促她。如果说以前袁秋萤对这位学生领袖只是敬畏的话，那么此时她没有理由不钦佩。对方正瞪着两眼等着她揭发问题。她大惑不解地问：“什么主要的？”“就是反党反社会主义的。”“反党反社会主义？”揭发者小声自语，立即矢口否认，“没，没有，绝对没有！”永进将材料翻了翻，深思熟虑地说：“小字写得不错，但是如果我们把材料寄出去，就目前这个形势，地委书记将遭灭顶之灾。亲生女儿还揭发他呢，又没反党反社会主义，岂不冤哉！”“那可咋办？”袁秋萤感到后怕，急得六神无主。永进看看窗外，见一个工友正在院里烧大字报纸，他说了声“跟我来”就风风火火地奔下楼去。秋萤不知他要搞啥名堂，上气不接下气地跟着他。他们来到火堆旁，永进将材料一下子扔到熊熊的火里，直看着它燃尽。秋萤长长地舒了一口气。牛永进将自己的红卫兵袖章摘下来，亲自给袁秋萤戴上。那天他俩就近在咫尺。这一幕袁秋萤永生永世也不会忘记。

现在，在小火车站门前的花池旁，两人又是近在咫尺。如果说那时的秋萤还是个情窦初开的姑娘，那么现在可就今非昔比了。值此分别之际，她不由回忆起几件非常后悔的事。

那是一个夏天的中午。各路神仙驾着祥云在蔚蓝的天空中遨游，碧绿的田野中有一对年轻人在追逐。这就是袁秋萤和牛永进，跨过水渠，秋萤指着一株大树考永进：“这是什么树？”永进抚摸笔挺的树干，仰望如盖的树冠，没有马上说出它的名字。他要爬上树去采下它的叶子再进行鉴定。“不行不行！”秋萤怕他从树上掉下来，说啥也不让他上。永进一再说他有猴子那样的本领，小时候就经常爬树。“那也不行。”秋萤告诉他，“听好了，这叫枫杨。”

眼前就是绿茵茵的苗圃地，望着茁壮成长的各种苗木，牛永进吟出打油诗：“枫杨早早出迎敬立，丁香苗欢歌吐香气，杨柳榆漫舞露笑语，金银木受阅列队齐，五角枫难掩内心喜，栾树依依挥手致意，征途有友谊的火炬。”

生机盎然的苗木在微风中挺拔着身子往上长；这儿那儿到处巡视的飞鸟为自己领地的臣民唱着和平幸福的歌；翩翩起舞的彩蝶像称心如意的导游员，把游人引向宁静、平和而又迷人的绿洲。牛永进和袁秋萤像刚从硝烟弥漫的战场上跑出来，格外珍爱这没有火药味的清新空气，大口大口地做着深呼吸，他们踏着畦埂踩着渠沟，信马由缰地漫步，像无舵的船在碧绿的湖面上自由自在地飘荡。永进的打油诗秋萤好像没听全，让他再说后边那句。

永进没有回答她，顺手拍住一只飞到他脸前头的小蛾子，张开手掌让她认：“这是什么？”

“这是只杨白潜叶蛾。”秋萤一下子就认出来。

“不对不对，是杨银潜叶蛾。”永进知道她认对了，故意说不对。

秋萤犯开了疑惑，扳着永进的大手，仔细观看粘在手心里的被拍扁了的小昆虫。蛾子非常小，她左看右看，最后肯定说：“就是杨白潜叶蛾。”

永进还说她错。她采到一片被害的叶子进行佐证，考官知道这两种小虫子用肉眼很难分清，但它们对叶子的危害却是异常分明，一个是在叶子蜡皮底下成片地咬食叶肉，一个吃成隧道状。但他并不服输，于是开始唇枪舌剑的辩论。一对欢舞的蝴蝶介入他们的嬉戏，无意中给狡辩者解了围。当蝴蝶挑逗似地从他们面前飞过时，两人都认为是平时少见的稀种，想捉住它们制成标本，于是不约而同地捕捉蝴蝶，跑、跳、扑，累得上气不接下气，以秋萤被撞倒蝴蝶逃遁而告终。多好的机会，多好的处所，是上帝把他们带到仙境，与打心眼里喜欢的人在一起，没做一点爱的表示，秋萤能不后悔吗？为什么不让他上树？扶他上扶他下，不是自自然然地接触他的身体了吗？被他撞倒，为什么不顺势躺在地上让他抱起？还逞能说没事不要紧，为什么不借他搀扶的机会抱住他的臂膀？那宽厚的臂膀放着光散着香，令她着迷让她陶醉。

接着发生的事倒是给秋萤留下了不尽的回味。

永进又捉到了什么握在手里让秋萤猜：“这是什么？”

“说对了都判错，猜更难了。”

“那你把手张开。”

秋萤照办，永进把手里的东西放在秋萤的掌心上。

“大灰象甲。”秋萤一眼就认出来，“是一对大灰象甲。”

这两只可怜的小生灵正在交尾，被捉后便利用它们的本能，立即装死。它们从粗大的手中被转到纤细的手里，其感觉不亚于从铁牢被请进客厅，以为危险解除，活过来要跑。秋萤哪里肯依，将手轻轻一握，象甲又装死躺下。

“放了它们吧。”永进狡黠地望着秋萤。

“这是害虫，你不能对什么都发善心。”

“我是说它们精神实在可嘉，母亲在生死关头仍不忘自己的孩子。你看它老背着自己的孩子不放。”

洗耳恭听的秋萤忽然忍俊不禁大叫起来：“你瞎说什么呀，这哪是母亲背孩子！”

“这是什么？”永进傻呵呵地问。

“这是一雌一雄，它背的是它的丈夫。”饥不择食，急不择言。事后秋萤好一阵臊得磨不开面子。

“这样的丈夫也够没出息的了。”永进故意装作认真的样子，“倒也难怪，看它找了个小女婿，不知道的人还以为是它的孩子呢。但愿你别找小女婿。”

“你好坏呀！”秋萤出手打永进。

“打吧，打得我走不动了，真得叫你背着了。”

后来袁秋萤把这两只小昆虫制成了标本。永进一直珍藏着。秋萤知道，此时他背着的鼓鼓囊囊的包里就装着那两盒标本。这些小小的昆虫标本，记载着他们的种种往事，凝聚着他们的柔情蜜意。

难忘在黑光灯下，此时想起来，秋萤心里又增加一层悔意。

黑夜是爱情的使者吗？他们到黑光灯下捉虫子。在夜幕中他们比白天还要正经，窄窄的田间路使得他们不得不摩肩接踵，挨这么近都没有挽起手来。咋就这么笨呢！她此时恨自己，有夜色的掩护，说句脸红的话怕什么？偏偏就啥也没说，像一对幽灵在庄稼地里游荡。

茫茫黑夜，一片静谧。黑光灯旁却是一派繁忙的景象，千万只小昆虫围着灯管团团狂舞；觅食的鸟儿从夜幕中不时地闪现在灯光里；大大小小的扑灯蛾赶会般飞来，盲人瞎马似的撞在透明的玻璃上，落进白铁做的集虫箱。青紫色的灯光把两张美丽英俊的脸照得没有一点血色，但看上去一点也不吓人。

一只特别的蛾子落在了玻璃上，全身毛乎乎的，很像小麻雀。那是只雀纹天蛾。秋萤说他们的标本里有一只雀纹天蛾，还想再做一只。说着便近前去捉这只雀纹天蛾。永进抢先一步到黑光灯前。他刚一接近黑光灯管，千万只狂舞的小昆虫像凶猛的黄蜂般纷纷向他袭来。秋萤把纱巾罩在他头上，才安全捉住那只雀纹天蛾。

忽然传来一个声响，像拨动琴弦的响声。这声音在白天肯定被忽略，在寂静的夜晚显得格外悦耳动听。他们把注意力集中到发出声响的地方，发现一只大金龟子在飞行中撞在拉黑光灯的铁丝上。它在地上昏厥一会儿，醒来先爬行几步，然后张开腮叶状的触角，像两枚芭蕉叶。接着从鞘翅里展开膜状的翅膀，像笨重的运输机准备起飞。它刚一离地就被牛永进击落。这是只大云斑金龟。秋萤把它制成了飞翔状的标本：张开着腮叶、鼓着翅翼……

想到标本，又勾起袁秋萤一段回忆，让她深深地悔憾。

沙枣林，多么迷人的沙枣林！

蜜蜂引路，把两个年轻人带进香甜四溢的沙枣林。牛永进选了两处树荫，把闭度大、光斑少的那处留给秋萤，自己在不如的那处坐下来，顺势靠在沙枣树上。秋萤没有坐永进给选定的位置，自己在几步远的地方选了块榆树的树荫，学永进的样子靠在榆树上。

“为啥离我这么远？”永进不解地问。

“我不喜欢沙枣树。”

“那你也应该爱屋及乌哇。”

“你喜欢沙枣树吗？”

“为啥不喜欢？”

“先说说你为啥喜欢？”

“是我先问的你。”

秋萤只好先回答：“它没有铮铮的傲骨，长不成栋梁；树干歪七扭八随风倒；枝条丛生没有好看的树形；叶子灰灰的长在干瘦的枝枝上，就好像垂头丧气的败者。”袁秋萤看着沙枣树，把它浑身上下褒贬一气，又仰头看了一眼她靠着的那株榆树，得意洋洋地说：“它与榆树简直不能相比，一个在天上一个在地下。榆树亭亭玉立，它的前途是栋材梁材；它勇敢而坚强，能战胜恶劣的自然环境，敢斗危害它的病虫；它毫不吝啬，年年进行施舍，把辛苦积攒的万贯家财随风撒向广袤的大地；它给人的多要人的少，从不挑肥拣瘦地为自己选择安乐窝；它志大材大，足迹遍九州，福荫千万人。”秋萤的结论是：“我要做一株榆树。”

“好精彩的演说！”永进赞不绝口，“但我不同意你对沙枣树的偏见。它自然让人一下子看不出像榆树那样的大材大志，但它有‘勇敢坚强’的榆树所不能及的长处。它能够生长在条件恶劣的荒漠，它能在沟坡保持水土，它能防风固沙改良土壤。虽然有人相不中它的外表，但谁都得承认表示它心灵的花香……”说到这永进大口大口地吸起气来。

闻着沙枣花那赛糖似蜜的花香，秋萤已经为自己对沙枣树的偏见而含羞带愧；听了永进的赞美词，她也喜欢起沙枣树来，悄悄来到永进身边，坐在他给选定的树荫，靠在沙枣树上。永进的赞美词还没有完，他继续说：“沙枣的叶子虽灰，却不会使人心灰意冷。你看它银灰得可爱，别具一格。与其他翠绿、墨绿、浅绿、黄绿的叶子构成大自然的壮美。等晴朗的月夜再来欣赏沙枣林，月亮与树叶交相辉映，吐金洒银；甜蜜的花香沁人心肺，引人遐想，激人奋进。”永进的结论是：“我要做一株沙枣树。”

那天秋萤折回一支沙枣花，插在瓶子里放在床头。一串串像金钟似的沙枣花散发出来的馨香使她连着几夜都做香甜的梦。

…………

这段段往事是很美的，此时回忆起来袁秋萤却长吁短叹。

“为啥这么不高兴？”牛永进一直是兴致勃勃的。他没有丝毫的离愁别绪。他觉得自己是出了笼的鸟，即将飞入林中唱自由的歌；他觉得自己是解放了的虎，即将奔回大山。他不认为这是离别，更想不到是永久的分手。一种诗情画意激励着他。

“我真后悔。”袁秋萤没头没脑地说。

“后悔什么？”

“后悔没在你靠过的沙枣树上采一枝标本。”她深深地惋惜。她表决心似地说：“明年沙枣树开花的时候，我定要专程去采。”

“那倒大可不必。”永进信心百倍地说，“等以后到我亲手培育的树上去采，那将更有意义。”

“为什么把你分到塞外？我以为咋也会把我们分到一起。”

“两情若是久长时，又何必朝朝暮暮？没想到我因祸得福，分配时有选择的机会。我面对地图，一圈一圈的等高线让我把大山想象得神秘而迷人。我觉得那才是我驰骋的战场，于是选择了那里。不过你别生气。”永进把怀中的装有标本盒的包抱得更紧一点，捕捉着秋萤的眼神说，“我一直想着大平原上有我的天使，我相信你会跟我一起飞的。”

时间飞快地过去。隆隆的列车震颤着大地，长鸣的汽笛震颤着他们的心。情人的话是说不完的。秋萤注视着永进，心里默默地祝愿：愿你像沙枣树一样战胜一切困难，愿你像沙枣花那样喷吐甜蜜的芳香，愿你别忘了与沙枣树为伍的榆树，千万！

车站大喇叭里传出请上行旅客进站上车的广播，永进站起身，小心翼翼地将怀里的包背好，忽然想起一件事，叮咛秋萤：“别忘了找唐婉和陆游《钗头凤》的词。”

“你不是说实在找不到就给和一首吗！”

“那只不过是说说，咱哪有那么大本事，况且也不会有那样的经历。”

他们向进站口走去。永进一直歪着头看秋萤：“你还有欠账没还呢。”

“啥欠账？”

“你欠我《大森林的故事》。”

“我们来日方长，往后会让你听个够。”

“我一到单位报到就给你写信，你在第一封信中就给我开讲。”

提到写信，秋萤告诉永进，别着急忙慌地写信。她被抽去搞斗批改了，不知道进驻哪个村；她不愿意让永进的信坐冷板凳，等春节时再写。春节放假，她到锻炼点上来，见了信再回家。

永进听了，犯难地说：“要等那么久？”

“这才考验你呢。”

一条绿色的长龙从远处飞来，徐徐进站，停下。

永进与秋萤握别，两双噙着泪水的眼睛深情地相视。

“别忘了按时写信。”秋萤喃喃地说。

“只有忘了收信的人才会忘了写信”永进这时候也不忘幽默。

永进最后一个上车，列车员关上车门，汽笛一声长鸣，列车徐徐开动，秋萤跟着车跑了一气，列车加速她知道追不上了才停下来，愣愣地站在那里。列车兜起的风吹乱了她的乌发，遮住她呆若木鸡似的脸。等她撩开挡着视线的头发，长龙已飞驰而去。风吹干了她的眼泪。她知道永进那是戏言，但她总有一种不祥的预感，泪水又夺眶而出。一场悲剧从此开幕。

第二章 谎话难圆

与袁秋萤匆匆分手的牛永进来到北京。他出站、挤车、穿北京的胡同都是匆匆的，进叔叔家门也是大步流星的，那样子让人一看就知道是外乡人。他的出现把婶子吓了一大跳，以为问路的跑到家里来了。

叔叔一家早就挂牵上永进了，因为这一程子老也没有他的音信，担心出现什么意外。永进的从天而降，使吉婶大喜过望。她高兴地大声通报："你们看谁来了！"

喊声刚落，从屋里呼啦出来三个妹妹：兰菊、月季、腊梅，三朵鲜花一起开在永进面前。她们异口同声地叫"哥哥"，争先恐后亲亲热热地拥着他进到屋里。祥叔见了永进更是不知道说什么好。

永进在叔叔家里是举足轻重的，虽然他不怎么常住，但有为他常设的床。祥叔的脾气是很特别的。举例说吧，他一直讨厌香皂，岂止香皂，所有护肤品、化妆品的香味他都讨厌。他洗脸从来都用肥皂。吉婶自然要依着他。三个如花似玉的女儿是要追随时代的，受不了老爹的古板，冲破束缚用香皂。祥叔自知反对不成，只好网开一面。但仅放开香皂，其它化妆品护肤品是绝对禁用的。而且不准把香皂带进他的房间，只限在她们的屋里用。由于用了香皂，他总是叫女儿们离他远远的。谁也说不清楚祥叔因何讨厌香皂，吉婶倒是心中有数的。

她与祥叔结婚时，曾提议买香皂，祥叔不同意，追其究竟，答说不喜欢那味，吉婶的妹妹见姐姐可怜，于是买了香皂送来，她怕祥叔反对，先是偷偷用，没见有反应，于是公开用，祥叔仍没反应。如果吉婶不多话，祥叔也可能就习惯了那味。可吉婶偏偏多嘴，那天她见祥叔也用小姨子买的香皂洗脸，于是连挖苦带讽刺地说："你既然讨厌香皂味，为啥还用！分明是你舍不得花钱买。"一句话把祥叔说得下不来台，他一气之下把香皂扔到街上去。从此吉婶就再也没沾香皂的边。

永进偏偏有这个特权，可以把香皂带进他屋，而且每次永进来家，祥叔总是挨他最近。吉婶和三个女儿都感到好笑，但谁也不敢笑。

还有祥叔跟谁都话不多，而且一张口就是训人，唯独跟永进例外。

永进这次来看望叔婶，本该做好受审的准备，然而他没有，以至造成很大被动。

饭后闲话的时候，大妹妹首先发难："哥，为什么老没来信？"

永进以为兰菊不过随便问问，也就随便答道："是想有了准确地址再写。"

"这么说你还没有到单位报到？"兰菊像主审官似的追问。

"没有，这就是走马上任的。"永进喝了口茶。

"不是七月份就毕业了吗？怎么现在才去报到？这些时你去哪儿了？"兰菊穷追不舍。

"我还能去哪儿？"永进有些紧张了。他不想被扣在学校的事叫家人知道。那这两三月个去哪里了呢？他略加思索，顺口说："除了家我还能去哪儿？"

"哪个家？"

"当然是两个都去喽。"

"……"兰菊松了口气，不再追问。仿佛她就要永进这个口供。

永进正庆幸这么快就顺利过关，没想到吉婶又冲他开了火，简直让他既无招架之功又无还手之力。还好吉婶并没有像逼供那样非让他回答。她自己对三个问题都下了结论：

"看来侄子就是不如儿子。"吉婶很难过，眼眶里转开了泪。永进颇感委屈，但又无法解释，不禁又想起边山的父母和故乡湾龙的爷奶，明明没去看他们，却偏说从他们那儿来；明明侄子挺孝顺的，却被指责不如儿子，永进叫苦不迭。

"老人都挺好的吧？"一直板着脸的祥叔开口问。

"都挺好的。"永进被吉婶将得山穷水尽，正尴尬得不知如何是好，祥叔的插言像来了救兵，永进赶紧转开话题，尽量详细回答叔叔的问话，"爸爸还是那个劲，为了革命不要命；爷爷是老骥伏枥，志在千里；就奶奶的耳朵有点聋，但也精神着呢。"永进真不愧是从学习班里毕业的。

祥叔威严的脸上出现欣慰的笑容。口气也变得温和了："他们没张罗到北京来吗？"

"没有。"永进端起杯子喝茶，打好了主意又说，"爸爸把心都操在煤矿上，家政得妈妈主持，秀春上学，他们都没空来。"

"爷爷奶奶有空呀。"腊梅插话说。

"就是呀，"永进抚摸着小妹妹的头，顺着她的口气说，"我也劝他们到城里来住住，但他们来到大地方反而觉得憋得慌。上岁数的人哪也不想去，就是家好。"

“嗐！”叔叔长长地叹了口气，刚刚放晴的脸上一下子又阴了，阴得比刚才还厉害。阴云并没有掩盖住他脸上的皱纹，反而更显清晰。花白的头发、花白的胡子、苍白的脸，仿佛是一下子变成的，重重的心事压得他呆板无神，活像收租院里无钱交租的泥塑。祥叔经常这样，说不定哪时就忧从中来。每逢此时，三个女儿便吓得小鸡子似的不敢吱声。吉婶倒是习以为常。永进没觉得自己说错什么话，见叔叔这样，以为他不舒服，便关切地问：“您没事吧？”

过了好一会儿，祥叔才反应过来。他吃力地站起身，像是回答永进，又像是自言自语，“我有点累，你们说说话也早点休息吧。”说罢就出大屋进小屋休息了。

永进要跟过去，被吉婶拦住了：“别管他，准又是想家了。”

祥叔一走，解放了三个女儿。严冬过去，鲜花盛开。兰菊、月季、腊梅三朵花似的妹妹拥到永进跟前，问这问那，说说笑笑，好不热闹。

小屋传来祥叔的咳嗽声，吉婶赶忙过去。兰菊借机向两个妹妹发号施令：“快进里屋睡觉，明天还早起上学呢！”两个妹妹照办。

永进问兰菊：“叔叔怎么了？”

兰菊说：“老毛病了。”

“没去看医生？”

“他说治不好的，是以前落下的伤力根。”

一句话勾起了永进的重重心事。他想起了也有伤力根的爸爸。爸妈现在怎么样了？爷奶好吗？秀春妹又长高了吧？对久别亲人的思念顿时统治了永进。为什么没回家去看看？他感到万分内疚与悔恨，更有一种深深的怨恨。

兰菊哪里知道哥哥此时的心情，看到他泪汪汪的充血的两眼，以为是疲劳所至，劝他早点休息。她给哥哥铺床。外屋这张床是为永进专设的。被褥都很干净。兰菊怕被子潮哥哥盖着不舒服，从里屋将自己的被子抱出来，给哥哥焐上。她又打来盆热水让哥哥洗脚。永进的思路还在故乡和边山的家中，直到洗脚水的热气冲到他的头上，他才回过神来。他不好意思在兰菊面前脱袜子洗脚，妹妹已长成大姑娘了，不能再像小时候那样没大没小地亲热。

“快点洗吧，待会儿水就凉了。”兰菊催促他。

“你也进屋休息吧。”永进催她离开。

“我还有话问你呢。”兰菊不走。

永进对她的问题猜出个七八，忙脱袜子洗脚，借机打主意。

“哥，你真是从边山和故乡来吗？”

从兰菊的目光中，永进看出她已洞察到什么。永进想，如果坚持刚才的说法，兰菊肯定还要问这问那；如果把实情告诉她，更是不妥，她肯定保不住密，会无端地增加叔婶的烦恼和不安。不如把戏演到底。不过他又不忍心向天真无邪的妹妹说谎，于是反攻为守，问她道：

“你为啥这样问？”

“为啥这样问，你心里一清二楚。”得不到哥哥的信任，兰菊感到很难过。她索性揭穿他的谎言：“你根本不是从边山和湾龙来。你刚刚离开校门。看来爸妈的担心并非多余，你真的挨上了。肯定吃了不少苦。本想悄悄听你讲讲，没想到对我也保密。”说着说着兰菊竟掉下泪来。她到底是大姑娘了，不像小时候那样使性子，终于把泪忍住。

永进明白妹妹因何这样，很受感动，打心眼里感激这位妹妹。难得她如此关怀。他把妹妹拉到身边坐下。他显示出男子汉的气概，充满男子汉的信心，英俊的脸上显出男子汉的刚毅，说了句语重心长的话：

“你要相信我。”

“你也要相信我。”兰菊两只大眼睛瞅着哥哥。她白皙的面皮泛着异彩，丰满的胸脯上下起伏着，她自豪地向哥哥证实：自己已不再是小姑娘了，应该得到信任。永进拍着她的肩膀说：“等以后吧。”

兰菊颇感失望，像有瓢冷水泼在心上。但她从哥哥注视她的目光中感受到了温馨的体贴与热情的期望，心里感到暖呼呼的。她深情地打量哥哥一阵，说了句保证自己和促使对方履行诺言的话：“咱们一言为定。”

“一定！”

得到哥哥的保证她就进里屋睡觉了。

永进还傻愣地坐在那里。刚才这一幕，他觉得坐在身边的不是兰菊妹，而是他的秋萤。妹妹走了，他觉得秋萤的影子还在。他知道不是梦，但他希望是梦。他屏息宁神，一动不动，生怕破坏这甜美的氛围。是什么原因造成的如此错觉？他挑开门帘向里屋张望，寻找秋萤的影子。兰菊已经睡下，她红扑扑的脸上带着微笑。永进惊人地发现，原来兰菊长得酷似秋萤。

永进这一夜睡得好香，梦乡中兰菊和秋萤的倩影交替出现。

第三章 旅途日记

秋萤，当我登上列车时才体会到与你分手的巨大痛苦，列车员关闭车门时，我看到你苍白的脸和两行晶莹的泪水，蓦然而起的内疚和悔恨深深地刺着我的心。为什么要离开你？为了追求革命的英雄主义吗？为了沽名钓誉吗？为了追求罗曼蒂克吗？为什么没有拥抱你？那样可以让你清楚地知道，我的心是永远属于你的。列车越是拉着我远去，我与你被无数无形的丝缠在一起的心难受得越厉害。如果我们此次离别不是错误，就是说按我们设想的那样是暂别，那就真得感谢列车玻璃上的尘垢（我相信从安上就从未擦过）。如果不是它的遮挡，让我看到你泪如泉涌的样子，我会不顾一切地跳下车去，紧紧地把你抱住，永远永远也不和你分开。我良久地在车门口站着，一直到了下一站，匆匆过来开车门的列车员才把我这个守株待兔的傻小子拉开。

兰菊妹妹说西出阳关无故人。她哪里知道我的心里装着你，任凭我走到天涯海角，我都会像影子那样把你带在身边。我时时刻刻都不会把你忘记。此次行程我还不知道终点，不知道风把我刮向何方，姑且就像奶奶故事中的人物吧，走到哪儿哪儿是家。

列车像穿山甲那样在十万大山里穿行。山里的景致美得迷人。秋花不比春花老，秋婆婆比春姑娘更有姿色。山沟里有小溪，清澈的河水唱着清亮的歌。车窗像电影屏幕那样不断变换着镜头。忽然变得一片黢黑，我以为是断了片子，实际是进了山洞。为了知道我们相隔几重山，于是我屈指计数山洞的个数。片子接上我就看电影，片子断了我就计一个数，接着就是想心事。我忽然想到一个怪怪的问题：我在学习班里越讲真话越过不了关，在叔叔家里讲一次假话就通过了。早知道这个窍门我何苦多挨两三个月的整。你可别担心我会变坏，我会坚持做人之本，永远真诚。

对怪事的感慨和临近山城的激动，使我竟忘了对山洞的计数。只记得我的十个指头屈了伸，伸了又屈反复好几次。你别为重重群山叹息，高山隔，大江挡，路远情更长。

塞外山城别具特色，真正是秋高气爽。你那里还是一片葱绿，这里已是一片金黄。由于云低，仿佛天又近了一层。塞市给我的第一印象不坏。可是当我像没头苍蝇似地误投误撞寻找分配部门时又令人心中不畅。掉队的战士寻找部队也不会有我难了。也难怪，这里的大中专毕业生分配办公室已经撤销了，直到一位身材魁梧的同志接待了我，我才感到像见到老首长一样的温暖。

然而他对我并不热情，胖胖的脸绷得紧紧的，没有一丝笑容，他用短粗短粗的手指展开我的介绍信，眯缝着被肉欺负得很小的两眼，拿近又拿远地看了一气，大概什么也没看清，又戴上眼镜，眼镜很不得体，难怪他老不戴着。眼镜倒是很好，但架在他鼻子上像小朋友的玩具，真委屈了这么好的物件。他透过镜片看介绍信，又歪过头来从眼镜框外看我，又看信，又看我，弄得我怪麻烦的。好像他手中拿的是我的照片，不住地和我的真人相对照。

不知他看我怎样，我看他越发觉得面熟，好像以前曾不止一次地见过。我一下子想起在电影或小说里见过的形象——资本家。我为自己的好记性沾沾自喜，忍俊不禁，当然不能笑出声。

“资本家”似乎确认照片与我本人相符无误，放下介绍信，摘掉玩具眼镜，胖胖的脸依然绷得紧紧的，而且还撅起了光光的老公嘴。我知道，即便他不把我看成工人领袖也是他眼里最坏的工人。

“怎么现在才来报到？”他两只小眼盯着我问。

“在学校参加学习班了。”我如实回答。我想他接着会问为什么办班？我也做了应对的准备。可他却偏偏到此为止打住了。

“斗批改办公室和大批判组，这两个地方你挑一个吧。”他的话无论语气还是内容分明都是在征求我的意见，两只眼也不再那么死盯着我。老实讲，这两个地方都是天堂，所以他以为我不定得多感激他呢，起码也得握住他的手说千恩万谢的话。为了不让他备感失望，我用温和的眼光看着他，心里盘算着如何拒绝他。他见我贵人语话迟，谅解了我这个初出茅庐的青年学生不懂得人情事故，于是不再等待聆听我的烧香话，催促我说：“随便挑一个吧，明天就去上班。”

我冷静下来想了想，人家可是为我好呢，真让人有点盛情难却。但我的决心不会动摇。我在想如何表达才不会刺伤对方，他误以为我在犹豫不决，于是又说：“还有什么不满意的？要知道，这对你已经是格外照顾了。别人可都分到了最基层，唯独把你留在上边，而且还让你到这么重要的部门。”他这番话不是讨好也是收买。

“感谢领导对我的好意。”我终于说，“这两个地方我都不想去。”

“为什么？”

“大批判和斗批改我都搞腻了。”

这下可让人吃惊不小，“资本家”瞪大了眼睛，本来没有介入我们谈话的屋里的其他人，也都转过头来看向我。来一队红卫兵造反也不会让他们如此吃惊。这样的谈话内容让人谈虎色变，“资本家”想快快把我打发走，急忙问：

“那你想干什么？”

“干专业。”

“干专业得到下边去。”

“下边也好”

“可苦哇。”

“我不怕苦。苦中有乐。”

于是我拿到了去赤县的介绍信。

“资本家”送我出门时态度大变。我在他眼里由一个与他对抗的“工人领袖”一跃变成了公私合营的公方代表。

塞市也许是很美的，但我无留恋之心，更无眷恋之意。我的身心从拿到介绍信时起就被赤县吸走了。按说对没到过的地方，爱也无从爱，恨也无从恨，但我却真心喜欢上了那里。从蜘蛛网似的地形图上，我看出那里的风水，还觉得那里放射着宝器灵光。我不是没有想到这是在自作多情，从“资本家”嘴里已经流露出穷山恶水的味道，但我无论如何是要爱那里的。不是命运的安排，而是我自己非要到那里去实现理想的。我向你讲过，由于受百里煤海芳香气息的熏陶，我对边山有着和故乡湾龙一样的感情。中学时代，我也有过海阔天空的梦想，但想得最多的还是边山。我有两个好伙伴，暗地里比着劲地学习。都表示要接父兄的班，为煤海贡献力量。一个叫田黑金，绰号黑刺猬（长得黑，爱刺人），迷上了工程师，立志在边山当一名总工程师。另一个叫乔晓娅，我们都叫她巧嘴鸭。她热爱教育工作，立志为煤矿工人培养下一代。不知道我为啥爱上这一行，也许因为到柱子厂剥过树皮，也许因为在井下看到过矿柱的重要……边山所用坑木都是从东北调，为啥不自力更生？我立志在边山建个矿柱林场。我们都考进了各自理想的院校。他俩目前怎样我不知道，我回边山建林场遥遥无期，但干林业的志向不能改变。人类是从大森林里走出来的，难道不能再回到大森林里去？现在你该理解我为啥如此坚强执著地向大山里奔了吧？

小时候常听奶奶说："人是地上仙，一日之内走一千。"今天我乘六七个小时的车抵达赤县。如果说我抵达塞市就有十万大山把我们隔开，那么我身处赤县又加十万。

迈进第一个门槛，就好像来到另一个世界。天变得格外的蓝，空气也是格外清新，吸到嘴里感到甜滋滋的。你可以想象出这个门槛有多高。同车人谈论说叫十八盘。卡车开得比牛车还慢。这也难怪，因为是顺着天道往天上开。我本来给十八盘计数呢，跟给山洞计数一样，数着数着就忘了。不过肯定不止十八盘。我知道不少叫十八盘的地方，不见得够数的地方也这么叫。我相信这里会大大超过，却偏偏也这么叫。我不知道人们为什么对"十八"如此感兴趣。关顶的一座碑上刻着三个大字——锁阳关。我一下子想起当年镇守这里的名将樊梨花。看来我只有前进无退路可走了，当逃兵是万万出不了巾帼名将镇守的锁阳关的。

这里是名副其实的赤县，自打迈进第一个门槛，沿路看到的一切都是红的。漫山遍野的红色，我知道是秋姑娘的浓妆，山路像红飘带似的，我一时还不知道是什么原因。是金秋红叶的映照还是我眼发离了呢？一种神秘的感觉不断驱赶着由于穿着单薄和乘敞车给我带来的寒冷。望着这条赤色的路，我不禁想：这大概象征着我走得是革命的路吧。

小县城还保留着古色，散发着古香。当我走进完好的城门洞时，仿佛走进了古代的世界。县政府招待所原是一座庙，名曰西大寺。黄昏时分我走进大庙，连日的奔波，一路的风尘，总算到了，真有一种遁入空门万事皆忘的轻松。山城的夜好静好静，没有汽笛的长鸣，没有嘈杂的人声。我躺在床上，顿觉沉入了风平浪静的海底。这一夜睡得好香好香，依稀觉得做了一个又一个甜美的梦。第二天早起却一个也回忆不起来了。

起个大早，赶个晚集。

我急着赶路是想早点到岗，好使悬着的心放到肚里，也好尽快与家里联系。我一年一年地不回家，你曾讥笑我是什么真正的革命派。但不管怎么说我是正常的人，七情六欲一样不少。我对家的思念应该说更甚于常探家的人。如今我在旅途中，中断了与家人的联系。家里见不到我的信，学校再把家里给我的信转回去，家里会以为我失踪了，心里不定得多着急呢。我隐约听到了亲人的呼唤。爷爷奶奶眼泪汪汪，爸爸妈妈愁眉不展，秀春妹骂我"山雀尾巴长，娶了媳妇忘了娘"。我娶了媳妇肯定不会忘娘，希望你不要生气。

我早早到名曰组干组的人事部门报到，吃了闭门羹。我还以为来得过早，于是耐下心来等，如果用守株待兔不太合适的话，那就是傻老婆等汉子。左等不来，右等还是不来。有好心人告诉我今天是星期日，县革委大院不办公。我不禁备感可笑。真是山中无甲子，寒尽不知年。你看我是不是太傻了？

回到西大寺，我想找佛爷烧炷香许个愿什么的，尽管知道这是妄想，但还是找了。当然连个佛爷的影子也没见到。我忽然想到随身携带的标本。真是的，家有真佛何必远烧香呢？我拿出标本来看，眼前浮现出我心中的偶像。

来到被重重群山包围的地方，一切都是陌生的，但这两盒昆虫标本使我备感亲切。它包含着我们相处的美好时光。个个标本记载着件件难忘的往事。用大头针代替的昆虫针扎破了你的手，这只闪着金属光泽的金花虫上就染着你的血。扎破你的手，疼在我的心；剧毒农药撒在我的手上，你急着给我擦洗，还骂我笨。当时也许我们都不知为什么，现在我们都该清楚这是因为爱。今生今世，我的一切都是为了你！

我好比一只被放飞的鸟，勇往直前地向自由王国里飞奔，是怕再被捉回笼中。这下可好了，我终于飞到了目的地，可以放心地高唱自由的歌了。

十面井是一块盆地。一说盆地你可能想到准葛尔、塔里木、吐鲁番、四川等大盆地，这里可远没那么大。不过称盆地也确实当之无愧。那位称心如意的向导给我讲述了一路关于十面井的故事。

惊险而巧妙的相逢使我们一见如故。

我不时提醒客车上的服务员：到深井车站时通报一声，免得坐过了站。服务员大大地不耐烦了，把我当成头一次出门的庄稼佬一样嘲笑。我根本顾不上在乎这些，也没留心汽车拐了多少弯，过了多少坡，翻了几道梁，两眼就盯着前面的村庄。过一个不是，再过一个不是，看眼前的村像，结果还是不是。我简直急不可待了。嫌汽车跑得慢，其实汽车快得简直要飞起来，不然也不会发生这件人命关天的事。路边的一头毛驴被这个飞来的庞然大物惊吓，像躲避兽中之王大老虎那样拼命逃窜。不知那位老乡是怕毛驴跑掉而死死抓着缰绳不放呢，还是被缰绳绕住而脱不得身，逃命的毛驴一下子将他拖倒。“快停车，救救老乡。”我不知道喊没喊出声，反正心里是这样喊的。汽车也真的停住。我冲下车去救那老乡，拼命拉住毛驴，扶起被驴拖倒的人。他满脸是土，嘴里流着血。我掏出手帕给他擦，关切地问他有没有事。他推开我的手，用衣袖把脸擦了一圈，随口吐了口唾沫，憨厚地笑了笑，什么事也没发生似的说：“平常。”他望着公路下边的深涧，满怀感激地说：“多亏你救了我，不然小命就难保了。”那深涧也使我倒吸了一口气。事先我倒也留心那涧了，可救人时把那涧忽略了。

我见他无恙，只是牙龈出了血。身后传来汽车发动的声音，我调头就跑。真不好意思，让车上那么多人等，我正深感内疚呢，汽车响了一声喇叭就开走了。我一下子又产生了恨。哪能这么办呢！我下车救人没有任何企图，如果我因之上了报、出了名、受了奖，再刁难我也不迟，可现在我还什么也没得到。再说认为我显摆也罢，出风头也罢，把我甩下，我的行李还在车上呢！我边追车边大声喊："停车，快停车！我的行李，行李！"我被什么东西绊倒。原来是乘务员把我的行李推下了车。

这可怎么好，我坐在行李卷上不知所措。索性就闭上眼什么都不想。即便不会像神话故事那样有什么奇迹发生，但最终总是有办法的。忽然有一个亲切的声音在我耳边响起："我说大兄弟，你就是新分来的大学生吧？"

我赶紧睁开眼睛，见一个大个子神兵出现在我面前，他手中还拉着匹御马。我这才留心到他擦去黄土的脸是那样善良，正像他的心。在被抛弃时见到这样的亲人，哪能不叫人热泪盈眶。

"这就是深井村吗？"我激动得声音颤抖。

"就是。"他回答的干脆肯定。

"到了，总算到了！"我高兴得欢呼雀跃。

御马也跟着凑热闹，昂头长啸，表示欢迎。刚才它还像个脓包，见到汽车就吓成那样，差点把主人拖到山涧里边去。我既叫他御马，人家又表示友好并与我同乐，我还挑剔什么呢？相逢一笑泯恩仇吧。

大个子神兵怕我误会，忙说："别高兴得太早，离公社还有十七里路呢。"

我知道，来时听组干组里的人介绍了。但我故意显出为难的样子："还得走哇！"

"别愁，走不动就骑在驴屁股蛋上。"神兵往驴驮子上放行李，一边放行李卷一边放包，两边重量不等，他就找块石头放在轻的那边，一切打点完毕，把缰绳搭在驮子上，往御马屁股上一拍，它就开走了。我俩也跟在它后边上了路。十七华里算啥呢？我希望再远一点，这是我的战场呢，谁不希望自己的领地更大呢？

老乡告诉我，是公社叫他专程来深井接我的。天没亮他就出发，早早来到深井等。没想到我们这样结识，所以一下子就成了好朋友。一路上他的话匣子老开着，详细给我介绍了十面井。

十面井公社辖十七个行政村，南北长五十四华里，东西宽三十八华里，四面群山环绕，中间就是所谓的盆地。十七个村中有十二个带井的。最北端的叫深井，最南端的叫井头，当中那个村叫十面井，是公社所在地。周围有九个村，

分别叫一面井、二面井、三面井，直升到九面井。四周的山区还有五个大队，管辖八九个自然村。村名都很好听，一时没记住几个，好像有个叫红山嘴的。

我两只耳朵认真地听他讲，一双眼睛仔细地四下观察。我所听到的和看到的都证明，这是一方风水宝地。眺望四周的崇山峻岭，我忽然想到一个奇怪的事情，告诉你可别生气：假如我成了陈世美式的人物，你休想向秦香莲找到陈世美那样找到我。

经过艰难的旅程，总算到了站。一颗悬着的心落了地。急忙给边山的父母、故乡的爷奶、北京的叔婶发了信。在这样偏僻的大山里边，我不知道信要走多少天。我恨不得立即登报声明，让家人知道我没有失踪。这里所说的家人也包括你。

那三封家信，只是报告我的地址和平安，叫他们放心。给你的信就不那么简单了。要像我们促膝谈心那样，把所发生的一切都告诉你。特别是还要写上我对你百般的思念。实际上我每天都在给你写信。好在离你给我的信开绿灯的春节还有一段时间，我可以尽情地写。

今天闹了场误会，差点让我难堪得无地自容。

不等收拾好行李，首先安顿我的两盒宝贝。虽然经过千里旅途的颠簸，但都完好无损。看到这些标本，不能不让人想起我们在一起的岁月，更不能不想起你。我仿佛看到你从遥远的大平原穿过万水千山向我翩翩走来。我抑制不住满心的喜悦，用激动的声音发出甜美的呼喊：“秋萤！”

幸亏我没有把大学生的斯文丢在学校里，没有不顾一切地上前拥抱破门而入的很像你的人，不然将造成千古之憾。

“我叫于树林，抓团的工作。就住在你隔壁。欢迎你！”来人伸出了热情之手。

阿弥陀佛，上帝保佑。我怎么会把她看成你呢？我不想只解释成见物生情和对你的过分思念，等有机会再何你忏悔。

应该说那个自称于树林的长得并不丑，让人眼发离把她看成你并没降低你的身价。然而任何人也取代不了你在我心中的位置。

我不知道与来人握没握手，或者出于不伤害对方自尊心的考虑，也将手伸了过去。但过后一点感觉也没留下。

“你神神秘秘地干什么呢？”她判断得并不错，的确有点神秘。当我告诉她我在鼓捣虫子时，她马上退避三舍。我真巴不得把她吓出十万八千里。但她借我的胆又凑到跟前来。

"呵！这么好看？！"她既然称赞咱们的标本，我也得以礼相待。

"你弄这些玩意儿干吗呀？"可惜她满口京腔，无知到如此地步，管珍宝叫玩意儿。我把标本盒放到卷柜中间的抽屉里，谢绝参观。

"快锁起来吧，怪吓人的！"她松了一口气。

"朽木不可雕也。"我心里这样骂她。一想到这是曾骂你的话，我又后悔用在她身上。

她本无事，就是来招呼一声，算是认识了。见我无话，待了片刻就出去了，大概是怕感冒，因为我的态度很冷。

我好比当年投奔到解放区的学生，看到什么都感到新鲜。要告诉你的事情太多了。可今天只说了个于树林，你不会认为她给我的印象太深了吧？

第四章 闫守贞的情怀

牛永进对袁秋萤的感情是绝对纯洁的。他的心里只装着袁秋萤。他的心也只属于袁秋萤。

然而于树林并不了解这一点。她来永进屋里，表面上是来招呼一声，人之常情嘛；实际上是带着侦察任务和自我推荐来的。这些牛永进都蒙在鼓里。

侦察任务是同屋的妇联干部闫守贞派的。这个任务很奇特，也有很大的难度。但闫守贞百分百相信她能完成。于树林被她闹得也有了信心。于是上演了以上这场戏。

于树林是来侦察牛永进有无对象的。乍听起来未免有些荒谬，人家有无对象与她俩何干？又是两个姑娘家，来不来问这样的事，自己不脸红别人也会笑话的。她俩也并非当事者迷。然而比起困扰她们的事情来，害羞又算得了啥。

闫守贞别看长得不老面，就是眼下结婚也超过了号召晚婚的年龄。她本来在半年前就应该做新娘，现在越来越变得遥遥无期了。小闫原来在县城供销社工作，为了与对象结婚才调到十面井来的。她的对象闫生原来也是县供销社的干部，在"农业大上，干部大下"的风潮中下到十面井来，还被提拔为公社革委会副主任。男大当婚，女大当嫁。他太需要闫守贞了。于是下来没多久就把守贞也调了来。正当他俩即将成为合法夫妻的时候，偏偏天上掉下个第三者。

眉清目秀满口京腔的于树林来十面井抓团的工作。在花花绿绿的大都市，也许于树林算不上很美，但在土里土气的十面井她可称得上绝代佳人。简直把同屋的闫守贞给比没了。你说那身段，团书记像个舞蹈演员，妇联会则显得两头尖中间粗。

于树林在延安插队期间，受到的锻炼三天三夜也讲不完。她的在山沟里一个保密厂工作的哥哥,不知是心疼妹妹吃不消那锻炼还是认为已经锻炼得可以，于是利用各种关系千方百计把她活动到赤县来。这段经历给小于带来意想不到的荣誉，一听说延安来的人，人们都肃然起敬，越看这位革命圣地熏陶出来的姑娘越受看。面对这么多羡慕的目光，小于能不沾沾自喜吗？当然使她大放异彩的还另有原因，那就是闫生的目光，像火像磁石像阳光。使她心跳脸红精神焕发。她知道这是什么，因为已经不是情窦初开的少女，更了解爱的含义。关于二闫之间的关系，她也有个耳闻。可她一点也不相信英俊的闫生会娶闫守贞做老婆。她百分之百地相信闫生会选择她。尽管如此，她还是用堤坝将自己防护得严严的，既不让里边的潮水漏出去，也不让外边的潮水涌进来。怕被指责为第三者吗？是，也不是。不管二闫火热到何种程度，终究无名无分，这就备不住 2×2=5。于树林采取的做法是“姜太公钓鱼，愿者上钩”。

当地人常这样朝笑喜新厌旧的人：眼馋肚不饱，这山望着那山高。这话用来形容闫生太恰如其分了。从打第一眼见到于树林的时候起，他就打了甩掉小闫，将小于追到手的算盘。

于是他的行动开始反常了：下乡常和小于结伴，开会总是坐到小于身边，吃饭也往小于跟前凑，还把自己碗里的菜往小于碗里挟……他把火热的爱和满腔的情全部投给了从延安来的于树林，可怜的乡土姑娘闫守贞被打入冷宫，坐了冷板凳。

闫生的行径人们都看得一清二楚，他的司马昭之心也是路人皆知。人们到处议论纷纷，不拿正眼看他。于树林自然也吃了他的挂落。

闫守贞对此事的处理异乎寻常。真不愧是妇联会主任，体现了中国妇女伟大高尚的情怀。她没有大发醋意，仿佛是一个缺心少肺的俏货，对此置若罔闻。对忘恩负义的闫生一如既往，有好吃的给他留着，有好用的给他使着，照样给他缝缝补补浆浆洗洗。在外人看来，闫守贞不是闫生的未婚妻，而是他的使唤丫头。谁也说不清守贞怎么想的，到底图个啥。热心人没少这样劝她：“小闫呐，感情这东西不能剃头挑子一头热，他既对你无意就算了，强拧的瓜不甜嘛。”“这样没心肝的，他不蹬咱，咱还蹬他呢。世上三条脚的蛤蟆难寻，两条腿的汉子有的是！”……

守贞心里啥都清楚。然而她没有像人们期望得那样与闫生永断葛藤，仍是一如既往地体贴和照顾他。

于树林充分享受着被爱的幸福。她的内心深处也有过矛盾，现已都一个个迎刃而解了。虽然她自认为够不上第三者插足的罪名，并且也不怕受这方面的指责，但她老是感到对不起闫守贞。守贞太善良太纯洁了。老实说，她的外貌给人的第一印象非常不佳。她甚至感到过莫名的懊恼，与这样的人在一个宿舍太令人倒胃口了。都说高山出俊鸟，俊鸟在哪里呢？她的这种心态没有维持多久就来了个一百八十度的大转弯。她很快感到，闫守贞是一盆火，给人一种春天般的温暖；守贞是安全岛，和她在一起你可大放宽心。她心地善良、温和、

宽容，从不钩心斗角。于树林和闫生接触时，起初还避着守贞。渐渐她发觉守贞不但不从中作梗，还处处成全他们，给他们提供方便。这使得小于大受感动。古今中外情敌之间刀枪相见的事例实在太多了。像于闫这样和睦相处的委实很少见，功劳应该全部记在闫守贞的档案里。

于树林很想知道闫守贞到底是怎么想的，同时也想把自己的心里话告诉她，可老也没找到合适的机会。终于有一天她俩一起到松花村下乡，找一处幽静迷人的地方，把悄悄话说了个够。

农村的天地真是广阔，尤其是深山老峪，跟城市比是真正的两个世界。可怜兮兮的城里人，空气污染，住房紧张，噪音震天。谈情说爱本来是人类的天性，由于没有去处不得不占公共场所而让人感到不自在。大山里有的是让人谈情说爱的地方，遗憾的是却很少或者说还没有人前来利用。

无边无际的高天启迪你任意遐想；白云可以载着你的思绪在广大的世界自由自在地遨游；连绵起伏的山峦是你的取之不尽用之不竭的想象宝库，林薮间唱歌的鸟不断地诱惑你从宝库里取宝。

于闫二人信步登上村后的小山包。这里原有一座庙，“文革”初期被当成“四旧”破坏掉，只剩下一片瓦砾。这株二人合抱的古松倒还保存完好。虽然年代久远，却没一点老态龙钟的样子，枝繁叶茂，像是顶天立地的英雄。从村名上推断，这一带当是郁郁葱葱的松林，人们闻到浓烈幽香的松花的芳香，取名松花村。从险山处残留的次生林推断，它是由松林演替而成。顶天立地的古松是历史的见证。

她俩并排坐在大树下，靠在树干上，仰望如盖的树冠，耳听飒飒的松涛声。虽然已过了松花盛开的季节，还能闻到留下的芳香。

“小于妹子，今天咱们好好谈谈，有大松树作证。”小闫快人快语，满肚子直肠子，没有一点弯弯绕。

小于吃惊不小，她明明比小闫大两个月，怎么岁数小的倒当姐姐了呢？她瞪大双眼不解地望着她。

小闫知道她吃惊的原因，说道：“你虽然比我大点，但你长得比我面嫩，别人也都说我比你大，姑且就按人们说的来吧。”

树林心里明白，跟守贞打交道什么也别往歪处想。她嘴上说的和心里想的是绝对一致的。她一反常态叫她大妹子，没有讽刺挖苦等不友好的意思。人家为人处事处处都像个大姐姐，于树林也就默认了。

“树林妹子，”守贞言归正传了，“咱们有啥说啥，可不能瞒着掖着。我问你，你是不是很爱闫生？”

小于万没想到她一开场就提这么棘手的问题，被问得张口结舌。人家有言在先，她不能不如实回答，只好吞吞吐吐地说：

“我也说不清楚。在延安插队时，我喜欢一个男生，他一抽调回城就没了音讯。老实讲，我对闫生还没有达到那种喜欢的程度，只是我觉得他特别喜欢我。在这山沟里也没挑选的余地，难得有男人这样待你。岁数不等人，一天比一天大。原想与他就那么着算了。后来知道你和他订了婚，我不能当第三者，做对不起你的事，决心摆脱他。而他就像莜麦芒子黏在身上，一个劲地死缠着我。他一再向我说，与你没什么的，是你单方面追求他，剃头挑子一头热。现在我的处境就是老乡常说的‘大肚老婆骑铲驴，朝前不是朝后也不是’。”

当小于说到剃头挑子一头热时，小闫脱口骂了一句。等小于讲完，小闫便接着这个话茬说：

“一头热倒不假，只可惜他说错了头。闫生给我的第一印象是不坏，相貌堂堂的是个人物。但我从没想过追求人家。人家在天上，咱在地上。咱可不想高攀，做梦都不想。然而剃头挑子一头热开了。他对我百般追求、百依百顺、百计千方。想一想他现在追你的样子，甭我细说你也会知道，真应了这个点了‘只要主意真，铁杆磨成针’。我禁不住他死气白赖地软磨硬求。正像你所说，难得有男人这样待你。我想反正也得嫁人，不行就嫁他算了。可人家英俊健美，我实在配不上人家。我也知道好汉无好妻的好多例子，但无论如何我的心是蛮配得上他的。想到这些我又心安理得，他娶我并不亏他什么，何况又是他强追我。

“当我稳下心来答应他的求婚时，忽然从乡下冒出来母女俩。母亲带着女儿来找女婿。这个女婿不是别人，就是向我求婚成功的闫生。乍听这一消息不亚于五雷轰顶。等我静下来，我便怀疑这母女是敲诈。我告诉她们，我才是闫生的未婚妻，如果他有对象不可能再向我求婚。那母女听罢一下子哭开了。两人一把鼻涕一把泪地向我诉说。她们和闫生是同一个村的。女儿叫田花。闫生见人家长得眉清目秀，又温柔善良，于是托人五次三番提亲。田花本来不愿意，但禁不住闫生的死缠和家人众口一词的劝说，只好应下来。没成想他学了陈世美，端上了铁饭碗就瞧不上向阳花了。由降温变冷到音信皆无。定了婚再退婚也是常有的事，让人气不过的是田花已有了几个月的身孕。怎么能不找闫生说说清楚。

“你想想咱女儿家咋禁得住这个打击，自然气得死去活来。我恨闫生，田花母女除了恨闫生还恨我，骂我是小妖精，勾引闫生抛弃田花。田花长得很美，我自愧不如。我与她比，只不过她是农民我是市民，她是社员我是职员。闫生也一定是因为这个才弃她追我。骂我是小妖精，真是天大的冤屈。尽管这样，我还是很同情田花。我当场宣布与闫生解除婚约，目的是让他们破镜重圆。尽管我的善良的心可上达天庭，但终没能促成可怜的田花的姻缘。王八吃秤砣铁了心的闫生不顾我苦口婆心的劝说和田花母女的苦苦哀求，硬是六亲不认，一脚将人家踢开。

“闫生的形象在我的心目中一下子变得奇丑无比。无论如何跟他没戏了。他也知道做了亏心事，几天抬不起头来。众口一词都是对他的指责。我见他茶饭不思明显消瘦，怕他憋闷出病来，上前开导他。他流着泪向我道歉，我表示原谅他，并劝他从此把心放正，重新做人。

“他一下子将我抱住，我的感觉不亚于恶狼扑身，本能地加以反抗。任我推搡捶打，他就是不放手，口口声声向我赔礼，可可怜怜哀求，求我不要甩掉他；指天誓日地向我保证，今生今世只爱我一个，决不恶剧重演。这些都没将我打动。他又扑通跪下向我求饶，最后亮出王牌：‘你不答应我就不活了！’

“人心是肉长的。看着他可怜的样子，我心软了，答应再给他一次机会。我并不相信他的海誓山盟，也不惧怕他以死相威胁。只是可怜他。

“我们先后调到十面井来，那一段都相安无事。当我们的婚事准备就绪时，从革命圣地飞来个你，一下子吸去了闫生的心……”

“快别说了！”泪眼汪汪的于树林打断了闫守贞的讲述，“别再说了，你揭穿了他的面具，我看清了他的真面目。守贞，说心里话，他的故事要不是出自你的口，换一个人我也绝不会信。会认为是故意造他的谣，离间我们。做梦也没想到他是这样的人。”小于眼里挤出一对滚烫的泪珠，对闫生从头凉到脚。

“你可千万别误会。”守贞解释说，“我没有半点阻止你们相爱的意思，只是想把实情告诉你，叫你早有思想准备，免得生米做成熟饭后你悔恨和痛苦。另外我还得让你明白，我不认为是你从我身边抢走了闫生，我一点也不恨你。相反，看到你们幸福我还高兴。我的行动你该看得清，我是真心实意成全你们。我也是人，而且也不缺少七情六欲。闫生喜新厌旧，跟你打得火热，我也嫉妒、气恼、愤恨，也想过打散你们。我又想那将造成你们两个人的痛苦，这样一来你们的苦难就是我造成的，你想我能心安理得吗？如果我把痛苦揽过来，把幸福让给你们，我就会得到助人为乐的幸福。权衡再三，我选择了后者。树林妹子，我再说句掏心的话，你们俩很般配，别因为我告诉你的事变卦，要学会宽容……”

“守贞姐，别再说了，我心里明镜似的，知道你有一颗宝石般的心。”小于深情地注视着她，表达她说不出的感激之情。她把眼角的泪擦干，成竹在胸地说：“甭再劝了，我容不得那些事，就像眼睛里容不得沙子那样。我不但决不会嫁给姓闫的，而且再不和他来往！”

“罪过呀罪过。”小闫闭起双眼，表示深深地懊悔。她抓住小于的手，推心置腹地说：“怎么会是这样的结局？我诋毁闫生了吗？这可不是我的本意。我言重了吗？我是恨他干的那些事，对事不对人。你别在火头上做决定，先冷静冷静，把我刚才说的当成不相干的故事，多想想他的优点和对你的好处。如果你既真心爱他又宽容他，就以你的爱心换取他的真心。”

小于对她的劝说不屑一顾。她不改这样的决定：与闫生一刀两断。她平静地说：

“在我和闫生之间如果用爱这个字眼，那就亵渎了爱的神圣。我可以听你的劝，不恨他，不和他结仇，但我决不会爱他，永远不会。即便他跪下不起来，甚至把心挖出来给我炒着吃，也换不回我的心了。”

显而易见，事情已经无法挽回了。但小闫仍不死心，千方百计宽慰劝解她：“如果是真心爱一个人，就不会计较对方的任何事。”

“问题是他还没有到让我真心相爱这一步。”小于愤愤地说。

“可以用时间来考验。”

“小闫姐你这是怎么啦？”小于不耐烦了，“你干吗这么卖劲推销伪劣产品？得了人家什么好处？”

小闫被问得干瞪眼。她意识到了自己的失策。不是吗，先把人家褒贬得一钱不值，然后让朋友嫁给他，傻子也不会答应的。她想，要是别直截了当地说出闫生的那些事，多说点他的优点，小于准不会是这个态度。本来是好心，又没得到好报，倒让人家说三道四。可现在说啥也晚了。都怪自己这付直肠子，不会拐弯抹角。她恨不得打自己的鼻兜。

于树林以为自己说恼了闫守贞，赶紧赔情道：“守贞姐，刚才跟你开玩笑，可千万别当真。我重申，我知道你的心。”

小闫顿时眉开眼笑起来：“这么说你同意了？”

“同意什么？”小于莫明其妙地问。

“嫁给闫生呀。”

树林的脸一下子阴沉下来，鄙夷地哼了一声，庄严地说道：“除非太阳从西边出来！”

太阳永远不会从西边出来，此时正悄悄地朝西边落去。大松树上洒满了阳光，墨绿的松针上镀上了一层黄金，光彩照人，更显得壮观雄伟。山坳里的村庄升起了炊烟。这人间的烟火把山村衬托得仙境般迷人。隐约传来吆喝声，夹杂着声声犬吠。不用细听吆喝什么，这姐妹俩知道，村里老乡叫下乡干部吃饭。

于是她俩携手离开大松树，大声的答应着，大步朝村里奔去。

于闫两人大松树下的谈心非常成功。两人都是真心的。但事情并非这么简单，问题并没解决。闫生像馋嘴猫，不住围着香东西咪咪叫。他哪顾小于的声明、劝说、正告乃至怒骂，一个劲地死缠着她，大有不达目的不罢休之势。闹得她实在没办法。她有时也想，实在不行就答应他算了，什么爱不爱的。可又一想，自己打心眼里讨厌他，跟这样的人哪能在一起生活呢？恶心死了。更何况她察觉到小闫还爱着他呢！

正当她一筹莫展的时候，上帝给他派来了白马王子。风度翩翩的牛永进从天而降。论个头闫生和牛永进不相上下，闫生的四方大脸还略阔于牛永进呢，但人们一眼就能看出牛永进是个知识分子，心有诗书气自华；而闫生则是个胸无点墨的人，尽管他也常常附庸风雅，但效果往往是东施效颦。牛永进深沉干练，一举一动都充满着自信，情窦大开的于树林哪能不对他一见钟情？

第五章 于树林的烦恼

闫生外出回社，听说分配来个大学生，很想见识见识。可巧公社书记又委派他带牛永进下乡的任务。

尽快熟悉情况尽快拿出方案，牛永进早在从深井来公社的路上就这样想了。所以一安顿下来，他就向领导请战。

闫生自愧只有初中文化，照大学还差好几个格呢。相比之下自己太渺小了。但他想，这么晚才分来，十有八九不是个好学生。进而他又想，大学生有啥了不起的？还不是臭老九。想到这些，他沾沾自喜，觉得自己高大了许多。本来嘛，好歹还是个公社副主任呢。

他来找牛永进，吃了闭门羹。他扒着窗台往里看，没见到人。他本想离开，忽然又改变主意，不放心似地扒着窗户又看了一阵。他看到床上单薄的行李，不禁出声道："穷学生。"又见被子叠得方方正正，桌上的文房四宝放得整整齐齐，不禁又叹道："还有点军人的派头。"不知人长得什么样，听说很帅，帅又怎么样，还能帅得过我闫生？哼！

他发现小会议室的门开着，里边静悄悄的没有一点响动，以为谁忘了关，于是过去关。他看到里边有人，眼前现出电影中的一幕：一位指挥官在作战地图前运筹帷幄。

会议室的西墙上顶天接地地挂着一张全区地形图。一个身材高大的人面对地图，边看边在小本上记，口中还振振有词地说："深井、井头、红山嘴、白象寺、松花树……"他一身学生装，虽不入时，但显得朴素清高。闫生知道，这个人并非什么指挥作战的将军，而是他要找的牛永进。他大模大样地进来，拿着官腔连挖苦带讽刺地说：

"光看地图是打不了胜仗的。"

"打了败仗也不能怪地图。"牛永进回过身来，上下打量了一眼来人，大大方方地伸出手来，热情豪爽地说："我相信不会看错，你就是闫主任。"

闫生听对方称他主任，心里甜滋滋的，也不失热情地伸出手，拿腔作调地说：

“你是新来的大学生？”

“牛永进。”

两人握手的时候，闫生打量对方：白皙的面庞，乌黑的头发，棱角分明的五官，生动的两眼……他心里暗暗钦佩。

“实地的东西绝大部分在地图上找不到，所以说光看地图打不了胜仗。”闫生还想占上风，言语中不无教训人的口气。

永进微微一笑，似乎同意了对方的说法：“我想先对咱们公社有个大概的了解，从图上看看范围和地形地貌。”

“这还用看图？都在我心里装着呢。”闫生得意地说。

“那当然，主任应该对自己的辖区了如指掌。”

闫主任微笑点头表示同意。

“咱们公社可真大。从图上看像一只展翅翱翔的雄鹰。”永进对十面井充满了爱恋。

“我教给你一个窍门，”闫生好为人师地说：“你记住七个七，就概括了十面井。”

“请说其详。”永进颇感兴趣。

闫生比手画脚地说：“咱们公社有十七个生产大队，这是一个七，往南往北各十七华里，这又是两个七，往东往西各十四华里，这是四个七，加到一起共七个七。”他眉飞色舞地说罢，得意洋洋地问永进：“怎么样，概括得好不好？”

“不好。”牛永进当头给他泼了一瓢冷水，“你弄错了。往南往北往东往西的里数都不对。”

闫生听罢哈哈大笑起来。笑罢又趾高气昂地说：“你新来乍到还不了解，这里数，人们用步子量了多少年，准得不能再准了。不能改的，大学生也不行。”

牛永进毫不在意他的讥讽，慢条斯理地说：“我并没说井头和深井离公社不是十七华里，也不是说松花树和白象寺离公社不是十四华里，我是说你把我们公社的范围说小了。”

“小多少？”闫生瞪大眼睛问。

“南北各少十华里，东西各少五华里。”永进成竹在胸地说。

闫生知道永进指的是边界范围。他纳闷他咋就了解得这么清楚。他一下子想到了地图。他准是从图上算出来的。我咋就没想到这一步呢？闫生两眼直愣愣地望着西墙上的地图。初打交道就栽到人家手下，他感到莫名的懊恼。牛永进又火上浇油，不凉不热地说：

“闫主任，不看地图也难打胜仗吧？”

紧绷着脸的闫生一言不发，脸色越发难看。永进意识到这位副主任知识浅薄，脸薄自尊心重，玩笑应该开到此为止，该给他个台阶下，不然闹出更大的笑话不好收场。他和颜悦色地说：

“闫主任，你说得对，打仗不能光看地图。张书记说让你带我下乡熟悉情况，你看咱们什么时候出发？”

闫生散去了脸上的阴云。他不愧为公社副主任，也很会逢场作戏，把刚才的事忘得一干二净，又得意忘形起来，吹嘘说：

“乡下的情况咱太熟悉了，闭着眼也能转一圈。”

“请多多指教。”

会议室的初次见面，使闫生受到震动。虽然握手言和，但事后他脑门上冒冷汗，心里边打鼓。这个牛永进，真不可等闲视之。看他伶牙俐齿，又有心计，肯定将成为自己的政敌；人又长得英俊潇洒，也肯定会成为情敌。

秋天的脚步在塞外走得特别快，人们在金色的世界里还没怎么享受，呼啸的北风就把冬天的寒冷从西伯利亚早早地吹来。

十面井公社机关由一圈土墙围着，几排红瓦房虽已破旧，但与农民矮小的土房比仍很显眼。国家规定的烤火期还没到，这里就生起了炉火。从窗户伸出的烟筒像从掩体里伸出的一门门大炮。更加奇怪的是大炮点火冒烟，不是激战的开始，倒是公社干部们从乡下战斗归来。

几乎每个宿舍门前都泼了水。不难想象干部们从乡下回来要洗洗涮涮。泼得最湿的要属第二排西数第一个门了。因为这间房住着闫守贞和于树林两位爱干净的姑娘。

人是衣裳马是鞍。洗漱梳妆后的两个姑娘一个比一个动人。虽说守贞相形见绌了点，但也是公社大院里的一枝花。于树林自然是鹤立鸡群。她保持着北京姑娘特有的白皙。虽没有特别动人的地方，但也是眉清目秀的。眼似丹凤弥补了略小的不足。织出花来的红毛衣把她的脸衬托得红扑扑的。她神不守舍，坐也不是站也不是，桌上放着的那封信激动着她的心。

她下乡回来，放下背包就到办公室看信。办公室外屋紧挨门口的东墙上挂着一块二尺见方的蓝布，蓝布上有三排信口袋，每排四五个。人们都司空见惯，却很少有人细数。于树林就是个例外。她是信口袋的密友。每次下乡回社，首先要见的就是它。不下乡时每天至少看一遍。有时下乡天数多了，中间要跑回来看一看。当然她是看信口袋里有没有插着她的信。本来嘛，远离父母，在

十万大山深处，自己虽然翅膀硬了能飞了，但还没成家，对父母那个家怎么想念也不奇怪。信口袋里要是插着她的信，哪怕是同学、熟人来的，她可要高兴得跳起来。要是见不到呢？她就把每个信口袋都摸过，疑心信被装在里边。要是再找不到可要扫兴了，常常在信口袋上打两巴掌。可以说于树林对这个密友有时爱有时恨。

这次看信，除了看自己的，又多一个人让她关心，甚至胜过关心自己。自从风尘仆仆的牛永进来到这十万大山的腹地，被闫生纠缠得心烦意乱的于树林盼来了救星，有了靠山。她的生活充满了阳光充满了希望。可冷静下来一想，又有更大哀愁。谁敢保证他还没有对象呢？就他这样的人才，不定得有多少姑娘为之倾倒呢。他只身来此，又不像有拴着他的人。只要他还没有，就一定要把他追到手。哪怕他有瘆人毛，就是凉冰也要把他焐化。要是人家已被爱神丘比特箭射中，岂不是猫咬尿脬白高兴一场。这些天于树林的心老是七上八下的。

“没啥可犯愁的。”闫守贞出谋划策，“男婚女嫁，谁也甭笑话谁。干脆向他求婚。”

“不行不行。”小于连连摇头，“哪有这么办的？八字还没一撇呢就张这个嘴，该让人家笑话是嫁不出去的姑娘了。”

“难道你不喜欢他？”

“当然不是。”小于说，“即便人家对咱有意，也得了解到一定程度才能谈这一步。这样冒冒失失地急于求成，反倒欲速则不达；再说，万一人家已经有了呢，不就更难堪了吗？”

“可也是。”闫守贞被说服了。

于树林一筹莫展。

“不行这么着，”守贞又有了主意：“你留心他的来信。但凡有对象的，往来的信件一定少不了。你先观察些时日，如果有迹象表明他有了，我负责给你问问清楚，咱也死了这份心；如果证实没有，我给你当月佬。”

好主意！于树林嘴上没说什么，但脸上带着羞涩的笑流露出她心里的满意。

小于留了这份心。她首先见到了自己的一封家信。要是在往常她会高兴得满面春风，立即拆开来看。哪怕报平安的寥寥数语，也会使她激动不已，几天之内都要为之哼歌。今天不同了，她把自己的信抓在手里，继续往下找。希望什么有什么，怕什么也有什么。她惊恐地发现了牛永进的一封信，颤抖地拿在手上。看看没人发现，于是悄悄带回宿舍。

刚生着的炉子倒烟，闫守贞将门敞开。于树林慌慌张张地进来，赶紧将门关上。真是做贼心虚！

“咋样？”小闫问。

“有他一封信。”

“快看看。”小闫一把抢过信，看了一眼又还给小于，“这不是你的吗？”

“他的在这儿。”

“快看看哪儿来的。”守贞凑过来伸长脖子看，“北京东城区……这人还是你们老乡呢。”

“家离着也不远。”小于随口说。

“从字迹上看写信的是个女的。你猜会是他什么人呢？”小闫边猜边问。

“不知道。”小于摇头，显得很紧张。她也确认是女人的字体。

守贞对着阳光照信，想看到里边的内容。她翻过来调过去地照，费了九牛二虎之力才辨清一个“哥”字，于是断定说：

“放心吧，这是封家信。”

“何以见得呢？”小于狐疑地问。

“我看到一个哥字，肯定是他妹妹来的。”

“那也说明不了是家信，现在的女孩子喜欢叫男朋友哥哥的。”

“别胡思乱想了。”小闫说，“快点洗涮换衣服，把自己打扮得漂漂亮亮的，等他回来把信送去，还愁不能证实？”

守贞言之有理。于是两人你洗我涮地在门前泼了好多水。打扮好了的于树林看着牛永进的信，心里边乱打鼓。

牛永进完成了考察任务，风尘仆仆地凯旋。他与出发前判若两人。身体变得健壮苗条，步伐轻捷稳健；脸晒黑了一层，瘦下去一圈，更显得潇洒英俊；长时间没刮的胡子体现着男性的美，也显得老成持重；他腿上沾着土，额上滴着汗，大步流星回到公社。

通过下乡考察，牛永进心中形成了发展林业的蓝图。他白天野外探查，晚上和队干部及老农座谈，夜间在油灯下写笔记。考察完毕书面材料也出台。一回到公社他就把自己的想法向张润文书记汇报，同时把《十面井公社林业发展规划》交给他。

张书记很满意，以领导的口气夸奖他一番，并以长者的身份关怀他。说材料他先留下，等看罢再说；好好休息一下，缺啥短啥说话，千万别客气；远离父母，公社就是家。临别再次拉住他的手，把他送到屋外。

牛永进春风得意。还有什么比这更让人高兴的呢？将要为理想一展英才。回想起这些天吃的苦、流的汗，非常值得，砸吧砸吧嘴都是甜的。回到宿舍，到处尘封土积，这是塞外的风沙从门窗缝刮进来的。永进越发感到林业工作者任务的重大。“我这步棋算是走对了，”他边收拾屋子边自言自语，“十年之后咱们再看，就是敞着门也不会有沙尘进屋。”把屋子收拾干净，自己也干净一番，把替换的脏衣服泡在盆里。坐在椅子上回味这些时的下乡生活。淳朴热情的老乡给他胜似亲人的温暖。简朴的村庄，迷人的名字，村村都有动人的故事。壮丽的山川，黄金般的土地。乍看满眼光山秃岭，而这里的人民能驾犁铧山耕耘。他仿佛看到白象群从白象寺里走出，红山嘴层林尽染，轿顶峰变成了花轿，人们敲锣打鼓喜庆新生……

“笃笃笃！”清脆的叩门声把进入迷蒙状态的永进惊醒。他下意识地说了声“请进”，赶忙将身子坐正。

随着开门声进来一位红衣女郎。永进一阵惊喜。他又差点看错了人。

“你一个人悄悄忙什么呢？”于树林眉开眼笑地问。

“没忙什么。”

“那就是想家了。”

“也没想家。”永进憨厚地回答。

“哈哈哈哈！”小于的笑声银铃一般响亮，“没想家？鬼才相信呢。看这是什么？”她把信举到永进面前。

永进伸手去拿，小于将信藏在身后，提出条件说：

“猜猜谁来的，猜对了给你。”

永进不喜欢玩这种游戏，特别是跟一个还很不熟悉的姑娘。见对方如此兴致，他也不好意思拉下脸来，只得逢场作戏。

“快猜呀！”

永进想，肯定是家信，不会是秋萤来的。她不可能知道我已经置身在大山里，更不可能知道我在重山的哪一重。家有三个家。故乡的爷爷奶奶不识字，找人写信不容易，没事不会来信；那就是边山和北京，秀春和兰菊都可能写。于是他说：

“妹妹来的。”

“什么妹妹？”小于有些紧张，生怕是她不希望的那种妹妹。

“妹妹嘛，怎么还什么妹妹？”牛永进迷惑了，睁大眼睛瞪着这位团书记。

小于灵机一动，改口说：“我是问那个妹妹。”

“不是边山的就是北京的。”永进有些不耐烦了。

“你北京还有妹妹？”又是一个奇怪的问题。

“多新鲜呢，我北京怎么就不能有妹妹？”

“我是说太巧了。”

“我猜对了，快把信给我。”永进伸手要信。

小于只得遵守诺言。永进看信时她不住问这问那，并主动自我介绍这介绍那。“你妹妹上班呢还是念书呢？我家也是东城的，离你叔家不远……”

永进哪顾上听她这些，开始还哼哈地答应，后来就不吭声了，旁若无人地看信。

信是北京兰菊妹写来的。她为哥哥走上工作岗位表示祝贺，并羡慕他为实现自己的理想张开了风帆。

“我按照信上的地址想在地图上找你所在的位置。找呀找，怎么也找不到，月季和腊梅过来帮忙也没有找到。从图上看赤县地势很高，而且都是崇山峻岭。妈妈说你那儿一定很苦，她打心眼里挂牵。我觉得你那挺神秘的，大山里边一定有稀世珍宝。在你还没有进山以前我就对大山无限神往，眼下更让我朝思暮想了。因为大山里有我崇敬的亲爱的哥哥。告诉你一个秘密，我在吹灭生日蛋糕上的蜡烛时，悄悄许的愿就是毕业后也和你一样到大山里去。”

永进两眼噙满了激动的泪花，他无限感激这位这样理解他的妹妹。

“爸妈都怪你把家当成旅店，小妹妹们也埋怨你是来去匆匆的过客。只有我护着你。他们对你说三道四，我心里不是滋味。不过我也对你有意见。春节回家可要在北京多待几天，不然他们再派你不是，我也爱莫能助。”

牛永进完全沉浸在幸福之中。在这地图上找不见的深山老峪，在遥远的异地他乡，一封家书带来了亲人的温暖，他被这莫大的幸福陶醉了。

坐冷板凳的于树林借机欣赏牛永进：乌黑的头发闪着亮光，浓眉下的两眼分明在和写信人说话，高高的鼻梁，红润的两颊，显出酒窝的嘴角流露出他心里的柔情蜜意。说心里话，当她选择上牛永进的时候，对他的冷漠与清高不是没有担心的，担心他不会体贴人。眼前这场面使她的担心踪影皆无。看他笑得多么温柔，流露出的情感多么热烈，多么甜蜜。只可惜是对他妹妹而不是对我。于树林的心头袭来莫名的妒意。她不想继续被冷落，悄悄退了出去。

小于的心很乱很乱，怕守贞提出问题回答不上来，没有马上回宿舍，朝公社大门口走去。按说侦查的结果应该使她大放宽心，然而悬着的心老也放不下来。她感到，确确实实地感到，牛永进对她并不感兴趣。如若他就是个既冷漠清高又不会关心体贴人的人倒也罢了。可他不是，刚才的场面明明证实他不是那样的人。于树林充满忌妒的心中又挤进了悲哀，又产生了恨。恨永进对她的一片真心置若罔闻。她的这种恨是因为爱而产生的。

大门口的凉风把小于吹得冷静了许多。她知道自己又犯了操之过急的毛病。人家对我可以说一点都不了解，怎么会对我动情呢？要挤进他的生活圈，

精诚所至，何愁石头开花。她美美地想着往回走。闫生像从地里冒出来似的出现在她面前。

“遇到什么难事了？”闫生貌似关心地问。

“我有啥难事？”小于警惕地反问。

“没难事干吗愁眉不展的？骗得了别人还骗得了我……”

“谁骗人谁心中有数。”小于想尽快摆脱他的纠缠，绕过他朝宿舍走。

“不想知道点牛永进的情况吗？”

一听闫生这句话，小于顿住脚步。闫主任是干什么的，他早摸透了小于的心思，对她在牛永进来社后的变化也洞若观火。想摆脱我去追他，没那么容易！闫生早想好了阻止他俩结合的计划，今天是给泼点冷水。

“我跟永进下乡，把他的什么底都讨来了。他托我给他的朋友联系往这儿调工作。我问什么朋友，他说是对象。我问是干啥的，他说是同学。”闫生纯属胡说八道，其实根本没那回事。他倒是想刺探永进的恋情，哪承想人家保密得针插不进水泼不进。当他问永进有无对象时，永进眯缝起两眼笑着反问：“闫主任你说呢？”

小于被闫生的这番谎话一下子骗昏了头脑，差点晕倒在地，好不容易才镇静下来，打肿脸充胖子说：

“他托你给对象联系调动与我有什么相干？”话是这么说，可她还站在那儿不走，还想听对方说永进的事。

“当然与咱们无关。”闫生用关怀备至的语气说，“快回屋吧，外边冷，小心感冒。”

小于赌气不走，心说：“我干吗听你的？”

“是不是想跟我谈一谈？”闫生向于树林靠近。

“跟你有啥好谈的！”小于斩钉截铁地说，“闫主任，我可不想当田花第三！”说罢一甩袖子走了。

闫生遭到五雷轰顶，愣在那儿好半天。他恨得把牙咬得咯咯直响。

小闫正写下乡汇报材料，见小于垂头丧气地回来，知道情况不妙，没敢问她什么，只是告诉说给她泡好了茶。小于没精打采地坐到椅子上，发现桌上放着的那封家信，顺手拿过来拆开看：

林儿：

收到你的信，知道你们那天寒地冻，要学会照顾自己。今去信不为别事，这次你哥回北京休假，说他有个徒弟，人挺好的。你哥有意将你介绍给他。你哥说他在徒弟面前谈起过你，看他很有那个意思。只要你乐意，问题就解决了。事成之后再把你活动到他们厂，逃离那个苦地方。他们厂虽说也在山沟里，但待遇很高。每月还能回京休息。如果你也有那个意思，来信告诉家里，或直接写信给你哥，定个日子在北京见见面。

家里一切都好，妈就不放心你。

小于看罢，将信扔在抽屉里。她的心烦透了，趴在桌上抽泣起来。

第六章 未发出的情书

紧张快乐的日子时光飞逝。热切企盼的日子姗姗来迟。牛永进这段生活过得是紧张的，也不知道快乐不快乐。人们似乎也没有这方面的追求。时下正紧张激烈地进行着斗批改运动，阶级斗争的弦绷得紧紧的。这一手还真是一抓就灵。因为这是人命关天的事。想活命就得受运动的摆布。前些年怕被打成右派，该说的话也不敢说；这些年怕被打成反革命，更是连大气都不敢出。据说在历史上十面井闹过什么"大灵会"，还曾是革命力量和敌伪势力拉锯的地方。用工作队指导员的话说：敌情社情相当复杂，光清理阶级队伍这项任务就相当繁重，不少村都驻进了由县社两级组成的斗批改工作队。牛永进来时正是早饭已过午饭未到，没赶到这点上。所以他既没有指导员队长的重任在肩，也没有像材料员那样被材料追得晕头转向。牛永进暗地里庆幸。他对那些事烦透了，一心想干点专业。他哪里知道自己已被列为后备力量，姑且叫二梯队吧，说不定哪儿吃紧就要被拉上去冲锋陷阵。

牛永进对下乡已经习以为常。他很喜欢到下边去，全社十七个生产大队和分散在山沟里的自然村，他都去过不止一遍了。那个林业发展规划搞得详细具体，张书记连连称好，已经得到了公社的认可。

牛永进天天想日日盼。想家想亲人，盼春节早日来临，好向天使报告自己在天的哪一方，在海的哪一角。让她听到莺之鸣，也好尽快听到回声，抚慰他急不可待焦灼的心。

吃罢下午饭，牛永进从食堂出来，看到天边火红一片。他很喜欢残阳如血的景致，跑到公社土墙外视野开阔的地方去欣赏。太阳已落到枫叶顶的背后，梁那边像着了火，映得半个天都红彤彤的。牛永进的感觉真像站在火堆旁边那样，心里边暖洋洋的，流出的清鼻涕冻在鼻尖上还全然不知。直到火焰熄灭，进入黄昏他才跑回屋。搓手跺脚嘘嘘哈哈地在炉子旁烤了好一气。

抬眼看到墙上挂着的日历，他过去翻看。一下子翻到春节那天，红色的字体给他一种欣慰。他盘算给袁秋萤写信的日期：春节前五天她从斗批改大队回锻炼点，信再走五天，节前十天发信为好。他又想到万一秋萤提前回点呢，万一信在途中耽搁呢，要留有余地，再各加两天，节前十四天发信为最佳时间。他又想到她那里会不会提前放假呢？这念头只一闪就过去了。节前七天已经是很提前了，再提前不符合当前革命的形势。他还想不等放行的绿灯，现在就发信。细一想也不妥，不能硬闯红灯。他下乡时看到不少大队拿社员的信件不当回事，随便乱扔。他不想让给秋萤的信遭此厄运，思量再三不敢闯红灯。最后把提前十四天作为给秋萤发信的最佳日期。

他把那天在日历上留出记号，作为备忘录。其实大可不必，纯属画蛇添足。怎么会忘呢，可以说像盼节日那样天天盼着呢。眼下离那天还有些时，但不管怎么却是一天天临近。他早已按捺不住了。积攒了一火车的话，等到那天怕一时写不出来呢。于是他找出文房四宝，伏案写起信来。

秋萤：

写罢称呼，你的身影出现在我面前。听我说说心里话。

读罢日记你会了解到离开你以后我的梗概经历。我所安营扎寨的十面井，真是一块风水宝地。如果说刚到时就爱上她是一见钟情的话，那么现在深深地爱她是感情的交融。我爱这四面八方连绵起伏的群山，像汪洋中的浪。我爱它们美丽动听的名字。你听：轿顶山、犁铧梁、枫叶顶、椴林背……我不能不在壮丽山河面前扼腕垂首，我不能不钦佩勤劳的人民，我不能不与人民一起憧憬美好的未来。

十面井，多么迷人的名字，充满着神奇的色彩。我告诉过你，十面井村坐落在盆地的中央。另九面井围绕在它的四周。最南边的村叫井头，最北边的叫深井，深山里还隐藏着不少不带井的自然村。它们的名字更美丽动听。

你不要以为风水宝地里有这么多井，吃水一定很方便，恰恰相反。十面井的水贵如油。这里盛产胡麻。社员家囤积的胡麻油比水还多。冬闲时倒还能凑合着吃上水，夏季碰上雨多的年景，七凑八凑地也还过得去。春天就不行了，年年闹水荒。水荒比饥荒更厉害。真也苦了人们啦。为了水起五更睡半夜。甚至整日整夜在井边排队打水，到水多的村推水拉水担水。这样一来水多的村也缺水告急，于是矛盾激化，一时间烽烟四起。水自然要吃，更主要的还要抓革命促生产促工作促战备。我还没亲眼见过这里抢水的场面，所以也没法形容；我虽见过这里井有多深，但也形容不出。只能告诉你辘轳上的井绳像缠在纱锭上的线，绞上来的水顶不上所付出的汗水。

深山里村庄美丽动听的名字也会使你产生错觉。听到枫叶顶的名字，你马上会想到“枫叶红于二月花”的诗句，进而想象出漫山遍野的枫叶红得像云霞像旺火，令人流连忘返目不旁视。然而事实与名字及你所想象的大相径庭。枫叶顶没有枫叶，满目光山秃岭，椴林背没有椴林，白象寺也没有白象，松花村只有旧庙遗址上的一株松树，红山嘴倒是名副其实，但山上也没有树，是裸露的岩石反射的早晚彩霞的光辉。

明白人不用细讲。说到这儿你该清楚，这里为什么井深缺水，水贵如油。因为山上没林，水土流失严重，本就干旱少雨，老天爷给下点雨也保不住，全都白白地流走，不缺水才怪呢。

十面井就是这么个地方，没有林海松涛，没有鸟语花香，有的是满目黄土黄沙，满目光山秃岭。用不着向你解释我为什么会爱上这块地方吧？是的，这正是我们用武的好地方。所谓“塞外云低天不低，雄鹰骏马任驰骋。”

我在林业发展规划中提到，只要搞好植树造林，将漫山遍野绿化起来，就会从根本上扭转吃水贵如油的局面。只有青山永驻，才能绿水长流。我下乡时也跟人们这么宣传。不知怎么搞的，上了年岁的人把我当成了风水先生，作揖磕头求我给他们找水。还有人说我是专门学这个的，光专业书就念了五六车。人们简直把我说神了，待我也敬若神明。做拿手的饭菜款待我。我简直记不住那些各样美食的名称，我也形容不出它们有多好吃。我真惭愧不是风水先生，不过心里倒也甜滋滋的。人民不把大学生当臭老九。

红山嘴有一位白发苍苍的老奶奶，问我啥年头才能吃上我所说的清泉水，她能否赶得上，我问老人家贵庚，答曰八十有二。我见她鹤发童颜，腰不弯背不驼，耳不聋眼不花，于是断言道：你老人家不但能赶上，还能喝着清泉水享几年清福呢。老奶奶很高兴，把脸乐成朵菊花，随口说道：“那我就活到一百一。”好！我说，咱们一言为定！我们当面锣对面鼓地谈妥，不亚于立军令状。

也许你会埋怨我不该耍笑老人，那么缺水的地方，栽上树也不见得就绿水常流。你还会说我学生腔太浓，不知道美好的心愿与生活现实间的距离。我何尝不知耍笑老人是有罪的。我跟老奶奶这样说不像我们在学校听教授讲那样心里没底。这里有活生生的实例。有一片绿洲，堪称甲天下。那就是井头村。可谓是青山绿水。“文革”初期曾改名林泉堡。这倒也名副其实，但由于人们不习惯，这个名字没叫出去。我考查时了解到，原来这里也没有泉，吃水也需挖井，由于有了林才有了泉。我问其究竟，原来这儿有个国营林场，新中国成立初期搞了封山，长起了天然林，又造起了人工林。山上绿了就有了泉水。这不是活生生的例子吗？为啥井头能红山嘴就不能？所以说我并非戏弄老人，我是严肃认真的。何况军令状岂能闹着玩？

我计划在井头建个社办林场，以这里为龙头带动全社都绿起来。一想这些我的心就怦怦地跳，整夜整夜地睡不着，仿佛置身在茫茫的林海之中，与白发老人一起享用清澈香甜的泉水，听你讲述大森林的故事。

这些时老想你，感到孤寂时想你，想到我们的伟大事业时更想你，我的生活不能没有你。我真恨自己，为什么与你分开？本来我有到你身边去的机会。为什么要到大山里来！我想用回忆我们在一起时的欢乐时刻打发孤独寂寞的时光，事与愿违，这样做的结果反而使我更想你。这些时还常常做梦，都是坏梦，使我感到莫名的恐怖。我真怕会失掉你。我用奶奶的教诲来圆我的梦。奶奶说，梦是相反的，梦见死是活，梦见棺材是喜，梦见水和鱼是财。可是这些我都没梦到。具体梦到了啥，我也说不清，只感有一股来势凶猛的力量要把我们分开。这股凶猛的势力是什么？梦肯定是具体的，不然不会让我那么惧怕，可是一早醒来就忘了。奶奶说梦忘了好。但我梦醒时的恐怖心跳却很难忘得掉。我老觉着不是好兆头。我想，边山不会有事，革命的爸爸一心为党，精忠报国，母亲贤惠勤劳，妹妹从小就比我精明；湾龙也不会有事，爷爷土生土长在美丽的故乡，一世的勤劳使他有着强健的体魄；北京的叔婶家更不用担心，前两天还来平安信呢。

想来想去最让我挂心的还是你。工作累否？身体好吗？心情如何？……一切一切都在念中。我想你也不会有事的。有我的虔诚祈祷，上帝会保佑你。十面井告诉我，我这只自由的鸟没到你身边，飞到大山里来，确确实实是来对了。我不是追求什么罗曼蒂克，是为了实现我们的理想，普写《大森林之歌》。不管以后发生什么情况，我永远不会后悔到这里来。

你许下的愿何时还呢？我现在比以往任何时候都想听你的大森林的故事。快飞到我身边来吧，不要让我再受思念的煎熬，不要再让我受噩梦的惊吓；快奔到大山里来吧，这里有英雄用武的广阔天地，我们要比翼齐飞，用我们的才智，用我们的汗水，共同谱写大森林之歌。风雨送春归，飞雪迎春到。千万别再等。你要借助春雁的翅膀，伴着春姑娘的脚步进军塞北。你的战友你的亲人已经张开了双臂，热切地迎接着春天迎接着你！

永进一气把信写完，从头到尾看一遍，爱不释手。这不是信，是捧给秋萤的一颗赤诚的心。他心里甜滋滋的，嘴里香喷喷的。什么噩梦的惊吓，什么煎熬之苦，统统被赶得无影无踪。他伏在写字台上，枕着这封信，仿佛贴着心上人的面颊，渐渐地睡着了。嘴角眉梢的微笑流露出他心头的喜悦。不用说他准梦见了她。即便不是梦见洞房花烛夜，那也是手拉着手肩并着肩向大山里走去。她给他讲大森林的故事，他为她唱大森林之歌。

这一天总算盼到了。牛永进前两个晚上就睡不好觉了。想象着与秋萤联系上的情景。她的第一封信将报告什么呢？想呀爱的字眼不一定出现，但满纸都会体现出来。她准会说瘦了，但叫我别担心，瘦一点更精神也更结实。她会俏皮地问喜不喜欢印度人，因为她晒黑了。她将告诉我不想借助春雁的翅膀，因为它们一到秋天还要往回飞。而她将与我生死在一起，永生永世不分离。所以她要靠自己的力量奔到我身边来。

头天晚上，永进把和秋萤小站离别后的旅途日记和信从头到尾又看了一遍，觉得很满意。他屈指算了一番，在信的末尾又添上这样一句话：

> 见信后火速回信！见到你的信我才回家过春节。否则会因为对你的挂念而过不好年。千万千万！

他将日记从本上扯下来，连同信一起装在公社邮文件的大信封里，没有封口。为的是再往上写方便。可怜的情人，无微不至的用心，然而天下有情人都能成眷属吗？永进怀着幸福的神往蒙蒙眬眬地过了一夜。第二天早起开门，大事不好！雪花飞落，漫天皆白。永进首先担心的是邮递员不会来了。这可怎么办？如果雪下个不停，再刮开白毛风，说不定要耽误几天。况且大雪封山汽车不通，即便邮递员来了信件也走不了。好不容易盼到了绿灯，又遇上这样的鬼天气。永进叫苦不迭。老天爷咋这不近人情？

他踏着吱吱的积雪到公社对门的邮政点打探消息。雪地上倒是有不少脚印，但小院里却没有半点邮差的影子。负责人老韩正在办公室喝茶，见永进来访，热情地招呼他：“快进来坐。用不用给你倒杯茶？”

永进谢绝，无心闲谈，急着询问消息：“韩师傅，今天邮递员恐怕不来了吧？”

老韩看着窗外飞卷的雪花，慢条斯理地说：“现在还说不定，如果雪老下，也许就不来了。”

“要是雪停了呢？”永进满怀希望地问。

“那也说不定。”

永进像泄了气的皮球，一下子没了精神。

“有急事吗？”老韩关切地问。

“想邮一封信。”

“邮信？”老韩探奇地问：“给对象还是给家里？”

“朋友。”永进不会撒谎，脸红了。

老韩只是随便问问，没想到让这个年轻人如此难堪，真不好意思。他催促说：“走信还不快点拿来，我这就装包打封了。”

永进听罢撒腿便跑。

他将信封好，在烟筒上将封口烤干。跑回邮政点，称了重，贴足邮票。他亲眼看着老韩将信件加戳打捆，连同邮包一起装在邮袋里，并且夹上铅封。他这才如释重负。一块石头落了地，心里感到畅快。出小院门见到漫天皆白的雪，他又眉头紧锁，一筹莫展。

现在时间还早。邮递员即便来也得到十点钟以后。在这件事上摸得最准的要属于树林了。她总是和邮递员脚前脚后进那个栅栏门漆成绿色的小院。牛永进也有了体验，刚才又听权威人士亲口说，他只有耐心地等。他顺手从书柜里找出一本书，翻开来看，可是看不下去。索性扔到桌上。他到屋外看雪，到院外看天。雪没有一点停的意思，天像灰色的帐幔，四周的群山都被帐幔遮住。天有不测风云，阴晴雪雨都是自然现象，不是鬼神所能左右。这个道理小时就听老师讲清了。如今的大学生倒埋怨起老天爷来：“早不下晚不下，偏偏在这时候下！”牛永进坐卧不宁心神不定，一会儿在屋里看表，一会儿到大门口看人。好不容易挨到了十点钟，却没看到邮递员的踪影。又过了半点钟，茫茫的雪地上仍是空无一人。永进知道，邮差今天不会来了。情有可原，这么大雪。永进悻悻地回屋，心里好不哀伤。

他仍是心神难安，总不死心地希望邮递员会来。他脑海中闪出邮政点墙上那条“风雨无阻”的标语，更为他的希望增加了力量。他再次到大门口望眼欲穿地面向北方。他对自己说：“就这一次了，如果再看不到就死心吧。”目之所及，白茫茫一片，前无古人后无来者。“回去吧，死心别等了，安心干别的事吧。”永进对自己下命令似地说。然而他的身躯对这项命令置若罔闻。因为他老不死心，老抱着希望。再等一会，如果还是看不到人影再回去。于是他又坚持，直到身上感到很冷了，仍不见人影，他才长叹一声，回吧，再等就要冻成冰棍了。正当他要往回走时，有一个四条腿的动物映入眼帘，渐渐看清是头毛驴，后面跟着一个雪人。这是干什么的？永进一下又来了兴致，忘了寒冷。

他多么希望这位赶脚的就是他盼望的邮递员。

毛驴和雪人越来越近，永进看清了驴背上驮着东西，由于落了一层雪，不知所驮何物。毛驴喘着粗气，胡子冻成了冰棍，走路的样子仍很潇洒。雪人身上满是雪，白茬皮袄没系扣，分不清哪是里哪是面。他的眉毛和狐皮帽子结了一层霜。雪冻到他的膝盖下边，像穿了一双笨重的雪靴。他步履艰难地跟在毛驴后边。看到这一幕，永进为之油然起敬。快走到邮政点时，赶脚的雪人紧走几步，抢到毛驴前边，牵扯住缰绳径直走进绿栅栏门。永进顿时明白过来，他急切盼望的人来到了。他心里喊着邮差万岁，大步追了进去。

“真是雪中送炭！”一个银铃般的声音在小院里响起，紧接着于树林从屋里迎出来。她拿笤帚扫雪人身上的雪。

老韩出来卸邮件。永进过去帮忙。他们把邮件抬到屋里，老韩过去招呼邮递员。他拿过一根木棍敲打冻在他脚上和腿上的雪。邮递员惦记他的毛驴，不等把雪打净就去照顾任劳任怨的伙伴。永进也跟过去，想帮点什么忙。

毛驴的脊背冒着热气。它晃了晃头，头上的雪被晃掉不少。它又抖了几次毛，想抖掉屁股蛋上的雪，但几次都没成功。倒是永进从小于手中要过笤帚帮它扫掉了。

“要不要饮它点水？”永进心疼地望着累得汗流浃背的毛驴。

“先让它歇会儿。”邮递员说。

他们也进到屋里。于树林像这里的主人似的从里间端出一杯茶，送到邮递员面前：“王师傅，快解解渴。”

邮差接过杯子，顺手放到桌上，眉开眼笑地说：“今天保证有你的信。”

“希望你言中。”小于打着哈哈说。显然他们很熟了，可见她是这里的常客。

给邮件起封拆包的老韩也凑热闹说：“恐怕外边的信对小于已不很重要了。”

“为啥呢？”王师傅不解其意。他发现小于的脸红了，又看到老韩给他的暗示。他瞧瞧永进又瞧瞧小于，大惑初解似地“唔”了一声。弄得两个年轻人怪不好意思的。

这时王师傅已摘掉狐皮帽子，脱掉白茬老羊皮袄。他的头上身上也腾着热气。永进见状关切地说：

“小心感冒哇，王师傅。”

“平常。”王师傅满不在乎地说。“当你们知识分子呢，动不动就伤风感冒的。我们可是在风雪中摔打惯了，想偷懒歇两天，都找不上感冒的借口。”说罢就大口大口地喝起茶来。

小于帮老韩分拣信件。老韩边分报纸边与王师傅聊天：

“跟我喝两盅不？”

“回家喝去了。”王师傅说：“一会儿我就往回赶，不然等刮开白毛风再走就更受罪。”

永进看小于分信。一个书柜似的物件，上有好多隔开的方格，全公社十七个大队和社直各单位各占一格，小于将属于谁的信放到谁的格里，动作之快堪称老手。永进本想开她两句玩笑，话到嘴边又咽了回去。别招惹人家吧，免得造成误会。他想到他的秋萤，听到里屋的对语，心里美得什么似的。终于能按计划和秋萤取得联系了。过几天她就能收到我的信，再过几天就能收到她的回信。春节回家向亲人有喜可报了。

他正美美地想着，无意中发现于树林藏起一封信。他看到收信人是他的名字，于是向她索要。小于哪里肯给。

“老规章，猜对了再说吧。”小于迅速将信件分完，两手放到背后等着永进猜。

永进顺手拿过一个小邮包，也放在背后煞有介事地冲小于说：

“好吧，咱们对猜，谁猜对了谁给谁，到底谁先猜？”

“你骗人，我早就不让家里寄吃的来了，所以不会有我的邮包。”

“那好，既然你不要，那就归我了。先看看是哪寄来的。”永进神神秘秘地把邮包举到脸前头，读上边的字：“陕西省延安……”不等永进读完，小于就蹿过来抢夺。

“快给我，是我的。”

永进把邮包塞给她，趁势拿过自己的信。信是边山秀春妹写的，很薄。他想，准是爹妈想他，催他早点回去过年。他拆开看：

哥：

爸爸被抓进6号，妈妈急得要死，见信速归！

妹

开什么玩笑，永进不以为然。他以为自己看花了眼，定睛再看，白纸蓝字，分明是这么写的。怎么回事？他蓦地木然了。

大呼上当的于树林骂他坏，还在他背上捶了一拳。也许是这一拳把他惊醒。他马上意识到出了大事了。他忽然想起什么似的奔向里屋，里屋已经没了人。他又奔到院里，见老韩正送王师傅上路。

“等等！”永进紧张得气喘吁吁地说：“王师傅，等等。”他央求老韩，

“韩师傅，我想把我邮的信拿出来。”

二位师傅不知发生了什么事，瞪大眼睛瞅着他。被愚弄的于树林借机报复，用老韩的口气发话：

“这怎么可以？经过铅封的邮件是不能随便开包的。”

“破一次例吧，韩师傅，求您啦。”

“到底怎么回事？”老韩问。

“有件重要的事忘记写上了。”

“那就再写一封吧，”小于旁敲侧击地说：“八分钱也花不起？”

“不行，这封信我不能发走。”

“为啥？”老韩问。

“我，我把收信人的地址写错了。”永进总算找到了恰当的理由。

二位师傅七手八脚地卸下毛驴驮，打开邮包，取出永进那个大信封。永进一把拿到手中，二话没说，转身便跑。

剩下这三个人大眼瞪小眼，不知发生了什么惊天地动鬼神的大事。

永进跑回宿舍，关好房门，从兜里掏出那封揉皱了的信，放在桌上展开，闭了会儿眼睛再看。信上的内容没有变。他揉揉两眼再看，还是那两句话：

“爸爸被抓进6号，妈妈急得要死，见信速归！”

天呐！到底发生了什么事情？！

第七章 边山来了红旗轿

耸入云端的真子峰鸟瞰百里大地，它的下面埋藏着丰富的黑色的金子。在方圆百里范围内，人工堆起了七座圆锥形的矸子山。真是虎父无犬子，他们不愧为真子峰的后代，青出于蓝而胜于蓝。远远望去像硕大无朋的金字塔群。它们七兄弟之中，边山的为大。不仅是矸子山的形体大于那六兄弟，边山煤矿的历史也比那六矿悠久。

一辆威风凛凛的红旗牌轿车雄赳赳气昂昂地朝最大的矸子山飞驰而来，给本来就物华天宝人杰地灵的边山又增加了几分色彩。

能对红旗轿车一饱眼福的人为数不多，坐过的人更是微乎其微。那不是一般的物件，在当时的中国大陆象征着权势和地位。难怪人们都刮目相看。

红旗轿车箭一般驶到东门外，拐上边山的街道一下子减慢了速度。其实它仍可以快速前进，因为所有的行人车辆早早地将路让开。红旗轿车像故意让少见多怪的边山人开开眼界、看个仔细，慢条斯理、四平八稳地前进着。从东大街拐进小马路，绕过庞大的工人第一俱乐部电影院，又在宽敞的大马路兜一圈风，返回来经过百货大楼，越过穿街的铁道，径直驶向矿部的凯旋门。红旗轿车所到之处，行人都站在两边竞相观看。大人物光临，有的拍手称快欢迎之致，有的诚惶诚恐担惊受怕，有的事不关己高高挂起……尽管人们心态各异，但有一点还是一致的,这个红旗轿把个边山人都看傻了。轿车驶过,就有人议论开了:

“哇！总算亲眼目睹。死也知足了。”“你看到啥了？”“红旗轿车呀！”“几面红旗的？”“不知道。”“告诉你吧，三面红旗的才是最高级的呢。”“是吗？今天第一次听说。”……“看那首长多年轻，人长得也帅，要不怎么能到上边去呢。”……“咋就来一辆车呢？按说上边来人，地方官应该跟一大帮才对呀。”“你懂啥呀，现在时兴微服私访。”“那就更不该开着红旗轿车来。”“这你就不懂了。没听说皮裤套棉裤里边有缘故吗？不是棉裤薄，就是皮裤没有毛……”

矿部的凯旋门彩旗招展。装饰的松柏枝过些时就换一茬新的。现在是刚换

不久，绿的招人喜爱。拱门上的彩旗也是崭新的，在松柏枝的衬托下显得更加鲜艳夺目。这一切仿佛都是为了迎接这辆红旗轿车。只见它大大方方稳稳当当地驶进凯旋门。

这个稀罕物件把门卫给吓住了。就象和闪电同步炸响的雷，让人没有一点思想准备，防不胜防。按说这么大个矿，啥人物没来过？门卫也算见过世面的，各样各色的轿车也见过多了。可他还真没见过红旗轿车。要说是几面红旗的，那更分不清了。以往总是有他认识或见过的人陪着，今天怎么改弦更张了呢？从轻装简从上看，来者不像是大人物。但坐红旗轿车的决非等闲之辈。受了很大惊吓的门卫不敢怠慢，急忙打电话通报。

接电话的是矿办公室主任庞大钟。他听说中央来了人，立时麻了爪儿。急忙飞奔下楼。庞大钟本来就体粗气短，再加上下楼急了点，见了红旗轿车又异常紧张，连连喘气。他也像孤陋寡闻的小市民那样，把坐在司机右边的那位相貌堂堂的中年男子当成了中央首长。见他从车门出来就忙不迭地与之握手。

“欢迎中央首长光临！”其摇尾乞怜点头哈腰让人见了又好玩又好笑。其实他拜错了神，被他称作首长的是个随员。人家自我介绍说：“我叫辛章。”

辛章顾不上听庞大钟的恭维和报告姓名，用力甩脱他短粗多肉的大手，像甩掉夹人的螃蟹那样。他打开罩着茶色窗帘的轿车后门，请出一位身体不高戴的眼镜不小的人。他是谁？辛章介绍说：

“这位是首长。”

“武威。”首长眉开眼笑地道出姓名。

“欢迎欢迎！”庞大钟伸出双手，比刚才更热情更恭维。他与辛章握手时，曾羡慕得垂涎三尺。看人家，这么年轻就当了首长；看自己，狗屁不是，羞死人了！当他握住武威干瘦的弱手时又有点欣慰。他想：看来不见得非得美男子才能当首长，眼前这位大员就是个明显的实例。看他这瘦样，好东西全白吃了。他不像深居简出的大人物那样白皙，也不像劳动人那样健康的黑。他的脸是黑青黑青的，嘴唇是黑紫的，横竖找不到一点新鲜的血色。胖乎乎的庞大钟眯缝着小眼把武威打量一番，心说道：我怎么也比他强。倒是首长笑容可掬平易近人的表情使他大受感动，他不禁又产生敬佩。他不知道这辆不速而至的红旗轿载来的是哪路的神仙，也不晓得有何贵干，于是他试探地问：

“首长是……”

“我们这次来是一竿子插到底，没有兴师动众，领导同志让我们来看看你们。”武威是干什么的，他一眼就把庞大钟看穿了，一撅屁股就知道要拉什么屎，不等问就先来个下马威。

这一着果然把庞大钟镇住了。哇！首长。庞大钟倒吸了口冷气，不寒而栗。但很快又镇定下来。他用商量请示的口气说：

“首长先住下吧，有啥指示回头再说。”

“上山问禁，入乡随俗。来到你的辖区，一切悉听尊便。”大员依然是笑容可掬。

他们上车，庞大钟指路。轿车在众目睽睽之下驶出凯旋门。顺原路行驶百来米，向左拐又行驶百来米，再向左拐进融园东门，沿着洋灰路面上坡，向右拐上两旁为洋槐的林荫道，驶进挂有“边山煤矿第三招待所”牌子的大门，在一座高大的洋房前停下，庞大钟把首长让进别墅。

融园是当年黄头发蓝眼睛的洋人在时修建的，用高大的石头墙围着，里边有别墅群，蓝球场，露天舞场，游泳池。一座座尖顶红铁瓦的洋房被小园圈着。小园里有小游园。这个第三招待所可以说是佼佼者，地理位置得天独厚，无遮无拦，占地面积大，房子建得也高，里边的陈设自然也很考究。武威没少东南西北地跑，可以说是见多识广。什么好东西没吃过，什么高级房子没住过？小小的边山还有这样好的所在，大出他所料，心里自然是美的。

庞大钟连连表示欠意：“我们这地方小，条件差，请首长多多包涵。”

武大员应付庞大钟这样的小喽啰是绰绰有余的。他很有分寸地说：“咱们一家人不说两家话，我们不在乎吃住好坏。要是图享受就不下来了。”

“那是那是。”庞大钟阿谀逢迎着，又怕大员误会，解释说，“这个招待所虽然排在第三，论条件却是第一。”

“好赖都一样。”武威还是不领他的情。

庞大钟心里很不是滋味。后来又出现几次拍马的机会，都没让他如愿以偿。他心里很是害怕，怕不小心得罪大员没好果子吃。可是始终微笑着的大员又让他琢磨不透。人不可貌相，难道他真的那么平易近人？谁敢保证他的微笑后面没藏着杀机呢？三十六计走为上。他说：

“实在抱歉，我这个人粗枝大叶的，考虑不细，招待不周，等我把田矿长找来就好了。”

“田矿长？”大员听了有些纳闷，“你不就是主任吗？”

“我是矿办公室主任。”庞大钟红着脸说：“我们矿郭书记到上边学习去了，就是田矿长当家。”

“你们这没成立革命委员会？”武威打断他的话问。

“成立了。田美海是革委会主任。他过去是矿长。所以我们还习惯叫他矿长。”

“不要叫矿长。无产阶级“文化大革命”砸烂了旧的国家机器。毛主泽说

革命委员会好。”庞大钟点头称是。他胆战心惊地接受大员的谆谆教诲，立竿见影地说：“我去找田主任，首长先休息一下。”

离开第三招待所，庞大钟如释重负，长长地出了一口气。他连打两个冷战，这才发觉刚才出了一身汗，出来被风一吹，浑身上下都感到冰凉冰凉的。他大步流星走过洋槐林荫道，回头望第三招待所那高大的洋房仍是心悸，现在还说不上是喜是忧。他没有沿下坡的洋灰路走东门，而是朝南走。融园的南门与矿部大门相对，修的是水泥台阶，只能走人不能行车。挨门口的西侧是矿工的更衣室，淋浴池昼夜不停。除了工人接班高峰，平时洗澡更衣的人也不断。惊魂未定的庞大钟来到融园南门口，步下台阶。听到上上下下的人中有人叫他庞主任。他这才感到自身的价值，不禁又得意起来：别看我在大员面前连孙子辈都排不上，在边山一万三千多名工人当中，我也有一席之地呢。他兴冲冲奔向矿部。

庞大钟离开洋房，武威也舒舒服服地出了口气。不知从哪年起他养成了这样的习惯，在外人面前总是微笑着，仿佛是一朵开不败的菊花。想当年也可能曾是玫瑰或月季什么的。现在虽说老了，但说菊花也恰当。当那个笨熊似的身影在门口刚一消失，他的笑容也随之消失，像作罢戏的演员摘掉脸谱，现出了本来面目：这朵菊花像遭了霜打，一道道很深的皱纹布满他的脸，纹底由于经常藏在笑容里，比他铁青的脸要白得多，像画上去的好多道道。幸好庞大钟离开时没有回头，不然他会以为洋房里有鬼。

此时的武威，既不武也无威。像从战场上退下来的伤号，有气无力地倒在沙发上，眯缝着两眼一声不吭，像流血过多失去了知觉。是的，他太累了。

辛章像一个不热爱本职工作的护士，坐在离伤号远远的地方吸烟。透过一团团的烟雾，他审视闭目养神的武威，感到莫名的恐慌。这次边山之行太使他违心。要不是自己的亲姐夫，换一个人也休想拉他来。他想，凭着姐夫的尚方宝剑，本次可能很顺利；但凭他上次来的印象，又不会像所希望的那样痛快，然而他深知姐夫大人的脾气，不达目的是决不罢休的。所以，一场真刀实枪的恶战是很难避免的。他深恐自身陷进泥潭不能自拔。至于武威的事他是干涉不了的，种种因素的制约，他又不能公开逆着武威来，只能唯命是从。要想不深陷进去，只有想办法早点逃脱。

安静舒适的环境，加上旅途的疲劳，大员悄然入睡。真是难得。辛章知道，姐夫睡觉的时候很少。所以见他脖子歪在肩上呼吸不畅也没给扶正。那将造成好心办坏事的结果。只要稍一惊动他就会醒，一醒就再难睡着了。

夜幕悄悄降临到不知疲倦不会安宁永远沸腾的矿山。

一个声音，一个赶走黄昏带下夜幕的声音，一个粗犷、低沉、单调、奔放的声音在灯火初明的边山鸣响。这声音，像深山里的虎啸，似密林中的猿啼。边山的大人孩子都知道，这是报时的汽笛声。人们习惯地称之为“响汽”。不是像鸣钟那样每个钟点都有响汽报时，而是按矿工早六点、下午两点、晚十点三班倒的时间响汽。报告矿工的家属，他们时刻惦念的亲人顺利接班到岗了，交班的就要平安到家了。此外像上午八点、十点，中午十二点，晚上六点和八点半也都各响一次汽。晚上八点半响汽的时间最长。

此时响汽报告的时间正是晚六点。

边山人司空见惯了的响汽，使从梦乡中惊醒的武大员进入紧张状态。他把响汽误认为警报。首先想到是受原子弹的袭击，接着又想到地震，二者都是灭顶的灾难。他本能地寻找藏身之所，遗憾的是客厅里没有理想的藏身之地。他便当即卧倒，动作之快赛过训练有素的士兵。灾难没有降临，警报却忽然停止。他慢慢睁开眼睛，看到投进窗来的闪烁的灯光。没有断电，没有骚动，八成是虚惊一场。他站起身来，打开灯，见安之若素的辛章从卧室走出，他的惊魂也稳定下来。他怀疑自己刚才听到的响汽是梦中的声音。

这时有人敲门。进来的是衣着整齐的服务员，报告晚饭备齐，请首长用餐。

晚饭是很排场的。小小的边山把饭菜弄成这样，再苛求的食客也挑不出什么来。虽然没人作陪，但吃着更随便。管事的婉转地传达了庞大钟的意思：还没找见田主任，他没资格来陪这么大的官。

武威像苦行僧似的保持着烟酒茶三戒，多好的佳肴也打不开他的胃口，倒不是想给省着，实在是作不了胃的主。辛章可不管三七二十一，酒足饭饱之后，回屋又泡了一杯茶，点着一支烟，享受赛过小神仙的乐趣。他很自觉，吸烟时总是离姐夫远远的。

武威在窗前踱步，忽然停下来招呼辛章：

“快过来看。”

辛章顺着姐夫的视线向外看，见几个黑影溜进餐厅。武威没头没脑地大发议论：

“非洲大草原战死一只象，首先吃它的是雄狮猛虎恶豹，接着是豺狼，打扫剩落儿的是黑老鸦。”

辛章插科打诨地说：“回去我们也是黑老鸦。”

武威不理会辛章说什么，继续道：“人兽的贪心是一样的，都想吃头一口。”

“能否吃到还要看条件。”辛章很少与姐夫讨论什么问题，今天似乎也上来兴致，带着争辩的腔调说，“譬如我们……”

“得得，不要说我们。”武威摆了一下手，像演说的哲学家那样，“条件

不是做梦能梦来的，也不是坐着等能等来的，条件是创造出来的。首长派我们来，就是为她吃头一口创造条件来了。”

辛章立时哑口无言。他对这个问题很敏感，从不参与对“首长”的议论。他坐到沙发上，又吸着烟。抱着你说就听不说也不问的态度。

武威改变话题说：“让我们好好欣赏矿山的夜景。边山的夜景多么美丽壮观，挨星接月的圆锥形矸子山，远远胜过举世闻名的金字塔；高大的天轮为把人们载入共产主义天堂而日夜飞转；你看那像星星一样闪烁的灯，是夜神的眼睛注视着不眠的矿山，不论是怎样的大家名流，都不能不为之倾倒。边山有一万三千名产业工人，用套话说这里有悠久的历史和光荣的革命传统。这么重要的阵地无产阶级不来占领，就必然会被资产阶级占领。”

“难道边山不是无产阶级的天下？”辛章冒傻气地问。

“哈哈哈……”武威一阵冷笑，挖苦他说，“你充其量也不过是个书呆子。闹了半天还不晓得党外有党，党内有派。党外无党，帝王思想，党内无派，千奇百怪。”

“可是……”

“可是什么？光靠一些要笔杆子的就能得天下？要有产业大军做后盾。你可别隔着门缝看边山。如果比作原子弹不适当的话，那么这里就是八级地震的震源。首长完全清楚这一点，做梦都想着抓到手。”

辛章不寒而栗。凭着灵敏的嗅觉，他嗅到了上边浓浓的火药味，也知道自己姐夫的枪口所指。他就怕与姐夫上同一条船，现在却偏偏上来了。他感到恐惧和惊慌，有了回不了家的预感。他试探着问：

“凭你我二人能掀起八级地震？”

武威又一次冷笑。他狂妄地说：“不掀它个八级地震我们干吗来了？”

辛章知道这个武威有恃无恐，什么事都能做得出来。他很为边山捏一把汗。

粗犷、低沉、浑厚、单调的汽笛声又响了起来。武威竖起耳朵听。虽不像乍听时那样恐慌，但仍显得有些紧张：

“这是什么声音？”

“是报时的汽笛，边山人叫响汽。”

武威看看表，“八点半了，”他怒气十足地说，“真让我们坐上了冷板凳。那咱们就先来个入境问俗吧。把庞大钟叫来。”武大员成竹在胸。

庞大钟应招而至，与大员谈了一个多钟头，之后被红旗轿送回矿里，用武威的话说是让他也威风威风。

直到夜里十一点钟庞大钟才找到田矿长。他到井下检查生产去了。他听说中央来了人，顾不上洗澡更衣，只胡乱擦了把脸，脸上的煤黑都没擦净就往融园奔。路上他问庞大钟：

“没听说他们来干啥？”

“说是中央首长让他来看看咱们。”

“哪位首长？”

看到庞大钟欲言又止，田美海不再问了，大步朝前走。他穿着煤炭工人的雨靴。脚步踏在寂静的融园的洋灰路上显得格外响，庞大钟紧跟其后，穿洋槐林，进三招。

武威隔窗看到庞大钟前边的那个高大的身影，心里也是暗暗钦佩：多威武的矿工，头顶明亮的矿灯，脚踩黑亮的水靴，矫健的身影，健步如飞……武威垂涎三尺。见来人步上洋房台阶，大员吩咐辛章：“我不见客，就说我睡了。”说罢进到卧室。

辛章正不知姐夫搞哪家子名堂，田美海二人已经敲门进来了。辛章打心眼里敬佩这位矿长，看他这身装束，知道刚从采煤掌上来，见他额汗涔涔的样子，可想他急着来见客人，其情可嘉。他不知姐夫的用心，怕话多语失，急忙打发他们走。他很不好意思地说：

“武威同志有点不大舒服，睡下了。”

“是吗？”田美海关切地说，“让我看看咋了。”说着就往卧室走。

辛章一看急了，跃身拦住去路，煞有介事地说：“可别弄醒他，神经衰弱。”

“叫医生来看看吧。”田美海征求辛章的意见。

“不用不用，来时带了药，睡前吃下的。”

“既然这样就不打扰了。”田美海快人快语，告辞匆匆离去。既纳闷又幸灾乐祸的庞大钟尾随其后。

辛章很难过，愧对这位打心眼里敬佩的矿长。见武威出来，埋怨道：

“你为什么要这样？！”

“你别忘了我们在他们面前是首长。”

“那又怎么样？”

“我先问你咱们几点钟到的边山？”

“下午三点吧。”

“现在几点？”

“十一点。”

“从下午三点到夜间十一点，相隔八个钟头才来见首长，这说明什么？你再看他那身打扮，如果遇到只懂生产不懂政治的上级，那倒可以博得几声赞美。”

简直是横推车倒拉牛，鸡蛋里头挑骨头。辛章反问道：

“你不是也赞许他是实干家吗？”

“是的，按哪一套来都少不了这样的人。边山矿他能指挥，你我都自愧不如，甘拜下风。如果他跟首长唱一个调，是个比那个胖小子强千万倍的友人；如果唱反调，则是个又危险又强大的敌人。”

辛章沉默了。他知道自己无力挽狂澜，但他打定主意，就是死也不站在姐夫一边。

第八章 顺昌逆亡

武威接受这项重大使命时，颇有胜任愉快之感，神气十足信心百倍；离开京城又感到心中恐慌，仿佛进入幽深的狭谷，不知道里边的底细。此时的武威来边山仅几个小时就有了稳操胜券的信心。因为他既有尚方宝剑，又有了锦囊妙计。这得给庞大钟记上一功。

刚才大员入乡问俗，庞大钟被招来，他屁股没坐稳就急着向首长表功：

“我一回去就找田……田主任。”庞大钟本想说田矿长，怕首长不高兴，立即改了口，“打电话到井运区，说去了开拓区。等要通了开拓区的电话，又说去了采煤区。就这样一采区、二采区、三采区、四采区找了个遍，总算没白费劲。”说到这他忽然止住，就像说书人似的使了个扣，假借喝茶的机会观察大员的神色。如果人家不爱听就换话题。他很会看领导的眼色行事。见微笑着的大员听得津津有味，两眼眨也不眨。于是庞大钟接着往下说：“找到田主任的下落。说是在采煤掌上呢。我告诉说中央首长派首长看望咱们了，叫他赶快上来。这不，等到现在也没来，不知话传到没有。”

武威听不大懂他说的井运、开拓、采区、采煤掌等等是干什么的，但他更加看清了庞大钟的狼子野心，是块可以利用的料。于是引诱他说：“我看你们田主任大概是个庸庸碌碌的事务主义者。”

“首长批评得一针见血。我看他简直是个资本主义的实干家。”此言一出，庞大钟又后悔又后怕。他心里警告自己：“在弄清首长的来意之前可不能乱放炮哇！”

武威一眼就看穿了对方的心思，故意现出惊喜的神色道：“好高的思想政治觉悟！”

受了首长夸赞的庞大钟心中别提有多美。他哪里能看出大员的虚假，便放心大胆起来，继续说道：“运动初期就是这么批判他的，经过文化大革命的战斗洗礼，仍不见他改其本性。”

“他也挨过批斗？”大员明知故问。

“这么大个运动他还能躲得过？也是个黑帮头儿呢。”

“黑帮头儿怎么又当了革委会的头儿？”武威又问。

“嗨！提起来就叫人气不打一处来。”庞大钟耿耿于怀地说：“势力大的‘矿革’那派原来就对他假批真保，成立革委会时他们就抬出他来；那个支左的佟师长也糊涂，竟点头同意，上边审批也是稀里马虎。”

“他有什么问题呢？”武威随便问了一句。

庞大钟像背台词似地张口便道出了“走资本主义道路”、“网罗牛鬼蛇神”、“妄图复辟资本主义”等等一大串罪名。

听了这些倒胃口的陈词滥调，辛章扭过脸去撇嘴；武威虽然微笑着听，心里也很不耐烦。他插话说：“大帽子底下得有人，不然就会一风吹。”

庞大钟不愧为经过“文化大革命”战斗洗礼的干将，早就想到了这点，大员不加提示他也要往下说：“五八年他曾下令不准动用超产煤进行土法炼钢，破坏大炼钢铁运动；还说大跃进是大冒进；六〇年困难时期，他说人祸胜于天灾……”庞大钟边说边屈指头，当他把左手的五个指头屈成一个拳头时，右手从兜里摸出个小本本来，熟悉地翻开其中一页，又一条一条地数叨开了。每说一条就把握成拳头的胖胖的手指伸开一个。他说得很有层次，显然他是精心将这些材料梳成了辫子。有反对“文化大革命”的，有以生产压革命的，有混淆革命口号以假乱真的，等等。别看庞大钟的本本不大，记载的事情可再详细不过了，有时间有地点有场合，记录的都是田美海的原话。庞大钟对每条罪状的批判都是现代化的，上纲上线，上挂下连，从国内最大的走资本主义道路的当权派到国外的修正主义头子，从古代的封建帝王到现代的蒋介石，他都能巧妙地与田美海挂上钩，最后的结论是：田美海是走资本主义道路的当权派。

武威并不注意他所揭发的问题，对那个摩挲脏了的小本本却格外留心。他不明白对方何以如此大胆竟将记载直接领导的黑材料带在身上。

“你的小本子要是丢了可怎么好？”大员担心地问。

“丢了也平常。”庞大钟放心大胆地说，“上边的记载除了我谁也看不懂，失不了密。您看！”他拿着小本凑到武威跟前，“我用的是阿拉伯数字、汉语拼音这些独创的密码作记录，您看这条：‘71719kequyi66±1’这是七一年七月十九日，他在科区长会议上鼓吹‘安全第一’，挤掉了政治第一；66±1是‘安全第一’，四个字的笔画。全本都是这样的。”说罢他得意地望着所要攀附的这位首长。

大员微笑的脸上流露出钦佩的神色，心中发出了千万重诅咒：“好恶毒的家伙！感谢上帝没把他安插在我的手下，不然在首长面前他比我还得吃香。看来我只能把他当做敲门砖。”

辛章用百思莫解的眼光望着庞大钟，真是人不可貌相，看他也一表的人才，谁会想到有五步蛇一样的心肠；尽管他地位低下，但心计并不亚于我这位姐夫大人。让人费解的是，他为啥对自己的领导如此仇视呢？往后看吧，光天化日会照出一切鬼魅的原形。

武威知道庞大钟企望着什么，连夸赞带鼓励地说：“你介绍的情况很有价值，对我们下边所要进行的工作很有用处。这次下来，中央首长特意指示我们要积极发现‘三忠于四无限’的革命人才，准备充实到党和国家机关的重要岗位上去，使我们无产阶级永远牢牢地坐江山，让帝国主义、社会帝国主义希望在我国复辟变质的美梦彻底破产。文化大革命正在进行，这就是说国共两党的斗争仍在继续。大钟哪，你要往远处看，往大处想。你这口钟要响起来，争做革命的栋梁！”

利欲熏心的庞大钟哪禁得住这样的诱惑，听着听着就垂涎三尺。好家伙，充实到党和国家机关的领导班子里去，真可谓‘朝为田舍郎，暮登天子堂’，以往这可是做梦都不敢想的事，如今阶梯从天而降。他脸上泛起了照人的油彩；他摩拳擦掌，随时奉命去赴汤蹈火，以报答首长的知遇之恩。他激动得像一个战前表决心的敢死队员：

“首长用多重的锤敲，我庞大钟就发出多大的音响。决不辜负首长的期望，争做革命的栋梁！”

“好！”武威也动了感情，逢场作戏地说道：“革命前途是和革命劲头成正比的，将来端哪碗饭就看你的忠心和干劲了。”

“全靠首长的关怀指导。”

庞大钟很知趣，以找田美海为托辞起身告别。

大员把他送到客厅门口，又随便问了一句：“咱们的劳动模范牛羊伴怎么样？”

庞大钟还摸不透首长对牛劳模的态度，不敢妄言，只是说：

“他？前些年检查出有硒肺，从开拓区调到供应科当科长。”

武威听罢点点头，没再问别的。

武威下来前首长给他下了三个一点的指示：派头一点，果断一点和策略一点。他断然赶走了未来得及更衣的田美海，这就是要派头。下一步就是如何果断和策略了。

他靠在沙发上打了一阵子主意，然后得意地站起来，在柔软的地毯上踱开了方步。通顶的白的确良窗帘随着他瘦小身躯的移动而轻轻地舞动。粉红的灯罩透出带刺激性的光。他停下来，窗帘上出现了他模糊的放大了的影子。“问

题已经很清楚，”他心说道，“田美海并不是跟首长唱一个调的人。明天先给他来个下马威；接着就提牛羊伴。估计他好糊弄，劳模劳模，只会拉车，不懂看路。只要他表示站在首长一边，当即让他来影响矿领导班子，以劳模名义刊出那篇首长过目批阅了的文章来影响全国。万一牛敢顶牛就给他办学习班，来个牛不喝水强按头。如果下马威震慑不住田大主任，就扶植庞大钟的势力将他打下去！”这就是武大员的锦囊妙计。他自鸣得意地做了一夜美梦。

第二天，早八点的响汽一停，武威就和蔼而慈祥地微笑着，倒背着手站在客厅里。因为他隔窗看到田美海和庞大钟。

如果说下井装束的田美海使武威钦佩而又嫉妒的话，更衣后的田美海简直使他畏惧。他那白皙脸上的那双黑眼睛放射出来的敏锐的光，透过玻璃窗直射到大员身上，使大员不寒而栗，像躲避机关枪扫射一样慌忙将身子闪开。他努力使自己镇定下来。

田美海进到客厅，一经介绍，他便以主人翁的姿态对待面前的客人。他先把两个人都扫视了一下，然后把目光落到大员微笑的脸上，爽快地说道：

“病好了吗？昨夜睡得香吧？我们小庞可是一夜没睡。我说首长既肯来就不会嫌这厌那，再说这里条件也够好的了。哪个工人家里有地毯？哪家有这么宽敞？”说罢他带头笑起来。

庞大钟也用笑来掩盖满身的不自在。二位客人都没插嘴，笑望着这位爽快热情的主人。田美海谈笑风生：

“昨晚我从井下一上来小庞就急头白脸地说，首长可把我等急了，问我去哪儿了。我说首长关心他的工作，我也关心我的工作。我应急来见首长。他说我这身打扮首长见了会害怕，也会认为我不礼貌，建议我洗澡更衣。我说你呀，简直把今天的首长看成了当年的资本家了。自己人不拘礼节。当然小庞是好意。”

听了田美海的一席话，辛章打心眼里佩服这位矿长。他清楚田矿长没有一点挖苦攻击之意。可是他留心到姐夫大人的微笑的脸上的变化，怕对方再说下去将姐夫激怒，打圆场说：

“首长得知你深夜来访，批评我没把他叫醒。昨天也是实在太累了。”在田美海这样正派人面前说谎，辛章感到脸上发烧，但他是出于好意。

田美海又用爽朗的笑声打断他的话：“小辛同志，你决不会怀疑我把首长比作资本家吧？”

会面这样开头是武威始料不及的。他以为下边的干部见到天上下来的人都得当神敬，哪成想这个煤黑子矿长竟如此坦荡大方。简直是本末倒置！应该是我这样才对呀，得赶紧扭转这局面，不能让他唱主角。他别有用心地找到了制人的话题。

“对你们的款待我是无可挑剔的，正像你说的，我们是来工作，而不是来享受的；从个人关系上讲你和大钟同志对我们也格外热情，按说我应该感到温暖和高兴。”说着说着，他的微笑渐渐消失了，“你们的运动搞得冷冷清清，使我从头凉到脚。像你们常说的：‘当头浇了一盆凉水。’我怎么能高兴得起来！你刚才提到资本家，亏你还记着那些个黑心狼。他们唯利是图，只知道剥削工人阶级的血汗而不顾工人的死活。只要有了煤就有了一切。而我们，如果不注意印把子，不为工人阶级领导的人民江山着想，那我们与资本家又什么区别？党中央特别是首长，对你们边山十分关怀，亲自派我们来指导你们的运动。”他停下来，等待对方的反映。他提到了那位显赫的首长，多少人都为她的身份和地位仰目，一个小小的矿长不更该在这样大的人物面前五体投地吗？尤其是还格外关心他们，哪能不感激涕零呢？然而大员想错了。此时田美海听到这个名字，就跟在报纸上看到在广播里听到时一样平常，并没有肃然起敬，也没有谈虎色变，相反却更加放松起来。他仰在沙发上，跷起了二郎腿。

“简直放肆到了极点！”武威下意识地看着这个本该属于他的姿势，心中恶狠狠地骂道：“别忘记西太后有句说到做到的话，‘谁叫我一时不高兴，我就叫谁一辈子不高兴’。要知道首长比那个老佛爷是更胜一筹的。”他用鳄鱼一样的眼睛死盯着田美海。

谈话出现了僵局。双方的随员不敢插科打诨。庞大钟像悄悄出洞的老鼠，望望这个又瞅瞅那个。辛章暗暗给田美海打气，希望他教训一下这个不知天高地厚的首长红人，让他真正知道强中自有强中手；然而他又知道田美海这样做会造成可怕的后果……

“首长说我们的运动搞得冷清，使您从头凉到脚，请明示您指的哪方面？”田美海预感到大员来者不善。但他并不示弱，针锋相对地发问。

“这不是明摆着吗？”大员用教训的口吻说，“你们的矿里矿外，有几条像样的大标语？那些个宣传画，都是什么乌七八糟的东西？不讲我们无产阶级专政受到威胁，画点子安全生产。这用得着你说吗？哪个工人也不愿活着下去死了上来。要造革命的声势，不要在芝麻粒上做文章，要着眼于大西瓜。”

田美海认真地听着，等对方刚一停止便马上说：“首长的批评，我看是犯了毛主席所批评的‘下车伊始’的毛病。我们煤矿的主要战场在井下，工人们把揪出野心家的喜悦化成冲天干劲，这能说是运动搞得冷冷清清吗？”

“不敢造革命声势，鬼知道你们的冲天干劲在干什么革命。比如一个游行队伍，既不喊口号又不举标语，那么说是在送葬有什么不可以呢？你敢说你们不像这个游行队伍吗？”

“首长说我们不讲无产阶级专政受到威胁，这又是根据啥呢？”田美海不顾大员的恶毒挖苦，继续刚才的话题，“仅根据我们教育工人安全生产的宣传吗？那我在这里向首长做补充汇报，工人们对国家大事非常关心，说虽然揪出了陈伯达，但要警惕和他一鼻孔出气的大大小小的野心家，阴谋家……”

“讲得好！”武威用赞许掩盖他内心的恐慌，“我们就是要把一切阴谋家、野心家都打下去！”

田美海继续说：“我们讲安全生产，为的是避免发生事故，难道首长把保障工人生命安全的宣传看成是捡芝麻的小事吗？如果您知道了万吨煤是如何在二十四小时之内从千米深的地下升到地上来，再看到它变成一条条黑色长龙飞向祖国的四面八方，那您就不会怀疑我们的革命声势，也会明白我们搞的是什么革命。您拿送葬队伍作比，高妙得很。不过这个浩荡的队伍绝不是表示对被葬者的怀念，而是表示他们的愤恨！”田美海很激动，他越来越不把武威这位不速之客放在眼里。

经过大世面的武大员被他所瞧不起的一个小小的矿长击败了。由于愤恨如此善战的敌手，加之受到打击后的紧张与难堪，他脑门上冷汗涔涔。庞大钟期待着双方像大辩论那样互相指着鼻子吵起来。他既希望首长取胜又不希望田美海服软，以便首长被激怒而对他采取果断措施。辛章心里很痛快。他第一次亲眼见到有人面对面顶撞姐夫大人。他把自己和田美海比，那些话他不仅说不出来，也根本不敢说。他再次感到工人阶级的伟大。

武威自然不会善罢甘休。他愤愤地站起身，踱步到窗前，雄伟的矸子山映进他浮肿的眼帘。他不敢抬眼，仿佛那里有一万三千双眼睛怒视着他。他用手帕揩去流到脸颊上的汗珠，回转身，现出异常沉痛的样子。“真没想到哇！”他像是自言自语，又像对田美海：“真没想到首长指出的阻力竟来自这里的领导一方。陈伯达的那套在这里还没有扭过来。”他摇头叹息地表演一番，对田美海下令道：“回去召集党委会，我要统一你们一班人的思想。”

田美海说：“正好今天有碰头会，商量成立专案组的事，不然一下子还真难招集起来。”

武威捕捉到专案组的信息，留下庞大钟，向其探听详情。

庞大钟脸色铁青，像没了魂似地傻愣着，说不清他是否为大员的惨败而懊恼，听首长发问，忙用颤抖的声音回答：

“具体什么专案组我不清楚，我不是党委成员。我估计可能是万尺帆布的事。”“万尺帆布”几个字他是从嗓子眼里发出的。

“什么万尺帆布？”武威颇感兴趣。

“帆布，就是白帆布。”庞大钟像一个笨嘴的老师教一个一窍不通的学生。他磕磕巴巴地说：“六〇年矿上往天津运去一汽车帆布做风筒，风筒没做来，帆布不翼而飞。矿供应科发的货，厂方说未收到。当事人都说送去了。可又没拿到厂方的收条。四清时成立过专案组，直到文化大革命也没能解决得了。眼下大概又要着手解决。”

“这个案子倒挺有意思的。”大员对此有浓厚的兴趣，但却不表现出来，只是很随便地说，“你再详细谈谈。”庞大钟尚魂未附体，无心说这些，只是被动地等着问。问罢，武威欣喜若狂，大钟则更加心事重重。大员情不自禁地拍拍大钟浑圆的肩膀，欲言又止。他看看表，改变话题说：“大钟，叫牛羊伴到这来。”提到牛羊伴，更使庞大钟害怕。他离开客厅，脸色变得蜡黄。

时间不大，牛羊伴到来。他虽然在平凡的工作岗位上取得了非凡的成绩，但却是一个平常的人。他具有一般工人那样的强壮的体魄，一张饱经风霜的憨厚的脸，脸上的皱纹告诉人们他已是五十六七的人了。与四方大脸很相称的炯炯放光的两眼却显示着他还有和年轻人一样的精力与热情。他的衣着也很普通，黑斜纹布的裤子，毛蓝布的上装，外披一件制服棉袄，头戴一顶海军呢单帽，脚穿布底棉鞋。如果说庞大钟嫉恨田美海是出于派性和争权夺利的话，那么现在很难说清他为什么这样惧怕这位很普通的牛羊伴。

“你好！牛羊伴同志。”没等庞大钟介绍，大员抢先打招呼，同时伸过手去。牛羊伴用双手把大员的手夹在中间。他在感到被夹物细瘦的同时也感到冰冷，乃至看到对方微笑的脸也并非热情。

“首长让我向你问好。”武威吸取了刚才的教训，拉大旗，占上风。

“谢谢！”牛羊伴愣了一下，他不记得见过首长。他关心地问起主席和总理的情况。

自打和牛羊伴一握手，武威就意识到自己对这位牛劳模估计过低了。不过他有尚方宝剑，又服了定心丸，再遇上像田美海这样的对手也不会冒汗。但他仍希望这头牛顺顺当当地听从使唤。他说：

“经过无产阶级文化大革命的洗礼，暴露了你们这些劳模不少都是假的，是黑线人物，被打倒了。首长对你这个还站着的人很关心。第一希望你不要倒，第二希望你再放卫星。”

武威这番又打又拉的话使牛羊伴很不自在，他的浓眉向上挑起。

“你先别着急，”大员笑着安抚他说，“放这个卫星并非强人所难。”

“啥卫星？”劳模疑惑不解地问。

“首长叫你写一篇文章。”

“写文章？”牛羊伴伸出一双满是老茧的大手，一边看一边掂量着说，“我这双拿锤子的手写不了文章。”

“是的，首长知道。你是在解放后的工人识字班学的文化。”武威发挥道，“你们这一代的工人不识字，是历史造成的，是黑暗的旧社会带来的恶果。为了保住我们的铁打江山永不变色，使我们的子孙万代都不再过解放前我们过的那种苦日子，历史又给我们中国工人阶级新的使命，那就是无产阶级专政下继续革命。当前在我们国家，虽然又揪出了陈伯达，但无产阶级和资产阶级谁胜谁负的问题还没有真正解决。所以我们要像当年为谁扛枪为谁打仗那样，弄清为谁出煤。如果弄不明白这一点，就像当年给资本家干活那样，出得煤越多把我们自己埋得越深，把矸子山堆得越高，我们被压得越重。在革命的紧要关头，能考验革命队伍中的每一个人。现在就是考验你的关键时刻，看你敢不敢拿出当年的勇气和干劲再带一次头。”

武大员的这番苦心说教只换得牛劳模这句话:“你说半天可我并不会写文章。”

“文章当然用不着你亲自动笔写，首长已派人替你写好。”

“唔！有这样的事？”劳动模范备感诧异，“那能算得上是我带的头吗？谁写文章署谁名不更实事求是吗？”到底是劳动模范，不担虚名。

果不其然，卡壳了。武威仍尽力争取：“你不会不知道你的荣誉负于你的权威。以你的大名发表文章，对全矿一万三千名工人能产生巨大的影响，进而我们边山矿又能带动百里煤海的其他矿，就跟原子弹那样发生由点到面、从地方到全国的连锁反应。你放了卫星，就是在继续革命的道路上立了新功。首长就会嘉奖你。”这番话对庞大钟具有非常大的诱惑力，他真恨自己不是牛羊伴，不然拼死也要抢这个头功。只可惜武威此时却睬也不睬他，而是用与他的话具有同样诱惑力的眼光望着人家牛劳模。

牛羊伴真不愧是劳动模范。他丝毫不相信不经流血流汗的奋斗就能干出大事来。他的心不是铁也不是钢，而是一颗金刚石，对磁铁的强大引力纹丝不动。他低头看看自己的身躯，一点也不相信地说：“我能有这么大的威力？”

“有！”大员肯定地回答。

“可是请问，您让我发表什么样的文章呢？”

武威大喜过望，心说：“闹了半天这个人很痛快，到底是大老粗。”他眉飞色舞地说道：

“当然是革命的檄文。我先告诉你题目：不做拉车的奴隶，争当驾车的主人翁。主要内容是……”

“等等！”牛羊伴制止住大员的话，小声嘀咕道，“‘不做拉车的奴隶’，拉车、奴隶、人民的牛、革命的车……”经过一番宁神玩味，劳模斩钉截铁地表示说：“不！我不发表这样的文章！总理看了会伤心的。我决不干伤害总理的任何事情。”说罢他将两片嘴唇一闭，两眼瞪着武威。

客厅里的空气顿时紧张起来。庞大钟傻子似地看着牛劳模。他不知道此事与总理有何联系。辛章钦佩这位老工人的洞察力。武威变得横眉立目，心里恶狠狠地骂道：“好一个冥顽不灵！”他知道再转弯抹角地说也是枉费心机，便又像对待田美海那样沉痛地说道：“又是一个黑线劳模，陷得太深了！由此证明伟大领袖毛主席的论断是多么英明。”他背诵了段毛主席语录，又说：“你完全辜负了首长的期望，应该为此而难过。既然点不通，那就开一开壳！”他望了望辛章和庞大钟，“走吧，咱们去参加党委会。”说着往外走。牛羊伴也起身往外走，武威瞪了他一眼，命令说：“你需要在这里想一想。”

“我是党委成员，应该参加会。”牛羊件说：

“从现在起你什么也不是了。”大员给庞大钟下令道，“找人先把他看起来！”

接连碰了两个钉子的武威，不但没有懊丧，反而更加精神百倍。他冲辛章说：“泄气了？看你那沮丧的样子，准以为我们打了败仗。”

辛章坦白地摇着头说：“我现在跟来时的心情不大一样了。”

武威说：“那是因为你受了首长的影响。他以为自己是神通广大的孙行者。只要一提他的名字，谁都会怕他。边山就不买他的账。今天我要在党委会上投一颗振聋发聩的炸弹，看我的吧。”

党委会议室谈笑风生。委员们像各路军的将领，汇报战绩和发现的问题。沉浸于工作幸福中的田美海早已忘掉了洋房里的不悦。他们的碰头会一向干脆，从不拖泥带水。此时已是主持会议的田美海做画龙点睛式的总结。他的话幽默风趣实在，引得人们一阵阵笑。他说：“关于万尺帆布案，局里和市里都同意我们着手解决。这是接续中断的工作。关于专案组的人选，就按刚才议论的定，组长由……”

正说到此，武大员在庞大钟的引导下不期而至。田美海收住话向大家介绍，人们鼓掌。

大员拾起了在中国已经过时的礼节——作揖，人们见了停止鼓掌，鼓起嘴笑。武威坐定开始发号施令：“同志们。”他扫了人们一眼，会场安静下来，“我下面向大家宣布：从即日起成立万尺帆布专案组，组长由庞大钟同志担任。”晴天响了一个雷，把人们都给闹蒙了。“怎么回事？！”委员们的目光投向田美海。田美海像闪电一样站起来，紧接着响了一声雷：

“这不行！”

大员从鼻子里发出一声“嗯？！”同时把两只凶神恶煞似的眼睛死盯着田美海。

“党委已经定了人选，组长由牛羊伴同志担任。”田美海坚定地说，“我不同意你任意改变党委的决定！”

“我再说一遍，”武威抬高嗓门说，“万尺帆布专案组组长，由庞大钟同志担任！”

“是你说了算还是党委说了算！”田美海厉声质问武威。

“当然是我说了算！”武大员拍了一下桌子。

“你到底算个啥？！”

“你先靠边站！”武威面向大家，“听我继续宣布：根据揭发，被捂住阶级斗争盖子的边山煤矿，很深地隐藏着一个大贪污集团。这个反革命贪污集团的首犯就是田美海、牛羊伴。万尺帆布就是他们直接搞的鬼。从即日起专案组行使职权。把田牛二首犯和与布案的有关人员集中起来办学习班。”宣布之后，大员振振有词地讲了党的有关政策，又抑扬顿挫地说了些安抚民心的话。最后打起首长的旗号讲了一大套收买人心的台词。

第九章 找爸爸吃饭

居高临下的武威倚仗他宰相家奴七品官的权势所放的一炮，打得田美海没有还击的余地。党委其他成员也被震蒙了。

只有庞大钟大喜过望，活神活现起来。他做梦都不会想到自己能当上专案组长。真是一朝权在手便把令来行，他不等大员授意就找到了办“学习班”的场所，很快又物色好了专案组的人选。这些人都是和他一起造反的闯将，又是不愿下井干活的泡将。这些人很会领会首长和组长的意图，在矿里矿外、大街要口刷满了火药味极浓的大标语。从武大员的“入乡问俗”到实现他的锦囊妙计，仅仅用了十几个小时。响中午十二点汽时，边山已进入一片恐怖之中。大员对大钟的言听计从和雷厉风行感到满意。大钟对大员的武断与强硬钦佩得五体投地。在丰盛的餐桌旁两人喜笑颜开，弹冠相庆。

“大钟真不愧是文化大革命锻炼出来的。几件事干得都很漂亮。”武威又换上了那个满脸堆笑的面具，“回到北京，把你的情况详细介绍给首长，事成之后，保你有多大的劲给多重的担。”

庞大钟的脸上浮现着心头的如愿以偿的喜悦，两个小时前的那种莫名其妙的阴云早已被武威兴起的狂风吹得无影无踪。他深知自己在这一事件中所起的作用，所以对大员的夸奖并非感到过誉。他又感激又恭维地说：“要不是首长炸开边山阶级斗争的盖子，我就是有天大的本事也施展不开；这回好了。我像出笼的鸟跟着大鹏飞，好比鱼儿又回到了江海。这一切都归功于首长。我为首长驾临带来的光明干杯！”说罢举杯一饮而尽。

武威以橘汁代酒：“为你的远大前程干杯！”

他们在洋房的小餐厅里举杯庆贺，德智里 8 号的牛羊伴家也油香扑鼻。牛羊伴的妻子金蓟还不知道发生了惊天动地的大事。她像往常一样，一响十二点汽便做好饭食，并打对好要做的菜，加旺火，座钟的分针走到 2 那就动手炒。因为丈夫下班从矿里走回家得一刻钟。她一边炒菜一边留心外边的动静。平时都是在勺响当中听到丈夫的稳健的脚步声；等饭菜上桌才是女儿牛秀春匆匆忙忙的一阵风刮进来的身影。

金蓟按钟点烧菜，而丈夫并没按钟点回家。她以为看错了表。经过认真核对证实并没有错。丈夫不按时回家，她虽心里边烦得慌，但也根本不会产生异样的想法。上班早走下班迟归，这对牛羊伴来讲是极平常的事。谁也不会因亲人没按时回家就想到祸事上去，特别是牛羊伴的家庭，人世间的那种担惊受怕的日子，自新中国成立后便一去不复返了。新中国成立后的历次运动，也没有给个白璧无瑕的工人之家带来惊涛骇浪。多年来的生活宁静与家庭和睦，不仅使金蓟保持着中年妇女的面容，而且还使她产生一种优越感。"文化大革命"初期，听说不少劳模都受到了冲击，她也曾暗地为丈夫担过心。随着那种大动荡高峰的过去，她的担心也就逐渐消失。然而祸事常常在人们意想不到的时候发生。

女儿秀春回家，带来了可喜的消息，更使金蓟产生错觉，心里美滋滋的。

秀春这孩子总是欢蹦乱跳的，有了喜事更是这样。她风也似地一进家就搂住妈妈的脖子撒娇地说："我说中央下来了人，您还不信，要打赌您又输了。"

"看把你喜的。"金蓟望着女儿红扑扑的脸蛋，也是喜上心头。她帮女儿脱下棉袄，露出工艺精巧的细线绿毛衣像绿叶的衬托，使这朵红花更艳。她健美的身躯所显示的线条，证明她已是成熟的女性。

"整个学校都在传播和议论这事。"秀春仍津津乐道，"不少同学都没见过红旗轿车是啥样子。我那年去叔叔家过暑假，在人民大会堂门口见过。可让我细说也形容不上来。有的同学说，红旗轿车分好几种呢，有一面二面三面的，最好是三面红旗的。还有的同学说，来的那位首长可威武了……"

"这都是哪来的小道消息。"金蓟打断她的话。她不愿女儿这样谈论上边来的人。她对党有着朴素而浓厚的感情。

秀春知道妈妈的意思，假装委屈地说："人家是跟您学学舌，我又没参加议论。"

金蓟何尝不想更多地知道点情况，然而却不想从女儿嘴里得到。她认为那都是靠不住的马路新闻。"等爸爸回来就好了。"她说。

"哼！爸爸，"秀春不以为然地说，"这样的事他更是一句都不肯多说。"她四下里看看，忽然想起什么似的说："爸爸咋还没来？"

"兴许是找他谈工作啥的。"

上边来人差不多都要看看牛劳模，差不多又都是受总理的重托。秀春两眼注视着正面墙上的相框，里边是一张周总理与牛羊伴亲切交谈时的留影。总理一手握着牛羊伴的手，一手拍着他的肩膀。牛秀春一家人只要一看到这张照片，耳畔就响起总理的谆谆教诲，为此他们享受着莫大的幸福，而且都努力尽心保持这来之不易的荣誉。

金蓟知道女儿早饿了，劝她先吃。秀春不肯，说等爸爸一起吃热闹[illegible]于是娘俩继续等。时钟嘀嗒响着，她们都静听门外的脚步声，屋子里静得能听到针掉到地上的声音。娘两个面对亲人的照片自然产生幸福的回忆。

总理来边山视察，身着工作服头戴矿灯帽深入到千米深井下体验煤矿工人的生活，这就足够令人兴奋的了。接着又发生使金蓟一家喜泪满面的大事。

牛羊伴从班上下来连洗澡更衣都没顾上，首先跑到家向亲人报告特大喜讯，让亲人分享他受总理接见的幸福。那天他激动得什么似的，迷航的水手见到灯塔也不会像他那样。他说总理见了他怎样欢喜，怎样像见了老朋友似地拉手、谈话、问金蓟身体、问永进学习……由于过分激动，牛羊伴说得颠三倒四，翻来覆去。金蓟百听不厌，本来听清了的还要问两遍。这事常常使她激动不已。一位堂堂的重任在肩的国家总理，如此深入细致关怀一个普通工人家庭，要不是从未撒过谎的丈夫向他叙说，她觉得有理由发出质疑。然而让人觉得不可能的事确实是真的。她幸福得只管淌泪。

此时金蓟母女回忆的正是那铭刻在心的仍历历在目的喜事。粗犷低沉的汽笛声侵扰了她们的甜美的遐思。在沉闷的响汽声中，时钟清脆地敲了一下。金蓟又给火加了一铲煤。

"爸爸咋还不来？"秀春等得实在不耐烦了，"我打电话问问，"她来到堂屋西北角放电话的小桌旁，抓起话筒，一次就拨通了。等了好半天对方也没人接。她又给田伯伯打，还是没人接。"都不在。"

金蓟说："我看甭等了，爸爸说不定又连轴转了。咱吃咱的。"

秀春转着两只大眼睛打了会儿主意，接着迅速穿上棉袄，顺手抄起个热馒头，说了声"我到矿里看看去"，也不管妈妈答应不答应，就连蹦带颠地出去了。

也就是过了五分钟，一个哭喊的声音惊得金蓟心颤肉跳，她急忙奔出屋去。

"妈呀！妈！"兴冲冲跑出去的牛秀春哭喊着跑回来，吐出一口咀嚼过的馒头，手中的粘上黑灰的大半个馒头也落了地。她一头扎到妈妈的怀里。

妈妈以为谁欺辱了自己的女儿或受了什么惊吓，抚摸着她的头，又爱抚又安慰地说道："春，别怕。咋回事？快告诉妈。"

"妈。"秀春急促地抽泣着。她仰起脸，痛苦地说不出话，泪水像两条小溪，从她那深潭似的两眼流出来。

金蓟不住地给她擦泪，女儿如此悲伤把她闹得也挺紧张，"到底发生了啥事？"她用颤抖的声音追问。

“妈。”秀春泣不成声地说，“大标语，大街上满是大标语！”

“啥标语？”金蓟急不可待地问。

“说爸爸是贪污犯。”

“不可能！”金蓟听了这吓人的大罪名反倒冷静下来，心不再悬在嗓子眼了。因为这是一个与丈夫粘不上边的罪名，她放宽心地说：“要是你没看错，就是有人开玩笑。”

见妈妈不信，秀春越发着急，这一急倒不哭了，她道：“还说爸爸是黑劳模。和爸爸一起被揪出来的还有田美海大伯，说他俩是贪污集团的首犯。”

这下金蓟可有点慌了，舒展的眉头拧成了疙瘩。因为除了丈夫还有田矿长，他可没少被揪出来批斗游行。金蓟预感到凶多吉少。“你看清楚了吗？”

“大方块的字比斗还大，”秀春比划着说，“田大伯和爸爸的名字都头朝下，上边还打着红 ×× 呢。”

“走，看看去！”金蓟也不知打哪儿上来了无穷的劲，她相信凭自己一个就能完全战败所有污蔑丈夫的坏蛋。

街上人很多。穿戴干净整齐的上两点班的矿工陆陆续续地进入更衣室，出来时都换上满是煤黑的窑衣。人人都提心吊胆毫无声息地走着，陆陆续续地进入凯旋门。由红绿黄粉白五种色纸组成的醒目的大方块标语，从燕春楼一直贴到凯旋门，由凯旋门又贴到下井口。什么“反革命”、“贪污犯”、“黑线人物”等等罪名应有尽有，什么“严惩”、“炸开”、“消灭”等阶级斗争的火药味弥漫街头。

牛秀春领着妈妈穿过被晴天霹雳惊呆了的人群，来到一条标语跟前。她指着爸爸的被倒过来的打着红叉的名字，小声地说：“妈，您看！”金蓟示意女儿不要说话。女儿哭着报告的灾祸得到了证实，她的火呼呼地往外冒。她拉了一下女儿的衣襟，意思是走。“到哪去？”秀春小声地问。

“去找矿党委。”她满怀着希望地说。

娘两个穿过上班的人流，心急火燎地直奔矿党委办公室。金蓟强忍着泪，简单明了地向值班人员说明来意，怀着蛮有把握救出亲人的心情望着对方。得到的回答却是：

“这事党委主不了，由专案组独抓。”

“专案组在哪儿？”秀春问。

“融园十三号洋房。”

这娘俩又急匆匆地走出凯旋门，迎着更衣进矿鱼贯而下的人流，向北上二十几个水泥台阶，进到融园。她们穿过日久停用的露天舞场和一些人正在玩耍的篮球场，照直来到和第三招待所相隔两个门的十三号洋房。

“干啥的？”门房出来一个三十来岁的壮汉拦住去路。

“我们找爸爸。”秀春理直气壮地说。

“谁是你爸爸？”壮汉上下打量着来人。

“全国劳动模范牛羊伴！”秀春昂起头，现出无比自豪的神情。

“哦！先在这等着。”壮汉走进门房。秀春也跟着进去。一股热浪裹着烟气和酒气，呛得她倒憋气。她把迈进屋的脚又退出来。金蓟也来到门房门口。壮汉拨通电话。

“喂！三招吗？”

“对！你找谁？”电话里传来女服务员的声音。

“找庞司令。”

“胖司令？”对方故意和他打趣：“啥胖司令？！”

“你连堂堂的红色造反军司令都忘了？”壮汉现出了狐假虎威之色。

“都啥时候了，你还摘派性？这可住着坐红旗的首长，小心告你的状。”

“好厉害的妞。”

门房还要扯皮，对方不耐烦了：“你到底找谁？”

“庞组长。这回你明白了吧？就是新上任的专案组组长。”

金蓟和秀春听清了这段电话中的对话。娘俩会意地对望了一下。秀春想说什么，被妈妈制止。这时门房发话了：

“你们等一会吧，组长马上来。”

秀春以为爸爸就被扣压在这座洋房里。她挽起妈妈的手顺着甬路朝里走。门房喊道：

“嗨！你们先别进去！”

秀春可不是三岁的孩子，哪肯听吓唬。她叫妈妈不要睬他，只管朝里走。快上洋房台阶时，门房追出来跑到他们前头，像门神爷似地瞪着眼睛吼道：

“我说你们是咋回事？”

“你说咋回事？”秀春毫不示弱，跨上台阶与门房平身，并用同样的声调反问。

“这里不能随便进。”

秀春听了更以为爸爸就在里边，于是大声发问，意思是叫爸爸听见：

“为啥不叫随便进？”

“这是专案组。”

“专案组又怎么样？专案组是狼窝子虎洞子？谁进来就把谁吃掉？”秀春

不住地扫视洋房的玻璃窗，以为这一闹，会使爸爸听到亲人的声音，从而挣开束缚他的桎梏从屋里闯出来。

可是房子里鸦雀无声，看不到一个人影。大门口却进来两个人。

那个走在前面的虎背熊腰的人就是庞组长。他绷着脸问：

“你们要干啥？”

门房像见到主子的狗，更加穷凶极恶。他恶人先告状，指着秀春的鼻子说：“我不叫进，她们硬往里闯；我说这是专案组，她说专案组是虎洞子狼窝子，谁进来吃谁。”

庞司令听了汇报，容光焕发的脸上扫了很多兴。他瞪了一眼哈巴狗，又扫了一眼咬牙怒目的牛秀春，回头看见正用疑惑的眼光望着他的金蓟。这个胖家伙像牛魔王似地马上又变了一副嘴脸，满脸堆笑。他大惊小怪地说：

“嘿呀，敢情是牛大嫂！我当是谁呢。快进屋。”说着就上前扶“牛大嫂”上台阶。

秀春噔噔噔跑上台阶进到洋房。她佯装没看见庞组长把妈妈领进客厅，故意误投误撞地乱走。

“喂！”跟着庞大钟回来的那个戴黑边眼镜的人在秀春身后喊道：“会客室在这边，别乱走。”

客厅里庞大钟带着满嘴的酒气跟金蓟要官腔。秀春乱闯一气之后进来时正听到他说重炮轰开边山阶级斗争盖子。她插嘴说：“有那么大劲头到北山石场炸石头，也算你们执行毛主席‘开发矿业’的指示。”

庞大钟一见牛秀春，笑眯眯的样子像见到花姑娘的日本鬼子。听了牛秀春的话，他收敛笑容，现出了狰狞的本来面貌。金蓟怕女儿吃亏，要拉她到自己怀里。秀春不肯。她单独坐到庞大钟对面的沙发上，像审判官似地问：

“你们凭啥抓我爸爸？！”

“小姑娘，不要误会，”庞组长假惺惺地说，“刚跟你妈解释过，我们这是对他进行保护性的看管。”

“真该感谢你们这番好意。然而爸爸用不着你们这样三哨五岗地警卫，只要你们把他放了就没危险。”

“阶级斗争可不是儿戏，啥意想不到的事都可能发生。”

“就算你们这是保护性的看管，可究竟为啥对爸爸这么做呢？”秀春的目光咄咄逼人，像箭一样射向庞大钟。

这一问使庞大钟倒来了劲头。他眉飞色舞地说：“街上的大标语你们都看到了吧。就是因为那些问题。”

“那全是无中生有的捏造。”金蓟怒不可遏地说，“说老牛是万尺帆布的贪污犯，这不是天大的笑话吗？谁不知道帆布事件发生在供应科。而那时老牛还在开拓区。如果你们相信他不会分身法和隐身术，就应该相信他不会做这个案子。”

庞大钟真钦佩金蓟的辩驳力。要是在他当组长以前，这番话会使他胆战心惊，如今他可是无所畏惧了。他打着官腔饶舌说：

“老嫂子，快从鼓里头爬出来吧。我过去也像你一样蒙在鼓里头这么认为过。那是因为边山的阶级斗争的盖子还没有被炸开，使我们人人都鼠目寸光。现在中央来的首长亲自把这个盖子给我们炸开了，过去的一切都得倒过来看。”

牛秀春气得咬牙切齿。尽管庞大钟抬出了“中央来的首长”，仍是吓不住她。她说：“你的意思是说，首长这一炮是想把人们打得晕头转向，然后让人们盲人瞎马地跟着他跑，说北山没石头太平洋没水也得相信。告诉你吧，你们休想把我们吓住，就是原子弹也不行，我们坚定不移地相信，爸爸是无辜的！”

庞大钟额头上浸出了汗水。他不知道自己刚才说错了什么话，使眼前这个无名小辈对首长这样诋毁。他走到埋头记录的黑边镜旁边，没看见自己有对首长不利的言词。这才又回到座位上，用手帕擦去汗水，加倍小心地说：

“你们对自己的亲人有这样的偏见，也是可以理解的。这也证明你们阶级斗争和路线斗争的觉悟不高，相信你们以后会明白过来的。”

“你后一句话说得非常对，”秀春说，“在乍起的迷雾中，我们还不明白你们为啥迫害爸爸，但纸包不住火，问题总会水落石出。”和庞大钟再谈下去也不会有什么结果，秀春伏到妈妈的耳边小声说：“我们应该要求马上见到爸爸。”

金蓟本来不愿意女儿跟他们顶牛，但就女儿的脾气她知道也制止不了，只好让她由着性子来。女儿这些话也正是她心里想说的。这时女儿又和她想到一块了。她轻轻点了一下头，恳切地说：

“我们要见老牛。”

“你们把爸爸关在哪儿？他可还没吃午饭呢。”

“你爸爸在6号。”庞大钟说，“你们可以给他送饭，不然我们就从食堂给他买。”

金蓟一听6号，像听到魔窟一样，脸色变得煞白。秀春拉着妈妈，头也不回地走出专案组。

“天哪！想不到你爸爸也被关进人间地狱！”金蓟叫苦不迭，“你知道那个该死的鬼地方在哪儿吗？”

“闭着眼也能摸到哪。”秀春说，“我小时候常跟哥哥到那儿玩。”

她们虎步行龙回到家里，用饭盒装好饭菜，匆匆给亲人送去。

“见了爸爸不许哭闹，要问清他出了啥事。”金蓟给女儿打预防针。

秀春说：“别老把我当成小孩子。既然风暴已经来临，光流眼泪是没有用的。”

母亲告诉女儿千万要讲策略，秀春建议妈妈不要太软弱。她们还断定爸爸的事肯定与红旗轿有关。金蓟特意提醒女儿，千万千万告诉爸爸别寻短见。娘俩说着话，不觉来到一堵高墙下的小门旁。秀春告诉妈妈，这就是6号。秀春叩了两下门，过一会儿又叩两下。没多大工夫，里边传来脚步声。她们的心开始剧烈地跳动。因为小门一开就会见到亲人。别看才几个小时不见，却好像分别了几十年。脚步声在小门里停住。金蓟拉着女儿的手靠近小门。然而小门并没有像她们想象的那样打开，而是打开了小门上的小口。小口处露出一张大胡子的脸，吓得秀春直往后退。

“啥事？”呆板的胡子脸发出一声问。

“我们找爸爸。”秀春向前一步。

“谁是你爸？”胡子脸上的两只大眼动也不动。

金蓟把又要冒火的女儿推到一边，对着小口冲胡子老头和颜悦色地说：“我们是牛羊伴的家属，给他送饭来了。”看门人点了一下头，表示明白了她母女的来意。接着他把手伸到小口的边上，同时说：“拿来吧。”

“开门叫我们进去吧！”备感失望的金蓟几乎是乞求地说。

“我们要亲自把饭送到爸爸手里！”秀春提出坚决的主张。

“这不允许。”胡子脸真是铁板一块。

“为啥？”秀春厉声问。

“专案组有命令。”

秀春理直气壮地说：“毛主席党中央三令五申，不准私设拘留所，你是听党中央毛主席的，还是听专案组的？”

胡子老头扬起浓眉，看了这个质问他的厉害姑娘一眼，很快又恢复铁板似的原状，缄口不语。

“您就高抬贵手让我们进去吧。”金蓟又央求说，“我们把饭给老牛就出来。”

“不行。”

“不然您让老牛出来，我们把饭递给他也行。”

“这也不行。”

金蓟一再降低条件，竟得到这样毫无情面的回绝。她感到万分的痛苦和悲伤。早被激怒的牛秀春再也忍不住了，张口骂道：

“你这个糟老头子，真是一条忠实的走狗！”

老头被骂得瞪大眼睛咬紧了牙关，脸上的胡须簌簌抖动，活像一只狮子要吃人。秀春可不怕这套，指着他的鼻子又骂了几句。老头不再理会。他再次把手伸到小口，冲金蓟说：“把饭拿来吧。”

在绝了见到亲人的一线希望的情况下，金蓟无可奈何地把饭盒送进小口。老头接过，侧转身将饭盒打开，进行认真的检查。然后才端着饭盒步下台阶朝里走去。

秀春扒在小口上看见老头把饭送到从里数第二间屋里。然后空手出来。回到小门，他告诉说老牛把饭收下了。话音未落就将小口“当”地关上，还上了栓。秀春使劲踢了两脚门，又骂两声“糟老头子”、“看门狗”才跟妈妈离去。

回到家里，妈妈对秀春说：“叫你哥哥回来吧。”她一向不主张动辄惊动在外的儿子。因为她知道出门人最害怕家里的电报。前两个春节他没回家，秀春几次怂恿父母电催他回来，妈妈都没同意。这次她主动提出，是万不得已了。

秀春要给哥哥拍电报，妈妈不同意，说反正已经这样了，还是写信吧。这样可以让儿子免受惊吓。秀春听从了妈妈的意见，却还是给哥哥写了封电报内容的信。

第十章 泪水能洗亮眼睛

这封具有爆炸力的信把牛永进给震蒙了。爸爸被抓进6号，6号是个什么地方呢？不用说准是个像监狱或拘留所那样关押人的地方。爸爸为什么被抓呢？旧社会对他的压窄，那是他们那个时代人引以为豪的历史。新中国成立后翻身做了国家的主人，爸爸像头牛拉革命的车，光荣地被评为全国劳动模范，还幸福地受到了伟大领袖毛主席和敬爱的周总理的接见。他是矿市两级“革委会”委员。什么人才能抓他呢？土匪大帮？可那些坏蛋早在新中国成立不久就被消灭了。运动初期各派乱抓人的浪潮，边山也和全国一样，已经平息。爸爸会有啥问题呢？政治的？判、特、反他都不沾边。经济的？他从未经手过金钱。刑事的？那更才不可想象。说堂堂的爸爸犯刑事案，就像钻石生锈那样滑天下之大稽。然而这不可能那不可能的事竟然发生了。秀春的信是不能怀疑的。妈妈急得要死，心地善良的母亲怎能禁得起这样严酷的打击？她现在怎么样了呢？我那可怜的妈呀！

牛永进翻来覆去睡不着，在痛苦的深渊里挣扎。好容易闭上眼睛，又出现一个接一个的噩梦。他梦见爸爸反抗暴徒的绑架，被乱棍打得鲜血淋淋。妈妈扑倒在爸爸身上，被暴徒用脚踢开。爸爸被抓走了，妈妈哭天号地地在后边追。他梦见爸爸受刑，刽子手杀气腾腾地问：“你还当不当劳模？”爸爸理直气壮地回答：“当劳模是没罪的！”烧红的铁烙烙在爸爸身上……他梦见妈妈和妹妹都被赶出了家，残阳照着她们在荒郊野外逃难的弱小的身影……

牛永进把给袁秋萤的信和他心爱和标本放在一起，心里默念道：“我的好秋萤，先别怪我，我实在不知道家里发生了什么灾难。等我弄清爸爸的事，再向你负荆请罪。”

牛永进以急行军的速度离开莽莽的塞上雪原，带着一股寒气来到叔叔家门口。他想在北京住一夜，第二天再奔赴边山。他努力镇静下来，争取不露出破绽，瞒过叔叔婶婶他们。能否做到他心里没底。

他老远看见一群跳皮筋的小姑娘，一眼便认出其中的小妹，可腊梅却没认出他。长期受着阶级斗争教育的小家伙们把他当成威虎山下来的人。因为他头戴狗皮帽子，脚踩大头鞋。

“干什么的？”腊梅见来人走到跟前来，倒退两步问。

“过路的。”永进回答。

“此路不通。”

永进顺着小朋友们给让开的路大步走进家门。腊梅追进来，大声问：

“你找谁？”

闻声出屋的兰菊把永进认出来：“哥！”

一声甜蜜而亲切的呼叫，像刮起一股春风，永进身边立时开放三朵花。妹妹们偎依着他，问寒问暖，问东问西。此时的永进一点也体会不到与亲人团聚的温馨，相反却更感到悲哀。

“哥，你瘦得使胡须变长，眼圈肿得使大眼睛都变小了。”

兰菊的话又招出永进的眼泪。他慌忙用手背揉眼掩饰。

“哥，你怎么了？”兰菊凑过来扳永进的手。

“别动，”永进蒙她说，“下车时迷了眼。”

“别揉！”兰菊扳开他揉眼的手，见他眼里涌出了眼泪。她掏出洁净的花手帕给他擦，同时说：“这样好，再使劲想悲伤的事，把眼里的沙子哭出来。”

不说还好，这句话正好打开了牛永进悲痛的闸门，抑制了那样久的泪水像决堤的水往外流。幸好腊梅及时端来洗脸水。

永进洗脸时给自己下着和兰菊妹妹相反的命令：忍住泪水，把伤心事使劲忘掉！

“现在怎么样？”兰菊关切地问，“沙子出来了吗？”

“嗯，”永进逢场作戏地眨眨两眼，装模作样地说，“这回好了。”

“真的？”兰菊用她纤细的手捧起哥哥瘦削的脸，“让我看看。”她像个眼科大夫，明亮的眸子查看着永进的带血丝的两眼。永进第一次这样近看自己的妹妹。她虽才十八岁，却有一张老成持重的脸，多像他心中的秋萤。当他的眼神与妹妹的眸子相遇时，像在秋萤面前那样，脸上出现一朵红云，他害羞地低下头去。

“你迷的是那只眼？”兰菊问。

“右眼。”永进随口说。

“我看你两只眼都红。”

“那是它招引的。”

“让我看看是不是真没了。”她灵巧的双手敏捷地翻哥哥的右眼皮，腊梅

拿过手电。兰菊确认真的没了沙子才松手。

“想不到你会翻眼皮，”永进说，“又快又不疼。”

“这是我的一绝。”兰菊自豪地说，“你工作那地方风沙大，以后去给你翻眼皮。”

“做梦都求之不得。”

接着兰菊给永进讲述了初中支农时发生的事。那天拔麦子，她迷了眼，本能地用手去揉，手背上都是土，越揉越厉害。好友支华不但不帮她，反而气她，她伤心极了，忍不住哭，结果沙子被哭出来，支华说：“我这个方法不错吧？”原来她这是故意气她哭的。兰菊说从此她得出了经验，迷了眼不能揉，用眼泪往外冲。要是哭不出来呢，那就只好翻眼皮了。所以她学会了翻眼皮。

“哥，”腊梅说，“大姐把你当小孩子哄呢，谁那么没出息，想哭就哭，还是我那盆水起了作用。”

“快去写作业吧！”大姐呵斥说。

“怎么！”腊梅上来那股老闺女的桀骜不驯的劲头，顶撞说，“哥又不是你一个人的。只许州官放火不许百姓点灯？我插嘴怎么就不可以？”

兰菊自知小妹妹有理，便不再说她，又与哥哥说开了话。

叔婶脚前脚后下班回家，自是为见到想念中的侄儿而高兴。吉婶要出了烧菜的手艺，祥叔开了瓶好酒。一家人围坐在一起边吃饭边说话。永进把叔叔无意中提的几个问题虽都搪塞过去，但仍是显得狼狈不堪，像受审的犯人似的。他时时用碗把脸挡住。三个妹妹都争先恐后地给他挟菜。饭后，叔叔借着点酒劲又发开了牢骚。婶娘在旁边帮腔。兰菊与腊梅又言归于好，搂着她坐在紧挨哥哥的地方。月季把锅从小屋端到大屋来洗。有意无意中摆了个欢迎阵。

“我还是那句话，好好的一家子不能越走越生。”叔叔说“你知道咱家的情况，虽然吃住不在一起，可一直都是一家子。你爸我们老哥俩从未红过脸，更不会在财产和赡养老人上起矛盾。甭说咱家没金子银子，就是有我也不要，两个老人我全包了。”

“尽说点子没用的。”婶娘插话说，“你养得起，老人还住不起呢。这么多年奶奶就来过一次，爷爷也是看看就走。”

“他们过不惯城市生活。”永进说，“我在乡下待惯了，来城市也觉着别扭，就更甭说老年人了。他们需要在安静的环境里度晚年。”

“回去跟爸爸说，我对他有意见。”

提到爸爸，永进心里为之一颤。他用喝茶掩饰自己的不安。

“他还是来北京开劳模会那年来家照了一面，以后就再没来。”

永进怕叔叔再引出别的话来，赶紧打圆场说："爸爸对待工作那股劲您还不知道？他虽没能来看您，我敢保证他心里并没忘了您。"

"还是儿子会给老子辩护。"婶娘笑着说，"你叔总是一面的理。全是让爷爷惯坏的。"她转向丈夫："你怪人家没来看你，可你也没看大哥呀！"

叔叔被呛得无言以对。三个妹妹都偷偷地乐。同时奇怪妈妈竟也有顶撞爸爸的胆量。兰菊勤快地给人们倒水。如坐针毡的永进暂时松了口气。

早想开口的腊梅得了机会："哥，我记得你说过，周总理和大伯有合影照片。"

"那是在总理视察边山时拍的。"永进说。

"能不能叫我们也享受这个光荣呢？"腊梅说，"把照片带来让我们也挂些时。"

由于家里发生了不幸的祸事，永进没有满口应承，而是用近似外交的辞令说："那是咱们全家的幸福，挂在哪里都一样。"

"那就挂到北京来吧。"腊梅拍着手说，"咱们一言为定！"

永进捧起她红扑扑的脸蛋，心里一阵阵酸痛，泪水又涌到了眼眶。细心的兰菊似乎看出了点什么，她说："哥坐了一天车，看他上下眼皮直打架，早点休息吧。"

建议被采纳。叔婶去了小屋。腊梅又叮嘱哥哥几句什么话与月季进了里屋。兰菊为哥哥整理床铺。她焐好被窝没有马上离去，用狐疑的眼光望着这个愁云笼罩的哥哥。

此时的永进心里乱成一团麻。挂心父母又惦念爷奶。他真想痛痛快快地哭一场。他与兰菊的眼光无意中相遇，发现她正含情脉脉地看着自己。

"你也去睡吧。"永进说。

"哥，我看你好象有很大的心事。"

"怎么会，我能有什么心事？"永进带反问地否认。

"我不愿意胡猜乱测，不过你应该告诉我，如果不把我当外人的话。"

"你是我妹妹，我从来没把你当外人呀！"

"那就是你看我小不懂事，故意瞒着我，是吗？"

"你不小了兰菊，再过一个学期就像我一样走上工作岗位了。"

"这就是说，你对我没有秘密喽？"

"那当然。"

妹妹高兴地拉起哥哥的手。

第十一章 边山探亲

低沉、单调、哀伤而粗犷的响汽在边山鸣响，加之呜呜吼叫的西北风，搅得人心烦意乱、六神不安。正常班下班的人流虽不像三班倒的下井工人那样多，但峰流也灌满了街筒。昏黄的晚霞照着人们苍白的没有血色的脸。一个个就像风似的急急忙忙赶路。像是躲避黑云压城的暴风雪，人们都急着与家人团聚。虽然只分别半天，但自从边山进入恐怖气氛以来，半天分别的牵挂胜过以往几年甚至更长。

永进一到边山，那怦怦乱跳的心就被胸口上压着的越来越重的大石压挤到嗓子眼。父辈洒汗挥血的边山煤矿，是他的第二故乡。这条洒满灯光的路，印记着他少年、青年到成年的足迹。那雄伟的矸子山，在渐渐变浓的夜幕中变得黢黑浑然，显得更加雄伟壮观。它的尖顶还反射着晚霞的余晖，像亮着的霓虹灯。高大的井架上的灯光清晰地照出它那像巨大的大写字母“R”的轮廓。一见到它，就使人联想到那飞转的天轮。这两宗煤矿独具的特征，牛永进在童年时就把它们印在脑际。天轮曾把他带到千米深井下的世界；矸子山半腰的酸枣树也曾吸去他儿时的足迹。当他远途求学第一次与它们阔别时，曾把头伸出火车窗外，直望到天轮被它自已堆起的矸子山遮住，矸子山被甩出他的视野。他为它们流出了依依惜别的热泪。如今距上次见到它们又过去几个春秋。天轮依旧飞转，矸子山依然雄伟，而他那颗始终如一地热爱它们的心却碎了。

牛永进紧靠着路边躲闪着迎面的人流急行，他拐进德智里。离家还有三个门，他就瘫软得迈不动步了。腿上像绑着二百斤重的沙袋。他一步一喘地坚持到八号，像一个失血过多的重伤员，再也挪不动一步了。他一下子靠在门楼的石墙上，浑身冒冷汗，简直要窒息。

他害怕家里真的变成悲惨的梦境。“爸爸有个三长两短，妈妈如何是好？妈妈急出个好歹，我和妹妹……天啊！”他不敢顺着该诅咒的思路想下去。他抹抹头上的汗，鼓足勇气探听家里的情况。街门虚掩着，屋子里亮着灯，传出一个清脆、坚定而又充满感情的声音：

雪压冬云白絮飞
万花纷谢一时稀
高天滚滚寒流急
大地微微暖气吹
独有英雄驱虎豹
更无豪杰怕熊罴
梅花欢喜漫天雪
冻死苍蝇未足奇

“这是秀春妹的声音！”牛永进惊喜地叫起来。毛主席雄壮豪迈的诗句给了他鼓舞和力量。妹妹亲切的声音为他唤来了一线绝路逢生的希望。从乌云缝隙处射出一束灿烂的阳光，把牛永进照耀得由一个疲惫的伤兵变成了一名凯旋的战士。他整整衣冠走进家去。

“你来干啥？”秀春妹认不出从塞处归来的风尘仆仆的哥哥。她怒视着来人，喝令道，“是好人请报姓名，是坏人请出去！”她伸出一只手指向门口。

永进看着妹妹。伟大的诗词带给她的幸福与激动仍保留在她红润的两颊和泛彩的脑门上。他为楚楚动人的妹妹自豪和骄傲。

“哥！”秀春终于认出了来人，冲上去。

永进紧抱了一下妹妹，四处寻找着问：“妈妈呢？”

“妈，”秀春将他甩开，又怒火中烧，“你心里还有妈！”接着秀春发了一大通强烈的谴责，嗔怪哥哥这么多年不回家。

永进不在意妹妹说什么，他最想知道母亲在哪儿。见她老不回答，变脸道：

“快告诉我妈在哪儿！”

秀春见他真的急了，便告诉他说：“妈给爸送饭去了。”

“我去看看。”永进往外走。又回过头来问：“6号在哪儿？”

“你先别去，妈快回来了。”秀春劝阻说：“再说你去也见不到爸爸。”

永进觉得妹妹言之有理，就在家里稳下来。

到底还是妹妹，秀春虽然嘴不让人，但对哥哥的关怀不亚于兰菊。她给永进倒了杯橘汁。这是在家里出事后她特意给爸妈买的。给爸爸送去的那瓶原封退回来，给妈那瓶已喝去半截。永进将橘汁一饮而尽。他忽然又发问：

“相片呢？”

“啥相片？”秀春明知故问。

“别再打哑谜让我着急了。”

“等会儿你问妈吧。”

“啥你也别告诉我！”永进对妹妹非常不满。接着他又问：

“爸到底因为啥被抓进6号？”

“闹了半天你还不知道啊？！”秀春大惊小怪地说。

“你惜墨如金只写那么两个半字，我在千里之外咋能知道！”

“因为万尺帆布。”秀春冷冷地说。

“万尺帆布？就是矿上那个万尺帆布案吗？”

“还能有几个万尺帆布案？”

“这就好了。”永进出了口长气，把悬着的心放回肚里，顿时轻松了许多，随口说：“我当啥大不了的问题呢。”

“这就好了？”秀春诧异道：“人家愁白了头，你倒高兴起来。”

牛永进眉飞色舞地说：“我的傻妹妹，我问你，万尺帆布问题发生在啥单位？”

“供应科。”

“发生在哪一年？”

“一九六〇年。”

“爸爸从开拓区调到供应科是哪一年？”

“一九六五年。”

“着啊！”永进虽然没有考住妹妹，却现出一个胜利者的姿态得意洋洋地说，“帆布案发生几年之后爸爸才调到科里工作，而且还是他揭发的这件事，咋能定到他头上呢？这不是神话里说的河水倒流了吗？”

“神话变成了现实，河水不但倒流了，而且高出河床漫过堤岸泛滥成灾了。爸爸被抓就是证明。”

“这好办。”永进信心十足地说，“只要我们把问题解释清楚，误会就能解除，爸爸就会安然无恙地出来。”

“你说得头头是道，条条有理，要是人家闭目塞听呢？”

“党有政策。”

“要是人家不按党的政策来，自立章法呢？”

牛永进倒吸了口凉气，不禁毛骨悚然。想起曾耳闻目睹的件件惨案，更使他不寒而栗。

“这你就挠头了？还有呢。”秀春愤愤地说，“他们说爸爸是贪污集团的首犯。还说爸爸是黑线劳模。”

“谁？！谁敢这么说？”永进怒不可遏。

“街上的大标语是这么写的，专案组组长庞大钟也这么说。”

牛永进像头被激怒的雄狮，喘着粗气说不出话来。

这时院里传来脚步声。秀春一把将哥哥从椅子上拉起来藏到门后。心烦意乱的永进不知何意，以为有什么危险来临，妹妹这样做是为了保护他。但门外传来的脚步声他虽然久不耳闻，却感到是那样的亲切而熟悉。只见进来一位五十多岁的妇女。她一进门就取下罩在头上的围巾，露出了斑白的头发。那张慈祥、镇静、刚毅的脸在灯光下也变得清晰起来。她把花布兜和围巾放在堂屋的躺柜上，抬手理了理被头巾带到脸庞的头发，朝东屋走来。她一见在门口笑脸相迎的秀春就带着埋怨的口吻说："一个人在家也不关上街门，叫你提高警惕，你老是不听话。"

"妈，"秀春撒娇地拉住妈妈的手，使她不正面对着门，"你咋知道就我一个人在家？要是有两个人呢？"

"还有谁？"妈妈在屋里扫了一眼。

"您猜。"

"我不想猜。让我歇歇脚咱们就吃饭。"说着她坐到椅子上。

金蓟的脚步声一传到永进的耳朵，他就知道是给爸爸送饭的妈妈回来了。还有什么比母亲的声音更能打动儿子的心？在妹妹做戏的时候，他在门后透过玻璃仔细地打量了他时刻关心着的妈妈。她比在他脑海中的形象老多了；而她的安详与坚毅却远超过他的意料，丝毫也没有秀春所说的"急得要死"的样子。见到妈妈，牛永进的心完全落了地；妈妈泰然自若的表情驱走了他的不少烦恼与忧伤。他激动地冲到妈妈跟前。

门后突然蹿出个大活人来，金蓟并没感到惊吓。因为有女儿的事先提示，使她有了精神准备。只是由于永进扑过来的速度过快，使她没来得及定睛相视，乃至错把儿子当外人。"是黑金。"她高兴地伸手相迎，沉静的脸上出现了慈祥的微笑，"你妈挺好吗？"

"妈，我是您儿子永进。"牛永进伏到妈妈双膝上。

要不是儿子的熟悉的声音，她还以为黑金和女儿一起和她做戏。因为永进来得太突然了。妈捧起儿子的脸，以一个母亲的关切和慈爱的眼神仔细地察看着他。她发现儿子比上次探家时瘦多了，更不能与念中学时相比。她又心疼又难过地说："孩子，你咋变成了这个样子？瘦得脸上没有血色，眼窝下陷，眼睛红肿。妈知道，这是受了极度悲伤造成的。"金蓟虽然坚强地挺住了惊雷的打击，但在变得出乎意料的儿子面前却涌出了泪水。

永进知道妈妈的明亮的眸子为啥被泪水所模糊，他深悔不该把自己折磨成这个样子。为了安慰妈妈，他强笑着说："瘦点不是更精神吗？"

"可是你两眼却哭肿了。"

永进被妹妹说得火辣辣地难受。

“正是容光焕发的时候，”母亲说，“天降的不幸使你变成这样。在这株连九族的年头，爸爸的冤案给你和妹妹带来了天大的不幸。”她的泪水终于流了下来，洒到儿子的脸上。

此情此景使天不怕地不怕的牛秀春也感到悲伤。她不愿持续这样的场面，插话说：“爸爸的饭都吃了吗？”

“没有剩回来，”妈妈说，“大概都吃了。”她给儿子擦去洒在脸上的泪，扶他起身坐到椅子上。

“爸爸好吗？”永进问。

“爸爸被一道高墙与咱们隔成了两个世界，只有在送饭上咱们还能做主，其他一切都由不得咱。他的情况一概不知。不过，根据近两天的饭量看，应该是健康的。”

“每天都由家里送饭吗？”

“一天三顿，顿顿不落。”妈妈说。

“您可够辛苦的。”永进心疼妈妈，又埋怨妹妹，“秀春为啥不去？”

“妈怕我在半道上偷吃。”秀春很不满意地说。

“她是争着要去的，”妈妈说，“她去我不放心。她那挺机关枪见着谁都开火。”

永进趁机训导妹妹。他先背了段毛主席语录，接着便心气平和地说：“秀春就缺少策略性。你把人家讽刺挖苦一顿，在自己一时痛快的时候，你想没想到会引起什么后果？别看人家一时拿你没办法，他们会拿在6号里失去自由的爸爸出气；你骂人家一句，他们会以打爸爸十下作为对你的报复。所以，我们和气点不行吗？同是一句话，好说也是说，歹说也是说，何必不好说呢？”

“你比妈的观点还让我难接受。”秀春也背了段毛主席语录，她说，“如果6号看我们一个个的都是窝囊废，更要不择手段地整爸爸，欺负咱们；我厉害点，让他们知道牛家也有不好惹的呢。所以咱们最好谁也甭强迫谁。我是生就的骨头长就的肉，这个脾气改不了。因为根本不想改。”

金蓟觉着女儿这样也错不到哪儿去。好比唱戏，有唱白脸的也有唱红脸的。可永进不服气。她见儿子还要说什么，怕争论下去引起不悦，冲淡儿子回家所带来的欢乐，从中打和说：“你们哥俩各有千秋。我既喜欢春妹的心直口快，又喜爱进哥的遇事多谋。你们哥俩来个将相和。咋样？”

秀春看出了妈妈的心思，说道：“妈，我们不会打起来。哥说得对我就听，不对就不听。您想，人家这样整咱们，咱再起内讧，这个堡垒不就不攻自破了吗？”

“这番话妈赞成。”金蓟满意地笑起来。“我已经歇过脚来了，快点上饭吧。”

于是秀春到堂屋摆布餐桌，从锅里端出热气腾腾的饭菜。三口人围坐在圆桌旁吃晚餐。秀春见妈妈十多天第一次这样开胃，心里自是高兴。

第十二章 谜

儿行千里母担忧。把儿子盼到身边来，母亲自是高兴。孩子长大成人为国家效力，实现了大人的梦想。这是多让人开心的事，谁会想到伴随而来的是往心里流的泪水。金蓟平时对儿子是那样的牵挂，见了面，她要把那些牵挂都得问个清楚。饭后，不等永进开口，金蓟首先发问。从问寒问暖一直问到儿子的终身大事。

永进把十面井讲给母亲听。那些美丽动听的村名，母亲一下子就能记得往。讲起在十面井的学习和生活，永进滔滔不绝，母亲越听越爱听。他的终身大事母亲虽爱听想听，可永进偏偏只字不提。母亲提到秋萤的名字，像电一样触动永进的心，他感到万分酸楚。他不知如何回答母亲，因为他不知道结果会怎样，从目前来看肯定是凶多吉少。一股悲哀袭上永进的心头，一片阴云笼罩住他的脸。金蓟深悔不该提这事，让儿子雪上加霜。永进看出妈妈在深深地自责，找话题将这事岔开。

永进问妈妈照片的事。妈妈和秀春共同回忆这样一件事。

在一个呼啸的北风开始静下来的长长的冬夜，金蓟翻过一张日历，嘴里喃喃自语。伏在写字台上做数学题的秀春抬头问："您又磨叨啥呢？"

"我是说爸爸进6号四天了，也不知他那里是冷是暖。"

"这您就放心吧，真要把爸爸不明不白地弄出点包谵来，看我不找他们算账！"这完全是安慰妈妈的话，她自己也很为爸爸挂心。她想了想，觉得仍达不到安慰妈妈的目的，就改了话题，使她暂时忘掉爸爸的事。她说："我当您又念叨哥哥呢。"

果然灵验了。妈妈问："你哥还没信吧？"

"看您问的，哪回来信不是您先见到？"

"我是问在我送饭的时候来没来信。"

"这个哥哥，简直不知道儿行千里母担忧。等我哪天远离您，保证三天两头叫您见我的信。"

妈妈笑了笑，不以为然地说："那就甭干别的了。"

"写信算个啥？有话则长无话则短嘛。反正我决不像哥哥。'山雀尾巴长，娶了媳妇忘了娘。'他还没娶亲就把亲娘忘了。"

"他工作忙。"

"您老是替他辩护，真是'远处的都是香馍馍'。也不怕我说您偏心眼将来不疼您。"

"别再议论了，'人隔两地，情通一脉'。背地讲究会使他不安的。"妈妈上了炕，拿起针线活来做。

秀春哪肯罢休，继续说道："不安倒好了，他就会在不安时想家，想起家里有想白了头的老娘。"

不管女儿说啥金蓟也不再言语了。她在给丈夫做棉鞋，已经绱好了一只，又开始绱第二只。家做的布底棉鞋比买的塑料底的穿着既舒适又暖和。隔两年她就给丈夫做一双。要不是这事闹的，这双也早就竣工了。过大年的时候叫丈夫穿出去，她心里该多高兴。眼下这大年可咋过呢？看他们的来势，丈夫一时半时不会放出来。天啊！这是啥世道。思想不集中，一针扎了手，针眼处立刻冒出像豆粒大的血珠。她把手指放在嘴里吮了吮，继续做活。

呆若木鸡的秀春用握笔的手支着头，想着心事。屋子里很静，只有金蓟绱鞋拉绳的声音。晚八点半的响汽早就响过了。响夜间十点汽的时候，秀春已经在温暖的被窝里进入香甜的梦乡。金蓟把绱好的鞋用碎布楦起来放在身边，斜躺在秀春给她焐好的被窝上，先休息一下累疼了的眼睛，然后再宽衣睡觉。街筒里下班工人杂乱的脚步声和左邻右舍的开门声响一会儿就过去了。开始出现了深夜的宁静。她突然听到有敲门声，警觉地坐起来；秀春也从梦中惊醒，一骨碌爬起来。她揉着睡眼惺忪的眼睛，惊叫道："妈！有人来。"金蓟将女儿搂在怀里。由于以往听贯了这个时间的敲门声，她以为是因思念亲人而产生的错觉。丈夫在开拓区时，每逢他倒两点班，她总要熬夜到他回家，让他吃上香喷喷热乎乎的饭菜。这种敲门声已经多时不闻了。

"笃笃笃！"门外的确有人敲门，同时传来一个声音："牛大嫂在家吗？开门来。"

确定了不是幻觉之后，金蓟有些紧张。因为她家从来没有客人深夜造访；再由于亲人的无端被抓，她本能地意识到凶多吉少。她叫秀春快起炕。门外的叩门声和喊声又重复一遍。秀春判断说："妈，叫门的是胖组长，我去开门，看他有何贵干。"庞大钟装腔作势的声调金蓟也听出来了。她跟着女儿去开门。

门刚一打开，庞大钟就闪身进来，从他身后冲进来五六个不知名的打手。

打手像强盗似地闯进牛家。

“你们要干啥？”秀春追进屋去撵强盗。

金蓟很不满地问庞组长：“这是啥意思？”

庞大钟压低了声音说：“咱们进家谈。”

牛秀春一手叉腰一手握拳，准备还击胆敢侵犯她的来者。她像哨兵那样守卫在东间屋门口。几个杀气腾腾的打手被拦在堂屋。庞大钟不怀好意地瞟了秀春一眼，对金蓟说：

“配合运动，为了彻底搞清牛羊伴的问题，我们要对你家进行搜查。”

“搜查？”不等妈妈作出反应，秀春就横眉立目地问，“有搜查证吗？”

“当然有！”庞大钟拍了一下上衣口袋。

“拿来我看看。”秀春脚没离窝，伸出一只手。

“咋着，你还不相信我们？”胖组长诧异起来。

秀春冷笑一声：“都这样了，还谈得上啥相信不相信？快拿出准搜证来。”

庞大钟掏出一个证明，走两步递给秀春。秀春接过来展开，只看一眼就扔在地上，斩钉截铁地说：“不行！这个证明无效。专案组无权指令你们侵犯人权！”

“你要哪儿的证明？”庞大钟问。

“要市公安局的！”

庞组长倒吸了口凉气，没想到这个乳臭未干的丫头片子竟这样了解政策。他色厉内荏地说：

“莫说要市局的，要公安部的我们都能开，只是时间紧没来得及去。”

“那就等开了信再来。”

“要是你们趁机把赃款赃物转移了呢？”胖组长扯起皮来。

“不准你污蔑劳模之家！把人带到你家去找赃款赃物吧。我家是没那东西的。”

谁也没留心庞大钟一阵战栗，他用颤抖的声音说：“咱们不能光凭嘴说，得搜完了看。”

“拿市公安局的证明来。”

金蓟知道他们来者不善，说：“秀春，让他们搜吧。搜的结果只能证明咱家的清白与廉洁。”说着掏出一串钥匙递给庞大钟。

“不！”秀春坚决不干。她比胖子动作快，抢先夺过妈手中的钥匙。“我们决不能允许他们这样恣意妄为！”

趁秀春夺钥匙离开门口之际，庞组长给打手们使个眼色，几个打手蜂拥闯进东屋，搬桌子挪椅子，撬柜子砸箱子，翻箱倒柜，挖墙刨地，几分钟时间就把一个好端端的平民百姓之家破坏得令人目不忍睹。行李衣物、各样摆设都被搅成了一锅粥。

金蓟沉静地等待着他们空手而回的结果。

牛秀春目睹他们肆无忌惮的强盗行为，把嘴唇咬出了血。她怒视着庞大钟，用最能表达她仇恨的词汇，从心里对他们发出痛快淋漓的诅咒。她把仇恨的泪水咽到肚里。她发觉庞大钟贼眉鼠眼地瞄墙上的相框，担心他对他们的家宝下毒手，便百倍地警惕起来。她想："只要你们胆敢动我们的家宝，我就跟你们拼命！"秀春的警惕果然并非多余，心怀鬼胎的胖组长朝照片移来。秀春想用身子挡住他，但已经来不及了。当她发现他的犯罪企图变成犯罪行动时，她一下子抱住他肥大的腰，使庞大钟的胖手不能挨近相框。胖组长见自己被束，就冲着一个打手发出指令：

"取下那个相框！"

"哪一个？"打手问。

"笨蛋！那个大的。"

打手得令，把中间那个镶有总理和牛劳模握手的照片的相框取下来。秀春也不知哪来的劲，把比她胖一倍半的庞大钟甩个趔趄，又冲过去抢夺照片。秀春寡不敌众。打手们将相框传到庞大钟手中。庞大钟举起相框，咬牙切齿地说："文革初期就靠它保全了你们，现在不行了！"说着将相框恶狠狠地朝地上摔去。说时迟那时快，金蓟猛伏下身去。想用自己的脊背保护相框。只听"咔嚓"一声，不好，玻璃在她头上破碎。秀春眼看着妈妈的头顶冒出鲜血，昏倒在地上。相比之下她最关心的还是身着矿工服的总理照片。她把玻璃已经破碎的相框捡起来，紧紧地抱在怀里。庞大钟伸过手来夺，她使劲抱住不放，拼死也要保卫家宝，手被玻璃碴划破鲜血直流也全然不顾。胖子比她劲大，眼看要被强盗夺去，秀春用牙咬他的手，庞大钟腾出另一只手打牛秀春的头。她被打得眼冒金花，耳朵嗡嗡响。她虽然理智清醒，命令自己一定要保住照片，但终因敌众我寡，家宝被强盗抢夺到手。庞组长一声令下："走！"

暴徒们蜂拥逃窜。秀春追出去，冲着一伙远去的鬼影扯着嗓子大骂："庞大钟你个狗强盗，狗胆包天，竟敢污蔑总理，你不得好死！践踏党纪国法天理不容，总有一天我要报仇雪恨！"她把嗓子都喊劈了。她悲愤交加，伏在门框上痛苦地恸哭起来。喊声和哭声惊动了左邻右舍，他们知道了原由，发出了哀声和叹息。

秀春那个哭啊，谁劝也不行。她的冤情深似海，泪水流成河。她恨自己没和强盗拼个你死我活，感到无地自容。要不是想到屋里被打昏的妈妈，她真要撞死在门楼的石墙上。

金蓟渐渐苏醒过来，感到两眼被胶一样的东西糊住，那是她头上流下来的血。她用手背擦了擦，使眼睛能够看清东西。她的听觉和视觉刚一恢复便发觉庞大钟一伙已经不在了。她听到门口悲痛欲绝的哭声，声声撕裂着她的心。她爬起来慢慢挪到门口，把哭得上气不接下的女儿抱在怀里。秀春一见满脸血迹的妈妈，发出一声惊天地动鬼神的呐喊，顿时昏了过去。邻居大婶帮着金蓟把秀春搀到炕上。秀春醒过来，娘俩偎依在被祸害得像废墟似的杂乱不堪的屋子里，望着失去一直陪伴着她们的幸福日子的照片的墙壁，深深地怀念着亲人。

牛永进听罢妈妈和妹妹的讲述，胸中燃起了熊熊的烈焰。他的双手不知何时已紧握成拳，两眼喷射着长长的火舌，牙齿咬得咯咯响。此时如果庞大钟在跟前，他会把他打成肉饼，剁成肉酱。他之所以有这个胆量和力量，不是因身为专案组组长的庞大钟非法拘押了他的生身之父，而是因为他亵渎了人民爱戴的好总理。

金蓟不自觉地理了理头发，使永进想起了妈妈的伤。妈说已经好了，他不放心，非要亲眼看一看。他拨开妈妈斑白的头发，看到伤口的硬痂已快脱落，没有感染才放心。他又拉过妹妹的手，她的伤口也长出了嫩红的新肉。

秀春说："看见的伤是好了，重创在心上的伤是不会好的；即使哪一天庞大钟之流得到了人民的惩罚，遭了报应，这段历史我也不会忘记。心上的伤随时会向我报警。"

牛永进亲切地抚摸着秀春的手，感激地望着妈妈。他对她们的感激与热爱，大大超过了亲缘关系。他面前的两位为保卫真理而负伤的人，不仅仅是亲爱的妈妈和妹妹，而是他敬爱的英雄。

庞大钟如此胆大妄为，实在让人不能容忍。牛永进说出计划：先告发庞大钟，然后再过问爸爸的事。

秀春不但不支持他还给泼冷水，说他书生气十足。永进不服气，他觉得胜券在握。秀春说："等你知道了后来发生的事准就不这样想了。"

"妈，快告诉我又发生了什么事？"

金蓟本想明天再告诉他。她心疼儿子，想让他早点休息；她自己也实在累了，这几天跑得腿都肿了。当然她没让秀春看见。儿子急着要知道，于是她讲道：

"家里遭劫的第二天，我和秀春商定下午去找上边来的同志告状。给爸爸送早点回来，我也简单吃了点，就继续收拾被他们搅乱了的屋子。西院吕婶过来安慰我，也帮着收拾。突然来了两个人，其中一个问：'哪位是牛羊伴家属？'

我上前一步，告诉说：‘我就是。’对方客气地说：‘专案组请您去一趟。’也不等我表态，说罢他二人就走了。我不打算去专案组，我跟吕婶说，通过昨夜的行动，我们跟庞大钟不可能有和平了。吕婶说：‘人家既来请，还是去一趟好；看报信人的客气劲，说不定让你这个织女去会牛郎呢。’吕婶没有打趣的意思。我虽把此时见到爸爸看成不能实现的美好愿望，还是听从了她的劝告。我怀着对庞大钟的一腔愤怒，压抑着侥幸能在悲痛中见到爸爸的迫切愿望，来到13号洋房。庞大钟一反昨夜的凶态，满脸堆笑地接待了我。鉴于他对总理照片的态度，我已不把他当作好人。我没有坐他指给我的沙发，自己找个位子坐下来。我不理睬他假惺惺的寒暄，正言厉色地问道：‘你找我来又有啥事？’

“‘老嫂子，’他说，‘今天请你来可是大喜事。’

“‘喜事？’我表示惊异，断定他又在耍花腔。但侥幸见到爸爸的念头又翻腾起来。果然庞大钟指的喜事就是我侥幸的念头。他伏到我耳边神秘地献殷勤说：‘今天是首长降格找你谈话，并开恩让你见老牛。’

“这个消息要是别人通知我，我会高兴得握他的手，从他嘴里说出来，美事也减了彩。我打定主意，见到首长就告发他。

“我焦急地盼望着尽快见到首长。庞大钟却像碎嘴婆似的唠叨个没完。‘见首长可跟见平头百姓不一样。’他说，‘该说的说，不该说的千万别说。上天言好事，下界降吉祥。再就是人家可是代表党的，他的每句话都有相当的分量，字字句句都要斟酌。如果首长提出啥建议或要求，你务必照办。大人物就是这样，明明是要你这么办，却又使人觉得好像在同你商量。这就能分出聪明人和傻瓜。聪明人把大人物的意见当指示，唯命是从地执行照办；傻瓜则是‘给个棒槌就纫针’。那一来就砸了锅。’”

“这个庞大钟真是又恶毒又狡猾。他想阻止您告他的状。”永进插话说。

“我闭着眼睛，不愿看他。”妈妈继续说，“不想听他叨叨。等他住嘴，我睁开眼睛时，见到一个微笑着的人出现在面前。他衣着笔挺，面容和蔼。我断定他就是武威。这时庞大钟也作了介绍。

“武威伸过手来。我拉着他的手，两眶的热泪再也止不住了，下雨似地往下流。奶奶常说：‘不到黄河不死心，不见亲人不落泪。’我把他当成了亲人。

“我想到爸爸的天大的冤枉，想到庞大钟天大的罪行，你想，在上边来的亲人面前我怎能忍住泪呢。他可以为我们申冤，救亲人出虎口，惩坏蛋下地狱。

“我流着泪诉说家里遭劫的经过。我加重语气说庞大钟的行径不能让人容忍。

“我看着这位首长，期待着他对作恶者的发落。虽不人人都会怒发冲冠，但同志对领袖的爱和对坏人的恨应该是一致的。即便对我的揭发不完全相信或完全不信，那也应该审一审或问一问庞大钟，他就在旁边。

“使我备感惊诧的是那位被称作首长的人并没有这样做。从一见面到我揭发完毕，他一直保持着微笑，使我百思不得其解。我止住泪，擦去泪痕。眼里没有了泪水的隔膜，看东西就清楚了。我从他微笑的瘦脸上发现了一种可怕的东西。‘难道他不是同志？’我的心为之一颤，不由打了个寒战。

“这时他开口道：‘金蓟同志，我们今天找你来，是想谈一下牛羊伴的问题。’他态度从容，说话慢条斯理，好象刚才啥也没发生，我啥也没说，他啥也没听，就跟刚刚见面一样。我想，也许是人家对工作安排有主有次，对问题的处理有个轻重缓急？或许是让庞大钟继续充分地表演，然后一锤把他打进十八层地狱？如果真要这样，那我从他脸上看到的可怕的东西就是我的偏激而产生的错觉。更不该怀疑人家不是革命同志。想到这里，我不禁惭愧起来。

“庞大钟这时还插嘴帮腔。说首长对牛羊伴非常关心。

“武威的微笑渐渐消退得无影无踪，露出了他的狡狯多嫉的本来面貌。他那黑紫的嘴唇，配上不整齐的牙很不受看；他的鼻子和眼都让人感到不舒服。

“那位大员先把爸爸大大赞扬一番。又说他和田美海导演万尺帆布的事虽令人痛心，但金无足赤，人无完人，那又是困难时期的事，可以解释成受矿长的指使。或者说是为了不饿死，这更能打动人心。”

牛永进气得憋不住说：“就是饿死也不能贪不义之财！难道这样一说，侵吞了国家财产就无罪了吗？”

“你听大员咋说，‘牛羊伴的主要问题并不是那万尺布，而是路线问题。只要他跟无产阶级司令部的步调一致，在无产阶级专政下继续革命，敢于同修正主义做坚决的斗争，那点布又算得了啥。我敢保证党和人民不但对他不咎既往，还会给他大大地记一功。令人遗憾的是老牛现在还执迷不悟。老实讲，光凭一个布案我们就完全可以处理他。你想想，一万尺呀，又是困难时期，乘国家之危。定个‘贪污犯’的罪名是绰绰有余的。’庞大钟又插话说，‘首长并没叫那样做。他宽大为怀，采取了等待的态度。’大员说：‘我们的等待是有限度的。如果他顽固下去，只好由他去了。今天把你请来，告诉你问题的严重性，同时给你指出一条挽救的办法，看你肯不肯帮助老牛觉醒。’这时庞大钟一边暗示一边说：‘记住我刚才的话了吧？希望你做一个聪明人。’

“大员的话简直把我弄糊涂了。同是一个布案，他一会儿说得轻如鸿毛，一会儿又说得重如泰山。我说：‘老牛与布案到底有啥关系，暂且放在一边；说他对路线问题执迷不悟，究竟你们要他干啥他不从？’

“‘让他起来批判修正主义。’大员说。

“‘这他还能反对吗？’我问。

“‘让他在一篇文章上签字，他宁死不肯。’庞大钟说。我睬也不睬他。大员说：‘今天就是想让你帮帮老牛，让他署这个名。’我问：‘那是一篇啥样的文章？’大员说：‘题目很绕口，说了也不好懂。副标题是“彻底揭发批判修正主义在边山的流毒”，主要内容是，我们工人不能只作低头拉车不抬头看路的牛，要作新世界的主人。’

“我一听就明确表示：‘这样的文章老牛当然不会签字，我也决不帮他署这个名。连敬爱的周总理都说他是人民的牛。再说，当了“新世界的主人”就不拉革命车了吗？’大员听了我的话，又微笑起来，站起身，二话没说，头也不回地走出客厅。姓庞的又想威胁利诱我，我哪能把他当成人，也头也不回地昂首走出客厅。

“一出专案组，我简直要发疯地喊起来。状没告成，冤没申成，心口压着块大石头。我眼前又出现大员那张微笑的脸，在笑脸背后现出那个可怕的东西更加清晰。‘难道他是阴谋家？’天那！我不敢如此想下去，心口咚咚地跳个不停，两眼冒金花，头重脚轻一阵眩晕，昏倒在街上。”

牛永进紧张地握着两把汗。秀春说：

“那天上午我老是坐卧不安的，心里头老觉着有事。就请了假。回家见门锁着。怎么回事？还不到给爸爸送饭的时间呢。妈上街买菜了？我心急如火。跑去问吕婶，她说：‘你妈去专案组见你爸了。’我听了一跺脚气得哭起来，见爸爸为啥不等我！我抹了把泪飞跑出去。我跑出小巷来到大街，见围着一堆人不知干啥。我虽好奇，也没像往常那样过去看。我绕过人堆一直跑到13号洋房。门房将我拦住：‘干啥去？’‘我来找看爸爸的妈妈。’对方冷笑一声：‘你爸在6号。’我又跑到6号，使劲砸门，胡子老头打开小口。‘开开门！’我喘着气说，‘让我也来看看爸爸。’他吃了一惊，说：‘有命令，不叫看的。’‘我妈不是进去看了吗？’‘没有这回事呀？！’我又一跺脚，急着往回翻。一口气跑回家。见妈妈扶着写字台正痛苦地喃喃自语：‘难道又遇了奸臣？’”

第十三章 6号

牛永进不再对大员抱任何幻想。感到问题严重，要解开这一个个的谜，关键是见到爸爸。妈妈为让他早睡，他提的好多问题都没有回答他。永进一夜也没睡着，思前想后，想念爸爸，想象关押爸爸的6号。

六点汽一响，永进悄悄起炕。虽小心翼翼，还是惊动了母亲，问起这么早干啥，他说跑步去。妈妈不叫他到街上去，让他在院子里活动。

院子不大，但在边山应该挺宽绰。这一巷有两排二十四所房子，当年叫员司房，顾名思义，是给当年的员司们住的。后来改名德智里。牛永进照母亲的吩咐在院里晨练，在大学时养成的习惯一直坚持着。

金蓟也是到点就起，准备好给关在6号里亲人的早点。想着不惊动秀春，和永进悄悄给爸爸送去。娘俩正要走，秀春腾地坐起来，瞎子摸鱼似地在炕上乱摸。妈妈关切地问：

“春，咋啦？”

“妈，快！”秀春说：“快拿毛巾来，我的眼皮叫眵目糊黏住了。”

妈妈把毛巾蘸上温水给秀春擦眼。永进在一旁打趣地说：“原来你是白天坚强晚上哭，害得眼睛都睁不开。”

秀春睁开眼，本想反唇相讥，一见妈妈和哥哥要出发的样子，顿时不高兴起来，绷着脸说：

“给爸爸送饭为啥不叫我？”

“你不是还睡着呢嘛。”妈妈说。

“睡着就不会叫醒我了？”

“我不让叫，怎么啦？”永进为妈妈帮腔。

“哼！亏你还是个大学生呢，一点脑子不动。”秀春迅速起炕。

永进挺纳闷，随口问：“这与大学生不大学生的有啥关系？”

“没冤枉你吧？还没转过弯来。”秀春说，“趁你在家不说叫妈妈好好休息一下，还忍心叫妈跑腿。你嘴上心疼妈，行动上看不出来。”

永进觉得妹妹言之有理，于是等她。秀春很麻利，三下五除二就把自己打扮好。她望着哥哥手中的花布兜问：

“啥早点？”

“大米豆粥和油条。”妈妈告诉她。

“还有别的吗？”

妈妈说：“这些要是全吃了不往回剩就念福神了。”

“我不是这个意思。”秀春下命令似地说：“把哥买回的面包拿一个来。”

妈妈赶紧照办，往花布兜里塞一个面包。千叮咛万嘱咐秀春听哥哥的话。

永进提着花布兜，秀春挽着哥哥的手，高高兴兴地去给爸爸送饭。秀春说：

“妈也真是的，我干啥她都不放心。”

“你以后干几件让妈放心的事。”

“那也要看情况，遇上该吵该打的时候决不示弱。比如那次抄家，有人说：‘痛痛快快地把钥匙给人家，不省得把箱子柜子的都撬坏喽？’其实那可不一样着呢。我跟他们来硬的，是为的让庞大钟他们心里打鼓，事后让他想：‘人家知道这是违法的，只不过手中没有刀把子，只能这样反抗罢了。’哥你说对吗？”

“看来你已经长大了。”永进亲热地抚摸妹妹的手，触到她手上的伤，心疼地说：“咋没戴手套？”

“你不也是吗？”

“我练出来了，看手上的厚茧。”永进把妹妹肉乎乎的手握在手心里，让她体会他手掌上的茧。永进感到花布兜往外散热，于是递给妹妹。秀春说她一点不冷。永进叹口气道：

“多好吃的饭菜送到爸爸手里也凉了，还有啥味道。”

“这不，妈妈特意里三层外三层地包。”

“看门老头不是还检查吗？”

“他也带一股呢，有时查得挺细，有时也不咋看。”

“这更危险。”永进说，“兴许是故意麻痹人，咱可别干放纸条通消息那种傻事，让人抓住把柄就更难洗清。”

“那就看需要吧。”显然秀春不同意哥哥的观点。

牛永进望见进矿的凯旋门，问道：“6号在矿里吗？”

“咋走到这来了？”秀春吃了一惊。“都怪跟你说话闹的。不过从这走也能去。”秀春领哥哥上凯旋门对面的水泥台阶。这时尚有洗得干干净净头上还冒热气的人从台阶上下来。进到院里，秀春用手指着说：“从这往西，过了更

衣室再走不远就是6号，我和妈都不走这条路，从融园东门进，过更衣室北侧。没想到这条路也不远。”

“天啊！”上完水泥台阶，身子一进到融园界内，牛永进就感到不妙。听妹妹介绍到一半他心里就叫起苦来。听罢介绍，他像被孙悟空的定身法定在那里不动了。“天啊！”他痛苦地喊道，“可怜的爸爸，他被关在什么鬼地方哟！”

“用不着我再细说了吧？”秀春知道哥哥已经想起来了。

“别说了，秀春。那地方就是合着眼我也能从家走几个来回。”

“可是咱们走吧，别在这惹人注目。”

牛永进跟着妹妹移步，感到腿软心颤。即使在炮火连天的战场上，扑向喷吐火舌的敌堡，面对血淋淋的屠刃，也不会使他如此胆怯和痉挛的。他痛苦而愤怒地向秀春说：“你知道那儿是啥鬼地方吗？那儿是当年外国资本家迫害我们工人的拘留所！我没少到那儿玩耍。小学时，上阶级教育课，学校组织到那里参观过，还请一位胡子叔叔当场讲述资本家迫害工人的血泪史。就在那个拘留所里，资本家用各种刑具折磨敢于反抗他们剥削的工人，几乎每天都要往外抬死人。妹妹，当时我们听的人都哭了，并发誓努力学习，作革命的接班人，叫那悲惨的历史永不重演！”

秀春没有说话。她不愿打扰哥哥的情思。永进越说越激动：“那个拘留所南北西三面是几米高的围墙，墙上拉着铁丝网。大炼钢铁那年，是我发现了墙上架铁丝网的铁架，和黑金、晓娅我们三人买十把小钢锯，骑在墙上把铁架锯下来。一个有二三十斤重。黑金从矿上行政科借的双轮车运到学校。我的炼钢突击手的奖状就是那年得的。

“紧靠拘留所西侧围墙上有个小门，那是往外抬死人用的。解放后也好长时间没人敢走，人们犯忌讳。拘留所的院子是下凹的，从小门进要下九个台阶。靠西一留有十三间平房：两间门房，两间刑讯室，九间牢房。妹妹，不知是偶然的巧合还是设计者的别有用心，九级台阶九间牢房，取一个谐音，资本家妄想久久地欺压工人阶级。”

“哥，快走吧。”秀春催促着，她的心里也很凄怆。

他们走过腾着白色蒸气的更衣室，一个红铁瓦的高房子出现在眼前。牛永进指着那座大房子异常愤恨地说：“秀春你看，这座洋房就代替了拘留所东面的围墙。这所堂皇的洋房掩盖着残酷的罪恶。”

他们穿过洋房外的洋槐林，来到当年的拘留所，如今叫”6号“的阴森的高墙下。“这就是6号！”牛永进愤恨得几乎发疯，“啊，6号！也不枉改了名字，高墙上架起了电网，被风雨剥蚀的七孔八缝的狱门如今焕然一新。看它水泄不通的样子，大概同围墙一样厚。看那个抬死人的小门如今还在，看它关得严严实实，门可罗雀，大概人们又犯开了忌讳不敢走。秀春，看到这一切，我又想到起了胡子叔给我们上阶级教育课的情景，又激起我少年时就产生的对黑暗的旧社会刻骨铭心的恨。由于时代的原因，胡子叔讲的事我没看到，如今发生的事我那时可未曾想到。妹妹，告诉我这是不是梦？”

“如果你心里感到痛苦就不是梦。看你都哭了。”秀春掏出手帕给哥哥擦眼泪。她握住哥的冰冷的手，怕他过分伤心，劝道：“哥，别说了，耽误太久会叫爸着急的。”

“那就敲门吧。”

“用不着费那个劲，这里安了电铃。”秀春用手指点着说，“听我教你，如果是妈或我一个人来送饭，就一、二、三按三下；如果是我和妈两个人来，一二三、一二三地连着按两遍。铃响之后爸爸吃上饭。这样时候长了，爸就会形成条件反射，在脑子里出现图像，一遍三下铃响，他脑海中就会出现一个人，不是相依为命了几十年的妻子就是娇生惯养的女儿。就看他那时最想谁了。两遍三下铃响，他脑海中就会出现女儿正偎依在妈妈身边站在小门口的样子。今天我连着按三遍三下，爸就会知道除了我和妈还有一个人。‘谁呢？’他自然会想到你。因为他被抓前经常表现出对你的深深思念。他把你的信捧读几遍也舍不得放下。等爸吃上面包，就会证实他的判断。‘哦，北京义利食品厂的，没错，就是我那不争气的儿子回来了！’”

“可是妈没来呀！”

“你真傻，真的！我是帮着爸爸往这上理解。”

“看来你真的比我聪明了。”

“这也是逼出来的。”秀春开始按铃。按她说的按三下，连着按三遍。

一会小口打开，出现胡子老头怒气冲冲的脸。“为啥老按铃？”他瞪着眼睛问。

“我哥回来了！”秀春对着小口大声喊，就像跟一个大聋子说话。

“喊啥？把我耳朵都震聋了。”胡子老头提出抗议。

“这我还嫌嗓门小呢，”秀春瞪起眼睛说，“要有扩音器才带劲呢！”

牛永进怕妹妹与老头吵起来，把她挤到一边，扒在小口上温和地看着老头。他愣了一下神，觉得在哪儿见过似的；胡子老头也回敬地看了一下他，接着就怒气未消地说：“快拿饭来！”

“老大爷，”牛永进慢声细语地说，“我在外地工作，有好几年没见到爸爸了，能不能……”

“不行！”不等永进说完，老头就扔出石子硬的两个字，“快拿饭来！”他又催一遍。

牛永进无可奈何地从花布兜里取出饭盒从小口递进去。老头接过就走。秀春又喊着说：“还有呢！”

“啥？老头回转身。”

“我哥从北京买回的面包！”

老头接过面包，边走边检查。牛永进扒在小口上看了几眼，又让妹妹看。

“看！”秀春回过头来小声说：“爸爸仍在从里数第二间牢房。”

牛永进见胡子老头递出空饭盒，将小口关上。

秀春摇了一下饭盒，“没有剩饭！”她高兴得跳起来。

“可怜的妹妹，这就是你的快乐了。”牛永进带着凄楚的神色说：“你应该有更多更大的快乐的。”

“我明白你的意思，哥！那些快乐会来的。”秀春信心百倍，“咱快回吧。妈见爸没剩饭会比我高兴。”她又摇了一下空饭盒，像走乡串庄的货郎摇拨浪鼓，只是没有声音。

“等一等。”牛永进站着不动。

“还想干啥？”

“我总不甘心就这样走。”

“想咋办？”

“咱们再央求一下胡子大爷，把条件降低到只见爸爸一眼上。我想不会失望的。”牛永进眼里闪着希望的光。

牛秀春不以为然，她冷冷地说：“一切都是枉然！”

“你别说话，离门远一点，让他以为厉害丫头已经走了，等我说通了你再过来，咱们一起享受见到爸爸的幸福。”

“就看你的了。”秀春刚要离开小门，见有人来，一把将哥哥拉开，把小门口让给来人。

第十四章 巧遇

牛永进兄妹俩刚刚让开，6 号的小门就被匆匆的来者所占据。那人穿着一件过了时的黑棉猴，大口罩一直盖到眼皮底下。要不是露出很时髦的黑色小皮鞋谁也不会看出来人是个女的。只见她一到，脚还没站稳就胡乱地按几下门铃，之后又回过头来看看来时的路。她的眉宇间流露出了焦虑的神色，像是躲避什么人的追赶。

“6 号里还有女干将？”牛永进小声问妹妹。

秀春示意他不要出声。

一会工夫，小口打开了，还是那个胡子老头，却换了一副面孔。“是你，”老头和颜悦色地说：“今天咋有时间了？”

“嗯。”来人似乎不愿和他多说话，只嗯一声就从肩上背着的黑人造革背包里取出一个墨绿色的背式饭盒递给微笑的老头。“饭盒就先放这儿吧。”她说。老头说声好之后就将小口关上。来人转身像来时那样匆匆离去。

秀春一个健步跨过去，亲切地喊：“娅姐！”

那个被秀春称作娅姐的人顿住脚转过身，秀春拉住她的手。牛永进一听到这个“娅”字，联系到她那修长而又匀称的身材，立刻就想到中学时代那个“巧嘴鸭”。“是她！”等他看见她那弯弯像柳叶的黑眉，一下子就确认了自己的判断，尽管她那弯眉毛在口罩的作用下还带着密集的水珠。

牛永进跨前一步，伸出他那带茧的大手，热情地叫道：“乔晓娅！”。

娅姐先是犹豫了一下，之后她甩开秀春，也伸出了纤细嫩白的手。牛永进使劲地把她的手攥在自己的大手心里。晓娅摘下口罩，露出一张瓜子形的脸。两片薄嘴唇里的两排珍珠般的牙齿整齐洁白。微翘的鼻子，黑白分明的丹凤眼。“还是那样灵透！”永进心里发出赞叹。可是，她两颊的红晕没有了，脸色由嫩白变得蜡黄，两眼流露出心中的抑郁。她被他看得垂下了头。

“你好吗？”牛永进急不择言地问了这么一句表示关切的话。

对方冷笑了一下，没有回答问话，而是说：“你这样使劲握我的手，使我

想起我们分别的时刻。”

“对！”永进说“那时我也是握得这样有力。”

“那时表达的却是狂欢的心情。黑金我们三个人同时接到录取通知书，我们分手去远途求学，你就是这样拉着我的手，你说：‘我们的美好愿望实现了，等迈到理想的大门口，像我们的父兄为矿山洒血流汗的时候再见！’”晓娅的脸上出现了当年的幸福与快乐的神情，像太阳钻出云缝又被云遮住那样，那种喜人的光转瞬即逝，又恢复了愁云密布的样子。

“哥哥是个蹩脚的预言家。”秀春插话，“不是相逢在理想的大门口，而是相逢在6号阴森的小门口！”

“那时一别，阔阔六年。”牛永进说，“真没想到在这个时候见到你。”

“更没想到是在这样的地点。”晓娅咽了口唾沫，像是咽下一肚子辛酸的苦水。

“我还以为你是6号里的干将呢。”牛永进说，“你是给谁送饭的？”

晓娅苦笑了一下：“还能有谁呢？从六五年‘四清’到现在也往六年上数了，一有风吹草动我们家就首当其冲。”

“乔大伯也在里边？”

“这有啥可奇怪的呢？他是坐在车楼里把帆布送到橡胶厂的，如果翻腾起这事还能少得了他？相反，与布案毫无牵连的牛大叔被抓，倒使我备感惊讶。”

“这是阶级斗争的必然！”秀春说了句谁也听不懂的话。这句她听来的或从报上看来的话，用到这儿可非同小可，使晓娅的脸色骤然地变得像死人一样的苍白。这也难怪她如此紧张，父亲有万尺帆布案的嫌疑，被人视作坏人。所以她一听“阶级斗争”几个字就毛骨悚然。她读到报纸上的这方面的字句就一扫而过，遇上这样的大标语就尽量躲着，背上了父亲的包袱，她感到自卑得没脸见人，以致她那向上翘的眼皮像赘了两颗珠子，总是没精打采地向下垂着。她失去了学生时期的任何棱角与锋芒。乔晓娅变了。牛永进望望那遮天蔽日的高墙。回忆道：“晓娅，你还记得吗？我们骑在墙头上锯那架铁丝网的铁架，黑刺猬叫你在下边等你还不干，争说：‘你们为啥不在下边等？’那么高的墙你上去了，而且和我们一样，一气锯了三个。”

“旧的不去，新的不来。锯掉了架铁网的架，如今又安上了电网。”晓娅的脸上充满着凄凉。

“我们真应该后悔对旧社会破坏得不够彻底，如果当时我们三个人不管谁倡导：‘刨墙，把这个迫害我们父兄的拘留所刨倒！’我想我们谁也不会提出异议，会一口气把它刨掉。”

“如果那时我们想到今天这里会拘押我们的父亲，我们一定会争着倡导的。然而……然而现在看来，即使那时刨倒了，有啥用？刨倒了还会再建的。这里不也曾是东倒西塌的？不也曾由白色恐怖变成我们儿时游戏的乐园吗？可是你看，断垣倒塌处又得到修整，风雨剥蚀旧了的门也换成了新的，嬉戏的乐园又给我们带来了恐怖。这样恐怖不是电影里警车一响地下党被抓时使观者产生的那样，而是轮到我们自己头上的。这种恐怖是令人胆战心惊而又悲哀的。”晓娅说得自己眼圈都红了。

牛永进对这个当年的“巧嘴鸭”变得这样哀戚表示深深的怜悯。他对她说：“不要太伤心了。”秀春听了直撇嘴，小声道：“你还劝别人呢，忘了自己也深埋在悲哀中。”“乔大伯会出来的。”永进说，“他不会作这个案，说清楚就会出来的；即使有问题，交代了也不应给这样的苦头吃。”

“问题是他说不清楚。你不要给我宽心丸吃。”晓娅难过地垂下头去，小声地说，“这次进去他是不会出来了，起码不会活着出来。”她恐惧地瞟了一眼抬死尸的那个小门。这时有几个孩子破门而入，叫嚷着到融园的深处。小门自动关上。玩耍的孩子一走远就又安静下来。晓娅尽量压抑着涌上来的泪水，说：“你想，是他亲自跟车把货送到橡胶厂的，厂方说没收到，矿上能不管他要布吗？他一口咬定说送去了，又没有人家收货的任何凭据。就是我们办案也得拿他是问。你一给自己辩护，惊堂木一拍，审问人堂上一呼，喽啰们阶下百应。好狗也咬不出群，再不按人家的来就要遭打了。”

“还有押车员和开车的呢，他们会出来作证的。”永进说。

“只有这一点还存着希望，然而这个希望也是渺茫的。押运员是泥菩萨过河，他自身还难保呢；司机早已复员回乡，人家当时要不是可信赖的解放军，准也得抓进去；即使从他那里打来对无辜者有力的证据，爸爸也不会得救，更何况还不知道咋样呢。”

“这倒也是实情。”牛永进改变了话题，说，“还忘了问你，分到什么单位了？”

“咱们同学六年的母校——煤矿子弟中学。”“太好了，祝贺你！”他们早分开的手又握在了一起。这次握的时间不像上次那样长，是晓娅怕握得疼主动退出的。

“有啥可好的呢？”她冷漠地说，“‘人情冷暖，世态炎凉，秋风一时，残叶无几。’我一到位，就是在一双双的卫生眼珠的环境中工作的。因为爸爸的事早已闹得满城风雨，所以我不接受你的祝贺。”

“那些辛勤抚育过我们的园丁们都好吗？”

“你可以想象得出，因为到处都是一样的，我真后悔当初选择了这样的志愿。”

“这是你的理想促使你选择的呀。”永进说。

“哼！理想！”这三个字她几乎是从鼻子发出的。“请不要再提这样神圣的字眼了吧，理想已经无情地抛弃了我们，起码对我是如此。”

“不要太悲观了吧。”

“谁也不愿意这样，这是命运造成的！”

“命运？”永进感到诧异，“我们小时候就不相信命运。你忘了我们嘲笑信天由命王寡奶奶了？后来连她都心悦诚服地认输了。因为她一家三口惨死在旧社会，新社会她才过上好日子。她说得好：‘是共产党救了我，不是天命是革命。’你不是也很钦佩我母亲的‘事在人为’的观点吗？怎么年龄增长了而你的思想却退步了呢？”

“退步！这是你的认识。”她举眼望了一下天，肯定地说，“是的，命运，它是神。欧美人相信上帝，阿拉伯人相信真主，我相信命运之神。有了这个信念，可以使我在痛苦的桎梏中找到精神上的解脱。”

“这就是说，你已经听任命运之神的摆布，不想往美好的方面努力了？”

“美好的方面？”晓娅产生了强烈的妒意，她自怜地说，“哪有美好的东西是属于我的？属于我的只有这无穷的哀伤。爸爸哪一天被从这个小门抬出融园，惊天动地的万尺帆布案就该无声地了结了。因为根据以往的经验，一切都可以推到死者的头上，即使是被折磨而死，还可以说成是畏罪自杀，这并不新鲜。无形中又给他加了一条罪。我们将背上他的双重黑锅一代一代地传下去。”

“娅姐！”秀春依偎着她说，“你不要把前途看得如此暗淡。”

“光明的前途是有的，但那并非属于我，春妹。”娅姐抚摸着春妹的头，举眼向天说，“命运之神并不想把光明赐给我。”

牛永进看到她虔诚中带着痛苦的神情，深深为之惋惜和同情。他知道，凭着自己的说教是无法改变她在无情的事实面前形成的思想的；他再也找不到劝慰她的更合适的语言，又不肯在盘旋于她头上的命运之神脚下示弱，他用具有穿透力的炯炯的目光望她，希望能用这无声的语言重新打开她早已关闭了的美好心灵的窗户。

“听说你分到了外地，离咱们这有多远？”这回轮到晓娅发问了。

“一千零八十八华里。”永进说。

“你的前途是光明的。希望你不要像我也相信命运。现在的情况只不过是出现在你面前的早晨的迷雾，太阳一出迷雾就会消散；别看牛大叔也在6号，他很快就会获得阳光的照射的。可是请告诉我，到底是因为啥牛大叔也入狱了呢？”

“欲加之罪，何患无辞。”牛永进带有讽刺意味地说，“这谁能说清楚不是命运之神的捉弄呢？”

秀春道：“他们说这是按毛主席的指示办学习班，对爸爸进行保护性的看管。”说着她下意识地扫了一眼森严的6号高墙。

晓娅也随秀春的目光瞟了一下这座非法监狱，然后把眼光落到6号东面那座洋房上，发出一声鄙视的冷笑，之后又要说什么，却被秀春抢先开口。

“娅姐你别说了，从你的眼光里我已经读到了你要说的话。是的，就像这富丽的洋房遮挡着阴霾的非法监狱那样，他们冠冕堂皇的谎言掩盖着卑鄙的阴谋。娅姐，这不是命运之神的摆布，而是人为布置的陷阱。我们的亲人不是自己陷进去的，而是被布置陷阱的人推下去的。不管陷阱有多深，亲人的沉冤终能昭雪。应该有这个信念。娅姐，有了这个信念，就会为摆脱眼前的厄运而抗争。斗争得来的幸福远胜于你相信的命运给你的成百上千倍。”

永进非常欣赏妹妹的这番话，而晓娅则不以为然好。她依然是冷漠的：“你们去斗争吧，胜利会属于你们的；我已经没有了一点斗争的勇气，更没有胜利的信心。还是命运之神最能宽慰我。”说罢她又举目向天。

一时他们语塞。6号那座洋房外的那几株洋槐树上，发出寒鸦的叫声，几只黑老鸦更增添了哀伤的气氛。它们望着这三个受厄运打击的青年，发出了不知是怜悯还是幸灾乐祸的嘶叫：“呜啊！呜啊！呜啊！”

这时晓娅问道：“我刚来时你们正在门口嘀咕啥呢？”

“哥哥想央求胡子老头见一见爸爸。”

“那敢情好！”晓娅高兴起来，怂恿说，“远来的和尚会念经，你一说保准能成。我也沾点光。快点行动吧！”晓娅带头靠近小口。

牛永进说：“我对这事的信心已经没有刚才那么足了。”

“宁让碰了也别误了。”晓娅说，“如果能办成的事而没办，会造成终身的遗憾；但我们努力办的事，虽然没成也不会悔，我按铃了，老头出来由你说。”

牛永进答应了。秀春按当初定的躲到一边。按铃后不久，小口打开了，胡子老头歪着脑袋向外打量着。“你俩咋还没走？”他问。

“老大爷，”牛永进扒着小口说，“虽然有您的照管，我们还是很惦念我们的亲人，这是人之常情。请您高抬贵手，放我们进去见见爸爸好吗？我们也知道您做具体工作的难处，我们保证不给您墩底，就见一见，或是在您允许的范围内说两句话。”

“我说过的，不行，上边有命令。”老头说。

“不让我们进去，您就把爸爸领出来，他们在门里，我们在门外，这样让我们见见也行。”牛永进退了一步。

“那也不行。”老头仍不让步。

“要么就这么办，您让他们去厕所，我们离老远看一下也行。这样两全其美。您既不承担违抗命令的责任，又满足了我们这一点点可怜的要求，也不枉我央求您这老半天。”在想见到爸爸的前提下，永进没法再退了。

胡子老头也把话说绝：“咋也不中！”

靠墙根站着的秀春再也忍不住了，她冲过来冲小口骂道：“你这个糟老头子，真是死心瞎肺，没一点灵活劲，真是专案组忠实的走狗。”

老头气得把小口嘭地一关，听他在里边说：“这是革命原则，我不能拿原则做交易！”

秀春踢了两下门，气冲冲地说：“树叶终究要落到树底下，到时候我也不饶你，以其人之道还治其人之身。”

牛永进把妹妹拉走。碰了钉子，晓娅比原来更加沮丧，在白雪上又加了一层霜。

“到家里去吧，跟哥哥谈谈离别的情形。”秀春拉住她的手，热情的邀她。

“唔！”她抬腕看了看表，“我该上班了。”说罢就罩上口罩，与永进兄妹招了下手，像来的时候一样匆匆走了。

牛永进呆呆地望着她远去的身影。

第十五章 乔士奎的厄运

乔晓娅的被黑棉猴儿掩盖起来的修长优美的身影消失在落着乌鸦的洋槐树间。牛永进不知道他中学时代的天真活泼俏皮好强的伙伴何以变成这个样子。

在回家的路上，秀春告诉他："也难怪她变成这个样子，她们一家六七年没过舒心日子了。文革一开始，乔伯就被推到风口浪尖上，挂黑牌子打花脸，游街批斗。陈伯达总结的文革五大战役，哪个战役他都被重炮猛轰。上天无路入地无门。检查写得够一汽车拉的。乔大妈为保护他，辞去了三线的工作。乔大哥经常骂大街，还扬言要杀这个捅那个。小儿子乔宽河宣布与家庭断绝一切关系，更名改姓，几年前插队到一个深山沟里。好端端的一家人变成这个样子，使得受过高等教育的乔晓娅信天奉神。"

一汽车帆布的失踪，给乔士奎带来了无尽的厄运。

早在一九六五年，追查帆布的工作一开始，乔士奎急得像热锅上的蚂蚁团团转。然而有时他冷静一想自己并没有责任。可是帆布一天找不见，他便一天受怀疑，心口压着大磨盘。

史无前例的"文化大革命"的狂风刚一兴起，乔士奎问题的性质立刻升了级，两派都把他当成阶级敌人打，争着抢着斗争他，想从他身上挖出个贪污集团。他的耳朵里灌满了各种训诉与唾骂，肉体上尝到了各样的惩罚。有几次被折磨得死过去。他也真称得上条汉子，受那么大的罪，既不告饶也不按照审问者的意图招供。两派都感到了失望。

按说乔士奎可以松一口气了。在这么大的运动中，有这么大的嫌疑问题能够死里逃生可是万幸。可是乔士奎还惊魂未定，从堡垒内部忽然杀出个造反分子。小儿子乔宽河高中没毕业就报名并被批准上山下乡。他悻悻地与家人诀别。见了父母不叫爸也不叫妈，现出高傲得不可一世的样子，下通知似地说："我跟你们的苦总算受到头了。从今天起我跟你们划清界限，与这个倒霉的家庭彻底决裂！再见——不，永别了！"说罢他拔腿就走。

他的这一举动把家人都闹蒙了。母亲秦继业一把抓住儿子的衣襟，惊恐地问："你要到哪儿去？"

"去找我的归宿，到不使我背黑锅的地方去！"造反者坚定地说。

"你把话给我说清楚！"母亲紧紧地抓住儿子，生怕他跑掉。

"这是再清楚不过的了！"儿子冷冷地说："我刚一进入青年，这个倒霉的家庭就使我蒙羞受辱，使我比众人矮半截，抬不起头来。我真恨自己错投了胎。根据遗传的观点，你们虽然使我很聪明，但与其这样，倒不如生养我的父母都是白痴。这样就会好事也不干坏事又不为，那该有多清白，除了傻以外，用望远镜和显微镜也休想找到错误，莫说一打三反，就是七打二十一反也用不着担惊受怕，我也不会背黑锅，然而这么多年紧张得我出气都不均。人的出生家庭不能选择，可是道路却是可以选择的。我还年轻，不想永远跟你们背黑锅，我决定上山下乡，已经得到批准，明天就会被敲锣打鼓地欢送着光荣地出发。怕你们以为我失踪，惊师动众地找，特来下个通知，也是尽了曾经作你们儿子的情分。"

秦继业把他紧紧地搂在怀里，痛苦地央求说："宽河，妈的好儿子，你不能……"

"别这样，让人看见会说我界线划得不彻底。"儿子无情地推搡妈妈的把鲜甜的乳汁都喂了他的干瘪的胸脯，企图从妈妈的曾依偎不舍的怀中挣脱开。"我已经更名改姓为何宽，请别再叫我乔宽河了。"

秦继业紧抱着儿子痛不欲生地哭起来。慈母的眼泪并没有打动铁石心肠的浪子，他挣脱开悲痛欲绝的妈妈，毅然欲走，又被爸爸一把拉住。他扭过头来质问道："你还有啥话说？"

"孩子。"

"不！我叫何宽。"

乔士奎压了压喉咙，咽下了难言的苦衷。他用颤抖的声音说："请回答我一句话，就是到死见不到你我也瞑目。"

"一句啥话？"

"你相信不相信我是无辜的？"爸爸拉着儿子的手，希望得到满意的回答。

儿子用力甩开他的手，坚定而又无情地说："不，从我的态度上你应该看出我恨你！如果你贪污了帆布，我恨你，钱都哪儿去了？你不知道困难时期咱们过得那种日子？我每天捡两书包野菜，你出差回家，我从学校打回白薯面窝窝头让你吃，我饿得小胳膊像麻杆一样细，吃野菜吃得两腿浮肿。"母亲听了儿子的话哭得更厉害了。父亲也伤心地流了泪，他央求道："孩子，别说这些了。"

何宽全然不顾这些，继续说："你既然贪污了，为啥不顾家？如果你真的没有贪污，那我也恨你，经手成千上万的钱，为啥不想法补贴正在发育期的儿子、孙子的营养？却手背朝下接受儿子的一点可怜的赠与，使我们饿成那个样子。”

“你是说恨我当时没有贪污钱养肥你吗？”乔士奎停止啜泣，厉声问。

“是的。”何宽坦然地回答，“与其今天挨整，何如当初真的作案？那时一尺帆布能换一斤肉。”

“住口！”乔士奎腾地站起来，指着他骂道，“你不是我的儿子，不配，你是个没有理智的畜生！”

“是的，我叫何宽！”他看了一眼哭成泪人的妈妈，又扫视了一下这个早已使他厌烦了的家，说了声“永别了”就头也不回地大步走出。他到嫂嫂的屋里，抱起正在干咳的大虎子，流着泪说：“叔叔对不起你，争抢过本来专属于你的饼干和团粉，造成你的发育不良，你恨我吧。”小侄子被他闹慌了神。他亲了大虎子一口就匆匆离去。

第二天秦继业提着装有日常用品和食品的网兜为儿子送行。在锣鼓喧天熙熙攘攘的月台上，她好不容易才在第十节车厢的一个窗口找到探出头来的儿子。何宽并不是看到了泪眼汪汪的母亲才把头探出窗外，而是在向同窗好友致意。当他发现母亲熟悉的身影时，立即把头缩回。但想逃避已是不可能的了。母亲的眼睛磁铁般地吸住了他。秦继业用双手吃力地把网兜举到窗口：“快接住！”何宽没服从她的命令，不接受她的体贴，伸出一只手将送进窗口的东西推了出去，同时说：“我不需要这些。”

母亲忍着悲痛，吃力地将网兜放在地上。搪瓷脸盆在月台的石条上，发出“当”的一声响。她感到揪心地疼：“你为啥拒绝接受父母的体贴？”

“你难道想使‘狗崽子’‘贪污犯的儿子’的骂声追到我乡下去？”

“即使你误认为爸爸是贪污犯，那也应该认为妈是无辜的。”

“然而无辜的母亲却没有与有罪的父亲划清界限；你还为他而失掉了工作，为保护他不叫造反派整死，你自己却被折磨成这个样子。”

“你从此就六亲不认了吗？”

“不是我本人非要六亲不认，是这个世道非不叫我认。”

“你这样对待生你养你的父母，你知道我们是怎样的心情吗？”秦继业眼眶里涌满了泪水。

何宽毫不动情，他依然是冷冰冰地说：“我想，如果我不幸早逝，父母应该悲痛；如果我在家庭给带来的凌辱下过活，做父母的应该忧伤；现在你们应该高兴，因为我跳出了苦海。所以请收起你悲伤的泪水吧。”

慈母吧嗒吧嗒嘴，用衣襟擦擦眼睛，仍是挂心地说：“你从小生在市里，农村不会像你所想象的那样美，还会有很多苦头要吃的。”

“肉体上的痛苦总比精神上的痛苦好受得多。为使我幸福，请你们把我忘掉，就像根本没生我这个儿子。”

慈母的饮泣声被火车的哀鸣所掩盖。列车就要开动了。广播里最后一次请送行的人下车。车站服务人员请挨近窗口的人往白线后边站，秦继业叮咛儿子说：“多保重！有困难来信告诉我。”

何宽没有任何表示。母亲又道：“难道没有对妈说的话吗？”

“如果我混拉稀了，就不找女人不生孩子，免得给下一代造成苦难。”他说罢就把头缩回到车厢里，直到火车开动，他也没看一眼那可怜的妈妈。

失掉亲骨肉的秦继业哭着回到家里，到了家又大哭一场。

直到又掀起“一打三反”运动的高潮，布案又被推到浪尖上，乔家才把小儿子的事淡忘。可怜的人家又开始受紧张日月的煎熬。沉闷的气氛使得他们喘不过气来，人人脸上都罩着一层愁云。乔士奎在设计院工作的女婿出差来到边山，他带来的消息驱散了岳父家的阴云，使这一家人沮丧的脸上开了笑颜。

这天，秦继业，大儿子乔通路和儿媳任玉娥三人正在家里发愁。虽然经历了“文革”以来的一场场风暴，这个“一打三反”又引起了他们的惊恐症。谁知道亲人会在这个运动中又被折磨成啥样。乔通路的不会拐弯的直性子脾气在哪儿也不会掩饰。他说：

“万尺帆布，你当少呢？就打两块钱一尺还整两万元呢。枪毙一个贪污两万元的罪犯，还不就等于碾死一个蚂蚁。”他说这番话的时候，没有考虑到自父亲蒙难以来变得衰老虚弱的母亲。她的身体早在陪丈夫一起受罪时就垮了，挺直的身板变成了驼背，丰满的肌体已瘦得如干柴。听到儿子可怕的预言，她本应用哭号来发泄抑郁在心中的苦，可是她没有哭、眼泪早已流干了。她深陷在眼眶里没有光彩的两眼木然地望着儿子。

“难道我不分昼夜保护下来的爸爸的性命又要被夺走吗？”她用颤抖的声音说。“把人处死，让人坐大狱，总得有个道理，不能平白无故地来。”

“还讲啥道理！这年头哪有理？有理也无处讲。”乔通路火冒三丈地说。

“小声点，我的老天爷！”任玉娥就怕丈夫开口。她说：“祸从口出，你这么不小心，会给咱们家带来新的灾祸。”当与婆婆说死呀活的时候，她就做小动作企图制止，但任凭她使眼色打手势甚至干咳都得不到理睬；眼下丈夫又谈到了易招灾惹祸的话，她就不能不出来制止了。而乔通路却偏偏不受妻子的约束，横眉立目呵斥道：

“你还怕个啥？这话到大街上我也敢说。你有能耐拿出证据来，他不老实就处理他，偏偏想在一个人身上挖集团，穷折腾！你说他们这么办是讲理吗？”

“那又有啥办法，刀把在人家手攥着。”贤惠的妻子这样劝丈夫，“咱们还是悄悄的吧。”

“忍气吞声的日子我过不了，你要是怕背黑锅就像何宽那样造反。”

“我知道谁也改不了你这宁折不弯的性子，可我的话你总不能一点也不听。”任玉娥耐着性子说。

“你们别再起矛盾。”秦继业怕儿子又和媳妇争吵起来，她说，“老爷子的事你们谁也别管，万一被闹成个好歹，我去当杨三姐。”

“他爷爷也真是的，挺简单的问题就是说不清楚。”任玉娥埋怨起公公来，“一有个风吹草动就得担惊受怕。嘎巴干脆，该咋着就咋着，问一百八十遍也还是那套，看能咋着。”

她这一提头，也勾起了乔通路的满腹牢骚。他又火冒三丈地说：“也难怪人家整他，说得颠三倒四。自己说收货人是个胖子，人家一提头说是瘦子，他又承认是瘦子。本来没有的问题也叫人家怀疑。到底有还是没有？现在就连我也闹不清了。”

“所以我们要慎重！”这下任玉娥可抓住理，借机重申她的一贯主张，“我并不是反对你过问他爷的事。问题是得看是啥事，当着妈的面我也这么说，咱们最好不要插手过深。别以为媳妇是外头抬来的不心疼公婆，我是为着咱们家长远着想。把他爷咋着了还有你；要是把你也连进去，这个家不就散了架了吗？再说，真要敢肯定爸爸清白无辜，咱就会闹出个理来；万一不是这样，咱一家就会坐蜡。所以我建议从此偃旗息鼓。你不要说这个骂那个，妈也别东跑西颠地奔波，好好养养身体，横竖日子也得过。至于他爷，让他们闹去好了，没问题闹到啥时候也没事，有问题就认罪伏法。毛主席早就教导说：‘我们应该相信群众……’”

乔通路被爱人说得无言以对。秦继业理解儿媳的善良用心，但却不同意她的观点。她坚定不移地相信丈夫是无辜的。她说：“我一向不主张咱们家都卷进帆布里去，你们尽管过太平日子，由我一个人去跳，反正都快入土的人了。至于咱家老爷子作没作案，我看不能怀疑，绝对没有！我可以讲一件小事：那次他把出差的信件和旅费都放在一个盛东西的饭盒里锁进箱子。第二天行前从饭盒里拿，发现少了一个装有二百块钱的信口袋。他相信我从不动他的东西，钥匙带在我身上，别人又打不开箱子，可二百元钱却不翼而飞，急得他出了一头汗。他怀疑自己是否把钱放在了里边，把衣服袋翻个遍也没找到。我怕他误车，建议先拿上家里的钱。他说：‘这不行，管经济的不能有半点差错。’我帮他找，一掀扣着的饭盒盖，发现那个信口袋卡在了上边，掏出钱来一数，不多不少整二百。他立时高兴起来，意味深长地说：‘我正发愁没法补呢。虽然咱家生活困难，一分钱的便宜也不能占公家的。’如果这还不能说明问题，宽河与家里决裂的话，你们可以深思。如果他有贪污的心，在困难时期就不会让大人孩子挨饿。”

母亲这番话，又在儿子的心中发挥了作用，他又暴跳道：“过安生日子，谁叫你过安生日子？帆布问题啥时候不解决，啥时候也不得安生。索性就扣到老爷子头上，也算安生了；就怕这上不上下不下的，让人的心老是悬着。”

他们娘三个正在为家里一筹莫展的时候，瘦弱的大虎兴高采烈地领进一个人来。他高高的个子，略微有点猫腰，瘦削的脸上闪着一对炯炯有神的大眼睛。他满脸兴奋，像是遇到了什么喜事。

“奶奶，大姑父来了！”大虎一进家门就这样通报。

一家人都为在背兴时有客人光临感到慰藉，更何况来的又是乘龙快婿。见他脸上还荡着喜色，不用问，他一家四口都挺好的，或许还会有更好的消息。果然他笑眯眯地来家并非寻常，不等坐稳，他先声夺人地说：“你们又为他老爷的事发愁吧？甭说我也看得出来。妈是忧愁抑郁，大哥是怒气横生，嫂子是胆怯畏缩。这回你们都把心放回肚子里吧，一切都解决了！”他说罢就疲乏地靠在椅子上吸起烟来。”

乔通路高兴地指着他的鼻子说：“我就知道你神通广大，大学没白念。”

“快说说你是咋活动的。”任玉娥也眉开眼笑起来。

“帆布找到了？”秦继业干涩的两眼又湿润了，她合掌道，“我的老天爷，可盼来了这天！”

“妈，哥嫂，你们都差了。”他直起身来说，“我郝忠既无神通也没活动，更不是帆布找到了。”

“那你让我们把心放在肚里，说问题解决了，究竟是咋回事？”任玉娥奇怪地问。

“北京又有了新经验。”郝忠认真地说，“北京有个厂，这个厂有这么两个人，一个罪大一个罪小，罪大的坦白从了宽，罪小的抗拒从了严。”

听他介绍这些，他们的心一下子又都凉了，都失望地面面相觑，对他的话一点也不感兴趣。只有大虎莫名其妙地问：“姑父，你说的这两个人与爷爷有啥关系？”

“关系可大啦！”郝忠侃侃而谈，将全国上下的形势，落实的经验讲了一大通。说什么不管问题多大，只要自己坦白出来，就会得到党和人民的谅解云云。兜一大圈之后回到本题上来。“像帆布这个老大难问题，只要作案者主动坦白交代出来，根据经验衡量，也不会受刑事处分。所以我们要乘这股东风，给爸爸做工作，争取在这个洪流中洗清自己，省得里里外外的十多口人老为他一个担忧。”

这番话又把乔通路说得高兴起来，任玉娥也舒展了眉头，秦继业仍是忧虑万分。这时参加了运动工作组的乔晓娅也回家来。

“我是专程为爸爸的事来的。”她眉飞色舞地说，“现在大力提倡坦白交代，天大的问题坦白交代了也能从宽，人不知鬼不觉的事主动交代了更受欢迎。让爸爸快觉醒，乘这个东风，把帆布弄清楚。”接着她又发表了一大气和姐夫相同的论调。

被隔离审查的乔士奎，星期天也未敢休息，当他交上一份检查踏着下午六点的汽笛垂头丧气地回家时，他做梦也没想到女婿儿子儿媳女儿已摆好了对他展开大进攻的阵势。

打响头一炮的是他宠爱的二女儿乔晓娅。她凭着一张自小练就的巧嘴，使出最大的本领，把上边的经验结合自家的实际，引经据典，说古论今。说到坦白从宽说得天花乱坠，让人垂涎三尺；说到抗拒从严，说得天寒地冻，让人胆战心惊。紧接着打第二炮的是在乔家享有很高威望的佳婿郝忠。他说得有板有眼字字千金，语重心长。之后是你一言他一语的乱炮猛轰。任玉娥还兼管后勤，让炮手们的茶杯里总是满着水，免得口干舌燥。那她也不放过开火的时机：“他大姑父和二姑说得都很好，要我可说不来，没那么多文化水。您就来痛快的吧，说出来我们不会小瞧您，照样当老家伺候您。”

他们把乔士奎当作贪污万尺帆布的假设敌，一切火力都是为促使他开口坦白承认，达到他们像典型经验介绍的典型人物那样结束这提心吊胆的日子，过安定生活的目的。

乔通路甚至说：“您就坦白吧，如果让退赔，我们省吃俭用，有十年工夫能还清。”

郝忠和乔晓娅也异口同声地说：“对，经济退赔我们负责。”

一直皱眉沉默的乔士奎抬眼看了一下小燕般望着他的孩子们和含情脉脉的老伴，深深地出了口长气，似乎有难言之隐。

缄默良久的秦继业这时开了口：“不要辜负孩子们的一片心，你就打开天窗说亮话吧。”

“哎！”乔士奎两眼涌出了泪水，他捶胸顿足，万分惭愧地说：“我对

不起国家，有愧于人民，够不上一个共产党员！”说着他掏出手帕来擦眼泪，屋子里鸦雀无声，炮手们都屏住呼吸，惊愕地张着嘴等待着被他们重炮猛轰者的下文。

郝忠怕老泰山把话憋回去前功尽弃，再想打开局面更困难。他赶忙加强攻势：“您就说吧，把一切私心杂念都抛到脑后，不要以为已经隐藏了这么长时间，说出来怕让人质问‘早咋不说？’也不要有万一还能隐藏的侥幸心理，更不要担心交代出来会造成可怕的后果。要认清当前的形势，赶快猛醒，坚定不移地走坦白从宽的道路。结束这种垂头丧气的日子，过扬眉吐气的生活。鼓起勇气来，大胆地说！”

乔士奎收起手帕，喝一口茶，润润干苦的嘴。他仍愧悔交加地说：“都怪我私心杂念作怪！私心杂念作怪，筑成这样的大错，给党和人民造成严重的损失。现在我就是跳到黄河里也洗不清了！”说罢他呜呜地痛哭起来。

人们都捏着一把汗。

“天啊！”晓娅在心里痛苦地喊道，“敢情爸爸真有此事！我虽盼望爸爸坦白，但更希望他清白。没成想他真的作了案，多可怕呀！这可咋好！”

那三位也和晓娅是同一个心理。乔士奎的自我谴责和哭声不难让人感到他就是万尺帆布的作案者，使得人人心里都紧张起来。他们真有点像叶公好龙式的人物，面面相觑不知所措。

还是秦继业深沉，她心里安慰自己，口上安慰丈夫：“你别这么伤心，既敢为就敢当，说下去，到底咋回事？”

乔士奎停止哭泣，往下说道：“六〇年春我正在天津搞采购，那天下晚我办完事回 898 招待所不久，柱子厂马安突然来津找我。不等我问他何事，他就说：‘于科长叫我押一车帆布来，告诉我找到你之后就送到胶厂做风筒。’我很吃惊，咋不事先联系好就来货？真是乱弹琴！小马以为我在冲他发火，很不高兴地说：‘你跟我说这些也等于是对牛弹琴。这些都不属我管，也管不了。我是令行禁止，叫我押车我就来了，而且请你快点，我的乔大哥，汽车是驻军炮团的，得按命令连夜赶回去。’我生气地说：‘把布拉回去吧，这样没头没脑的糊涂事我不干！’马安不肯，他说矿上能这么鲁莽行事吗？你没办手续，难道别人就不兴办了？我听了更是气不打一处来，说：‘既然有人来办手续，为吗不跟我打个招呼？真是水大漫桥！’押车员说，这就有几种可能，通过函商，或是厂方主动去兜揽业务。我说那就更没有必要找我。小马也火起来，说他要知道蜜瓜道在哪儿也不来找我费唇舌。我在气头上，也记不清怎么就跟着车把帆布送到了橡胶厂。如果当时问我倒能说上个七八来。我回矿首先汇报这事，于有仁科长只说了个好字。我以为是无须让我知道，也就没乱插杠子。以后的情况我就一概不知了。”乔士奎讲到这里又开始谴责自己：“如果我坚持把货拉回，就不会出现这样的事；如果我不生水大漫桥的气，也会问问厂方办手续的情况；回矿后，如果我不多心添虑，主动追问一下也会及时发现问题。总而言之一句话，问题发生的关键在我，怪我的资产阶级意识作祟。对问题的后果我承担全部责任。”

听了他的讲述，小燕们都松了一口气，暗暗庆幸亲人没有参与这个可怕的布案。

“您以前怎么向组织交代的呢？”郝忠问。

“事情的经过我记得清楚，一直就这么说的。由于怕担责任，我没有交代思想活动情况。你们这样心平气和地帮助我，使我也提高了认识。”

“说了半天您还是没交代出作案的情形来，这样您还是过不了关。”晓娅又为难起来。

“这有啥法子？”乔士奎更为难，“我不承担责任人家说我跟无产阶级专政抗膀子；我说有押车员马安作证，人家说我跟马安定的是反革命同盟；我一提于有仁科长的名，就说我往死人身上推；非让我交代出把帆布卖到哪儿，得了多少钱。我说就是送到橡胶厂了，要认为我和马安不可信，还有战士司机作证。人家呵斥说：‘不准拿解放军作挡箭牌。’现在我虽敢于承担责任，看来还是不行。”

“您想没想过这个问题。”郝忠皱了皱眉问：“会不会是于有仁与厂方合谋作案，拿您当替罪羊？”

“这我可没一点根据。”乔士奎说，“虽然我怀疑过他不信任我，但我可不能怀疑人家作案，不能干昧良心的事。”

郝忠想了想又问：“当时收货的人是谁？”

“我也记不清问没问人家叫啥了。”

“冲这点您就过不了关！”乔通路一说话就起高弦，“跟行政科借把油刷还得打个条呢，这么大一车布，不知对方为何人就交给他？要我是办案的也得怀疑您捣了鬼。为啥不问问清楚呢？”

“我不是带着情绪去的吗？以为家里办好了手续，单让我指指路，我再问啥都是多余的。都怪我的情绪坏了事。”乔士奎悔恨得直捶自己的头。

“您先别着急。”郝忠说，“和您接头的人是个什么样？”

“哎呀，你别问了。”乔士奎抬起头来说，“这问题是都问七百二十遍了，造反派们比你问得细，‘收货人啥样？高矮胖瘦？’我说：‘记得是四十多岁

的矮胖子。’语音未落就遭到左右开弓的耳光。‘别记得、可能、差不多，肯定地说！’我肯定了矮胖子。他们说马安讲是一个高瘦子。我急于搞清问题，以为马安的记性比我好，便改口说是高瘦子。接着又是一顿毒打，说我故意把水搅浑，自己好蒙混过关。就这样，我没少挨打。问我多少人卸车？卸车人都啥样？橡胶厂多大？门朝哪儿开？叫我画图。我的老天爷，我哪知道这么全！不交代，就说我不老实，遭苦头；交代了，多是瞎编的，仍遭苦头。”乔士奎深情地望了一眼静思默想的秦继业，充满感激地说：“要不是你妈黑天白夜地陪着我受洋罪，即使不被打死，我也得自己寻死。”他叹了一口气，“这些问题闹不清我就过不了关，再让我往细里说又说不上来。让你们背黑锅，跟着我受累。”他痛苦得直摇头，也不知该咋办好。

满怀着一气呵成解决问题热望的郝忠和晓娅的心都凉了。他们蛮以为这股“坦白从宽”的东风会救亲人出苦海，也摆脱给他们带来的不宁与不安，没成想紧锣密鼓地闹腾了一场之后，布案仍无进展。这使他们更加灰心丧气。屋子里又陷入了死一般的沉寂。南屋里二虎不知为啥与大虎起了矛盾，慑于爸爸的霸王之威，他们没敢大声口角。乔通路有意干咳一声，顿时连小声也没有了。这时晓娅说：

“我真希望爸爸的问题早点了结。‘一打三反’运动正在向纵深发展，我们手握的两把汗老也干不了。如果错过了乘这股东风，到时候谁知会闹个啥从严的结果？不行就这么着……”她扫了一眼母亲和兄嫂，把眼光落到姐夫身上，鼓了鼓勇气，大着胆子说，“爸爸就把布案承认下来，就说自己在天津把帆布卖掉了，钱……”她的话还没说完就遭到了全家人的反对。

“这叫啥事？”大哥一拍大腿腾地站起来，指点着她的鼻子尖说，“你出馊主意！现在是洗还洗不清呢，哪能将屎盆子往自己脸上扣？那就会更闹个身败名裂，家破人亡！”

“我不能为了从宽就瞎坦白。”乔士奎也不满地望着女儿。

“这样做只能收到恶果。”郝忠深思熟虑地说，“坦白从宽，并非宽大无边。给自己乱兜乱揽，不但得不到理想的从宽处理，还会真的搅浑水，使问题得不到真正的解决。弄不好倒落了个欺骗群众欺骗党的罪名。”

婆媳二人听了晓娅的高论，先是一惊，后来见家里主要人物都表示反对，也就放心了，她娘俩没再言语。

出馊主意的人惭愧得脸上发烧，哭泣起来。要不是她诚挚的眼泪保护了她，还真得遭到一顿痛斥。

郝忠转着两只大眼睛又提出新问题：“这个布案看来您是说不出啥来了。

但是这个好机会您可千万别错过，应该乘这股东风真诚地坦白自己的思想，得到上级和群众的信任，对解决布案会有帮助。”

“是这么回事。”乔通路也应和着说，“您最好再拿出一两个过硬的问题，介绍完帆布问题之后，哗哗哗，竹筒子倒豆子，把过硬的问题往外一倒，争取从这方面得到谅解，把自己解脱出来。如果能坦白出神不知鬼不觉的问题，更会一鸣惊人。”说罢他就期待地望着老爷子。

任玉娥不满地插话说：“刚说罢他二姑，你们哥俩又别出心裁，有‘过硬的’‘一鸣惊人的’问题好交代，没有难道还给编一个不成！’”

“我有！”乔士奎突然爆炸地说。

“有啥？”晓娅又惊叫着望着爸爸，她的心又提到了嗓子眼。

“我……哎！”乔士奎又皱眉头又摇头，心里边有着难言之苦。

“您别有顾虑，”郝忠打气说，“如果您真的认识到在布案上有资产阶级意识的话，那对别的事就不要再有私心杂念了。”

乔士奎咬了咬牙，把心一横，像背台词似地说：“‘一打三反’运动使我深受教育，在党的政策的感召下，我决心走坦白从宽的道路。帆布的问题就是这样，责任在我；我还有个隐藏了好几十年的问题。以前不敢说，我不说谁也不知道。为了得到从宽处理，我今天把它交代出来：我加入过特务组织。”

既使一个球状雷电滚到他们脚下，也不会使他们这样惊愕，一家人像陷进了一场噩梦里。“特务”，这是个多么可怕的字眼，比贪污万尺帆布可怕一万二千倍！就连大虎二虎也从门外探进小脑袋来，像小老鼠似地望着可怕的爷爷。

“不！”晓娅喊着扑到爸爸的膝上，“爸爸，您这是顺着姐夫和哥哥的鬼点子瞎说的吧，啊？爸！您说是瞎说的。您咋能是狗特务？您是堂堂正正的共产党员！”

乔士奎不理睬女儿，毫不动情地说：“这个问题解放的时候我没说，入党时也没说，文革初期还没说，这次‘一打三反’，坦白从宽的政策太英明了，感化得我把隐藏二十几年的问题交代出来。那是1947年，一个八竿子打不着的亲戚介绍我到一个叫什么会的地方当厨师，在那干不到三天，我发现那些人的行动不自然，听说是特务组织，就告病不干了，从北平来到了边山。明天我就向组织交代这个问题，来澄清我的并连累你们的帆布问题。”说罢他就推开痛苦万分的女儿，进到北屋一头倒在炕上。

“妈！”晓娅哭喊着扑到妈妈怀里，“妈，爸说的是真的吗？”

秦继业不无痛心地说：“你们不是要爸爸坦白‘一鸣惊人的’过得硬的问

题吗？他既然坦白了，你应该高兴呀。”

“高兴？”晓娅嚷道，“特务，太可怕了。”

“娅妹，不要这样。”郝忠沉着地说，“爸爸虽然历史上有过耻辱，然而是他主动坦白的，这个光荣足以洗刷掉那个耻辱，而且还有利于对布案的解脱。连政治问题都敢坦白，经济问题还有什不敢交代的呢？所以爸爸对布案的交代会得到信任。”

秦继业合掌道：“真要那样，咱们一家人可就念弥陀佛了！”

“妈您就等着好消息吧。”郝忠留下这句让人高兴的话就回招待所了。

有一定运动经验的乔晓娅满腹忧伤，她自言自语地说：“真是一波平一波又起！”

第二天中午，乔士奎一家上学的上班的陆续回家。乔晓娅没有走，帮妈妈做饭，主要是想听到爸爸的消息。郝忠是第一个回家来，他亲自动手擀面条。他祖籍在京畿一带，三代书香门第，去了几年河南变得爱吃汤面。他说今天吃面不光是合他的胃口，还有吃团圆面一讲。

一切都准备停当，就等着一家之主回来，听他报告从宽的喜讯，一家人便高高兴兴地吃团圆面。母亲又偷偷地垂了泪，她想起了与家庭决裂的逆子宽河。

此刻的每一秒钟都是那样的难熬，人人心里都焦急万分，既有美好的愿望又有适得其反的恐惧。他们终于把亲人盼来了。乔士奎带着难以形容的笑意和倨傲的神态，迈着从容的步伐走回家来。他的略带浮肿的脸暴露了内心的激动，家里人见了都放下了为他而悬着的心。不用说亲人的坦白是从宽如愿了。家里人谁也没有说话，都不愿打破此刻各自的甜美心境。乔士奎也没言语：他朝饭桌瞥了一眼，没有酒，便自己去拿。

“爸，我来拿。”晓娅明知故问地说，“爸，您是要庆贺一下的吗？”

“今天我要开怀畅饮！”他见老伴还愣愣地望着他，又说，“上菜呀。”

任玉娥帮着婆婆端菜，晓娅斟酒。爸爸、哥哥和姐夫都是白的，其他人是色儿的。“每人都得喝。”她下命令说。

“我小时候挨饿，胃口不好，又怕辣。”大虎把高脚杯推到一边。

姑姑说：“那也得喝。爷爷得到了解放，难道你不庆贺？”

“那我只喝一点点，爷爷从宽，对我也得从宽。”他又把酒杯挪到自己跟前。

菜上满了，一家人围坐在圆桌旁喝起酒来。首先是郝忠举杯，他说：“为北京经验在爸爸身上落实——干杯！”端白酒的都一饮而尽，端色酒的自便。秦继业本来对丈夫的从宽还满腹狐疑，被孩子们闹得也信以为真了。她急着要从丈夫嘴里得到实信儿，便说：“别老让我们空高兴，快说说你坦白从宽的喜讯。”

“着的啥急。”乔士奎挟了一大口菜在嘴里香甜地嚼着，“等大家都吃饱喝足，我就跟交代问题似的，毛口袋倒西瓜，咕噜噜，有啥说啥，干净彻底。”说罢，他又独自干了一杯。

酒过三巡，开始上饭。家里人都因乔士奎的饭量大增而吃得津津有味。午饭很快吃罢，大家谁也没有动，仍像小燕似地望着一家之主，等着他揭晓全家人所关心的并且已为之高兴了的问题。乔士奎用手帕擦了擦嘴，说：“你们都应该学习何宽的榜样，和这个给你们带来倒霉的家庭彻底决裂！”

屋子里出现不久的欢愉气氛骤然消失，空气又立时紧张起来。晓娅留心地观察爸爸的眼神，看他是不是喝醉了。乔士奎像作临终遗嘱那样，嘱咐这个又吩咐那个。他冲着儿媳妇说：“从今往后，咱们同居各爨，给外人的印象咱们已经分家另过；当然家务上仍由你妈大包大揽。你们……”他又把眼光转向郝忠，“在外头好好过安生日子吧，不要老惦着这个家，就当经过了天塌地陷把这个家吞没了。如果实在割不断母女之情，就与你大哥联系；你也是这样，无事尽量少回家，找个对象赶紧出嫁吧。不过要找个祖宗三代都是清清白白的人家。”他的目光正好与晓娅的眸子相遇。他看到了爱女心里的痛苦，但他已顾不上抚慰别人。

“难道您没被从宽？”郝忠惊异地望着老泰山。

“在你们的怂恿下，我是怀着从宽的希望去的。当我比昨晚还中肯地坦白完自己的问题，轻松地等待着几句赞誉或使我宽心的话时，却听到对方问：‘介绍你加入特务组织的人叫啥？现在何处？干啥的？’我一再解释当初并不知道是啥组织，并非有意加入。又有人问：‘你在那个组织干了啥事？’我说就是做饭，为挣钱糊口。这时有人拍着桌子向我发火：‘姓乔的，你放老实点，你想钻空子，你做梦娶媳妇——想得美！你这哪是坦白呀，简直又作无头案来迷惑我们，企图把我们的注意力从万尺帆布转移到你这个历史问题上去。你这是弄巧成拙，偷鸡不成丢把米。你坦白的新问题不但减不了你作布案的罪，反而证明你历史上就不是好人！你得先把经济问题交代清楚。别的矿挖出了贪污集团，我就不信边山没有！’他的一席话得到了所有审我的人的认可。之后就叫我书面检查交代企图搅浑水蒙混过关的思想。”乔士奎有意停顿了一下，又说：“我想用不着再解释我为啥叫你们学何宽了吧？至于我为啥如此兴奋，是因为我下了一个决心：必须活着看到帆布问题的解决，不能自寻短见走绝路，更不能抑郁而死！”

第十六章 扫荡野心家的阴魂

鉴于妈妈和妹妹介绍的情况，牛永进没去找专案组讲理。他到市“革委会”击鼓鸣冤。“革委会”设有信访接待站，他当然是被指派到那里。他向接待人员诉说边山的不平，讲到对亲人的怀念时，他痛哭流涕，把听者也感动得眼圈发红。对方代表个人对他表示同情，而从职位上讲不是表示鞭长莫及就是表示向领导反映，没有给予肯定的答复。他从市信访接待站的小门出来，别提有多懊恼了。他没想到会这样拖泥带水。早知如此真不该不听妹妹的劝阻，更不该把宝贵的眼泪流到这个地方。他揩净脸上的泪痕，不让人看见他心里的哀伤。

他告状悻悻归来，路过东工房的时候，老远就听到一个男人的骂声。骂声没有一个脏字，不像是吵架，也不是在与谁面对面地讲理。牛永进留心观察前方，出乎意料的是骂者的周围没有围着一堆人，就连好奇心强的小孩子都没有。这是一个乱打人的疯子吧？他这样想。渐渐走近了，他看清骂者是一条壮实汉子，敞着怀，露出干净的衬衣，一手叉腰一手随着语音挥动，像是在众人面前讲演。现在正是下班的时间，街筒里人很多，人们不时向骂者投去眼光。他的骂声很大，即使骑自行车从此路过也能听清听全两三句骂。他在骂谁呢？牛永进缓步细听。

“在粉碎野心家反党集团以后，还能这样对待一个共产党员吗？把人关押在6号，6号是个啥地方？是非法监狱！不叫见阳光，不叫见亲人，对待一个犯人又啥样？美其名曰‘办学习班’、‘保护性看管’，用得着你这样照顾？办学习班干啥这样诡秘？我们有党中央毛主席领导的军队保卫祖国安全，有公安战士维持社会治安，你算老几？”

骂街的是个什么人呢？莫非也有亲人在6号关押？永进还一时捉摸不透。当他看清壮实汉子所站巷口的时候，不禁打了个冷战。乔晓娅不是住在这里吗？他认出来了，骂街的是乔通路大哥。

“就这么个帆布案，穷折腾六七年了。”乔通路继续骂，“现在又非法把人给扣押起来，有啥可神秘的？我看要不是真正作案的人在整人，有八个布案也解决了！那些个非法整人的家伙们，可要思量着点，善有善报，恶有恶报，不是不报，时候不到，时候一到，一定要报！谁敢碰我家老爷子一根毫毛，我拔他两根；谁要是胆敢进行伤害，我跟他白刀子进去，红刀子出来！”

这时一个瘦小的男孩从巷子里跑出来，挽住他叉腰的那只手，仰脸瞅着他说：“爸饭熟了，妈叫你吃饭。”

“知道了。”看样子即便大虎不来叫他也要告一段落。爷俩手拉手朝家走。

牛永进大步追上前去，好心地劝告说：“大哥，你这样闹会有人对你采取措施的。”他的声音压得很低。

“我啥都不怕！”乔通路依然大声地说。他把牛永进端详了一下，并没有认出这是曾与他玩耍的伙伴。他感激地说：“大兄弟，看你的诚实样子不像是做戏，这就是说我断定你不是6号派来的奸细。所以听我说说心里话吧。大兄弟，谢谢促使你前来劝我的好心。曾有不少人像你这样向我表示过好意，我都像对你一样谢绝了。不这样我没有别的办法，他爷爷已经挨了好几年的整，如今又被抓进6号非法监狱。那是过去外国资本家迫害工人的地方，由于掩盖监狱的那个洋房门排第6，所以人们也习惯地把那里称为6号，其实它远不如监狱条件好。抓他爷爷那天，他奶奶也跟去了，被6号的打手强架回家，老人连气带恨一直卧床不起。我是有苦无处诉，有冤无处申。像我这个脾气的人有火要是憋在肚里，非抑郁成疾，不把它发泄出来不行。我是专找人多的时候骂。我啥也不怕，敢作敢当。就是把我也抓进6号还是这样骂。我一不骂无产阶级，二不骂共产党；我骂的是无产阶级的败类，钻进共产党里的坏人。”

牛永进见扭不过他的执拗性子，听他所言也并非无理，只是给他敲警钟说：“还是小心点吧，大哥。”说罢他转身赶路。

“放心吧，我每天至少一通骂，嘴皮子和心缝也练得灵活点了。”

牛永进走出巷口，又回头看了他一眼，表示深深的情意。他回味着乔大哥的那通骂，心里感到痛快淋漓。“是的！”他心说道，“有苦无处诉，有冤无处申，骂一骂街，把那些伤天害理的罪恶揭露于众，有啥不可以的呢？这也是一种力所能及的自卫的反抗，可惜我不能像乔大哥那样。”

他回到家里，妈妈给爸爸送饭还没回来。妹妹一见他就开始奚落说：“告状的英雄班师回营了，快请坐，先喝杯茶洗尘，等妈回来再饮庆功酒。可说呢，爸爸啥时候得救？6号非法监狱啥时候拆除？快公布一下你四处奔波的战果，让我也转忧为喜。”秀春狡黠地望着哥哥。

牛永进被闹得哭笑不得，他说：“6号非法监狱早晚要崩塌，爸爸的奇冤总是要申。”

“英特纳雄耐尔就一定要实现。”秀春答下言说，“这是历史发展的规律。就是不去告状，难道还不明白这个道理。”

由于扫兴，牛永进不愿提告状的事，倒是说起了给他深刻印象的乔通路骂街的事。

“这有啥新鲜的？”秀春说，“我有时候放学专门绕道听他骂街。别看没人围着他看，好多人都爱听；要是他某一天不出来骂，过路人还念道呢。”

妈妈迈着沉重的脚步回家来。她把装着饭盒的花布兜重重地往桌上一放。见儿子平安回来，沉郁的脸上添了点喜悦。“状告得咋样？”她虽然预料到不会有满意的结果，还是抱着希望问。

“妈，市革委的接待人员答应向领导汇报。”为不让妈妈过于扫兴，永进这样回答。

“我就知道会是这么个结果。”秀春气愤地说，“你自己咋理解都可以，请别用这个来安慰妈。所谓的向领导汇报，实际上就告诉你要无限期地等待。我本来反对你去，后来想让你碰碰钉子受受教育也好。你必须认识到这次告状是碰了个软钉子。软钉子比硬钉子更可怕，糊涂人就会产生天花乱坠的幻想，哪知被告变得更加猖狂。”

金蓟怕越说火越大把午饭给搅了，催促快吃饭。凭着做母亲的敏感与细心，她发现儿子这两天消瘦了许多。她知道永进比秀春心缝窄，为免除儿子告状失败的刺激，她宽慰永进说：“别看一时还解决不了问题，告状总是起作用的。”此时她心里正痛苦万分。因为丈夫的早饭一点未动。

秀春忽然问：“爸剩饭了吗？”

“这还用问，就是吃着不香也会强着吃的。因为他知道，革命是要有个好身体的。”金蓟嘴上是这样说，而她眼里却转着泪。

秀春不相信，拿过花布兜看。当她把饭盒打开时，火一下子就来了，“妈您这是咋回事？明明一点没动却偏说都吃了。”她赌气把饭盒往桌上一扔，“您和哥哥都学会了自欺欺人、掩耳盗铃。不行，我去找6号讲理！”说着就往外走，被妈妈拦住：

“跟6号能讲出个啥理？”

“乔通路大哥能在大街上骂，我就不兴到6号去面对面地骂他们？”她挣脱妈妈的手，非要去。

“6号会对你下毒手的。”永进也阻拦。

“那我也不怕。爸爸被他们整得吃不下饭，还有啥前怕狼后怕虎的？就是被6号打死也无所谓。我非要先骂他们个痛快。你们让我忍气吞声地活着，我可受不了。！”

“不忍气吞声又该咋办？”哥哥问。

“跟他们干！”秀春果敢地说。“我早就看透了，像咱们这样的人家，斗则存，不斗则亡。”

“斗也得注意策略。”永进说，“不能像你这样乱来。”

“我咋就不注意策略？我并没拿着刀去乱砍乱杀，我咋就乱来啦？在别的办法行不通的情况下，骂一骂他们，不正是一个反抗的好办法吗？”

“妹妹你冷静点，我们反抗不见得非要到6号去骂他们。”

“当然反抗的办法多得很，就看你有没有胆量。”秀春打消了去6号骂的念头，妈妈和哥哥将她松开。

“人家把刀搁在咱脖子上，咱不能坐以待毙。”永进挥着手说，“咱们要用合法的手段反对他们非法的行径！”

“这话才说到我心里。”秀春转怒为喜，深情地望着永进说，“看来你还像我哥哥。”

“你说反抗的办法多得很，望乞明示一二。”

“你说用合法的手反对非法的行径，望献计献策。”

“中华人民共和国公民有言论、出版、集会、结社的自由。虽然有人践踏了党纪国法，我们却可以起来维护。”

“乔通路大哥的做法是合法的，我去6号和他们讲理也是合法的。通路大哥文化不高，性子直，骂大街人们爱听；我脾气暴烈，喜欢和仇人狭路相逢；你是受过高等教育的，总不能像我们那样采取简单的办法，应该发挥你的一技之长。难道十七年的墨水就白喝不成？”

“我动笔杆子，写大字报。”

“妙！”秀春高兴地击了一下掌，“我们就利用这个武器向那些践踏党纪国法的人进攻！”

“我起草底稿。”

“我上街买纸。家里有现成的笔墨。”秀春不仅性子烈，而且干事也雷厉风行。她披上棉袄罩上头巾就走。妈妈又阻拦道：

“你们的做法我同意，但也得吃罢饭再行动。”

“革命第一。”秀春扔给妈妈这句话就扬长而去。

牛永进一气呵成，没用多久就起草了一份近两千字的大字报稿。题目是“扫荡野心家的阴魂”，副标题是“炮轰边山6号非法监狱”。他把内容念给妈妈和妹妹听。她们都认为写得好。

“可要一句一字地检查好。”秀春说，“文革初期，不少人吃了文字的苦头。我们的大字报一贴出，保准要有人气炸了肺，会用放大三千倍的显微镜找对他们有利的茬口。所以我们要做到易之一字，赐之千金。让没茬找茬的人枉费心机。就是看起来似乎有问题，分析来分析去，让他们搬起石头砸自己的脚。”

在妹妹发表高论的时候，牛永进逐字逐句地检查底稿，做了两处改动，明确了几处标点，又查字典校正了一个白字。然后又从头到尾再看一遍，递给秀春说：

“易之一字，赐之千金。”

“你有那么多钱吗？”

“你能易之一字吗？”

“别耍嘴，好好看。”妈妈说，“自己出的错有时自己发现不了。”

秀春认真地看了一遍，说：“看来我是挣不上哥哥这个钱了，留着给我嫂子吧。”

牛永进开始挥毫。他的字虽无功底却清晰好认。一共抄了三张黄纸。这是秀春的点子，她说黄纸黑字明显，人们看着舒服。抄好后秀春兄妹又分别检查一遍。秀春还买了红粉黄绿白五种颜色的纸，裁成豆腐块，又写了条大标语：“贯彻执行党中央三令五申！”“砸烂边山6号非法监狱！”

他们把大字报贴到融园的高墙上，那是丁字路口。东西是进矿的马路，往北是去自建工房和矿医院的一条街。黄纸黑字的大字报两边，配上花花绿绿的标语非常醒目。立刻就围上好多人看。

秀春回家洗了洗沾了糨糊的手就又跑出去看大字报。过了二十多分钟，她又欢天喜地地跑回来。“妈呀！哥这一炮打得真好。看大字报的人里三层外三层。过往的行人又多，先来的人还没走。后来的人又围上来。人们议论说：‘这一炮可击中了要害，野心家虽倒，其阴魂却未散。’‘净出笑话事，劳动模范贪污万尺帆布。’‘不是说嘛，大员进矿，产煤下降，乱打黑枪，好人遭殃。’人们说啥的都有，听口气对6号、专案组及那位大员不满极了。还有夸你的呢，哥！有人念了大字报的落款，‘牛羊伴儿子牛永进’，称赞说：‘真是初生牛犊不怕虎！’”

“毛主席说帝国主义和一切反动派都是纸老虎嘛。”永进插话说。

“我心里美滋滋地听着人们的议论，还留心查看人们的脸色。人们对大字报喜形于色。我好久没看到工人的这种表情了。说明我们道出了他们的心里话。我还想在那儿多待会儿。一来怕你们惦着。二来急着向你们报告这些喜讯，就挤出人群跑回家来。”

金蓟长长地出了一口气，说道：“刚才你们干活我都依了你们，下面该听我的了。”

“我知道妈要发布啥命令——吃饭！”

斗争给这母子三人带了来快慰，也带来了美好的希望。晚上他们躺在炕上议论下步的斗争计划。

秀春说：“我们应该利用春节这个传统节日，再向6号展开进攻。我跟哥哥去找胖组长，要求与爸爸过团圆节。估计不会实现，野兽不可能发善心。”

“我就再给他来份大字报，进一步揭露6号的虚伪和反动本质。”

“真要是把爸爸放出来过节，说啥也不能再叫6号抓进去。”母亲说。

“哥哥还可以把庞大钟当成好人来交涉，因为你还没见过他。”

“我倒是要见识见识这个庞大钟！”

牛永进太疲劳了。奔波告状，跟接待人员说得口干舌燥，悲伤地哭泣；动脑筋写大字报；打炮后的兴奋；晚饭的开胃；渴望与庞大钟的交战……疲劳的牛永进很快酣然入睡。

忽然他隐隐约约地听到有人叩门，便警觉地一骨碌爬起来。“牛永进在家吗？”他听不出这深夜叩门者为何人。他穿好衣服走到院中，轻声地问：“谁？”

“是我呀，永进。”门外的人回答。

“你是谁？咋就知道我的名字？”牛永进有些毛骨悚然。

“我是专案组庞大钟，快开门吧。”

“哦，是庞组长。”问清了姓名，牛永进将门打开。一个大汉闪身进来，后面还跟着一个随从。他没看清那个人的脸。他问庞大钟。

“你们深夜到我家有什么事？”

“你回来好几天了吧？”庞大钟问。永进不答，觉得没必要告诉他。对方又问：“听说你到市革委告了我们？”

“那是如实向上级反应情况。”永进理直气壮地说。

“丁字路口的大字报是你写的吧？”

“那又咋样？”

“小牛，你很有胆量。我打心眼里佩服你。你敢不敢跟我们走一趟？”

“去哪儿？”

“6号。”

“干啥？”

“把你爸领回来呀。”

“真的？”

“我庞组长会随便许愿吗？你这一炮打得好，首长说振聋发聩。他答应把你爸放出来。走，去接你爸回家。”胖组长说着就往外走。

“等叫上我妈和秀春一块去。”

“不用啦。”庞大钟阻拦说，“你妈那么大岁数，黑灯瞎火磕磕绊绊的，让她跑个啥？你妹妹厉害，可不能带她去。”

牛永进跟着胖组长去领爸爸。他们走出巷口，来到大街，路过贴大字报的丁字路口，永进要往北拐想走融园的东门，庞大钟一把抓住他说：“咱们走南门吧。”

“我们给爸爸送饭常走东门，回时走南门。”

“走南门人多热闹。”

“永进依从了他的意见，一直往西走。矿部的凯旋门灯火辉煌。他们上水泥台阶，进融园。更衣室里发出隆隆的响声，天窗冒着灰白的蒸汽。穿过更衣室与融园南墙夹着的小道，前面一片黢黑。虽然没有灯，但对他们却是轻车熟路。6号洋房门口那几株落过乌鸦的刺槐树的位置，以及走多少步就跨下水泥路，永进都记得清清楚楚。他们刚刚踏上由炉碴铺成的通向6号的小径，突然从身后刺槐树上发出一声怪叫，吓得胖组长猛地一缩脖子。永进没害怕，他知道那是夜间出来捕食老鼠的猫头鹰。又往前走不远，一个奇迹出现在永进面前。昔日里森严可怕的6号非法监狱像被炮弹轰击过的一般，架电网的高墙倒塌了，凹下地面的院落也成了一片废墟。九间黑牢荡然无存，牛永进踏着碎石冲了进去。他抬起头来看，发现两只刚毅的眼睛也在望着他。”

“爸爸！”永进惊喜得叫起来，“您的须发长得让我认不出您来了。”他拉着爸爸的手，感到冰凉冰凉的，像握着一块铁。“爸，这座非法监狱是你们自己炸塌的还是别人给轰开的？”

爸爸含笑不语。

“爸，”永进又说，“我昨天还向6号轰了一炮呢。工人们都说这一炮打得好，他们嘲笑6号把劳模打成贪污犯。爸，万尺帆布到底咋回事？他们凭什么抓您？田大伯呢？他不也被抓进6号了吗？他哪去了？”

对于这一连串的问话牛羊伴不予回答。他只是用刚毅的眼光望着自己的儿子。

“爸，咱们回家吧。妈妈和妹妹还不知道我来接您，还不知道6号已经被炸。咱们快回去向她们报喜！”牛永进拉着爸爸的手朝外走，爸爸忽然神话般地不见了。“爸！爸爸！”永进叫着喊着到处找，到处也没有。四周是黢黑一片。这是怎么回事？急得他大声喊：“爸！”没有回答。他在黑暗中乱扑乱抓，误投误撞。他悲痛欲绝地恸哭起来，发出了悲惨的喊叫："爸！爸爸！"

"哥哥！哥哥！"给爸爸送早饭回来的秀春摇着睡在炕上的满头汗水的永进，急切地喊他。永进紧张地爬起来，急促地喘着气问："怎么回事？"

秀春愤愤地告诉说："大字报、大标语全让6号给扯了！"·

第十七章 春联

大字报被扯，预示着新的压迫的来临。牛永进兄妹都没有估计到问题的严重性。他们不顾妈妈苦口婆心地劝说，凭着一时的火气，到专案组找庞大钟讲理。

庞组长没敢露面，胆怯地躲藏起来，派一个叫付贝生的小瘦子出来周旋。狗仗人势的付贝生别看一阵风能把他吹倒，话茬子倒是挺硬的，竟然还拿出乌黑发亮的手枪来擦，大概是想像吓唬其他平头百姓那样把永进兄妹吓住。牛秀春可不信那份邪，理直气壮啥也不怕；牛永进倒是有所警惕，他作好万一对方胆敢行凶就奋起自卫的准备。

付贝生矢口否认他们扯了大字报，说什么捉贼见赃之类的话，向他们要证据，说拿不出证据就是血口喷人，就是有意攻击红色政权，扬言要拿他们是问。

秀春对这个疯狗似的咬人的小瘦子嗤之以鼻。她先以有力的论据指出扯大字报就是专案组干的，接着又将他的军说："好汉做事好汉当，孬种才不敢承认自己干的事。"

原来孬种最怕别人说自己孬种，小瘦子把枪啪地往桌上一放，拍着胸脯说："老子就扯了你大字报又咋着？！"

这种流氓言论令人不能容忍，秀春以牙还牙道："你给谁当老子？如果你不给你妈当老子你这辈子算当不成老子了，缺你这样一半德就得断子绝孙。少在你姑奶面前王八趴埝埂充大背（辈）儿！"

牛永进对专案组扯大字报压制民主和破坏党纪国法的行径进行了强烈的谴责，他说："你们这样横行不法恣意妄为，难道就不知道还有管你们的地方吗？"

"嘿嘿！管我们？"理屈词穷的小瘦子现出不可一世的样子，"你们知道这是谁领导下的专案组吗？告诉你吧，专案组比边山市大，简单说吧，专案组通了天啦！不知道还有谁能管住天。"

秀春鄙视他说："可叹你耀武扬威地在这个通了天的专案组里当打手，连一点常识都没有。听我告诉你谁是天的主宰吧。"

“谁？”惊掉魂的付贝生一连气地问，“谁？你敢说谁是天的主宰？”

“哈哈哈！”秀春笑道，“看你这副狼狈相，我还没告诉你就吓成这样。”

“你为啥不敢说是谁？”小瘦子竖起耳朵等着抓秀春的辫子。

“说出来别吓死你。上帝！听清了吗？上帝！”

“好！你敢宣传封资修那一套！”这个可怜虫以为这下可抓住了对方的把柄，挺直了身子叫道：“你放毒！你怀念帝修反，你……”

秀春不理睬他，继续说：“伟大领袖毛主席教导说：‘这个上帝不是别人，就是全中国的人民大众！’”听了这段语录，付贝生已经傻了眼。但秀春不能不再给他几颗手榴弹：“你这个败类，攻击到伟大领袖毛主席头上来了。你说是你无知还是有意恶毒攻击？”

吓得面如土色的小瘦子连连说：“是我无知、我无知。我可不敢反对伟大领袖，从不反对；抓我啥辫子都行，千万别抓这个。”

见他这个龟孙子相，永进兄妹好不开心。打手就是这样色厉内荏不堪一击。躲在幕后偷听的庞大钟简直气炸了肺。付贝生平时能吹破天，动真格的就是个银样镴枪头。这场戏算是让他给演砸了。庞大钟赶紧又换了个人上场。这个人叫赵歧，是个戴黑边镜的大个子。他果然不负庞组长的厚望，对牛永进兄妹提出的合理要求都无理地顶了回去。

当永进兄妹怀着激愤难平的心情以理压倒这个不可一世的赵歧时，他们可想不到专案组要拿他们的被关在6号里的亲人出气了。他们离开专案组，庞大钟给受了气的两打手许愿：“今天夜间就叫你们痛快地出气。”

大年初一一大早，秀春对着镜子打扮自己。她把头发梳得光溜溜地披散在后面，用不着搽胭抹粉，她的脸蛋是自然的白里透红。新衣服是大年三十晚上就换好的。她对着镜子照前照后，左看右看。她微微地笑了笑，显然是很满意。

牛永进在一旁看着她，想着似乎是遥远遥远的心事。看着妹妹修长苗条的身段，眼前又跳出了活在他心中的那个人的身影，深刻的记忆把他吸到幸福欢愉的往事里。他感到与她分别时那窃窃私语，为实现理想而设计的宏伟蓝图，盼天使飞到身边的那强烈的渴望……仿佛这一切都是昨天的事，又仿佛过去了几个世纪。他不敢想下去，努力摆脱这些不合时宜地浮上来的思绪。他清醒地知道已从理想王国的天堂跌回到现实的十八层地狱。再回到那天堂看来是不容易了。这意味着什么，他心里头非常清楚。想到此，他感到万分悲哀。

秀春在穿衣镜里发现哥哥脸上的阴云。她觉得不管心里怎样难过，也不能有与这大好节日不相宜的情绪，于是她拉话说：

“哥，你也应打扮一下，起码也得刮刮胡子。”

“不。”永进说，“我生来就不知道打扮，咱哥俩在这个问题上又顶牛。”

“昨天都吃了接年豆了，还打架；看来今天还得吃。”

永进不语，他无心说闲语。

秀春刺激他说：“我看你像苦行僧，哪像新社会的大学生。”

永进忍俊不禁地叹了口气，说：“你差了，妹妹。”他有好多话要说，可话到嘴边又咽了回，伤感地摇了摇头。

“我知道此时此刻你想的是啥。”

“我啥也没想。”他心说道，“不敢想。”

“瞎说！”秀春一针见血地说，“我知道你在想袁秋萤姐姐。”

“不要胡说！”永进脸上的阴云一下子变成了火烧云，“你咋知道的？我从未讲过，也没说梦话的毛病。”

“实际你已经不打自招了。”秀春说，“你在一封封的家信中流露了你对秋萤姐的爱慕之情。她的名字也是我在几封信中对起来的。”

“那已经是上个世纪事了。记住：以后不准再提这事，私下里跟妈也别说。”永进痛苦地流下了心酸的泪水。就像火烧云没有烧开，阴得更浓，眼看就要下雨了。

秀春虽体谅哥哥的心情，但她不同意他的决定，正要说什么，这时妈妈挑帘进来。她已打对好给爸爸的早饭。大年初一，无疑是饺子。还有新棉鞋和换洗的衣服，告诉说这就给爸爸送去。

永进和秀春都争着给爸爸送大年初一的饺子，妈妈没答应，硬是自己去，谁陪着也不叫。

“妈也真是的，大年三十的饺子就是她一个人送的，今天非还自己跑。”永进心疼母亲，不满地埋怨。

“妈这样做是有用意的。”秀春猜测说。

“啥用意？”

“我想，第一是怕咱们在外边闯祸，还怕6号给咱们带来不测，大过年的怕添烦惹乱；第二她是想在没有咱俩在场的情况下，胡子老头会可怜狱里狱外的人而发慈悲，允许他们在过大年的时候见上一面。”

“6号不会对咱们发慈悲的。”牛永进愤愤地说。

“可妈不这么想。她自己心善，对旁人施善心，就以为人家对她也行善。殊不知现在人跟人之间已经没有了善。”

“我盼了几年来矿过团圆节，我望眼欲穿盼来的佳节对我竟这样残酷。”牛永进的情绪很坏，如果是独自一人在旷野里，他定会用恸哭来发泄积郁在心中的悲愤。

秀春则变得比往日平和，像小孩子似地享受节日的欢乐。她看哥哥老是愁云不散，就又与他拉语。

“哥，你觉得以前我们哪个春节过得最有意思？”

“哪个都有意思，我们不是在父母身边就是在爷奶身边，要么就是在亲密的同事和热情的老乡身边。我小时候除夕夜和故乡的小朋友提着灯笼去野地里看麦苗。传说小孩子能展望收成的好坏。虽然我一次也没有看到人们说的那种幻景，但一次也没扫我们的兴。”

“我记得听奶奶说你很胆小。那年除夕夜，爷奶给了我好多压岁钱。奶奶一连给我讲了三个鬼故事，然后又拿出两块钱对我说：‘你敢到门口转一圈钱就给你。’我问：‘咋证明我去了门口了呢？’奶奶说：‘咱们院的篱笆门上不是有铃铛吗？你碰它响两下就证明你去了。奶奶还在院里撒了好些芝麻秸，踩在上边发出嘎嘎的响声，叫踩碎，说是为了驱鬼避邪。我把铃当摇得叮当响，奶奶在屋里高声地说：‘听到了！’我又踩着碎回屋。奶奶夸赞说：‘比你哥有胆量。他十岁那年还不敢呢。’奶奶夸我是对的，从那时起，我就不知道害怕是个啥。’

“你胆子也有点过大了。那天你非要到湾龙河里去溜冰，我拗不过你，只好相陪，你见挖河泥的地方结的冰面平滑，就往上踩，一下子掉进冰里。要不是我不放心一直牵着你的手，非掉进河里喂鱼。湿了大半截你也不嫌冷，我要背你你也不叫，走到家时你的棉裤棉鞋都冻成铁的了。”

“奶奶给我烤棉裤，你在一旁数叨我。我不服气跟你顶嘴，奶奶说：‘你们哥俩打架好办，过年时咱们吃接年豆。保证一吃就不打了。’我问妈妈啥叫接年豆，咋做。奶奶说：‘等吃的时候就知道了。’咱们昨天吃的就是我跟奶奶学的手艺。”

牛永进叹了一口气，说：“也不知道爷爷奶奶现在咋样了。”

“也就是想咱们。”秀春说，“他们还不知道爸爸的事。在你东跑西颠告状的时候，我给他们写了信。”

“咋写的？”永进说，“我正怪自己忘了爷奶了呢。”

“是妈提醒的。咱们的生活被打乱了，谁也别埋怨谁。信写得非常简单，只说一切平安，放心勿念；大家都忙，没空回家看望；保重身体，有事来信。”

“过大年咱们都不回家，他们准会感到孤单，出出进进的就俩老人。”

“那是自然。那几年你不回来，爸妈也是念叨你。爸虽想你，我提出打电报让你回来，妈都同意，他却反对。”

院里传来沉重的脚步声，给爸爸送饭的母亲回来了。

牛秀春经心设计了与哥哥的这番闲谈。她想把话题扯得远些，使哥哥回忆起以往的一件件幸福的往事，好驱走他眼下的烦恼。其实这是不可能的，越想那些幸福的往事越跟眼下的痛苦形成鲜明的对照，也就越感到眼下的痛苦。

妈妈匆匆地进家，使得表面变得平静的气氛又变得紧张了。她神情慌乱，见到儿子和女儿，眼眶里顿时涌满泪水。“永进、秀春，大事不好了！”她的嘶哑的声音带着颤抖。两个孩子被闹得惊恐万状，异口同声地问：“妈妈，发生了啥事？”金蓟从花布兜里取出饭盒，两手颤抖地将饭盒打开。“你们看，这是昨晚的饺子。爸爸昨天三顿饭都丝毫未动，全部剩回来了。我怕你们知道，所以才单独去送饭。前两顿的剩饭叫我偷偷藏了起来。今天当我怀着侥幸的心理接住老头递出的饭盒时，我想，除夕的饺子他总会吃吧？沉甸甸的饭盒一下子把我的心压沉了。爸爸已被6号折磨得不在人世了。”她无力地说出自己的判断，身子也随之瘫痪在炕上。

牛永进顾不上安慰妈妈，他感到天昏地暗。

“不可能！”秀春镇定而坦然地说，“请你们不要悲伤和难过，也不要慌张。我再说一遍，妈说的那种情况不可能发生，起码现在还没有。我一点也没有这方面的感觉，相反倒是有预示平安的感觉。”

“如果凭感觉预示祸福准确的话，那妈判断的灾祸是确定无疑的。”牛永进强忍着悲痛说，“前两天我做了个像真事一样的梦。我梦见……”

“没人听你白日说梦。”秀春打断他，“世界上再没有比梦更稀奇古怪的了。梦是你目睹的现象和遐想的产物，绝不能作预示吉凶的依据。你所谓的梦跟我所说的生物电是截然不同的两回事。”

“我相信妈的判断也不完全是凭梦。”永进分辩道，“6号的残酷你比我知道得更清楚，难道你不相信他们会对爸爸下毒手吗？”

“这一点我是丝毫也不怀疑的。他们啥屎都拉，就是不拉人屎。为了达到他们卑鄙的不可告人的目的，啥事都做得出来。然而眼下他们还没有达到那个肮脏的目的，在此之前他们是不会轻易杀害圈在笼子里的鸟的。再有就是我们都已确信爸爸永远也不会自杀。所以我断定爸爸在地球上活着，而且在魔鬼的折磨中活得更坚强！”

妈妈和哥哥都被她令人折服的分析说得冷静下来，可还有令人不解的问题，永进问：“原封剩回的三顿饭又该怎么解释呢？”

“这个问题从你嘴里提出来，不禁使我想起鲁迅的一句话，‘人生识字糊涂始’。可叹你念了这么大的书，一点不晓得人生哲理；也许论起大道理来哥比咱家谁都行，你这个聪明人也自觉不自觉地受了野心家的毒害，理论脱离实际。”

“你先解释了问题再来攻击我。”

“可怜的大学生，还让我这个中学生解释啥呢？古人总结了这样一句格言：‘每逢佳节倍思亲。’在过大年的传统节日里，你咋也想念爷奶呢？难道在黑牢里的爸爸就没有这情感吗？正因为他在黑牢里，这种感情会比我们谁都强烈。6号可以限制爸爸的人身自由，却束缚不住他自由的思想。他会想到故乡的亲人：身体好不好，口粮足不足，屋子冷不冷，吃水谁给担……他身陷囹圄，向没向老人保密？妻子儿女又咋样？妻子能不能禁住这场天降奇祸？被宠坏了的厉害女儿会不会惹祸招灾？过了这个大年，那个翅膀硬了飞到千里之外的儿子，不多不少二十四岁了，该娶妻生子了，然而这飞来的横祸会不会影响儿子的终身大事？……想到这些，他会更加恨6号。他还要想念北京的亲人。毛主席、周总理都好吗？他们知道身边出了奸臣吗？念家思国忧民，他能睡得着觉吃得下饭吗？设身处地地想想，要是我们自己处在这个地步是不是也会这样？我也保证，大年初一的饺子保准剩不回来。爸爸比我们更知道，为了斗争要继续活下去，人要活着就得吃饭。”

牛永进算是被妹妹说得心悦诚服了，母亲也消散了脸上的阴云。除夕的饺子所引起的风波就这样平息下来。

正月初一是我们中华民族传统的拜年的日子。大人孩子都换上漂亮的新衣服，按照家族的远近和辈数的大小，次序进行拜年。家家户户早早就吃罢饺子，把家里收拾得干干净净，把除夕炒好的瓜子花生摆在炕桌上，还备有烟、茶水，有条件的还拿出糖块、水果之类的食品招待前来拜年的人。辈数高的这天哪儿也不去，专在家里等着人拜年。这一天是孩子们发财的日子，被大人带着去拜年，给长辈问声好，即使是忸怩地躲到妈妈的大腿后边，也能得到长辈的喜钱。如果谁和谁有了长时间连话都不过的隔阂，通过拜年这么一走动，也就会和好如初。这是指农村。在城市往往是同事、同学、朋友之间进行拜年。这个传统在‘文革’初期虽被当作四旧看待，但人们还是把它延续下来，见了面只是减少了作揖磕头，亲热话还是不少说的。

前面已经说过，要是在往年，牛羊伴家会门庭若市，今年却是萧条冷清。金蓟、永进、秀春母子三人也没出门，待在家里默默地各自想着心事。金蓟盘腿坐在炕上，习惯性地望着曾一直挂着总理照片的墙壁；牛永进用一本书作掩饰，让大脑任意地遐想着；秀春伏在写字台上写日记，每写一句都要抬起手摸着脑门想一想。屋子里寂静得很，除了表的滴嗒声，还有秀春的间断的写字声。

突然院子里传来一声响枪似的清脆的响声，母子三人同时感到震惊，还没等他们辨明是怎么回事，接着在空中又是一声炸响。

永进、秀春都怒不可遏地冲出屋子，用炯炯的目光搜索响声的来源。一个虎背熊腰的墨脸大汉像铁塔似地矗立在院子中央。他双手叉腰，仰着脸，正得意地望着天空中飘下来的纸屑。

“你为啥跑到我们家放二踢脚？”牛永进冲那汉子严厉地问。

“我想驱赶一下这里沉闷的空气。”那人依然是悠然自得的样子。

“我家沉闷也好，欢乐也好，与你有何相干？告诉你，我还正没处撒火呢，你怎么来的怎么走，不要自寻麻烦。”牛永进一手叉腰一手指着门口。

来人把双臂抱在胸前，现出耍赖的样子，歪着头挑衅道：“我要是不走呢？”

“真是墙倒一路推，破鼓万人捶。我们家蒙难谁都想欺负，今天你是迈错了门槛！”牛永进提了提两只袖筒，上前一步，“既然你无理扰乱人家的安宁，又赖着不走，那就别怪我不客气了。”他使劲推搡这个侵犯者。大汉可真是个铁塔，永进用那么大劲才使他后退两步。永进气急，喊道：“秀春，拿擀面杖来！”

秀春迅速地拿出擀面杖，而她把三尺多长的擀面杖没递给哥哥，却交给了那位不速之客。

“秀春，哥哥在这！”牛永进喊道。

那大汉高举起武器，洋洋自得地说：“在这儿！”

赤手空拳的牛永进还要向前进攻，这时已出来观了会儿阵的妈妈开口说：“你们俩是大水冲了龙王庙，自家人不认自家人了。”

“不，大婶。”来人为自己辩解道：“您不能混为一谈，是他单方面不认我。”

牛永进两眼盯住来人，他那方圆的大脸丰满黑红，尖下巴上冒出一层密密麻麻的像猪鬃样硬的黑胡子，脸上间杂着轻一块重一块的煤黑，活像个几天没洗脸的人。他的眉骨简直容纳不下那浓黑的眉毛，不少都被挤到眼皮上。他那蓬松杂乱的头发给人一种呆痴懒惰的感觉，而那双与大脸相称的眼睛却闪烁着勤快和智慧的光。牛永进认出来了，来人是田黑金，他中学时代的伙伴。他立刻换了副面孔，上前与他拉手拥抱。

秀春埋怨哥哥说：“刚才还六亲不认，这会又假惺惺地亲热起来。”

“六亲不认好啊，这才有造反派的派头。”黑金进屋一屁股坐在椅子上，把椅子压得吱吱响，像砸了一下夯。“当年我也是这个样子。”

“这不能怪我。”永进为自己开脱说：“他脸上的煤黑掩盖了本来面貌。”

“有那么严重吗？”他一照镜子，自己也吃了一惊，“喝！还真挺吓人的，难怪同窗八九年的朋友要造我的反。”

永进奇怪他怎么不到更衣室洗澡，说他要不是怕让6号当坏人抓起来，他要像以前那样混进去冲淋浴。黑金说洗澡要占去好多时间，再说今天洗了明天不还是脏吗？说永进忘了人们说边山天上飞的麻雀都是黑的了，出去这么几年竟忘了第二故乡的特点，比六亲不认还要该打。生活在百里煤海怕黑可不行。

说话间秀春打好洗脸水叫黑金去洗。母亲拿出糖果和点心招待客人。说这几年爷爷不给寄花生和葵花了。秀春说这不能怪爷爷，生产队以粮为纲，不种花生；社员自己种葵花被当成资本主义尾巴割掉了。土地是公平的，春不种秋不收。黑金说永进劲大，要不是秀春及时支援了武器，还真得夹着尾巴逃跑。他说永进的变化也很大，要不是已经见过面，也不会一下子把他认出来。永进纳闷地问：

“你见过我？我咋不知道？在啥地方？”

“在战场上呀！”田黑金煞有介事地说，“《扫荡野心家的阴魂》，炮轰边山6号非法监狱，我一眼就看出是你的大作，这样的文章秀春写不来，起码现在还不能。”

永进听了将信将疑。妈妈根本不信，说是有人与他通了消息，黑金被闹红了脸。

“等一下。”他忽然想起什么，摸着宽大的脑门说，“进院时我就想提个问题，被永进气势汹汹的样子吓忘了。为啥不贴春联？”

“想不起词来。”秀春说。

“永进肚子里有的是词呀。”

永进摇着头说：“我哪有闲心写这个。”

田黑金不满地瞟了牛永进一眼，吩咐秀春说：“拿文房四宝。”

“都是现成的。”秀春把笔墨纸砚摆到他面前。

田黑金瞪眼略微想了一下，挥笔写下一联。永进小声念道：“斗妖魔战鬼怪志坚如钢，顶狂风驾恶浪永不迷航。”他夸赞道：“好联。横批就写‘勇往直前’！”田黑金按永进的意见写好横批。永进又赞道：“真佩服你的这手好字。”

“这得感谢那位首长。你知道，我一向积极响应号召，文革初期是一派的头头，首长号召‘文攻武卫’，我又一马当先，武斗中受了伤。你看这头顶……”他低头让永进看，“在养伤期间，我那膨胀的头脑冷静了下来，从中悟出点道理，从此当了逍遥派，这手字就是那时候练的。”

“我想听听你悟出点啥道理。”牛永进听他张口首长闭口首长的，觉得其中必有文章。所以这样问。

秀春催促说：“墨迹早干了，先把春联贴上，回头再说。”

他们把春联贴在临街的门框上。贴好后秀春又高声地念了两遍。

第十八章 飞 跃

田黑金没有马上回答已静候着的牛永进极感兴趣的问题。他确实没有乡下说书人那种拿一手的派头。他看看表，永进担心他要走，他抬头看看门框左上方的墙壁，像是寻找什么东西，发现没有，又在四周寻找，同时问："广播喇叭呢"？

"早叫秀春摘下来扔到西屋高桌底下了。"金蓟说。

田黑金跑到西屋拿来那个带黄木壳的小喇叭，登着炕沿挂到原来的地方。刚一接上线就发出了响声。按平时这是边山第二次播音时间。今天是春节，矿广播站用排风扇吹着发热的机器连着广播。边山矿早在五六十年代就普及了有线广播。全矿一万多个职工家庭都有一个这样的小喇叭。这种喇叭有高中低三种音量，可以调，还可以关。乔晓娅的姐姐乔晓琴原是边山一位出色的播音员，她一走就由华常艳代替。她随着晓琴师傅"声洪"的代名叫"声远"。要说声远可真是青出于蓝而胜于蓝，人们都爱听她广播，现在正是她播音。

尚在门口玩味春联的牛秀春听到了屋里的广播喇叭响，气鼓鼓地进屋来，一脸不高兴地问："谁又把它挂上了？自从大员进矿，没广播过一篇讲真话的文章，简直成了造谣广播站了。我真恨不得把它砸了，是妈妈心疼东西我才把它扔到西屋的。"

田黑金批评她说："你对待喇叭的态度，就像无产阶级最初用破坏机器的方法进行斗争似的，没有打在根上。喇叭是无辜的。"

"我这是恨乌及屋。"

"注意！"田黑金看着喇叭向人们示意。

"注意啥？"秀春说，"还不是造谣加吹牛。"

广播里传出女播音员的清脆而洪亮的声音："自从我矿的阶级斗争盖子被炸开以来，全矿职工意气风发、斗志昂扬，取得了'抓革命，促生产'的双胜利……"

"这真是瞪着两眼瞎说。"田黑金鄙视着喇叭苦笑了一下，"大员进矿，产煤下降。由日产万吨变成五千，这就是所谓的抓革命促生产的双胜利。”

“这样的吹牛真让人气得慌，三天不吃饭也肚胀。”秀春上炕要将喇叭关掉，被黑金制止住。

“不要关。”

“我不想听它放毒。”

“知道放啥毒才好有的放矢地消毒；抓住对方的要害，你厉害人家才会怕你；了解了敌手才会明确我们的斗争目标，总之别关……”秀春被说服了，一蹦子从炕上跳下来。

“我们矿的事都上了中央台了？”牛永进吃惊不小地问。

“不是。”田黑金说：“这是华常艳，矿广播站的。咱们在乔晓娅家见过她。现在可不是黄毛丫头了，派头得很，听说市广播电台要她好几次了，矿上说啥也舍不得放这个宝贝疙瘩。”

“晓琴姐真没眼力，带出这么个徒弟，原先还像那么回事，现在也跟着起哄，等哪天见了非刺她几句。”秀春恨得咬牙切齿地说。

“你又犯了破坏机器的毛病。”黑金指着她鼻子说。牛永进示意听广播。喇叭里正播这样的内容：

“……我矿和全国一样，形势一派大好，而且越来越好。……我矿特别能战斗的无产阶级乘胜前进，一举揭出一个污集团，挖出了埋在我们无产阶级队伍中的修正主义进行复辟的基础。广大职工和家属拍手称快，叫好连天。但是我们必须懂得，阶级斗争是复杂的，阶级敌人是万般狡猾的，他们有的对无产阶级专政心怀敌意。无声地进行负隅顽抗；有的公开与无产阶级专政抗膀子，为党内最大的走资本主义道路的当权派鸣冤叫屈，歌功颂德；有的使圈弄套，妄图把水搅混，自己蒙混过关；有的装傻充愣，一问三不知。总之阶级敌人很不老实，他们在暗中磨我的剑，等待时机以求一逞。同时我们还必须看到，他们的子女与社会上还逍遥法外的一小撮阶级敌人串通一气，向我们展开猛烈的进攻。他们所采取的进攻方式也五花八门，有的公然在大庭广众之下猖狂叫嚣，指桑骂槐，含沙射影地攻击文化大革命；有的利用工作之便施放毒气，蛊惑人心，扇动人们的不满情绪；有的舞文弄墨，写大字报和大标语造谣惑众。他们对自己老子的问题，不以为耻反以为荣。他们的矛头所向是直指无产阶级司令部。我们怀着愤慨的心情向他们发出正告：必须立即悬崖勒马，回到无产阶级革命路线上来，当一名可以教育好的光荣的子女。我们断定他们之中必定有人一意孤行，最终滑到反革命营垒一边；我们也满怀信心地相信：必然会有人幡然醒悟，痛改前非，弃暗投明。孰吉孰凶，何去何从，要速速抉择，我们正拭目以待！”

声远的轻重缓急、抑扬顿错的广播，使牛永进产生了不可言状的烦恼。他感到了一种巨大的压力，比连着碰钉子还使他难受。他清醒地认识到了问题的严重性，茫然地望着这个米黄色的小喇叭，盘腿坐在炕上的母亲也心情沉重。秀春把这通广播当成了耳旁风，冲着喇叭擤鼻子。田黑金倒是兴奋异常，他早就坐不住了，广播一止，他立即拍手叫道：“好一篇绝妙的春节贺词！”他冲眉头紧锁的牛永进道：“难道你不这么认为吗？在这新春佳节之际，对于我们没有比了解到在非法监狱中亲人的消息更令人高兴的了；同时还使我们了解到我们自身在这场伟大斗争中的作用。这些都包含在声远的广播里。所以我们应该把它看成是一篇绝妙的春节献词。”

牛永进仍不解其意。秀春早已心领神会。她分析道：

“他们所说的‘阶级敌人’很不老实，这就是说爸爸他们坚强不屈，对于6号的倒行逆施进行着顽强的斗争。广播中所指的‘对无产阶级专政心怀不满，负隅顽抗’的一定是田大伯，他对跳梁小丑的叫嚣不屑一顾，以怒目对待非法的刑讯；爸爸一定会针锋相对地跟他们顶撞，把黑牢当作他当年开坑道打眼放炮的战场，这就是他们所说的‘公开与无产阶级专政抗膀子’；‘使圈弄套’的无疑是指乔士奎大伯了，他已有六年的运动经验。真有意思。他们一个人一个斗争方式。”她转向母亲，“妈，这回您更该放心了吧？爸爸在公开抗膀子。”说着用肩膀拱了拱妈妈。金蓟微笑着点点头。

田黑金说：“他们兴师动众地开动这么大的宣传机器，对我们进行镇压，说明我们的斗争很有成效；我们的炮弹打在了敌手的要害处。说明他们做贼心虚。”黑金很激动，像有谁不同意他的看法，在据理争辩：“别看他们把伟大领袖的名字也写在广播稿中，这是阶级敌人惯用的伎俩：打着红旗反红旗。他们以为这样一来就会把我们的斗争锋芒打回去，适得其反。魔高一尺，道高一丈。他们的倒行逆施不仅使我们敢于斗争，他们的鬼魅伎俩还会使我们善于斗争！”

秀春插话说：“今天通路大哥准又会骂出新鲜样来，谁不信就去听。”

牛永进望着田黑金说：“华常艳的广播和你的话同样使我胆怯。要是在外边或有外人在场，我得制止你们一百次。你说的‘他们’、‘敌手’、‘阶级敌人’指的是谁？”

秀春说：“这还用问，当然是6号。所说的6号通常是指庞大钟和追随他的打手，再加上那位武大员。”

“这下才使我解除了疑团。”田黑金很不满地说，“闹了半天你们还不知

道‘为谁扛枪为谁打仗’，我说大年初一为啥这么没有生气，我放个二踢脚还对我那么大敌意。不明白我们斗争的意义，自然体会不到斗争的幸福；看不到光明的前途，必然要垂头丧气。我不想点出奸臣的名字，只想提几个问题，文化大革命中挑动群众斗群众，叫嚷‘敌人不投降就叫他灭亡’的是谁？叫嚷‘文攻武卫’，挑起群众间动枪弄炮的是谁？”

“下面那几个你就自己想吧。”田黑金说，“我们的斗争锋芒正是对准他们。他们不是无产阶级司令部的人。这问题如果你们现在还有啥怀疑，那么以后会看得更清楚。还谈我们的斗争。你们想，我们的亲人为啥凭白无辜地被抓进6号？那个武威大员一口一个中央首长，我断定他是他派来的。他在我们边山采取了先礼后兵的手腕，拉不成就打。他巧借万尺帆布案，妄图把坚持真理不听从他们指挥棒转的人打下去，达到他们为野心家篡党夺权招兵买马的目的。”

“爸爸和田大伯不愿充当他们的急先锋，所以遭冤狱。”秀春说。

“我们的父辈行得正走得直，我们为他们感到骄傲和自豪。”田黑金喝了一气水，依然兴奋地说，“我们决不只是为了营救蒙冤受屈的亲人才这样干，是为了保卫党捍卫真理而进行斗争。我们个人是渺小的，而我们所从事的斗争是伟大的。”

“认识到这一步，”秀春又插说话，“还有啥可灰心丧气、抑郁烦恼的？我们应该做冲锋陷阵的英雄。”

牛永进和母亲被田黑金和秀春说得心花怒放，就像打开了天窗，阳光照到屋子里一样，他们心里一下子豁亮了。娘俩眉开眼笑起来。

“请别忙目乐观，我不是泼冷水。”田黑金非常老成持重，他分析说：“这个斗争是异常艰巨而又复杂的，奸臣们还窃居着高位，而且打着伟大领袖的招牌。这是一场特殊的斗争。别看不是战场上枪对枪刀对刀的拼刺，其实比参加白刃战还得有勇气和智慧。也许我们会在斗争中牺牲在他们的屠刀下，而胜利一定是属于党和人民的！”

“为了保卫真理，牺牲了又有啥遗憾，要是没有在革命战争中成千上万的英勇献身的烈士，也不会有今天的新中国。”秀春坚定地说，“我是把生死置之度外了。”

“光不怕死还不行，还要有智慧。刚才提到了，这是一场殊死的斗争，必须要有清醒的政治头脑。文革初期我就是个糊涂虫，跟着那伙人的指挥棒转，怀疑一切打倒一切，就是亲娘老子也不相信，从学校跑到家给爸爸挂黑牌子，以为这就是革命。还是对立面的那一棒把我打清醒了。”说到这里，他又下意识地摸摸头顶，“现在我是由跟着他们转到站在他们的对立面，思想上产生了一个由不自觉到自觉的飞跃。我想，如果爸爸屈服于他们的压力而跟着他们的指挥棒转，那我也要跟他斗。”

“请您别玷污田大伯的形象。”秀春说，“我们父辈不可能屈服于恶势力，也许我们再受蒙蔽倒不无可能。”

“所以我说要有智慧。”田黑金接过话茬说，“既不受他们蒙蔽又不落他们的陷阱。”

“还得提防他们的暗算和毒手。”金蓟说，“这是我最不放心的。6 号那帮子是打砸抢起家的，有了大员做靠山，更是有恃无恐、横行不法。”

“提防是提防，可不能怕。”秀春说，“那帮家伙是属鬼的，软的欺负硬的怕。别看他们耀武扬威的，一旦树倒就会猢狲散。”

“你们听，”金蓟望着堂屋说，“是不是电话铃响？”

“准是您的错觉。”秀春不以为然地说，“自从爸爸被抓进 6 号，咱家的电话就闲起来了。”她话音未落，堂屋又传来丁零零的响声，这回大家都听得真切。“奇怪，谁用电话给咱们拜年？”秀春去接电话，“喂！哪里？对！你是哪里？哦，我说铃响得这么冲，敢情是专案组。过大年的，来电话有啥事？”这时永进他们也来到电话机旁。他们也能听清对方的话。“让你哥哥到专案组来一下。”“让我哥去专案组？你们承认抓人抓错了？承认扯大字报不对了？”对方不出声。秀春又说：“我哥跟庞大钟没有共同语言，除非他承认以前的所做所为全错了。”又顿了一会，耳机里传来对方的声音：“是中央首长要找他谈一谈。”“唔，是这样。”秀春捂住话筒，用眼光征询妈妈和哥哥的意见。牛永进和田黑金异口同声地说：“去！”秀春对着话筒说：“既然是中央首长请，当然要去喽！你要是一开始这么说，不省着费这么多话。”“就是呀！”“等着！你是谁？”“我是专案组的。”“我知道，可你得有名有姓吧，一到专案组连名字也不要了？”“付贝生。”“叫我哥几点去？”“下午两点。”“在哪儿？”“十三号洋房。”“好吧。”秀春放下电话。“这个大员，过大年都不回朝，还在这坐镇。”

“是呀，”妈妈思考着说，“我怀疑这里边有诈。”

“我是随口说说，又让您提心吊胆了。”

“你打电话的时候我就这么想。”

“有诈又咋样？”秀春说，“难道他们还能把人骗进去不放出来？我看他们还没愚蠢到这地步。与其这样把哥哥抓起来，还不如在大街上制造事端公开绑架更能欺骗社会舆论。比如说 6 号出人证明哥哥偷或抢；或者制造别的啥借口，总之陷害人的办法多得是。”

“妈您放心吧。”牛永进说，“我是在职的国家干部，不属边山管，他们想整我还不那么容易。再说我们想找这个大员还找不到。他既然上赶着请，还能错过这个机会？我去！”

“我同意永进意见。”黑金胸有成竹地说，“大婶担心有诈，我看这个可能性是非常小的。刚才的广播已经道出了他们的下一步行动。广播不是说嘛，他们‘满怀信心地相信，必然会有人幡然醒悟，痛改前非，弃暗投明’，大话吹出去了就得采取行动。所以在这个时候请永进去是很自然的。他们要对所关押人的家属和子女采取分化瓦解、有拉有打的手腕，拉谁呢？我田黑金是不可能的。他们已把我列入了打的对象；乔通路的脾气他们是知道的，说破天也不会买他们的账；扒拉来扒拉去，还是永进合适，虽然挨了他一炮，但是他们还不了解永进，对他抱着希望。青年人有一定的弱点，运动初期他们利用了这个弱点。他们真要是把永进拉过去，也能有一个不小的影响。”

“这么说我成了关键人物喽！”牛永进有些自豪地说。

田黑金对他满怀希望地说：“凭你的本领，借这个战机打个漂亮仗！”

“我真担心哥哥当了人家的俘虏。”秀春来了个激将法，“干脆我女扮男装替哥哥去算了。”

牛永进却偏偏不吃将，他风趣地说：“我要是当了叛徒，首先出卖妹妹。”

金蓟见他们哥俩又要打嘴仗，笑了笑说：“别扯用不着的了，快估计一下大员可能搞啥名堂，趁黑金在，好给出出主意。”

“我可不敢给出啥主意，怕他到时候把我也出卖了呢。”黑金风趣地说。他对金蓟说：“大婶，永进比我有主意，在学校他是学习班长，我这个班主席好多事都听他的。您别看秀春嘴上那么说，她心里可佩服哥哥呢。”

金蓟习惯地看看照进来的日头影，忙去张罗饭，田黑金诙谐地说牛婶下逐客令，借机告辞。牛婶哪里肯放。黑金说出来久了妈不放心的理由都不行，直到说与妈约定好给爸爸送饭尽孝心，金蓟才松开紧抓着他的手。

牛永进兄妹送他到院门口。田黑金握住牛永进的手，语重心长地说：“你肩负着狱里狱外两个世界亲人的希望。你的敌手是不可一世的人派下来的人，入虎穴有很大的危险。当然我不是指人身安全方面，我说的危险是指你的政治生命。”

“你的指教也使我产生了一个飞跃。你帮我爬上了云雾上边的山峰，使我看到了更远的大地和蓝天。如果我也遭到迫害，我会感到骄傲和幸福。”

“还用我回答你开始的问题吗？”

“你已经回答了。”

“那好，咱们再见！”两兄弟依依惜别。

“问田妈好。”秀春说。

“没听说有代替拜年的。”黑金说，“你不去可以，老人怪你我可不给说情。”

“告诉田妈，明天我和哥哥一块去。”

田黑金的来访，改变了牛永进家的气氛。抑郁人的鬼魅被他的二踢脚驱跑了。他们这才明白了爸爸被抓，总理的照片被抢，以及随之而出现的一系列怪现象的根源。他们为从不自觉到自觉地参加保卫真理保卫党的战斗感到幸福和自豪。明确了为谁扛枪为谁打仗，他们信心十足斗志昂扬。那种由于碰钉子和不许百姓点灯而引起的烦恼，变成了在困难和挫折面前经受考验的幸福。眼下就要同大员展开针锋相对的斗争。牛永进清楚地知道，这是一场短兵相接的白刃战，与实际上的两军相接所不同的是软弱屈服了倒安全，坚强勇敢了倒危险。然而不管眼下和将来给他带来何等的危险，他也不会软弱和屈服。因为他已经明白了这是一场保卫党保卫真理的斗争。他很激动，再过两三个钟头就要去赴约。像不少新战士临战前的心情一样，他心里有些紧张。他没有听从秀春不叫他去给爸爸送饭的建议，和妈妈及妹妹一起给爸爸送饭。

路上他们看到一张张似曾见过的面孔，向他们投以亲切的目光。虽然都没说话，牛永进却从一对对的目光中看到坚定支持他们的颗颗火热的心。

到6号门口，按秀春设计的方法按铃，胡子老头打开小口，金蓟把饭盒递给胡子老头，又接过递出的空饭盒时，她乐了。正像秀春估计的那样，大年初一的饺子爸爸全部吃了。

几天来牛永进吃饭都味同嚼蜡，今天他尝到了饭菜的香甜。

牛永进经过一次飞跃，又受到一番亲切眼光的抚慰，他满怀着胜利的信心前去赴约。

第十九章 一步登天

“炸开边山的阶级斗争盖子”，武威和辛章回到北京。前者单独向首长做了汇报。

首长听了先是出声地笑了笑，接着立即收敛了笑容，在政治舞台上也不忘进行艺术表演。“我就知道你这一炮会打好的。”这句话是面带笑容讲的，话音一落就绷起脸来。“一切都还干得有点威风，就是没有完成任务，这倒是始料不及的。现在的斗争形势你还看不出来？光靠耍笔杆子的空洞文章不行了，得有牛羊伴、田美海这样的煤黑子或泥腿子站出来说话。我就不相信他们都不肯往过站。重赏之下必有勇夫，飞瀑之下必有深潭。凭着咱们得天独厚的地位和权势，不应该有达不到的目的！”说罢就把嘴一抿不再出声。武威透过他和首长的两层镜片，看到首长的两眼闪着破釜沉舟的坚定的目光，还夹杂着毒辣与凶残。

为了表示对首长的效忠，武威没有留恋安乐窝的鸳鸯暖帐，得到指令便马不停蹄地杀回边山。威风已经亮出去了，这次没带红旗轿。由边山的小轿车接到边山，也很高级。

辛章是死活没再跟来。他对这位姐夫委婉地提出忠告：“顺风顺水要看看航向的角度。”

小舅子的意思他是完全清楚的。首长的计划他从没向内弟透露过。在边山他故意犯了点自由主义，想拉大旗诱惑他一下，可是没有成功。

辛章是一个很有才华的青年，通过跟武威的边山之行，他断定自己参与了不可告人的罪恶勾当。他深知姐夫与首长的关系，想拉他退出贼船是办不到的，只有善意地向他提出忠告。

武威对自己的信念是坚定不移的。但狡兔三窟，就武威的奸诈狡猾而论，他不会不知道给自己留条后路，指使小舅子参加他的对立面，建立双保险。不管他们谁成功谁失败，相互可以借助对方的势力与影响得到保全。然而武威并未定这个双保险。因为他受首长熏陶的发狂的思想根本就没有想到失败。他们是鼠目寸光的狂徒，根本看不到自己以外的力量，自以为没有达不到的目的。

他带着受嘉奖的鼓舞和遭批评的激愤重返边山。新春佳节，一般人从外往家奔，而他却从家往外赶。他的言行一致的“革命化”和雷厉风行的作风一直受到首长的赞誉。他仍住在那座挂有第三招待所牌子的洋房。经过一番运筹帷幄，于是牛永进接到了大员的邀请。

牛永进正点赴约，被迎进客厅。武威摆出一副老红军欢迎红小鬼的姿态对待牛永进。忠厚善良的牛永进还没有学会逢场做戏，他保持着高度的警惕。

“果真是文如其人。一见到大字报我就想到了你的英姿。不愧是文化大革命锻炼出来的闯将。伟大领袖毛主席把你们比作早晨八九点钟的太阳，首长干脆把你们称作太阳，对你们寄托着无限的希望。”

牛永进虽没想到老奸巨猾的武威来这套，但他知道他葫芦里卖的是啥药。他采取相应的斗争策略。他以同样的微笑望着他，用刚柔相济的口吻说：“您所连声夸赞的大字报，只存在几个钟头就被专案组扯掉了。”

“嗯？有这等事？”大员的脸一下子绷起来，把眼光射向庞大钟。

牛永进一出场庞大钟就憋上了气，这又给他个下不来台，要是一般的上级他也会当场给对方来个下不来台，无奈给他难堪的是位操着生死大权的大员，他是他飞黄腾达的阶梯，不管怎样也得逆来顺受，不能怒也不能言。对牛永进他本能地产生了强烈的妒心。他担心牛永进会取代他的位置，甚至到他之上。他知道，大员乃至首长对待像自己这样的人只不过是当块敲门砖，一旦达到了目的，就会把砖抛得无影无踪。他要激牛永进和大员顶牛，这样不但自己可以继续当宠儿，还使大员感到离开他这个拐杖就迈不动步。想到这里，他吹胡子瞪眼地冲永进道：

“你竟敢在首长面前胡说八道，专案组是按首长指示办事的，哪能扯大字报……”

牛永进不慌不忙地说：“我说庞组长，你咋又变卦了呢？付贝生已经亲口承认了你们扯了大字报，在首长面前你又拒不认账，这不正暴露你对首长口是心非、阳奉阴违吗？”

庞大钟被说得脸红脖子粗起来，头上跳出了青筋。他一拍沙发的扶手，腾地站起来，横眉立目地指点着牛永进说：

“你写得那是啥大字报？”

牛永进不慌不忙地反问：“你说是啥大字报？”

“是反革命的大字报！”庞大钟凶相毕露。

牛永进毫不示弱，也腾地站起来，指着他的脑门怒斥道：“你敢再说一遍！

我的大字报群众称赞，连这位首长都说好，你竟敢与中央和广大群众唱反调，可见不是个好东西！”

“你……”庞大钟气炸了肺，他正要发作，忽然触到大员的威严的目光，像触电一样立即停止激动，一屁股坐到沙发上，像朽木桩子倒在那里。这一切牛永进都看在眼里，嘴边眼角流露出心里的高兴。像庞大钟压抑着心中的火气那样，牛永进抑制着心中的高兴。他仍注视着庞大钟，继续向他进攻：“你什么？有理你就讲，没理就认个错，别草鸡！”

庞大钟恨得咬牙切齿又不敢发火，使劲瞪着对方，恨不能一口把对方吃下去。

“你为啥不说话？”牛永进毫不放松，“默认可不是造反派的脾气，你就说‘我错了，扯大字报不对，以后改。’这样一点降低不了你的威信，以后首长还会重用你。”

“不能咽下这口气！”庞大钟转动着眼球心里想，“不能一味按首长的摆布。在我姓庞的专案组里不能叫牛永进这样猖獗。对！把他压下去，叫首长看看我庞大钟也不是好惹的。”想到这里他喘了口粗气，又把两道凶恶的目光射向牛永进。他正要开火还击，忽听大员放声大笑起来，他被闹得丈二的和尚摸不着头脑。

在牛永进和庞大钟论战时，守在外边的保镖不知发生了啥事，进来关照，见首长笑得前仰后合才放心地离去。

大员用手帕搌搌眼角，揩净笑出来的眼泪。他余笑未尽地说：“永进那永进，你可真是个永进！真有一股拉车不松套的劲头。只是……”大员含蓄地将话止住，“好，我们不谈这些。”他跟牛永进说开了闲话。问他年龄和工作，成没成家等等。庞大钟不知道这位太上皇又摆什么迷魂阵，悄悄地给他满上白开水，又忍气吞声地给牛永进也倒上。永进得意洋洋地斜了胖组长一眼，毫不客气地端起杯来喝。庞大钟回到原位，烦得他想抽烟，拿起一支来打着火刚要吸，猛然想到首长讨厌烟味，就又将火熄灭，把烟放回原处。他察言观色地留心着武威下边的戏。

大员渐渐地收敛了笑容，变得严肃起来。牛永进断定正戏该开场了。只见大员长出了一口气，略带惋惜地说：

“小牛啊，按说你的条件是得天独厚居第一了。你生在一个伟大的时代。党和国家把你培养成了大学生，幸福地受到伟大领袖毛主席的接见。你风华正茂，在火红的年代里走上了为人民服务的战斗岗位。老实讲，我真羡慕你们这一代，羡慕你们的年龄；我要是再年轻二十年该多好。当然任何问题都有两个方面，年轻虽好，但政治上不成熟，容易站错队。五七年右派向党进攻那会儿，就有不少年轻人站到了右派一边，有的还是根红苗正的。他们之所以走上反党的道路，还不是因为政治上的糊涂？”武威悠然地站起来，在地毯上踱步。他装作不看牛永进的样子，但眼角的余光却不停地观察着他。“刚才我说过，我很钦佩你的勇敢和直爽，更钦佩你这头小牛拉车的劲头；就是一样……”武威停住脚步，面向牛永进，用温和的语调说，“跟你爸爸犯同样的毛病：只低头拉车，不抬头看路。”

“爸爸是全国劳动模范，受到过毛主席和周总理的接见。”牛永进自豪地插话。

“那都是老本了，现在是他不肯立新功。好、好，你先别反驳，听我把话说完。”武威不让牛永进开口，独自慷慨陈词，“我知道你会反驳的，因为你不了解问题的真相。你想，一个堂堂的全国劳模，忽然得到红色政权这样的对待，作为他的子女，当然不会一下子就能理解，得有个过程。特别是你，一直有着光荣老子的优越感。由老子英雄儿好汉变成老子反动儿浑蛋，是谁都不愿意的事；而事实不是以人的意志为转移的，你爸爸的问题千真万确。”

“不！”牛永进反驳道，“应该说爸爸的清白千真万确！”

“万尺帆布案为啥老破不了？”庞大钟乘机插言道，“那是因为骑马找马，作案的人破案一辈子也甭想破。多亏首长……”

“结论先别下得太早。”牛永进打断他说，“到底谁是真正的作案者会弄个水落石出。坏人逃不脱人民的法网，冤案终要昭雪！”

庞大钟蛮不讲理地吼道：“现在已经水落石出，牛羊伴伙同田美海贪污万尺帆布。我们有确凿的证据！”

“既然这样，为啥不按党纪国法行事，而把人扣在非法拘留所里，你们到底安的啥心？”

“这你就念首长的福神吧。要不是首长过问，有一百个牛羊伴、田美海也就地正法了。”庞大钟恭维地望着武威大员。

牛永进针锋相对地冲胖组长说：“照你这么说首长包庇罪人，知法犯法；要么就是首长洞察了爸爸和田大伯的无辜，没叫你们把问题交到政法机关。二者必居其一。庞组长，你说是首长知法犯法呢还是爸爸他们清白无辜？”

庞大钟被闹得很尴尬，脸红脖子粗地说不上话来。

武威暗自佩服牛永进的厉害。他给同伙解围：“牛永进同志，庞组长说得是实情。你爸爸和田美海是万尺帆布的贪污犯，也真是中央首长出面不让交政法机关的。”

庞大钟如释重负，插言道：“这你该相信了吧？中央首长哪能犯法呢，你

好好往下听吧。”

“是的。”武威继续说，“中央首长是不会知法犯法的。如果你怀疑这问题那是很危险的。牛羊伴贪污万尺帆布，这是我们好多人都没想到的。”

庞大钟随声附和说：“是啊，在问题揭盖以前，我可做梦也没想到牛科长会干这事。”

“堂堂的劳模作万尺帆布案，这充分说明阶级斗争的尖锐与复杂。”武威煞有介事地比划着说，“小牛同志，一万尺，你想过没有？身为共产党员，侵吞国家那么多资财，你说该当何罪？”

牛永进说：“党有党纪，国有国法。以党纪国法为准绳，该治啥罪治啥罪。千不该万不该把人非法关押在专案组私设的拘留室里。”

“你不能老诬蔑什么非法拘留所，这是学习班！”庞大钟盛气凌人地说，“伟大领袖毛主席教导我们，办学习班是个好办法，很多问题可以在学习班里得到解决。难道你对伟大领袖提出的办学习班也敢反对？”

牛永进说：“伟大领袖的指示固然重要，而你们这是在执行最高指示吗？把人关在当年资本家关人的地方，不叫接触广大群众，连你们口口声声说的所依靠的家属和子女都不叫见上一面，这哪里是学习班，分明是没有阳光的黑地狱。干这种罪恶勾当还打着学习班的招牌，你们亵渎了最高指示和伟大领袖，你们是打着红旗反红旗的坏蛋！”

胖组长当头挨了一棒又一棒。头一棒激怒了他，第二棒打蒙了他，他已经黔驴技穷，真想挽起袖子来跟牛永进动武。在这万不得已的情况下，他当然要抬出武大员。他狐假虎威地说：

“专案组是按中央首长的指令行事的。你敢分裂以毛主席为首的无产阶级司令部？”

牛永进冷笑两声，站起身来说：“按你的逻辑，伟大领袖毛主席说的和‘中央首长’行的是一南一北截然不同的两回事喽？”

庞大钟再也按捺不住心中的火气，一拍大腿站起来，像被弹簧弹起来似的，杀气腾腾地朝牛永进跟前迈两步。牛永进做好了还击的准备。凶相毕露的胖组长没有动手，而是说了句像小孩打架似的话：

“让首长评评咱们谁对谁错？”

武威心里早就骂庞大钟是草包司令。他想，如果首长知道我依靠这么个窝囊废，准得破口骂我。他真心佩服牛永进，只可恨不是一个营垒的。庞大钟的这句话，把大员闹得哭笑不得。他瞪了庞大钟一眼，对牛永进说：“小牛同志，先别动肝火，坐下谈坐下谈。”等永进坐稳，他又开始那套说教。为了让永进相信他们往劳模和矿长头上所加之罪，还拿出一大摞材料让他看。当然这只是虚晃一枪，光叫永进看数量，不叫看内容。牛永进对此嗤之以鼻：当我是三岁的孩子呢，糊弄吃六顿饭的人去吧！

武威看出让牛永进就范是不容易的，只好拿出最后一张王牌。他像一个演员那样开始在牛永进面前表演。

“牛永进，你要听清楚。你老子的问题已构成敌我矛盾，之所以至今没对他施行无产阶级专政，这是中央首长的特别关照。考虑到党对他多年的培养，树起个劳模不容易。首长不愿他倒下去，给他个立功赎罪的机会。如果他肯立新功，帆布算个啥事，比起他的功来还不是九牛之一毛。可你爸他执迷不悟，你妹妹你母亲更糊涂，所以造成现在这个局面。尽管你爸是一条道走到黑，而中央首长却对他抱着很大的希望。首长特别关照叫我抓住你，希望你坚定地站到毛主席革命路线一边，帮助你父亲提高认识，你们爷俩共同立新功。帆布嘛，毕竟是经济问题，又是困难时期的事，讲讲清楚也就算了。”武威留心观察永进的表情，看出他满不在乎，就又施加压力说，“不过，作为你们一方可不能把万尺帆布当儿戏，也别小看经济问题。经济问题就是政治问题。如果不接受中央首长的挽救，死狗扶不上墙，那就别怪我们不客气。根据问题定性质，根据态度定宽严。他问题严重，态度又恶劣，你当判官也得对这样的人处极刑。你别老觉着冤枉。就算你冤枉，错杀个把人算个啥，没人给你翻案，到时候你们可就成了反革命的家属和子女。反革命子女，太可怕了，你还没见过他们的下场？秀春还好说，一个姑娘家，好歹也不会臭在家里，当然不可能找到好人家。你可咋办呢？这就等于断送了你的政治生命。可惜你轻轻的年龄，堂堂的仪表，这个黑锅你要背一辈子的，还会影响到下一代。刚才问你说还没对象，不可能的。你不要脸红。我敢打保票，你准有个好对象，可是这回吹了。就是人家心软不跟你吹，你也不能忍心叫人家跟着你吃挂落。成了反革命的子女，你就是千里马也得窝在牛棚里。其后果是惨重的，好好的一家子将家破人亡，生不能生死不能死，活活受罪。”武威画了这张惨痛的图画之后，又给牛永进指出了光明的前程：

“如果接受中央首长的挽救，情况就天堂地狱截然不同了。”他自己先情不自禁地眉飞色舞起来。“到那个时候，你爸不但是响当当硬邦邦的劳模，而且是在无产阶级专政下继续革命的功臣，中央委员会里要充实这样的人。到那个时候，你也不是现在的你了，堂堂的中央委员的儿子，更主要的是在中央首长那里挂了号。他会把你从山沟沟里接到祖国首都。你将是天高任鸟飞，海阔凭鱼跃。秀春姑娘更美了，全国几十所重点大学任她挑任她选。这样的好事你

何乐而不为呢？”

庞大钟被大员的一席话馋得垂涎三尺，真恨自己没有像牛羊伴这样的老子，也恨自己不是牛永进这样的身份。如果牛永进肯收他做儿子，为沾光他也肯叫爹。

牛永进对大员的诱人的说教嗤之以鼻，心说：“即使你诱惑的空头支票都兑现我也不稀罕！”

武威见牛永进在这么大的诱惑面前仍无动于衷，感到大失所望。他想：如此巨大的诱惑竟撼不动一个乳臭未干的青年，可见他是一个怎样的青年！武威认为永进心里定会存在着幻想，要熄灭他的幻想，打消他的任何希望，强迫他就范。想到这里，他又说：

“你不要固执地以为爸爸受了冤枉。信不过专案组，甚至怀疑我武威，在这种思想支配下你会走访上告。对专案组的一些作法和其他方面的问题，我不敢保证全对，但就你爸这个案子，我敢打保票完全正确。这个案子是首长亲自抓的。你上告，告得不是庞大钟也不是我武威。那告了谁呢？明白人不用细讲，问题再清楚不过了。再有一点必须明确告诉你，不管你告到哪里，不管是信访还是走访，到头来还要回到这地方解决问题。‘大炮不能上刺刀。’上边一了解你告的不是那么回事，倒闹个欺骗党的罪名。咱们边山就有这样的人，他们怀疑党中央，攻击中央首长。有的嚣张到了极点，公然破口骂大街；有的秘密活动，扇动工人捣乱闹事。这些情况我们都知道。我们在等待他们自己觉悟。他们错误地把我们的等待看作我们的无能，活动得更加猖狂。这些人不会有好下场。无产阶级专政的铁拳不是那么好碰的。牛永进同志，希望你不要学他自讨苦吃。”

大员的这番表演使牛永进更加心明眼亮，充分印证了田黑金的判断。他想：他这样煞费苦心地拉和乱枪乱棍地打，不就是叫我帮爸爸顺从他们吗？我何不将计就计，逢场作戏地假意顺从他一下。只要见了爸爸就由我而不由他了。见了爸爸，一切疑难都可以弄清楚。他不禁激动起来，面带笑容地问大员：

“您费九牛二虎之力这样对我，到底想叫我干啥呢？”

“你答应帮爸爸立新功吗？”大员惊喜异常。

牛永进认真地说：“立新功谁不想呢？”

“君子一言，快马一鞭。”武威喜出望外地称赞道，“我就知道你是个痛快人，没白让我在中央首长那夸奖你。你的任务就是劝说你爸爸打响无产阶级专政下继续革命的一炮，以他的名义发表一篇向修正主义进攻的文章。”

“那还不容易？”牛永进满口应承说，“我见了爸爸，几句话就把他说服。”

“好！”武威高兴地弹起身来，亲切而又热情地拍打着牛永进的肩膀，说道，“下边的戏就由你来唱了。”

庞大钟见此情景，心里又妒又恨又怕，胖脸气得煞白。

第二十章 闯狱

夕阳把洋房的尖顶投影到水泥路上，像各异的山峰。踏着山峰虎步龙行的牛永进被从洋槐树后窜出的妹妹吓了一跳。她是被悬着心的母亲派出来接应哥哥的。当他们手挽着手回到家时，正在担惊受怕的母亲大喜过望。

她不像秀春那样问这问那，只要儿子从虎穴里平安回来就一切放心了。当她听到永进说武威要叫他去见爸爸的时候，也上来浓厚的兴趣，凑过来听。

“我假意答应劝降，心里也有点怕，”永进看了一眼妹妹，“怕秀春说我是软骨头。”

“凭啥说软骨头？为了爸爸，就是我也会逢场作戏。”秀春迫不及待地追问，“快接着往下说，你站起来要走又咋着？”

“我当时只想尽快见到爸爸，以为很快就出现的喜悦使我激动。我往外走，庞大钟也跟着，武威却按兵不动：‘小牛同志，你未免有点性急了吧？’我问：‘还有啥要说的？’‘你先坐下。’大员稳坐钓鱼台，‘咱们先研究一下。’”

“这家伙真狡猾！”秀春咬牙切齿地说。

“我真没想到大员还有这一招，立时从头凉到脚。心想，要见到爸爸不容易了。‘你打算怎么劝说你爸爸立新功呢？’他问。我说：‘不就是叫爸爸发表继续革命的文章吗？‘他要是执意不肯呢？’我说：‘我能把爸爸劝过来。’‘好！’他再次现出高兴的样子：‘你在电话里先劝劝吧。’”

“你跟爸爸通话了？”秀春问。

“通话了。”

“哎呀，太好啦！”秀春高兴地跳起来，“爸的声音还那么洪亮吗？”

“洪亮，洪亮极了！”

“快说说通话的情况。”妈妈也高兴地催促起来。

“要通电话，大员把话筒递给我，‘电话里谈好了，下步就见面，再下步……’他又向我发出诱惑。我接过话筒问：‘喂，您是谁？’对方说：‘你是永进吧？’爸爸一下子就听出是我，我也一下子听出是爸爸。‘爸爸！’我的喊声震得客厅的玻璃直响。我说：‘爸，您身体好吗？’‘我很好！’爸爸说，‘你们不要担心我，告诉妈妈保重身体。’‘您也要保重，活着就是胜利。’‘我比当年开石头放炮劲还足，’爸爸说，‘我工作是为党为民，坐牢也是为党为民，都是革命。’‘爸。’我抬高声音说：‘我记住了您的话，我要……’电话被掐断了。武威现出了狰狞的面貌：‘你就这样帮助你老子立新功？我差点上你小子的当！’庞大钟也帮腔说：‘都是敬酒不吃吃罚酒的茬！’我摔下话筒冲他们愤愤地说：‘我早就看出了你们的鬼把戏，你们想把贪污万尺帆布的罪名强加到爸爸头上，妄图以此强迫爸爸跟着你们从事不可告人的卑鄙勾当。我们一家子永远也不会跟着你们跑。你们这样干，党和人民不会饶恕你们！’我觉得没有和他再纠缠下去的必要，说罢就扬长而去。”

“哥，你真是个了不起的哥哥！”秀春高兴地跳着，抱着永进的胳膊说，“实话告诉你吧，我还真担心你斗不过他们呢。6号是‘老太太吃柿子，专捡软乎的捏’。武威大员没有眼力，哥哥从外表看软乎，实际却硬得很呢。”她又扑到妈妈的怀里：“妈，听到了爸爸的声音您该高兴了吧。爸爸叫您保重身体，这回您该多吃饭了吧？至于爸爸，您就放心吧。他是在苦水里泡大的，6号再苦他也顶得住。特别是他有坚强的意志和不移的信念，完全有力量战胜一切魑魅魍魉！”

“啥叫魑魅魍魉？”妈妈不解地问。

“就是庞大钟、武大员、还有……”她趴到妈妈的耳根压低声音说了一句，然后又抬高声音说：“反正都不是好东西！”

妈妈和秀春都为通电话的事高兴，永进却追悔莫及，他说：“我要是沉住气，装得再像一点，也许就能和爸爸会面了。”

“这就挺带劲了。”秀春喜滋滋地说：“见了面说多了也不行，在电话里说还不一样。”

“那可大不一样呢。”

“人就是没有满足的时候，等见了爸爸，又该嫌时间短了。”

牛永进像小孩子一样天真地说：“我要有翅膀就好了，飞进6号的高墙，去看望在第一线战斗的爸爸，从他那得到鼓舞。”

“你能长我也能长，我要天天飞过去跟爸做伴。”

这哥俩任意遐想开了，连妈妈做熟饭都不知道。后来秀春也悄悄溜出去，热炕上就剩牛永进一个人，他的思路又被具有强大引力的幸福的往事吸过去。武威的并非单纯威胁的话在他耳畔回响。是的，他不忍心让自己的恋人也受株连之苦。割断情丝？办不到。与之断绝关系？他的心阵阵酸痛……

堂屋桌上“当”的一声响把他惊动。响声是秀春放饭盒的声音。她和妈妈给爸爸送饭回来了。她没好气地骂道：

“这个糟老头子，不知又出啥幺蛾子！”

“又出啥事了？”永进不放心地问。

“他叫明天早点给爸爸送早饭。”秀春断定，“甭说，他又想刁难咱们。”

“这倒不一定。”妈妈说，“一天三顿饭离着太近了，早饭提早送，把早午两顿饭之间拉得长一点，这也不会有啥歹意。”

牛永进说：“秀春又犯了怀疑一切的毛病。”

“这也是他们逼出来的。这年头，连走路都得攥拳头，平时也得咬着牙。”秀春边说边动作，使得妈妈和哥哥忍俊不禁地发笑。

第二天，玻璃窗还黑蒙蒙的，像巨兽张着血盆大口吼叫似的响汽就响起来。按老头的意见，金蓟提早动手张罗早饭。永进帮灶时无意中说了这样一句话：“跟妈学学手艺，以后好饿不着。”这句本来很平常的话却触动了妈妈的心事。她理解成是儿子要打一辈子光棍的征兆，她感到莫名的悲哀。

秀春将装有用两块枕巾裹着的饭盒的花布兜抱在怀里，和哥哥一起，比往常提前四十分钟给爸爸送饭。他们又走惯了进融园南门的那条路，凯旋门彩旗招展，春节时挂上的两对宫灯鲜艳夺目。他们踏上水泥台阶，穿过更衣室南侧的小路。路灯还亮着。澡堂的天窗上冒着团团白雾。他们穿过洋槐树间的小道，脚踩着铺有煤焦的小路，发出的沙沙声在清静的早晨显得格外悦耳。

来到6号门口，秀春习惯地伸过手去按铃，手指刚要触到电键，被牛永进一把拦住。“慢着！”他说，“你看，小口开着呢。”门上的小口开着一条缝，秀春用手一下把它捅开。“轻点！”永进警告她。永进把脸贴近小口朝里看，院里阴森森的见不到人影。他移开小口叫妹妹看。秀春推搡6号严实的小门。“里边反锁着呢。”永进说，“推不开的。”秀春不甘心，踮着脚从小口朝里看。“哥，你过来，我看锁好像是挂着的。”永进在小口斜眼朝里看了看，伸过手去将挂着的锁拿开，幸好他胳臂长，将将够着。被一斤多重的大锁连着的门钉锦与扣脱开。秀春使劲一推，小门慢慢地开了。永进看了一眼妹妹。秀春果断地说：“进去！”永进率先进到小门里边，等妹妹也进来，永进细心地又将小门轻轻地掩上，顺手将小口也关好。

6号真是名不虚传，一走下台阶就感到天变小了，如下到第十七层地狱。一股阴霾的冷气袭来，令人毛骨悚然，浑身上下起鸡皮疙瘩。“从里数第二间牢房关的就是爸爸。”秀春说，“一号牢关的是田大伯。”“别说话！”永进再次警告妹妹。他们大步奔到二号牢门口。即将见到时刻想念的爸爸的喜悦使他们忘掉了一进来时产生的恐惧。然而出乎意料的发现，顿时使他们大失所望。秀春伸手要开的二号牢门紧锁着。“人被转移了？”永进小声地发出疑问。“不可能，”秀春说，“昨天晚饭我还见老头是往这里送的。说明人昨天还在这里。再说转移到哪儿也没这里合适。”永进细心地查看，牢房的门窗玻璃都糊着报纸，根本看不到里边的情形。秀春把耳朵贴在门上静听。她忽然惊喜地说：“哥，里边有动静！”等永进也过来听时里边却没有了一点声音。秀春伸手打碎了窗上的玻璃，歪头朝里看。她兴奋地喊道：“爸爸！爸爸！”被打碎玻璃的窗口处出现了一张苍白浮肿的脸，监狱生活使得那张脸明显变老了，而那双眼睛如当年那样炯炯放光。他就是牛羊伴。永进高兴地喊：“爸，爸爸！”他和妹妹都把手伸进去，六只手紧紧地握在一起。秀春抽出一只手来抚摸爸爸的脸、白发和胡须。“你们咋进来的？”爸爸不安地问。秀春说：“小门上挂着的锁没锁死，哥哥把锁摘下来，我们就进来了。”爸爸听后更加不安起来。催促说：“快出去！不看看这是啥地方？快走！”爸爸含着泪花往外推这对儿女的手。永进兄妹哪肯就这样离开，他们紧紧抓住爸爸的手。“他们为啥抓您？”永进问。“他们让我诬陷总理，我不依！”“这帮坏蛋！”永进恨得咬牙切齿。“他们都咋折磨您了？”秀春问。爸爸说：“你们别老惦着我，你好生工作，你用功学习，叫妈妈保重身体。”爸爸急了：“快走吧！”他使劲把他们的手脱开又推出来。

永进兄妹仍不肯走。这时6号门口发出炸雷似地一声吼：“干啥的？！”爸爸发出命令：“快走！”秀春又看爸爸一眼，然后大步朝一号牢走去。在门口大吼的那个人已经奔过来。永进看清他长着一张死人一样的脸。他敞着衣襟，露出腰上别着的乌黑发亮的手枪。他杀气腾腾地吼道：“谁叫你们进来的？”秀春在一号牢喊了两声田大伯，没听到回音又折了回来，与死人脸针锋相对地喊道：“自己进来的，咋着？”这时胡子老头已站在死人脸身后，狐假虎威地问：“你知道这是啥地方？”“非法监狱！”秀春毫不示弱。死人脸命令胡子老头：“把他们关起来！”老头抄起一把竹扫帚朝秀春逼来。这时三四间牢里发出喊声：“不准打人！”“反对绑架！”“秀春快走！”永进保护着妹妹虎步龙行地朝门口奔。死人脸还一个劲地喊：“扣下他们！真是无法无天。”老头执行命令朝他们追来。死人脸拔出手枪朝天上放两枪，喊道：“把小门关上，别让他们跑了！”永进兄妹刚奔上台阶，老头就追到跟前。“关上门！关上门！”死人脸边喊边往这边跑。看门老头狠狠地举起扫帚，追过来的死人脸为躲避老头朝后扬的扫帚往后退了几步。牛永进拉开小门，先把秀春推出去，他背上重重地挨了老头一扫帚，趁势也闪到小门外。老头使劲将小门关上。怕永进兄妹杀回马枪，又将小门反锁上。秀春回过身来踢门。“还干啥？”老头没好气地问。“给我爸早饭。”老头将小口打开，秀春递过饭盒。过会儿老头从小口又递出空饭盒。听死人脸说：“门咋不锁？”老头说：“不是您早出练拳，吩咐叫挂着锁就行吗？”“以后还是锁上吧。”“是。”里边没了声息。“这两条看门狗！”秀春挽住哥哥的手，不无得意地说，“让他们狗咬狗吧，反正我们见到了爸爸。走，咱们快回家向妈妈报喜。”

他们兴冲冲地朝家走，光顾高兴了，差点把对面来的人撞倒。“你们也看着点路，你俩敢情撞得过我一个老婆子。”被撞的人虽未恼怒，但口里可不让人，“盲人瞎马！”“田妈！”秀春喊起来，热情地拉住她的手。她向田妈妈赔不是。田妈则眯缝着眼睛打量永进。永进腼腆地叫了一声田妈。“哟！还知道管我叫啥。咋不给我拜年去？”此时牛永进没有了锋芒与辛辣，活像个大门不出二门不进的大姑娘，被田妈问得无言以对，还是秀春心眼来得快，说：“正想去，还没来得及去，您就埋怨上了。哪能忘了您呢，待会儿就去给您连磕头带报喜。”“咱们正在难处，喜从何来？”“在难处就没喜事了？走，回家听我讲，保证您要乐开花。”秀春拉着田妈就走。田妈亮亮腋下的蓝布兜说：“你大伯还饿着呢。”他们相约待会儿见便匆匆分手。

永进兄妹回到家里，妈妈劈头就问：“咋去这老半天？”

秀春不叫哥哥回答。她一头扎到妈妈的怀里，用抚摸爸爸的手抚摸妈妈的脸，像小孩子似地撒娇让妈妈猜。

“看你脸红脖子粗的样子，八成跟谁吵了架。”妈妈说，“又是跟胡子老头吧？”

“不对。”

“庞大钟？”

“也不对。”

“妈猜不着了。”

“不，您一定要猜，不然我就不叫吃早饭。”

“这不对那不对，莫非你飞进6号见到爸爸了？”

“这下您猜对了！”秀春从妈妈怀里直起身来，认真地说，“我和哥哥一同飞进6号，见到了狱中的爸爸。”

妈妈听了这个喜讯，非但不像永进秀春想象的那样高兴，反而沉下脸来。

“妈，您不信？”秀春奇怪地问。

妈妈使劲地摇头。

“不信您问哥哥。”

“妈，是真的。”永进说，“我们确实见到了爸爸。”

“是啊，我们都想念爸爸，恨不得一下子就见到他。可是你们不能这样安慰我。”妈妈很痛苦。

永进秀春谁也没有想到妈妈会对喜讯如此不信，更没想到还给她带来了忧伤。他俩不知该怎样使妈妈相信，一时无语。

院里响起沙沙的脚步声。金蓟母子三人谁也没有理会。来人用手挑开门帘，身子留到外面，把头探到屋里：“这人都哪去了？”她以为屋里没人。当她看到母子三人在屋里静坐时，进屋来说：

“春丫头不是有喜事要报吗？娘仨咋都打起哑谜来了？”

“田妈！”秀春像得到救兵一样高兴。她把田妈让到炕上，告状似地说：“我报告的喜事妈妈不相信。”

“先别说啥事吧。”田妈坐定之后说，“听我告诉你们一件事：我送饭回来时，见四五个戴‘工人民兵’袖章的人跑步到6号门口，他们人人都背着枪，枪尖上还上着刺刀，个个都杀气腾腾的，八成又往里抓人了。”

金蓟听了这消息，不免紧张起来。秀春说：“这回妈该相信了吧？刚才我和哥哥进到6号里边，见到了爸爸，那几个带枪的肯定与这事有关。”

“6号铁桶似的严实，你们能进得去？”田妈好奇地追问，“是专案组叫你们去的？”

“专案组能有这份善心？”秀春反问。

田妈说：“那就只有你们插上翅膀喽！”

“我还以为您经多识广能理解我们呢，没想又来个向着妈妈的。”秀春看了一眼永进，“哥，你把经过前前后后都说一遍，再不信就没办法了，反正我们见到了爸爸。”

“看你们这高兴劲，我相信喜讯是真的。”田妈说，“还差点把我撞个屁股墩。快说说情况让我们也高兴高兴。”

“刚才送早点时，我们发现6号的门反挂着锁，我伸进手去将锁拿开，秀春推开门，我们就悄悄进去了。爸爸他们住的黑牢不透阳光，门窗的玻璃都用报纸糊着。牢房的门也用大锁锁着，开始我还以为是他们把人转移走了，”

秀春插话说：“我听到牢房里有脚步声，断定是爸爸在里边锻炼身体，就打碎窗上的玻璃。果不其然证实了我的判断。”

“爸爸很好。”秀春说，“头上脸上都没伤。从窗口看不见全身，听脚步声走路挺麻利的，说明腿脚和身上也没硬伤，只是脸色苍白，那是长期见不到阳光的结果。”

“看这闺女多能耐，”田妈夸赞着，“可把爸爸看个细，还连分析带解释。”她转向金蓟：“这回你该把心放到肚里了吧，第一线的人平安无事！”

“6号是个啥地方？咋能随便进去呢？要是被扣住可咋好。”金蓟很是后怕。

“见到了爸爸，我又去一号牢见田大伯，这时6号的人大喊要抓我们，看门老头拿着长把扫帚打我们，我们不得已往后撤，到门口时，哥哥还挨了老头一扫帚。”

“多危险，打哪儿了？”妈妈心疼地问。

“没事。”永进本能地摸了一下右臂，满不在乎地说，“一点不疼。就好像给了个外加力，使我和秀春迅速冲出小门安全脱险。”

“这要是打着头呢？”妈妈伸手抚摸永进的臂膀。

“见到你大伯了吗？”田妈关切地问秀春。

“不是正要见就让他们发现了嘛！”秀春说，“田妈您就放心吧。大伯身体比我爸爸壮，他一定比爸爸更硬朗。”

田妈扭过身去，装作生气的样子说：“到底一节是一节，大伯就是不如爸爸。”

这句玩笑非同小可，只见秀春一头扎到田妈的怀里，发出呜呜的哭声。

“哭我也要说！”田妈假意生嗔，“进一趟6号那么容易？要是我们黑金，咋也得把牛大叔看看。”

秀春的哭声越来越大。田妈伸手摸她的脸，摸了一把泪。“咋着，真哭了？”田妈扶起她来，“我还以为是装哭呢，快别哭了，大妈跟你说着玩呢。”

秀春不听劝，哭着说：“我真后悔没见到大伯！”说罢又扎到田妈怀里，哭得更厉害。

秀春的哭声使得田妈、金蓟和永进也很伤心。

第二十一章 胖组长弄权

在6号非法监狱关押的还有押车员马安。田黑金认为春节致辞的广播中提到的“装傻充愣，一问三不知”指的就是他。他在四号黑牢。

马安家有老婆和三个孩子，住在东北区工房五十八条二十七号。他老婆丁香是个识字不多的农村妇女，给公婆养老送终后，来到边山找马安。三个孩子有两个是来边山后生的。大女儿马铃刚上初中，二女儿马缨上小学，三的是个男孩，大名马缰，刚刚四岁。

这天下午，一直没好气的丁香拉火做饭，小儿子马缰不知忙闲在她跟前起腻，被她一下子搡个大仰八叉。小缰躺在地上哇哇地哭。两个大的围着她闹饿。她没好气地骂孩子们道：“一个个的都这么不听话，爸爸在6号还不知死活呢，工资也没人给开了，再过两天连棒子面也吃不成。”小铃把弟弟抱起来，哄他别哭。小缰这小子脾气大，越哄哭得越厉害。丁香绷着脸说：“你个小王八蛋，住声！再哭6号来人抓你！”这句话比说小鬼来抓他都厉害。他停止哭号，泪汪汪的两眼怯怯地瞅着妈妈，小嘴咧得像歪瓢似的，满肚子的委屈也不敢再哭，只是间歇地拉长声抽泣，生怕6号来抓他时妈妈不护着他。丁香继续拉火。“妈，妈！有煳味了。”小缨鼻子尖，先发出警告。丁香忙让小铃给煤盆加点水，用湿煤把火闷上。她跟孩子们商量；“午饭光就辣萝卜条中不中？”她说还有点肉，明天给爸爸烙馅饼送去，顺便打听一下情况。她见孩子们都不高兴，又补充说：“烙饼大家都有份。”孩子们听了并没有欢呼雀跃。大的说：“我不要，都给爸爸送去吧，吃饱了好早点出来。”丁香听了扑哧一乐，说：“这可跟钻煤洞不一样，也许劲越大越难出来。”

小铃放上饭桌拿好碗筷，端出辣萝卜条。此菜并非在商店所买，而是丁香自己做的。比市上卖的毫不逊色。那是小缨见着同学家吃这菜，也闹着要买，丁香一算账，还是自己做着吃上算，于是就要了手艺。要不是被逼着做还真将手艺废弃了呢。

丁香打发孩子们吃上饭，自己坐下来刚要歇一歇，忽听门外一个小孩的声音:“这就是马安家。”语音刚落,一个衣冠楚楚的人出现在门口。他不满三十岁,修长的身材,白净的脸蛋,一身得体的衣服,脚穿黑亮的皮鞋,满头乌发。他先打量了一下主人和环境,之后进屋,坐在方凳上。

“我知道你来干啥。”丁香把三个孩子关在外间屋吃饭。她跨在炕沿上,生硬地冲来人说:“你们就王八吃秤砣,死了这份心吧!想让我揭发帆布的事,没门!一是我不知道,二是我相信他也不会干那缺德事。我们家再往前数三代都是靠劳动吃饭的老实人。你们让我和他离婚,这更办不到。打死我也不干那坏良心的事。现在他在难处,我不能乘人之危落井下石;除非他听你们的休了我;那我也是离婚不离门。我不愿出坏名声,也舍不得仨孩子。啥个‘立新功’‘唱新戏’的我都不懂。帆布的事他自己还闹得西瓜皮擦屁股磨磨唧唧的呢,还揭发别人?把事推给别人就算‘立新功’了?我宁愿他实打实地蹲一辈子笆篱子,也不愿他瞎往别人身上扣明天就出来。就这态度,至死不变。你就回去跟庞大钟交差吧。就说我是死硬分子。还有,我们四口快揭不开锅了,明天就想找你们借钱,等问题落实补发了工资再还。不借给就领着孩子到庞组长家去吃,我可是说到做到。”丁香一气说完这番话,就想撵来人走。

可是来人没有一点要走的意思。他明亮的眸子凝视着丁香,白皙的脸上现出微笑。丁香假意关照吃饭的孩子,将门打开。她的动作虽自然,但也让人看出她是警惕客人不怀好意。过去她就是警惕了才免吃6号来人的亏。她敞开了门就放心大胆地目视对方。见他五官端正、浓眉大眼,顿觉有些面善,好像是什么亲戚。来人见她稳住了神,亲切地叫了声“表嫂”,说:“不敢认了吧?”

“表弟!我想起来了,你不就是大舅的老小吗?”

“就是。”

“我把你当成6号的人了呢。真是大水冲了龙王庙,自家人不认自家人了。”丁香立时热乎起来,问他打哪来往哪去,又找烟又倒水,还十分抱歉地说:“正经的亲戚多年不走动就跟没有一样了。都怪你表哥手头懒,一忙了更是这样,一年年的连封信都不写。大舅妗子都啥好的吧?看这个家,让孩子们造得破狼破虎的,我也没心思收拾。先喝杯白水,一会儿我给你做饭吃。别听我哭穷,那是给6号听的。家里还有净米细粮呢,我是留着你表哥出来后上班吃的。”

“表哥出事了?”表弟问。

“出事了。”丁香直截了当地说,“从四清到文化大革命,哪场运动也没少整他。对他的整法逐渐升级,现在被抓进6号不叫回家了。”

“什么问题?”表弟问,“帆布是怎么回事?”

“六〇年困难时期,你表哥押车往天津送去一车帆布,后来说帆布丢了。

就赖你表哥他们贪污了。原先只整他和采购员。年前说是从中央来个戴眼镜的大官，又一下子揪出田矿长和牛科长，把他们都关押在小黑屋子里，不叫回家，也不叫家人见。专案组组长庞大钟说是办学习班。人家田矿长和牛科长他们家离着近，常有人送饭。我们离着远，又拉扯着孩子，一直还没顾上去。这不，想着明天做点好吃的给你表哥送去，连打听一下人啥时候能出来。”她见表弟现出不悦，又说：“咱们家祖祖辈辈都没有黑碴糊壳。旧社会受欺压，如今又挨欺负。真是‘人善被人欺，马善有人骑。’你表哥这人太心眼好，好话也说不到点子上。押着东西从南京到北京，半道上不出差就算押车员完成任务，还管你以后丢不丢？保管员、科长、厂长、矿长、局长、市长的都是干啥吃的？”

“表嫂你别激动，咱们慢慢合计合计。”

“我这是心里头生气。”

这时两个大孩子吃罢饭进屋，三的还在饭桌上连吃带玩。丁香拉过两个女儿，教她们说：“他是你们表叔，快点叫。”

两个孩子照妈妈的指令甜甜地叫了声表叔，之后就到同学家写作业去了。

“真没有想到表弟还敢来我们家！”丁香说，“你表哥被抓后，6号经常来人捣乱，街坊四邻的都不敢理我们。帆布的事折腾几年了，啥时候是个头哇！”丁香陷入茫然。

“受这么大冤屈就没找上边申诉一下？”

“你表嫂能认识谁，两眼一抹黑，到哪儿去找讲理的地方。

表弟又问了表嫂一些别的情况，之后说：“别为表哥担惊受怕了，他没一点事，我写两封信，保证能把表哥救出来。”

“你有这么大的神通？”丁香满是欢喜又很是狐疑地问。

“表嫂启发了我，咱也走一走后门。”

“那就谢天谢地又谢你了。”丁香大喜过望地说，“有神通广大的表弟帮忙我啥也不怕了。给你纸，咱说写就写。”她拉开抽屉，在孩子们的作业本上胡乱扯下几页纸。

“我什么都带着呢。”表弟打开背包，取出纸笔和信封，伏在桌上写起来。

丁香给贵客做的是肉丝面。她饭做好，表弟的信也写罢。他胡乱吃了碗面就走，行前再三叮咛表嫂说：“表哥出来后，叫他马上到北京我父亲那里找我，不可耽搁；跟外人不要说我来过，告诉孩子们也要守口如瓶，保重吧。”他又将一叠钱塞给表嫂，之后就匆匆走了。

就在神出鬼没的表弟光临丁香家的第二天，专案组组长庞大钟收到了一封使他浑身冒冷汗的信。开始，他坐在自己的办公室里拆信时，也没咋在意，以为就是一封诉苦、告状或反映情况的普通信件。尽管信皮上写着“庞大钟亲启”的字样。他展开信纸，开头的称呼写的是“亲爱的首长”五个字，庞大钟得意地一笑，心说：居然也有人叫我首长了。可惜现在还不是，借笔者的吉言吧。他住下看信，把开头五个字又看一遍：

亲爱的首长：

奉您的指示拐弯到边山。看来您的疑心与担心都并非多余。5号确实有点贪天之功，这里知道他的人比知道您的人还多。上次汇报他对庞大钟的看法也是片面的。我虽未见过其人，通过了解革命的造反派们，我看此人大有希望。这些都当面汇报吧。真是大水冲了龙王庙，他们居然把我表哥马安抓进了6号。肯定是一场误会，不知者不怪罪，有您的不与5号见面的指令，我对表哥的事也不好出面。不过我在给您写信的同时也给矿专案组组长庞大钟发了信。信上啥也没说，只是以我表嫂的口气要求放人。如果庞擅自将表哥放出，说明他有周旋5号的本领，您则更应考虑委重任于其人。我将按计划行事。

祝您身体安康！

甲3号敬上

即日于边山

庞大钟读罢信，不觉出了一身冷汗：天那，我收到了一封掉脑袋的信！不是给“亲爱的首长”的吗？咋就落到我的手里？他重看信皮：这不明明写着我庞大钟亲启吗？哦，对了！他想起了信中有“在给您发信的同时也给矿专案组长庞大钟发了信”的话，于是他得出答案：准是那个甲3号把给我的信和给首长的信装颠倒了信封。真是乱点鸳鸯谱！咋办？给首长转去？不行！首长一看就知道失了密。给他亲启的信先让我看了，他一生气就得要我的命！可以说成我侵犯人权，也可以给我定成一个盗窃党的重要机密罪。刀把在他手攥着，咋说咋是。我不能把自己卖进去！横竖此信只有我知道，我把它悄悄藏起来，如果有用得着的时候再把它拿出来。想到这里，他把信小心地收藏起来。了却这一宗，紧接着他就恨开了武大员：信中说的那个5号，一定就是那个武威，这小子真不是好东西！我把心掏给他了，他还背后打我的黑枪。真是‘人心隔肚皮，虎心隔毛翼’。世界之大，啥人都有，有向灯的，有向火的，有向他的，有向我的。看来这个甲3号倒是个依靠的对象。我咋能接近他呢？他们这些人，有时把自己打扮得还不如个老百姓，实际上权力比天只小一点。他不是马安的表弟吗？把马安放出来，不愁与甲3号取不上联系。放掉马安，大员一时不会察觉。6号他不常去，专案组是我当家。即使他以后知道了，我也有话对付。甲3号知道我救出马安，更要在首长面前美言；等我得道进京，有仇报仇，有冤报冤。我也要抖抖威风，红旗轿上也没写着只准他们坐。想到这些，他不禁神气活现起来。

下午三点多钟，庞大钟大摇大摆地来到6号。门铃响后，看门老头在小口看清是组长，将门打开，恭恭敬敬地放他进来，随后又将门关好反锁上。死人脸也出来迎接他，把他让到学习班办公室。不等问，死人脸就主动汇报说："那两个当权派还是死不改悔，牙关还咬得那么硬；那两个是只交待过程不交代实质，大帽子底下无人。这是他们写的交代材料。"死人脸顺手递给他一大叠纸。庞大钟虽无心看材料，还是逢场作戏地翻了翻。他拿着官腔问："今天有啥新情况？"

"院里头还是老样子。"死人脸说，"就是那个牛永进越发变得可怕，我们持枪执勤的民兵都不敢接近他。"

"他拿着凶器吗？"

"没有。"

"那怕他啥？"

"也说不清楚。"死人脸压低声音说，"可能是因为他把这个气病了的缘故吧？"说着他用手在眼睛上比两个圈。

看门老头进来给组长倒茶。组长一点不避讳老头，趾高气扬地说："大炮不能上刺刀。他太不把咱们哥们放在眼里了。到头来还得靠咱们解决问题。"他接过老头递过的香茶，喝了两口问："咱们的人走几天了？"

"跟大员一天走的。"死人脸说。

庞大钟冷笑两声，得意地说："牛永进在这儿厉害不了两天了。"

看门老头不闲着，整理整理材料，擦擦桌子，拖拖地板。他可真像个狱卒，每活动一下，屁股上挂的钥匙就哗哗地响一气，像是爱听这种声音似的故意让它响的恶作剧的老小孩。

他看看刚收拾罢的屋子，觉得满意，便转身出屋。庞大钟下令道：

"老杜头，开四号。"

老杜头熟练地摸出四号监的钥匙，迅速地将门打开。像是给主子探险问路的奴隶，他领先下到牢房里。庞大钟跟在后面，死人脸跟在庞大钟的后面。牢房里格外阴暗，东面是高房，西面南面北面是高墙，牢里成年累月也射不进阳光。被关押的人都席地而卧。他们进来时，马安正坐在铺盖上背靠着暖气片，

两眼直愣愣地想着心事。他对他们早就司空见惯。平时不是这个来就是那个走，不是提审就是收检查材料、查房等等，所以他跟没看见他们一样无动于衷，照常想着自己的心事。

“坐好坐好！”司仁连一向是这样，只要他一进来，就要求他的犯人挺身静坐，今天与组长同来，更是狐假虎威，马安也像往常一样不睬他，等他喊第二遍。喊第二遍可真得坐好了，不然就得受皮肉苦。

“坐好坐好！”死人脸喊了第二遍。“耳朵聋了还是眼睛瞎了？没看见还是没听见？”

马安懒洋洋地盘腿坐正。不知是故意与司仁连作对，还是没骨头猴着个腰。他没胡子，像俗语说的老公嘴，脸上也没有皱纹，加上愁云密布的懊恼样子，活像个瘫了多年的孩子。

老杜头看看马安身旁放着空饭盒，例行公事似的问他：“还要水吗？”

“等渴了再说吧，现在还不想喝。”马安眼皮抬也不抬地回答。

“你好好听着啊，”司仁连一手叉腰一手点着马安的脑瓜门，教训他说，“你还很不老实，你写的检查交代纯粹是想把水搅浑自己蒙混过关。告诉你，瞒得了看的瞒不了变的。你想蒙过去那是白日做梦。照这样顽抗到底只有死路一条。当然我们执行毛主席给出路的政策。你的出路就是坦白作案事实，彻底揭发同伙。”

马安变成了木头人，任凭你说啥也不待理睬。死人脸上前一把抓住他的头发，问：“你是要活路还是要死路？”马安睁开大眼看了他一下，不做回答。死人脸抓着他的头发摇两下，又问：“要活路要死路？”马安仍是不答，张嘴反问他：“你愿活还是愿死？”司仁连恼羞成怒，伸手就要左右开弓，被庞大钟将手抓住。“你们都出去。”组长发出命令。老杜头驯服地离开。死人脸仍以教训的口吻道：“你小子可照量着点，再不老实就把你收拾掉。”说罢也转身出去了。

组长伸手给马安理了理被死人脸抓乱了的头发，平声静气地问：“马安呐，万尺帆布的案子到底是不是你作的？”

押车员把脖子一梗，爱答不理地说：“检查交代多少遍了，我从来就不会瞒着掖着，就那么回事！”

“哎！”庞大钟叹了一口气，表现出深深的同情，“作为专案组组长，对你的交代是完全信任的。可是你竟被抓到这里来了，你知道为啥吗？”

马安不理睬他。

“你也该知道我的难处，以前为啥没抓过你？自打他来了才出的这事。我抗不住人家。昨天他回北京看病去了，今天我就要放你，马安同志。”

押车员怀疑地看了他一眼，问：“讲条件吗？”

“当然不讲。”庞组长肯定地说。马安听罢，卷起铺盖就走。

“你先别急。”

“不是没条件吗？”押车员又一屁股坐下。

“你知道我把你放出会有啥后果吗？”庞大钟拐弯抹角地问。

“不知道。”

“放了你，我要担很大的风险。”组长说，“也可能我这个官当不成，也可能砸了我的铁饭碗，也可能我要成为这间牢房的主人……”

“你是组长，放我还不和抓我一样容易！”

“不错，我是组长。今天我就要行使组长的权力，把你放出去。如果我出现啥情况，希望你清楚是啥原因。”

“好吧，我知道了。”马安又急不可待地要走，庞大钟再次把他拦住：

“你咋这么着急？”

“你敢情天天回家呢，我心里头惦记着好长时间不见的老婆孩子。”

“再听我说几句话。”

“你哪里是想放我出去，明明是在耍笑我。”押车员又将行李卷铺开。

庞大钟十分诡秘地说：“你出去以后千万别声张，最好到知近的亲戚那里躲一躲。那位大员不好惹，看样子简直要把中央首长压下去。我就看不惯这号人。”庞大钟留心马安的脸色，见他皱眉不愿听，就改换话题说：“你就空人先走，到晚上我派人将行李给你送家去。明天我派人给你送去扣发的工资。以后如果我仍在其位，保证按月给你送薪。”

“就这些了？”押车员站起身来。

“你走吧。”

马安走出牢房。他的身子骨在黑牢里蹲得很软，再加上怀疑胖组长搞得是一场骗局而产生的紧张，走路直打晃。

“组长，他咋出来了？”一直在四号牢门口徘徊的死人脸看见马安出到院里，向庞大钟惊叫起来。庞大钟打手势不叫他出声，叫老头打开小门放押车员出去。他把司仁连拉到办公室。

“司令，为啥放他？”死人脸追问。

“昨天他老婆孩子在我家哭闹半天，说不放人他们四口就死在我家。放了

他不省着惹出人命来？”当年的造反司令这样哄他的把兄弟。

“要是武大员怪罪下来呢？”

“这点密你们还保不住？再说抓他时大员就不感兴趣。”

“对对。”死人脸深有所悟地说：“武大员最感冒的是一、二号。”

“就是万一他知道了，你们还不会替我开脱吗？”

死人脸上来把兄弟那股劲，一拍胸脯说：“当然能！”

第二十二章 行不通的计划

“牛永进，电报！”

送报员的喊声就像战争时期空袭的警报，使金蓟家又处于紧张状态。因为刚到正月初五，离永进假满还有好长时间。他们都对这封催他速回单位的电报感到突然。但是他们的心里都明白，肯定是6号向永进工作的塞外伸了黑手。事情已经再清楚不过了，危险已经威胁到永进的第二生命。

他在同武威唱对台戏的时候，已经做好这方面的准备。灾难突然真的来临了，他毫无畏惧。他看到妈妈愁眉不展，妹妹焦虑不安，他为此而难过，同时也为将和政治生命一同失掉的即将得到的幸福而心酸。

牛永进为减轻妈妈的愁苦，一再说宽心的话。说电报催他回去并无他意，说单位规定过破五都上班。他是那里唯一的大学生，更要拿他当个人使；可能有新的重要的任务……

他苦口婆心地解释电报，秀春是一点也不信，怕妈妈着急上火才没有指破。妈妈也知道永进是此地无银三百两。

后来牛永进又用讲笑话的办法来缓和气氛。

“我讲一个亲身经历的笑语。”他清了清嗓子，把那个“站在碗里吃”的故事进行加工，有板有眼地讲给妈妈听，“咱们这儿是端着饭碗夹菜吃，我工作那地方是端着菜碗夹饭吃。我头一次下乡就闹了个大笑话。管饭的那家老大娘给做的是莜面窝窝。把我叫去让到炕头，我也学着他们的样子端起菜碗来，先尝尝咸淡（当地说甜咸），又加了点醋，便开始吃起来。都怪我观察得不细，学人家没学对，才闹出了笑话。当地老乡的吃法是把莜面窝窝用筷子夹起来，蘸着碗里的菜汤吃；我是吃一口莜面窝窝吃一口菜。他们一家子看着我笑。好心的大娘笑着教我说：‘你蘸着吃。’意思是让我蘸着碗里的菜汤吃。我理解成是站着吃。上山问禁，入乡随俗。我以为当地就是这个风俗：新来乍到的人都得站着吃。于是乎我像服从命令的新兵那样愣愣愣地站起来。那儿的房子没有这儿的高，我这么高个站在炕上头顶阳橙直不起腰来，佝偻着站在那儿好难

受。好心的大娘哭笑不得。她说：‘哎！我是让你在碗里头蘸着吃！’我两眼盯着菜碗，下意识地动动两只大脚丫子，为难地说：‘大娘，这炕上还直不起腰来呢，碗里头可怎么站得下呀？’我的话音一落，他们全家人都放下碗筷捧腹大笑起来。”秀春乐得流出了眼泪，就连心事重重的妈妈也乐了。她们都将此事当真了。

别看牛永进讲笑话，其实他心里可乱了。妈妈虽被说乐，但永进看到她眼里闪着泪花。爸爸一人在6号就够她愁的了，如今她又要为落入敌手的儿子担忧。做母亲的几时才能不为子女挂心呢？金蓟强忍着悲痛，要不是怕即将被迫迎战的儿子挂心，她要痛痛快快地哭一场。虽说是不见亲不落泪，但此时是万不能当着亲人流泪的。

然而妈妈的眼泪差点让秀春给招出来。她给永进准备行装，说塞外冷，早想着给他做件丝棉坎肩，埋怨自己没早动手，现上轿现扎耳朵眼不行了。永进劝妈妈别老惦着他。这时秀春说：“光说不让惦着哪行呢，你找一个炕上地下都行的媳妇，不省着让妈为你做了棉的想单的了？”秀春哪里知道妈的悲哀中很大部分是这方面的因素。她固执地认为是家里耽误了永进的终身大事。听了秀春的话，她长长地叹了口气，说：“不是做母亲的夸口，永进凭哪点都能找个好对象，这下不好办了；爷爷奶奶还想着见五辈人呢，看来……”说着说着她就要潸然泪下了。

幸好田黑金及时来访，田妈也及时跟来。妈妈的眼泪也随着伤心事的退位而憋了回去。

田黑金一到，金蓟家又热闹起来。他一进门就嚷着说：“我就知道6号要打你的黑枪，果然不出所料！”他见收拾行装，对永进说：“你就这么听话？敢不敢多待些时？不是给你一个月的假期吗？将在外王命有所不受。抗一抗给6号看看，让他们知道他们的指挥棒是指挥不动你的。”

牛永进也曾想过怄一怄气，不理睬单位的电报，非待到假满再回去；还要到6号去示示威。然而他还是决定听从调遣，明天就往回赶。是多年来形成的组织纪律观念还是为更策略地对抗邪恶才这样决定？说不清楚。他觉得爸爸的冤情一时半时得不到解决，现在按要求回去，将来更需要时请假好请。还有一个想法是告状，路过北京时到中央告状。这个想法一经说出立即得到赞同。

“对！告到中央。”秀春说，“最好见到周总理。”

妈妈开始也赞同找总理告状，接着又怀疑说不易见到中央领导人，又怕给为国事天下事日夜操劳的总理增添负担。

田黑金成竹在胸地说：“咱们先分析一下这里的情况，然后再决定是不是找总理，告状都告啥。”他分析说：“问题已经明若观火，武威到边山是想拉爸爸和牛叔他们入伙，爸爸他们不但羞与他们为伍，还勇于坚持真理，与他们唱反调。他们整爸爸，公开的理由不是因为顶了他们，而是巧妙地利用矿上的万尺帆布案。这不仅说明他们狡猾毒辣，也充分暴露出他们色厉内荏。爸爸和牛叔不惧怕他们的淫威，他们会恼羞成怒，也不会轻饶与他们为敌的人。”

“不轻饶又咋样呢？”秀春问。

“司马昭之心路人皆知。”田黑金说，“他们把人关押在6号就没安好心。把人长期锁在黑屋子里，不叫接触亲人和群众，不叫见阳光和呼吸新鲜空气。日子久了会给人的身心造成极大的摧残。问题还不仅仅如此，他们还要对所关押的人进行肉体和精神折磨。”

“按你这么说他们要把人整成残废、疯癫，置于死地而后快了？”牛秀春担心地说。

“他们安的就是这份心。就是把人整死了也要说成是畏罪自杀。”

秀春说：“我们不能眼睁睁地看着亲人受罪，得想法营救！”

“咋个营救法呢？”黑金故意为难地问。

“办法可多了。”牛秀春天真地说，“以后我们别送饭，叫爸爸他们吃食堂。矿里食堂离6号有几百米，一日三餐就是几里地。这样不但锻炼了身体，还有一个最大的好处是能接触群众。即便6号有两三个跟着，甚至再来条不准与任何人说话的禁令也无妨，只要人们给个眼色或有个动作爸爸他们就会受到极大的鼓舞。我还可以躲在洋槐树后边，更衣室墙角或矿门口，经常去偷看他们。我相信我有只叫亲人看见而不被6号的跟班发觉的本领。一旦发现亲人身上有伤或走路不正常，我们就提抗议……”

“好主意，春丫头人不大，鬼点子可不少。”田妈第一个赞同。金蓟和永进也都拍手喊妙。唯独黑金不以为然。他泼冷水道：

“出这个主意的人不说是幼稚也是书生气十足。我们不给送饭，他们也决不会让爸爸他们去食堂吃。6号可以出人到食堂买。听说马安家无人送饭，就是吃6号在食堂买的饭。这样6号就有了主动权。亲人想吃啥，人家不见得给买；给买的不见得想吃；夏天吃不上鲜的，冬天吃不上热的。算起来还是咱们给亲人送饭好。我们可以在品种花样上做文章，争取让亲人吃好。”

大家又认为田黑金说得有理。秀春又说：

“我们不能老见不到爸爸。最好跟亲人定一个密约，告诉他们在我们送饭时出来解手，这样我们就可以在看门老头开小口时见到亲人的身影。这也会给我们巨大的鼓舞和安慰。”

“可是这个密约我们咋跟亲人定呢？”黑金问。

“是呀！”秀春为难地说，“我们在饭菜里藏个纸条都是不可能的，老头像找金银财宝似地把菜翻个底朝上。都让6号这个非法监狱闹的，啥都行不通，真叫非法！”牛秀春咬牙切齿地挥舞着拳头，气愤地说：“我真恨不得一拳把那儿砸烂！”

“冲你这个决心，准会砸烂的。”田妈很喜欢秀春这股劲，把她拉到身边，和她偎依坐着。

黑金又提出异议：“问题并不在6号的存在，关键是我们国家出了窃国大盗。首先砸烂的应该是他们。至于那些个大大小小的非法监狱所占用的房子，我看砸不砸都可以。砸了固然大快人心，不砸留下来也可以教育后人。就像我们虽未受过资本家的关押，却在6号受到了教育一样。”

“黑金，你又放炮了。”田妈警告地说。

“妈，”黑金无所畏惧地说，“我们有炮就得放。大敌当前，决不能坐以待毙；我又不是乱放炮，我的每一发炮弹都命中敌人。”

“谨慎点吧。”金蓟也关心地劝道，“在家里头说啥都行，在外头可不能乱来，说不定谁小汇报上去咱们可吃不消。更何况6号正没茬找茬呢。”

“这很好，大婶。我的话只有叫他们听到才能起到炮弹的作用。家里外头我都这么说，就是把我抓进6号，在里边我也要说！”

“人家骑着咱们的脖子拉屎，咱们就得像黑金哥这样。”秀春说，“妈、田妈，你们别像老鹰护小雏那样老把我们护在翅膀低下。如今我们都大了，该在高空里迎风练翅膀了。不错，我们是你们的子女，从这点上讲是应该得到你们的爱护；但我们都是新中国的青年，当斗争需要我们的时候，就应该挺身而出。从这方面说又应该得到你们的支持。”

田妈亲昵地将秀春搂在怀里，称赞道：“春丫头说得对，处处都在理。”

牛秀春腼腆地说：“都是黑金哥教我的。”

话题又回到告状上，得出这样的意见：党中央、国务院三令五申，不准私设公堂、不准私设拘留所。永进去北京就告武威违抗党中央和国务院的禁令。大员有十张嘴也狡辩不过去，就是他主子出面也抹不掉事实。只要6号将人放出就是胜利。

金蓟不放过一切机会唠叨她操心的事：别告诉北京叔婶爸爸的事；离家在外多保重；挣了钱先留着自己花，爸爸虽扣了工资，家里还有过河的钱；工作上的事妈不好管，可千万别干坑害老百姓的事。

田妈说：“我看永进到哪儿你都可以放心，可比黑金稳重多了。”

田黑金突然说了句什么，把人们都闹愣了，只见他用手臂撑着头，在椅子上睡着了，口水顺着手腕流了一袄袖。别看身子七扭八歪的，睡得还挺香。

永进他们七手八脚地往炕上抬他，他说：“别抢别抢！”秀春想逗逗他，看他做的啥梦，正要答话时他醒了。他睁着大眼问：“刚才说到哪了？”

“哪儿也别说了，快回家睡觉吧。”金蓟下逐客令。

田妈和黑金告辞，祝永进一路顺风。

永进大步追上他们，把黑金拉到一边，情深意重地说：“现在咱们两家还有自由的男子汉看来就只有你了，这里的一切都拜托了。”

“放心吧，我知道该咋办。”

四只大手紧紧地握在一起，很久很久没有分开。

第二十三章 告 状

牛永进来家时，由于担心出现意外灾害的恐惧，曾久久在门口站立，不敢进这个思念的家门；如今离开时，又怀着更复杂的心情，久久在门口徘徊，真是寸步也不想离开这个横遭天祸的家。

真不忍心离开你，头发斑白的母亲；真叫人牵肠挂肚啊，冤狱中的爸爸。一封信催来，一份电报追走，来去匆匆。前面是刀山？是火海？是深渊？都是又都不是。总之不是坦途。

又是在车窗里见到了雄伟壮丽的矸子山，高大的井架，飞转的天轮。牛永进当年远途求学时，曾为它们洒下了惜别的泪水。今天他在往心里流哀伤的泪。矸子山南麓的酸枣曾使他感到酸甜喷香，如今他只感到难言的苦涩。他曾乘天轮带动的闷罐，到千米深的井下参观过开拓区的打眼放炮，参观过采煤区的康拜因割煤。那时他心里是多么的欢喜呀，他深深地爱着被看作第二故乡的边山。如今爸爸又被压在了他奋力攀登过的矸子山下，无论如何使他感到哀伤。

到了北京，在火车站高大的钟楼下，牛永进闹了好一阵思想矛盾。往常都是乘上八路电车一直坐到叔叔家门口。虽说是家里人，也要受到上宾的待遇。现在是去还是不去？他心里委实想去，可是冷静的理智又认为不能去。不能让黑手随着他的身影伸到叔叔家，不能让株连的瘟神给叔叔带来灾难，他的脚步几次被亲人吸去又退回来。

牛永进稳住了这股心神，决定马上去告状。走了几步他又茫然了。到哪去告？中央信访接待站在哪儿？在学校时，倒是听红卫兵们谈论过到中央告状的事，当时咋就没留心打听一下呢？哎！谁会想到还用得上。他想找人问一问。可偌大的北京站都是来去匆匆的过客，他们不一定知道，知道也不一定告诉。那也得打听，不然凭自己盲人瞎马地闯，误投误撞地找，得到何年何月呢？他环视匆匆走动的人，选中一位接站的五十多岁的大叔。蛮以为能得到满意的回答，却偏偏遭了冷遇。他到车站服务处打听，服务处不进行这方面的服务，也没得到好言语。虽说没看到脸色，但也是可想而知的。倒是一个乞讨者给他当了向导，甚至成了朋友。

“好心的大兄弟救济点吧。”一个五十多岁的人给牛永进作揖，“我是上访的，钱和粮票都花光了。多少接济点吧。问题解决了，我会报答你的。”

永进听说他是上访的，顿时来了精神，但仍对这个衣着褴褛的人存着戒心，生硬地问：

“你是上访的？”

“对对，您行行好吧！”

“到哪儿上访？”

“中央接待站。”

“在什么地方？”

“就在永定门火车站北边，顶多三里地。”

牛永进听了真是心花怒放。踏破铁鞋无觅处，得来全不费工夫。他从兜里掏出把零钱塞给那人；那人抱着钱说了不少感谢的话。他顾不上肚饿口渴，乘上二十路车飞去。

下了车，他未经打听就找到了中共中央和国务院联合接待站。此处的门口和墙根墙角满是上访告状的人。他们有的仨一群俩一伙地交谈，有的直愣愣地打着主意。有的站着，有的坐着，有的在破被子里躺着或坐着。他们的打扮也各不一样。有头裹白羊肚手巾的，有腰缠大红带子的；有穿皮鞋的，也有穿老头乐棉鞋的；有男有女有老有少。一看就知道来自祖国的四面八方。牛永进对这些人都存有戒心。由于不了解他们，不向他们打听任何情况，以免带来任何嫌疑。他绕过他们只管朝里走。他吃了闭门羹，接待站的正门推不动，里边锁着。门口太阳地站着一个干部模样的人告诉他：

“下午不接待了。”

“为什么？”牛永进很有礼貌地轻声问。

“六点下班，谈不完。”那人简单地告诉他。

既然不接待了，人们咋还不走？牛永进扫视了聚集在这里的上访告状的人。那人似乎看出了他的心思，主动告诉他说：

“人们大多是等消息的。有的就在此过夜。”谈罢，那人把眼光投向接待站的南侧的小门。

等什么消息呢？在这儿过夜多冷啊！牛永进没问出口。他上下打量这位干部，只见他高高的个头，头戴大号羊剪绒皮帽，身穿学生蓝大衣，脚穿棉皮鞋。他有着显示健壮的黑脸膛，高高的鼻梁，嘴的棱角讨人喜欢，两眼放光。牛永进想：他别不是接待站里微服暗访的吧？如果遇上宋士杰这样的人准能立竿见

影地解决问题。他很想与他攀谈一番。可那人没看见牛永进的举动，把注意力都集中到侧门上了。他便也好奇地投去目光。

那里站着不少人，有的一问一答相互询问，有的站在一边听。从侧门走出一位中年妇女。她刚一出现就被附近的人围住。“怎么样？”“有希望吗？”那妇女哭丧着脸，连连摇头说：“不理想。明天还得来。”说罢她就走了。人们又开始议论。

牛永进悄悄走过去听。正说话的人见他靠近就不说了。过了片刻，那人见他并无歹意，就又说开了。

“……接待员说小女孩态度不好，小女孩说你不解决问题我才这样。说罢掏出事先准备好的毒药瓶来就喝，当场倒在地上。接待员慌了，忙叫来救护车，救活小女孩，当即解决问题。”听的人都感到解渴，不少人嘬牙花子，遗憾自身不能这样干，对英勇无比的小女孩赞叹不已。

牛永进不大相信他说的话，认为很大可能是他编造的故事，但又无法反驳。那边又有两个人议论开了。一个说：

“要想解决问题非来绝的不可。”

“就是呀，”另一个和道：“这么反映反映研究研究，回去还是个白。”

…………

牛永进听不惯这样的议论。他想，他们可能是出于急着解决问题的心情，也可能是由于无知才说出这些话。他无心再听下去，就又推接待站的门，侥幸今天能得到上访的机会。门依然关得严严的。那位干部已经不在了。于是他也离开了这里。

牛永进在前门一家饭庄里买了便饭吃个饱，漫步到天安门广场。这时已是傍晚，晚霞给雄伟的人民英雄纪念碑镀上一层金红的艳彩，壮丽的天安门城楼的琉璃瓦闪着五彩的光辉。红墙外的油松挺拔苍劲，在料峭春寒的晚风中飒飒低吟。广场上人员稀少，每一辆过往的公共汽车里却挤得满满的。牛永进穿过清静坦荡的广场，穿过车水马龙的长安街。在毛主席越过金水桥接见人民群众的地方徜徉多时。他走到金水桥深情地抚摸光滑的石栏。他信马由缰地沿着红墙外的人行道朝东走。他的心绪就像松树低吟的调子那样低沉。旧社会受苦新社会翻身做主人的爸爸又被冤枉；生在新中国长在红旗下的他，正要以主人翁的姿态投入社会，一下子成了“黑帮”的子女。人民不会永远忍受欺压，我们党也不会让野心家得逞。突然亮起了华灯。松树墨绿的针叶在银白色的灯光下显得苍翠纯青。牛永进的心里也渐渐亮堂起来。

来到王府井街口，牛永进被红灯拦住。在等绿灯时他孟然想：我这是到哪儿去呢？住店吧，没带证明信……他想着，聚在路口的人开始朝前走，别人碰到他，他才发现给了绿灯。过了王府井街口，他仍马不停蹄地朝前走，直到看见北京站的钟楼才打定主意：对！到站房过夜，在候车室的长椅上美美地睡一觉，明天早早就去告状。

此时的北京站仍是人流如潮。出站要票，进站房候车也得出示票。站房门口有服务员和铁路警察把守着。进去的人都举着票往里走。有的来不及将票拿出来，一摸口袋也就过去了。有的虽拿出了票，还要被警察把票拿过去正反两面看看。站在一边观察情况的牛永进下意识地摸一摸自己的口袋——没有票，这一关可怎么过？他通情达理地认为：即使我达不到进里边过夜的目的，站方的这个作法也是无可非议的。候车室是让乘客候车的地方，如果什么人都进去，那怎么得了？他渐渐打消去候车室过夜的念头。身上忽然感到冷了。他用活动来取暖。一边兜圈子一边打主意。真可怜，他有点嘲讽自己地想：这么大祖国的这么大首都，难道竟没我这小小身躯的过夜之地？有家不能归，有店不能投，我的命好苦哇！这哪是命不好，他又想，要是爸爸不遭天灾人祸呢？我也不会奔走告状，也不会为自己存身之地费心思；我就会舒舒服服地坐在叔叔家的椅子上，与亲人共叙家常。我总不能露宿街头，候车室房子闲着也是闲着，多我一个也不会挤到哪儿去。何况我进去一定安分守己，长椅子客满我就席地而坐，地上坐不开就站着。想到此，他又朝进口走去。边走边想，我来个碰命打彩，进去呢更好，进不去也不恼。实在不行就到接待站门口。蹲一宿，告状还能排在前边呢。他走在进站房的人流里。他抑制着生凭第一次干这事乱跳的心，微笑的脸对着守门人的方向，并不正视任何一个人。只用两眼的余光偷看那一男一女。当他随着人流挪到守门人身旁时，警察叫他出示票。他伸手从上衣兜里摸票。他知道里边有一张来时的旧票。这当儿，向里移的步子一直没停。刚把票掏出一半，他已经进到大厅里。他松手将废票放回兜里，悬着的心也落了地。他正要向电梯奔去，忽听背后喊：“票！”他下意识地顿住脚步，悄悄地回头来看。原来工作人员下的命令不是对着他的。“神经病！”他骂了自己一句，就庆幸地奔上电梯。

二楼候车厅里烟气腾腾，牛永进很不适应如此浑浊的空气。他又是刚从冷地方进来，再加上过关时的紧张，此时浑身上下出汗。他在卖图书的地方逗留着，漫无目的地扫视书架上的书。过了一段时间，东边候车厅里又有旅客检票进站，永进想一定有长椅子空出来，于是他进候车厅。

长椅子差不多都被人占上了。有的在上边躺着，有的用行包占着位子。他发现一个长椅上只坐着一个六七岁的小姑娘，就走过去坐在远离小姑娘的地方。

他刚一坐下小姑娘便发话说："这有人。"牛永进没有同她理论，起身便走。旁边长椅上的一个人热情地热乎他："喂！坐这来。牛永进看他面熟，放光的两眼，高高的鼻梁，健美的肤色，满头的乌发取代了羊剪绒帽子。哦！是中央接待站门口那位干部。"

"您也来这儿了？"牛永进热情地同他打招呼，慢慢坐到长椅上。

"我叫李远。"他主动自我介绍。牛永进也道了自家姓名。李远像这里的主人似的说："这两张椅子你随便坐，都是咱们的。晚上就住这儿吧。打官司告状不能投亲靠友。我有个弟弟就在清华大学，一直也没去找他。"他指着那个小女孩说："他们也是来告状的。她妈在新疆工作，我当兵去过那里。她妈出去买饭了。"李远如此健谈，使牛永进感到缩短了同他的距离。

"闹了半天您也是告状的！"牛永进说，"我还以为您是接待站的人出来暗访呢。"

"哈哈哈！"李远开心地笑了，露出了满口的白牙，"真有点书生气。我上访几次都没听说有暗访的。你初次来就想到了这些，有意思。"

他向永进介绍说："我是河北人，工作在淮北。告一个骑在百姓脖子上的坏蛋。你走访什么事？"

牛永进正要回答，那个占长椅的小女孩忽然叫了一声妈。只见一位穿着汉族服装的中年妇女大步来到小女孩身旁。她手里提的塑料袋里装着几个烧饼和一包凉菜。李远和她打招呼，她拿出烧饼让他吃。李远拍着牛永进的肩膀介绍说："咱们是一个战壕里的战友。他是今天刚来的，叫牛永进。"

"我叫王晓明。"买烧饼的妇女爽朗地自我介绍，"好了，我们就算认识了。"说话间又有两个二十多岁的女生凑过来。她俩和王晓明、李远也是老相识了。她俩一来就先后主动介绍今天各自的走访结果。牛永进听出来，此二位一个是媳妇，一个是姑娘。媳妇是为解决爸爸包办的不合理的婚姻的，姑娘是为父申冤的。李远像会议主持者一样，让牛永进介绍自己的情况。

牛永进说："我父亲无端地被抓进牛棚。借口是困难时期矿上发生的一起帆布案。供应科的事，与当时还在开拓区的爸爸没有丝毫关系，他们硬是往他身上扣。"

"你父亲承认了吗？"王晓明问。

"不是他作的案子怎么能承认？"

"你得赶紧告。"王晓明说，"这个案子和我爱人的情况差不多，也是被人诬告。现在已经下了大狱，判了二十年徒刑。所以你要抓紧告，不然受了刑事处理更麻烦。"

牛永进很钦佩她的见解，关心地问："你告出个结果来了吗？"

"我走访的是最高法。来了几天了还没个头绪。"

牛永进对她很是同情，同时更担心起爸爸来。

入夜，永进和李远对头躺在长椅上。李远向他说了好些鼓励的话。候车厅里渐渐冷清下来。好像值班警察还撵了一次人，来到这边时叫李远给搪走了。后半夜更冷，牛永进糊里糊涂地当了大半夜"团长"。天刚一破晓，他就和李远一同去中央接待站。

本来李远今天有预约，用不着再排队办手续。他可以热乎乎地吃罢早点等接待人员上班时再去。可他偏偏要舍命陪君子，就像护送小孩上学似的一直把牛永进送到接待站。门口已有几十号人等在那里了。牛永进现出焦急的神色。李远知道他怕走访不上，给他宽心说："别着急，现在还不算人多，待会儿人更多。你保证能谈得上。你等着，我去买早点。"不等牛永进表示他就匆匆走了。

现在还早，接待站的门还关着。门口堆着人，晚来的自觉站在后边。也有的理直气壮地朝里挤。永进也想挤到前边去，又觉得这样不好；老老实实待在这儿，又怕起大早赶晚集，被后来的人把自己的机会挤掉。

他对不讲秩序的人很不满，怀着厌恶的目光向门口扫视着。

昨天受牛永进接济的那位上访者站在了最前边。他认出了这位恩人，挤过来拉永进到前边去。永进不肯。这时李远买回烧饼，给永进两个，永进分一个给那人。李远见状，又将自己的两个分给他们。那位大哥见永进执意不肯去加塞儿，便独自挤到前边去。

将近八点钟，一名工作人员出来将门打开，堆在门口的人潮水般一下子涌到里边。后面的人也蜂拥朝里挤。牛永进挤到里边，看见几个像学校食堂的大厅里卖饭口一样的窗口，挤进来的人自然而均匀地分别在窗口前排好队。那位知恩图报的大哥在前边给永进占了个地方，一见他进来就把他拉过去。

让他排在自己前边。李远也跟过来，告诉永进一声他去应约，转眼就消失在大厅的人群里。

"他是这里的人吗？"大哥悄声问。

永进狐疑地摇头。

这时大厅里响起了高音喇叭，广播上访须知。大意是让大家遵守秩序；告诉说接待站不负责上访人员的食宿；说中央相信地方党委和革委会。要提高革命警惕，严防阶级敌人挑拨离间和捣乱破坏。上访须知广播两遍，然后各口开窗。坐在窗口里的人像火车站的售票员，向上访人员要证件，没有证件的车票也行。简单问清上访问题之后，从窗口递出一份表格。上访者高兴拿表而去。

这些牛永进都看得清清楚楚。等挨近了，问答也听得更清楚。前面该一个五十多岁的农村社员了。

“上访什么问题？”

“土改时我定的是中农成分，文化大革命愣给我定富农。他们……”不等他说完，窗口里就说：

“成份问题回县里解决。”

“县里解决不了，省里也不给解决。您就让我在这诉诉苦吧。我秦满仓长这么大没使过搂活的，就是地多一点……”听口音他是东北人。

“成分问题回县里解决。”窗口里又重复一遍，“下边的。”

那个叫秦满仓的人被挤到一边，但他不肯走，等在窗口，希望能得到上访机会。

轮到牛永进来到窗口，他说：“我状告边山私设拘留所。”

“有证件吗？”

“有。”永进掏出工作证递过去，窗口里的人看了一眼，在上面盖上了个年月日的日期章，然后退还给牛永进，同时给他一张十六开纸的登记表。牛永进领到表，也像其他人一样露出了得意的神色。

登记表很简单，主要是上访人员姓名、性别、年龄、所在单位和上访内容。牛永进很快填好交了上去，在大厅里等候里边的传叫。他看到一位农民央求一位干部道：“同志，帮我写写吧。”那女干部婉转地推辞。见此情景，牛永进又产生了恻隐之心，他的良心驱使他主动帮忙，然而他又怕给自己的上访带来障碍，不等人家求到头上，他就悄悄地躲开。这种违背良心的做法使他很不安。他想：但愿我没帮写状纸的人是告刁状的。反过来他又想：我凭啥这样认为人家？就凭人家不识字？

一个年轻的工作人员拿出一沓表来点名，其中有牛永进的名字。他被带到407室，一个戴着领章上绿下蓝的胖胖的空军军官接待了他。军官颇具将帅的风度，待客平易近人。接谈室一间房子那么大，一张桌子两把椅子，接待者和上访者各一把。以致牛永进的大衣都得放到窗台上。军官让他坐到对面的椅子上。他见牛永进没有关严门，就去关好。他用拉家常的方式了解到永进上访的目的，又伏下身看放在桌子上的永进填的表格。牛永进怀着尊敬的心情望着这位军官，对他抱着极大的希望。借他看材料之机，牛永进用告状的口气说：“他们凭白无辜地将人抓起来，关在黑屋子里，与世隔绝，进行残酷的精神和肉体折磨。作为受害者的子女，深为亲人的人身安全担忧，望党中央做主！”

接待员将视线从材料上移开，自言自语地说：“边山煤矿，是不是有……”

牛永进怕这位军官说有权设拘留所，马上打断他的话，说："他们没有权力私设拘留所！"话一出口他又感到后悔，此话在这个地点不应该由他说出，可是既然说到这个地步，索性就把话说完，他继续说："当年外国列强曾在那里设过拘留所，解放后予以取缔。'文化大革命'又把它恢复起来。在里边关押过当权派。现在又关押我父亲和田美海矿长。他们公然违背毛主席党中央的三令五申，造成了严重的恶果。我到中央来告状，希望取缔边山的非法拘留所，解放无辜的受害者！"

军官威严地看着牛永进，眼神里流露着对他的好感。他讲了全国运动发展不平衡，各地执行政策的水平也不一样。他让牛永进回单位安心工作，相信真理和正义一定会取得胜利。他答应向有关领导反映此案。

牛永进初步达到告状目的，又得到了开导和鼓励，怀着畅快的心情离开了中央接待站。

第二十四章 听候处理

牛永进在永定门火车站选定了夜间的车次。在列车的摇晃中美美地睡上一夜，第二天就能到达工作单位。

离开车的时间还早，他到首都最大的两家书店转了转，想买两本书，未能如愿；前门东侧卖点的果酱面包倒是满随人意。他买了好几个，路上吃的。路过家门而不入终使他于心不安。他想好给叔叔家写封信。回到候车室，在人粥中找个空位便写起信来。

忽然感到有人碰了他一下。他以为挡了谁的路或碍了什么人的事，于是往一边挪了挪。没想还是不行，碰他的人比刚才更用劲再碰他。他没处躲了，于是扬起头来看是咋回事。“你是干吗的？”他先听到带审问口气的问话，接着看清两个穿制服的人站在身边。他俩是车站警察。

牛永进悠然地站起来，从容不迫地说：“等车的。”

“有证件吗？”一个年轻点的问。

牛永进转了转眼珠，“有车票。”说着将票示出。

“还有什么？”那个老点的问。

“还有二斤全国粮票。”牛永进不高兴起来。

他二人互望了一下，那老点的用缓和的口气说：“没什么，你等车吧。”然后二人冲永进赔礼地一笑就走了。

牛永进老大不高兴，感到自尊心受到了伤害。他冲着警察的背景嘟囔道：“活见鬼！上访天经地义，与李远等人的接触光明正大。”他越想越生气，要不是他二人消失在大水泥方柱子后面，要不是人跟满地的蚂蚁似的挡着路，他非追过去问清楚不可。转而他又想，这也没什么，或许我哪儿不顺了人家的眼，或许我的长相与他们要找的坏人相像。况且人家只是问问，并没有把我怎么着。维护社会治安是他们的职责，不然就会猫懒鼠勤。想到此他火消气泄。伸手摸了下上衣口袋的工作证，他还忍不住得意地一笑。

他还是蹲下来写信。坐在长椅上的那位老大娘拉了他一把。他以为又出了麻烦，没好气地说："今天咋回事？又让谁看着不顺眼了？"

"孩子，不是看你不顺眼，是看你费劲。"大娘说着把放在长椅上的篮子放到大腿上抱在怀里，还用盖篮子的白羊肚手巾将座位擦了擦，"坐这写。"

牛永进脸上火辣辣地难受，"我怎么以怨报德？"他骂了自己一句，坐到老大娘让出的长椅子，怀着内疚与感激的心情望着这位好人：稀疏的白发，一张核桃皮似的脸。又是一张核桃皮似的脸。他不禁想起在信访接待站看到的那张脸：我是怎样对待那个央告写状纸的老大爷的？眼前这位老大娘竟能如此待我。刚才警察对我的盘问，左近的人都有目共睹。老大娘也定会看得一清二楚。她就不怕招惹是非吗？而我……天那，我原来有着这么肮脏的灵魂！牛永进闭着眼睛谴责自己好一阵。他第三次动笔写信。

信是写给叔叔家的大妹妹的。

兰菊妹：

当你听到邮递员的喊声接到信时，你会空高兴一场，以为是我通知你何时回单位，路过北京时你好到车站接我。然而事实与你的想象大相径庭。读罢信如果你也参加叔婶骂我的阵线，我将无任何怨言。我就像奔向春天（也许是逃避严冬）的大雁，中途又未停一停，只留下这声鸣叫便匆匆掠过。我能猜出你的好多疑问，当然你也能猜对我的不假思考的回答。但是直到以后的哪一天，我在叔婶和你面前受审似的回答这些问题时，你也不会想象到我现在简单话语中所包含的内容。

兄永进

即日于永定门火车站

又：当你读到此信时，我已经回到工作岗位。

他把信装进信封时不禁赞美起自己来：好一个牛永进！学会了高超的骗术。

他在火车上睡觉的计划没能实现，火车却是正点到站。一下车他立时体验到塞外的名不虚传的冷。有两条路供他选择：一是乘汽车绕道县城再坐汽车到深井，然后走十七华里的下坡路到十面井；二是再坐一段支线的火车，然后翻越三架山到十面井。走第一条路第二天才能回单位，第二条路当天就能到，只是要吃爬山之苦。牛永进不愿在路途多耽搁，也喜欢爬山，所以选择了后者。

他攀上第三架大山鸟瞰十面井时，一股亲切的爱恋之情油然而生，赶跑了长途跋涉的劳顿之苦。坦荡的盆地，起伏的山丘，充沛的阳光，湛蓝的高天。

他对十面井的爱没有变。但他不知道自己还受不受这里的欢迎。

迈进挂着十来块牌子的公社大门，牛永进产生了极为复杂的感情。说不上是愤怒、委屈、荣幸还是悲哀。进院时没遇见一个人，宿舍里更是冷清。桌椅床窗台地面落了一层厚厚的尘土。一定是凝聚着感情的物的吸引，再加上积攒着盛情的心灵的驱使，他的目光一下子盯在了立柜中间的抽屉上。那里保存着他心爱的标本，还有一封表达他心声尚未发出的信。他面前立时出现了袁秋萤的身影。他告诉秋萤现在还不敢欢迎她来，他想应该把她的身影赶跑，但是不可能，他不忍心，也真的很需要她。他觉得办公室的信袋里准有一封她给他的信。他想他的信虽未发出但她的信会找上门来。

他急不可待地去办公室拿信，发现里边正开着会，便没推门进去。回来生火收拾屋子。正当他饥肠辘想吃点什么的时候，发觉前头会散了，于是他忍饥去找张书记。

张润文正靠着被子仰在床上翻看报纸，听到敲门声忙坐直身子，说声“进来”。他一见推门进来的是牛永进，扫兴地把刚坐直的身子又仰倒在床上。他一反当初之热情，不问候也不让坐，对这个他曾喜爱得什么似的大学生来了个一百八十度的大转弯，由朋友变成路人。对牛永进的春节贺语也不答理，只是冷冷地瞟了他一眼。牛永进也懂得点人情冷暖世态炎凉，对张润文如此这般的态度也未在意。他挪过写字台旁的椅子，大大方方地坐在他对面。

“你知道为啥用电报把你催来？”张书记一边翻动报纸一边问。

“不知道。”牛永进一边摇头一边答。

“哼！不知道，你干得好事！”张润文愤愤地把报纸扔到墙边，把两手垫在后脑勺上，心怀不满地望着他。“你老子有这么大问题竟隐瞒至今！”他又退一步说，“这也罢了，可能你也不一定知道。而你知道了又怎么样呢？”他又绷起脸来。像一个威严的老师呵斥一个做了坏事的小学生。“知道后，不说与你贪污的老子划清界限，反而为虎作伥。现在跟你当红卫兵的时候不一样了。你是在十面井入册的国家干部。我要对你负责。为了不使你在犯罪的道路上越陷越深，所以用电报把你追回来。”

“犯罪的道路？”牛永进早就想反驳他，出于礼貌才没打断他，等他刚一住嘴便立即反问道，“我犯了什么罪？”

“你还想瞒着我吗？老百姓常说纸包不住火，没有不透风的墙；用你们读书人的话说‘要想人不知，除非己莫为’。老实跟你说吧，你在边山的一举一动我这里都一清二楚。”

“真要这样，您就更不该说我犯了什么罪！”

“你还嘴硬？看来非让我给你点出来不可了。你煽动工人罢工闹事。人家本来日产万吨煤，你一写大字报变成了日产五千。这算不算犯罪？你擅自闯入矿上的保密机关，算不算犯罪？你还计划抢人劫狱作案行凶。电催你回单位，使你的计划不能得手，这是不是把你从犯罪的道路上挽救回来？”

我的老天爷，真真没有好人活头了！牛永进心中叫苦不迭。他义正词严地说：“我爸无辜地被抓进边山矿私设的非法拘留所，作为一名国家干部，对这种违背党纪国法的行为不能袖手旁观。我找他们讲理，写大字报进行揭露，怎么能说是煽动工人罢工闹事呢？我闯的根本不是什么保密机关，而是他们私设的拘留所。这怎么能说是犯罪？除了爸爸，被抓的还有别人。他们把劳动模范都抓起来，谁还敢多干活，产煤能不下降？”

“公说公有理，婆说婆有理。让我相信谁呢？你牛永进即便说得全是真的，难道我能不相信人家组织而相信你个人？人家可是拿着这么个大章子的信来的。”张润文用手比划个碗大的圈。

牛永进冷笑一声，心说道：“我对北京的妹妹说谎虽说是被逼无奈，倒也无伤大雅，持大章信的人骗人是对我们伟大党的亵渎。是的，一个基层党委书记，难道能不相信自己的党组织而相信我个人吗？好狗咬不出群去。我还能说什么呢？说一千道一万又有什么用？但我要把光明正大的行为告诉这位书记，听不听信不信全由他。”他说：

“尽管您已经表明了相信他们不相信我的态度，还是希望您把我的话听完。我对他们的胡作非为已经上告到党中央……”

“到中央告状？”张润文一直是仰靠着跟牛永进说话，这时迅速坐起身来，用和缓的口气探问道，“中央接待你了？”

“当然接待了。”

“中央怎么说？”

“党中央重申不准私设拘留所。”牛永进说，“中央对我这个没拿大章介绍信的人反映的情况非常重视。持大章介绍信的人只能骗不明真相的人。”永进特别加重了后一句话的语气，因为是说给张书记听的。

张润文被闹得没了主意。一方代表党委那么说，一方还敢到中央这么说，到底他们谁对谁错呢？他在屋里踱开了步，已经没有了牛永进刚见他时的傲慢神态，但对牛永进仍怀戒心。他停住脚步，倒背着手，面对着窗户背对着永进，像一个高级指战员作出了决策：

“你听候处理吧！”

牛永进二话没说，起身离开张润文办公室。

“听候处理”这句简单的话给牛永进带来了无形的压力，然而他毫不畏惧。他迈着沉重而坚定的脚步回宿舍。猛然想到信，他又到公社办公室。办公室空无一人，喷脸的热气还残留着呛人的烟味。他走到钉在墙上的布袋跟前，小声叨念：“秋萤，我真希望你没来信，把我忘掉，把我们的一切都望掉。”然而他又希望信袋里有秋萤给他的信。此时他的心里异常矛盾，他的心一酸一酸地难受。有一点他心里非常清楚，不管他们的友情多深，爱情多牢，他们已经注定不能结合了。魔鬼缠着他们家不放，他不忍心让他心爱的人也纠缠上魔鬼。他伸出颤抖的手把插在信口袋里的一沓信取下来，一封一封地翻看。第一封是阎守贞的，第二封是于树林的……看完了也没见有他的。他又从头到尾看一遍，还是没有。便把信又插回原处。他仍不死心，伸手把每一个信袋都摸一遍，看是否藏在了里边。结果还是没有。他又庆幸又失望地回到宿舍。

孤独与寂寞无情地向牛永进袭来。他的受重创的心在呼喊：

“秋萤，我不能没有你！为什么不来信，你为什么不来信？以为我变心了吗？不！分手时那句话只不过是荒唐的戏言，难道你会当真？我是永远不会变心的。几年的促膝相处，凝练了我对你的真诚的爱。你的相貌在我眼里无比美丽，你的声音在我耳里无比动听。你是我的一切，我不能没有你！

“我为我们的未来设计了美妙的蓝图。而今天却变成了幻想和泡影。家里突降天灾，我扣下给你写好即将发出的信。爸爸是因为捍卫真理而横遭迫害的。我也参加了爸爸的阵线，现正听候处理。我不忍心让你也担惊受怕，我决定将那封对你充满柔情蜜意和爱心的信烧掉。

“我知道参加这个斗争是伟大光荣而幸福的。我也相信你会与我并肩战斗。在我们享受合唱大森林之歌的幸福的同时，再共同享受参加伟大斗争得到的幸福，那该是何等的好啊！我们将成为世界上最幸福的人。然而这场斗争是残酷的。虽然最后胜利一定会属于我们，但必定要付出巨大的牺牲。目前在第一线拼杀的爸爸已经在流淌鲜血。我在听候处理期间也说不定哪天会失掉与肉体同样宝贵的政治生命。所以我决定与你断绝书信。请你移情别恋。秋萤，我这样做，绝非怀疑你对我纯真的爱和你的勇敢与坚强，完全是为了你。我不忍心你也在活阎王手下牺牲。我对你的一片诚心可上达天庭！

“秋萤，失掉你将给我的一生造成痛苦，特别是将来胜利的时候，在庆祝的欢乐之中，我会更感到失去你的难熬的隐痛。我将再也聆听不到你许诺讲给我的大森林的故事，我也只能独唱我们曾共同谱写的这支歌。

“秋萤，这些标本沾着你的手痕，凝聚着我们的心血，我将永远保存，好使我一想起你就看看它们。真可惜没向你要张照片，那我将在身边无人时或夜深人静时吻你。我虽以此为憾，但你的影像已经深深地铭刻在我的心田，任何人也休想把你从我心中抢走或赶出。不管我是高兴还是痛苦，是烦恼还是忧伤，我将时时地把你怀念，直到我满头白发，直到心脏停止跳动死神夺去我生命的最后一息。我知道，你会找到更好的丈夫组成幸福的家庭。那我也要终生恋你。因为我心里对你的爱是不会触犯世间的法律与人间的道义的。

“秋萤，我将为你祈祷，虔诚地为你祈祷。我是不会也不可能再爱别人的。或许遇上像你一样的人，但也不会与其结合。除非得知你已经结婚并得到你的允许。给你未发的那封长信我要把它烧掉。等迫害我们的魔鬼在光天化日之下被人民擒住，无论如何我要找到你，就是走遍天涯海角也要找到你。那时我再向你负荆请罪，向你讲述我对你要说的和所发生的一切。”

牛永进慢慢地将信放到炉膛里，火苗蹿出老高，映红了他那张悲痛万分的脸。他喃喃自语道：“秋萤，我的好秋萤！忘掉我吧，就当过去我们之间什么也没发生，就当我变了心，就当你从未见过我。”两股热泪从他的清泉似的眼睛里涌了出来。

第二十五章 夜审

6号在边山家喻户晓。不仅在边山，在方圆百里煤海中，6号也很有名。略考一下，这座独享一线天的建筑也几易其名。前面已经介绍过，解放前就叫拘留所。解放后驻过消防队，人们就习惯叫其消防队。“文革”初期关押过“黑帮”，人们又叫其牛棚。也常简单地称之为6号。实际上“6号”那时已经被叫响了。大员进矿，扶植起庞大钟，胡作非为，把矿长、劳模关进6号，6号在人们的心目中便成了非法拘留所的代名词。问题不在叫什么名字，要看实际才能决定其性质。专案组管其叫“学习班”，牛秀春骂专案组打着红旗反红旗。只要看看他们在学习班里的活动，就证明专案组是地地道道的非法拘留所。先介绍一下在6号操办学习班的这伙人，不分官大小，也不按姓氏笔画，想起一个说一个。被牛秀春骂作6号忠实走狗的杜老头，一天24小时在6号守门打杂。扬言要扣牛永进兄妹的死人脸官号司仁连，内部都叫他大拿，大概有点看守所所长的意思。前边提到过的黑边眼镜官名赵歧，绰号大肝，为逃避井下劳动泡病号自己宣传出去的。那个尖嘴猴腮的小瘦子付贝生，与他精瘦的个头比脚却大得出奇，不用说内部人叫他大脚。外人叫可不行，要翻脸的。据人家忆苦思甜会上讲，因为解放前家里穷，吃不饱穿不暖有病没钱治，所以脚和身子长得不成比例。所以外人如果叫其大脚会被认为攻击贬低贫下中农，要上纲上线到阶级立场的问题。专案组长庞大钟自然是学习班的顶头上司，大权独揽。矿保卫组副组长宋巨也常来学习班。攀上了通天阶梯的庞大钟给他留三分面子，喽啰们对他更是毕恭毕敬。除了宋巨人们还不太熟悉外，那伙人已经都粉墨登场了。我们再看看这个学习班的课程安排和学习内容。

随着晚八点半的响汽声，6号的门铃也铃铃铃地响起来。胡子老头抢在司仁连前边将小门打开，胖组长带着大肝大脚和耀武扬威的宋巨来给学员们上课。

这两间名为学习班办公室，实为审讯室的屋子又是这伙人的“备课室”。每“开课”之前他们都要在这里喝着胡子老头备好的香茶，不三不四地胡言乱语上一气。庞大钟和宋巨剔了骨头似的倒在里间屋的床上大口地吸烟，大杯地喝茶。喽啰们在外间屋又说开了。

“老哥接着，有福同享！”赵歧扔给司仁连一盒香烟。司仁连接住一看不是名牌的，随手又扔了过去；

“不要你的，我怕染上大肝。”

“讨吃的还挑肥拣瘦。”付贝生掏出盒好的来给他，“按理你应该犒劳我们。”

“此话怎讲？”大肝问。

“人家是大拿，在咱们之上呢。”大脚挖苦说。

“我这个大拿可啥也拿不着，照你们差天上地下。”司仁连诉苦说。

“我们哪次也没忘了你。”付贝生又从怀里抽出一瓶酒来给他。

老杜头响着钥匙进来给他们续水。

“真是忠心耿耿！”胖组长笑眯眯地说，“等事成之后给你说个老伴。”

“多谢组长吧。”胡子老头说，“年轻时就独自个，现在老了就更不想那事了。”

“那也好，到时候送你到咱们的疗养院去。那里吃住都好，还有人伺候。”

“我没病没灾的到那去干啥，这辈子我就在这干了，哪也不去。”

“那你就好好干吧。”庞大钟又鼓励他两句，继续和宋巨闲聊。

老杜头给外间屋的炉子里加了几块煤，火苗嗡嗡嗡地顺着烟筒跑。大铁壶发出咝咝咝的响声。

庞大钟喝饱了茶歇够了脚，招呼一声：“老杜头，老顺序。”这就是开课的命令。老杜头响着钥匙串去开牢门，庞大钟、宋巨和喽啰们尾随其后。所谓老顺序，就是从一号开始，按顺序来。丁零当啷地钥匙响在一号牢门停止，老杜头熟练地摸出钥匙迅速将门打开。

田美海像关在笼子里的虎，气恼愤恨地在牢房里踱步。庞大钟一帮人进来，他虎视眈眈地怒视着他们，恨不能把他们一个个地吃掉。

庞大钟一见田美海这双眼睛腿肚子就发软。他一向惧怕这位老上级。如今的田美海已不是当年的田矿长，成了阶下囚；而他这个当年的办公室副主任如今一手翻掌，把自己的顶头上司攥在手心里。但他色厉内荏，在自己的犯人面前有口难开，不知道说啥好。他身后的死人脸狐假虎威地吼道：

“田美海，想得咋样？”

“啥想得咋样？”田矿长反问。

“帆布！万尺帆布！”大拿吹胡子瞪眼地叫喊。

“哈哈哈哈！”田美海一阵大笑，“我跟你们说过多少遍了，这个案子应该由我来审判你们！”他把大胳膊大手一伸，指向庞大钟。

庞大钟本能地后退了一步，正好踩着付贝生的脚。他用颤抖的声音喊道："姓田的，你别不识好歹，老实交代问题给你一条活路，不然……"他给左右使了个眼色。大肝、大脚一起上前，大拿咋咋呼呼地喊："老实点！低头！"大肝按头，大脚踹腿，田美海并未奋力反抗，只是不驯服他们的蹂躏，稍微一着架，他们就对付不了他。大肝按不动他的直挺挺的头，大脚的大脚每踹一下都被田美海柱子似的大腿弹回去。大拿和宋巨也一起上前。四个人收拾一个不加反抗的受害者。两个人架住他的两臂，给他弄成喷气式；两个人在后边踢他的腿弯处，企图让他跪在水泥地上。田美海无限轻蔑地说："别老来这一套，休想让我给你们下跪！"他的两腿被踢得疼痛难忍，便一屁股坐在地上。在纷乱之际，庞大钟悄悄绕到田美海身后，照准他的后腰，狠狠地踢了一脚，然后又偷偷绕到他前面。田美海不防挨这一脚，顿觉天昏地暗，一下子晕倒在地上。大肝和大脚又把他架起，庞司令挽起袖子打了他个左右开弓。田美海鼻子和嘴流出了鲜血。

"看你还敢不敢嘴硬！"庞大钟恶狠狠地说。

"你也不看看这是啥地方？"死人脸说，"越不老实越吃苦头。"

田美海紧闭双眼，紧咬牙关。他已经失去了知觉。

大拿吩咐大脚："去拿凉水。"大脚迅速照办，端来一舀子凉水，要往田美海头上浇。"慢着"，大拿足足喝了一大口，照准田美海的脸，使劲将水喷出去。疼昏过去的田美海受了这样一激又恢复了知觉。他把仇恨的眼光射向庞大钟，咬牙切齿地说："你们要是把我打成残废不能下井，决饶不了你们！"

"别贼心不死了，我的田矿长！"阴毒的宋巨百般挖苦说，"你连死活都难保呢，还想着挖煤？看来你活着是资本主义的人，死了也要作资本主义的鬼喽！"

一句话惹恼了田矿长，他气愤地说："不学无术的东西，别在我面前卖弄风骚！你说，啥叫资本主义？"

宋巨油腔滑调地说："资本主义就不是社会主义。"

"那啥又是社会主义？"田美海追问。

宋巨说："我就是社会主义，你就是资本主义。"

"哈哈哈哈！"田美海又是一阵笑，他忍着腰间的剧痛，斥责道，"你简直是本末倒置！我为国为民多出煤是资本主义，你想把我打成残废不叫我出煤倒是社会主义？这不是共产党的理论。"

"你说是哪个党的理论？"宋巨逼问。

"法西斯理论。"

“好啊，你攻击我们共产党是法西斯，简直是现行反革命。”宋巨不由分说，在田美海头上脸上乱抓乱打，边打边说：“看着我，是我宋巨在打你；我可不在背后踢你，我明着打你。”

“你就打吧，可别忘了恶有恶报。”田美海直挺挺地不服软。

“听说我往局保卫处调你还投反对票，矿务局保卫处要我，你死活卡着不让去，叫你给我小鞋穿！”宋巨边说边打。

庞大钟对宋巨很不满意。他不仅赤裸裸地暴露出公报私仇，还把他给捎进去。他知道他喝多了，怕他话赶话啥都说出来，庞大钟赶紧收场：“姓田的，你应该感谢我们今天打了你，只有先触及你的皮肉，才能触及到你的灵魂。再给你个思考的机会，看有啥收获。放开他，让他写书面检查。”

庞大钟给死人脸使了个眼色。死人脸会意，扶着酒力发作的宋巨出去。大肝大脚也跟着出去。出了门宋巨还嘟囔着说：

“我打你就是想出气。这是借着首长的权威，不然谁敢动你一根毫毛。”

等他们走远，庞大钟大着胆子靠近田美海。他知道他已没有反抗的力量。“田矿长，”庞大钟语气大变，拿出对待矿长的劲头，点头哈腰地说，“又让您吃苦了。来，我把你扶到铺位上去好好休息一下。”

“别挨我！”田矿长耿直而又刚强地说，“打我可以，扶我不行！不解气你再打。”他两手支撑着身子，一点点地往地铺上挪。每挪一点都要咬一次牙。被打肿了的脸上滚下了豆大的汗珠。“这个畜生！真要把我打残废了，还不如割掉我鼻子耳朵。没有这两样东西照样可以下井，要是直不起腰来……”他像是自言自语，但两眼却死盯着庞大钟。他终于挪到铺位上。

“嗐！”庞大钟又叹息又摇头，表示万分惭愧地说，“田矿长，我本人并不愿意这样做。只是……”

“只是那个眼镜大员的指使，是吗？”

“这您比我更清楚。”

“如果真是那样，你就把我和牛科长放出去，一切责任由我担。”

“这……”

“这啥？”田美海一针见血地说，“这说明你跟他是一丘之貉。你们公然无视党纪国法，到时候跑不了你也跑不了他。”

“田矿长，给您透个信吧，您之所以落得个如此的下场，全是由……”庞大钟胆怯地朝门口看看。

“这个信还用得着你透，我完全清楚是谁搞的鬼。告诉你庞大钟，我田美海的脾气你还没摸透，我永远也不会跟着他们的指挥棒转，给多大官也不干。

如实转告你们首长，第一我不怕他们，第二他们注定会失败！”

田美海铿锵有力的话语使庞大钟色变。他本想充充好人，没想到田矿长被打成这样仍不可撼动。他偷鸡不成丢把米。他从一号牢出来时，感到浑身发冷。

老杜头给田美海倒了一饭盒开水，问有无屎尿，然后出去，“咣当”一声将牢门锁上。

庞大钟虽然打了人，但他自己从里到外却像遭打一样不自在。他就像被扎漏了气的橡皮人，无精打采地瘫在椅子上。宋巨已倒在床上昏昏睡去。赵歧、付贝生、司仁连仍杀气正旺。催着进行二号。庞大钟决心在二号那里出出在一号受的气。他领着喽啰杀气腾腾地来到二号牢。

牛羊伴正在试穿新棉鞋。多年来他从不买鞋穿，妻子做的穿着可脚，自然还有一种别样的感情。他心疼妻子也曾提出买鞋穿的意见，并且真的买了一双；但妻子说啥也不叫他穿，永进穿着又小，便压在了箱子底。在这十几平米大的黑牢里，他对这双沾满妻子手痕的崭新的棉鞋格外珍爱，试穿时只在铺位上走走，没舍得到地上踩。在黑牢里他舍不得穿，又脱下来包好，藏在铺盖卷后面。在狱里这是唯一比较安全的地方。他小声地叨念着：“等出去了再穿吧。在这里啥也穿不出好来。”

庞大钟一干人进来。死人脸凶狠地问道：“牛羊伴，你不想问题写交代，又在发啥诅咒？！”

“我写的交代在窗台上放着呢。”牛羊伴坐在地铺上，用脊背挡住放棉鞋的地方。

死人脸把一张十六开白纸递给庞组长。庞大钟拿着这张纸“哈哈”冷笑两声，走到牛羊伴跟前，现出了狰狞的面貌，把纸举到他脸前，“这就是你的检查？你要看清楚，这可是一张没写字的纸。”

“我对帆布问题的清白比这张白纸还要干净，所以我没啥可检查交代的！”牛羊伴斩钉截铁地说。

庞大钟伸手打了牛羊伴一个满脸花，鲜血从他的鼻子里流下来，滴到庞大钟拿着的白纸上。白纸很快染红了一大片。庞大钟把沾着鲜血的纸往地上一扔，“这回不清白了吧？看见了吗？这上边沾着血，沾着你红心里流出来血。瞪我干啥？心里不满？只不过先给你点小作料尝尝。”死人脸和大脚把牛羊伴拉起来，让他做“喷气式”。庞大钟说：“运动初期没让你当黑帮，少挨多少整！”

“他却不识好歹，”大拿说，“我们红革司，我们司令对你哪点不好？两脚并拢，头再仰点，老也记不住。”

牛羊伴一阵咳嗽，鼻子还在流血，头上淌着豆大的汗珠。他刚一直腰大拿就用手掌砍他的脖子，大肝使劲抓他的头发。他的手臂累酸了，渐渐降低了高度，大脚用藤条抽他。

“再让他喝点三个‘九十度’。”胖组长下令说。

所谓“三个九十度”就是腰弯成九十度，头与脊背弯成九十度，两手臂与脊背成九十度。牛羊伴被折磨得一个劲地咳嗽，咳得喘气困难。打手们一点也不心软，反而说风凉话：“三杯好酒喝猛了吧？都喝呛了。”他们一阵开心地笑。

“牛羊伴，你是自作自受。”庞大钟解气地说。

牛羊伴一点也不示弱地说：“这是坏人陷害忠良！”

他的话音一落，立时遭到一阵拳打脚踢。“谁是坏人？”“你算啥忠良？是维护资本主义的忠良！”……打手们边打边骂。

“你还以忠良自居，”庞大钟幸灾乐祸地说，“告诉你吧，劳模本身就是修正主义的。你为资本主义越劳模越缺德。有啥可自居的？再说你这个劳模是咋上去的？不就是只会闷头拉车吗？”

“你满嘴喷粪！”牛羊伴咬牙切齿地说。

“你又骂人！”大拿等打手又动手打他。

庞大钟说：“别看你有一个厉害闺女和一个狡猾儿子，他们也跳不出我的手心。告诉你吧，你儿子牛永进也在上头挂了号，说不定哪天也得把他抓起来；你闺女是个毛孩子，我们不跟她一般见识。你就去掉让他们救你的幻想吧。通过这一开导，你有没有新的认识？”

牛羊伴怒目不语。

“放开他。”打手们得令，将牛羊伴松开。

牛羊伴直起身来，仿佛是干累了活似的活活动身子骨。

司仁连问：“你曾交代说有了点线索，这线索是啥？”

庞大钟两眼盯着掌握万尺帆布线索的牛羊伴，“你说吧！”他的胖脸上掠过一丝难以察觉的笑。

牛羊伴缄口不语。

大拿用武力逼他交代线索，被庞大钟制止住，并示意他们都出去。庞大钟亲自将门关好，回到牛羊伴身边，说：

“现在就咱俩，咱们说点悄悄话。这个无头案你要是不报告，能有这事吗，你是自作自受。”

牛羊伴说：“咋能拿你的思想来衡量我呢，我牛羊伴可时刻想着对国对民要问心无愧！”

“快收起你这一套吧！这是6号，不是你的科长办公室。我问你，你口口声声说的那个线索是指啥？”

“现在不能讲，到时候你想不听还不行呢！”

“用不着这样恨我。我庞大钟能耐再大也不能把你怎么着。你得罪了上头的人。照这样下去你很难活着出去。可是话又说回来，只要你听从首长的指挥，保你一步登天。到时候我还要拜倒在你的脚下，求您高抬贵手，借您的光呢。我说牛科长，你有没有点回心转意的念头呢？”庞大钟心里很矛盾，他恨不得让牛羊伴立刻死去，又想把他拉过来，好让大员给他嘉奖，所以说了以上这番话。

牛羊伴依然不买他的账：“我决不能给人家当枪使，更不能像你这样当狗求荣，告诉你的主子，别再枉费心机了。”

“那你就只有死路一条。”

“宁死也不当千人恨万人骂的坏蛋。”

庞大钟又在二号牢碰一鼻子灰，狼狈地回到办公室。

打手们正在七嘴八舌地议论。

大肝说：“今天咱们出师不利，还没遇上一个给咱下跪的呢。”

“一二号哪天也没跪过。上次要不是我这脚，冷不防踢了人家三号的膝关节，也休想得到晓娅她爸那一跪。”

“你这个家伙，提人家晓娅干啥，想她了？”

“想也想不到手，人家找了个名副其实的国家干部。”大肝羡慕地说，“咱这算啥呀，要不是借了司令的光都得钻耗子窟窿去。”

“将来真要是树倒猢狲散，我们这些人遭殃，你大肝还可以泡病号。”大脚说。

“我这个病号本来是骗头们为了不下井，没想到对象信以为真跟我吹了。媳妇没捞着，到头来还得下洞。真是赔了夫人又折兵。我郑重声明，以后不准再叫我大肝了。”

“不叫大肝叫大干吧。省着弟兄们一下改不了口，大肝大干音差不多。”

“不叫大干，”大肝说，“现在谁还看不出来，大干不如小干，小干不如不干，不干不如像咱们哥们似的。”

…………

他们胡吹乱砍，忽然有人问咋不见整马安？死人脸马上制止道：“不准再提马安，他可有个比大员还大的大官亲戚。”

审讯又变了方式。庞组长命令将乔士奎带到审讯室来。死人脸去带人。他先在东边洋房的墙根下哗哗哗地撒泡尿。夜既深且寒，三星正好在6号狭长小院的上空，冲着死人脸奇怪地眨着眼睛。他解罢手，不由连打冷战。他猛然看到四周都是血淋淋的人头，吓得他头发直立，浑身起鸡皮疙瘩。他使劲地闭上眼睛。

乔士奎走路还一瘸一拐的，那是上次被他们打的。他知道今天又轻饶不了他。这帮混杂在工人队伍中的渣滓！他故意磨蹭着走，好多呼吸一下室外的新鲜空气。一迈进审讯室的门槛，等于进了鬼门关，面对阎王和小鬼，他咬了咬牙，横下一条心。

“坐吧。”胖组长冲他一反常态地说。

大拿顺手拉过一个小方凳。

乔士奎看了小方凳一眼，用脚往旁边踢了踢，没有坐。

“你还给脸不要，”早已睡醒的宋巨说，“不坐就站着吧。”

“站着太便宜了吧，跪下！跪下！”司仁连逼迫说。

乔士奎动了动身子，表示坚决不跪。大肝大脚嘲笑大拿无能。大拿感到下不来台，一怒之下抄起个刚倒满开水的杯子朝他砸去。乔士奎防备着他这招，迅速往旁边一闪，杯子从了耳边擦过去，砸在外间屋的炉子上。大拿破口骂道：“你姓乔的躲得过初一躲不过十五，待会儿咱们再算账！”

“这两天又想得咋样？”庞大钟问。

“这事时候久了，我也记不太准。我又想了想，好像……”

“别好像、可能、差不多，我让你做肯定交代！”

“我确实记不太清了。”

“你自己办的事能记不清？”庞大钟说，“要问你一个月前的某一天吃的啥饭，你可能记不清了。帆布的事小吗？一万尺啊！要是你们家出去这么多东西也不问问给谁了吗？”

“国家丢了东西，我也痛心，杀我剐我都行，但要……”

“看你说的，就这么剐了你倒美了。”宋巨冷笑着说，“老实交待你的罪行吧。”

乔士奎不语。宋巨又说：“你这态度可不行，光承认有责任没用，得说出你是咋作的案，别要滑头。”

“不动真格的他不会交代。”大拿从床底下取出一根铅条，“我问你，帆布是不是你贪污了？”

“不是！”

大拿使劲打了他一铅条。乔士奎被打倒在地。大脚大肝又把他拉起，大拿举着铅条问：

“不是你贪污了，弄哪儿去了？”

“不知道。”

大拿又打他一下，“以前你咋交代的？”

“我说送到了橡胶厂。”

“现在为什么这么说？”

“你们说那儿没收到。”

“我们说算数？”

“专案组还能说假？”乔士奎这一反问，又遭到一顿毒打。

庞大钟又说：“当然你一个人不可能贪污那么多，这里头都关着谁你也清楚：一个田矿长，一个牛科长，你们是咋作的案？”

“说！”打手们一起吼叫。

“我没作案。”乔士奎镇定地说。

“他们呢？”

“我不能诬陷好人！“

庞大钟气得脸色紫青：“给他加加温！”

打手们把乔士奎架到炉子旁边，把他的头按得紧挨炉盖。炉里的火嗡嗡直响。乔士奎的脸一会就被烤红了，大汗珠子直往下淌，滴到炉盖上立即化成水气。

“你说不说？”胖组长逼问。

“我没贪污！”

“他们呢？”

“也没有！”

“乔士奎！你放明白点，不说帆布的事，就凭你是国民党的残渣余孽一条，就可以处死你。”

“那是我坦白出来的。”

“坦白就有功了？坦白就等于没有了？坦白从宽不是宽大无边。”

乔士奎不说话了。只见炉盖上腾腾地冒汽。

“让他再清醒凉快一下。”庞大钟下令。打手把他架到院里。过会又把他带进来。

庞大钟又进行诱供：“乔士奎，你何苦受这份罪？不就一车布嘛，把它交代了又有啥？我断定你是个胁从者。矿长科长是主谋。我们党的政策是首恶必办，胁从不问，立功受奖。我敢担保，只要你这么一交代就啥事没有了：‘牛科长告诉我说，田矿长叫把这车帆布在天津卖掉，钱给我五百，说两千也行，剩下的全归他们。以前怕受处分挨打击没敢说，现在有中央首长做主，有党的政策感召，我交代这一事实。’就这么几句话还不好说？说了没你事，拍拍屁股回家与老婆孩子过团圆日子。那个历史问题一笔勾销。弄好了还要受到中央首长的嘉奖。你何乐而不为呢？”庞大钟说罢，打手们也都劝开了。

“快说吧。说了放你回家。”“交代了能升官发财！”“不好意思口头说就写，要不我们写了你按个手印。”……

“说吧。”宋巨也劝道，“你死保着他俩干啥？应该誓死保卫以毛主席为首的党中央，捍卫中央首长。”

“我誓死实事求是！”乔士奎一字一板地说。

“好哇！”庞大钟拍案而起，“你小子王八吃秤砣铁了心啦。再给他加温！”

打手们又把乔士奎带到火炉边，把他的头按得紧挨炉盖。庞大钟将炉盖打开，火苗一下子烧焦了乔士奎的眉毛和胡须，花白的头发也烧得直冒烟。庞大钟逼问：

“你交代不交代？”

乔士奎拼命挣扎，将身子猛地向后一倒，一脚将炉子踢翻。审讯室顿时乱作一团。

“快救火！”胡子老头喊。

只知逃命的打手始知扶起炉子，安好烟筒，把散一地的烧成红炭的煤又填到炉子里。收拾停当，老杜头伸手摸四脚朝天躺着的乔士奎的嘴，不禁惊叫起来：

“不好了，他没气了。”

庞大钟亲自伸手摸，“坏了！”他害怕地说，“大员有令不能叫他现在死。”宋巨和打手们也都傻了眼。还是年事已高的胡子老头有主意，他献计说：

“叫救护车来，把他拉到医院，或许有救。再者就是在医院死了，我们也好交代。”

庞大钟欣然同意，“叫救护车！”他拍着老杜头的肩膀夸赞道，“还是你的主意多，我的好老哥！”

第二十六章 脑血栓

一辆标有红十字的救护车急速朝6号驶来。司机旁边坐着一位胖胖的医生。她圆圆的脸蛋，一身白衣天使的装束。

救护车飞快驶过凌晨清静的街道，拐进融园东门。医生对6号学习班感到很陌生，还担心司机不熟悉路。当汽车跃上铺着洋灰路面的慢上坡，朝南拐行一段路又向西拐时，大夫顿时明白过来，不禁惊叫一声："就是关人的那个6号吗？"

"到了。"司机熟练地调过车头，后车门正对着6号的小门口。

早就等在那里的司仁连客气地扶大夫下车。当他看清大夫高高的个头和好看的模样时，便又热情地拉住她的手："敢情是常大夫，让您费心了。"

常大夫和他握手纯是出于礼貌。她并不认识这个使劲握她手的人。她也无心听他的自我介绍，急着问："病人呢？"

"在里边。"司仁连搀扶着常大夫走下进6号的台阶，又进到学习班办公室。屋里的椅子上坐着愁眉不展的胡子老头，地上躺着一动不动的乔士奎。

"这是咋搞的？"大夫愤愤地问，"咋把人弄成这样子？"

"您还是先看看再说吧。"自称学习班负责人的司仁连说。

常大夫伏下身来给病人检查，这时门铃又响，进来庞大钟，还假惺惺地问出了啥事。仿佛他是接到通知刚从家里赶到现场的。见了大夫，自然他是客气话连篇。还问："乔士奎不碍事吧？"

医生没答理他，对乔士奎进行认真的检查。她用尖胖的手指掰开乔士奎紫肿的眼皮，看他的瞳孔。她感到震惊，不禁吸了一口气。她看他烧焦的头发，烧光的眉毛，烧得红肿的脸；她又歪头扫了一眼火苗正旺的炉子，她一切都明白了：乔士奎不甘忍受他们的折磨才这样的。多坚强的人！常大夫打定主意：不管冒多大危险，我一定要救他！

医生慢慢站起身，心中充溢着对受害者的同情和对害人者的愤恨。

庞大钟假意关心地问："常大夫，您看还有救吗？"

“死马当作活马医。我们会尽人道主义责任的。快抬上救护车。”

庞大钟想试探一下这场戏骗没骗过常大夫，也想讨个底以便应付武大员，他问：“常大夫，他得的是啥病呢？”

常大夫已经明白了事情的真相。她有胆量和勇气斥责一顿庞大钟，揭露这里的内幕；但她又很有自知之明，一个小小的医生，治得了病人的病，治不了政治的病。弄不好倒画虎不成反类犬。她只能逢场作戏地说病，说啥病呢？这可要动一番脑筋。既要圆下这个场，又得使病人以后也别再进这魔窟。可是如果病人不知道配合，那她这个堂堂的常大夫就要丢名誉，可人命比名誉重要。她没犹豫，肯定地回答庞大钟说：

“脑血栓。”

“对了，就是因为脑血栓，烤火时才摔在炉子上的。”庞大钟圆场说。

救护车一走，6号学习班办公室顿时热闹起来。躲藏起来的打手蜂拥而出，七嘴八舌地庆贺戏演得成功，夸庞司令善布阵巧用兵，说常大夫也不过如此。

“好一个脑血栓！”庞大钟美滋滋地想，太妙了！如果他活不过来，在大员面前好交代，社会舆论也好蒙蔽。至于他的家属和子女，让他们到医院里哭爹叫爷吧！

赵歧和付贝生奉命给乔家送信。他二人鬼鬼祟祟地来到乔家门口。屋里还没亮灯。付贝生用不高的声音喊：

“乔士奎家住这儿吗？”没有人应，他又喊一遍。

“在在！”这是秦继业的声音，“你是干啥的？啥事？”

“我们是来送信的，乔士奎住院了。”

这时屋里又传出乔通路的声音：“你们先别走，等我开门进屋来暖和暖和。”

“不啦不啦。”赵歧付贝生慌忙逃遁。

等乔通路追出来，连两个家伙的影子都没看见。“狡猾的狐狸！亏了你长了兔子腿，不然非让你顶命不可！”他回到堂屋大声地说，“都快起来吧，老爷子被6号整死了！”任玉娥不满意丈夫的说法：

“你先别瞎嚷嚷，等到医院看看人再说。”

“看不看也是这么回事。”乔通路固执地这样认为。他和任玉娥一起来到母亲屋里。母亲的病刚刚见好，被这事一闹又感到浑身无力。她披衣靠在墙上。乔晓娅在家休假，她劝慰母亲道：

“事已至此，着急也没有用。您就保重身体吧。”

“我这也是没法子，”秦继业喘着气说，“心里麻烦得不由我自己。”

“您快躺下，天大的事有我们顶着呢。”任玉娥上前扶婆婆躺下。

乔通路挥舞着拳头说："您就看着吧，我们一定向6号讨还血债！"他吩咐道："你在家里照顾奶奶，晓娅跟我走。"

"别去惹祸！咱们还一大家子人呢。"任玉娥不放心地叮嘱丈夫。

"快待着你的吧！"乔通路呵斥妻子一句就匆匆出去了。

嫂子一把拉住小姑子，千叮咛万嘱咐地说："压着你哥的性子点。"

乔晓娅答应了嫂子就去追哥哥。

乔氏兄妹首先来到邮电局。敲了一气门，里边一个四十多岁的妇女问话："谁呀？"

"我！开门有急事。"乔通路回答。

邮局值班的妇女打开了门板上的小口，热情地说："乔大哥，啥事这么急？"

"给我拍三份电报，一份公安部，一份煤炭部，一份党中央。内容是：边山私设非法监狱，将无辜干部迫害致死，望派法医验尸并来人惩处坏蛋！就这么个意思，你再给措措词，落款写被害者儿子乔通路。钱你先给垫上，过后我给你送来。这点事能办到吧？"

"我的妈，这点事，吓死我了。"

"你能办吧？"

"我试试吧。"

"就这么着。"说罢他转身就走，连声谢也不道。还是晓娅有礼貌，跟人家说了几句客气话。她追上哥哥，问："这又去哪儿？"

"医院。"他简单地说。

矿医院在融园的北边，曾作过第三工人俱乐部，前些年才改建成医院的。医院离邮局有两三站地。乔通路的急性子走路也显出来，虎步行龙，一蹦子奔到医院，把乔晓娅累得上气不接下气，出了一身汗。他们顺利地通过医院大门，在进病房时遇到了障碍。一个和6号看门老头一样倔的独臂人把住楼道口。他看上去五十一二岁，许是职业的关系，脸色黄白，戴一顶白帽。缺臂的袖子上戴着一个印有"治安员"仨字的红袖标。他大模大样地坐在椅子上。

走在前边的乔通路朝独臂人一点头就往里进。乔晓娅以为这个人哥哥又认识，也跟着朝里走。

"哎哎！"治安员喊道，"谁叫你们进去的？"

乔晓娅吓得调头跑回来。乔通路走到治安员身边，像老熟人似地拍打着他的肩膀，客气地说："我们进去一下。"

"进去干啥？"独臂人绷着脸问。

乔通路从上衣口袋里摸出支香烟递给治安员，说："我们去看一个病人。"

“还没到探视的时间呢。”他伸手将乔通路递烟的手搪了回去，“我不会。”

“我们进去一会儿就出来。”

“一会儿也是进去了，不行！有严格禁令。你们等中午十二点再来吧。”治安员把话说死了。乔晓娅感到大失所望，准备回家去等了。乔通路哪里肯死心，他用手指点着治安员的鼻子笑着说：

“你这个老同志跟我一样，要是我坐在这个位子上也是如此。可是啥事也都有个特殊,禁令也得有个灵活性。你敢保证现在里边就没有一个探病人的吗？有的，我敢保证。你不叫我们进去，是怕我们搞破坏咋着？不相信给你工作证作抵押。”说着他掏出工作证，像递烟那样往独臂人手里塞。“给你，我们进去十分钟就出来，五分钟，不然你给说个时间。”

治安员没接工作证，但却被磨得软了下来。他说：“不是我死心眼子，刚才保卫科宋巨特意来关照过。”

“嗷！宋巨，是那小子来过。老同志，宋巨我们是老朋友了，就是他小子在这，也不敢说个‘不’字。”

“你别缠着我了，赶紧走开。不然我就打电话叫执勤民兵来。”说着他就拿起话筒，放在一边，又用那只手拨号。电话拨通了，乔通路抢先拿起话筒：

“喂！哪位？嗷是你，没啥，平安无事！”他放下话筒。治安员气了，要跟他吵架，站起来，抓住他的衣襟，气得抖动着嘴唇说：

“走！找院长讲理。”

乔晓娅怕事情闹大了不好，上前解劝道：“不叫进就算了，何必这样。”

“你……”治安员看着乔晓娅想了想，说，“你是乔老师吧？”

“你们四宝后来学习不错。”乔晓娅也想来他是四宝的父亲。

“多亏你教育。”

“老同志，”乔通路见缝插针说，“闹了半天咱们是大水冲了龙王庙，自家人不认自家人。我妹妹还是你们四宝的老师，这回还有啥说的？”

“乔老师我信得过。”

乔通路往里走了几步，回头说：“我，你更该信得过。说着就大步上楼。乔老师还等着学生家长的应允。治安员冲她挥了挥独臂，说道：

“你也进去吧。”

乔晓娅和哥哥奔上二楼。一个青年女护士告诉他们，新来的病人在急救室。他们在急救室门口遇见了常大夫。她正从急救室出来。

“常大夫！”乔晓娅紧张得带着哭腔和医生打招呼。大夫打量了乔通路一眼，判断说：

“你们是来看爸爸的。”

“嗯！我爸他……”晓娅越发紧张了。她不知道会得到医生怎么样的回答。

“他还远没脱离危险。要注意！”

乔通路兄妹进到急救病房。这个单间病房里只有一张床。床上躺着一声不响的乔士奎。屋子里没开灯，外边的光透过白色的窗帘照进来，能够模糊地看清病床上人的脸。

“爸！爸！”乔晓娅轻声地喊着。她伸过手去，用女儿的温情的手抚摸吃尽苦头的爸爸的不成人样的脸。目睹亲人的惨状，她再也抑制不住心中的悲伤，伏在爸爸的胸前呜咽起来。乔通路的心中也是百感交集。愤恨占了上风。他看着不省人事的爸爸，咬牙切齿地说：

“庞大钟，老子早晚要跟你白刀子进去，红刀子出来；6号魔窟，总有一天老子要把它踏平！”

躺在病床上的乔士奎断定屋子里没有外人，渐渐地睁开红肿的眼睛。刚才常大夫给他打针注射都没睁眼。他多想对这位救命恩人说些感谢的话呀。他怕隔墙有耳，不但自己会重新被拖进虎穴，而且还会给好心的大夫带来不利。所以他没那样做。乔通路兄妹进来时，他不知道是自己的亲儿女，以为是6号的人追到医院里来害他。他百倍地警惕着，准备与动手谋害他的人搏斗和呼救。然而他没有感到有人掐他的脖子和往嘴里灌毒药，却感到了一双柔软而温暖的手抚摸自己；耳朵里还听到了亲切而熟悉的声音。当他断定屋子里除了两个孩子再没外人时才把眼睛睁开。他抬起粗大的手攥住女儿的纤细的手。乔晓娅吃了一惊，顿时停止呜咽。

“看看门外有没有人。”乔士奎小声说。

乔通路打开门，探出头去看了看，又出到楼道里走了走，在对面的痰盂里吐了口痰。楼道里很静，空无一人。他进屋把门关好。“爸爸，你……”他俯身望着老人。

“孩子，我没病，全是装着的。”乔士奎说，“家里头都好吗？”

“家里都好，就是天天惦着您。”乔晓娅一块石头落了地。她心疼地说：“爸，您的脸，是他们用火烧的吧？”

“人一进到那里边还好受得了？”乔通路庆幸地说，“能活着出来就谢天谢地了。”

“这回总算熬出来了。”乔士奎淌着热泪。

“爸，您身体真的感觉良好吗？”女儿不放心地问。

“我啥病都没有。”乔士奎说，“6号逼供用炉火烧我，我踢倒炉子，假装死在地上，大夫去了说我是脑血栓才入的院。”

“那大夫为啥说您还远未脱离危险，要注意呢？”乔晓娅天真地问。

乔士奎说：“孩子，常大夫可是个大好人。”

粗中有细的乔通路明白了这里的文章。他说：“常大夫是说，爸爸还远未脱离6号迫害的危险，让咱们要注意。”

“天那，难道这还不算完吗？”乔晓娅又陷入痛苦之中。

乔通路不满地看了妹妹一眼，对爸爸说：“注意，您可别墩常大夫的底；既然是脑血栓，就得装得像点。听说得这个病的人还有嘴歪眼斜的。”

“我知道了。你们放心地回去吧，别待久了让人起疑心。”

“您得千万提防6号到医院来下毒手。”乔通路不放心地嘱咐老人，“我们回去安排一下，来人昼夜看护您。”

“把你兄弟宽河叫回来。”

“您就别操这份心了。一切我们都会安排好。”乔通路兄妹悄悄离开了静谧的病房。”

第二十七章 透皮针

乔士奎入院的第二天就被从急救室移进大病房。这个两间屋的大病房在楼道的南侧，整个白天都有温暖的阳光。病房里有六张床，整齐地摆成两排。乔士奎在东边那排中间那个床位。在这较好的床位上，他整整躺了四十个白天和黑夜。他目睹了靠北墙床位上先后两个病人的咽气；靠南窗的床位和西边那排两张床位都几次更换新人。只有西排靠窗的那位老头，与他同一天出院。那老人是一位早已退休的老职工，头发全白了，年近八旬，是乔士奎移进大病房的第二天住进来的。也多亏了这位病友使得他逃脱虎口。不过那是后话。

那天乔通路兄妹离开医院以后，大哥去邮局给电报消号，乔晓娅回家报信。以为亲人被6号整死的家里人还在伤心着。当得知亲人还活着在医院的消息时，一个个都喜出望外。秦继业的病立即好了一半。大虎子高兴得直跳："太好啦！爷爷还活着。爷爷真有本事，用假死来逃避敌人！"谁也没有制止，他自感声高和失言，悄悄走到院里，看看是否有人偷听。任玉娥虽在突然的打击下表现得坚强，却禁不住意外喜事的冲击，一边笑一边流眼泪。乔通路从邮局回来，催促妹妹和妻子再去医院。他说已给声明背叛家庭的弟弟拍了电报，也挂上了电话，要通了邮局同志给转达意思。

任玉娥跟着小姑子去看望一直惦念的老公公，大虎子要看具有假死本领的爷爷，也追上一起去。

乔士奎仍然采取机动灵活的战术，在断定无外人时就睁开双眼与亲人悄悄说话；听到可疑的响动或得到亲人的暗示，就赶忙闭上双眼不再出声。用大孙子的话说就是"假死"。任玉娥见心好人好的老公公被折磨成这个样子，免不了伤心垂泪。大虎子不敢认自己的爷爷。从记事起也没见爷爷这样过。他记得爷爷是长睫毛，黑眼眉。还有一个最明显的特征是：爷爷一边有一根老长老长的眉毛，又细又白。他小时候没少揪着玩。"爷爷，把这两根长眉毛给您薅下来吧。"他玩够了，一手捏着一根就要拔。爷爷捉住他的两只小手，打趣地说："这可不能拔。这两根长眉呀，一根是福眉，一根是寿眉，要是拔下来可就糟了。”虎子松开了手。但他心里说：“早晚我非给拔下来不可。看能出啥祸事。”没过几天他果真干出了这件事。那是晚上睡觉的时候，他先佯装睡着了，然后等爷爷打起呼噜来，他就悄悄把那两根福寿眉给拔掉了。第二天他高兴得像打了胜仗似地告诉爷爷。爷爷只是笑着骂了他一句：“你个坏小子！”以后就没事了。谁都把这事忘到脑后。

这一老一小爷孙俩在医院里相见，大虎子猛然想起这事。他捧着爷爷的脸，伤心地流着眼泪说：“爷爷，我对不住您。是我……”他说不下去了，把小脑门贴在爷爷烧焦胡子茬的嘴上难过地哭起来。“咋回事？”爷爷捧起他的脸蛋，不解地问。妈妈和姑姑也都丈二的和尚摸不着头脑。六只眼睛盯着一边哭一边抹泪的虎子。天真的虎子抽咽着说：“是我把爷爷的福寿眉拔掉了，才给爷爷带来这样的大祸，我有罪，爷爷！”爷爷听了扑哧一笑，正要开口劝慰他，忽听门外有脚步声，他赶忙闭上眼睛咬住牙。

随着脚步声进来一男一女两个人。女的是白衣护士，男的是大脚付贝生。他乔装成科室干部的模样：黑皮鞋，不太新的料子衣服，外披一件工作服。一进门，年轻护士便说：“看吧，用救护车从6号拉来就这样，现在仍人世不醒。”她的话显然是给这位干部听的，而她的水汪汪的大眼睛却扫视着屋子里的别人。付贝生倒背着手在屋子里兜了一圈，猛然把两道凶恶的目光射向病榻上的一动不动的乔士奎。接着俯下身去盯看乔士奎的脸。任玉娥和乔晓娅大为紧张。一直抽泣着的大虎子上来机灵劲，扑到爷爷身上哭号起来：“爷爷您醒醒，您看看我呀，是谁把您烧成这样？告诉我，等我长大了好报仇！”付贝生很害怕这种声音，溜出病房。护士也跟出去。走到楼道付贝生问：“他还不行吗？”护士回答：“医生说，还远没脱离危险。”

大脚的皮鞋声在数道里远去。乔士奎睁开双眼，见小孙孙仍泪流不止，便伸手抚摸他的头，语重情长地安慰他说：“爷爷的祸事跟你拔眉毛没有半点关系。相反还是由于你拔眉毛给了我启发。他们用火烧我时，眉毛一烧着，使我想到了用装死来逃避魔爪。从这点上说，你还立了功了呢。”“真的？”大虎子认真地问。“那还能假，不然他们就把爷爷整死在6号里了。这回爷爷总算逃出了苦海。”虎子听了高兴起来，用小手抓着爷爷干瘦的大手抹去自己脸上的泪，冲爷爷露出了甜美的笑。

付贝生的不速而至，使任玉娥多了个心眼。她从他的脸上看到了凶狠的杀机。她与小姑子商定，在老人身边要有家里人轮流看护，免得发生意外。乔晓娅不认为在医院里问题还会那么严重，但还是同意了嫂子的意见。由于她还在假期中，便主动担负起白天看护的任务。夜里由哥嫂替换她。

第二天查房的是戴眼镜的左大夫。他清瘦的面庞，大大的眼睛，高高的鼻梁。他常保持认真严峻的表情。乔晓娅从小就跟左大夫惯熟，见面老有话说。而今在急救室里相见，她学着左大夫的样子只点了一下头，算是打了招呼。乔士奎一直装着人世不醒，听大夫说把他移进大病房，他也不动声色。只是当人们七手八脚地抬他时，为让人省劲，才顺势跟着动作。移乔士奎到大病房，是常大夫的细心安排，怕他在单间里遭6号的暗算。常大夫的用心乔士奎并不知道。他想，可能有了比他更急的病员，也可能因为自己装得不像露出了破绽。不过他认为很大可能是具有真才实学的医生把谜看穿了。

住进了大病房，如果乔士奎再继续装成昏迷状态，就会给自己带来被动，弄不好还会欲盖弥彰，大露马脚，将成为人们注意的对象，比在6号的日子还要难熬。渴了饿了，拉呀尿的都不好解决。不比在单间急救室，虽有医护人员加上6号的人不断地探望，但还是他们不在的时候多，不但吃喝拉尿可以瞒过外人，而且还能与亲人悄悄说些话。此时再这样做肯定是不行了。除非不再装着。他先是把眼睛微微睁开一点缝来看，然后才慢慢睁开，做得很自然，真像是病人刚刚苏醒过来似的。尽管这样，仍使在身边看护的女儿惊恐万状。“您不能这样！”乔晓娅失声地喊道。

这一声喊把病房的人震惊了，纷纷投来莫明其妙的目光。为使病友们不产生怀疑，乔士奎慢声细语地说：“我感到头脑有些清醒了。”

乔晓娅虽会逢场作戏，但她没理解爸爸的意思，对爸爸以后咋办也没多想，只是害怕：“要是再把您弄进去咋办？”

乔士奎痛苦地皱了一下红肿的‘眉头’，意思是嫌女儿的声音太高。他用压低的声音说：“要不这样，会把我憋闷死的。”

“那您也得注意。”女儿小声说。

乔士奎表示明白地点一下头。他想到大夫歪嘴的提示，于是悄悄把嘴歪在了一边。晓娅见爸爸这个样子真想笑，但还是没笑出来。

下午左大夫查房，见乔士奎醒来并没说啥，一个跟他一起查房的年轻大夫对他的嘴歪发表了见解，说是不是歪错了方向，左大夫看了年轻大夫一眼，啥也没说。本来乔士奎是想往右歪的，怕6号说他同情右派才向左歪的。他很后悔歪错了方向；但既这样了，也就不能再改，况且左大夫并没有表态。

乔士奎歪嘴，开始时很不习惯，常常是歪一会儿就恢复原状。有时候医生查房都忘了歪。后来也就习惯成自然了。他给自己定了一条原则：医生查房、护士送药、有生人进来，有人注视，这就必须歪嘴。平时可以正过来歇歇。

他住进大病房的当天下午就开始进餐，医院的流体食物他喝着不过瘾，叫家里给烙葱花饼，背着医生和护士，痛痛快快地吃个饱。打那以后，他除了吃医院的伙食以外，还想吃啥就叫家里人做啥。家里常常比他想得周到，不等他张口要就送来了。

开始的时候，他对外人仍是装聋作哑，对家人说话也极少，而且声音也低，使身边的人将将听到。有的病友和探病的人关心地问“啥病？”“啥单位的？”他是歪嘴不语，家人代答。

拉屎尿尿成了乔士奎的一大难题。从打记事起，他可从没这样过：让人端屎倒尿。在急救室时，他虽不饮不食，但医生给静脉注射葡萄糖和盐水，还是要尿尿的。有了尿他就憋着。心想，反正我不喝水，注射的药就是一点也不吸收都变成尿也能憋得住。实在不行就尿在床上。这对一个昏迷状态的病人是无可责怪的。他满可以告诉守床的女儿。让自己的亲生女儿伺候屎尿有啥不可以的呢？又是在非常情况下。可他这个人可个别，硬是等到大虎来才撒这泡憋得十足的尿。跟在6号时正相反。那时不等老杜头按时开门问，有一点屎尿就砸门喊叫。为的是出去见见光透透气。后来6号也学奸了，每间牢里发一个马桶，拉尿都在里边，每天只给两次倒屎尿的时间。那时乔士奎感到过别扭，可毕竟还是独自一个，用不着避讳人。在医院的病房里就大不一样了。满屋子亮堂堂的，不像6号那样阴暗。而且四周都有眼睛。第一次大便时，家里人把便盆拿到床上，他把自己连头带脚地包起来，悄悄地拉有半个多钟头。由于上火，拉的全是羊屎疙瘩。拉罢他一声不响地躺在床上，静听人们的反映，窥视人们的表情。没发现病友们有敌意与烦感的表示才放下心来。后来病房里又住进两个也在屋里拉尿的，有了伴，法还不择众呢，他心安理得了。二是也由生变熟地渐渐习以为常。有时他也让家人把便盆放在地上，自己慢慢下地。不过这要看查房大夫的脸色而定。如果大夫是皱眉的，他就限制自己的活动，歪嘴的程度也是这样定。

自打住进了大病房，一直没发现6号来人打扰。乔士奎胆子便渐渐大起来。不但增加了活动，一来二去的还和病友及探视的人说起话来。有时他在地上围着毯子大便时，当别人说到热闹处也要插上几嘴。同屋人知道他是高血压、脑血栓。至于再细的情况，他本人和家人都守口如瓶。病友中有的知道他在6号受过折磨，但也是心照不宣，对他暗表同情。乔士奎常把纠缠不清的万尺帆布问题以及所受的非人的迫害忘到九霄云外，与人们打得火热。他的经多识广与健谈，常常把人们吸住。西排靠窗的那个老职工，一直保持着知识分子的冷静与沉默，跟外人不怎么交谈；但他特别爱听乔士奎说东道西。他的结发妻子早就死了，又找了一个比他小二十岁的老伴。如今他已是满头白发，满口假牙，

满脸老人斑；而老伴仍然显得年轻，满头浓密的黑发，胖胖的脸上不见皱纹，丰满的体魄显得健壮有力。只是万恶的旧社会给她造成了一双特别小的尖脚，走起路来一扭一扭的。这老婆待老头极好，每日三餐来看他，每来必带老头喜欢吃的东西。人心换人心，四两换半斤。老头待她也是如此，老伴带来的食物都要分给她一半，不管她怎么推托，哪怕说在家吃了，现正撑得慌也不行，非要她一起吃。不知道的人还以为是老头怕她在食物里下毒药呢。其实老两口是相敬如宾，相依为命。老婆也是死了原配偶的。她从未生育过，老头的三个儿子，待老婆如亲娘。老头每月七十多元退休金，每个儿子每月又给十元。老两口百十元既不买穿也不买戴，就是一个字——吃。老婆一直当家庭主妇，很内行炊事。她带来的佳肴使得病房里都充满了香味。她是山西人，满口晋腔。乔士奎多次到过大同煤矿，颇懂点那里的风土人情，与这老婆很能谈得来，有时也用山西口音和她对话。同房的人都佩服他的模仿能力。老职工姓高，乔士奎热情地称老婆为高大嫂。

这个病房的病人论实际说属乔士奎的病轻。但就他陪床的人三班倒两班换的日夜不断。他的那个与家庭断绝关系的儿子乔宽河，在收到电报和电话的第二天就从二三百里外的农村赶回边山。他把大包小包的东西往家里一放，没等母亲亲热够就急奔医院。乔士奎见到亲生儿子，激动得热泪盈眶。同时也深深感到内疚，是自己连累了儿子。他流出来的泪水还包含痛苦与辛酸。

“爸，痛哭一场的应该是我而不是您。”乔宽河一边给父亲擦眼泪一边说。他还不知道防6号的眼钱，说话声音很高。经身边的姐姐稍加示意就明白过来。他压低了声音说：“是我错怪了您。您是无辜的。我与咱们这样的家庭断绝关系是有罪的。一离开家我就开始感到作逆子的内疚。到了乡下，我想用劳动的汗水洗刷我的罪恶，把自己脱胎成新人，否则不来见你们。可是我奔腾的一腔热血却受到了怀疑与打击，得到了白眼与讽刺的冷遇。我气恼、悲愤、哭天号地，流干了眼泪的双眼看清了一些问题，使我懂得了一点这是为啥。早就听说您被抓进6号，为人的正义感与父子的天性促使我来大闹边山，为您申冤鸣不平。我知道凭着一时的鲁莽是不能解决问题的。我没有回来，只是深深地埋下仇恨。春节时我又想回来看望深受多种打击的母亲。然而即使由于我的突然到来，能给妈妈带来欢乐，却不能根除她的痛苦，这种欢乐只是暂时的，事过之后还会使她备感忧伤。所以我仍没来，在心中积仇攒恨。我真没想到您这样活着出来，爸爸。”乔宽河直起身子出了口长气，又伏下身在爸爸的耳边说：“出院后千万不能再登6号的门！”

乔士奎冲儿子点了几下头，表明同意他的意见；接着又冲他深情地微笑，表明自己心神正常。他多想向回头的儿子倒一倒心中的苦水，就因为一车帆布，折腾来折腾去，已经六七年了。这么多年来受了多少洋罪，如果把苦水汇成河，三天三夜也流不完。他没忘是在病房里，使劲压抑着见到阔别已久的儿子产生的强烈复杂的情感。他抚摸着宽河的手，两眼深情地望着这个金不换的儿子，把嘴又悄悄歪向一边。

与乔宽河并排坐在另一张方凳上的乔晓娅，两眼直愣愣的，像是在回忆一场梦。在大学时，得知弟弟与家庭决裂的消息，她就百思不得其解；今天弟弟突然驾临同样使她茫然。弟弟与爸爸那席话，在她听来好像一段感情浓烈的戏剧台词。她甚至留心查看这个变化异常的弟弟是不是6号派来的。她已经把这个从小就性情古怪的弟弟忘到九霄云外了。如今的小宽河发育得健壮魁伟，带扣的对襟棉袄，配上一双厚厚轮带底的砍山鞋，与山区的农民一般无二。他进病房时还手拿一顶狗皮帽子，现垫在了屁股底下。他剃过的黑头发刚长到盖住头皮，鬓角和下颌的黑胡茬浓密而坚硬，等长起来能与关公的美髯媲美。他两眉间的皱痕和鼻梁两边的雀斑，显示出他的早熟与缺陷美。乍一看他好像是大哥，而大哥倒像是弟弟。

应该说乔晓娅很喜欢这个弟弟，可她心里却对他产生了一种莫名其妙的嫉妒。是因为他的风度翩翩的仪表？是因为那大段她说不出来的台词？还是因为他更多地夺去了爸爸的爱？

在晓娅打量弟弟的同时，弟弟也在打量她。他感到姐姐大变了，不是变老，而是变得更受看。白皙的鸭蛋脸，黑眉毛一扭一舞的，完全能代替语言表达感情。她笑的时候故意露出薄嘴唇里珍珠般的牙齿。可以说姐姐哪儿都好，乍一看诱人，细端详更动人。还有一种变化是姐姐从前所没有的。就是她脸上时常流露出一种狡狯的神色。这是乔宽河最感到厌恶的。如果不是自己的姐姐，他宁愿一辈子不和这种人打交道。他已听说姐姐有了对象，如今还不知出嫁与否。他试探道：

“不知姐姐还算不算我们乔家的人。”

不知是弟弟问得不当，还是姐姐要故意攻击一下弟弟，她回答说：“我还姓乔，为啥不算乔家人呢？我并没有与家庭决裂，也没有改姓更名。”

乔宽河莞尔一笑，“姐姐挖苦得好，我当初那样做就喜欢听人说，现在浪子回头更不怕揭短。我要用实际行动表明我的忏悔，等哪天好好接受姐姐一顿骂。”他的态度很诚恳，使姐姐后悔出言无情。他又说：“我的本意是想问问姐出嫁的事。”

“出嫁？”乔晓娅朝病床努努嘴，唉声叹气地说：“就爸爸这个样还出嫁呢？”

“出嫁后同样可以照顾爸爸，只要你有这份孝心；再说咱家这么多人也不是非你不可。总不能因为爸爸耽误你的终身。”

“那也得有人娶吧？”乔晓娅狡狯地一舞眉。

“不是说早有男朋友了吗？吹啦？要是因为爸爸的事，吹了也不要惋惜。这么大个世界，三条腿的蛤蟆难寻，两条腿的男人有的是；但是得找爱你的。因为爸的事和你解除婚约，说明他不爱你。”

乔晓娅不愿听弟弟唠叨。她认为弟弟还不懂爱情，尽管他俨然像个大人；再者虽是小声也难免让人听到。她厌烦地低下头去，从红扑扑的两颊看还有点害羞。

乔宽河仍不厌其烦地说：“我还以为姐姐是为了爸爸宁可耽误终身呢。原来是爸爸耽误着你的终身。”他故意问：“这样认为对吗，姐？”

乔晓娅不言语，咽了口唾液，两眼蒙上了一层泪花。一直偷看儿子的乔士奎连着给儿子使眼色。爸爸的暗示和姐姐的泪花使乔宽河感到不妙，后悔不该触及姐姐的疼处。为了把姐姐从失恋的痛苦中解脱出来，他转移话题说了些别的事。可不管他说啥也驱不走晓娅心中的隐痛。他见姐姐对啥都兴味索然，便交代一声，回家去和妈妈亲热了。

对宽河的到来使乔士奎感到很大的安慰。像有了拐杖那样，心里头踏实不悬着了。乔宽河也没辜负爸爸的信赖，事事想得周到做得细致。如果说乔通路有勇，那乔宽河便是有勇有谋。一家人就他在城里没事干，理所当然地由他担当看护爸爸的任务。他的体质也真够棒的，在爸爸床边的小方凳上，他一连度过了四十个昼夜。

两件喜事进门，秦继业的病大大见好。咋能不庆幸呢？老爷子从6号虎口活着出来，失去的儿子从天而降。她一能动弹就闲不住，在家里给他们做饭，有时还到医院里看看，顺便给丈夫和儿子带点好吃的。

等踏实下来，乔宽河找推子给爸爸理了发，把前边烧焦的和后边长的全部理去。同病房的人也有趁水活泥的，宽河都热情服务。他不光照顾自己父亲，还像雷锋那样为其他病员做了不少好事。他像一个踏实而又尽职的卫兵，看护爸爸寸步不离。他认为6号的沉默并不是好现象。好比夏日的天空，别看风和丽日万里无云，说不定哪时就会惊雷滚滚乌云密布。他时刻保持着高度的警惕。他没事干就捧起书本，并非有目的地深造自己，而是逮着啥看啥。从大虎子的课本到姐姐的教科书，从一二寸厚的小说到六十四开本的小人书。他冲西北斜坐着，既看到爸爸的脸又能看到门口。无论进来谁他都要抬头看一眼。夜间他就在小方凳上合衣而睡，或是把头趴在爸爸的枕头上，呼呼地也要进入梦乡。

星期日是他放风的时间。哥嫂和姐姐都来，他上街兜一圈，看看市容，问问物价，走访走访老同学。他心里头老是惦着爸爸，怕哥哥他们大意失荆州，玩一会就回去看看。

医护人员对他也惯熟了，管他叫特级护理师。他不在时还打听他。开始时可不这样，院方一视同仁，不负责陪床人员的饭食。后来对他特殊照顾，比病人还自由，可以不受限制地想吃啥定啥。

乔宽河的陪床生活过得蛮不错。虽不能像在乡下那样饱览大自然的风光，坐在病榻旁的小方凳上也能回忆过去和憧憬未来。老也不见6号的任何行动，他不能不考虑这个问题：爸爸还要在病床上躺多久呢？照这样下去，会弄假成真，没病也要躺出病来。那天夜里，当人们都熟睡的时候，他悄悄和爸爸商量：

“爸，您被6号烧掉的眉毛和胡子都长起来了，老这样躺下去不行呀。”

“我也这么想。这两天你没见我有意多活动吗？我感到浑身就跟散了架似的，精疲力尽。再躺一个月就真的下不了床了。说实在的，这儿还不如6号黑牢里活动自由呢。老杜头把门一锁，在里边想咋活动都行。我就自编了一套拳，每天都打两遍。在这可不行，在医院里打拳，如果医院不当精神病治我，6号也得把我抓进去。”

沉默一会儿，儿子献策说：“往后医生查房时，您别再装聋作哑地演戏。就表示出已经好了，可以回家去养。”

“我感到那个左大夫知道我没病。”乔士奎把声音压得更低，“每次查房我都看到他对我有异样的眼光，也说不上是啥劲头。”

“别看我跟他很少说话，我总感觉那个人不坏。不过不管咋说也不能向大夫说自己没病，戏还得演下去。既让人看出您已大好可以出院，又让人觉得尚未痊愈。目的是及早出院回家，不能再进6号。”

“哎！”爸爸轻轻叹了口气，“人生在世谁也算不出自己会干啥。解放后我没想到自己会坐牢，更没想到还会当演员。”

儿子叮嘱说：“要时刻想到6号的血口还冲咱们张着，您要坚持演好这场戏。”

夜深了，爷俩合计好就不再出声。乔士奎轻轻翻了个身。乔宽河悄悄出外小解，回来仍坐在还留着热气的方凳上，趴在爸爸的枕头边，香甜地睡去。

说话间又过去三四天，这天是星期六。左大夫带着几个白衣战士又查房到乔士奎的病房。按照进门的顺序，先检查西排的病员。查到高职员时，他动作利落地坐起来。

“住院多少天了？”左大夫问。

他伸出四个发白的手指，说：“不多不少，整这个数了。”

左大夫给他前后听了听，征求意见似地说：“明天出院吧，都恢复正常了。”

“这也好，”高老头赞同说，“省得我老伴天天跑。我住院让她把腿跑细了。”

乔士奎早就起来迎接，查到他时，嘴还习惯性地歪着。但程度已大大减轻。大夫检查时，他故意做一两个恰到好处的动作，表明自己没有必要再住下去。大夫对他总是例行公事似的查一查，从不说啥。这次左大夫破例问他：

“近来感觉怎么样？”

“大见好转，只是还不能像以前那样天南地北地跑。”乔士奎察看左大夫的眼神变化。他的眼神总是冷峻的，一般人不易看出文章来。左大夫又说：

“明天出院吧。在家里好好养着。不好再来看。”

“好！好好！”乔士奎高兴得频频点头。他向左大夫投去感激的目光。

中午大虎背着书包来看爷爷，还带来一饭盒好吃的。乔士奎眉开眼笑地告诉他：“往后你可用不着再到病房里写作业喽！”

“为啥？”大虎瞪大眼睛，不解地问。

“大夫说，明天爷爷可以出院了！”乔士奎抚摸着孙孙的头，眉飞色舞地说。

“真的？”大虎转向宽河，“爷爷没骗我吧？”

乔宽河说：“左大夫是这样通知的。”

“太好喽！”大虎飞跑回家，上气不接下气地向家里报告喜讯。

能得到医生同意出院的许可，乔士奎以为是自己做戏成功的结果。就连乔宽河也这么认为。一家人都沉浸在胜利的喜悦中。

谁知夜长梦多。下午查房的换了个年轻的刘大夫。他是乔士奎一个老朋友的儿子，与宽河年龄相访。他是留城青年，先在医院当勤杂工，后为工农兵学员进医专，两年后又回来当了医生。在此之前他也查过房，有时跟左大夫来，也有那么一两次是他单独来的。所以此来并未令人奇怪。

乔士奎很随便地与小刘大夫拉话：“你爸在家吗？上次叫你给他带好，也没听你回话。你可出挑得不错，当了医生。”刘大夫一边微笑着听他说话，一边给他检查，很认真。乔士奎说：“甭查了，左大夫叫明天出院。哪天不好叫你到家给我看。”不管说啥，小刘仍是按程序给他查完。

“您还不能下地吧？”小刘比左大夫客气多了。

乔士奎虽不以为他话里有别的意思，仍保持着警惕，说：“跟正常人比是差远了，大跑大颠更不中；不过摸着炕沿走可以。出院后在家天天练。”

“给你扎一个疗程的透皮针吧，保证能彻底好喽。”

“不用不用！我还是回家养着吧。”乔士奎以长辈的口气说，“你要是有这份孝心，到家给大伯扎去吧。医院我是不住了！”

“我不能不负责任地让一个不痊愈的病人出院，你还是安心住下来治疗吧。透皮针挺管用的。”小刘俨然像一个领导作决定似的，不容分辩地说罢，就去查下一个病人。

第二十八章 脱 险

乔士奎并不反对扎透皮针，而是对医院的病床产生了极大的反感。他一天也不愿在这里多待。得到左大夫的出院许可后，他恨不得一手从苍穹拉下夜幕，再一口吹散满天的星斗，让出院的时刻早点到来。他万没想到在喜悦的急切盼望中会出现透皮针的插曲；他虽估计6号会指使大夫对他下毒手，但却不相信透皮针会与6号有关。他这样自信地认为：老朋友的儿子决不会受坏人的指使暗害他。也许小刘大夫不知道左大夫的意见，他留他扎透皮针是为了根治他的病，也是好意。等他回去跟左大夫一碰头，就会放弃自已的意见。明天左大夫一早查房，仍会坚持让他出院。乔士奎把美好的希望寄托在明天。小刘提出给爸爸扎透皮针，乔宽河一下子就想到了6号的黑手。他不认为此举是刘大夫的独出心裁，也不认为是出于好意，而是6号操纵他这样干。他也估计到6号会在关键时刻打破沉默，如今果然如此。

乔宽河的估计是对的。但他还不知道里边的内幕。

左大夫上午通知乔士奎出院，下午宋巨就由司仁连陪着来找他。这位医道精深的大夫从未和这样的人打过交道。当他午后上班发现办公室有两位衣冠楚楚的人坐等时，心里就老大不高兴。他本来就比一般人冷峻威严，在这两人面前，眉头的鸿沟变得更深了。

宋巨二人对左大夫很讲礼貌，当他进来时他们二人双双站起，主动招呼。

左大夫两只大眼射出税利的光。他随便扫了两人一眼，又冷又硬地问："我不认识你们，跑到我办公室来干啥？"

"您不记得我，我却忘不了您。您治好了我的病。您的医术和您的名字一样出名。"宋巨对左大夫尽情地恭维。他又自我介绍，明知专案组已臭不可闻，为表明自己跟上头挂着钩，说自己正在抓专案。

左大夫根本不买他的账，换上白大褂，向这两个厚脸皮的人瞟了一眼，心说：早就知道你们是专案组的。他要去病房以躲开这两个瘟神。

老奸巨猾的宋巨看出了医生的心思，不等主人出门，他就开诚布公地说道：

“左大夫您请留步，我们有要事相告。”

“什么事？”左大夫停住脚步，头也不回地问。

“听说你通知了乔士奎明天出院？”宋巨问。

“这与你们有何相干？”左大夫仍没回头。

“你知道乔士奎是啥人？”宋巨不再客气有礼，问话中带着 6 号的威风。

“他是我的病人。”大夫理直气壮。

“他是我们专案组审查的对象。”

“这不干我的事。”

“那你就收回成命。或者说他病重，需要在医院继续治疗；或者说他已好，出院参加我们的学习班。”

“哈哈！好厉害的专案组！”左大夫冷笑两声。他猛地转过身，冲着发号施令的宋巨怒斥道：“难道你们的指挥棒还想指挥我一个堂堂的医生？想让我按照你们的意愿干这干那？办不到！根据乔士奎的病情，需要出院到家里静养。我必须明确告诉你们，根据他的身体状况，还不能参加你们 6 号学习班。”

“你干啥对一个有罪的人这么关心？”司仁连忍不住问了一句。

“关心病人是医生的天职。”

“可你更应该关心无产阶级专政！”宋巨咄咄逼人地说，“作为一名革命战士，难道不应把关心无产阶级专政作为天职！”

左大夫冲他轻蔑地一撇嘴，心说：你算什么革命战士！他不想和他们纠缠，严厉地下了逐客令：“请不要在我的办公室大声说话，你们给我出去！”

宋巨向前走了两步，微笑地望着大夫，和风细雨地说：“左大夫，请别误会，咱们都是为着同一个目的。”

“我的目的是救死扶伤，实行革命的人道主义；我不晓得你们的目的是什么。”

“您别赌气，左大夫。凭着您在医院的威望，您对我们咋呵斥都行。我们来找您并非为了我们的私事。我们所说的话，也并非是我们的意思。”

“也不仅是专案组的意思。”司仁连插话说。

“这是大上头的意思。”宋巨神气活现地指指天花板。他给医生下台阶说，“左大夫，刚才就算是一场误会，赖我们没把话说清楚。下面咱们重打鼓另开张，一切从头来。”他换成商量的口气说：“把乔士奎继续留作您的病人，还是出院参加学习班，这两个意见你随便选择一个。”

“你们无权干涉我的工作！”左大夫软硬不吃。

“并不是我们要干涉你的工作，”司仁连故作姿态地说，“是大上边有人叫你这么干！”

“天王老子也休想让我残害病人！”左大夫坚定不移。

“好你个反动权威！”宋巨甩掉伪装，露出了本来面貌，“别忘了你是国民党中校军医！”

“现在我是人民的医生。”

“那也洗涮不掉你历史的罪恶。”

“你们现在的所作所为罪恶更大！”左大夫毫不退让。

“你凭啥这么说？”

“你们打着办学习班的旗号，把人关押在黑屋子里任意折磨，这种法西斯行为，难道不是犯罪？”

“乔士奎是罪人。”

“什么罪？”

“他贪污万尺帆布。”

“既然如此，有党纪国法可以对他进行惩处，也轮不到你们用私刑折磨他。”

“这不干你的事。”

“人民都有权维护正义！”

“你不属于人民的范围，跟你没啥可谈的。”

“我并没找你这狗东西！”左大夫怒不可遏，指着门口道，“你们给我滚！快滚！”

宋巨狞笑两声，威胁道：“咱们走着瞧！”他气冲冲地走了。司仁连把死人一样的脸拉得长长的，也跟着出去。他不甘这样狼狈地离去，回头说：“姓左的，你不要太狂了，别以为我们管不了你。你等着！”

宋巨二人狼狈地走后，左大夫仍余怒未消。他冲早就聚在门外的护士说：“洒来苏水消毒！”

白衣战士们依令而行。

小刘大夫扶左大夫坐下，耐心地劝解：“老师，何必动怒，不值得。君子不跟小人致气。我劝您别老任着性子来。走到矮檐下怎敢不低头。”

“你不要说了！”左大夫没好气地打断他的话。

这时院革委来人，叫走了左大夫；接着又用电话找去了小刘。

宋巨在院领导面前告左大夫的刁状，负责政工的领导找他作思想政治工作。

在另一间僻静的房子里，小刘被宋巨和司仁连召见。他还很年轻，医道还不高明；但在人情世故上却是大器早成。他并不热爱多少人都羡慕的医务工作，早就梦想干几件出人头地的事，像庞大钟那样耀武扬威的，那有多带劲！只可惜遇不到良机，空怀着一腔梦想，今天算是求到了善价。

宋巨问："听说你爸爸跟乔士奎是朋友？"

"这不假。"小刘道，"但我跟他却不是朋友。这也是真的。再说他有这么大问题，就是我亲老子也要同他快刀两断！"

宋巨很满意，夸讲道："是革命接班人说的话。"

"我说到做到！"小刘坚定地表示。

"眼下就要对你进行考验，看你对待爸爸的朋友是个啥态度。"宋巨学着大人物的架势说，"上边来的首长下达两点指示：一是让乔士奎在医院的病床上继续躺下去，啥时躺腻了啥时算；二是让他出来继续参加学习班。这两条你能办到哪一条？"

"我都能办到，而且不费吹之力；左大夫一下去，病房我当家。"小刘自得地拍了一下胸脯。

"你准备采取哪种办法？"

小刘说："我想先留他在医院扎几天透皮针，然后送到你们学习班。"

"好！"宋巨高兴地拍着小刘的肩膀，"这出戏就看你的了。"

"透皮针好受吗？"司仁连问。

"这很难说。叫病好不易，叫痛苦叫死人易如反掌。"

经过一番策划，于是小刘下午查房时演出了一场透皮针的戏。

刘大夫要留乔士奎扎透皮针的消息，还没有传到乔家，家人正谈论他出院的事。乔通路骂骂咧咧地说："6号这帮龟孙子到底斗不过咱们；老爷子也真有点心眼。不然交代在里边了。"

"我想着你爸出院，可能刘福根从中使了劲。"母亲感激地说。

"很可能哟。"乔通路说，"朝里有人好做官，庙里没人出家都难。"

任玉娥怕丈夫再说些离谱的话，忙插嘴说："等他爷回家，别让出大门，就在家装病。省得6号再找麻烦。"

"要我说，爸爸好了就去上班，这样咱们就更主动。"乔晓娅是这样的见解。她的话音刚落，哥哥就瞪起眼珠子说：

"书生气十足！好不容易才逃出虎口，还要去自投罗网？上次爸爸就是在班上被抓起来的。当然喽，按照一般的道理是这样，病愈上班，有事说事，有问题解决问题；可是6号不讲理，一上班就要被抓进6号，进了6号就再也别想活着出来。"

"不去上班，爸爸在家待到啥时是个头呢？"晓娅十分忧愁。

"不会老这样的，啥事都会有个头。"乔通路满怀着信心。

母亲又忧心忡忡地说："我心里头又挺麻烦的了。6号一直鸦没雀静的，这是咋回事？我担心他们在半道上抢人。"

"所以我们明天都要去接老爷子出院。"乔通路分析说，"6号那帮家伙猖狂是猖狂，半道上打劫我看还不敢。"

乔晓娅埋怨说："您别老瞎想，自寻烦恼。"

这时大虎飞奔进家："奶奶奶奶，大事不好了！"他把书包甩到三屉桌上，扑到奶奶身边。

他的喊声使家里的空气骤然紧张起来，几双眼睛同时射向他。他说："小刘叔要给爷爷扎透皮针，明天出不了院了。"

乔通路暴跳起来，头上的青筋绽出："啥透皮针，分明是6号想杀人。"他异常坚定地说："明天非出院不可！"

"看你，一遇上事就这样又急又吵的，连一点深沉劲都没有。"任玉娥慢声细语地批评丈夫，同时背着婆婆给他使眼色，意思是不要再说让婆婆胆战心惊的话。她打着圆场说："大虎的消息不一定可靠。"

"6号才撒谎呢！"大虎不满地说。

任玉娥又道："再者，扎透皮针是小刘大夫提出来的，不见得与6号有关。"

"嫂子言之有理，"晓娅附和说，"人家小刘肯定是为爸爸着想；哥哥把啥都看得那么悬乎。上回那几封电报幸亏没发出去，不然咱们一下子就在上头失去了信任。就跟狼来了的故事似的。平时假报情况，到时候狼真的来了也不会有人救。"

"咱们说不到一块，没共同语言。"这个当哥的不管妹妹能否接受得了，心里咋想嘴里就咋说。

晓娅认为自己正确，反而得到这样粗暴的对待，委屈得眼圈一红，滚下泪来，嘴仍不示弱地说："你对别人发态度行，我可不吃这套。爸爸的事又不是株连的你一个人。我也是为着咱们一家子早脱苦海。你干啥这样待我？"说着说着她就捂着脸呜呜地哭起来。

任玉娥一气丈夫鲁莽，二气小姑子娇气，动不动就哭鼻子，让她感到厌烦。但她还是扑哧一乐，劝解道："看这二姑哟，跟哥哥拌嘴还哭呢。啥大不了的事？了解别人不敢说，亲哥的脾气还不知道？他就是这么个人，心不见得想到哪儿，嘴里就先说出来了。就是说了你听着不顺耳的话，当妹妹的哪能多心往别处想呢？快别流泪了，留下话把儿让人笑话。"任玉娥过去扳晓娅的手。

晓娅固执地摇着头："哥这样，都是你惯的。"

"听二姑说得哟，让奶奶评评理，到底是谁惯的。"任玉娥慢声细语地说。

不知啥时跑回家来的二虎打抱不平说："我妈惯我，不惯爸爸。"

"还是我们宝宝公道。"任玉娥把二虎搂在怀里亲了一口。

捂着心口靠在被垛上的秦继业也不向着女儿，她说："你嫂子没来时，你哥的脾气更暴。你忘了上街买东西丢了钱回来打自己嘴巴子了？自打和你嫂子结了婚，我看还好多了呢。"

晓娅撒娇地哭闹着说："好哇，我还没出嫁就把我当外人，都跟我过不去！"

"二姑，别哭丧着脸了，我跟你好。"二虎过去拉她的手。

"滚一边去！"晓娅一甩手，正打在二虎的脸上。二虎连疼带气，也哭起来。晓娅平时最喜欢二虎。今天跟他也翻脸，看来她气不小。

任玉娥将二虎拉过来哄，又劝小姑子说："晓娅妹子，你可不能这样。平时嫂子都是让着你，今天可要说你两句。现在咱们家正在难处，需要一家子里里外外抱成一个团，这样6号才欺负不了咱。如果来不来自家先闹开矛盾，6号就会乘虚而入，咱们就会不击自溃。你忘了古人用十支筷子教育他十个儿子的故事了？凡事都坏在内乱上。如果你们哥俩牛蹄子两瓣子，让6号打进来，咱这个家可就要散了。你可要三思，不能为一两句不顺耳的话赌气而因小失大。再说你哥也没啥对不住你的地方。你上大学时，为了给你寄钱他戒了烟。话又说回来，爸这人可真是不爱小，成千上万的票子从手过，家里再穷也不花公家的。6号这么整他，那是天大的冤枉！"任玉娥语重情长地劝罢小姑子，又要说丈夫。可乔通路早跟大虎一起去医院了。

第二天，边山煤矿医院病房楼向阳面的玻璃窗依旧反射出绚丽的霞光。而这天病房楼的气氛却显得异常紧张。楼道口多加了一个戴红袖章的守卫。穿戴洁白的小刘大夫早早就在二楼的病房出出进进忙里忙外。宋巨带着大拿、大脚、大肝和一个大胖子也来到医院。宋巨吩咐守卫："你们要当心，不准放乔士奎出去！"他又吩咐开电梯的孔老汉："你要把好关，不能让乔士奎坐电梯溜掉！"看来乔士奎插翅难逃了。

刘福根把宋巨一行带到一间医护人员的休息室。这里很僻静，也很整洁。四张床占了屋子的四个角，靠窗的暖气片旁放着一张桌子。宋巨和大拿分别坐在里边的两张床上，大脚、大肝、大胖子等打手坐在靠门的床上。小刘问：

"今天要怎么行动？"

宋巨说："完全看你的意思行事。如果你说他痊愈应该出院，我们就带他走；如果你说他仍需治疗，就给他扎针。"

"昨天听你说扎透皮针还有危险？"大拿问。

"是的，我说过。"

“你不要怕。”宋巨说，“你尽管给他大胆地扎，就是扎死了也不要紧。到时候有我姓宋的担着。如果你还不放心，可把大员的话告诉你。他说：‘死一个乔士奎，能解决问题一大堆；整死他的人不是犯罪，而是立功。’”

“小刘同志，”司仁连问道：“你明白这里边的意思吗？”

小刘心领神会地说“我一清二楚。”他又补充道：“我完全能立功。”

“好！”宋巨欣喜若狂，“还是那句话，下边的戏就由你来唱了。”

刘福根听了，现出胜任愉快地一笑。

乔士奎的子女也早早来到病房。秦继业和三虎在家里。这是乔通路的主意。如果在医院和6号打起来，他怕妈妈受惊吓病情加重，怕三虎碍手碍脚，所以把她们娘俩留在家里。大虎和二虎倒是能助一臂之力，可以搂腰抱腿用牙咬，所以让他俩也去了医院。

乔宽河已将零星东西收拾在一个大提包里。乔士奎把住院穿的睡衣脱在一边，穿戴好自己的衣帽。乔晓娅和大虎二虎小燕似地守在床边；那哥俩出出进进地奔走；任玉娥在门口里里外外地照料。他们在焦灼地等待着……

医院不知何时延续下来这样的不成文的规矩，病人不管提前多久得到出院的消息，都要等到当天大夫查房再次通知才能离开医院。好比最后一次查房通知出院才是正式放行令。乔晓娅正是等待着这样的时刻。乔通路兄弟根本不顾这一套。他们想在大夫查房前把爸爸背回家。“你当开路先锋，我背爸爸。”乔宽河与哥哥商量。“不行。”乔通路说，“楼道口是出不去的，今天多加了守卫。”“咋能这么严重？”宽河不信，他和大哥到楼下去看。他们看到除了两个戴红袖标的守卫人员，还有好几个持枪的工人民兵在楼外游走。他们又去找孔老汉，要求帮忙。孔老汉直截了当地说：“我可不敢从这里将你爸放走，宋巨带着人特意关照过。我还想吃饭活命，担不起罪名。你们去找他们交涉吧。他们叫我放行，我决不怠慢。咱们工人阶级内部没有根本的利害冲突嘛。”离开孔老汉，乔通路不管不顾地说道：“6号是瘟神，无孔不入！”弟弟没说话。他默默地与哥哥一起回到病房。任玉娥抱着很大的希望问：“咋样？现在就走吧？”乔通路没有好气地瞪了她一眼，要不是在病房里，非训她两句不可。

丈夫的烦躁表情使任玉娥意识到情况不妙。她想了解到底是咋回事，便悄声问小叔子：“门口把得严实了吧？”宽河告诉她说：“没有医生的许可，今天爸爸是很难出去的。出去了也回不了家。”嫂子说：“看来查房医生成了关键。”宽河点点头：“可以这么说吧。”嫂子嘱咐道：“等会儿医生来了，可千万压着你哥的火点。同样的话，尽量用好态度说；宁可自己受点屈，也不要得罪医生，人家握着刀把呢。”宽河轻轻摇两下头，看来不同意嫂子的意见。

但也没有反驳，只是说：“到时候见机行事吧。”

小刘医生带着两个护士来查房。他也是先查西排三个病员。查到高职员时，他凑到高老头耳边高声说：“今天出院吧，在家里养着比在医院环境好。”

乔士奎听了感到挺舒服。他怀着激动的心情期待着小刘侄子对他说同样的话。按照往常一贯的顺序，查完东排靠窗的那位，接着就是乔士奎。今天小刘偏偏把他跳了过去。等查完了靠墙的那位才回过头来查他。让他多紧张了好半天。

“昨天不是通知您扎透皮针了吗？”小刘对乔士奎查也不查，把手插在白大褂兜里，听诊器也在兜里装着。

“我已经大见好转，用不着再扎啥透皮针。”乔士奎说话时嘴不歪也不斜。

“我留你扎针完全是好意。”

“是这样，”乔士奎说，“我完全理解你的心意。可是我一天也不愿在医院多待了。”

“既然你自己说已经好了，那就再去参加学习班吧。”

“你还想让我进6号？”乔士奎谈虎色变，不寒而栗。他坚决地说，“就是让我死，也决不再进那个鬼地方！”他连气带怒地躺在床上，嘴又向左歪了过去。

小刘大夫的决定使乔晓娅大失所望。她哭丧着脸，两眼失神地傻瞪着，不知如何是好。任玉娥强笑着望着小刘伺机说客气话。乔通路兄弟一个在病房里踱步，一个在打主意。大虎冲小刘说：“我坚决不让爷爷再进6号。”“爷爷也不扎透皮针！”二虎也说。

小刘蛮横地说：“就两条路，一是扎透皮针，二是进学习班。”

乔士奎气得也不知说啥好，此时竟然徒劳地拉起朋友关系，叫着刘大夫的小名：“福根，我和你爸都是从旧社会熬过来的人，活到今天不容易，难道你想让我死吗？”

“大伯，扎透皮针正是为了让您好。”

“我不想扎。”

“您不该在病房里说这话。”刘福根油嘴滑舌地说，“作为医生，有权医治他的病人。”

“我的病不需要扎针，昨天左大夫就叫我今天出院。”

“这个病房现在当家的是刘大夫。”刘福根傲慢地说，“刘大夫留你扎针，房子都准备好了；如果你非要出去，就去参加学习班。”

“刘大夫，这个意见不能改变一下吗？”任玉娥硬强微笑着，尽量用温和

的声调说，“他爷的病你们也知道，多亏你们医生救了他。如果硬留他扎针，一着急上火，说不定会使病情加重；如果像左大夫说的，回到家里好好养一阵，说不定就从根上好了。那时再参加学习班有多好呢？”

“然而现在的情况你们必须清楚，”小刘向门口扫了一眼，悄声说，“只要乔大伯一出去就会被6号抓走。所以你们应该知道我为啥留他扎针。”他果然讨得了晓娅的好感。她用友善与感激的目光望着这位年轻的好心医生。刘福根也察觉了乔老师对他的友好。他还想讨好地说下去，乔通路打断了他，他又生又硬地冲刘福根说：

“你的意思我们明白了，你的任务也完成了。快去向给你任务的人交差去吧。”

“病人的意思我咋转达呢？”小刘问。

“你就说病人要活命！”

刘福根给晓娅使了个眼色就大摇大摆地走出病房。

晓娅明白小刘是向外钩她。去还是不去？她用眼睛争求爸爸和哥哥的意见。他们都绷着脸，没有认可的表示。她自以为还是去好。可没父兄的应允又不敢擅自去，心里好不焦急。任玉娥深思熟虑地说：

“既然他有话跟你说，你就去吧。记住千万别丧失咱们家的气节。”

晓娅姗姗去了。刘福根把她引到一个僻静的去处，推开一间房门，以宋巨为首的6号五员大将一起投来凶狠的目光。晓娅心里一直很紧张，特别是走到僻静的楼道的尽头时。她不清楚刘大夫找他干啥，对他保持着警惕与戒心。他推门时她紧张到了极点。她想，如果屋里没有人就不进去。有话让他在外边说。当她透过屋里的浓浓的烟气发现宋巨等人时，心里的害怕换了个内容。她想：他们啥时候来的？找我干啥？不等她纳过闷来，就听宋巨客气地说：

“这不是乔老师吗？快进来。”

乔晓娅胆怯地进屋，小刘也随后进去，顺手把门关好。他们腾出床来让晓娅坐。晓娅轻轻地坐在床边上，两眼盯着脚尖，竖着耳朵听他们的问话。

小刘向宋巨耳语几句。宋巨说：

“听说你们一家子都来了？其实大可不必，用不着兴师动众嘛。”

晓娅抬头看了他一眼，变得轻松了一些，把身子往里坐了坐。

“你是识文断字的，革命道理应该是一样通时百样通。”宋巨说，“你爸爸如果有病，继续留下来治疗；如果说已经好了，就去参加学习班。你说这样做，医院和专案组有啥不对呢？相反我倒要批评你们，一家人都来，非要出院。既有病为啥不接受治疗？既好了为啥不参加学习班？到底是啥意思？是不是怕接触万尺帆布的问题？”

“不！我可没……”乔老师怕担责任，想洗清自己。

宋巨不容她把话说完，继续说自己的。“在学习班里把问题早日解决，对你们一家不是都有好处吗？别担心你爸爸会在学习班吃苦头，不会的。当然也可能出现过激的行动，群众运动嘛，只要大方向正确，不要在枝节问题上纠缠。群众的过激行动也直接取决于你爸爸的态度。他今天的态度很反常，做子女的要起积极作用，不能任他由着性子来，否则要坏大事的。”

“这些道理我全懂。”乔老师喃喃地说。

“那就好！”宋巨高兴地一拍大腿，“你给他选一条路，是扎针还是进班？”

“咋着我都没意见，”晓娅为难地说，“就是我做不了主。”

“谁能做主呢？”司仁连问。

“我哥哥和弟弟。现在只有他俩能左右爸爸。”

“那好，就叫你哥哥来。”宋巨让刘大夫去叫乔通路，又对晓娅说，“你也去吧，好好劝劝你爸爸。让他从长计议，考虑后果。”晓娅满口答应地走了。

宋巨恶狠狠地吩咐随从：“乔通路一来就把他扣下，送进6号。”

“早该这么办！”司仁连捋胳臂挽袖子地说，“非得让他承认以前都是骂自己，打他个皮开肉绽遍体鳞伤！”

刘福根匆匆来到病房，冲乔通路说：“大哥，宋巨请你去一下。”

“请我干啥？”

“请你有话说。”

“我乔通路明人不作暗事，有话叫他来说！”

“你不去？”

“没有那个必要。他们一撅屁股我就知道拉啥屎。”

小刘被杀掉了威风，一甩袖子出了病房。

“他们跟你说些个啥？”乔通路问乔晓娅。晓娅正要回答，病房门口传来铁轮车的声音。胖胖的高大妈推着辆四轮小推车一扭一扭地走进来。

“你们都来接爸爸出院？”她一进门就冲乔通路他们说。她把铁轮小车停在病房中央，小脚一踮一踮地凑过来，“衣服都换好了，咋还不走？”

乔宽河一见高大妈和小推车，心中顿生一计。他说：“高大妈，待会儿我帮您往家推高大伯。”他又和哥哥耳语几句，迅速奔出病房。他瞄见刘福根的身影，小跑着追过去。

小刘向他们汇报了情况，宋巨气得一拍大腿，命令道：“立即行动！”

“先别着急，我来和你们谈判。”乔宽河跑进来说。

“你能主事吗？”宋巨轻蔑地问。

乔宽河反问："你看呢？"

"哦！对了。"宋巨猛然醒悟道，"和家庭彻底决裂的那个造反分子就是你吧？"

"除了咱，谁还能干出那种事来！"

"好样的，是个革命派。咱们闲言少叙，叫你爸留院扎针或出院进班，你能说服他采取哪一种呢？"宋巨问。

"我能说服他进学习班。"乔宽河十分有把握地说。

"你真能做到？"司仁连不大相信。

"我不生气你怀疑我，那是因为你还不了解我这个人和我持的态度。"乔宽河拉过桌旁那把椅子，坐在靠门的地方。他解开上衣扣，一只手抹脑门，一只手扇风。其实屋子并不热，他也没出多少汗。他是怕他们看出他有意挡住门口，故意做出这些举动。"现在我就跟你们说说我这个人。"他拉开长谈的架式给他们作起自我介绍来。腰间别着枪的6号这五个家伙和福根，都很感兴趣地听他讲。十二只眼睛像米老鼠似的望着他。"正像你们说的，我是一个与家庭彻底决裂的逆子。我为啥要这样干，因为我恨我爸！"乔宽河就这样侃侃而谈。

他谈得热闹，病房里也正紧张。乔晓娅极力劝说爸爸留院扎针，乔士奎坚决不依。乔宽河走后，大哥在病房里围着小推车踱步。当他转到第六圈时，毅然来到高职员床边，冲正在给老头换衣服的胖大妈说："借您的车先把我们老爷子送回去吧。"

"我也是这么想，可你们老愣着。"胖大妈痛快地说，"挺老远的，背着多费劲，还是用车便当。来，我帮你们推。"说着她丢下高老汉来照料乔士奎。乔士奎不等别人搀扶就下床迈到小车里。小车里有一件高职员的水獭领子的皮大衣，乔通路让他把皮大衣穿上，又把大衣领子立起来，就脑门和两眼露在外边。乔晓娅见状急头白脸地阻挠道："爸、哥，这样很不好，到底是有病没病？有病就该留下来治；强行出院，人家会说爸原来就是装着，这一来，万尺帆布问题就更难解决。"她苦口婆心，但没有一个人听她的。

安顿好之后，胖大妈在中间推着小车，任玉娥在旁边帮着。小车哗哗哗地响着朝电梯移去。乔晓娅直愣愣地坐在空床上，心里头不知是何滋味。

乔通路打发两个虎子到医院大门口去等，他自己走在小车的前头。在电梯口他遇见一个穿警察服的熟人，和他说起话来。

"你来得正好。"乔通路故意抬高嗓门，好让孔老汉听清。

"听说你们老爷子住院了？"警察问。

"可不，被6号打的。"

"还没出院？"

“大夫想给扎透皮针。”

“听说扎针的是个新手，能不扎最好不扎。”

“没事！”乔通路满不在乎地说，“扎扎看，不好再说。”

他们说话的表情和内容，电梯孔老汉都看在眼里听在耳里。

胖大妈推着小车一扭一扭地来到电梯口。

孔老汉打招呼说：“高大嫂，今天大哥出院了？”

高大妈从容地说：“他早住腻了，我也跑得不行了。带上药回家吃。”

“就是。”孔老汉随和地说，“只要不输液打针的，在家养比住院心静。”

说话间电梯开到了下边，打开门，孔老汉又嘱咐说：“您走好，胖大嫂。”

“好好，让你费心了。”胖大妈一边应和着一边不紧不慢地推着小车往前走。两个守卫一直盯着他们，几个荷枪实弹的工人民兵从他们身边擦过。任玉娥紧张得心差点跳出来。到医院门口，两个虎子突然出现又把她吓够呛。胖大妈给她壮胆说：“不要着急，没危险了。他们不敢在大街上乱抓人。你们推着走吧，我走得慢。”

任玉娥来不及谢胖大妈，接过手来就弯下腰去使劲推。大虎在前头拉，二虎像个小牛犊似的跟在后头跑。

发生的这一切6号还不知道的。宋巨他们还沉醉在何宽的故事里。故事员讲着讲着就开始收场了。

“爸爸住院，我为啥又回来呢？咱们简短截说。那是因为我认识到爸爸是无罪的；有罪的是我，我不该那样对待无辜的爸爸。我一连守护他四十个昼夜。一方面是为防止你们暗害他，另一方面是表示我的忏悔。你们叫爸爸重进6号也好，留院扎透皮针也罢，其狼子野心路人皆知。你们就是想让他一死。可是尊敬的6号勇士们，你们的卑鄙计划破产了。正像你们的可耻的阴谋被揭穿那样。”乔宽河站起来，把椅子朝脸前一挪，告辞道：“再见了武士们！如果我以后想见们的话。”他又热情地握了一下刘福根的手，眯缝眼睛说：“多谢你帮了大忙。”说罢他拉开门，大步扬长而去。

宋巨一伙做梦也没想到同意乔士奎重进学习班的何宽会说出这番话来。气得他当即下令：

“把乔士奎马上抓进6号，谁敢反抗连谁一起抓！”

可是已经晚了。当他带着打手冲到病房时，就连坐着发愣的乔晓娅也已经不在了，只看到一张空床。他们这才醒悟到上了何宽小子的“明修栈道，暗渡陈仓”的当。

第二十九章 为了幸福

乔士奎虽然从医院安全脱险，但他终未逃脱6号的魔爪。乔家不是不深晓这一点，但却防不胜防。

为了庆祝胜利，这天他们摆了个小小的家宴。不用说，秦继业要了高超的手艺。宴罢，一家人又打起主意来。又是乔通路的头炮，他认为，6号没抢到人，肯定不会善罢甘休，要做好充分准备，防止他们的阴谋诡计。

“现在主动权在咱们手了。”任玉娥说，“爸您就别出门，在屋和院里活动。如果他们心平气和地找您谈问题，就心平气和地跟他们谈；如果6号来硬的，就把他们赶出去！有事来家谈，不管谁来找也别出去。”

大虎说：“也别中6号的调虎离山计。”

“要我说还是不跟他们闹僵了好。人家握着刀把呢。”乔晓娅忧心忡忡。自打爸爸强行出院，她的眉头一直是紧拧着。别人都为亲人安全脱险而松了一口气，她却提心吊胆起来。她说：“爸爸这么出院，人家肯定要再给加一条罪，说爸爸本来就是装病，为的是逃避审查。过六个月不上班人家就会开除爸爸的公职，连退休金都领不上。”

“这时候你还考虑那些呢！”通路大哥一说话就瞪眼。他早忘了妹妹曾因此生过他的气。他二目圆睁地瞅着晓娅，高声粗气地说：“他们开除就开除，没退休金又算个啥。老人用不着你养活。逃出了虎口就是为了活命，咋也不能再往火坑里跳。正像工人们说的：‘这个窑儿哇，没法揍了！’”他又对爸爸：“您就在家养着吧，解手都甭上外边，屋拉屋尿。”

秦继业自信地重复着她常说的一句话：“大疮终究要出头，等6号这包浓流出来就好了。眼下还是先保全性命。”

“6号这帮家伙啥事都干得出来，”宽河说，“我们还得做好他们来家抢人的预防；爸爸从饿狼窝里逃出来，会把饿狼气炸了肺，它恼羞成怒反扑过来会更凶。”

“这没啥了不起的，”大哥说，“赶明儿我踅摸两根擀面杖，如果6号胆敢在我们都上班时来家抢人，您就用擀面杖往外打他们。”

大虎说：“爷爷，以后放了学我不去玩，在家保卫您。如果6号来抢您，我就把屎盆子往他们脸上扣。让他们知道干坏事的下场。让街上的人都笑话他们。”

“好主意！”乔士奎伸出大拇指。

全家人你一言他一语地谈论着，晓娅的眉头越来越拧得越紧，最后拧成个大疙瘩。她再也憋不住了，很不满地说道：“听你们谈话，好像倒退了几十年；你们的办法，就像当年的地下党对付国民党。”

“你算说对了，”通路说，“咱们就是在对付‘国民党’。毛主席说，这场文化大革命，实际上是共产党同国民党斗争的继续。”

“天啊，你把毛主席语录整个地用反了！”晓娅严肃地瞅了哥哥一阵。她说：“在无产阶级专政下，你们这样来，咱们家不会有顺当日子过。”

“咱俩的认识恰恰相反。”大哥与她针锋相对地说，“如果按你的来，咱们就会家破人亡；按我们的来就会步步主动。”

“宽河还想不想回来？我能不能入党？婚姻大事啥时候才能解决？这些个大事你们为啥一件也不放在心上？”晓娅提出一连串问题，低下头又流开了眼泪。庆贺宴时她和大家一起流泪，是因为对爸爸产生了怜悯之心。爸爸为矿山建设二十年如一日地到处奔波，如今年近花甲倒落了这么个下场。现在她的眼泪是为自己流的，怪自己命运不好，生在一个多灾多难，又不会看风使舵的家庭，影响了她的美妙前程。

宽河明知姐姐并非为他伤心落泪，她是用他回城做幌子。但他仍以假当真地说：“姐别为我担心。我当初下乡时就没想还有抽调这一说。虽然我们点的人一个个走得差不多了，但我既不眼红又不眼热。就因为参加了这个斗争，一辈子不抽调也不后悔。我走是光明正大走的，回来也要走正门；别说我现在没后门可走，就是有我也不走！人活一口气，树活一层皮。如果不是出正气，活着对人类也不会有啥好处。”

乔家的宴后谈论就以宽河的话做结束语。

晓娅这天下午就回学校了。虽然她往常也是这样，星期六下午来，星期日下午走。而这次与往常不同，她是带着极坏的情绪和满腔的火气走的。她恨这个不为她争气的家，讨厌直来直去的哥哥和变得更加冥顽不灵的弟弟，生不听她的话的爸爸的气，也怪妈妈不知道心疼她。回到学校她独自吟诗颂文，却怎么也驱逐不掉满腹的愁肠给她带来的痛苦。

家里头真的按那天说的进行了准备。乔通路弄回两根大擀面杖，由乔士奎

和秦继业分别保管，一旦遇到情况就顺手拿出来用。乔宽河买来一个带耳朵的罐子。乔士奎就在里边拉尿。大虎主动承担倒的任务，他总是晚上睡觉前才倒。白天给6号来抢爷爷的人留着。他想，6号的坏蛋一来，先给他们来个屎尿浇头，他们吃了亏就会抱头鼠窜，跑到街上，大家就会躲到老远的地方看。还会指着他们的脖子嘲笑："看嘿，6号的人头上顶着屎。""这是咋闹的？""他们大白天地去抢人，让乔士奎的孙子大虎给泼的。"那个时候，他该有多高兴啊。

可是日子一天天过去，爷奶的擀面杖一直没派上用场，大虎也一直未能如愿以偿。像是有人走漏了风声，敌人就是不进埋伏圈，大虎心里干着急。6号不来捣乱，爷爷待在家里既安全又自在，天天乐呵呵的，教他学语文练算术，渐渐地他泼6号强盗一头屎的想法也淡了。爷爷的活动移到院里，后来就到外面公厕里解手了。

顺便说一句，乔宽河惦着他的土地，爸爸出院后没几天他就走了。临行前嘱咐爸妈有一车的话。

乔士奎待得挺自在，每天帮老伴给上班的上学的伺候饭，监督孙子做功课，打几天还要给二儿子和大女儿写信。任玉娥每天吃上现成的饭菜，对公婆打心眼里感激。乔通路还是截长截短地骂大街。但不管咋样也叫不起阵来。好心人为他们发愁，这样下去啥时候是个头儿哇，弄不好会丢了饭碗子。乔士奎也不想这样啊，他也想着上班，可是不行呀。此乃不得已而为之。日子长了他有时也难免感到腻烦。但比有今儿没明儿的6号生活强十万八千倍；比在医院的病床上强五万四千倍。至于丢饭碗子的事，倒不担这份心。一是万尺帆布案他没参与，再就是他怀着胜利的信念。冤有头，债有主，坏人当道的日子不会长久的。总有一天这颠倒了的事情会再颠倒过来。

乔家差不多都是这样想。唯独晓娅与他们两样。她不但没有什么信念，反而越来越悲观。爸爸在6号时，她虽也感到很大压力，但却始终抱着一个说不定哪天问题就得到解决的希望；如今爸爸虽平安在家，却熄灭了她心中的一线希望的光。她认为，这样一来爸爸的问题就算定性了。不管作没作案，单凭态度准会受到加倍的严重处理。老子一成罪犯，就宣告了子女的政治生命的死刑。学生时期的乔晓娅，性情高傲，好胜心极强；她大学交的男朋友也同样如此。两个人商定：毕业后先英雄马壮地干几年，入了党再成家。然而冷酷的现实泼冷了她的一腔热血，还没有走出校门她就背上了家庭的沉重包袱。如今这包袱是再也甩不掉了。就是因为爸爸，她的组织问题一直得不到解决，婚期一推再推。眼下已成老姑娘，还要推到哪年哪月呢？她怎么也没想到才一万尺帆布的问题，六七年也得不到解决。就是一天解决两米也早该弄清了。

夏去秋来，这一年又过去一大半。自从家里采取了与6号对着干的态度与做法，再也钩不起乔晓娅任何幻想与希望。没有希望的日子是枯燥乏味的；没有希望的人生，越过越没过头。她经常感到度日如年，也经常采取混天态度，过一天少两半晌，碰命打彩，走到哪儿哪算。

这个星期六她没回家。星期天上午给男友潘永红挂电话没挂通。她独自过了个像林黛玉见谢花落叶都要伤感的星期天。星期一见到朝气蓬勃的学生，她的变老的心才感到了生机。她每天只有两节课，为了免除孤独的苦恼，她常去听课，放慢看作业的速度，把时间消磨在工作上。

今天她心里感到异常烦乱，她好不容易坚持讲完两节课。不头疼不脑热，不像得了感冒；身体其它部位也没啥不适，就是心里头麻烦得慌。她打算把粉笔盒和讲义夹放回备课室，回宿舍去躺一躺。一走近自己的备课桌她就发觉玻璃板被人动过了。还发现右上角压着一片纸，上边写着八个字：十点我在皇帝陵等。外人看很不显眼。对乔老师可像密电码一样重要。她就像军人得到命令一样地执行。她把字条放在衣兜里，慌忙向校外走去。

乔老师所任教的煤矿子弟中学在边山郊外。只见乔老师步履轻盈地走出学校大门，又悄悄绕到学校后身，顺着小路越过一条专用铁路线，朝着一座远看像馒头似的小山包走去。山包和旁边的山不相连接。山上造满了林。阳坡是刺槐，阴坡是油松。乔老师顺着羊肠曲径一口气攀了上去。山并不高，她却出了汗。

在山顶的一块松槐混交的林下的草地上，坐着一位相貌十分英俊的男子。他乌黑的头发白皙的脸膛，长胡子的养分都让眉毛夺去了，所以嘴巴光光的，眉毛浓浓的，浓眉下的两只大眼炯炯有光。他就是潘永红。

乔老师到煤中上任时，她与潘永红到此散步，看此山像一座大坟头，故冠名皇帝陵。

听到了熟悉的脚步声和喘气声，看到了苗条的身影，潘永红站起身，迎上前。晓娅向前蹿了几步，二人亲热地抱成一团。良久，他俩一边亲昵一边说话：

“你像洁白的槐花一样香甜。”

“你像松树一样英俊。”

“松树在秋风中唱着歌，”

“槐花在秋风前就已凋谢。”

“太伤感了。”

“就是这么回事。”

“星期六为啥不回家？”

“如果我有双翅，我宁愿飞得离家远远的。”

“家里还好吗？”

“家里……家里就只顾家，从不考虑早该出嫁的女儿。”沉默一会，晓娅又说：“我曾经恨家里采取那种态度，也提出过自己的主张。等辗转反侧地一想，爸爸让6号整死也会是这个结果。与其那样死，倒不如这样活着好。所以，爸爸还是对的。使我的幻想破灭的，不是天不是地，完全是命运的安排。”

“参加斗批改宣传队那会儿，你怎么向别人宣传了？‘不信天命信革命，’轮到你自己头上竟作了命运的俘虏？我们应该坚信事在人为。”

“说是说，命运之神是最讲实际的。”

“你脸色很不好。”潘永红用细嫩的手指抚摸晓娅的头。

“已经绝望的人的脸色大概都这样。”

“你绝望了吗？”潘永红搂着晓娅靠在一株槐树上，“心里想着我，你就不会绝望。”

“应该说我活到现在就是为了你。没有你，我早就彻底抛弃了这个令人厌恶的世界。可是……”晓娅低下头去。

“可是啥？”

“也许我活着会给你带来灾难。”

“你瞎说个啥！”潘永红嗔怒地亲了她一下，转过话题说，“你为啥不问我这时找你有啥事？”

晓娅对此似乎不感兴趣，仍无动于衷。

潘永红加重语气说：“决定我们命运的时刻到了！”

晓娅听罢，像受了股寒风袭击那样打了个冷战。她带着痛苦的神情说：“实际上决定我们命运的时刻早已到来。只是我们都不好开这个口。今天我们都开诚布公地谈谈吧。我考虑了很久，先听我来谈。文革前，我一直以自己的家庭清白自居；文革开始，爸爸出了事。我们确定关系时，我曾向你把问题讲明。你说爱我不在乎那些，我相信爸爸是无辜的，又珍惜我们的友情，我与你结合并无愧于你。我把希望全部寄托在党的实事求是的政策上。希望哪一天爸爸得到解放。然而回报我们希望的老是扫兴的失望。我越来越自愧弗如。全都是家庭拉了我的后腿，我又拖了你的后腿，影响了你的远大前程。我不忍心这样下去，几次想向你提出解除我们的婚约。几次话到嘴边都没勇气开口。你不是那种朝秦暮楚的人，也不是见异思迁的人，你并没有因家庭使我变得低下而小瞧我。你越是这样我越是打心眼里感激你，越是爱得离不开你；而越这样越使我感到对不住你。我虽不忍心让你受我的牵连，但我更不忍心割断我们的爱情。我就生活在这样的痛苦与矛盾之中。不要再让我这样下去了。永红，忘掉我，不要考虑我是怎么真纯地爱你，你不是我的私有财产，你是社会的财富，为了你的前程，我们从此分道扬镳吧。沉舟侧畔千帆过……”晓娅早就说不下去了。她断断续续，颤抖地表达完最后的意思，转身伏在洋槐树上，呜呜地哭起来。

潘永红对她是一片爱的柔情。他给她擦着眼泪说：“你对爱情如此虔诚，即使是一个计划弃旧图新的男人也会被感化得心动。而我，正像你判断的那样，不是朝秦暮楚见异思迁的人。我一直都是忠诚地爱你的。刚才你的表白使我看到了你的这颗心，使我对你的爱更加坚定不移。我不知道我在什么地方伤害了你，给你的精神造成了如此痛苦，甚至产生与我永断葛藤的意念。快告诉我，使我看到自己的过失，也好幡然悔过。”

“快别说了！”晓娅伸手捂他的嘴，“你没啥可自我谴责的，都怪我不好。”

“你不实事求是地责怪自己，会让我怎么想呢。”潘永红喃喃地说，“有啥可怪你的呢？你到底哪儿不好？”

“你等了这么多年，也没等出个结果来。”

“那是客观上的影响，并非你主观上的罪过。怪你是不公平的。”潘永红转过话题说，“如果你听了我报告的喜讯，就不会再哀声叹气没有结果。”

“喜讯？”晓娅不相信有什么喜讯降临到她的头上，可她见对方如此认真和兴奋，不禁动心地问，“啥喜讯？”

“听喜讯得像上台领奖那样眉开眼笑。哪能哭天抹泪的呢？”晓娅驯服地让他擦眼泪。

一阵松涛响过，爆开的刺槐种子有两三粒掉到晓娅的脸上。她又伤感起来。潘永红打趣地说：“槐花结了子，你却还散发着花香。不过也该结子了。植物一结子花就凋谢，而你这朵花却永盛不衰。”

晓娅被说得满脸绯红。她催促说：“快报告你的喜讯吧。”

“这个喜讯是天外飞来的。所以我破天荒在此时此地和你约会。”

“哪方面的喜讯？”

“不想猜猜？”

晓娅摇头：“没兴趣。”

潘永红拿腔作调地说：“目前来讲，除了我未来的老泰山得到解放，其他任何事情我都不把它当作喜讯。”

“帆布找到了？”晓娅又惊又喜。

“不是帆布找到了，是我们有了出头之日。”

“请直截了当地让我明白明白。”

“我所谓的喜讯，现在告诉你实际还只能作为一条消息，还不能称作喜讯。”潘永红说着说着不禁为难起来。”

“为啥这么说？”晓娅不解其意。

“因为还需要你的努力。”

“我的努力？”晓娅坚定地表示，“为了爸爸的解放，为了我们的幸福，就是赴汤蹈火我也勇往直前！”

“用不着冒那样大的险。”潘永红轻松地说。

“到底让我干啥？”

“就几句话的事。”

“几句话？”

“几句话虽然简单却很难启齿。对你也是个多方面的考验。”

“快告诉我是啥话？”晓娅急不可待地问。

潘永红四下里看看。把两手搭在晓娅的双肩上，严肃地说：“让爸爸这么交代问题：‘万尺帆布是田美海、牛羊伴指使我在天津卖掉了。’”

“你说啥？！”晓娅惊恐地问。

“万尺帆布是田美和牛羊伴指使我在天津卖掉了。钱大部分交给了他们，我只得二千元。以前不敢讲，一是怕田、牛二人打击报复，二是怕退赔。通过学习班学习，使我解除了顾虑，把问题交代出来。”

“这是你说的？”

“让你爸这么说。”

“如此胡说乱讲，一害自己，二害他人。我们不能这么干。”她拉住他的手，央求道，“永红，快收回你刚才的话，我就当没听见那样不生气。按说是应该生气的。伤天害理的鬼主意不该从你嘴里说出。”

潘永红冷冷地甩脱晓娅手，一屁股坐到地上。林下尚未变黄的绿草夹杂着杏黄的洋槐叶和橘红的松针，像斑驳的地毯。

“你为啥不高兴？”晓娅轻轻地抚摸他的肩膀，柔声细语地问，“我说得不对吗？”

她越软潘永红装得相儿越大。随着晓娅的摇晃，他慢慢倒在草地上。晓娅仍是耐心地劝：“永红，你是我心目中的英雄，千万不能聪明一世糊涂一时。本来就命不济，这些年又不走运，再把屎盆子往自己脸上扣，咱们就更没活头了。”她坐在永红身边，伸手拉他起来。

弓拉圆就行啦。潘永红装相儿适可而止，坐起身，与晓娅脸对脸。他说：“你说得正相反。如果你爸照我说的做了。不仅有活头，而且还能出头。”

“你是白日说梦。”

“你不知道出主意的人是谁。”

“谁出的我们也不能听。”

“要是大员呢？要是上头来的那位大员呢？”潘永红神气活现地发问。

晓娅无言以对。她感到疑惑和震惊：大员咋能出这样的主意？

“昨天专案组把我找去，大员和我谈了两三个小时。一开始我对这个主意也不理解，大员说，照他的主意办了以后，你爸的一切问题从此一笔勾销，准予离休，补发工资。‘乔老师上午把乔士奎劝通，下午她就能入党，你们第二天就可以办喜事。’这是大员的原话。上午我们一谈完，下午我就要找你，大员没叫。他说星期天你哥嫂都在家，不便工作。这事是绝密，外人只准你我和你爸知道。大员拍着我的肩膀说：‘这是党交给你和乔老师的任务，相信你俩能圆满完成。’”潘永红用期待的目光望着晓娅。

乔晓娅呆若木鸡。连潘永红也摸不透她此时的心境。他见她老不说话，便伸手抚摸她光滑的下颌，加重语气说：“请注意，这是你爱人在传达武威大员的指示，是执行还是违抗，你要明确表示。”

许是让永红给摸痒了，她笑着点了一下头。

“这是啥意思？违抗吗？”

乔晓娅猛地搂住他的脖子，撒娇地说：“我敢违抗吗？”永红也将她搂住。两人在草地上打滚。要不是有树挡着，非滚到山下去。

远处传来响汽，近处传来铃声。校园一片热闹。跑家的学生骑自行车鱼贯而出。潘永红乔晓娅离开皇帝陵。

乔晓娅踏着钟点往家走，正想着如何支开母亲，在小马路看到买黄花鱼的长队顿时有了主意。她到家时见门锁着，又一阵欣喜。因为母亲没在家。她叫爸爸，爸爸将钥匙从屋里递出来，晓娅开门进屋。

乔士奎对女儿这时候来家颇感奇怪，见她进屋及关门的慌张动作，不免有些紧张地问：“发生了啥事？”

晓娅没有回答，走进爸爸的寝室。乔士奎把耳朵贴在门上听了听，没听到动静。他见女儿满脸愁容，无精打采地坐在椅子上，心中好不纳闷。于是很不放心地问：“昨天咋没家来？看你的样子，八成是出了啥事了吧？”

晓娅仍是一言不发，只是轻轻地摇头，眼眶里噙着晶莹的泪花。

乔士奎见女儿满是委屈的样子，猜得八九不离十。他坐在女儿对面，长长地出了口气。他刚要开口，又有人敲门。他没听见走路的声音，判断不出来人是谁，轻声问：“谁？”

“是我，快开门。”说话的是秦继业。

晓娅慌忙用手帕搌去泪花，抢先开门。女儿突然驾到，妈没来得及问，只是说她排队买鱼，回家拿上鱼号。之后就匆匆走了。乔晓娅关上门回屋坐到爸爸身边，重又出现难过与委屈的表情。

“哎！”乔士奎说，“都怪我不好，连累得你至今出不了嫁，宽河抽不回来。我心里也不好受。完全是没办法的事。你应该相信爸爸，决不会贪污万尺帆布！可人家不相信，硬要往咱头上定。还有我那历史问题，本来就算不上啥问题。当年为了吃饭活命，就去做了两天饭，发现不对头就不干了。你们一再向我耳朵里灌什么‘北京经验’，硬让我走这条路。我有意把历史问题说得很严重，为的是证明在帆布问题上的无辜。万没想到这下引火烧身。他们说我是历史反革命，更加肆无忌惮地整我。在6号我受不了非人的折磨，真想一死了之。可是我不能死。如果死了，他们就把问题都扣到我头上。不但你们这一辈子背我的黑锅，还会影响到你们的下一代。自杀就是对子孙的造孽。为了你们我也不能死；为了不让他们害死，我才想法逃出6号。”

“您可曾想到这样做的后果？”

“为啥没想，”乔士奎成竹在胸地说，“无非两种可能，一是丢饭碗，二是坐大牢。”

“照这样下去，等待您的一定是后一种。”

“那也比在6号里强。”

“您坐牢同样会株连我们。既然这样，为啥不想一个万全之策呢？”

“万全之策？”乔士奎苦笑两声，“那是没有的，我的女儿。”

“要是有呢？”晓娅一扫满脸的愁容，舞动着双眉说，“要是女儿想出了万全之策呢？”

“为了使你们不背黑锅，就是我这把老骨头下到十八层地狱也心甘情愿。”

“女儿当然不忍心让老爹受苦,您可别这么想;如果那样,也不叫万全之策。”

“你的万全之策是个啥哟！”

“对咱全家都好，您可以得到全部补发工次，就此离休，不上班也能拿全薪；弟弟马上可以抽回矿里上班；您女儿也就可以如愿以偿了——光荣入党幸福结婚。”

“你的这套话我在6号听得耳朵都磨出了铜钱厚的茧了，难道你的主意会跟他们叫我干的一样？”

“我不知道他们让您干啥，也不想知道。”晓娅的脸一阵微红，她任性地说，“反正女儿不会给您空桥上。不信您可以回顾历史，这么多年来，女儿对您咋样？”

“女儿对爸爸还能咋样？谁有啥不是也不能在心里记着。”乔士奎催说正题，“快说出你的套子来，然后再讨论。”

“女儿能有啥套子，还不是看透了6号这样整您的目的？”

“他们的目的我很清楚。我在6号时曾多次听他们向我透露过。他们想让我扮演一个万尺帆布的胁从作案者，让我把田矿长和牛科长揭发成主犯。如果我这样做了，他们就保证兑现给咱像你刚才说的那么多好处；如若不然，就往死里整我。”

“为了活命，您应该对症下药。”

“所以我坚定不移地拒绝他们的诱供。”

“所以您也就吃了不少苦头，险些送了命。别看6号一直还没找咱的麻烦，但问题还远未了结。”

“我皮肉上虽受了痛苦，但良心上却感到心安理得。”

“良心？”晓娅鄙夷地说，“这年头谁还讲那玩意儿！”

“我讲的良心跟你们说得不一样。我讲的良心是坚持真理。”

“这更是个说不清道不明的问题。啥叫真理？谁又对您讲真理？”

“按你说他们瞎闹我也得跟着胡来喽？！”乔士奎对女儿的话打心眼里反感，用生冷的目光逼视着她。

一向娇生惯养的乔晓娅受不了爸爸这个态度。她垂下头，就像小时候受到大人训诉时一样，委屈的眼泪像断线的珍珠似地往下滚。

乔士奎望着女儿的憔悴面容，无形的压力给她带来的无限的苦恼取代了她曾经有过的天真与欢乐。“都怪我呀！”乔士奎喃喃自语。对亲生女儿的怜悯与心疼，使他的心渐渐软下来，由对女儿的责怪变成了对自己的谴责。“不要哭了，晓娅，”他央求说，“爸爸心里也在流泪呀，你这样不是让我更难受吗？”

“我是理解爸爸的，所以……没想到您这样不理解女儿……”晓娅越说越伤心，越哭越厉害。

乔士奎不知如何是好，在屋里踱步。

晓娅抽泣着说：“咱过的这是啥日子？没有奔头，提心吊胆，朝不保夕，该来的不能来，该走的不能走。生活被搅成了一团麻。人就像在枯井里，烦闷无味，这样下去，不把人憋闷死也得憋闷疯。为了扭转这种局面，使咱们转危为安，我想出了逃出苦海的万全之策，可还没等女儿将意思说出，您就横眉立目。这事闹得，外头人不拿我当人看，整天在人们的白眼中度日子；回到家里您又是这个样，看来老天爷真是收去了我的活路。”晓娅用手帕擦去脸上的泪痕，怕爸爸没听懂她的意思，又说：“既然都不让我活，干脆我这就去死！”

她站起身，咬了咬牙，又依恋地看了爸爸一眼，向外走去。

乔士奎一把将女儿拉住，用嘶哑的声音说：“晓娅，你这是干啥？！”

“我去死！因为家里外头都不想让我活，甭假惺惺地拉我。”

“你到底有啥好主意？应该说个明白。”

“啥好主意也不说了，说了您也不会听，快放开我！”晓娅使劲地挣脱着。

“晓娅！”乔士奎嘶哑的声音变得颤抖了，“你冷静一点，听我说，今天爸爸豁出去了，横竖按你的意思来，快说吧。”

“您在哄骗人，我知道您是不会听的，所以还是放了我，我受不了这样的精神折磨。”

“难道你还想让我对天鸣誓吗？我不照办你再去死也不迟。”

“那好吧，我的命就拴在了爸爸的手指头上。我的主意您听了，从今往后咱们过太平日子；您要不听，我就坚决地去死。”

“你快说吧。”

晓娅得到这样的允诺，从兜里掏出一张十六开纸的证明材料递给老爸。

乔士奎用颤颤巍巍的手接过那张写有清秀字迹的纸，举到脸前头看。晓娅在旁边唠叨说：“您只在上边按个手印就中了，咱们家的一切都会发生可喜的变化。上边说了，对这件事要绝对保密，所以我选择了这么个时机跟您谈。家里头就咱爷两个知道。对外人咱不说，谁也不会知道。”

乔士奎看罢材料，脸色变得像窗户纸一样青白。他无限痛苦地说：“晓娅，你想过这样干的后果吗？”

“后果肯定是如愿以偿。您有月薪，生活会很宽裕；弟弟回矿上班，成家立业；我……”

“你当然也会好！”乔士奎打断女儿的话，“人家田矿长和牛科长会咋样呢？我不成了陷害他们的凶手了吗？”

“您说与不说他们都是同样挨整。对他们的处理不是您的意见能左右的。如果咱能救他们，女儿甘愿九死救他们一生。”

乔士奎皱眉不语。晓娅继续说：“您要知道，就是他们将来咋着，也不是这份材料的过。您也一定想过，这样整他们干啥？这个问题不管您想多少遍，目前也得不出个结论来。您应该认识到这全是革命的需要。整您整他们以及您对万尺帆布的这样证明，完全是革命的需要；等将来不这样需要了，咱们再把所说所做的一切全部推翻，再适应那时的革命需要。”

乔士奎两只布满血丝的眼睛直呆呆地望着那份材料。

“我知道您会同意的，就是别的啥也不图，单为救女儿的性命也要这么干。”晓娅说着掏出事先备好的红印盒，趁老爸还在发愣之机，拿起爸爸的右手食指，按上印油，又在证明材料上重重地按了一下，然后飘然而去。

乔士奎回过神来，发现女儿不见了，只有自己的手指上留下一个红迹。他望着手指肚上那片血似的印油，感到浑身无力，瘫软在椅子上。他把那个罪恶的手指放在嘴里使劲地咬，鲜红的血簌簌地往外流。

第三十章 说 客

时光不管人们是喜是忧是乐是愁，从不停歇地向前流去。一年一度的春节，不管人们怎么过，总是一年一度地来临。

牛永进借春节之机，从十万大山来到边山，看望时刻牵挂着的家。安慰安慰母亲，给在6号里受难的爸爸送送饭，尽尽做儿子的孝心。

虽然往来的书信中总有见信如面的话，但毕竟不如见面。母亲比想象得更显苍老，使永进心酸；母亲苍老的脸上显示出来的刚毅又使他受到鼓舞。母亲见到儿子，心中的石头落了地。儿子与她想象得可是天壤之别。她以为儿子像梦中的那样，被6号的魔爪折磨得像犯人一般，黑瘦黑瘦的脸，长长的胡子和头发。事实上永进比去年可胖多了。脸泛油彩黑里透红，哪像什么犯人，分明是凯旋的英雄。经过暴风骤雨的吹打，绿苗苗茁壮成长起来了。金蓟是打心眼里高兴。

虽然6号依然凶残，仍没有放人的迹象，一切都还照旧，但儿女们大变了。看着这一双儿女，金蓟看到了未来看到了希望。母亲寄厚望于他们。

对牛永进抱另一种希望的还有别人。永进来家没两天就有人找上门来。

叩门声很轻，是母亲首先听到的。6号的横行不法，使金蓟养成了天一黑就关门上闩的习惯。倒不是怕他们，而是为避免麻烦。她出屋开门，一双儿女跟出来。永进想，如果6号来人寻衅闹事，决不让他们得便宜。

门开后，出现在门口的不是吹胡子瞪眼膀大腰圆的6号打手，而是一个窈窕淑女。蔷薇色的头巾在微弱的灯光下仍显得艳丽。她先声夺人："大婶，您好！"不等主人辨认出她是谁，便拉住了金蓟的手朝里走。那股亲热劲胜似久别重逢的故友良知。

来人是乔晓娅。

牛永进欢迎说："你来得正好，省得我去登门拜访。"

"我来可代替不了你去。"晓娅对老同学文雅而亲切，"家里随时欢迎你去作客。'蓬门今始为君开。'"她很随便地坐到炕上。

金蓟说："你坐椅子吧，那有靠头，坐着省劲。"

"还是坐热炕舒服。"说着她往里挪了挪。

"炕沿凉。"金蓟给客人找块棉垫铺在炕沿上。

"不要紧的。"客人感激地说，"来一趟就让大婶这么费心，让我以后还咋登门呢？"

秀春插话问："今儿个娅姐咋这么闲着，竟想起迈进我们家门槛？"

"无事不登三宝殿。"

"无理不上凤凰台。"秀春说，"娅姐真不愧是教书先生，串门说话也咬文嚼字。"

"你不也是五十步笑百步吗？如果说现在你比我厉害十倍，等你到我这个年龄就要比我厉害一百倍。"

"徒弟要比师傅胜一筹嘛。"金蓟说。

"大婶，这叫青出于蓝而胜于蓝。不过我可当不起春妹的师父。"

牛永进仔细打量了乔晓娅。她比一年前大大发福了。丰满的鸭蛋脸泛着油彩，再也找不到懊丧的阴影和愁苦的皱纹，眼角和嘴边都表示出随心如意的顺境。牛永进已在妹妹的信中知道了乔士奎逃出6号的消息。虽还不太显露，牛永进断定晓娅怀了孕。这就是说她已入党结婚。他怀疑她的幸福不是好来的，于是试探着说：

"咋没给我兜点喜糖来？"

"平白无故地吃哪家子糖？"晓娅反问。

"要说平白无故，等你抱出胖娃娃来该咋解释？"

"去你的！"客人顿时红了脸。

秀春也跟着脸红。她没想到一向文质彬彬的哥哥会说出这话来；妈妈也奇怪，连对象还八字没一撇的儿子竟有如此眼力。

晓娅脸上的红晕一会儿就消失了。她大大方方地说："明天请你喝喜酒。"

"那我是坚决不去！"

"还不会喝？"

"抽烟喝酒不是啥绝妙的手艺，无所谓会与不会，也用不着学，谁抽都冒烟，谁喝下谁肚。"

"那为啥不去？人生在世，啥都应该尝尝。"

牛永进一针见血地说："我怀疑你的喜酒是革命者的血。"

"这是啥话？你……"晓娅气得说不出话来。她脸色铁青，脖子憋出了大筋。她瞪着永进，永进也瞪着她。

秀春打心眼里感到解气，但又觉得哥哥指责得过于露骨，让人难以接受。她要是受到如此攻击，非闹个天翻地覆。秀春不了解内情，对晓娅的红运只是道听途说。虽也觉得蹊跷，却不敢确认晓娅父女到底干了啥见不得人的事。见哥哥这样指责人家，还真有点打抱不平呢。她用责怪的眼光望着挑衅的哥哥，只等娅姐开口还击，她就搭腔助战。

金蓟以为儿子在同晓娅开玩笑。她留心察看着晓娅的神态，只要她一翻脸，她就开口为儿子圆场。

晓娅被永进的犀利目光盯视得失掉了锐气，像败下阵来的斗鸡。她铁青的脸色渐渐恢复正常，脖子上突起的青筋也消失了。她满不在意地说："要是在解放前，敌我营垒分得那么清楚，我向敌人出卖同志，受到你这样的指责倒也是理所当然的；而今天的革命不像战争年代那样明确，现在你能说清楚谁是真革命，谁是假革命反革命吗？"她微笑地望着永进。

牛永进简单明了地说："我爸和田伯是革命者，如果你是因为出卖他们而有的喜酒，那么这个酒就是革命者的血。"

晓娅脸上的肌肉不自然地抽搐几下，用几声冷笑来掩盖她的紧张。"我不恼恨你对我的怀疑，尽管这种怀疑是对我的亵渎。"她平心静气地说："既然你认为牛叔和田伯是革命者，不管对谁宣传他们的英雄业绩都是正当的，即使指出他们的不足也是为他们好。所以你对我的怀疑本身就是自相矛盾的。"晓娅对自己的狡辩很得意。

"诚然，对他们说好说坏都无损于他们的光辉。我指的出卖就是对他们无中生有的诬陷。譬如说万尺帆布案，明明与他们无关，如果硬说是他们贪污的，这就是诬陷。你的喜酒是不是以'诬陷'二字酿出来的呢？"

乔晓娅再次显得不自然起来。她如坐针毡般地往炕里挪了挪，把左肩斜靠在墙上，转移目标说："我看咱们最好别老如果如果地谈下去，那样的谈话没一点意思，还是说点实际的吧。"

金蓟插话说："我看最实际的是给你做饭吃。"

晓娅说："我是吃过饭才来的。"

"那就喝杯茶吧。"秀春递给她一杯茶，又说："如今娅姐正在走红运，正所谓'三十年河东，三十年河西'，我想这里边定有奇妙的文章。"

"我一来就申明无事不登三宝殿。今天我就是为这事来的。"晓娅举杯喝茶，抬眼窥视主人。见他们都洗耳恭听，她一下来了精神，讲起话来分外带劲，就跟给学生上课似的。"我从来是快人快语，干啥不瞒着也不掖着。说我正走红运，那是一点不假。爸爸算是离休，在家待着拿全薪，而且补发了以前所有扣发的工资。我是先入党后提干，不再当孩子王，调到教育局工作。按照我们共产党的哲学，根本就不承认走运之说，完全是事在人为。你们比我们家条件更有利，完全可以比我们现在的景况好上千百倍。就看你们为不为。”晓娅一边饮茶一边察言观色。

“咋个‘为’法呢？”永进问，“你们的好日子是咋‘为’来的？我们比你家好上千百倍的景况又该怎样‘为’来呢？望乞明示。”

“看你说的，就好像你是阿斗我是诸葛亮。其实我们年龄一样大，同样受了高等教育，认识问题的水平应该差不多，要是诸葛亮就都是诸葛亮，要是阿斗就都是阿斗。孰吉孰凶你看得很清楚，就看你为不为，而不是你不知道怎么为。”

“难道为换取你所谓的幸福，就丧失原则和立场，拿真理做交易吗？”

“先别冲我瞪眼。”晓娅笑了笑说，“你也别小看这些幸福。那天春妹去我家向我爸探听6号里的情形，我爸是咋告诉你的？‘别问了吧，孩子。他们既然那么搞，就是要变着法地整人！’我爸在里边受的罪，几天几夜也讲不完。我说话不怕你们不爱听，如果牛大叔被他们折磨死在里边，不但使我们失亲人，在政治上两三代人都要背黑锅。一家人东的东西的西。永进在寒冷的塞外，立不成业成不了家；春妹高中毕业，升不得学就不得业，到最艰苦的地方插队；故乡还有爷爷奶奶。大婶您靠哪头呢？是回故乡照顾老人，还是顾儿子女儿？哪头您也顾不好，还会把您的心给操碎喽。想一想，这将是多么巨大的痛苦。现在的问题是，生活并没有逼我们非走那条绝路，还有一条光明幸福的大道。”

牛永进接过话茬说：“那就是爸爸被放出，我被调回，秀春被保送上大学或安排工作。”

“还远不止这些呢。”晓娅说。

永进又说：“我还会成为那个首长的红人，得道升天，耀武扬威。”

“既然你心如明镜，那又何乐而不为？”

“因为我还有做人的良心！”

“良心多少钱一斤？”晓娅嗤之以鼻地一笑，“多少年没听到有人叫卖了，以后也不会有，你是狗不理的包子——独一份。”

“良心不像商品那样用金钱可以买到，良心是无价宝，每一个真正的人都应该有良心。”

“好了，你留着这些体己话跟爱人入洞房的时候再谈吧。”晓娅忍住笑，又说，“在我们之间不应该空谈这些无谓的东西。特别是现在，更应该讲实惠。古人说：‘识实物者为俊杰。’本来我们有福可享，为啥偏要找罪受呢？再说，又不像过去那样卖国求荣，叛党求荣。这是正大光明奔阳关大道，任何人无可非议。当然有些事情谁都难以预测，这件事也是如此，退一步讲，历史也可能证明我们错了，到时候再跟着潮流变过来；现在决不作逆流而被潮流吞没。走到矮沿下，不低头就过不去，硬挺着走就要碰得头破血流。再比如走路，柏油路当然咋走都可以。要是在海滩上呢？就得乘橇走，这就是所谓的泥行乘橇。”晓娅喝了口已经凉了的茶，自鸣得意地望着永进。

“好一个泥行乘橇！”牛永进确认晓娅黔驴技穷，从牙缝里蹦出这七个字。他问：“说了半天你到底要我们咋办呢？”

“别看问题折腾这么长时间，其实非常简单，只要让牛叔在一片纸上签个字，你们的一切就可以来个大翻身，从十八层地狱到九霄天堂。”晓娅直了直身，把肩膀离开山墙，严肃地说：“我郑重声明：让你们从地狱升到天堂可不是我乔晓娅随便说说，这是有权有势的大员的许诺。”她的话音刚落，牛永进就暴跳起来：

“这么说你是带着任务来的喽？！”

“我很愿意接受这个任务，”晓娅镇静地说，“因为我们同窗八载，以前无话不说，现在更是以诚相待。”

“快收起你这一套！”永进说，“作为多年的老同学，我必须指出你这是为虎作伥！”

晓娅也抬高声音说：“你们在与无产阶级专政抗膀子！”

“你连作人的起码的良心都没有，还侈谈什么无产阶级专政！”秀春怒不可遏，一把将客人从炕上拉下来，往外推搡着说：“你给我滚！”

金蓟看了一眼晓娅的肚子，拉架似地劝秀春：“慢点，小……”

“对待行尸走肉还讲啥仁慈！”秀春不管三七二十一，三把两下将客人推到堂屋，又回身从炕上拿过蔷薇围巾，用手团把团把，像投石子打狼似地扔给晓娅，继续往外撵她。

“春妹，别这样，听我……”晓娅仍是耐心地劝说，但无济于事。她被秀春的无情推搡和永进的锐利目光逐出院子。晓娅捕捉到金蓟的略带同情的目光，用威胁的语气说：“这样你们会倒大霉的！”

“那我们也不后悔！”金蓟坚定有力地回答。

在推搡中，晓娅的头巾掉到水沟里。

远处有两个黑影将晓娅扶住，一个小声问：“咋样？任务完成了吗？”

没听到晓娅说啥。她跟着两个黑影消失在黑暗中。夜风吹动着水沟里的蔷薇头巾。

第三十一章 火烧草料场

十面井公社书记张润文的一句“听候处理”的话，使牛永进长期地承受了精神压力。他虽然做好了充分的精神准备，不怕坐牢和杀头；但他时时受着不能为理想奋斗的痛苦的煎熬。从他受诬“煽动工人罢工闹事”、“私闯国家保密机关”以来，在漫长的日子里，他虽然一直没受到任何处理，仍是一名在职在册的国家干部。但他在十面井领导者的心目中早已是“四类分子”一类的人。他起草的那个计划被当成废纸处理了。牛永进理解为适应政治气候变化而变化的人们。不跟这些人一般见识。他虽家遭奇冤，本人又朝不保夕，但他的心不灰意不冷。他为大森林之歌填词谱曲的激情像树木生长的汁液暗暗流动。公社领导虽然把他打入另册，但却把他当成一个顺手而结实的工具用，当成一名壮劳力使。虽然好事一件也轮不上他，可苦差事往往都派到他头上。哪儿下乡远，牛永进；哪儿工作难做，牛永进；哪有力气活，牛永进……牛永进总是乐而前往。他不认为自己苦点累点是遭了暗算，而认为是真正的光荣。然而牛永进拼命地拉套还是常遭鞭打。他心里明白，那些个具有变色龙本领的官，谈不上什么领导艺术、政策水平，充其量也不过是花岗岩凿成的磨，上边推推他则转转。哪能不‘不打馋的不打懒的专打不长眼的’呢？牛永进虽然服帖地听从他们的编排，但从不盲人瞎马地跟着他们转。

由于四处碰壁心中窝火，使得稳重得像个大闺女似的牛永进一度变成了个一触即发的火爆的莽汉子，后来又变得不言不语。但他事事都有准主意。

由于牛永进的政治地位的一落千丈，于树林自然不再对他进行爱的追求，还尽量躲着他，生怕沾包落不是。对此牛永进不是感到悲伤，而是庆幸。他对她从未动过念头。并非看她哪点不好，而是因为他心中一直装着他的秋萤。他心中不会再有别人。在这困难的日子里，他一天也没有忘记她，以后更是要想。

井头村成立了社办林场。这使牛永进感到由衷的欣慰。这是他那个计划的一个内容。多亏老县委书记刘赤山和抗日老战士任喜的努力。是他们大声疾呼四处奔走的结果。

刘赤山这个人，外表看来非常平凡。牛永进在井头村与他初次见面时，竟把他当成了大队书记。因为他和五十多岁的社员一样，不留头发，叨着旱烟。那张饱经风霜的脸，从菊花瓣似的皱纹到古铜的颜色，都同当地与他同龄人一样。至于那狗皮帽子和白茬老羊皮袄，与当地人更是一般无二。闫生对他是这样评价的：他可是个能兴风作浪的老“走资派”。别看他和社员一样，每月却拿梁山好汉的钱；别看他现在蹲在不到二百户的山窝子里，过去却当过管理三十多万人的县委书记。正当他要升迁时，开始了“文化大革命”。由于他认识不到自己的罪行，一直被贬在十面井公社当一般干部。牛永进跟他成了忘年之交。

井头村在公社最南端，生活苦工作难，没建林场时永进常被派去下乡，建了林场由于工作需要他又被派去别处。林场有了成绩闫生美滋滋地受表扬；孰不知那是牛永进的汗水。

牛永进被公社领导不信任到这种程度：一般都是下乡干部汇报大队的情况，对牛永进是向大队干部了解他的情况。别看公社领导怕沾他的包，但广大社员和大队干部却把他当成香饽饽。

牛永进在不得志的痛苦中时常想念恋人和亲人。恋人音讯皆无，常常使他愧悔难当。爸爸在6号仿佛被判了无期徒刑，常常使他想念得失声地呼喊。永进借春节探家之机又告了两次状。

日子到了一九七五年的夏天。牛永进在七面井大队下乡，轮到一个二队的社员家管饭，他就到二队参加夏锄劳动。七面井在北面的深井村与公社之间。塞北的初夏仍带着春天的寒意。禾苗却不顾寒暑表温度的高低，追赶着时令往上长。抓了春播抓夏锄是这里工作的老套子。从顶凌播种一直播到锄苗，从用手薅住苗就开始锄，一直锄到割地，那也有种不过来的田和锄不过来的苗。锄头遍苗是最累的活，拿着小薅锄在地里一蹲就是一天；从天一亮能看到苗就出工，直到晚上看不见苗时才收工。队长怕人要奸，在关键时刻脱逃，每到锄地的时候就给人们增加工分。

二队的队长就是赶着毛驴接牛永进到任那个大个子。他身大嗓门也大，三十多岁，黑红的脸膛，浓眉大眼，嘴巴总是刮得光光的。他叫苗生旺，全村大人孩子连男带女数他的名字响亮；可谁也不称呼他的大号，自打他小学没念到头就参加农业劳动起，人们都叫他大个子。两年前他当了队长，就又多了个名，大个子队长。万变不离其宗，总是离不开这个“大个子”。就连村里岁数小的晚辈都这么叫。他的个子也确实够大的。没用尺量过，说不准是一米八几还是一米九几，反正在全村全社数第一。在全社范围内，一提“大个子”，人们自然而然地想到七面井大队二队长苗生旺。他怕人们将他的真名忘掉，有一句口头语：“我苗生旺不光是吃糕的！”当了队长后，他又在后边加了一句：“我苗生旺不光是吃糕的，还要为全队一百二十三口人拿腰！”他本来是个不知愁苦的人，自打当上队长，眉头老是拧个大疙瘩。

在路西锄地的那伙男女社员中，一马当先的是大个子队长。他赤着一双脚板，把黑灯芯绒裤子挽到膝盖以上，大腿上粗壮的汗毛沾着土。锄到地头，他想接一下牛永进，见他也脚前脚后地跟上来，便一屁股坐到地埂上，从腰间取下别着的旱烟袋，满满地装了一锅儿，嘶啦嘶啦地抽起来。

“又抽满烟，大个子！”牛永进凑过来，和他并排坐下。

“馋了你也来两口。”大个子把烟袋举过来。牛永进像见到蛇一样躲。队长得意地说：“不是我瞧不起你，也不是我吹牛，我的烟劲大，三口能打你个跟头。”

牛永进不服气地哼了一声，夺过烟袋来，闭上眼睛嘬了一口，顿时呛得炸了肺似地咳嗽起来。苗生旺拿过烟袋来，洋洋自得地说：“咋样？刚一口就打弯了腰，脸红脖子粗，眼泪都流出来了；第二口倒一半；第三口就倒在地上。来，接着再来两口。”他跟逗小猫小狗似的逗永进，自己开心地乐。

“真辣！你准掺了辣椒面。”

“没有的事。”

“还嘴硬不认账，你不也是辣出了泪！”

“哪是辣的，我这是乐的。”

“难得你这么高兴，再让我抽两口，倒在地上让你看乐呵。”永进伸手要烟袋。

大个子不给：“别这么穷开心了，乐上一天又有啥用？”他左右看了看，像要找什么东西，一眼发现那双放在地头的船似的大鞋，伸出像长臂起重机似的大胳膊够过来一只，将尚未吸透的烟灰磕在鞋壳里，接着又装满一袋，将烟锅伸入到鞋壳里，对准还在冒烟的烟灰，吧嗒吧嗒地又吸着了一袋。

牛永进不止一次看到过这个举动，每次都感到有意思。

“我以前从没发过这么大愁。”大个子说，“我苗生旺不光是吃糕的，得为全队二十几户社员拿腰。一百二三十号人朝我要吃的要穿的要花的，我拿啥给人家！”

“你这个队长当得不错呀。”

“啥叫不错？光比那两年增点产就算不错？照我想得差得远呢！”大个子吸了口烟，从鼻子里呼出来，像朝下的一对烟筒。

“那你就领着大伙使劲干那！”

大个子拍了下永进的肩膀，不以为然地说：“我的好老弟，有劲要是能使得出来，我就犯不上皱眉了。你不也是这样。”

“少把我拉进去。我既无某宗某派的对位，也无相同的和声。”永进继续说，“谁也没捆住你的手脚，上边一再号召要甩开膀子大干社会主义。”

“我不知道啥叫社会主义，只知道动不动就被说成是资本主义。社员干点啥也不行。真不如用铁链子把我们拴住，再用布蒙上眼，拉哪是哪，省着老挨鞭子挨骂。”

“牢骚太盛防肠断，风物长宜放眼量。”永进说：“今年你该知足了。”

“知哪家子足？”

“别的不说，只种地一项就该知足了。”

“提起种地来我更火冒三丈。明明这里种两杂熟不了，非拧着脖子种。‘牛不喝水强按头。’”

“两杂作物你们种了多少？”永进看着苗生旺。

“这你问谁？”大个子把脸转向一边，回避牛永进的视线，“你们分配的数字，还问我？”

“我当然清楚。杂交高粱九十五亩，杂交玉米八十五亩。八九一十七，二五一十共计一百八十亩。”永进换成威胁的口气说，“还有一点我更清楚，你打了不少折扣？小心我揭你的老底！”

大个子被说乐了，即刻又绷起脸来，挥舞着拳头说：“你敢？也不看看我是谁？”

“你有啥了不起的？”永进也亮出了拳头，“人不犯我，我不犯人；人若犯我……”

“咋着？”

“我必犯人！”

两人都剑拔弩张。几个年轻人架事地喊：“来一跤！比试比试！”

“今天我就要犯犯你！”大个子向前一扑身，永进灵敏地一躲，他扑个空，永进趁势骑到他背上，大个子翻身将永进压在身下。永进想翻身再把对方压下去，奋力翻了几次都没成功。人们乐呵呵地看着他俩斗打，不少人为永进加油。

“服不服输？”大个子得意地问。

“这就算你胜了？”永进不服气。

“还不算胜？让大伙看看！”大个子骑在永进身上，高兴得像骑马似的上下直颠。

永进把手悄悄伸到大个子腋下胳肢他。这一来大个子可没了制，乐不可支地东倒西歪，前仰后合，像热锅上的蚂蚁。牛永进趁机猛一翻身，将大个子压到身底下。他反骑在他身上，把手在他胳肢窝里乱抓。不可一世的大个子既无招架之力又无还手之功，发疯似的连乐带叫。

“服不服输？”永进问。

“服服！”大个子连连告饶，“快住手，我就怕这招。”

“老实不老实？”

“老实老实。”

此时不管永进提什么条件他都会答应。永进在看热闹人们的欢笑声中像下马似地从大个子身上下来；大个子仍像一摊泥似的瘫在那里。

“丁零——！”一串清脆的铃声吸去了人们的注意，乡邮员骑着自行车风尘仆仆地驶来。他见路上躺着个人，就又按了一次铃。大个子爬起来。乡邮员风趣地说：“大个子，离结算还远着呢，就躺倒不干了？”

“他是想叫你从肚子上轧过去，看气功练得咋样。还起来干啥，这么大个子叫自行车轧一下也平常。”

邮递员下车，他听出说话的是牛永进。举目在人堆里搜寻，扫第一遍时没看出来，第二遍才在几个小伙子中认准了他。

“牛永进，有你的信。”邮递员从绿色邮兜中取出一封信交给永进，又和苗生旺打了声招呼，接着又蹬车而去。

牛永进回坐到原处。他端详着信皮，心说：是秀春妹来的家信，这么薄，不用看，准是告诉钱收到了，家里依然如故。”他长长地叹了口气，慢慢地拆开信看。信写得像他想象得那样简单，而信的内容却大出他所料。像通知他爸爸被抓进 6 号那封信一样，看了头遍他简直不相信自己的眼睛。看二遍以为是做梦，看三遍才相信是真的。信的内容是这样写的：

哥哥：

你做梦也不会想到此信报告你的喜讯：爸爸和田伯被放出 6 号。还给他们安排了新工作。爸爸在镀灯房，田伯在柱子厂。你应该高兴，但不要发疯；妈妈就差点发了疯。

妹妹

人们从牛永进嘴角的表情和眼神的变化，已经判断出这是一封报喜的信。大个子没头没脑地问：

“成功了吗？”

“成功了！”永进现出了从未有过的兴奋。

“给买喜糖吃吧？”两三个小青年异口同声地问。

“买喜糖，还要喝喜酒。”永进一蹦子站起身来，把信举过头顶，欢呼雀跃着，“成功了！爸爸出来了！出来了！爸爸……”他欢呼着朝村里跑去。”

大个子队长冲他喊，“无故早退我扣你工分！”

永没有回头，飞跑着远去。

三四个五六十岁的老汉你一言他一语地议论道：

“哈哈！真不简单，到北京告一回状，就把人给告出来了。”一个留山羊胡子的老头少见多怪地说。

“这就是朝里有人好做官。”一个满脸黑胡子的人固执地说。

“老古言不来错的。”那个一脸核桃皮皱纹的人肯定地说，“小牛上头准有硬门子，亲老子在大狱里头，你们谁见他着过急？还整天顶这个撞那个，别人谁敢？这是个上头有硬门子的人。”

大个子听了暗暗点头。他站起来伸了个懒腰，扯着嗓子喊了一声：“起歇了！”喊罢他带头干起来。像大雁排队似地，人们都一个个往后挨。开始是雁阵形，锄着锄着就因快慢不同而乱了阵。

牛永进跑进村子，把刨食吃的鸡惊得四处乱飞；他又一气跑到大队，惊得正靠在行李上仰着休息的雷老汉差点响雷。他是看电话的，平时有孩子到大队闹，他只一声吼就把他们吓跑。这次他以为又有人来闹，正要发火，一见是永进，马上换了笑脸。他见永进欣喜若狂，便也跟着高兴起来，眉开眼笑地问：

“看把你乐的，啥喜事？”

“特大喜事！”永进说着从墙上挂着的黄挎包里取出纸和笔，一边做写字的准备一边说：“从现在起，两个小时内不要打扰我。”说罢他就写起信来。

“爸爸！”他念出了声，声音是那样甜蜜。顿了一会儿，他觉得没表达出自己的感情，又在爸爸两个字前边挤上“亲爱的”三个字。由于开始就是顶天写的，加了字显得很不好看，索性又换了一页纸。“亲爱的爸爸”，他又甜甜地念出了声。他写道：

“写信时，我这样出声地叫您已经是二十一次，表示欢迎您的二十一响礼炮。我相信您会听到的，甭凭父子天性和所谓的生物电，就凭我对您的深深的想念。我真恨自己没有翅膀，不能立时飞到您身边，与您共叙别情。十年间，我们只在6号非法黑牢中见过一面。那是怎样的会面哟！满肚子的话还没说上一句就被迫匆匆分手。然而这短暂的一面使我受到了莫大的鼓舞。这一面也使我付出了重大的代价。但里外算来还是值得的。您的苍白而又刚毅的面孔深深地铭刻在我的脑际，使我一遇到困难就想到您。您具有何等顽强而又惊人的毅力呀，在惨无人道的6号，您经受住了一千七百个日夜的熬煎！我明白，伟大而高尚的信念是您战胜一切魔鬼的力量源泉；从不自觉到自觉地参加这场伟大的斗争，我也有了这种源泉。为此我感到骄傲和自豪。一切苦水流到嘴里都变成了香甜的蜜汁。”

写到这里，他咽了几口唾液，正要继续往下写，感到有一只小手拉他的衣襟。他回过头来，见一个六七岁的小朋友。

“叔叔，吃饭去。”小女孩边说边拉他。

“方便了吗？”永进问。

“烧住火了，快走吧。”小女孩报喜似地说，“有你爱吃的焖山药。”

永进坐着不动，冲小朋友说：“回去告诉妈妈，就说叔叔忙着写一封要紧的信。顾不上吃饭。你们先吃，甭等我。”

小朋友没完成任务，不满意地走了。

永进继续写信：

“爸，我们已经识破了您突然被抓的这个谜；如今您又突然被放，这又是一个谜。我想，他们从您那里得不到所需要的东西，肯定不会善罢甘休。放出您不等于放过您。您可得百倍千倍地提高警惕。

“爸，我小时候就听您讲过，矿灯是矿工的眼睛，镀灯房又是眼睛的亮源，要警惕他们在重要部门陷害您。譬如他们搞了破坏嫁祸于您。可要当心，后脑门上长眼睛。您的一言一行都要注意。在您的身边可能有6号派去的或被收买的‘特务’，如果您说错一句话或办错一件事，他们又有借口把您重新抓进6号。另外还得警惕谋杀。在班上，喝水、吃干粮都要留心。杯子要洗过再用，喝别人都喝的壶里的水；放饭盒时要做好标记，防止6号下毒。上下班走路也要留神，夜班最好叫妈妈和妹妹接送。

“敬爱的爸爸，我写这些，绝不是我的谨小慎微，也不是作为儿子对父亲的特殊关心而产生的多余的关切。这也不仅仅是为了您。这是斗争的需要。这场殊死斗争是伟大的，您和田伯都应看到伟大的胜利，享受胜利的幸福。”

永进写累了，放下笔搓了搓手，一眼发现桌上放着一碗还冒着热气的焖山药。他拿起一个焖开了花的，连皮都顾不上剥就大口地吃起来。不等将大山药吃完，他又开始写：

“爸，我的这些话，如有可能，请您直接转告田伯。如不能见面，通过秀春和黑金也要把我的意思让田伯知道。柱子厂更是要害单位。田伯也不能掉以

轻心。火烧草料场的事件可作为长鸣的警钟。”

牛永进写好信，舒畅地伸了个懒腰。

雷大爷笑眯眯地凑过来：“写得了？”

永进鼓起嘴笑着点头。

“走吧，到家里吃饭去，你大娘早就想给你做点好吃的。”

“不行，我得等邮递员回来，看着走了信。”

“放心吧，”雷大爷说，“把信和邮票钱放在桌上，他回来时拿上就便宜了。”

永进说：“我知道这样也保险。可我仍想亲手把信交到邮递员手中。”

“要不说你们喝墨水的人思想复杂，真是一点不假。咱们以走信为原则，别管那许多了。”雷大爷推着永进往外走。永进走到门口，还回头看桌上的信。

第三十二章 大亲戚

牛永进爸爸在6号受难期间，十面井的人都以为是关在大狱里。如今从6号里放出，人们自然认为是从大狱里出来。消息不胫而走，很快在全社传开。随之而来的是牛永进有“大亲戚”的奇闻。

爸爸被放出，解除了牛永进对家里百般牵挂的精神负担。一种倾向掩盖着另一种倾向。这处伤医好了，一种更强烈的伤痛从他的内心深处发作开来。在宁静的夜晚，在芬芳的山冈，在清幽的田野，他常常一个人自言自语：“我真后悔！秋萤，如果我一开始就把爸爸的事告诉你，你定会和我共同承担这残酷的打击，会分担我的痛苦，为我排忧解难。我们会在艰难的斗争生活中砥砺我们的爱情。经过冰天雪地的隆冬，当鸟语花香的春天到来的时候，我们的幸福生活会像蜜一样甜。然而这一切都成了泡影。我真后悔！”每当这种痛苦达到高峰的时候，他总是为秋萤假设出一种好景来安慰自己。“沉舟侧畔千帆过，病树前头万木春。”凭着她的秀外慧中，定能找到更称心的人家。然而这样想的结果往往适得其反。不但减轻不了他的痛苦，反而更使他雪上加霜。在男女之间，将自己的所爱奉送给别人，在人世间不能说绝对没有，也是异常罕见的。

刚一得到爸爸被放喜讯时，永进也曾动过与秋萤接上红线的念头。事隔这么久，谁知道发生了什么变化？秋萤是人不是物，万一人家已成了孩子的妈妈，他的一封信会给人家幸福的生活激起层层的浪花。更何况爸爸被放出，不等于被放过。在这激烈的斗争中，谁知道以后会发生什么情况？想到这些，他再次忍下痛苦，打消了那念头。而这爱的烈焰却不能被熄灭！

公社领导对他宽大多了。他的工作也大大顺手。井头林场他可以自由出入，用不着像地下工作者那样偷偷地来去。他虽还担包队的名，但为林业走村串队也无人拦挡。他精神抖擞地为大森林之歌填词谱曲。

这天牛永进从深井步行回公社，欣赏路两边绿油油的庄稼。庄稼的长势喜人，有他辛勤汗水的浇灌。走到他与大个子队长打斗的地方，他不由自主地停止了脚步。“就是在这里，我得到了爸爸出狱的喜讯。”他深情地自语道，“多快呀，那时禾苗还盖不住地皮，现在已是一片碧海。”他找到原来坐过的地方，坐下来歇脚。大自然的伟大力量使他感慨万千。

一阵庄稼叶的沙沙沙的响声，永进没有察觉，从背后冒出个大汉来把他委实吓了一跳。

“你一个人自言自语地念道啥呢？”

永进看清是大个子队长，反问道：“你一个人在地里头瞎钻个啥呢？”

“明天不是检查团来吗？”队长左右看看没人，“实话跟你说吧，我是来提前看看会不会露馅。”

“真是仗越打越精。”

“别打哈哈，快告诉我明天谁带队来？”

“这有啥关系，谁来又怎样？”

大个子一想也是，说：“其实也没必要打听。自古兵来将挡水来土掩。不管谁来，横竖我不领他们进地就是了。”

“那也瞒不住谁了。外头是杂交高粱，里头是‘媳妇笑谷子’，鬼就在这摆着，藏也藏不住，躲也躲不开。”

大个子队长的担心不是没有根据的，眼下杂交高粱长得黑绿黑绿的，越发招人喜欢。队长心里更明白，早霜一来就见分晓，两杂往往成熟不了，而他的谷子绝对保险。那些个做惯了表面文章的官们也爱看表面文章，哪管你实际不实际。队长忧心忡忡地说：

“万一让检查团看出破绽，揭了底，闫生主任可不管三七二十一，我担心他一怒之下把谷子毁掉。”

“你这么大个还怕他不成？”

“人家有权，可以调动党团员，逼着人们完成这项政治任务。我就是呼天号地喊爹叫娘，也不顶用。”

“你用不着害怕，姓闫的真要那样，我决轻饶不了他。”永进只是随便说说给队长壮壮胆。大个子却信以为真，转忧为喜地说：

“有你这句话我就不怕了。到时候我一提你的尊姓大名，闫生小子就得老老实实。”

永进又给他开了一气心，说检查团不过是走走形式充充样子，不可能块块地都走到，也不会下马看花。看个表面现象，说一气空话大话完事大吉。他还说自己可没孙行者那样的神通，刚才只不过是开玩笑。不解释还好，这一解释倒出了麻烦。

大个子手搭凉棚看看太阳，时候尚早。他邀请永进谈谈心。怕路边有行人打扰，他拉着永进进到地里，穿过房沿高的高粱地和齐腰高的谷子地，他们在一个地埂上坐下来。大个子跟永进套近乎说：

“永进同志，咱们的关系一向不错，是不是？”

永进没理解他什么意思，只是说：“我跟谁都一样，相处的是正气，不是私情。”

“有一个问题，你能不能如实告诉我？”

“当然可以，有话你就说吧。”永进洗耳恭听。

“我知道，别的事你都可以痛痛快快地讲出来，唯独这件事恐怕对我也要保密。”

“你看你，啥时候也变得小姑娘一样扭捏起来了？有啥就说嘛。对我可不能胡猜乱测。”

“这事我不说你也知道，”队长仍是拐弯抹角，“社员们早就议论纷纷，差不多都认为你北京有大亲戚。你能不能悄悄告诉我，是不是真的？”大个子把耳朵贴到永进嘴边，等着回答。

永进神秘地小声说：“假的。”

大个子大失所望，扫兴地垂下头去。

永进批评他说：“你怎么也盲人瞎马地跟着起哄？我北京确实有亲戚，但并不像你们所说的那么大。是个普普通通的工人。我真不明白你们为啥这么说我！”

“要没有大亲戚，你一告状，你爸能这么快就放出来？”

“因为那是冤假错案。”

“冤假错案也不是唯独你家。这年头干点啥事不是走后门？从大狱里出来，没大亲戚帮忙谁信？”

永进对大个子的逻辑推理哭笑不得，一时还真找不出能说服他的话，只有摇头叹息。大个子又说：“看你的派头也不像普通人。先看你的遭遇。”队长扳动着他粗大的指头，一件件地数着说，“家里头降灾，你遭打击刁难，世人的白眼，对象的吹灯，换一个人早就被这命运打趴下了，而你就像车倌赶车那样，完全能驾驭命运。没见你流过泪，没听你叹过气，你也不破罐子破摔；你总是那样开朗、乐观、积极向上，见了你就感到有一股劲头。就跟攀山似的，你好像在跟谁摽着劲，嘿嘿。”大个子憨厚地笑了两声，“你这股劲我也说不清道不明。”队长下结论似地说，“反正没有一个大靠山，你准不会是这个样子！”

“你算说对喽！”牛永进拍了一下大个子的大腿，“我是有强大的靠山，所以十二级台风也吹不垮。不过，我的靠山不是你们所说的大亲戚，而是党和人民。我有必胜的信念，所以不向妖魔鬼怪低头，干什么都有劲。”

苗生旺笑着点点头，说:“我真佩服你的守口如瓶。原想你会实话跟我说，因为我会绝对保密。你不说，我也不认为你不信任我，而是严格执行保密纪律。”

“看来我越说没有你越认为有。那就随便你吧。爱怎么认为怎么认为。姑且就说有吧，那又怎么样？”

“好！”大个子高兴地和永进一碰头，开诚布公地说，“那就托你办件事。”

“什么事？”永进感兴趣地问。

“替我们农民说句话。”

“我当啥事呢。这还用得着搬门子弄窗户？”

“我还能有啥事呢？”苗生旺又扳着大手指头，“买自行车缝纫机现在还不够条件，经济达不到；给孩子找工作脱离农业，现在孩子还小，这些都不考虑。最要紧的是求你替我们说几句心里话。”大个子摊着两手，乞求地望着永进。

“说几句什么话呢？”永进问。

“我们农民想过富裕日子。”

“说这话用不着我搬大门子呀。你可以随便去说，群众拥护，领导也不会反对。过富裕日子谁不想呢？”

“你没理解我的意思。”大个子警惕地听听四周的动静，压低声音说，“我是说上边应该允许我们走富裕的道路。现在我们好比关在铁笼子里的狮子，有劲使不出来，光靠着那点食活命。我是想通过你的大亲戚，让上边放宽对我们农民的政策。”

“你能说些具体问题吗？”

“这还不是秃子头上的虱子明摆着的？”大个子第三次伸出大手来，每说一件就扳倒一个手指。从种植计划说到瞎指挥，从自留地说到自主权，从负担重说到平调风……

永进听罢说道：“这些意见都是光明正大的，你可以向公社提出逐级向上反映。”

“我的妈哟！”大个子谈虎色变起来，“向公社提出，我才不干那傻事呢。我还想活命。弄不好说我妄图复辟资本主义。既使我不怕蹲大狱掉脑袋，还得考虑六十多岁的老母亲和老婆孩子。一家六口指着我吃饭呢。”

永进皱眉不语。队长不知道他在想什么，有些难为情地说：“你用不着犯难，完全看你的方便行事。如果能办，当然是求之不得的；如果不能办，就算我没说。我不恼，你也别伤脑筋。”

永进还是不语，耳听着谷叶的沙沙声，眼望着摇摇摆摆的谷穗。大个子再次失望地垂下头去，用手拔起身边的一株谷莠，放在嘴里一节一节地往下咬。

“这样吧，”永进终于打定了主意，“你把农民致富的要求写个材料，有机会我负责报到上边去。”

大个子队长高兴得一蹦子从地埂上跳下去，带下一块大石头砸了他的脚后根也全然不顾。他无限感激地说：“谢天谢地，我总算没看错你。”他又犯难说：“我这点文化水你还不知道？斗大的字认不了两口袋。本来挺好的话，经我的笨手一写也变了意思。俗话说：‘摆渡到江边，送佛到西天，帮人帮到底。’”

永进答应下来。苗队长又有了问题：

“这回该把红线接上了吧？”

永进被闹愣了：“什么红线？”

“就是那个于树林呗！”

“你又瞎说开了！当心我到大亲戚那儿告你。”永进无心跟他谈这些，拔腿便走。

苗队长追上来又缠住他说：“我知道这又是件保密的事。可也该公开了。都老大不小的了，赶紧那么着算了！”

“你等着吃糖吧。”永进逢场作戏地随便说出来的话，使他产生了误解，进而这位好心人导演了一场使人难堪的戏。

第三十三章 上 书

苗生旺当月佬决无私心。他诚心为牛永进好。

这天公社召开下乡干部飞行会。在离社二里远的二面井下乡的于树林来得最早。这倒不单是因为近，还有更主要的原因。这两天她有明显变化，总是用小镜子悄悄照自己的脸，吃派饭的老乡家有大镜子她也照。走路时不是哼唱样板戏就是唱她喜欢的歌。村里的小青年探得了其中的奥妙，争着要糖吃。今天她回社，经过村中央戏台时，又被小青年们围住。戏台前的空场是全村四个生产队社员出工集中的地方。夏天人们在戏台的阴凉处，冬天便靠在北墙根处，一边晒太阳一边等队长派活。

青年们围着他们的团书记，七嘴八舌地说三道四：什么抱着猪油坛子跳舞——大（荤）婚动了；什么找对象要饿虎扑食不能坐等了；什么于书记作了好表率，超过了晚婚年龄等，闹得于树林没一点办法，好不容易才从包围圈中冲出来。

回到公社，于树林在开自己房门时却把眼光投向隔壁，因为隔壁住着牛永进。她看到永进屋里还挂着窗帘，门上挂着锁，不免扫兴。她开门进屋，刚把门关上就听到门响，她以为是永进，笑脸开门时没见到人，却是小花猫从她腿下钻进来，又让她心冷。在她这里吃惯了的小花猫受到了冷遇扫兴地走了。她却还傻愣着听永进的动静。直到明秘书喊她开会也没见永进的影。办公室已有很多人。她来社最早到会却最晚，恨自己起个大早赶个晚集，着急之中又坐在了闫生身边，更让人懊丧。她看到永进也在办公室，他准是没进宿舍直接到的会场。见他没事人的样子，更让树林火不打一处来。

她刚一坐稳张书记就宣布开会，好像刚才单是为等她。小于委屈得泪眼汪汪的。本次飞行会是传达县里的重要会议精神，还有一大堆红头文件要念。午饭是从供销社买来的热烧饼，人们一边吃烧饼一边听会。会议一开始张润文书记就宣布了，散会后都得马上赶回大队去，连夜传达贯彻会议精神。

会开得非常紧张，小于一直没机会与永进联系。散会后永进又是没登宿舍的门，和刘赤山相跟着拿起腿就走。眼看就要失之交臂，错过这次机会，说不定又要过多少天才能见面。怎么办？可把于树林急坏了。可巧她看到刘赤山到供销社买烟，永进在公社大门口等。机会终于来了。她匆匆塞给永进一个纸条就飞跑开了。

永进不知何意。纸条是团成团儿的，他还以为是一块糖。可是轻轻的，里边根本没有糖。展开一看，里边却裹着一包比糖还甜的话：

"我在扬水站等你，马上去！"

纸条仍热乎乎的，永进似乎明白了小于的用意，但也不敢肯定。老刘买烟回来，永进叫他先到前面大口井那里等。他怀着疑惑似乎还有点激动的心情到扬水站应约。

修这座扬水站是想利用一眼机井的水浇灌西边那片慢上坡的地。人山人海地花两年时间才用土堆起长长的渠道。因井水人畜饮用还很紧张，扬水站自打竣工那天起便一直也没用上，白白用了好多工占去好多地。倒也不是没有好处，人们老远能见到它的形体，像是未铺铁轨的路基，给这里没见过铁路的人开了眼界。又像是沉睡的一条龙，有了它，禾苗可以不必担心无情的水患。

心神焦躁的于树林坐在一块晒热的石头上，看见牛永进应招而至，脸上立刻露出甜美的笑容，站起身来热情地迎接。

"你为什么选在这里和我谈话？"牛永进望着这座雄伟的工程，好奇地问。

"因为这里目标大，好找；还因为这里僻静，我们谈话没人打扰。"于树林用深情的目光使劲打量着牛永进。

永进从她泛着红晕的两颊和明亮的眸子里猜透了她的心意：看她的举止多像当年秋萤对我脉脉的深情，而我却不能像对待秋萤那样待她。我对她一点都不能超越同志的界限。

于树林说："我真高兴你及时赴约。早晨叫我等得好苦。看你那傲慢劲，真让人担心你不会来。"

"早晨你也来这里等我了吗？"永进傻乎乎地问。

"不，我在宿舍里。"

"你并没通知我。"

"是这样的。"树林略带指责地说，"我想你早应该来和我谈一谈。"

"你为什么要这么想呢？"

"天知地知，你知我知"

"你这样着急和我见面，是想谈哪些问题呢？"

"别再兜圈子了，请你珍惜我们在一起的时间。"于树林柔和的语气中带着责怪。

“所以我请你开门见山，直来直去。”

“那我就先从近处说起。”一触到正题小于的脸变得绯红。虽然她够得上一个老成的团书记，但仍具有少女的羞涩。她把玩着自己的衣角，“大个子队长找到我，说你……”她抬眼看了一下永进，不好意思往下说。

“说我什么？”永进微笑地听着。

“说你心里头很愿意同我结合，就是大姑娘似地不好启齿。他埋怨我对你追得不紧，还说希望早日吃到你已答应给他买的喜糖。”

“好一个热心的大个子！”永进没头没脑地来了这么一句，让于树林大为胆怯和不安。她期待着永进的下步反应。永进诚恳地说：

“我家遭到了灾祸。”

“请别再提这些。”小于惭愧地说，“我对你一见面就产生了好感，也可以说是一见钟情。我相信我的眼力。都怪我在你遇难的时候和你疏远，这对你的打击不亚于投井下石。一想到这件事我就感到问心有愧。今天我不强调我政治上幼稚等客观原因，只想无情地谴责自己的灵魂。凭我疏远你这条，就是听到你宣布不爱我，我也不怪你。”小于两眼涌出了痛苦的泪水。“通过这场风浪，使我更加看清了我当初对你的爱是正确的。你是一个革命意志坚强的人，在残酷的打击面前不弯腰不低头。就像雄鹰，喜欢在乌云翻滚的天上飞。你经住了考验，练硬了翅膀。说实在的，你已经大大超过了我对你爱的标准。我对你的敬佩更大于对你的爱。我常向团员们讲向你学习。”

“你这样过高地看我是带着爱的偏见。”永进诚恳地说，“我是一个很平常的人，好多方面还远不如你。”

“我只承认是带着爱的偏见。”

“对我有偏见可以，但是不要爱。”

“为什么？”

“因为问题还远没有完，我爸虽被放出牛棚，但这很可能是他们的权宜之计，更残酷的斗争还在后头。在这场你死我活的斗争中，也许我会失掉性命，起码政治生命难保。”

“这正是我爱你的根本。”于树林深情而又坚定地说，“我愿作雄鹰和你比翼翱翔，愿与你同舟共济乘风破浪，愿与你共同为革命洒汗流血，甚至牺牲。”

“这样的女子值得敬佩。我相信我的秋萤也会这样的。”永进心里这样说。他对小于说：“你不是已有对象了吗？在你哥他们厂子，还是你哥的朋友，姓李。”

于树林听罢呵呵地乐了一阵，说："没想到欺骗闫生的这些话叫你相信了。你说的我哥的那个李朋友确有其人。但我们并没有恋爱关系，甚至都没说上几句话。那是为了麻痹死皮赖脸的闫生才把他抬出来。"于树林认为该表白的、该解释的都已经说了，下边该是对方对她诚恳求爱的公开而明确的表示。她的眼里飘出了千丝万缕的爱的情丝。她凑到永进身边，张开双臂，准备拥抱近在咫尺的、所敬仰所爱慕的人。

永进已经察觉到她将要做出的事情。当树林的芳香气息向他挨近时，他本想向后退，但怕对方的自尊心受到伤害，他没有那样做，两脚只是在原地动了动。他没有让小于抱住他，而是握住了她的热乎乎的手。她则驯服地把手放在他的掌心里，把头紧紧贴在他胸脯上，传递她几年来积攒在心的爱。

牛永进的心仍是平静地跳。他的话语却带着浓重的感情。他说："小于同志，作为你求爱的对象，丝毫也不能怀疑你的真挚的爱和纯洁的情；也没有理由不使你的美好的心灵得到满足，精诚所至，金石为开；然而你追求的竟是我，我因不能满足你真诚而热烈的追求，感到万分惭愧。你不要爱我，我也不能爱你。"

"是因为我在你遇难时没有坚持爱你吗？"于树林把头在他的胸膛贴得更紧。

"不！"永进否认说，"不是因为这个，不能把这当成你的过错加以责怪。能认识到这步，说明你有较高的觉悟。可以说在你身上我挑剔不出任何我不爱你的借口；之所以说我不能爱你，也不让你爱我，是因为我已经有了爱人。"

即使一个响在耳畔的惊雷也不会像这样把于树林震晕。她的两腿失去了支撑的能力。永进使劲地扶住了她。他明显感到了，她本来热乎乎的手一下子变凉了。

她眼里涌出了痛苦的泪水。"你叫我有话直说，你也应以诚相见。"她难过地说，"你不爱我就说不爱我，用不着学我麻痹闫生那样麻痹我。"她的头已从永进胸膛移开，但手还放在他手心里。

"树林同志，我的话全是真的，真的。"永进使劲握了一下她的手，"是因为我保密得好，你以前才不知道。我对谁也没暴露过我心中的恋人，包括我的亲人；今天不得不对你讲，希望你给我保密。"

"你心中的恋人是谁？她叫什么名字，现在什么地方？"

"这些我都不能讲。"

"中国有句古话，'纸包不住火'。既然你有了爱人，为什么这么多年不见你们有任何来往？是不是因为你爸出事她抛弃了你？"

"不不！你不能这么说，那是对我爱人的玷污。我们中断关系确是因为爸爸的事；不过不是她抛弃了我，而是我……”牛永进说不下去了，痛苦地摇了摇头。

“你干吗要与人家断线呢？”小于追问。

“我怕因为爸爸的事牵连她。”

“你好糊涂！”小于责怪地说，“牵连肯定会的，然而真正的爱情是不怕牵连的，在共同的斗争中你们会得到更深更广的幸福。”

“所以我感到后悔！”永进痛苦地咬了一下嘴唇，告诉她说，“我们一起相处五年，虽然谁也没说一句我爱你你爱我的话，但实际上我们是进行了几年的恋爱。现在看来尤其是这样，就连回忆我们脸红脖子粗的争论都是幸福的。因为她占据着我心中全部的爱，我不能再对任何女孩产生爱情。所以你们姑娘以为我高傲、目空一切，骂我是冷血动物；其实并非如此，我不是苦行僧，我时常回忆我们在一起的时刻，从中得到幸福和力量。”

“我非常钦佩你对爱情的坚贞和永恒，我愿意为你们重新接上红线当月老。告诉我她的地址和姓名，现在我就给她写信。”

“十分感谢你的一片好意。我何曾没这样想过，可是已经过去这么多年，谁知发生了什么变化。如果因为写信造成了相反的效果，倒使我不安，不过不管怎样我也是爱她的。她的形象永远也不会在我心中消失。”

“你让我佩服得五体投地！”于树林紧紧抓住永进的大手，无限深情地说，“我心里真诚地爱着你，像你爱她那样。看来我们不大可能结合在一起，但我会永远地爱你。你的形象会永远充满在我的心中。”

“我劝你别这样。”牛永进推心置腑地说，“按说谁也干涉不了一个人心中的爱，我还是劝你不要爱我。这会影响你对别人的爱。如果那位李同志不错，希望你爱他。感情要靠相识和相交，你要和他多联系，事成之后，如果你在这里正搞着或想搞一番事业，如果你离不开这里的山山水水和这里的人，就让他调到这里来；否则你就调到他那里去。总之千万别像我似的被人指责为柏拉图式的爱情。”

“如果又有和你志同道合的人，并甘愿做你的妻子，你能不能爱她并与她结成伴侣呢？”

永进被问住了。过了一会他才含糊地说：“应该说在理论上是能够的。”

“对你的实际来说呢？”

“不能。”他补充说，“如果有必要和有可能的话，那也要得到她的允许。”

“这就好，”小于坚定地说，“我等你到那一天！”

“不不，你千万别干这种傻事；我也不忍心再践踏一个人的爱情。所以我决不答应你这样做。也请你不要再增加我的痛苦，你一定得答应我。”永进乞求道，“回答我，说话或者点头。”

小于被逼无奈，只好委屈地不情愿地吐出两个字：“好吧。”

他们就这样结束了扬水站的谈话。分手时两人都迈着沉重的脚步。牛永进看着于树林徐徐远去的身影，小声自语道：“我心中只有你，秋萤，对谁也爱不起来。秋萤，你在哪里？”永进望着碧绿的田野、淡紫色的群山和似锦的游云，无限地怀念他心中的恋人。

忽然一阵庄稼叶子沙沙的响声，一个鬼鬼祟祟的身影从扬水站附近的玉米地窜到大路上。“闫生！”永进一眼认出他来，怒不可遏地骂道，“他准偷听了我们的谈话，见不得人的鬼东西！”永进目送小于的身影拐上去二面井的岔道，又眼见闫生照直朝公社走去，才放心地转身赶自己的路。

刘赤山在大口井的一块大石头上坐着吸烟。大口井里没有水，大石头边的草地上被踩出了不少脚印，还有十来个烟头。他跟永进约好在这等。但他根本不像在等人，倒像是一个战斗指挥员谋划进攻的计划。他黝黑的脸上充满了力量，花白的头发闪着亮光，顽强的脑门和眉宇间及嘴角的皱纹，显露出他的英勇与倔强，他那遥望蓝天的两眼流露出必胜的信念。

永进一见到老刘马上换了一种心情。他要把考虑了好长时间的一件大事，向老书记汇报。刘赤山知道他刚才与小于约会，本想帮帮他，可永进不愿外人介入他的爱情世界。老刘只得作罢。看到烟头脚印和老刘的表情，永进猜出他此时的心境，于是问道：

“您不能带我也冲向新的高地吗？”

“当然能。不过有很大危险，还是我自己来吧。”老刘和永进心有灵犀

永进关切地说：“您可一定要注意身体，看形势您不会老窝在这里，重新挑重担的日子不会太远。”

“还不能忙目乐观。”老刘说，“邓副主席主持中央工作，决心挺大，可是阻力不小哇。我们不能等着大好形势的到来，也应该干点什么才对。”

“所以您决定冒着危险向新的高地冲锋吗？”

老刘不作回答。他似乎不想和永进谈这些，继续想自己的心事。

永进顺手拾起一块石头扔进大口井，因里边没有水，只听到石头砸石头的声音。他愤愤地说：“您看这口井，还有那个扬水站，都是劳民伤财的玩意儿。”

“都是瞎指挥的恶果！”刘赤山愤慨地说，“你再看这片高粱玉米，上边按着头叫种，别看现在长得不错，打不出粮食来。两杂在咱这成熟不了。老百姓饿肚皮你说怨准。”

“顶瞎指挥您可担了风险。”

“我倒没什么，郝占金才叫真顶呢。”刘赤山无限敬佩地说。

“听说具有三十五年党龄的郝占金书记被年龄不到三十岁的闫生开除出党。”

“简直是怪现象！”老刘气愤地把大半截烟摔在地上。

永进说：“总有一天要恢复这样好同志的名誉！”

“党压根不承认闫生的决定！村里的党员和群众还都听他的。”

郝占金是四面井大队的党支部书记，他认为上边下达的种植计划违背了因地制宜的科学原则，三干会时就提出自己的看法。正确意见未被采纳，反而挨了一顿批，纲上到“听不听毛主席和共产党的话”的程度，并用“要不要党票”的活相威胁。实际播种时，他采取了和大个子相同的做法。种地他亲自扶耧。可巧那天县里的郑红坐小车下来兜风，吉普车开到地头。郝占金见肥头大耳的郑红还有闫生从车上下来，老远就吆喝牲口停下。闫生叫把牛具赶过去，说县革委郑主任来社检查春播。播种人一听都呼啦围上来，意思是不叫郑红他们进地。郑红问种的什么，人们异口同声地回答说，根据上级安排种的杂交高粱，一老农还扒开垄沟，露出高粱籽来叫他看。闫生郑红高兴异常，忽然心血来潮要留个影。闫生郑红二人相互照时都没发生问题。当他俩合影时出了事。闫生绊倒了相机支架，他本人摔个嘴啃泥不说，还惊了老黄牛，带倒了耧具，耧里的谷种洒了一地。郑红心疼相机，骂闫生笨，发现群众骗他，更是火冒三丈，一气之下奔回县里，留下话说要抓闫生的坏典型。

大鱼吃小鱼，小鱼吃虾米。当晚闫生给四面井全体社员开会。说这都是“走资派”的鬼，指名道姓批判刘赤山，郝占金为保护老县委书记站出来承担全部责任。闫生一气之下宣布撤销郝占金党内外一切职务，开除出党。第二天公社又召开电话会，下令毁谷子种两杂。早种的谷子都长出了白花花的芽芽，老百姓心疼得心里头流泪。

牛永进深为郝占金鸣不平。此时他心里百感交集，激动地说：“老刘，我想把咱们这真实的情况写成材料，直接寄给党中央。”

“好！”老刘大喜过望地说，“咱们又想到一块去了。”进而他又摇头，给永进泼冷水似地说：“可是你到想会招致什么风险吗？”

“想到了，”永进轻松地说，“无非是说我攻击、反对什么的，把我当现行反革命打。可我们的国家不能老这样！”

“是的，决不能老这样！”刘赤山信心百倍地说。他告诉永进：“我已写好了初稿。”

“太好了，快让我看看。”

“没在身边带着，你婶子收藏着呢。”

“刘婶同意您再冒风险吗？她跟着您已经吃够了苦。”

“开始也是怕，我把道理讲清，她很支持，还表示永远与我站在一起。”

永进见老刘提到刘婶时的甜美神情，羡慕地说：“刘婶真了不起，事理通达，秀外慧中！”

“好一个大学生！”老刘爱抚地摸着永进乌黑蓬松的头发，“哪天你当着婶子的面也这么夸夸她，保证会挨一顿骂。”

永进献策说：“一半天我向婶子要出材料，亲自到县里寄去。”

老刘表示同意。他一再叮咛永进，材料只签他一人的名字。永进口头答应，心里却另有打算。他把风险留给了自己。

第三十四章 神经正常

一场瑞雪盖住了塞北的山山岭岭，一阵阵狂风卷起了松散的雪屑，真好似“战罢玉龙三百万，败鳞残甲满天飞”。这就是当地有名的白毛风。行人睁不开眼睛，看不清道路，有着不少冻死人的传说。这场雪是伴随风而来。雪停了，风仍不止，刮得天昏地暗。气温骤然大幅度下降。

牛永进面带焦急的神情站在公社门口，透过狂风卷起的雪幕，不时地眺望远方。远近都看不到一个人影。电杆电线和枯树被风吹得发出尖尖的吼声。永进两眼红肿，臂戴黑纱，脸色蜡黄。惊闻敬爱的周总理与世长辞，他不知哭过多少次。怎么能不悲伤？他和爸爸正拼命保卫着的亲人竟被病魔夺去了生命。爸爸更是悲痛欲绝。不知他的情况咋样。已经三天没送报了，看样子今天邮递员又不会来。老也不见人影，永进冻得流清鼻涕。他失望地回到宿舍。他老是心神不定的，坐也不是站也不是。他打开抽屉，无意间发现了前些天兰菊妹的来信，顺手拿起来看。

哥:

你真能守口如瓶，要不是我向你请教人生的脚步应该怎样迈，恐怕你不会把家里的灾难告诉我。你的一封封信，就好像小说的一章一回。等我们的后代读起来，也可能把这些历史当成闭门杜撰出来的离奇故事。但这确确实实是今天发生的事实，而且就发生在咱们家。我真钦佩大伯和你的威武不能屈，富贵不能淫的高尚情操。遵照你的意见，我没把事情向家里透露半点。

哥，我总觉得你信的字里行间隐藏着好多不能直说的话。这次回家，你一定得向我讲……

永进专心看信，于树林推门进来。她没打扰永进，当然更没必要像他刚来时那样侦查他了。出于礼貌她没有近前，也没说话，直到永进发现她，她才开口："月老又牵红线了？"

"哪里，"永进苦笑一下，"是妹妹的信。"

"你老父亲身体好吗？"

"不是山边的妹妹，是北京的。"

"好整齐的字。"

"人家现在是人民教师了。"

永进收起信。小于走过来坐到他床上。她的红扑扑的脸上含着羞涩、感激、幸福和自豪的神情。她掏出两大把糖来放到永进桌上，垂着眼皮说："我和李峰的关系已经确定下来。原计划春节结婚，总理不幸逝世，又推迟到五一。感谢你的帮助，先请你吃糖。"

"我真诚祝贺你。"永进想到自己，不禁一阵心酸。

"你应该多关心一下你自己。"树林用温柔的目光望着永进，说，"原来我想不找朋友，一心恋着你。可你坚决不答应。后来我也想通了，正如你所说的，那样做会增加你的痛苦。既然你对她爱的这样真诚与深沉，我想她也会像你一样，在苦苦地想着你，线是从你这断的，应该由你主动接上。要知道，你们搞成对我也是个安慰。所以请接受我的劝告。"

永进皱眉不语。

"你应该相信她，相信她会像你一样。"树林说，"从这点上看，你还真不了解我们女性。绝不会打我们这头首先对热恋着的人变心。也许你会找出好多事例来反驳我的论点，但那些代表不了我们女性。为防备你所想象的那种万一，我仍坚持由我当月佬，好使我以后想到你时更感到问心无愧。"

永进痛苦地摇头。

"现在你总可以解除掉怕株连她的想法。"树林继续苦口婆心地劝永进，"不但你爸被放出牛棚，而且你也即将光荣地加入党组织。现在公社党委正开会审批我们的组织问题。"

于树林说的是实情，公社党委正在开会。党委成员中还有两名大队支部书记。刘赤山是牛永进的入党介绍人之一，也列席参加。会议已经开了一会儿，现在发言的是闫生。

"我刚才说过了，其实用不着老刘介绍，他就在那摆着。对那两个同志我不敢说全部了解，牛永进同志我可是彻头彻尾地了解他。他一来就跟我下乡，我发现他有极强的事业心。我们井头林场，那是牛永进一手操办起来的。有人往自己身上揽成绩，这不合理。"说着他瞟了一眼刘赤山。老刘微笑着没理他。"我早就看出他是无产阶级的好苗子。我们党就应该吸收这样的新鲜血液，清除那些个废料。伟大领袖毛主席叫我们吐故纳新嘛。我举双手赞成吸收牛永进同志加入我们党组织。在入党介绍人栏里也愿填上我闫生的名字”说完他美滋滋地望着大家。

刘赤山没想到闫生一反常态。他原以为他会站出来反对。既然这样，牛永进入党的事将顺利通过。

接着发言的是六面井大队党支部书记老沈，“我说两句。”他没有马上就说，而是先占个位子。他磕去吸透了的烟灰，又叼起烟袋嘴使劲吹了吹，这才说：“我不会成本儿大套发言，开口就是碌碡打墙，实打实的。我同意接受小牛入党。他思想好，为我们社多栽几棵树，豁出命来干，党没白培养他。他关心社员疾苦，敢为百姓说话。他像小黄牛那样又拉车又耕地，埋头苦干，从无怨言。”沈老汉表了态，又装满一袋烟，呼啦呼啦地吸起来。

“我发表点看法。”八面井年轻的支部书记薛敬江发言，他原名薛大江，是闫生让他把大字改成敬字。他说：“我首先表示我完全赞同闫主任的看法，同意牛永进同志入党。第一……”他瞄了一眼闫生，“第一，他父亲从大狱里出来，是不是说就没了问题；第二，他经常放凉腔，跟我们党的政策有点顶牛。”

他的话音刚落，沈老汉首先反对：“什么叫大狱？刘书记（他这样称刘赤山）不是说了嘛，那是学习班。我们谁没参加过学习班？再退一步讲，就按你说的他爸是坏人，我们党的政策是有成分论但不唯成分论，重在政治表现。刚才说了，他的表现满够上一个真正共产党员的标准。再说放凉腔，他替老百姓说话就是放凉腔？不批入党可以，但不能给人家乱扣帽子。”他把烟灰使劲磕在桌子上，又用粗大的手把它划拉到地上。

沈老汉的烟锅响过之后，人们又进行了激烈的讨论，众口一词地同意沈委员的观点，闫生像是故意让外人听到似地，大声叫喊：“就是，重在政治表现，永进同志表现得好，我坚决同意他入党。”

等人们静下来，薛敬江又试探地说：“我再提个问题，这个问题似乎不该在这里说，但我个人总觉得有说一说的必要。”他停下来把眼光投向主持会议的张润文，征求他的意见。

“你说吧，”张书记说，“在会上说什么都可以，做到知无不言，言无不尽。”

“好，那我就说。这个问题在咱们公社已经嚷嚷遍了，说他在中央有大亲戚。我们组织上到底掌握不掌握这个问题？有还是没有？要有又是哪一位？”

他的问题一经提出，使热烈的会场一下子静下来，一双双目光投向张润文，张润文又求援似地望着刘赤山。

刘赤山心说道：“闫生薛敬江二人眉来眼去的在演双簧，薛提的问题肯定是闫的鬼点子，他想了解永进的大亲戚，好找机会高攀，可耻的东西！”他回敬说：“这个问题没有讨论的必要。我们吸不吸收他入党，是看他本人够不够标准，决不能看他有无大亲戚来决定，就是有，我们也应当认为没有。”

“刘书记说的对！”老沈首先表态。

“我们就得抱这种态度。”闫生也装模作样地说，“我们只讲政策，不徇私情。”

“大家还有什么意见？”张润文看了看人们，“没意见就举手表决吧。同意牛永进同志加入党组织的举手。”他站起来数了数，高兴地说：“全部通过。”

接着进行下一个，会议继续进行着。

牛永进被于树林说得更加心烦意乱。他认为小于说得对，也赞美她的美好心灵，感激她的善良柔肠。此时他心里复杂极了，既感到有失又感到有愧，更多的还是怀念。他似乎被说动了。

他去厕所小解，风的吼声小多了，雪屑也舞累了，大部分落到地面。他在小便池旁站定，听到里边解大便的人说话。一个是供销社的王主任，一个是营业所的于主任。二位都是公社党委成员。王主任说：“闫生小子真是变色龙。”

“他就靠这个吃得开。”于主任说

“别看平时作劲，动真格的还真没卡他。”

“你知道为什么吗？”

“你说说看？”

“他认为小牛有大亲戚，想抱粗腿。”

…………

永进听到他们议论自己，小便没解就悄悄跑开了。他跑到公社门口，看到邮递员赶着驮邮件的毛驴进邮电支局。一阵喜悦涌上心头，他尾随而去，希望能见到家信。

邮递员卸下来件又装上走件，歇也不歇就往回赶，支局长老韩送走邮递员，回头招呼永进：

“走，进屋聊聊。保准又有你的信。”

他们先后进屋。老韩拆开邮包分报纸，永进帮他分信，主要是找他自己的信。老韩边干活边跟永进说话。

“哈时候回家过春节呀？”

“前两天请假未获准，说再过两天。”

“我知道为什么叫你等。准是吸收你入党的事。我们支部早已讨论通过了。”

永进见到自己一封信，高兴地把它放到一边，继续分拣，希望再见到第二封。

“上次我问你陆游的《钗头凤》，我想再听你讲讲。”老韩等着他回答。

永进根本没有注意听他说啥，坐在他身后的床上看信。这正是他盼望的家信。他激动得两手颤抖地拆开信看。

老韩继续说：“陆游‘一怀愁绪’怀了多少年啊？听说他八十多岁还想着唐婉。”他停了停，没听到永进回答，就又说：“我看你在这问题上也是一怀愁绪。”他又等着永进反应。和刚才一样，依然听不到永进的半点声音。他得意地说：“这下让我猜对了吧！”他想这一来永进准得有所表示，可是他想错了。“永进今天咋了？为啥徐庶进曹营一言不发？”他纳闷地回过头来看，身后空空的。永进早已离开了邮局。

支局长苦笑了一下，“闹了半天我在自言自语。”他叹了口气，惋惜而又不平地说：“人可是好人，就是事事不顺心。”

牛永进从邮局出来，一口气跑到公社办公室。张书记刚宣布完散会，党委成员们纷纷离座，最先走到门口的是闫生。他被像炮弹一样撞进来的牛永进撞个趔趄，腋下挟着的大红日记本“啪”地掉在地上。他正要狗脸子发作，看清是永进，顿时满脸堆笑起来，抢先报告他被批准入党的喜讯，并向他祝贺。

永进看到了一双双热情的目光和一张张友善的脸。他的搜寻的目光在张润文的脸上停下来，冲他喃喃地说：

“张书记，请还给我入党志愿书吧。”

他的话音不高，但是人们听得一清二楚。这是怎么回事？一双双眼睛都惊奇地望着他。

“为什么？你为什么想要回志愿书？”张润文连连问。

永进说：“我现在不想加入了。”

人们被永进的话惊呆了。屋子里鸦雀无声，能听得见永进沉重的心跳。

“哪有这样的事？”张书记一时没了主意。救援地望着老县委书记刘赤山。老刘观察着牛永进的神态。张润文告诉永进：“党委已经批准你入党了。”

“批准了可以再推翻。”永进说。

“志愿书是你自己写的，你究竟为什么又不想加入了呢？”张书记再三追问。永进对自己的做法不加任何解释，只是固执地说：

“请尊重我的意愿。答应我的请求。”

从一双双责怪的眼睛可看出，人们对永进开始不满起来。

闫生向永进跟前凑了凑，把头探到他脸前头观察他的瞳孔。

“我既没疯也没傻更不糊涂。”永进一把将闫生推开，恳切地说，“我精神很正常！我一向热爱我们伟大的党。我把这种爱化作了为党的事业而奋斗的力量。我很早就志愿加入党组织，就是现在我的心也仍是如此。虽然我索要志愿书暂时不想加入，但不等于说我不愿意加入，也不能认为我对党有了二心。我是永远一心主定向着党的！我相信以后我还会把志愿书交给组织。我感谢党委对我的信任和关怀。我不会让你们失望！我牛永进是知恩图报的。”他转向张书记：“还我志愿书吧，我这样做是对党的忠诚！”牛永进接过张书记缓慢递过来的志愿书，匆匆回到宿舍。

刘赤山随后跟了来，用关切而愠怒的语气问到底为什么？

牛永进没有说话。他嚅动的嘴唇哽咽的喉咙流露出他心中的酸楚。他从衣兜里掏出揉皱了的信递给刘赤山。老刘慢慢把信纸展平，一行不整齐的字出现在他的眼前：

“哥哥，爸爸又被抓进了6号！”

第三十五章 “右倾翻案风”

牛羊伴在镀灯房一直平安无事。他的儿子叫他警惕的投毒暗害、嫁祸诬陷的情况都没有发生。在班上他与同事们相处得和睦融洽。有的叫他科长，有的叫他劳模。女青年则亲切地叫他牛伯、牛叔。他把情况讲给家里人听，女儿则说：“对甜哥哥蜜姐姐亲近你的人要更警惕。笑脸的背后往往藏着杀机。”老牛听罢笑着讲：“人哪能都那么坏呢，还是要相信群众。”为了照顾带小孩的女同事，他经常打连班，早走晚归。对他的做法金蓟和秀春虽责有烦言，但也没道理制止。出于对对爸爸身体和生命的关怀，秀春经常发牢骚：“爸爸的脾气到死也改不了。也不想想这是啥时候，爸要不是劳模，他要不揭露布案，也就不会是今天这个样。”金蓟反对女儿的说法。她说：“爸爸不是为当劳模才拼命干活的，劳模是党和国家给的荣誉。”“我懂，妈！”秀春说，“帆布案爸爸不揭发别人也会揭发，再说他们整爸爸也不是为帆布。就是没有布案他们也会找别的借口。”“知道这些还发哪家子牢骚？”秀春说是为了增加生活的情趣。

虽然日子一天天都是平安地过去，但金蓟却时时提心吊胆，既担心说不定哪时又祸从天降，又为今后发愁。她曾这样劝丈夫：“问题到底咋着呢？这样没尽头地拖下去，会把人弄得精疲力竭。不行你到北京找总理，向亲人诉诉苦。叫总理出出面，结束我们这种胆战心惊、坐卧不宁的日子。”秀春也主张这样做。她说：“见了总理您就指名道姓地说出谁是坏蛋，把那帮家伙都揪出来，好让人们过安生日子。”面对妻子和女儿的怂恿，他成竹在胸地说：“哪能动不动就去找总理，有多少天下大事等着他办；坏人跳得那么凶，总理不会不知道。我受点折磨算啥，不值当到总理那告状。”他又无限神往地说：“往后我要是再见到总理，我就说，‘您可得注意身体呀，您要是累坏了身子，我们工人心疼’。”

牛羊伴的美好愿望还没来得及实现，就在这个寒冷的冬天，突然传来了敬爱的周总理不幸逝世的噩耗。牛羊伴全家悲痛万分，恸哭失声。牛羊伴怀念敬爱的总理，寝不安床，食不甘味，在班上也悄悄地流泪。他最有理由相信，周总理不是病死的，是累死的。他对坏蛋恨得咬牙切齿。他把怀念亲人的眼泪咽到肚里，化作一种力量。他知道，现在还不是对坏人睚眦必报的时候。但总有一天要讨还血债！他每下班回家，总要面对北墙注视好一阵，那里明显缺少一块相框。敬爱的总理视察边山时与他的留影就挂在那里。以往他总是情不自禁地注视那张珍爱的照片，看不够总理那可亲可敬的和蔼容颜；看到照片，眼前就浮现出当时的幸福情景，耳畔便响起总理的谆谆教诲。他从6号出来时，发现没有了照片便向妻子要。金蓟把喜泪变成了悲泪，泣不成声地说：

“我没看好家，……”

当他听了妻子一把鼻涕一把泪地诉说强盗夜入民宅行凶以后，深感惋惜地说：“你咋就没事先藏好呢。”

这一来，金蓟更感内疚。她捶胸顿足地说：“我真是不中用，咋就没想到这一步呢！”

“关键是没想到坏人那么猖狂。”秀春拉起爸爸的手，“走，咱们到专案组要去！”

牛羊伴想了想，说：“他们既抢了去就不会痛痛快快地给咱们。作为一条罪状先记到他们账上。等以后……”他笑着没往下说。

秀春说：“等以后就学他们的样子，不给就抢。毛主席说，革命的专政是向反革命的专政学来的。”

牛羊伴没理会儿女的话，仍按自己的意思说：“等以后，我再跟总理照一张！”他非常自信地认为，这一愿望定能实现；他哪里想到，敬爱的周总理这样快就永远离开了我们。

金蓟见丈夫老对着墙发呆，心疼地劝道：“快躺下休息吧，你老这样夜间上班白天不睡觉，白天上班夜间睡不着，会把身子骨搞垮的，往后的日子长着呢，还愁跟他们算账！”

“不能再等了，我这就去找他们算账！”他不顾妻子的劝阻，拉着秀春就去找专案组。

田美海和牛羊伴被放出6号以后，专案组十来号人没有蹂躏的对象，整天无事可做，不是在大洋房子里胡乱玩侃，就是游手好闲地在街上穷转，要么便蹲在家里干私活。庞大钟经常到洋房去，下达密秘指令、与兄弟们打牌。最坚守职责的要算胡子老头了。6号没了人，把小门上了锁，他也搬到洋房来。也难怪牛秀春骂他是专案组的忠实走狗。来到洋房，他门把得更紧。他啥活都干，扫院子、擦地板、烧茶炉，夜间还要值班。有两个卷柜的钥匙也由他拿着。他

是一个勤快的光棍汉，走到哪儿哪儿就成了他的家。住房收拾得窗明几净，衣着也不邋遢。就一样，不爱刮脸。胡子硬得像钢丝。他要不是老垂着眼皮，人们准得说他是猛张飞。他不参与专案组内部的明争暗斗，跟谁都一般远近。他不吸烟，喝酒不多却经常喝。庞组长一烦了就来他这喝几盅，借酒发发牢骚，还不厌其烦地常常这样许愿："好好干吧，事成之后我保准给你张罗个老伴。"老杜头总是这样回答："对这事一点都不想，我要想，有一百个也说成了。"

一阵门铃响之后，刚给茶炉添水加煤的老杜头响着屁股后的钥匙串打开旁门，正好与怒气冲冲的牛秀春对视，双方大为吃惊。尖刻的秀春嘲笑他说："你真是条属猫的狗，又奔着香味到这来了？等哪天树倒猢狲散，你就会成为一条到处挨打的野狗。"

老杜头不跟孩子一般见识，不作任何还击，应他们的要求，带他们去见庞大钟。

庞大钟正美滋滋地看报，听说牛羊伴来找，他以为是来投案的，见了面先没头没脑地给上了顿政治课，什么"革命不分先后，造反不分早晚"等。等他知道牛羊伴父女是来向他"反攻倒算"的，狗脸子立刻拉下来，想以势压人，指点着桌上的报纸说："你们真看不清形势，现在是啥时候还敢反攻倒算？无产阶级专政的滋味你们还没尝够？看看上边都写得啥，中央发出了新的动员令，坚决反击右倾翻案风！这回你们又犯到点上了。"

从未吃过他这套的牛秀春自然与他针锋相对；牛羊伴怕话题扯远影响正事，这头压住女儿，那头与胖组长要照片。

在隔壁房间打牌的大拿司仁连、大肝赵歧、大脚付贝生等人听组长屋里有吵闹声，一窝蜂跑过来。一方仗着有后台有权有喽啰，一方仗着有真理，双方各不示弱。庞大钟见老杜头在门口，命令他把照片烧掉。老杜头执行命令，飞跑去茶炉房。不顾身后牛羊伴的厉声谴责和牛秀春的大声警告。

老牛父女被架出专案组。

就在要照片的第三天，牛羊伴又被抓进了6号非法监狱。

那天他是上夜班。上午八点半钟，他躺在炕上刚刚进入朦胧，有俩上同班的人来找他，说是矿上要召开大会。工人们早就议论要为周总理召开追悼会。他以为准是开这样的会，便跟着两个同事去矿里，万没想到一进门就掉进陷阱。宋巨带着人把他和两个通知开会的一起扣下。

牛秀春回来见爸爸不在家，便问："爸爸又去顶班了？"

"没有。"妈妈说，"是同班人叫他去矿里开会了。"

秀春感到疑惑：开啥大会呢？事先爸爸咋没说起？她不放心到矿里去看。

沿街看见不少新贴出的刺眼而醒目的标语：“坚决反击右倾翻案风！”“揪出右倾翻案风的黑后台！”“田美海、牛羊伴搞右倾翻案风决无好下场！”“对田、牛施行无产阶级专政！”

见了这些标语，牛秀春的气就不打一处来，边走边骂，她闯过凯旋门一气来到镀灯房。房门在里边关着，她没推开，就到工人们兑换矿灯的窗口。窗口开着，一个大眼睛的姑娘对着窗口坐着。秀春歪头向里看了看，问：

“吉英姐，我爸来了吗？”

“没见着啊！”吉英也问，“牛大伯上夜班，他没在家休息？”

“刚才你们有两个人找他，说是矿里要开啥会。”

“对对，是开大会。”吉英说，“现在就我和孙师傅值班，其余人都去开会了。”

秀春道声再见急忙离去。她随着缕缕行行的人流来到柱子厂东侧的广场。广场像学校的操场那么大，设有一个永久性的主席台。这里已经聚集了不少人，还有不少队列在入场。主席台口冲南，秀春从北来，看不见台上的情形。她加快脚步，走到台子正面，首先看到的是醒目的会标：“坚决反击右倾翻案风大会”。台上有不少人忙忙碌碌。秀春在台下的人群中寻找爸爸，哪里找得到？就是爸爸在人群中，这么多人哪能轻易找得见？她前后左右远远近近地找了老半天，不但没见爸爸的影，连镀灯房的人也没见到一个。她跑到柱子厂，想找田大伯。柱子厂门口挂着“闲人免进”的牌子。她敲开门房，看门的是一位白发老人。秀春问：

“请问同志，田大伯今天上班了吗？”

“田大伯？”老头皱眉。

秀春赶忙说：“就是田美海矿长。”

白头发看门人打量了姑娘一阵，冲会场扬了扬头。

秀春再度来到会场。这时主席台上的扩音器里传出宋巨的声音：“各采区、各科室，把队伍整理好，大会马上就要开始。下面宣布大会纪律……”秀春寻找亲人心切，只听到什么以“阶级斗争为纲”、“严防阶级敌人破坏”、“政治任务”……她藏起了红头巾，为的是减小目标。她在会场侧面观察一阵，打定主意凑到前边去。主席台下有好多戴红袖标的工人民兵。怕不等挨近就被他们发现，被当成搞破坏的阶级敌人，她迂回到会场后边，从队列的空隙朝前走。走一段停一阵，一直走到队列的最前边，悄悄插在一个人的背后。她刚站稳，又听宋巨扯着嗓子喊：

“边山矿反击右倾翻案风大会，现在开始！”接着一男一女在台上领着喊

口号。口号罢，宋巨又宣布：“请专案组长矿革委会副主任庞大钟讲话。”庞大钟手拿发言稿，杀气腾腾地来到麦克风前，开始宣读一篇词句很赶时髦的发言稿，连篇都是反击右倾翻案风，散发着强烈的火药味。

天气很冷，人们嘴里鼻孔里都出着长气。在庞大钟发言时，跺脚声一个劲地响。牛秀春咬牙怒目地盯着庞大钟。她已经预感到将要发生的事情，紧握双拳，做好了与仇人相拼的准备。当庞大钟说道：“我矿右倾翻案风的风源就是贪污犯田美海、牛羊伴”时，宋巨又扯着嗓子喊：“把田美海、牛羊伴押上台来！”

那一男一女又领着呼口号。

在“打倒”和“批判”的口号声中，田矿长和牛科长被押上台来。他们每人胸前挂着大牌子，各由两个民兵押着。

这一切牛秀春都看在眼里，听在耳里。她像离弦的箭一样冲出队列，也不知是哪来的那股劲，一跃蹿上主席台。台上的人还不知道是怎么回事，牛秀春已冲到被押着的人跟前，迅速将他们胸前的大牌子摘下来扔到台下。她抱住牛羊伴的脖子哭喊道：

“爸爸你没有罪！不能向贼人低头。走，咱们回家去！”

台下响起一片掌声。庞大钟这才醒过酒来，大声喊道：“遵守大会纪律！不准乱动！”宋巨和司仁连、赵歧、付贝生上前去拉牛秀春。秀春死死地抱住爸爸不放。宋巨扳她的手扳不开，又去掐她的脖子，被秀春咬住了左手，疼得他大声直叫。他伸手打了秀春个满脸花。秀春被打得鼻孔喷血。牛、田二人想上前救援，被几名打手死死地看住。牛秀春真是一只猛豹，不顾鲜血染红了她的脸和前胸，冲上去与宋巨搏斗。她伸手把宋巨的脸挠了五个血指印，当她要挠第二下时被两名打手架住，宋巨趁机打秀春，秀春用脚踢他。由于秀春被架着，宋巨占上风。宋巨没有人性，往死里打人，秀春奋力挣扎反抗。台下响起“反对打人”、“反对绑架”的口号声。田黑金和一些赤手空拳的工人推开企图阻止他们的民兵，上台救下了鲜血淋淋的牛秀春。

田美海和牛羊伴又被押进了 6 号非法监狱。

第三十六章 爷爷进城

一辆从郊外火车站开往小马路的公共汽车在终点站停下来。一个身材魁梧的乡下老人首先从车门跨出。他肩背褡裢，手提柳条篮。他老马识途，健步绕过第一工人俱乐部的电影院，照直朝德智里走去。他就是牛永进的爷爷牛强，今年七十七岁，耳不聋眼不花，腰腿灵活，手脚利落。他四方大脸，五官匀称，花白的鬓角和胡须，灰白的眉毛，黑红的脸膛，皱纹不多却很深。他敞着棉袄的大襟，袒露出白净的衬衫，没扣严的衫襟缝，露出古铜色的胸膛。他头戴一顶城里人少见的毡帽，脚穿纳帮布底的尖口鞋，用白腿带子扎着棉裤腿。他浑身上下都带着乡下人的芳香的土气。

他虎步行龙，穿过大街，走进小巷，认准八号门牌破门而入。

金蓟给丈夫送饭，正好撞见突然驾到的老公公。别看牛强上了年纪，到底是身大力不亏，两人相撞，老人稳如泰山，金蓟被撞得向后直退。多亏老人上前把她扶住，不然非闹个仰八叉。

“你这是干啥去！”牛强问。

金蓟毫无思想准备，举了举花布兜，实打实地说：“我给她爸送饭去。”

“送饭？”老人一边往里走一边问，“往哪送？”

“往科里。”金蓟意识到自己说走了嘴，赶忙自圆其说。

牛秀春听到说话声从屋里迎出来。她也是事急无主，大惊小怪地问：“爷爷！您咋来了”她光用大眼睛盯着爷爷，也忘了去接他手里的篮子。

爷爷进了屋，胡乱地把东西往地上一放，重重地坐在椅子上，赌气地说：“我咋来啦，来看看你们，你们不想我，还不兴我想你们？”

“爷，我不是这意思。”秀春跟爷爷绕圈子说，“我问您是咋来的。”

“咋来的？坐车来的！下了车又走来的。”老人没好气地说，“我又不会飞，不像你们，翅膀硬了，都飞得远远的，不理我们了。”老人的眼圈湿润了，“我要是有翅膀，一天来看你们一趟！”

“奶奶好吗？”金蓟关切地问。

“我也说不上来，你自己去看吧。她天天跟我磨叨，还埋怨你们不惦着家，又嗔着我不来看你们。有点好东西老是舍不得吃，鸡蛋留得空半截，年糕留得长白毛。天天等呀盼呀，到头来竹篮子打水——一场空！”

金蓟听了，说不上是感激还是悲哀，她涌出了两眶热泪，撩起衣襟来擦。

“好了好了，”爷爷宽宏大量地说，“别听我瞎叨叨，在外边工作也不容易，哪有那么多闲工夫净（竟）回家？我不也是一直没来看你们吗。家里外头，孩子大人都好好的，比啥都强。”爷爷把礼物一件一件拿出来：“这是鸡蛋，知道这些年你们城里不好买；羊伴子有伤力根儿，不知这二年犯没犯。她奶奶说吃一百家的鸡蛋就能治。这回好不容易凑够。不让社员多养鸡，公家收蛋还有任务，真是强人所难。”他把篮子交到儿媳手里，又拿过褡裢，大包小包地往外掏着说：“这是白薯干，你爱吃的。”他塞给秀春一包。“这是日头转籽儿，永进爱吃的。哎！永进这孩子念成了书早成家了吧？山雀尾巴长，娶了媳妇忘了娘。我这个当爷的更不会挂在他心上。”他把葵花子包放到桌上。“还有点豆子，队里分的。”他不无惋惜地说：“就是没带你爱吃的老倭瓜。旧的留不到现在，新的还没长出来。都怪你不回家去吃。”说罢他靠在椅子上，装上一袋烟吧嗒吧嗒吸起来。

金蓟给女儿使眼色，秀春会意，悄悄拿起花布兜，回头冲爷爷说：“我给您买瓶酒，回来咱们就吃饭。”

“不是还给你爸送饭吗，快先去，酒不酒的倒是小事。”老人怕她们忘了，提示说。

“我记着呢。”秀春亮了一下花布兜就一溜烟地跑了。

爷爷赞叹道：“刚几年不见，长成大姑娘了。她高中毕业了吧？没像她哥似的念大学？”

金蓟说：“我怕她也像永进似地飞远了，就没让她念大学。在家里待业吧。去年九月份发给了她留城卡片。”

“干啥用？”

“有了留城卡就可以不下乡了，排队等着安排工作。”

“好！”爷爷磕去烟灰，又想起什么似的问：“羊伴子为啥不回家吃饭？”

金蓟转过身去，借着给老人倒水的机会遮住自己悲伤的脸。她说：“这几天他们闹高产，顾不上回家吃饭。”

“是呀，就是该多出煤。”爷爷说，“现在老百姓愁锅下的比愁锅上的还厉害，国家就更甭说多需要了。”他起身进到东屋。金蓟留心看他干什么。只见他两眼在墙壁上乱找。“照片呢？”他问，“照片哪去了？”

“不是在墙上挂着呢吗？”金蓟故意打马虎眼。

“我问的是咱们总理的照片！”

“啊，是这样，”金蓟又撒谎说：“您儿子怕老在外边挂着落土爱脏，就放起来了。”

“周总理呀，您是为我们老百姓累死的！”他悲痛地用手背擦擦眼，又说，“快把照片找出来让我看看。”

“我正占着手。”金蓟忙张罗做饭，“等她爸回来再看吧。”

老人同意了，坐下来不再出声。他装上一袋烟，凑到墙上挂的相框跟前。这两个象框上边原来挂着总理的照片。右边的相框正中是牛强和老伴来边山时照得全家福，左边是他们老两口逛北京时与二儿子一家照的全家福。两个全家福的四周是永进秀春和他们同学的。他自言自语地说：“一转眼的工夫，老的老了，小的大了。”他出到堂屋问金蓟：“永进娶的是他们同学？到矿上来过吗？啥时候办的喜事？”

金蓟正切肉，她不知道如何回答这一连串的问题。照实说吧，怕他刨根问底地还要追问，顺着他的意思说吧，又怕事情败露更麻烦；不说吧，老人又问得紧，端着冒烟的烟袋正等着回答呢。慌神之中她一下子切了手，鲜血立刻流了出来。牛强急中生智，扯开棉袄里，揪出一块棉花用火点着，把带火的棉灰往金蓟的伤口上敷，烧的她直往后缩手。“别动，不然就大发了。”敷上棉灰止住血，老人又要扯棉袄里给她包扎。金蓟说：

“这有橡皮膏。”说着从东屋的抽屉里取出，老人给她包扎，同时心疼地埋怨道：“这么大岁数了，也跟小孩似地，干啥都慌里慌张的。”

金蓟找理由说：“这刀也太钝了。”

“拿来让我磨磨。”爷爷收起烟袋拿起刀。

金蓟扑哧一笑：“您当在家里呢，有粗磨石有细磨石，城里很少有准备这个的。”

“那就到街上磨磨。”

“这些年一直没见磨剪子菜刀的走街串巷了。前些时传出一个笑话，一个老太太听到磨剪子菜刀的叫喊声，拿起菜刀跑出来，吓得拿着收音机听《红灯记》老头直跑。”

老人听了想笑也没笑出来。他说：“手艺人都被限制在生产队里出不来，闹得谁都不方便。”

金蓟切了手，算是把爷爷的话题冲忘了。

秀春回来，见妈妈手上裹着药布，断定是刀切的。她又心疼地埋怨了一番。

她给爷爷买回一瓶龙潭大曲。爷爷非让她陪着喝。秀春不会，就跟着吃菜。爷爷问：

“没告诉你爸说我来了？”

“根本没见着我爸的面。”秀春煞有介事地说，“他在库里给人们发物资。办公桌上留了个条，叫我把饭给他放到暖气上。”

“他整天忙得顾不上按顿吃饭。”金蓟怕女儿说走了嘴，帮她糊弄爷爷。

“他最近没犯病吧？”爷爷关切地问。

“没有，爸爸身体可结实着呢！”秀春语意双关地说，“就像一株大松树，禁得住风吹雨打电闪雷鸣。”

“好！”爷爷高兴地喝了一口酒。秀春又给满上。

“你嫂子好不好？”

秀春被问愣了。金蓟开口说：

“让爷爷快喝酒，一会好吃饭。不然菜都凉了。”

爷爷把一杯酒干掉。秀春还要给倒，他把杯子攥到手心里，说：“上饭上饭，酒要零着喝，不能一下子喝醉了。”他一气吃下四个大馒头。他一边香甜地吃还一边乐呵呵地说：“又吃上你妈做的饭了。要多香有多香。”

秀春也比往天吃得多，爷爷来了使她高兴。

金蓟对公公的不速而至感到挺挠头。她紧张、发愁，嘴老是苦的，吃啥也没味，见着啥也不香。为不使身体垮下去，她不得不强吃。

秀春帮妈妈涮洗碗筷，爷爷抽透两袋烟。“走！”他站起身冲孙女说，“咱爷俩到你爸爸那看看去。”

“人家上班，您到那干啥？”秀春没想到爷爷又出难题，极力阻拦。“等爸爸回家来，有啥事说不成？”

“我不是光想着和他说话。”爷爷掩饰着想早点见到儿子的心情，“他发物资，我帮着抬抬搬搬总可以吧。”

“人家科里那么多人，根本用不着您帮忙；别看您在农业社还英雄马壮的，要是在矿上早让您退休养老了。”

爷爷未被说服，还想着要去，“多少年不来，我也想到矿里看看了。”

金蓟非常了解这位老公公的脾气。他认准想干的事，就是十头牛也休想把他拉回来。眼下要是硬阻拦不叫他去，反倒会露马脚，使事情过早地暴露。她顺着老人说：“矿里确实有看头，人工堆起来的矸子山，几十层楼高的井架，大轮子整天转个不停。让人看着分外提劲。我都想着到近处去看看，难怪爷爷也想去。”

“对对，我来城里就跟城里人到乡下似的，看见啥都新鲜，平地堆起那么一座山，我能不想看吗？”

“您又不是没看过。”秀春不知道妈妈的用意，还想阻拦。

“看过还想看嘛。看画要是看几眼就行了，谁还买到家里去？”老人催促说，“快走吧。”

秀春无奈，向妈妈投去求援的目光。

金蓟不慌忙地说：“我看您用不着急着先去那儿，等哪天叫她爸领着您到里边合合适适地逛一逛。现在不如先到街上逛逛商场。”

“也好，”老人被儿媳说服了，“乡亲们还让我给捎带几样东西。”

秀春高兴地陪着爷爷上大街。妈妈如释重负地松了口气，但很快又不安起来：瞒过了这一步，下步该咋办？

街上行人来来往往，就好像乡村里的集市。商店里人也不少，闲逛的多，买东西的少。

围红头巾的秀春和黑红脸膛的爷爷来到商场。“好大的房子哟！”爷爷一进门眼就不够用，左顾右盼，“上次我来可没这么大。”

“新翻盖扩建的。”秀春小声说，怕招来人们的眼光；而爷爷不顾有多少人看他，大声地问孙女：

“暖壶在哪儿卖？”

“在那儿。”秀春朝日用百货那边一扬头，拉着爷爷的手往那边走。

那边栏柜里有两男一女三个售货员正在说笑。

“同志给拿仨暖壶，一个铁皮的，两个竹皮的。”牛强从兜里掏出钱来。

“老大爷，我们这儿没有。”那位女售货员很客气地说。

“不是在这儿卖吗？”爷爷错解了售货员的意思，责怪地问秀春。

“不错，是在这儿卖。”售货员回答，“可是现在没有。”

“没有？城里也没有？”牛强大为惊讶，性急地问，“那啥时候能有？”

“这可说不定，已经脱销好长时间了。”年轻女服务员又热情地问，“您还买点啥？”

爷爷手扶毡帽想了想，说：“还买碱面。”

“碱面在那边副食组。”她用手指点给这位新来乍到的乡下老人。

爷俩又朝副食那边去。“这姑娘倒不错，就是没达到我满意。”爷爷夸赞后又惋惜地摇头。

“爷，没达到您满意可不能怨人家。”秀春为售货员打抱不平。

“我知道，知道。”

副食柜台比较大，并排有好几个售货员，有的打发顾客，有的开心地说笑。有一个满头黑发的男售货员捧着一本书在悄悄地看，牛强就朝他走来。

“同志，同志！”他连喊两声。

“想买啥说话，别老叫，我不聋。”黑发售货员头也不抬地说。

“我打听一下这有碱面吗？”爷爷有了经验，先问后买。

“有。”那人还是不抬头。

“给称五斤。”牛强又伸手摸钱。秀春拉了他一把。他以为是她要给钱，忙说：“不！我这有。”

“要五斤！”售货员把书折上一页，合起来藏好，好奇地望着这位买主。

“对，五斤。”爷爷一手伸出了巴掌，一手递过去五元钱。

“你家有多少人？”售货员问。

“不光自家用，给好几家捎的。”

“带着票儿呢吗？”售货员鄙视着这位乡下佬。

“这不是吗？”爷爷把五元钱人民币举起来晃了晃。

售货员摇了摇长满黑头发的头，嘲笑说：“老头，你这个票不顶用。”

牛强火了，用粗大的手捶了一下柜台：“国家印的票子不顶用？难道你们边山还另有一种票子？”纯朴耿直的老人感到受了凌辱，以一名国家主人翁的姿态怒视着面前的黑发售货员。

对方根本不在乎他眼里这位乡下佬的这一套，瞪起眼睛来：“你算说对了，边山就是还有一种票子！”

旁边一位上了年纪的售货员息事宁人地将黑头发往旁边一推，和蔼地对老人说：“老同志，您是乡下来的吧？”

“乡下来的也不能欺负我呀！全中国除了台湾都花人民币，到这就买不出东西来！”

“老同志，您误解了，不是他不卖给您；碱面是限量供应的物品，要凭一种购货票才能卖给，一个票才买二两，您一个票不给就买五斤。当然不行。”

牛强表示明白地点点头。

这时又来一位顾客买货。她首先拿出购货票来，交给黑头发。他接过票举到牛强面前说：“让你开开眼，买东西光有人民币不行，还得有这个！”

“同志快点卖给我，我还多着事呢。”那位五十多岁的女顾客有些不满地催促着。

“你要卖啥？”黑头发问。

“那不是八十八号票嘛。”

“鸡蛋头一个月就卖光了。”

“咋还没有？我来三趟了，看来你们发的票也是废纸一张！”

“这你问他吧。”黑头发用手指着牛强说，“他们不养鸡上哪儿来的蛋？”

女顾客用和善的目光上下打量了一下这位乡下人。冲黑头发说了一句：“神经病！”然后愤愤离去。

爷爷还想和黑头发说几句，被秀春硬拉着走了。离开副食栏柜，她问爷爷：

“您还要买啥？”

“走吧走吧，啥也不买了。碱面都要票，红糖、白糖就更甭说了。”

“当然要票。”秀春把货票配给的东西背给爷爷听：“红糖七十七号，白糖七十八号。水果糖不要票，都是黑的。有人说是白薯面做的，吃在嘴里头带苦头。”

“哎！”爷爷使劲地摇头，大声地叹息。

“您干啥给人们带那多碱面？”

“你忘啦？咱家那儿吃棒子粥喜欢放碱面。”

“放碱可不好。”秀春说，“有人说破坏维生素，失去营养。”

“大概人们改不了这习惯。粥里放点碱，又粘乎又香。”爷爷无可奈何地说，“现在不想改也得改了。”

“您走时把家里的带上。”

“都拿去也不够五斤！留着你们吃馒头吧。”

爷俩说着话，出了大商场。

回到家里，爷爷坐到炕上一袋接一袋地抽闷烟。

第三十七章“还我儿子”

晚六点的响汽声在阵风中时高时低地传来。金蓟悄悄打发秀春给爸爸送晚饭。被孙女强劝着躺在炕上的爷爷一骨碌爬起来。他本没有大白天在炕上躺着的习惯，刚才一躺下就迷糊着了。他被响汽惊醒。他揉揉眼睛，记起了响汽是边山报时的汽笛。他问：

“现在响的几点汽？”

“晚上六点。”在堂屋里的儿媳告诉他。

“羊伴子该下班了吧？”

金蓟无法否认，只好说：“上正常班的都是六点下班。”她怕不好收场，又提前造舆论说：“不过她爸回来不回来可不一定，冒一天他就住在机关，昨天就没回来。”

“知道我来了他还不回家？革命也不能把老子革没了哇！”老人生气起来。

金蓟解释道：“中午秀春送饭并没见到他，所以他还不知道您来；再说我也没有肯定他准不来，您生气不是多余的吗？”

“春丫头去哪儿了？让她给我去矿里头找找他去。”

“她在家里待业，整天四海漫颠的。这时八成又到同学家去了。”

说曹操曹操就到，秀春提着装有饭盒的花布兜从外面进来。

爷爷一见这花布兜，随口问道：“又给你爸送饭去了？”

秀春被问的惊慌失措，张口结舌。她看到了爷爷恼怒的目光，又看到妈妈给她使眼色，她口吃地说：“没，没有哇。”

“我见你中午送饭就拿着这个花布兜。”

秀春一听松了口气，心说：“原来这样，我还以为爷爷听到啥风声了呢。”她冲爷爷一笑说：“没想到您也有教条主义。您要是见到我拿它爬到咱家那株桑树上摘又紫又甜的桑葚，这时您准得问：‘摘满一兜了吗？’可是这个季节没有桑葚。告诉您吧，我到外面给您买臭豆腐了。”秀春吧嗒吧嗒嘴，“臭豆腐闻起来臭吃起来香，这可是一道好菜。就是一宗……”她取出空饭盒打开盖，扫兴地说，“没有卖的！”

“快去到矿里找你爸！”爷爷火烧眉毛似地催促她。

“找爸爸干啥？”

“告诉他我来了，我来看他了。”老人又上来很大的情绪，“听你妈说他晚上又不回家来。”

秀春眨巴着眼睛看看表，又偷看看妈妈，跟爷爷说：“刚六点过一点。爸爸下班总是迟。再等一等，如果还不来咱再想办法。”

金蓟听了女儿的话，心理异常沉重。她想起以往的幸福日子：丈夫下班回来，一家三口围坐在一起吃饭，席间饭后还要说些趣事，而现在……

爷爷这一关越来越不好过，由一时一时往下推变成一分一分往下推了。看来今晚非对老人揭盖不可了。时钟滴答滴答地走着，每过一秒钟都增加了屋子里的紧张气氛。爷爷抱着烟袋抽烟，他眉头紧锁着，心里打定主意：待会儿子再不来，孙女不给找，就自己去！金蓟默默地做菜，油锅里冒着烟。她先放进花椒面，立刻腾起发焦的香味。她的心像在滚烫的油锅里熬煎。秀春两眼出神地打主意。忽然她眼睛一亮，水灵灵盯在西墙角小桌中央的电话机上。爷爷不停地看表，当分针指到了四，他磕去没有抽透的烟灰，站起身来把烟袋往腰上一别，冲孙女不容争辩地说：“到点了，还不见你爸的影，是你给找还是我去？”

“咱们谁也甭去。”

“那咋办？”

“您看。”秀春朝小桌上一指，“家里有电话，何必还跑那冤枉路。”

“那就快给他打电话。”爷爷把椅子拉到小桌旁边。

“我这就打。”秀春逢场作戏地先拨了几下号，然后才抓起话筒，装模作样地说：“喂？哪里？供应科，您是爸爸！爸，中午饭好吃吗？我给您放在暖气上，吃的时候还热吗？……今晚回家吗？……又不回来了？……那您晚饭……中午没吃了？告诉您，爷爷来了。……嗯，今天中午。……干啥来了？来看看呗！也嗔着咱没去看他，所以……好好，爷的身体可结实了！……对，妈妈跟人家找了好几张肉票。”这时爷爷插话说：“我不在吃好吃赖，就是想你们。”秀春又接着讲：“爷刚才说了，不在吃好吃赖，就是想咱们，来看咱们……嗯，一定叫老人家满意……嗯，说了半天您到底回不回家呀？……不回来！好，那我就跟爷说，为了多出煤，他会谅解您不来看他。……对，我想爷爷会理解的。他老人家可是个开通人。您是煤炭战线上的劳模，爷爷还是农业战线上的英雄呢。不过，您要是不回家，爷爷非要到单位去看您，这咋办？……您有啥好看的？您是他的儿子嘛……告诉爷爷别来？……喔，千万别来？……

嗯，这点我替爷爷向您保证做到。……是这样，爷真要去了，科里人都要和他打招呼，陪着说话，会影响不少人工作。本来是好心好意，结果好心办坏事。行了行了，我懂了……爷爷？我相信爷爷会更懂这个道理。……好好，您快忙吧，家里头您就放心吧，我跟妈一定慢待不了爷爷，爸爸再见！”秀春放下电话筒。

妈妈偷偷擦去不少眼泪，她冲秀春满意地微笑。爷爷冲着电话机发愣。秀春抚摸着爷爷浓密的花白头发得意地说：“爷，我爸的话您都听清了吧？”

“我啥也没听见，光听着电话里嗡儿嗡儿地响。”

“爷爷”秀春撒娇地说，“嗡儿嗡儿响那是您耳朵的过。”

金蓟把酒菜摆到桌上，秀春把爷爷扶到桌旁坐下。爷爷两眼直愣愣地发呆，有一肚子话不知从何开口。既有难言的恼怒，又有难言的痛苦。盘子里的菜腾腾地冒着热气，酒也烫热了。酒和菜散发着诱人的香味。爷爷看着啥也不香，在儿媳和孙女的再三劝让下，他勉强着喝了一杯酒，夹两口菜，饭是一口没吃。他放下筷子就进到东屋一头扎到枕头上。

爷爷生气了，妈妈和秀春已经看出来了，却无法进行劝解。既不知如何安慰老人，又不知下一步该如何走。妈妈真是愁上加愁，饭在嘴里打转咽不下去。秀春还带着巧骗爷爷的兴奋，香甜地吃个饱。她进到东屋，兑了杯温开水，举到没好气的爷爷身边，“爷”她甜甜地说，“饭前洗手饭后漱口，这是起码的卫生常识，您快起来漱口，这是水。”

“今天免了。”爷爷一动不动地说。

“‘上山问禁，入乡随俗’，免了可不行。给您！”秀春把杯子举到爷爷嘴边。爷爷拗不过孙女，只好喝一大口胡乱地漱了漱，把水咽到肚里。秀春又胜利了，抿嘴直乐。她也喝一大口漱罢嘴吐到屋外的下水道口。

本来乡村老人就有早睡的习惯。爷爷心里头不痛快，更无心说话。

金蓟收拾完家什过来，把丈夫的被褥给爷爷铺到炕上。秀春打来热水让爷爷洗脚。爷爷不肯：“我在农业社成年累月也不洗；我的脚出汗，天天都跟洗的一样。”

秀春哪里肯依，还是那句入乡随俗的话。她硬是把爷爷的袜子脱下来，把脚按到盆里洗。老人不愿让孙女这样伺候，只好顺从地自己洗。他的脚上满是老茧，指甲老长，秀春给他刮老皮，剪指甲。

“到底是自己的亲孙女，别人谁管这个。”爷爷很满意。他又说：“行啦，剪了这次指甲，到死也甭剪了。”

金蓟很感刺耳，她说：“您讲这些不吉利的话干啥，就凭您这身子骨，得活一百多岁。”

“你比我们乡下人还迷信，随便说说，怕个啥？”爷爷说，“真要再长这么长的脚趾甲还得十五年，再过十五年我九十二，跟我爷一般大。”老人洗罢脚便睡下，秀春给洗袜子，连投了好几水。

夜里，老人不是翻来覆去的动就是吸烟。一明一灭的烟锅头就像闪亮的萤火虫。他翻身时不自觉地发出叹息声。

“是炕太热了吧？”金蓟关切地问。

“不是。”爷爷回答。

“那为啥老翻身？”

“心里头火烧火燎的。”

“是病了？”

“没有，明天见着羊伴子就好了。”

金蓟不再出声了。老人脸前头又飞开了萤火虫。秀春发出均匀的呼吸声。静又不静的春夜是那样的长。

真是躲过初一躲不过十五。牛强已经打定了主意，决定到供应科找儿子。他知道，早饭他是定不回家吃的，要不也不会忙得住在机关。他计划再等他一中午，如果午饭再不回家吃，就去找。“我就不信忙成这样，连抽空见老子的机会都没有，你当多远的路呢？”他愤愤地想，“等见着了再说。”老人本来就窝了一肚子的火，儿媳和孙女在堂屋悄悄地说话，他听到了这么两句：“这可不行，千万不能让爷爷知道！”他辨出是儿媳的声音，再听就听不清了。这使他心中更加不悦。“闹了半天他们在和我捣鬼！”牛强使劲地磕烟灰，表示他听到了她们的悄悄话，并表示不满。他又想：“我这趟来和以前不大一样，就好像我打破了她们的安宁，使她们个个都惊慌失措的，还有千万不可告诉我的事。会是啥事呢？”老人胡猜乱想，也猜不出来。他开始留心儿媳和孙女的举动，瞅机会跟她们亮底。

上午闲坐的时候，他突然提出问题：“你们跟北京叔家也断信了吧？”

金蓟不知老人的用意，怕实说又惹他不高兴，便道：“这您放心，跟他们永也断不了。永进哪年回家过北京都会到叔家去。”这下可坏了，爷爷直起眉毛来问：

“永进哪年都回家？他为啥把我们老两口子迈过去？”

一言既出，驷马难追。金蓟自知失言。幸好爷爷没有再说啥。只见他用不拿烟袋的手扶住胸口，脸上出现极端痛苦的表情。金蓟的心也像刀剜一样难受。见老人这样，还不如听他痛痛快快骂上一顿好。秀春本来可以找好多话劝爷爷。

然而她一句话也不敢说，怕给痛苦中的两位亲人带来更大的痛苦。过了好一阵，她才过去抚摸爷爷花白的头发。

看着身边的孙女，爷爷想起了家里的小花猫。每当他这样静下来时，它总是偎依过来亲昵一阵，嗅嗅他的衣服，舔舔他的手。如果他有什么事做，小花猫便主动离开；如果他闲下来，小花猫就躺到他身边打呼噜。老人不知从它那里得到多少乐趣。它那喵喵的叫声好像是在唱歌。孙女的抚慰当然比小花猫强上十万八千倍。

“爷，您在生哥哥的气吧，嗔着他不去看爷爷和奶奶，按说是他不对，可他也有他的难处。上班和上学可不一样，您和奶奶不是也常说嘛‘官身不由己’。等见了面听他诉诉苦，保证您的火与气一下子就会冰消雪释。”秀春的甜甜的声音打动了爷爷的心。他不再那么生气了，像大病初愈的人，用微弱的声音问：“永进早娶媳妇了吧？”

“您又猜错了！”秀春说，“如果他娶媳妇这么大的事都不跟爷爷奶奶打个知字，从我这儿就不答应！”

“你是说……”

“还没呢。”

“为啥现在还不成家？”

“一个人有一个人的想法。哥哥的意思是先立业后成家，趁着年轻精力充沛先为国为民干一番事业，然后再考虑成家的事。”

“娶了媳妇两人一块干不是更好吗？”秀春被问住了。老人又埋怨儿媳妇说：“当父母的就应该管。”

“管人家可得听！”金蓟有苦难言地说，“我们没少为他操心。”

“不听哪行？”爷爷抬高声音说，“管得对他就得听。咱们家的孩子老实，脸皮薄，这事不好开口，当父母的得主动张罗。”

“不行这么着吧，”秀春出馊主意说，“叫老家的媒婆给哥哥找一个。”

“这可不行，”爷爷反对说，“旧社会那套现在可不时兴。人家看不上眼，咱给找多好的也白搭。”

“所以呀，”秀春得出结论，“哥哥本人要是不着急找，爸爸妈妈，再加上爷爷奶奶再着急也还是个白？”

“嗨！”爷爷叹了口气，又无可奈何地摇了摇头。

中午他们险些发生一场战争。

事情是这样的，金蓟悄悄把午饭给丈夫装好，又悄悄打发秀春去送，没想到秘密被爷爷发现，他腾地一下从东屋蹿出来。

“秀春你又干啥去？！”老人气冲冲地看着孙女。

“我……”秀春没有提防这一招，本能地亮一亮花布兜，“我是……”

“又给我买臭豆腐去？”

“对对，再去看看有没有。”

“别再给我演戏了，快把包拿过来！”爷爷终于爆发了。他两眼瞪得像张飞。秀春不敢不从，乖乖地把花布兜递到他手中。老人用颤抖的手从兜里取出饭盒，打开重重地往桌上一放。“甭说又是给你爸送饭去。他为啥老躲着我呢？你们为啥老瞒着我呢？纸包不住火，没有不透风的墙，千万不让我知道。今天你们非得说清楚，为啥这样待我？我哪点对不住你们？嫌我没给你们挣下金山银海是不是？看我老了不中用了是不是？我现在还能够自己找食吃，等走不动爬不动了还不得一脚把我们老两口子踢出去呀！你们好狠心，大人孩子几年不回家，如今我找上门来又让他躲着我，你们为啥不叫我见儿子？他又为啥不见我？”老人伤心地含着两眶热泪，嘴唇气得发紫，白胡子随着脸上的肌肉抽搐抖动。

金蓟心里百感交集。她可怜年逾古稀的公公，对老人的谴责感到委屈，想到蒙冤受屈正在吃苦的丈夫倍感伤心。她再也抑制不住往外涌的泪水，扭过身去“哇”地哭起来。

妈妈哭得很厉害，秀春没有劝解，反而递给她一条毛巾。

爷爷被闹得慌了神，不知如何是好。他后悔自己不该这样闹。他瞅瞅孙女，未见她有责怪的神情。儿媳哭得如此伤心，老人心疼。他开口劝道：

“快别哭了，都怪我一时收不住火，委屈了你，我的话收回，行不行？”

金蓟的泪像决了堤的水，一时哪能止得住？老人又说：“别哭了，怪我糊涂，光想着自己的理。你心里有委屈只管说，别这样，求求你了。我得好儿媳！”

金蓟听了更感伤心。她抽泣着说：“事怕颠倒理怕翻。我一点也不怪您，我要是您也得这样。一把尿一把屎地把儿子拉扯成人，到如今也没得着他得济。我们打早就给您寄钱，您兢兢业业奋斗一辈子，老了也该享受一下了。可是给您寄钱又给退回来；不但不跟我们要，反倒伸过手来给我们。您说没给我们挣下金山银海，可是您给了我们勤劳的品质，正直的人格。这是做人的根本，比金山银海还宝贵。”

“你的话我听明白了。”爷爷心平气和地说，“你既不怪我闹，又说我好，这又让我不明白，你为啥这么伤心地哭？又为啥不让羊伴子见我？”老人发现自己又要发火，赶快收住。他抬腿往外走，自言自语地说：“这话得朝羊伴子说去！”

金蓟慌了，停止抽泣，大声地说：“您不能去！”

“非得跟他说，这事全在他一个人身上。”

秀春一跃蹿到爷爷面前，挡住去路。“您千万去不得！”

“我找儿子有啥去不得的？”老人又被激怒了。他一把将秀春推到一边，大步朝外走。

金蓟带着哭腔在后边喊：“爸爸，您回来！听我跟您说！”

“你们想逼死我咋着？”爷爷不顾一切地只管朝前走。这时候，不管说啥他也不会听。说前边是龙潭虎穴他也要闯，说前边是火海深渊他也要跳。

金蓟看到了老人回头时的惨白的脸色和近于发疯的目光。她吓坏了，不敢再吱声，更不敢再加阻挡。只好叫上女儿与爷爷同去，任凭事态的发展。

牛强虎步龙行，旁若无人地前行，穿出小巷，走过大街，到矿的凯旋门都未停住脚步。奇怪的是门卫并没有阻拦他，仿佛他有隐身法，故意施法术让门卫看不着似的；秀春采取了以往进矿的老办法，一摸上衣口袋，向门卫微笑着点点头，大模大样地走进去；妈妈倒是废了几句口舌，不过也进来了。

牛强的记性可真好，还记着去供应科的路径，他往前边走，金蓟秀春保镖似地分左右两边紧跟在他身后。

将近中午十二点钟，供应科的人正准备下班，一下子闯进老中青三个人来，人们都备感惊奇。认识他们的人也不知道咋回事，一个势利眼的人见乡下佬一点也不客气地朝里走，便道：“喂，干啥的，闯到这来？”

“找我儿子！”牛强生硬地说。

“找你儿子也得问一声吧，”势利眼说，“这是机关，不是商店，想来就来，想走就走？”

“找你们科长！”牛强大声地说，“中了吧？”

势利眼顿时变了一副模样，点头哈腰地说：“噢！您是我们科长的父亲。大爷快请坐。说着拉过把椅子来。”

牛秀春用鄙夷的目光看着他。

牛强没把他放在眼里，继续朝里走。从里屋出来一位五十多岁的人，伸过手来问：“老大爷您找我？”

“不，我找你们科长。”老人没有握手的习惯，加上着急找儿子，把对方热情伸过来的手往旁边一搪，迈步朝里走。旁边的人告诉他：“这就是科长。”

牛强不相信似地回头看了一眼，又扫视每一个人，寻找自己的儿子。没见到亲人的一点踪影，老人失声地喊道：“羊伴子，你在哪儿？为啥不出来见我？知道我来还不回家？找到机关你又躲起来，革命也得要老子娘呀。羊伴子，快点出来。”老人近于哀叫的呼喊，打动了不少人的心。他们默默地垂下头去，不忍心看老人焦灼、痛苦而又可怜的目光。

“羊伴子，你快出来！”牛强一边寻找一边喊。

那位势利眼先生耀武扬威地质问：“你到这里找哪家儿子？”

“我儿子在这当科长！”牛强理直气壮地回答。

“那是老黄历了。”势利眼一语道破地说，“当年的牛科长现在成了囚徒。他有贪污罪，在6号里关着呢！”

这个晴天霹雳使爷爷受到了沉重的打击，他不能怀疑这不是真的。他两眼一黑差点昏倒。金蓟和秀春及时将他扶住，同时大声呼叫。

“瞎闹个啥！”势利眼大发雷霆，“有你们胡闹就够了，又推出个死老头子，都给我滚！”他刚咋呼罢，十二点响汽像哀号声响起来。科员们纷纷下班离去。

牛强没有昏倒，他保持了清醒的理智。他忍着巨大的悲痛歪头问儿媳：“到底是咋回事？”

“回家再说吧。”金蓟用同样的语气回答。

爷爷像大病初愈的人，被搀扶着回家，比来的速度慢多了。

回到家里他便倒在椅子上。他茶饭不思，也忘了抽烟，单等儿媳讲述儿子的遭遇。

金蓟打发女儿给丈夫送饭。她从头到尾把家里的灾难讲给老人听。

“我听你的口气他们整羊伴子的目的是想陷害总理！”爷爷听罢一针见血地说。“看来上边出了奸臣，这不行。”老人看了看儿媳和送饭回来的孙女，用命令的口气道，“走，领我到专案组去！”

金蓟不想叫老人去，然而他是那样的坚定不移，“走吧，我们身上满是理，不管他首长大员，都用不着怕他们。”爷爷率先出门，金蓟秀春跟在后面，他们的劲头比去供应科时还足，火气比那时还大。

见了庞大钟，爷爷就伸出双臂，向他讨还无价之宝：“还我儿子！”鬼头滑脑的庞大钟想吓唬乡下老人，爷爷根本不听他那一套，义正词严地说：“我儿子牛羊伴是无辜的！你们整他是别有用心。可是你们干坏事时要小心自己的脑袋。别看现在跳得欢，就怕将来拉清单。到时候决轻饶不了你们。别看我老了，但是我经的朝代比你们还多，我是咋着不了你们，但是没有哪一个朝代是奸臣永远当道的。会有人收拾你们！”爷爷发完这通庄严的声明就匆匆离去。他又命令去6号。

到6号门口，秀春按响门铃，胡子老头打开小口：“有啥事？”他的面孔像张飞，他的话像从小口抛出来的石子。

秀春没理他，从小口指给爷爷说："您看，里边是一排牢房，爸爸就关在从里数第二间牢里。"

爷爷点了一下头。他冲胡子老头说："闪开点，让我冲里边说两句话。"说罢就冲小口大声喊道："羊伴子——爹来看你了！你是清白的，有罪的是他们。坏人长不了！你要挺住。天塌不下来，想着周总理的话，活着出来好拉革命的车！"里边有人吵吵了几句什么，小口被当的一声关上。正好爷爷也不往下说了。他抬眼把 6 号打量了一番，离开高墙下发着霉气的小门。

回到家里，爷爷开始埋怨："发生这么大的事，为啥不早点告诉我呢？我就知道你们老也不登家门一定有事；可我做梦也不会想到这上面。"

金蓟感到愧不堪言："以为乌云很快就会过去，谁会想到乱这么久。告诉了家里又怕您二老着急。"

爷爷觉得儿媳言之有理，长长地叹一口气，不再说什么。

第二天，爷爷就执意走了。他透话说要去北京告状。

第三十八章 急 电

牛永进的神出鬼没、言行不一和口是心非，给北京的叔婶和月季、腊梅两个妹妹留下了极坏的印象。祥叔早想骂他一顿，就是老也见不到他的面。边山和湾龙也杳无音讯，引起了他们的各种猜测。

“大哥出事了。”祥叔和吉婶私下里说话时这么猜：“大哥有伤力根。我告诉过你，那年我们在边山当煤黑子，大哥累得吐过血，落下了伤力根。那年井下瓦斯爆炸，我为救工友与工头闹翻，我打了工头跑到北京，大哥替我坐了牢。他的病没得到医治，坐牢又添了新病。我真怕他……”祥叔不敢往下说。

吉婶也感到问题严重，也曾往这上想过。但她又认为：“我看不会，真要那样，他们也不会瞒着咱们。相反还会和咱们商量好，瞒着爷爷奶奶。”

祥叔觉得此言有理。但他又担心说：“咱哥是科长，又是劳模，会不会像其他当权派那样被打倒呢？真要那样，他的身体可就彻底垮了。”

“我看也不大可能。”吉婶依然开解道，“真要有那事，上次永进来干吗一点信不透呢？”

“你这个人那，”祥叔摇摇头，“实在是没有头脑！你不知道，这古怪年头，什么古怪事都可能发生。”

吉婶依然是这样，任凭自己多有理，任凭自己受多大屈，也从来不反驳丈夫。祥叔常常是见好就收，从不得寸进尺。

他们还常常想念故乡的爷奶，担心二老的身体，挂牵着二老的柴米油盐。祥叔常与吉婶磨叨，他的亲爹娘带着他从山东闯关东，又从关东回山东。由于贫病交加，就要惨死在逃荒路上时，是牛强收留了他们三口。牛家虽然也很苦，但对他们胜过亲人。原打算等二老病愈后再回山东老家去，没想到二老再也没有好，相继归西。爹是听着我叫牛强两口爸妈才瞑目的。他常常感慨地说：“我们两家变成一家，一块儿洒过汗，一块儿流过血，一块儿淌过泪。这种情谊再下去多少年也薄不了。”

叔婶商定：祥叔抽空到边山和湾龙走一圈，看看思念的亲人，再告永进一状。清明节前夕，牛永进突然驾到，打乱了叔婶的计划。谁也没有想到他在正应当忙的季节来。

永进的到来使一家人都大喜过望。喜归喜，账还是要算的。“干吗来了？”祥叔瞪着两眼问。

永进早做好了受审的准备，只回答两个字便使对方满意：“出差。”

“去边山和湾龙吗？”

回答又近于外交辞令：“可能学大禹，也可能公私兼顾，视情况而定。”当他得知叔叔要去边山和故乡探亲时又急忙劝阻。

“春节在哪儿过的？”祥叔继续追问。

永进知道叔叔为啥问这事，但他打定主意，决不能实说！于是他沉着地回答：“我写信不是告诉您春节值班吗？”

“来北京着吗？”

“到北京来还能不进家吗？”

祥叔点点头，冲吉婶说：“长得一样的人可不少，准是月季看花了眼。”

永进心里暗自高兴。他很害怕见到月季，希望兰菊早点回来，再受审时好有个内线相助，省得老处在紧张状态中。

兰菊回来较晚。她悄悄进小屋吃饭时腊梅跑过来告诉她哥哥来到的喜讯。她一点也不信。因为今天刚收到永进的信，根本没提来京的事。

当她见到哥哥真的来了时，心里顿生复杂的情绪。高兴、担心、责怪、心疼……统统兼而有之。她知道哥哥这个时候来定有急事。可是见他神态自若的样子又不像有急事在身。她既担心身陷囹圄的大伯又挂心命途多舛的哥哥。她不知道他打哪来，向哪去，为何来为何去。她是不相信出差的。可同着家人又不好明问。她多想把哥哥叫出去，在没有人的地方向他诉说心中的一切，向他打听要知道的一切。说它个一千零一夜，问它十万个为什么。

为了尽快弄清哥哥此行的真正目的，单独与他会话，她巧妙地催走爸妈去小屋睡觉，把腊梅催上床。她打好水叫哥哥洗脸洗脚，等小屋和里屋都静下来，她一边看着哥哥洗脚一边悄声问：

“哥，你从哪来？”

“单位。”

“那哪儿去？”

“边山。”

“发生了什么事？”兰菊紧张起来。

“秀春打电报叫我速去。”

“没说什么事？”

“没有。估计凶多吉少。”

兰菊也这么认为。但她却宽慰哥哥说不一定。她抢着倒洗脚水，回头又用墩布将溅到地板上的水拖净，然后进里屋看小妹睡没睡熟。腊梅被惊醒，她叫永进哥有话说，叫哥哥别跟大姐好，说刚才她告诉她哥哥来了，她却说爱谁来谁来。

“我知道，”永进哄她说，“刚才我批评她你没听到？”

“没有，”小妹说，“我都睡着了。她进来给我掩被角，把我弄醒了。”

“这就好，”永进放心地说。“你快睡觉吧，明天好早起。”

“那你答应我的事可别忘喽！”

“我答应的事……”

“你看，忘了吧？”

“噢！那么大事还能忘？你也太瞧不起哥哥了。放心吧，下次来保证给你带来！”

“算数？”

“不算是小狗。”

“好。”腊梅满意地睡了。兰菊随永进出来和他说话。她紧挨他坐下，压低声音说：

“哥，你真有先见之明。”

“何以见得？”

“春节攒的假，现在真用上了。不然你大忙时请假恐怕不容易。”

永进说：“家里有急事，他们还不至于卡我。”

提到急事，两人又陷入悲哀中。兰菊无法安慰他，只能与他分担痛苦。永进见她忧心忡忡的样子，知道她心里难过，反而劝她道：“你用不着瞎想，横竖我们要胜利的。想到那天，今天就是流血牺牲也感到美好。”

兰菊果然被说得宽了心。她说：“哥你真变了，当初家里出事时你还瞒着我，那时你红眼圈里老是转着泪，如今倒给我作开思想政治工作了。”

“你不是说泪水能洗亮眼睛吗？洗亮了的眼睛是不会轻易再流泪的。”

“你要作最坏的打算。”

“爸爸再次被抓进 6 号就已经这样打算了。”

“我总算放点心。”兰菊说，“大后天是清明节，我们正在赶制花圈，准备清明节时到天安门广场英雄纪念碑前悼念周总理。你最好能赶来和我们一起去。”

“一言为定。”

时钟敲了短促的一下。已经是夜间十一点半了。兰菊在哥哥的催促下进里屋休息。

永进刚躺好，见妹妹穿着睡衣又出来。她趴到他耳边说：

“哥，等会月季回来你就装睡着，不然她要盘问在车上见你的事。”

兰菊离开。永进眼前还浮动着穿粉红睡衣的妹妹，闭上眼睛还是这样。渐渐他面前又出现一双老黄牛一样的大眼睛死死地盯着他。他好像觉得自己在公共汽车上。

那是今年春节告状。递上状纸接见完毕，在商场转了几圈，乘车去火车站时，在车上忽然发现一张熟悉的面孔。“月季！”他差点喊出声来。怎么办？不能相认！他把皮帽子使劲向前压了压，又用围巾将嘴也盖上。他悄悄打量妹妹。她苗条清秀，有一双敢与牛眼比大的眼睛。由于职业上的原因，月季观察乘客非常细，利剑一样的目光射到永进身上。永进主动掏出钱买票。

“到哪儿？”月季接过他递过来的一角钱问。

永进没敢说话，伸出右手的食指，意思是买一角钱的票。

月季扯下票来递过去。她的牛眼睛盯着他。永进转过脸去。她去应酬招呼买票的乘客。永进如释重负。她不时盯看永进。永进像小孩捉迷藏一样躲着她。到站他抢先下车。猛听身后一声喊：“哥！”他明知是月季叫他，然而他没有回头。接着他又听到两声呼叫，尖利的声音刺着他战栗的心。他木然地往前走，眼泪流到嘴里都不知道擦。

第二天永进早早上路奔向边山。

牛秀春对哥哥及时而至感到满意，一见到他就满脸堆笑地说。“我还担心你请不下假来呢。”

牛永进对妹妹的反常表现备感惊诧，这个妹妹，哪像有急事的样子？没急事打啥电报，多吓人！

“啥事打电报？”他四下里找着问：“妈呢？”

他越这样秀春越不着急，问道：“先回答哪一个？”

“先告诉我妈干啥去了？”永进很着急。

“妈去老家了。”

“去干啥？”

“故乡打来电报，说爷病了。”

“爷得了啥病？”

“啥病可说不清，反正是叫6号气的。”

“6号又整到爷爷头上了？”牛永进怒发冲冠。

“爷爷到这儿来着。我们被迫把事情告诉他。他走后没两天就收到电报，说爷病重，妈就去故乡照顾爷爷了。”

“这里你一个人行吗？”永进不放心地问。

“咋会我一个人呢，6号有爸爸。我老觉着他就在身边。田妈和黑金哥也常来照应。”

“等你安排了工作，爸爸咋办？”

“安排工作？”秀春冷笑一声，“现在安排的名额早超过我的卡片号了。他们把我隔过去了。这得感谢6号，他们的本意想卡我，实际上倒帮了咱的忙，我要一上班，真还没空给爸做饭送饭。”

“这就叫有一弊必有一利。”

“别跟我讲哲学了。你先休息，我去做饭。”秀春去堂屋做饭了。永进为这个新情况大伤脑筋。

第三十九章 饭盒里飞出了白蝴蝶

难道用急电催我回来就是因为爷爷？牛永进不禁想念起爷爷来。年近八旬的老人怎禁得住这样的打击？老人家很可能被气个三长两短，真要那样也会把我坑死。永进恨不能立刻飞到湾龙。

秀春不少地方像妈妈，干事雷厉风行。永进在不知不觉中闻到了饭菜的香味。他听到涮洗饭盒的声音便到堂屋来。他打算给爸爸送饭去，尽一尽儿子的孝心，也叫妹妹歇歇脚。他眼看着妹妹把饭菜装好，又在一张小纸条上写了三个字："哥哥到。"然后将纸条卷成卷，藏在蒸饼的夹层里。

"会被查出来的！"永进大惊小怪地进行阻止。

"没事！"秀春满不在乎地说。和原来一样，她把饭盒包好放在花布兜里。秀春没让哥哥去，说："你先不要露面，免得打草惊蛇。"

永进仍不放心地问："你以前这样试过吗？"

秀春笑了笑说："没有。"

"让人搜出来要坏事的。"

"那怕啥，反正是无关紧要的情报。"

"正因为这样才不要轻易这么来，等以后真有了急事该不灵了。"

"这你别管！"秀春急着要走。

永进硬不放行："你不能这样任性。"

秀春急了，嚷道："哥！你咋也婆婆妈妈的了，没把握我能胡来吗？快躲开，爸爸还急等着呢。"

永进了解妹妹，她虽然有超越一般女孩子的勇敢，却具有女性的细心，不会轻易干鲁莽的事情。她强调有把握，其中必定大有文章。他非常想知道："快告诉我是咋回事？"

"回来跟你说。"秀春闪过哥哥，飞跑着去了。

永进是多么需要有振奋人心的消息来安慰，然而他又不敢对好消息抱多大的幻想。可看妹妹的神态完全是吉兆，根本没有逢凶遇险的表情。他激动得安静不下来，在屋里团团转，盼着妹妹快点回来。其实秀春没走多大工夫，他却等得不耐烦了。他在屋里正转磨，秀春兴冲冲地回来。

“快告诉我有哈美事？”牛永进急不可待。

“你咋光想美事呢？”秀春拿起秧来，怕彻底扫了哥哥的兴，又道，“啥美事也得吃了饭再说嘛。”

永进说：“你想想，咱们家一直处在难中，好不容易盼来点喜事，不先弄清楚我能吃得下饭吗？”

“你当一两句就能说完吗？长着呢。我肚子饿得直叫唤，说着也没劲。”秀春上好饭菜首先吃起来。

永进无奈，只好顺着妹妹。

饭后，牛秀春向哥哥讲道。

“那天清早，我像往常一样给爸爸送早点，看门的还是那个胡子老头。按电铃、开小口、递饭、送出空饭盒等，一切程序也都照常。所不同的是当胡子老头从小口往外送空饭盒时，用不高不低的声音说：‘里头有乘饭’。我当时没好气地说：‘都怪你们整得我爸吃不下饭！’老头没有反驳，只是瞪了我一眼就把小口关上了。

“我提着花布兜往回走，心里越想越生气。爸爸经常往回剩饭，有时候是因为送得多，多数还是因为被他们折磨得吃不下。往次剩饭老头从不说，今天为啥特意关照了呢？当时我也没在意。回到家里，我几乎把剩饭的事忘了，因为兜子是轻轻的。要不是我怕他们在饭盒里抹毒药害人，形成了刷洗饭盒的习惯，也绝不会很快发现其中的奥妙。

“我从花布兜里取出饭盒准备刷洗，猛然想起了胡子老头的话，我掂了掂饭盒，轻轻的；又放在耳边摇了摇，空空的。‘这个死老头子！’我生气地骂了一句。我打开空饭盒，从里边飞出个纸片，像是只粉蝶扑打扑打落到地上。我未加理会。因为我怎么也不会想到爸爸能写字条出来。我生气地拧开自来水龙头，心想，中午送饭时非好好骂一顿这个糟老头子不可。知道这里就我一个人，想欺负姑奶奶，没那个门！转而我又一想，人家可从来未要笑过我，别看我平时骂他是一条忠实的看门狗，他可一句也没还过嘴，更没刁难过我。总是一按铃小口就开。我把饭盒洗干净，自己问自己：‘他为啥说有剩饭呢？而且是那样认真，没有一点戏弄我的意思？’我又猛然想起那只飞到地上的白蝴蝶。莫非它真是一张传送消息的字条？我放下饭盒，来不及将手擦干就弯腰将字条拾起来。果不其然，这就是一张我曾梦想过的字条！上边清晰地写着爸爸的笔迹。‘打电报叫你哥回来。’首尾两个字叫我的湿手给浸花了。我把字条放在

桌上，擦干了手拿起来再看。这字条分明是爸爸写给我的。我高兴得直蹦高，胡子老头是我们的人！这个杜大爷，装得真像！他真有当年地下党的本领。我在狂喜之中也产生了深深的内疚。以前我不该三番五次地破口骂他。不知他能不能原谅我的年幼与无知。

“我一时还想不出爸爸为啥这时叫你回来。我又提出疑问：既然杜大爷是自己人，为啥爸爸以前不往外写条子呢？莫非是6号设的陷阱布的计？我又仔细端详字条，上边的字确确实实是爸爸亲笔写的，不是仿造的；爸爸也绝不会中他们的计；过去的地下党员不就是在关键时刻才为党出大力的吗？我把疑问一个一个地否定掉，一蹦子出屋，要找杜大爷问个究竟。

“迈上融园南门的水泥台阶，走上更衣室与围墙夹着的小径，我越想越不对劲，就又折回来。办事咋这么鲁莽呢？在大敌当前你死我活的关键时刻，弄不好会把杜大爷暴露给敌手。想到这里，我颇感后悔，出了一身冷汗，往自己的大腿上拧了好几把。

“我把消息报告给田妈。她也很震惊：‘真没想到胡子老头会是自己人。’她很高兴，松了口气说：‘这下可以放点心了，老杜会在暗中保护我们的亲人。’田妈也对我进行了严厉的批评：‘幸亏你半路上醒过来，不然会暴露老杜的身份。你再想想，万一你爸写字条的事胡子老头不知道呢？你一找，你爸的计划就会落空，还要吃更多的苦头。’我恨自己恨得哭了。

“征得了田妈的同意，我去给你拍电报。为了不走漏风声，我小心谨慎。发完电报，我心中兴奋得老想唱。看门老头是地下党，让人做梦都不会想到。我这才体会到他那双盯视我的眼睛里包含的真正内容：不是敌我间的仇恨，而是阶级的友爱。

“为了叫爸爸放心，送午饭时，我给写了个回条：‘理发店’。为防备万一，掩人耳目，我写的这三个字爸爸能看懂；要是叫6号发现了，这个迷再成立个专案组也休想猜透！

“下晚，黑金哥哥下班到这。他一来就挖苦我说：‘我怕你被胜利冲昏了头脑，忘了给大叔送饭，所以过来看看。’他说：‘我没进家就听你唱，这不正常。’我理直气壮地说：‘有了高兴事唱歌还不正常？’他说：‘对，不能唱！’他变得严厉起来，使我愕然。‘不是我不准你高兴，现在还不是高兴的时候。弄不好会露马脚，功亏一篑。’我知道他是对的，却故意说：‘大丈夫该怒则怒，该乐则乐，我就是这个脾气。’‘好吧，’他赌气说，‘那你就上街扭秧歌跳舞去吧。6号如果不把你当疯子，准会对大叔增哨加岗地严加看管。他的计划就会破产。’我不解地问黑金哥：‘爸爸到底是啥计划呢？’他不假思索地说：‘计划是伟大的，不过我想不会是越狱逃跑。在与奸臣一伙进行决战的时刻，大叔肯定是要冲锋陷阵的。’‘他身在6号，失去了人身自由，咋能冲锋陷阵呢？’他说：‘等永进回来咱们就会清楚了。’”

秀春讲述罢问永进：“哥，你说爸爸叫你回来干啥？”

永进沉思不语。

入夜，兄妹俩躺在炕上翻来覆去地想这个问题。

第四十章 怀 念

牛羊伴为啥在这节骨眼上催儿子回边山呢？

当清明佳节即将来临之际，在森严残酷的6号非法拘留所，在残酷折磨与严密看管中，他想出了一个清明时节悼亲人的美好计划。

敬爱的周总理与世长辞，刮起的"反击右倾翻案风"的妖风，牛羊伴再次被抓进6号。这位战斗在最前线的老党员，明显地觉察到党和人民与"四人帮"的斗争已经进入到白热化的程度。他做好了为革命流尽最后一滴血、英勇就义的准备。他要在拜见周总理的在天之灵以前表达对亲人的满腹衷肠。

这天傍晚，牛羊伴在阴暗的牢房里正屈指计算日期，猛听得门口传来铃声。连响两下一停，共响三次。"是秀春，我儿子也回来了！"牛羊伴兴奋得自言自语。他拿起空饭盒等在门口。铃响之后，寂静的院里传来了看门老头的熟悉的脚步声。开锁、拉门，老杜头将饭交给他的"犯人"，同时把"犯人"的视线引到饭盒上。牛羊伴一手接过饭盒，一手递出空饭盒。老杜出屋，给门上锁，沙沙的脚步声渐渐远去。

牛羊伴手捧饭盒静听了一会儿外面的动静，然后迅速把饭盒打开。一股饭菜的香味扑鼻而来。饭盒里少半边是炒菜，多半边是饭，饭分两样，大米饭和蒸饼。他在蒸饼的第二层找到字条，看了上边的字，证实了他的判断，不禁赞道："真是一双好儿女！"他把软软乎乎的大米饭往饭盒盖上拨了点，接着便香甜地吃起来。刚刚吃罢，牢房外传来了脚步声，"老杜来送水了。"他默念道。老杜每日三餐后准时给"犯人"送水。除此之外还不定时地给送几次。每天清早和晚上让"犯人"倒一次马桶。

老杜头提着水壶刚进二号牢房，死人脸也尾随着进来。牛羊伴警惕地把饭盒放在饭盒盖上，成十字形，刚好把那些大米饭压住。老杜哗哗地往饭盒里倒上水，一声不响地出去了。死人脸在牢房里皱着鼻子兜了一圈，用严厉的态度对他的"犯人"说："吃饱了喝足了，你可得给我写交代！"他边说边用拳头砸摊在桌上的白纸。牛羊伴没有任何反应。老杜头倒水时他是站着的，只有他俩知道这是互敬互爱，老杜一走他就是一屁股坐在方凳上。表面他是垂着眼皮无动于衷，实际上他的明亮的眸子透过眼缝瞄着死人脸，时刻警惕着他的毒心黑手。死人脸绕到牛羊伴脸前头，又威胁又讨好地说："听我向你进一言吧，你这样顽固不化很危险。据我所知，大员将要亲临6号，我先给你透个信。你知道，他们杀人就像拈死臭虫。是吉是凶就看你这一步咋迈，迈对了逢凶化吉，迈错就粉身碎骨。"任凭死人脸说啥，牛羊伴仍无动于衷。他只好没趣地离去。

"这个败类！"牛羊伴愤恨地骂了一句。他端起饭盒喝了几口水，两只炯炯有神的眼睛扫视着饭盒盖上的大米饭，桌上的白纸，还有一双筷子。今天他对这些东西表示了格外的友爱。不仅仅因为这些是与他在黑牢中相依为命的伙伴，而且他马上就要用它们来表达对亲人的赤胆忠心、深切怀念与沉痛哀悼。

他拿起一叠纸，在灯下一片一片地翻看，有一张上边有个黑斑，就把它挑出来放到一边。他又拿起那双磨光了头的筷子，用粗大的手来回抚摸着。那还是刚进6号时从家里带来的，中间被放出时也没带走，再次进来时，这双日夜与他相处的筷子还在抽屉里放着。他又拿起两三个大米饭粒，用拇指和食指捏来捏去地揉搓着。他抬头看看窗户，整个窗户只有最上方那条玻璃没糊报纸，其他地方糊得严严实实。被牛秀春打碎的那块玻璃早已换上了新的。透过那条玻璃窗，他望着暗蓝色的天空，星星还没有睁开眼睛。他现出了焦灼的神情，眉宇间隆起个高峰。他恨不能伸手掰开夜神的眼睛，让大地早点安静。他焦急地在牢里等待。过了好一阵，他再次把眼光投向那些爱物，记清了他们的位置，拉灭了灯。牢房里顿时暗下来。他悄悄站在门口，竖耳静听外面的动静。外面没有什么异常，哗哗的单调而烦人的响声，还是院北角那关不严的水龙头往外流水的声音。院里的灯光透过糊着报纸的玻璃窗变得暗淡无光。过了一段时间，牛羊伴坐到方凳上，两手熟悉准确地摸到盛有大米饭的饭盒盖，经过挑选的白纸和磨圆了头的竹筷子。他那双结满老茧的又粗又大的手，抡惯了十几磅重的大锤，抱惯了"嘟嘟嘟"的风钻，如今这双手，要用手头这几样东西摸黑完成一项手工。

他拿起筷子，要把它劈开，没有刀斧，没有利器。他先在暖气片上将筷子弄折，然后顺着茬口用牙咬着把筷子劈开。舌头和腮扎破出了血，嘴里感到咸乎乎的。他不知道疼，也没顾上将流出的血擦一擦。他将每根筷子劈成四条，有一条劈斜了，没劈到头。他又从棉被上抽出几根线，把劈好的竹条摵成个小小的花圈的骨架。他抚摸着它，用手背抹去脑门上的汗珠，长出了一口气。他

警惕地留心外边的动静，依然是单调的烦人的流水声。

他又开始做花。这双一直干力气活的大手哪做过花呀！做花虽不费大力气，可得要真功夫。他把一片十六开纸扯成四块，根据平时对花留下的印象，再加上他的独出心裁的想象，用大米饭粒当糨糊，生平第一次做出了一朵花。他的童年是与牛和羊做伴，没有像小学生上手工课那样的训练；长大成人后又为生活奔波；解放后当家作了主人，为建设矿山出力，从未想到要做什么花。要是在平时，他平白无故地做一朵花，外人且不论，他自己也要嘲笑自己。而在黑牢里，他想出用此种办法来悼念亲人，可见他对敬爱的周总理的怀念是多么深切，感情又是何等真挚。

他把做好的第一朵花放到桌上，在胸襟上擦擦手上的汗，又小心翼翼拿起来走到窗前，借着昏暗的光端详它，感到很满意，放到嘴边吻了又吻。这时忽听牢外传来脚步声和钥匙响。他熟练地把花圈藏在褥子下面，把做好的那朵花搁在地铺旁边的帽子里。他的动作之快，显然是经过练习的。

脚步声和钥匙响是看门老头发出来的。他一边摸腰间的钥匙一边朝二号牢走来。他身后紧跟着司仁连。老杜头开锁，死人脸嘟囔着说："他这两天为啥老黑灯这么早？是睡觉还是搞啥名堂？"

胡子老头用错了钥匙，换了一把再开。他在这些人面前从不多言，这时也随口说："这些时看他老没精神。"牢门开了，老杜头率先进去，把灯拉开，死人脸贼人胆虚地看清楚牢里的情况才进来。

牛羊伴头朝里仰躺在地铺上，进来人他也一动不动，就好像睡着了。实际上他把眼睛微微睁开一条缝，牢牢地盯着死人脸。这位查监的大拿倒背着手，踱步到桌边。桌上正中放着一叠纸，纸上压着一支笔，饭盒与盖仍交叉成十字形在桌上放着。桌上只少了那双筷子。死人脸到死也是察觉不出来的。他又踱到地铺旁边，用脚踢了踢牛羊伴的腿。牛羊伴趁势翻了个身，又轻轻地扯起呼来。见此情景，死人脸只说了一句话："你等着瞧吧！"之后便出去了。

老杜头关上灯，锁好门，与司大拿一起回屋。

牛羊伴料他们走远，又开始做花。他做了一朵又一朵。一边做花一边幸福地回忆敬爱的周总理接见他时的情形。总理与他热烈握手，亲切地拍打他的肩膀，具有伟大意义的谆谆教诲，很随便地和他拉家常，等等这一切，啥时候回忆起来都感到清新、亲切、令人鼓舞。周总理的和蔼亲切的面容，牢牢地铭刻在他的心中。这双被总理抚摸过的满是老茧的大手，如今在为他老人家做花。他把一朵朵的花用线固定在花圈骨架上，形成了一个小小的花圈。

他爱不释手地把花圈抱在怀中，黑蓝的天空中闪着明亮的星星，他立在窗前，恨不能伸手揭开夜幕，早点见到黎明的曙光。

牛羊伴手捧着花圈直待到霞光透过窗户，直待到门铃发出有规律的响声。“永进秀春来了。”他的心“咯噔”一下紧张起来。小声道：“可别在这个时候出岔子！”他拿过空饭盒准备在门口。

永进兄妹今天提前给爸爸送来早点。按铃之后小口打开，两双眼睛向小口投以热情、感激、信任的目光。老杜没作任何表示，伸手将饭盒和花布兜一起拿过来，转身下台阶朝二号牢走去。他快速而不匆忙，紧张而不慌乱。他打开牢门进到牢里。

牛羊伴警惕地看看老杜头的身后，未见有人跟来。老杜取出花布兜里的早点，牛羊伴把空饭盒放在兜底，又小心翼翼地放进那个小花圈。把口松松地系上。这些动作都是迅速进行的。

老杜提花布兜从二号牢里出来，给牢门上锁，他的沙沙的脚步声与水龙头的漏水声混在一起，使得牛羊伴的心也很紧张。他生怕死人脸这个时候出来，以往常有这样的情形。他亲眼看着老杜头往牢里牢外传递东西，这也算是6号里的一景。如果他此时出来，事情定会败露，因为现在的花布兜是鼓鼓的。

还好，老杜直走到台阶前也没见死人脸的影。他松了一口气，现在就是大拿出来也无关紧要了，不等看出破绽就将花布兜送出去了。对外面的情况他可根本看不到，也完全没有估计到。

永进秀春正小燕似的扒着小口朝里看。他俩不约而同地都注视着杜大爷提着的花布兜，不知里边有何物件，希望早点到手一睹为快。他们的注意力全集中到花布兜上，没留心身后有险情袭来。

三个衣冠楚楚的人大摇大摆地朝6走来，老远便惊飞了刺槐树上的乌鸦。6只黑皮鞋跨下水泥路，踏在煤焦路面上发出有节奏的声音。三个人呈等边三角形，幽灵般地朝永进兄妹游来。打头的是毒辣阴险的武威。跟在他身后两边的，一个是他带来的跟班（当然已不是辛章），另一个是庞大钟指派的保镖。此二人五大三粗，更显得武威骨瘦如柴。大员已认出了6号门口的永进和秀春。

永进把胳膊伸进小口，要接杜大爷手中的花布兜。老杜摇了摇头，把他的手搪回去，随即打开小门，把兜送出来，永进接住，老杜迅速将门关好。他那张满是胡子的脸出现了从未让人见过的激动，他那双浓眉下布满血丝的两眼含着水晶般的泪花，干裂的嘴唇微微地抽动，用颤抖的声音说：

“小心别弄坏了，赶快……”他的话还没说完，猛地将小口关上。

永进兄妹正不知何故，听身后传来一声狞笑：

“哈哈，果然是你们俩！”

兄妹回头，大员正张嘴露牙地盯着他们。

牛秀春急中生智，没理狰狞的大员，回头冲小口骂道：“你这个糟老头子，跟土匪一个样！坏了也是你们这帮坏蛋造的孽！你们要是不搞非法监狱，爸爸能天天吃那点饭吗？早晚有一天人民会起来收拾你们！”她痛快地骂一通，拉着哥哥的手转身便走。武威拦住去路，威吓道：

“好厉害的一张嘴，不怕无产阶级专政？”

“怕啥？我又没造孽！”她不想与大员纠缠，拉着永进从他身边绕过去。

永进一直小心地保护着提在手中的花布兜。当他从武威身身边经过时，发现他正贼眉鼠眼地盯着他手中的东西。永进下意识地把花布兜倒了一下手，手急眼快的秀春趁势接过去。

那两个跟班像两条哈巴狗，看着主子的眼色行事，他俩也注意上了花布兜，而且急步追过来，永进想挡住扑过来的恶狼，但没有挡住。他俩绕过他照直朝秀春追去。秀春加快了脚步，两条狼是紧追不舍，眼看就要追上了。

此时如果秀春撒开腿跑，将一下子被逮住；如果不跑，再有两步也要被追上。

在这千钧一发之际，只听牛永进像猛虎似地发出一声吼，这声吼可不要紧，吓呆了耀武扬威的武大员，两个保镖本能地顿住脚，都惊飞了三魂七魄望着牛永进。就连牛秀春也愕然地回过头来。

牛永进看了一眼保镖，像饿虎扑食似地朝大员跟前蹿了一大步。武威吓得向后退了一大截，靠在小门上打哆嗦。那两个家伙如梦初醒，撇下秀春奔回来保卫他们的首长。他俩上前搀扶住一摊泥似的大员。保镖指着牛永进破口骂道：

“你小子想行凶？鸡蛋往石头上碰，想找死？”

牛永进冲他们嗤之以鼻地冷笑两声：“哈哈哈哈！银样镴枪头！”

牛秀春趁机向前走了一大段。她走到恶狼休想追上的安全地带，不放心哥哥，怕他赤手空拳在歹徒面前吃亏，回过身来大声地说：

“哥，咱们走吧。用不着你这时候收拾他们，留着让人民解恨吧！”

牛永进原来也没打算在这个时候与敌手肉搏。他见目的已经达到，像一个胜利的武士那样，挥了挥手，大步朝妹妹走去。

武威吓跑的魂灵这才又回到他身上来。他用手帕搌搌额头上的汗珠，发出了连气带恨的狞笑。

牛秀春得意地说：“魔鬼的笑声！很快你就会笑断气！”她挽着哥哥的手，兄妹俩虎步行龙地回家去。

回到家里，牛秀春把院门的两个闩都插上，又把堂屋门也关好，这才轻轻地解开花布兜。

“是一个花圈。”秀春手捧着花圈左看右看，“还有一张字条。”

“什么字条？”永进看到花圈上黏着一张字条，上面写着：“献到天安门英雄纪念碑前，清明佳节悼念敬爱的周总理。”

秀春看罢肯定地说：“是爸爸的笔体。”

永进感慨道：“我们猜错了。以为爸爸要写一份鸣冤叫屈的材料。结果是做了一个悼念周总理的花圈。爸爸对亲人的怀念胜过关心自己的生命。”

“哥你看，”秀春端详着花圈说：“花圈架是用筷子撅成的。上边还有血。准是爸爸用牙劈筷子时扎破了嘴；再看这花，是用大米饭粒黏的。爸爸可真会独出心裁。”秀春把脸贴到花圈上，流出的眼泪浸湿了一朵白花。

爸爸在失去自由的情况下，能想出如此办法表达压抑的心声，做出这样好的花圈，凭的是啥呢？

秀春擦干眼泪，找出她的洗得干干净净的白纱巾，默默地将花圈包起来。秀春成竹在胸地说：“哥，你别再耽搁，乘中午车走。一定要完成好爸爸的重托。我这就去叫田妈和黑金哥也来看看。大员肯定不会善罢甘休。我出去后你千万小心。如果他们真的敢来行凶，说啥也别轻饶他们！”说罢她把用纱巾包好的花圈锁在箱子里，拿着花布兜到堂屋，往里边放几块干馒头干烙饼，像原先那样系好，放到桌上。她对哥哥解释说：“如果大员派人来侦察，这样麻痹一下他们可以解除他们对杜大爷的怀疑。”安排就绪，她忙又打开门闩，回屋脚还没站稳，就听到院门响。“他们还真来了。”秀春很得意。

果不出牛秀春所料，大员真的派人来了。来人正是那跟班和保镖。他二人名义上是通知永进，说大员要见他，实际是奔着花布兜来的。聪明的永进兄妹给他们制造侦察的机会。跟班借永进兄妹离开找茶洗杯之机，把手伸进花布兜里乱摸，从里抓两把馒头和烙饼干，装在他笔挺的衣服兜里。应当承认，跟班干事也够认真的。如果武威对口头汇报表示怀疑，他就可以掏出实物来印证。

完成了任务，跟班拿着腔说：“你们别客气喽，我们只是传达首长的通知，首长安排下午接见牛永进。”

秀春故意打趣地说：“是不是我哥咳嗽的声音大了点，把你们首长吓坏了，还得我哥给他叫魂儿？”

跟班耸耸肩膀，摸摸衣兜，心想，你爱说啥说啥，反正我达到了目的。真是宰相家奴七品官，看来他没少跟着大员，处理事情也很有派头呢。他不容争辩地说：“就这样喽，下午两点牛永进到专案组。”

牛秀春想笑，但又忍住了。她望着哥哥，去不去由他做主。牛永进一本正经地说：

“回去告诉你们首长，就说我牛永进请了半个月的假，正准备找他；不过今天下午不去。我坐了一夜车，下午要休息一下。这样吧，明天上午九点钟，我准时去找他。”

秀春暗暗赞道：“哥的花招比我也不少！”她又禁不住美滋滋地想：“让可恶的武大员傻老婆等汉子吧。”

第四十一章 小小的白花

武威深悔没以企图行凶杀人的借口当场将牛永进抓进6号。他对花布兜犯疑，又难消对永进的心头之恨，于是想出了侦察和金钩钓鱼的一箭双雕的计策。一旦永进上钩就叫他下油锅。他见到跟班带来的剩饭，消除了疑团。永进未被及时钓来，他心中又增加着恨：晚半天来叫你多吃一个月的苦！

正当武威准备在永进身上下毒手时，永进赶赴北京。

他按照妹妹的意见当天中午动身，在妹妹和田黑金的护送下上了火车，一路平安抵京。在去叔叔家的路上巧遇兰菊。她对永进及时而来备感高兴，对牛伯在黑牢中做出这样的花圈赞叹不已。当她得知胡子老头是自己人时备感惊奇，像秀春那样，把他称作地下党。她为大伯放了点心，说必要时老杜头可以帮着越狱。

她建议把花圈送到她们学校去，永进同意了。在去学校的路上兰菊告诉他，近两天群众为悼念周总理向纪念碑献花圈的很多，已经收走不少了，人们还是送，估计明天清明节更少不了。她们学校明天还去，陈老师联系了她哥哥单位的汽车，建议永进跟她们一起去。永进表示极愿相从。说话间他们来到学校。他们把小花圈放在学校师生做的大花圈中间。兰菊要解下白纱巾，永进说秀春叫把白纱巾也献上。

清明佳节，永进兰菊他们按计划来到天安门广场。那里已是人山人海。高大的人民英雄纪念碑周围已经摆满了花圈。花圈的大小不等、形状各异，但前来悼念人民的好总理的千千万万民众的心是一样的。人们有的在举手宣誓，有的在朗颂自已写的或传抄的诗词。声声都在悼念人民的好总理，讨伐万恶的“四人帮”。牛永进见到这波澜壮阔的场面，感到自己溶化在海洋中。既感到作为一滴水的渺小，又体会到汇成汪洋的力量。他无限感慨地小声道：“这么多人不畏高压来敬献花圈，悼念亲人，声讨万恶的‘四人帮’，连在冤狱中的爸爸都想到了这样作，可见全国人民的心是相通的。”

虽然已是人的世界和花圈的海洋，人们仍从四面八方源源不断地涌来。兰菊和永进擎着花圈走在前面，她的同事们跟在后边。他们把花圈放到纪念碑的东侧。兰菊和她的同事们举手宣誓。牛永进也替爸爸和自己宣誓道：

“敬爱的周总理，这个大花圈上还有一个包着白纱的小花圈，那是爸爸在非法监狱中亲手为您做的。爸爸为捍卫真理，为了保卫您，遭到奸臣的迫害。我们决不低头，誓与恶魔血战到底！继承您的遗志，当人民的老黄牛，使劲拉革命车！”

牛永进的宣誓引起了一个穿黑上衣人的注意。他用极不友好的眼光盯着牛永进。梳短辫的陈老师看得真切。她悄悄告诉兰菊。这时黑上衣已经有了抓捕牛永进的架势。兰菊见势不妙，上前抱住黑上衣的腰，同时喊道：

“哥快跑！”

永进不知何故，本能地向前飞跑出几步，回头看兰菊被黑上衣翻身扭住。他又窜回来救她。妹妹着急地喊：“你快走，我没事！”永进哪里肯听，他用力扳开黑上衣的手，把他使劲推开。兰菊被同志们团团保护起来。永进见妹妹脱险，转身又跑。黑上衣要追，被好多人挡住。黑上衣喊道：“抓住他！”一个穿蓝制服的人听到喊声朝永进追去。永进跑得快，把蓝制服落在后面。他仍惦记着妹妹和她同事的安全，回过头来看。不好，他被滑倒了。一个不相识的人伸手拉他。还没等他站起身，蓝制服一个健步窜上来，把他压倒在地。永进在拉他那人的帮助下翻身又压倒了蓝制服。他用对付大个子苗生旺的办法挣脱开蓝制服，起来又继续跑，对方翻身起来紧追不放。

“往哪跑呢？”牛永进边跑边想，“实在不行就让他们抓去好了，把战场摆在法庭上……不行，我不能坐牢，6号里的爸爸，病重的爷爷，我的事业……只要能跑脱，就不让抓住。”他正想着，突然发现前面出现一辆公共汽车。值得庆幸的是没有跑到汽车前头让汽车撞倒。可是虽然躲过了车撞的危险，但又面临被抓的危险。面前的汽车挡住去路，不收住脚则要撞在车上，收住脚则被紧追上来的蓝制服抓住。永进自己着急，兰菊和她的同事及不少群众都为他捏一把汗，都生这辆来得不是时候的班车的气。有人还看出是司机故意朝这边开的。正在这千钧一发之际，只见大轿车在永进跟前突然减速，哧的一声开了前门，永进像飞来的子弹一样射进了车，车门又哧的一声关上。说时迟，那时快，汽车又飞跑起来。蓝制服在车后跳着脚地喊。这又有什么用呢？只是给他留下一股燃烧的废气。观众刚还提心吊胆，这时都热烈地鼓掌。永进向他们挥手致意。

车上的人都好奇地注视牛永进，弄得他挺不好意思的。他开始感到奇怪：咋这么巧？车到我跟前就减速、开门，又为啥只拉我一人？再晚一两秒钟关车门，追我的人不也就上来了吗？他正狐疑着，见售票员过来，他掏钱买票。“月季？！”他差点惊叫起来，“这不是月季妹妹吗？哦，我全明白了，原来是她请求司机这样干的。”在永进用感激的目光注视妹妹的时候，月季用手帕给他擦脑门上的汗。乘客，还有从后视镜里看到这情形的司机都感到纳闷。

车到北京站，乘客纷纷下车。永进月季在车上亲切交谈。

“首先声明，”月季说，“你可别感谢我，虽然我也看到你被一个便依追赶，但要求司机帮你的并不是我，是车里的群众，所以你要谢他们。”

“他们都下车了，”永进意味深长地说，“你就全心全意地为他们服务，来表达哥对他们的感激吧。”

“听妈说你是出差的，怎么到这来了？”

“我为悼念周总理献了花圈。”

“谁做的？”

“爸爸。”

“你去边山了？”永进点头。

“大伯为什么不亲自来？”

“他要是能来就不会用我了。”

月季看看表，说：“这里不是说话的地方。你快回家吧，晚上咱们再说，我还要跟你算账呢。”

永进紧紧握住了妹妹的手，告别道：“告诉叔婶，说我已经完成任务回单位了。再见妹妹！”他跳下车，健美的身影消失在行人中。月季愣愣地望着哥哥的背影，脑海中涌起了一个又一个不解的谜团。

第四十二章 浩然正气贯长虹

清明时节，祖国大地已经刮开了春风。边山6号非法拘留所里依然是阴森寒冷。洋房和高墙夹成的这个长条小院，只照到很短的一会儿阳光。

看门老头刮掉了胡子，露出了白里透青的面皮。他独自沉思默想了好一会儿，作出了一项重大决定。正像秀春兰菊所说的，在关键时刻发挥地下党的作用。帮助革命者越狱。他已经得到消息，他们今晚要对老牛下毒手。

炉上的水翻开溢出壶盖，提醒他抓紧行动。他提下壶，盖上炉盖，收起只吃了几口的饭菜，摸出怀表来看了看，可好十二点五十分，正是他计划行动的时刻。

他提着水壶到隔壁“专案学习班办公室”，见里间的两张床上分别睡着大拿司仁连和大肝赵歧。老杜给他们各斟一杯水放在桌上，又看看外间屋里的炉火。这些举动一直没有惊醒睡在二门里的睡客。他心中好不庆幸。他悄悄走出去，轻轻关好门。大步走到一号牢，给田矿长送水。从一号牢出来，他把铁壶放在二号牢门口。又去看了一下动静，没有发现异常，又返回二号牢。他迈着沉重而坚定的步子走了进去。

牛羊伴早已吃罢午饭，把饭盒架在饭盒盖上，正等着老杜头送开水。老杜头进来时，他正作饭后百步的运动。他一边微笑地望着这位表面冷漠内心善良火热的同志，一边警惕地瞧瞧门口。老杜用颤抖的声音向他报告：

“牛科长，今晚他们就要对你下毒手。”老杜的眼里喷射着愤怒的火焰。

牛羊伴并未震惊，微微一笑，沉着而冷静地说：“我料定会有这天。”

老杜说：“现在将近一点钟，你换上我的衣服，出去逃命吧。”说着他就解上衣扣，“到外地亲友家躲躲，或藏在工人中间……”

“我哪儿也不去！”牛羊伴坚定不移地说，“要在这里度过最后的一刻。”

“不，你一定要走！”老杜更是坚定，他说，“我已经为你逃出虎口作好了准备。你看，”他拍拍自己的脸，“我刮掉了张飞胡子，咱俩的面色差不多，个头也相仿。你再换上我的衣服，是不会一下子被人认出来的。小门的锁是挂着的，出去后你不要回家。可以找田黑金，他会帮你想办法。这两天他上夜班，白天在家。如果找不见他，你就远走高飞。上衣兜里有钱和全国通用粮票，足够你用两三个月的。别看现在这样，将来一切都会好起来的。你快点换衣服，他们睡得正香，现在走正是好机会。”

牛羊伴透过那条玻璃窗望着可爱的蓝天，思绪万千。

老杜催促说：“你别再犹豫，快点行动吧。”

他无限神往地说：“我非常渴望飞出这座地狱，用我这双劳动惯了的手，为国家和人民创造财富。”

“现在正是好机会。”

“可是我不能走！”牛羊伴仍然坚定不移。

“这为啥？你不要考虑我。”

“我不能不考虑你。”

“老模范，我求求你！”老杜扑通一声跪倒在他面前，恳切地哀求着，“你快走吧！”

牛羊伴将老杜扶起，感激的泪水油然而生。他紧紧抓着恩人的手：“我的好同志，你的心意我全领了。去拜见周总理的时候，我要把你汇报给他老人家。”

“周总理希望你继续拉革命车。”

“奸臣陷害总理，不叫我拉车。”

“坏人倒了台你就会得志。”

“坏人在倒台前就要杀害我。”牛羊伴咽下一腔愤怒。

“我这不是救你出去吗？快走吧！”老杜着急了。

“我逃走你就会遇难。”

“我愿意替你死。你知道，我鳏寡孤独，早死晚死都无牵挂；你更应该知道我的心。我救你是为让你继承周总理的遗志，使劲拉革命车！”

“我的好老哥，我一点也不怀疑你对周总理的一片忠心，我们是共患难的战友。”牛羊伴说不下去了。眼泪流下来，滴到他们紧握在一起的手上。牛羊伴说：“我要是走了，你和田矿长都将被他们杀害；用你们两个人的牺牲作代价，换得我一个人活命，这不值得！”

“现在最危险的是你这个受周总理表扬过的劳模。”

“正因为这样我才不能走。我不走，你就不会暴露，给你以后救田矿长保留机会；如果我走了，他们就会狠毒地拿田矿长开刀，你也会被他们视作最坏的敌人，从你嘴里要不到他们需要的口供，他们会活活把你打死。所以我是坚决不走的！到了万不得已时，你和田矿长一起逃离虎口。”

老杜被牛羊伴的精神感动了，他知道再怎么说也无济于事，他是不会走的。老杜再次跪在他的脚下，泪流满面地说："你不愧是总理赞许过的好党员，我要是有后代，要教育他们永远记住你！"他的热泪浸湿了牛劳模的手臂。牛羊伴给他擦泪，真挚而深情地说：

"老杜哥，你有后代，永进秀春也是你的儿女。用不着我当面嘱咐，他们会把你当亲人待的。"

老杜越发伤心，他用嘶哑的声音哭着说："牛科长，真该让我替你去死，我这样的十个也不如你一个。"

"我的好老哥，你咋说这种说？快点离开吧，待久了他们会起疑心的。"牛羊伴拉起他来向外推。

老杜依恋着不肯离去。他万分痛苦地说："我不忍心让恶狼伤害你这个亲人！我知道了他们的阴谋，为不能救你逃生而难过！"

牛羊伴说："我不会白白死去的，我要和他们作最后的斗争。我要在刑讯堂上揭露他们的罪行；我的死是有价值的，到时候你也有机会为我报仇！"他又嘱咐道："你可千万要注意为党保存实力，不到万不得已的时候不能暴露。他们的鬼计阴谋和 6 号的情况你最清楚，到时候你的揭发就是一颗重型炮弹，使他们藏无处藏躲无处躲，只有向人民低头认罪。所以我要特别提醒你：当他们对我下毒手时，你一定要冷静，千万不能感情用事，在关键时刻要加倍忍耐，你答应我的请求吗？"

老杜又潸然泪下，哽咽着点点头。

牛羊伴又说："保护照顾好田矿长，看风声不对就和他提早逃走。"

"这些我都记住了。你对家里人还有啥话说？"

"你给带出去的花圈已经表达了。"他又催促道，"你快走吧，不要因小失大。"

老杜走了，步子是那样难迈，生离死别哟！

牛羊伴与敌人短兵相接的战斗当晚就打响了。

当黑夜把融园里的洋房和树林隐藏起来的时候，大员武威在庞大钟、宋巨、付贝生等人的簇拥下，像一伙幽灵来到 6 号，摆出了一个大老爷开堂问案的架势，把牛羊伴提上堂来。

牛羊伴自小长成的伟岸身躯，毅然挺立在堂案前，简直把大堂上高坐的瘦小的武威比没了。

"牛羊伴！问题想得咋样了？"庞大钟先来个下马威，气势汹汹地问。

"我已经想得非常清楚。"

“想清楚就讲！”庞大钟不让牛羊伴表达完要说的话，他使了一个手势，赵歧、付贝生一起上前迫使牛羊伴低头弯腰。“老实交代你作案的动机和经过。”庞大钟进行威逼。

牛羊伴说：“我想清的是：人民早晚有一天会清算你们！”

庞大钟像遭了针刺那样猛然一惊，胖脸又变得煞白。他用短粗的手猛击了一下桌子：“你死到临头还铁嘴钢牙。牛头硬还有煮牛头的锅，把他给我捆起来！”

司仁连拿出绳子，与两个打手一起把牛羊伴捆了个结结实实。

牛羊伴没有反抗，心里燃烧着愤怒的火焰。

这时大员开口道：“咱们把帆布问题放到一边，我最后一次问你，愿不愿将功补过？”

“我一生对国家虽没作出多少贡献，但是我对党对民对国无过！”

“你还敢嘴硬？万尺帆布就是你贪污的！”庞大钟吹胡子瞪眼地说，“我们有确凿的证据。”

“叫你嘴硬！叫你不老实！”宋巨对牛羊伴连踢带打。

劳动模范被踢得晃了晃又站稳。他咬了咬牙关，额头上滚下了豆大的汗珠。

“你要看清楚当前的形势，”武威得意洋洋地说，“无产阶级文化大革命取得了决定性的胜利，无产阶级司令部也把资产阶级司令部打得落花流水，你对它还有什么依恋的呢？为啥到如今还不肯向无产阶级司令部靠拢？”

牛羊伴落地有声地回答：

“我是一个共产党员，我有我的信仰；我是中国工人阶级的一员，我有我的骨气！”

“你的信仰是啥？你的骨气又是啥？”庞大钟想捞点稻草，瞪着一对小眼问。

劳动模范嗤之以鼻，斜了他一眼，对他不屑一顾。

“我们把这些问题也放到一边。”武威又威胁又利诱地说，“你还应该清醒地知道你的家庭。你本人在我们手心里攥着，你家庭的每一个成员，别看他们东的东西的西，不管他们近在咫尺还是远在天涯，都出不了我们的手心。我想对此你不会有任何怀疑。可以毫不隐讳地告诉你，你那老爹牛强老头，上次见你不成，回去一病不起，你的妻子特意回老家照顾他；你的宝贝儿子也在首长那挂了号，说他黑就是黑，说他白就是白，他的政治前途就看你肯不肯往我们这边靠；你的可爱的女儿高中毕业还在家待着。她能不能安排工作也看你。如果你继续与无产阶级司令部顶牛，那就会闹个家破人亡的下场。反之，如果你听我一句劝，站到我们这边来，那后果就有天壤之别。今天再给你最后一次机会，何去何从，你要作出抉择。”

牛羊伴异常冷静地听完了大员对他和他的亲人的命运安排。他相信这绝非大员瞎说一气，完完全全是真的，面前就是两条路，或家破人亡或鸡犬升天，就看他这一步怎么迈。这位旧社会的牛羊伴，新社会的国家主人，社会主义建设的人民功臣，热爱生命，热爱家庭和亲人。但在大是非面前是不容置疑的。他威武不能屈，富贵不能淫。他以视死如归、坚定不移的话回答武威大员：

“你们可以将我杀害，也可以整治我的全家，凭着你们的权势和黑心啥事都干得出来。我这个早已失去自由的普通工人是无法制止你们的倒行逆施的，正如法律制止不住狂徒犯罪那样；但是他一犯罪，法律就对他行之有效。你们也要记着，人好杀，债难还！到时候人民定向你们讨还血债！

“我曾一再申明我是无辜的。万尺帆布的真正作案者正是我要查找的对象。你们利用这个疑案炮制了一起冤案，逼骗假口供上欺下瞒，企图达到你们的卑鄙目的。你们借着办案的旗号，实际上在阴谋反对我们敬爱的周总理。你们是一伙打着红旗反红旗的阶级敌人！我也清楚知道，你们这样搞是受了你们主子的指使。这一点你们自己也供认不讳。我堂堂的一名工人，光荣的共产党员，全国劳动模范，决不能跟你们这伙败类同流合污；我活着就要同你们进行斗争，死了也不作奸臣指使下的鬼！”

大棠上的人惊傻了，七魂出壳。武威没有了武威，跟班停止了记录，庞大钟张着大嘴，睁圆小眼瞅着大员。他看大员对受审者一再攻击首长仍无动于衷，便来个先声夺人。他猛又一拍桌子，声嘶力竭地说：

“不准你攻击首长！”

好象听到了将令，穷凶极恶心的打手如梦初醒，向被五花大绑的牛羊伴出击，一阵乱拳乱脚把牛羊伴打倒在地。

大员见他已再没有了反抗的能力，下令给他松绑。

取掉绳子，牛羊伴的两臂已经动弹不得。

武威说道：“牛羊伴，你旧罪未赎，如今又添了新罪。攻击江青要杀头的！”他对打手下令，“让他回房休息去吧。”

遍体鳞伤的牛羊伴被托回了二号牢房。

亲眼见到这一情景的老杜松了一口气。因为英雄还活着。牛羊伴不止一次被打成这样，凭着他的毅力都恢复过来了；这次他相信也会是如此。他去给堂上的人斟水。真恨手头没有毒药，要有非把他们毒死不可！

武威他们没有坐下来喝茶。他们都出去了。直到擦干地板上的汗水和血迹，老杜也未见他们回来。老杜正要出去查看，听赵歧和付贝生说着话走过来。

“这家伙真是宁死不屈。”

“大员和司令不会饶了他。”

“司令为啥把咱们打发出来？”

“嘘！”付贝生小声地训斥道，“多管闲事！”

武威和庞大钟随打手进到二号牢。牛羊伴被放到地铺上。武威示意庞大钟支走大肝大脚，留下大拿和宋巨。他们继续对牛羊伴进行逼供。大员凶相毕露地问：

“我再问你一句话，到底想死想活？”

“想活咋样？想死又咋样？”牛羊伴忍着伤体的剧痛，和他针锋相对。

武威看了一眼跟班，跟班从黑包里取出一份材料。武威说：“想活就在这份材料上签字，想死……”

牛羊伴打断他的话，斩钉截铁，视死如归地说：“做好人死了也光荣，做坏蛋活着也可耻！”

“看来你是想死喽！”武威露出了狰狞的面貌。

“我不会死！”牛羊伴信心百倍。

“那咱就试试看！”武威双手抓住牛羊伴的头发，使劲地往水泥地上磕，一下、两下、三下……头发被抓下了一大把，鲜血流了一地。

牛羊伴实践了自己的诺言，同敌人进行了最后的斗争。他的呼吸已经停止了，心脏也停止了跳动；而两眼却睁得大大的，瞪着凶手武大员，瞪着这非法的囚牢，透过玻璃窗，望着天上的星星……

武威抓住牛羊伴的手，在那材料上重重地按了个指印，离开了牢房。

老杜来锁门，见身后无人跟来便进到牢里，一眼发现牛科长一动不动地躺在血泊中。他见英雄还睁着眼，掏出手帕擦他头上的血。他小声地叫两声，没有回音。他伸手摸了摸英雄的心口，又在他嘴边试了试。结果都使他大失所望。劳动模范牺牲了，他想大声地呼叫和哭泣，可是他想到了牛科长的叮咛。这时门口又传来了脚步声。他吞咽下怒火和泪水，抓起了地上的那团带血的头发，把它包在血手帕中，顺手藏在怀里。

来的是庞大钟宋巨和司仁连。他们用牛羊伴的裤带将他的脖子勒住，吊在窗户上。还照了相。

武威在离开 6 号时问胡子老头：

“老同志，你对今天的事怎么看？”

老杜头语意双关地说：“攻击人民敬爱的中央领导，就没有好结果！”

“哈哈，你这个老头，别看不爱说话，可是你很会说话。等哪天给你安排个好去处。”

老杜头从大员的眼里理解到这话的意思。他毫不畏惧地说：“请首长随便吧！”

第四十三章 “别忘了……”

在燕山与华北平原衔接的地方，有一座形状奇特的山——止山。它是连绵起伏的燕山里伸出的一脉。它的特点是不像其他山那样有一个或缓或陡的坡度，而是直上直下的，就像刀劈斧剁的一般，远看近看都像一堵高大的墙，奇就奇在这里。

山势奇特，它的传说更为有趣。在很古很古的时候，山是由地底下往上长的。黄帝巡游来到这里，眼看不断往上长的山就要拦住去路，于是他说：“山不能长到这就止住吗？”话音刚落，只见正在往出长的山戛然而止，形成这个刀劈斧剁的山崖。由于是黄帝的一句话山才不长的，所以叫止山。

虽然很少有人相信这是真的，但有不少人对此神话传说津津乐道。

止山的东侧有一眼山泉，清澈的水不间断地从石缝里流出。这眼泉叫扳倒井。相传也是黄帝封的。黄帝的兵马打这里路过，从井里汲水供不上走得干渴的人马饮用，黄帝说：“不能把井扳倒吗？”话音一落，井真的倒了，白花花的水一涌而出。

扳倒井的水绢绢流进一个水面不大的湖泊。说它是湖，因为它不是人工修的蓄水池，也不是长期用土形成的水坑。确实是天然的湖泊，只是它不像人们所想象的那样大。这个小湖也有它美丽动听的名字——龙潭。

止山和龙潭的东侧有一个村庄，叫湾龙。没听说谁考证过村名的来历，“龙”字不用说是龙潭之龙。可想而知龙潭里弯着龙。

止山上还有一种鸟，叫“姑姑等”，它的叫声是这样的：“姑姑等等！姑姑等等！”神话传说这种鸟是一个刚懂事的小孩变的。

从前，有一个美丽的姑娘叫婴姑。她与一个勤劳善良的叫耕夫的小伙子相爱，遭到父母的反对。而婴姑嫁给耕夫的主意已定，誓死不改。她的父母为了叫她死心绝念，定计谎说耕夫被从止山上推下悬崖，罪名是与婴姑恋爱败坏了家规。婴姑听罢，扭头就往止山顶上奔。偷听到爷奶定计的婴儿得知姑姑跑上止山，他也追到止山。他看见姑姑要跳崖，便大声地喊：“姑姑等等！姑姑等

等！”婴儿奔过来，要告诉姑姑实情。可是还没等他开口，婴姑便纵身跳下悬崖。婴儿口喊着“姑姑等等！姑姑等等！”也跟着跳了下来。婴姑一跳就坐在了莲花盒里得道成仙，婴儿也变成了鸟。后人把婴姑的形象刻在崖壁上，婴儿变成的鸟飞来飞去地鸣叫：“姑姑等等！姑姑等等！”自那时起，止山又有了另外一个名字——舍身崖。

舍身崖下的湾龙就是牛永进的故乡。这里不但风景优美，而且气候宜人。一年里四季分明。现在正是和风吹柳绿，细雨点花红的美好时节。永进小时候和一般大的伙伴们在清明节这天总是把柳枝连皮带芽地剥下来，长长的一串，挂在耳朵上，口里喊着不知从哪学来的话：“清明戴柳，死了不变狗！”他们之所以在耳朵上戴一串柳链，其实倒不是怕死后变狗，完全是为了好玩。变狗有啥不好呢？汪汪汪的也挺有意思。龙潭周围全是粗大的柳树，弯弯的柳枝长满青青的花和嫩嫩的芽，与龙潭的碧波一起荡漾。鸟儿欢快地在枝间跳跃穿梭，鱼儿不时地跃出水面，舍身崖上时时地传来姑姑等的叫声。

村东头的一个柴门院子，就是牛强老人的家。一排六间瓦房，柴门口有两株对称的国槐。院中间是菜圃。用石子砌成的路一直通到房门口的台阶。

牛强这位刚强的老人在炕上已经躺了七七四十九天。

从边山回到湾龙，他越想越气难平。这是什么世道？奸臣一伙想一手遮天，破坏党和国家的王法。羊倌子能贪污万尺帆布？有啥证据？纯粹是坏人整好人！不行，我得到毛主席那告他们！他把儿子被关和自己的打算告诉老伴。老伴为儿子突遭灾祸感到伤心，簌簌地流泪。她反对进京告状，说他年岁大了。干打官司告状的事她不放心。老汉坚持非去不可。

“理都在咱们这边，还怕个啥？再说奸臣的手再大也遮不住天！”

老伴知道他的脾气，只好同意。嘱咐道：“到了北京，叫孩子们跟你去告状，省着盲人瞎马地到处乱闯。”

“别看给孩子们讲故事你比我强，打官司告状你就不懂喽！为这个儿子告状不能连累那个儿子。准备干粮，我蹲车站。”

于是老伴为他打点行装。从柜子里翻倒出他一直没舍得穿的皮袄，蹲车站夜间冷用得着；烙了一大摞烙饼；洗净个搪瓷缸子喝水用。一切都准备妥当，可是他没去成。

老人气得折腾了一夜，一会儿翻身，一会儿抽烟，一会儿忿忿地自语。他本来不是心里搁不住事的人，可这事实在让人气得慌！窗户纸刚刚泛白他就起身。

老伴不满地嘟囔说：

“真是做贼不等天亮。满有理的事干啥这么着急？你老老实实地再睡一大觉，不然到了北京你会把事说糊涂了。”

“不是我着急，是气得心口堵得慌，在炕上躺不住。”他起身披上棉袄，感到头晕，两眼冒金花。他以为是起来猛了，就又躺下。

“你好好睡吧，到时候我叫你。”老伴为不打扰他，翻过身去。

牛强感到炕和房顶都在忽悠忽悠地摇晃，就像躺在起伏的船上。他以为是吸烟多了，就不再吸烟。紧闭起两眼想迷糊一会，但是不行。他的脑海里像发生了海啸那样，使他一点都不得安宁。他心说道：“真得像老伴说的那样，好好睡一觉，不然这样咋能去告状呢？真要病倒了可不是玩的。”他努力想使自己的脑海平静下来，但是不能够。

窗户纸发红的时候，他又试着起来，这次比上次更厉害，头刚一离开枕头就感到要爆炸似地嗡嗡响，像剑刺的一样疼痛难忍，不得不又躺下。又忍了一会，他再次坚持起来，又失败了。由于疼得厉害，不是慢慢地躺下，而是栽在枕头上的。

当窗户纸由红变黄的时候，他心里想着再强争着起来，但身上已经没有了这个力气，头疼得使他动弹不得。

这些情况老伴还不知道，她以为他听了她的话睡着了。她悄悄起炕，把水烧开，把头天晚上就包好的饺子下到锅里，烧开了锅，这才进到屋里叫老汉。

“这回起来吧，饺子马上就熟，吃饱喝足好上路。”

牛强喘着粗气没有理她。她以为他还没醒，用手轻轻推推他的头。他疼得叫起来。老伴吓了一大跳，“你这是咋啦？”她关切而焦急地问。

“我起不来了，你一动我，头就像刀剜的似的。就这么躺着还天旋地转的呢。我八成是病了，快去请先生。”

老伴吓得出了一脑门汗。她摸摸老汉的头，不算太热，这才放点心。她急忙请来了赤脚医生，查了查，开了药。医生又嘱咐他千万别下地出屋，心平气和地养病。牛强都满口答应。老伴把医生送到大门口，医生对她实话实说：“为牛强爷爷准备后事吧。”

“你爷得的是啥病？真的就不能治了？”

“眼下看来还不要紧，打电报让牛大伯他们回来吧。”

老奶奶对赤脚医生的话半信半疑，但心里又很害怕。她伺候老汉用药。牛强从不吃药的。这次仍不想吃。老伴说：

“你不吃药，病好得就慢，上北京去就是妄想。”

“为了早点好了去告状，我就吃这一回。”老汉被说服了。他接过药来刚

要往嘴里送，又想起来说："我见他们吃这洋药片子都是饭后才吃呢，我也等吃了饭再吃吧。"

"昨儿晚你身体好好的都没吃一口东西，今天病成这样倒想吃啥了？"老伴很高兴。

"为了去告状，不想吃也得吃。"

老伴去锅里捞饺子，可怜她的一番心意，本想着让老汉出门吃饺子，取音发脚，吉祥顺利。可是水饺已变成了一锅片汤。她盛了一碗端来说："我再给你做点别的吧，你看这饺子，没有一个好的了。"

"你做山珍海味我不也是不想吃吗？我是为快点病好才吃东西的，啥都一样。这更好，连稀带干，连面带菜啥都有了。"老汉想爬起来吃，可是他的头还是不让他动弹。老伴便一口一口地喂他，像喂小孩子似地把勺里的饭用嘴吹吹，又试试烫不烫才往老汉嘴里送。

刚吃头一口老汉就觉得味同嚼蜡，不想下咽，吃到第五口时，实在咽不下去了，胃里一股一股地往上翻，翻一次他往下咽几下，翻一次咽几下。他终于没胜过自己的胃，哇地吐了一口，接着就哇哇哇地吐开了。吐得比吃的还多，除了刚才吃的几口饭还有不少的黄水。老伴给他按摩胸口，问：

"觉着咋样？"

"你别害怕，我死不了！快拿药来。好了还得告状呢。"

"吃了不还是吐？先待会儿。"

"知道吐也得吃，万一不吐呢？拿来！"老汉把药放在嘴里，咕咚一口水送下。老伴在旁边看他的反应。只见他紧咬着下唇，翻了几次没吐出来。她这才把老汉吐的擦干净。安顿他躺好。她找了一个当家子侄儿给边山拍了电报。

儿媳金蓟及时来到。

牛强见儿媳突然到来，便埋怨老伴说："你真不该惊动他们。你知道边山多需要她。"接着又说儿媳："你真不该来，留下他们爷俩不更让我挂心吗？"

"您突然病倒，我无论如何是要来的。"儿媳通情达理地说，"她爸不能来看您，我就更该回来好好照顾您。总要对老人尽儿女之情；再说秀春啥饭都会做，很会照顾爸爸。我来家尽快把你伺候好了，也是咱们全家的福分。"

牛强不再埋怨了。他认为儿媳和老伴都是对的。

在儿媳和老伴的精心照料和督促下，他按时按顿吃药，强着吃东西，有时还要被扶着下地。他仍没有打消告状的念头，更不相信自己会垮下去。虽然每次下地活动都要难受得冒一身冷汗，不得不中途而止。他仍不认为这是啥了不起的病，把病好复原的希望寄托在明天。然而他的病一天重似一天，身体也一天天消瘦下去。索性他不再吃药，因为吃了也不见效。他知道自己不行了，常常出现内疚和痛苦。因为不能进京告状。

赤脚医生两天来一趟，照例开些药，嘱咐病人两句：“好好养着吧，别想事，不服老不中了。”他知道医生不会对他说真话，啥话也不问他；从儿媳和老伴的忧愁的脸上他看出了医生对他们说的话。

不能给没病的人增添痛苦。他病痛难忍时也不吱声，自己强忍着。开始时他强吃强喝，是为了实现一个强烈的愿望；当他知道自己不行了的时候，便有意地少食少饮，为的是给老伴和儿媳减少麻烦。

清明节这天，是他躺在炕上度过的第四十八天。头几天他嘱咐：“到清明那天告诉我一声。”这天一大早，不等告诉他就问：“今儿个是几儿了？”

儿媳告诉他：“今天就是清明节了。”

“哦，真是清明了，我说觉着比往天好呢。”牛强下意识地动了动。“你们给我穿上衣服，扶我到外边给周总理上个坟。”

“新社会不兴这个。”儿媳说，“周总理骨灰都撒在大地上了。”

“那我就在院中亲手烧点纸。”老人恳求着。金蓟还有点犹豫，老人急了，“我都知道咋回事，你们别拦我！”

儿媳和老伴给他穿衣服。装裹衣服早就准备好了，一是怕老人忌讳，二是春天穿棉的热，所以不想给穿。老人既要，也就由他了。他见给他穿的棉衣都是新的，心里明白咋回事。老人虽然是被别人摆布着穿衣服，也累得直喘气，只是没有像儿媳和老伴那样出汗。他的血液里已经没有多少水可供出汗了。

穿好衣服，老人的身体已经完全不由自己支配。他不再提到外边去的要求，只让扶起来透过玻璃窗向外看看。他说：“清明上坟，你们说迷信，我看不；你们说啥替我烧把纸。我这个身子出不去了。”金蓟答应下来。他重又躺下。

由于刚才一气折腾，牛强老人出气不均了。呼哧呼哧地拉风箱。老伴见状又拿过药来。

“你还是吃药吧，多少会管点事。”

老人依然不肯，固执地说：“我的病，药治不好！”

老伴无奈，不忍看他这个难受样子，含泪走开了。

湾龙南十几里外的一个小火车站传来火车的嘶鸣。

火红的日头落进了地平线，雄伟壮观的舍身崖还映着金色的余晖，挂满青青花穗的垂柳披上了一层金红的外衣。明镜般的龙潭反射着高天的红云。披着闪金袈裟的止山和镀金的垂柳的倒影，仿佛深潭里边有一个更加妙不可测的世界。

两只雄鹰在一个劲地往高飞，仿佛在追逐着散出余晖的落日。舍身崖上传来“姑姑等等！姑姑等等！”的叫声。

风尘仆仆的牛永进，踏着散发出浓烈泥土香和青禾香的乡间小路，回到了他一直怀念着的故乡，这个时候，谁也没有想到他会回到故乡来。

他一踏上故乡的土地就被这里的一切所吸引，具有神话传说的舍身崖，一年除了两三个月的结冰季节，大部分时间都碧汪汪的龙潭湖，还有这故乡独具的鹰逐晚霞。然而他来不及欣赏吸引他的美景，病中的爷爷牵挂着他的心，恨不能立刻就见到他老人家。越是离家近，这种心情越急切。他大步流星进了村，来到家门口。柴门敞开着，像是在欢迎他。屋子里还没有掌灯。他走过甬路，刚迈上房门台阶，突然来电了，屋里和堂屋的灯全亮了。他带着一阵风挑帘进屋。首先发现他进来的是在炕上的爷爷。他没有歪过头来看（已没有这能力）全凭灵敏的听觉。他正思念在非法监狱中的羊伴子，所以当他查觉有人进屋时，错把孙子当成了儿子。

“你可回来了，我的羊伴子！”他大声地说道，“爹想你呀！”

奶奶被他闹愣了，还以为真是儿子回来了。定睛一看是永进，高兴地拉住他的手。永进两眼盯着爷爷，来不及和奶奶热乎，只是使劲拉了拉她的手，就奔到爷爷跟前。

“羊伴子，你出来了，奸臣倒了？”

永进趴在爷爷脸前头，抬高声音说：“爷，我是永进。”

“永进，我看清了，你是永进，你爸年轻时也这样。”

要不是在自己家的炕上，永进说舍也认不出爷爷了。他印象中的爷爷是多么威风和健壮，油亮的脑门，红红的脸堂，炯炯放光的眼睛，而此时面目全非了。眼前的爷爷，脸色铁青，没有了一点血色，眉骨和颧骨高高地隆起，两眼和两腮深深地凹陷，花白的头发像化装用的假发套，白胡子也没有了雪亮的光泽。见到爷爷这个样子，永进伤心地涌出了两眶热泪，簌簌地滴到爷爷的胸脯上。他轻轻地抚摸着爷爷皮包骨的脸，心里边难受极了。他抽泣着说：

“天天盼着见到您，今天总算见到了，没想到您竟成了这样子，爷！”

“孩子，别哭。”爷爷动了动手，意思是要和孙子拉拉手。永进明白了，他双手握住了爷爷的像枯树皮一样的手。老人微笑一下，说：“这我就满意地不行了。爷没想到死前还能见到你。我死也不算短命，只是没见到你爸出来。”

“不！爷不能死。”永进使劲地握着爷爷的凉冰冰的手，“爸爸不久就要出来，您一定要等到那时；那时您更不能死，要享受胜利的欢乐。”

爷爷微微摇了摇头。他问永进去边山了没有，问家里的事他知道不?

永进告诉爷爷说，家里的事他早就知道，已经把爸爸的冤情上告到党中央。这次他先到边山。爸爸为悼念周总理在6号里做了个花圈，让他在清明节送到天安人民英雄纪念碑前。他照办了。完成任务就来看爷爷。永进抬高嗓门说：“到天安门悼念周总理的人千千万万，爷，坏人倒台的日子不远了。所以您无论如何要活到胜利。我知道，只要您心里出了气就啥病都没了。现在党和人民正在同他们斗，为您出气，为爸爸申冤。”

爷爷听了永进的话，备感兴奋，浑浊的眼睛里又腾起希望的光。

永进和爷爷说话时，奶奶一直坐在旁边听。

院里传来了脚步声。爷爷告诉永进：“你妈回来了。”

母亲的声音更能打动儿子的心。永进也听出来了，是妈妈脚步声。他见爷爷闭上眼睛休息，便奔上前迎接日夜思念的母亲。

“我的儿！”金蓟大喜过望地惊叫起来，“你这是打哪儿来？刚才我还到大队看信呢。”

“从十面井到边山，由边山到北京，又从北京到湾龙。”永进像小孩子似地向妈妈作详细汇报。他又报喜地说：“妈，那个看门老头是自已人！”

“这就好了。”妈妈撩起衣襟，擦去由于过分激动而流出的眼泪。她喘了口气说：“这两天我老是心里不安，好像要出啥事。你妹和你爸都让我挂心。这回可好了，有胡子老头，爸爸那儿我也可以放一大半心。”金蓟再次撩起衣襟揠眼睛，“想吃点啥妈给你做。”

“他最爱吃咱们家的大烙饼。”奶奶说，“我把面活好了，不着急做，先饧一会儿。”

妈妈出去抱柴火。轮到奶奶和孙子亲热了。她拉着永进的手，和他脸对脸，用总是含泪的眼睛仔细端详着孙子。

“永进，你可变模样了。脸蛋的肉都没了。”她伸手摸孙子的脸，“原来你这两边总是红扑扑的。现在成了啥了……”老奶奶一边说一边吧嗒吧嗒掉眼泪。

永进掏出手帕给奶奶擦。他大声地告诉奶奶：“我啥病也没有。”

“你几年没回家了？”

“有十来年了吧？”

“十二年了！把奶奶的头发都想白了。”

永进既感到内疚又感到有苦难言。

奶奶又问：“你今年三十二了吧？”

永进在心里算了算，可不是三十二了嘛。他猜出奶奶问这话的目的。果然奶奶谴责地说：

“三十二咋还不娶媳妇？我就不信好姑娘都怕咱们家的事，没人跟你；在咱这找吧，咱这像婴姑的有的是。”

永进的脸红红的，他心里的话无法向奶奶说。

“你爷我们盘算着见五辈人才入土呢，这下不中了。”奶奶看看躺在炕上的爷爷，“甭说五辈了，恐怕连孙子媳妇也见不上了。”

奶奶的话使永进心里感到挺悲哀。多壮实的爷爷奶奶，怎么竟变成这样？！这是他做梦都没有想到的。

晚上爷爷东一句西一句地和永进说话，多少年前的事他都记得一清二楚。

“永进，还记着爷打你的事不？”

“记得。”永进说，“因为我到舍身崖上去掏鸟窝。我还争辩说没掏姑姑等。您是怕我从崖上掉下来。您打我是因为疼我。”

“打过了我也后悔，我哭了。爷就打过两个人。你爸你叔我没打过，他们俩听话，家贫出孝子。打的那个人是石保长，他非拉你叔当丁，你爸去都不行。我一气打了他。你爸你叔逃到边山。到北京告诉你叔，你二爷二奶的坟，平整土地那年迁到止山东边的松树坡了。你看，你二爷他们叫我来了。那天他们就来过，我没走。今天我要跟他们去了。永进，报仇的事，爷就靠你了。不报仇难消恨。那个保长亲手害过两条人命。解放那年崩了他。人可不能干缺德事，人不报天报……”

爷爷两眼直愣愣的，说得嘴冒白沫，仍是一个劲地说。奶奶心里明白，这是人死前的回光返照。金蓟也觉得爷爷很异常，不过有永进在身边，她心里踏实多了。永进长这么大还没经过家里死人的事，心里很害怕。但他是家里的男子汉，要挑重担，不能乱了阵脚。他大声问爷爷：“爷，您咋啦？”爷爷不答理他。他又劝爷爷安静，爷爷根本不听，照样说自己的：

“你们都出去，用不着这么多人叫我。我自个会走。石保长，你来干啥？”爷爷喘开了粗气。他自言自语好一阵，半夜时才安静下来。

永进不敢睡觉，在爷爷的脸前头守着。爷爷已经没有了脉搏，心口窝还有一点似有若无的微弱的跳。老人的心血已经耗干了。只有出进都不多的一点短促的呼吸维持着微弱的生命，永进趴在爷爷的枕头上伤心的落泪。

爷爷忽然叫起来：“羊伴子，你来干啥？看这血！等一等，我跟永进说句话。永……进，别忘了……”爷爷的话没说完就咽了气。永进抱着爷爷大哭一场。妈妈哭得也很伤心。奶奶没哭，一个劲地烧纸，嘴里还振振有词地念叨着什么。

哭悼死者，入土为安，还要去照顾生者。永进他们还不知道就在爷爷呼唤爸爸名字的时候，爸爸惨遭杀害，几乎是与爷爷咽气同时。

在为爷爷守灵的时候，永进和妈妈商量，把爷爷安葬后，她和奶奶都去边山，这个家靠给当家子叔看管。

奶奶木然了。她不吃不喝，只有眼泪没有哭声。爷爷火化那天，她哭得昏了过去。

永进把爷爷安葬后回家，见奶奶躺在爷爷躺过的地方流泪，妈妈坐在奶奶头前哭。永进以为她们还在为爷爷的死哀伤。他自己忍着泪安慰他们：“为了爸爸，你们千万多保重！咱们准备一下，明天就去边山。我把你们送到边山安顿好再回单位。”

妈妈哭成个泪人了。她泣不成声地说：“儿啊，边山是去不成了。你们走后，奶奶醒过来，她要起炕，可是下肢不会动弹了。我请来赤脚医生，他说奶奶是半身不遂。”

永进顿时傻了眼。真是屋漏更遭连夜雨。他为妈妈爸爸奶奶妹妹以及他自己叫苦连天。

第四十四章 通 令

清明节第二天，牛秀春根据自己的推算与想象，写了这样的字条放在爸爸的早点里："哥哥已圆满完成任务。"她想，爸爸见了就会把心放下。她觉得，既然看门老头是自己人，无须再偷偷摸摸地进行伪装，把字条随便放在饭盒里就行。可是她理解杜大爷的处境——战斗在敌人心脏里——为了慎重起见，还是进行了一番设计，把纸条卷在去了头的火柴棍上，插在馒头里。如果不掰开检查，是很难发现个中秘密的。今天她特意早起排队给爸爸买了豆腐脑。她小声地哼着歌，欢快地来到6号门口。按铃后小口打开，不见杜大爷一贯表现出的冷漠的脸，只见一个人的侧身。秀春歪着头朝小口里边看，看见"学习班办公室"的小红牌下面司仁连的死人一样的脸。在小口处接饭的倒还是杜大爷。她看见他满脸的胡子没有了，一双眼睛非常红肿。是杜大爷病了还是发生了啥事？秀春想着，同时习惯地把饭盒递了进去。一出手她又后悔了。是不是狡猾的大员对杜大爷起了疑心？秀春这样联想着。特别是那个死人脸更让她不安。万一他把饭盒要过去检查咋办？一旦露了馅，杜大爷就要遭危险，都怪我画蛇添足多此一举。写字条干啥，不写爸爸也会清楚。她紧张而又不安地看着杜大爷步下台阶，从死人脸跟前经过。他没有像她害怕的那样要过饭盒检查。老杜安全通过。她这才放下快要跳出来的心，好似一块石头落了地。老杜递出空饭盒，她怕露出破绽让死人脸疑心，没敢看杜大爷，接过空饭盒头也不回就走了。小口嘭地关上，她也没敢回头看一眼。

牛秀春实在担心杜大爷的安全。她决心不从她这方惹出麻烦；她相信他也会及时地把爸爸的消息带出来，像上两次那样。

可是等她给爸爸送午饭时，在小口里接饭的已换了个年轻后生。这是破天荒的事，使得她大为惊诧和不安。

年轻后生有一张白面书生的脸蛋，眉清目秀。他把脸贴在小口上，微笑着望着秀春。

"牛秀春，你还没分配工作？"

秀春愕然地瞅着他。对这个满脸堆笑的陌生人抱着极大的怀疑。她真后悔把饭递给他。要是看清杜大爷再递该多好。都怪自己太马虎了。她心里正嘀咕着，白面书生又说：

“这样看我干啥？不认识了？”

“我从来没见过你，你是干啥的？”

“难怪你不认识我，我还忘了自我介绍。我叫王忠，忠心的忠。你叫我小忠就好了。”

“谁问你这个，”秀春没好气地说，“我问你是干啥的。”

“闹了半天你还不知道啊，”王忠把饭盒亮了亮，得意地说：“看见了吗？就是干这个的。”

秀春脱口问了一句：“那杜……杜老头呢？”

“杜老头？”

“就是在这里看门的那个大胡子老头。”

王忠开始说不知道，后来他问：“你说的是我的前任吧？”

“就是呀！”

“可是我没见他脸上有大胡子。”

“那是他刮掉了，”她急不可待地问，“他为啥不看门了？”

“领导安排他更重要的工作，”王忠很神秘地说，“具体干啥我也不清楚。”

秀春心里惦记着爸爸，催促他说：“快去把饭交给我爸，耽搁久了他要着急的。”

“好好，决不怠慢。”他答应着走下台阶。他没关上小口，有意让秀春看。

秀春看着他把饭送到二号牢。她满是狐疑：6号要得啥鬼，这个家伙咋样？杜大爷不会出危险吧？

王忠送出空饭盒，歪头看着秀春，两眼像是要说话。秀春没心思搭理他，接过空饭盒扬长而去。回到家里，她又神往地打开饭盒盖，希望再有一只白蝴蝶飞出来。可是，当她打开时，飞出来的不是她渴望的字条，而是没喝尽的豆腐脑汤，洒了她一裤角。

这又是一个反常现象。以往爸爸总是把饭盒洗净，连里边的水也擦干。今天怎么这样呢？秀春焦急万分，非常想知道爸爸的情况。可是怎么才能知道呢？问那个新换的小后生？显然他的话是不能轻信的。再写个条子进去？在弄清王忠的底细之前是不能轻举妄动的。杜大爷到底咋样了？有啥重要工作让他干？他不会暴露吧？换上这个王忠，不可能像杜大爷那样。可他为啥对我那个劲……天那！到底是咋回事？

她去问田妈。黑金哥没下班，田妈也说不出个所以然。只是告诉她要警惕，要沉着冷静。然而她怎么能冷静得下来？在给爸爸送晚饭时，她打算好试探试探这个王忠。王忠一见秀春就死乞白赖地献殷勤。

“你爸夸你手艺高呢。”白面书生把空饭盒递出来，趴在小口上说。

“啥手艺？”

“当然是饭菜。”

“你瞎说，爸爸被你们非法关在黑牢里，不可能有闲心说这些。”秀春扭头便走。

“信不信由你，另外……”

“另外啥？”秀春转过头来问。

王忠回头看看6号院里，小声地说：“另外希望你别把我和他们混为一谈。”

“你和他们没啥两样。”秀春灵机一动又说，“你和胡子老头一样，要是好人就不会来这里看门。”话一出口她心里感到酸疼，杜大爷可不是坏人。她很惦念他。

王忠极力和秀春套近乎，秀春极力想了解爸爸的情况，逢场作戏地和他周旋。她提出见爸爸一面，王忠是满口答应，可到了关键时刻不是说大拿在就是说胖组长、宋巨在，总之老有借口。秀春心里知道王忠要戏她，但她老怀着一线希望与他演这场戏。就这样过去三四天。

这天下午田妈来看她。她把情况一五一十地向她汇报。田妈说别对6号抱任何幻想。娘俩正说着话，忽然闯进6号的打手：大脚付贝生和大肝赵歧。秀春没让他们进屋，两手叉腰厉声问道：

“你两有啥事？”

“即来就有的干。”大肝看了一眼大脚，“把通令给她宣读一遍。”

“通令？啥通令？”秀春愤恨地问。

大脚展开手中的一卷白纸，上边写着浓浓的黑字，“你们好好听着啊，”他清了清嗓子，煞有介事地念道，“通令：鉴于现行反革命牛羊伴之女牛秀春对其父划不清界线，决定不再实行宽大，限二十四小时之内搬出工房，自行方便。此令，边山煤矿 x 月 x 日。”

田妈打抱不平地说：“你们不能这样对待劳动模范子女，让她搬出工房一个人孤苦伶仃到哪去住？”

“这我们管不着。”大肝威胁说，“我劝你少管闲事。”

“你们有啥权力下通令叫孩子搬家？”田妈把秀春搂在怀里，怒不可遏地质问打手。

"这就得问专案组了，我们也是奉命行事。"

秀春从田妈怀里挣脱出来，上前一步抢过通令，三下五除二就哗哗地扯个粉碎，将碎纸朝他们脸上抛去。"我不管你们什么专案组、狗案组，对我都不起作用，回去告诉你们主子，通令对我无效！"

大肝气得捋胳膊挽袖子，吹胡子瞪眼要行凶，田妈勇敢地护着秀春。秀春毫不示弱，上前迎战：

"你们想干啥？动武还是咋着？"

"动武又咋着！现在你厉害不起来了！"大脚推开田妈真要朝秀春动手。秀春回屋抄起一把菜刀，杀气腾腾地奔出来，把明晃晃的钢刀在两打手面前一挥，天不怕地不怕地说："看你们谁敢动姑奶奶一根毫毛？！"她像下命令似的对田妈说："以牙还牙，以眼还眼。刚才他咋推您来着？去，推他一把。"田妈不动，想息事宁人。

秀春急了："去，推他一把！"田妈要夺她手中的刀，气得秀春直跺脚，"您给我躲开！"她将田妈推到一边，咬牙切齿地冲两个打手道："奉劝二位别自讨苦吃，你们的差事完成了，快点给我滚！"

大肝大脚虽然凶狠，却都怕死，见秀春拿刀动真格的，吓得不知所措，见秀春指点着大门叫滚，他俩才想到身上还长着腿，争先恐后地朝外跑。跑到门楼外，大脚回头冲秀春说：

"还有件事通知你，现行反革命牛羊伴已经自绝于党自绝于人民！"

秀春听罢，如五雷轰顶。她时刻担心的可怕的事情终于发生了。她心中顿时腾起一团怒火。如果武威和庞大钟在她面前，她会把他们剁成肉酱！对打手也不能放过。当她举刀怒向打手时，两个家伙已像兔似的没了踪影。她的刀重重地砍在大门上。"爸爸！"秀春痛苦地喊着伏到大门上。田妈奔过来扶她，千方百计地安慰她。

"秀春，你可千万想开点，不要哭坏身子。留得青山在……"

秀春猛地抬起头来，忍着巨大的悲痛，说："田妈，我知道，现在还不是哭的时候。如果我悲痛的死掉，不正称了他们的心吗？"她用力从门上拔出刀，抬腿便走。田妈一把将他拉住：

"秀春，你干啥去？"

"给爸爸报仇！"

"这哪行？你不能乱来。"田妈把她拉到院里。

"田妈，您知道爸爸绝不会自杀，一定是他们害死的。我要把庞大钟、武威亲手剁成肉酱，才解我的心头之恨。"

“仇是一定要报的，凭你单枪匹马不行。”

“拼死一个也行。让坏蛋知道，老百姓是打心眼里恨他们的。”

“你爸惨死在他们手里，你为啥还要去送命呢？你妈临走时特意叫我照顾你。万一有个好歹，叫我咋对得起你妈？又咋对得起你含恨九泉的爸爸？你一定得听我的！我就是你妈！万不能现在拿着刀去报仇。”

“妈妈，我可怜的妈妈！”秀春想到远在故乡的妈妈，现在还不能死拼，还得为妈妈活着。她打消了去6号拼杀的念头，把刀狠狠地砍在门框上，双手抱着头，痛苦地哭号起来。

“孩子，你不是说不哭吗？”

“是的，我不能哭！”秀春再次忍住悲痛的泪水。

田妈用双手将刀拔下，把秀春拉到屋里。

“俗话说，‘君子报仇，十年不晚。’现在咱们还不能跟他们硬来。”

秀春总算被稳住。她抹去泪痕，咬咬牙关，告诉田妈说，她去专案组，要求见爸爸的尸首。田妈本想阻拦，因为她知道专案组不会答应；但她知道秀春是阻拦不住的，于是便陪她一起去。果不出田妈所料。专案组蛮不讲理，把秀春和田妈推了出来。

回到家里，田妈这样跟秀春商量：“‘走到矮沿下，怎敢不低头。’不行就先把房子给他们腾出来，把东西……”

“这可不行！”秀春坚定不移地说，“我可以压下冲动，忍住泪水，不马上去报仇，但决不能按他们的通令来，在穷凶极恶的敌人面前，我不能表现出任何软弱。房子是坚决不腾，我看他们能把我咋着。”

“我是不放心你一个人在这里。”

“大妈，您就放心吧，我啥都不怕。最大不过让他们把我害死，这也没啥了不起。我的血也能记录他们的罪证。”

“你老一个人在这里也不是长法。”

“我不会老一个人在这儿的，大妈。看这种形势，我的就业问题一时半时也不会得到解决。这里没有了我的后顾之忧，等顶过这个风头，我就去找妈妈。”

“这样也好，”田妈赞同说，“等坏人倒台，你们再回来。”

秀春对田妈所说的未来没有表态。她打了会儿主意，说：“我应该找一下知青安置办公室，听我们同学讲，现在安排的名额，早超过了我留城卡的号，把我跳过去了。以前为了照顾爸爸，我没理他们，现在我得去找他们。”

“找是该找，”田妈说，“不过先别急着去，等过些时再说。”

“为啥？”秀春不解地问。

“我怕你在火头上跟人家闹僵。”

“实际上没闹也僵了。‘安办’把我跳过去，不安排我工作，绝不是有意让我照顾爸爸。再说僵也没啥了不起的，无非是继续卡我。但我得让他们说出个道道来，为啥卡我。没理就是缺德，老缺德就不会有好下场。”

“这不是明摆着的事吗！”田妈愤愤地说：“如果牛科长不遭祸，我就不信他们敢这样待你！”

“问题就是这样，我心里也明镜似的。但是我得让他们亲口把原因说出来。”

田妈见秀春主意坚定，又觉得也蛮有理，也就点头应允。

牛秀春一怒之下扯了和天一样大的专案组的通令，又用明晃晃的钢刀把来人吓跑，6号决轻饶不了她。田妈怕姑娘吃亏，叫她和自己去住，她不依；田妈说过来陪她，她也不肯。她说：“我不能再连累你们，大伯还在6号。”

田妈无奈，只得依了她。可她一夜也没安宁，亲自过来两次看动静。

秀春时刻准备着与挑战的仇人作拼死的斗争，她把失去生身之父的悲痛暂放一边，沉着冷静地挨过这二十四小时的期限。

一夜平安无事。第二天一大早田妈又过来，见秀春正提着花布兜往外走。田妈奇怪地问：

“你干啥去？”她问了又后悔。

“去排队给爸爸买早点。”秀春话一出口，也猛然想到爸爸已被6号杀害。她木然地站在那里。

田妈把她拉到自己家，做好吃的让她吃，好言好语开导她。此时的秀春，嘴里什么也吃不下，心里什么都明白。田妈还以不吃就不让去‘安办’相要挟，那也没有用。秀春非常自信地说：“大妈您放心，三天不吃不喝对我也平常。妈妈曾跟我说过，人在气头上别吃东西。等我找‘安办’出了气，回来就足吃足喝。”

牛秀春到知青办，跟到其他单位一样，根本见不到头面人物，一个能说会道八面玲珑的中年干部接待了她。

寒暄之后牛秀春就自报姓名身份，接着她就单刀直入地问：

“为啥到现在还不给我安排工作？”

干部把眼睛眯成一条线，不慌不忙地说：“按政策还没轮到安排你。”

“按政策我是留城对象，所以你们发了留城卡片。”秀春理直气壮地说，“我的留城卡是598号，可你们已经安排到两千多号，偏偏把我跳过去，这到底是为啥？”

“你凭啥说我们安排两千多号？”

“我有一个下届同学是两千九百多号，她现在已经上班了。”

“你们同学是谁？是张三、李四还是王二麻子？”干部两眼盯着秀春发问。

机灵的秀春怕给同学带来灾难，没说出实情。

干部又道：“看看是不是，啥问题都怕较真儿，你说不上来了吧？”

“不信翻翻你们的底账看看，保证我说得不错。”

“唔，还保证。”干部跟她耍着花枪说，“底账是没有必要查的。如果你不信任我们的话，那你到这里来找我们还有啥意义？再说全市这么多留城青年都急着要找工作，如果都像你这么来看底账，还叫我们办公不呢？”

“你很会和我们周旋，你的上司也真有眼力，把你这个油嘴滑舌的人抽到这儿，你这个老于世故的本领够我们青年学一阵子的。”秀春先是挖苦他一番，接着就据理陈词，“如果你还有一颗人的良心，就不能否认把我跳了过去，因为这是事实。原因咱们也都清楚。就是因为我爸爸遭了灾祸，你们才投井下石。党的政策你比我背得更熟。一个人的出身是无法选择的，所以党的政策是重在政治表现。如果因为我爸的事你们就卡我，这不就与党的政策背道而驰了吗？你们给我一个人小鞋穿，却破坏了整个党的政策。我与你们往日无仇，今日无冤，你们就忍心整我？我知道自己是一个非常平凡的草木之人，你们可以毫不顾忌地宰割与践踏；可共产党对你们有何仇何恨？你为啥随意破坏党的政策？你们嘴里说的是在党的领导下，实际上你们干的事却说明你们吃着喝着共产党，却坏着共产党的名声。你会有一百张嘴否认我对你的指责，可是你拍拍胸脯想想吧，实际上是不是这么回事！”

干部的脑门上冒了汗。他用钦佩的目光注视着声声指责他的牛秀春。他向窗外扫了一眼，对秀春推心置腹地说：“我确实有一百张嘴可以反驳你，也可以把你推给我的上司，并给你记上一大罪状。但我都不这样干。正像你说的，我还有一颗人的良心。我可以实话对你讲，的确把你跳过去了。原因也正像你所说的那样。我们办具体事的人也气不公，但我们顶不住。告诉你这些，你也别再追问。秀春姑娘，请你接受我的忠告，不要再来找，也别到处跳，把火气和泪水咽到肚里。忍耐一下吧，严冬过去是春天，那时候春光就是属于你的。”

秀春还能说啥呢？她没问干部姓名，只是看了他一阵，深深地记下了他的面容。她握住他的手，无限深情地说：

“我记住了您的忠告：‘严冬过去是春天！’”她给他深深地掬一躬，转身离去。

牛秀春回到家里。她的家已被6号破坏。家里的一切东西都被扔到院子里，堂屋的门上贴了封条。牛秀春气从心头起，恨打腹中生。她撕碎封条，破门而入，一件一件往里搬东西。她的精神感动了上帝，来了不少相识的邻居和不相识的路人帮她，很快又把家布置好。她正对着被打碎的大镜子照着，田妈连呼带喊地闯进来：

“秀春秀春，又出大事了！”

“咋回事？”

“你黑金哥被打伤入院了。”

“为啥？”

“他们组织人悼念周总理，被说成是开黑会，他们不由分说，搅乱会场；黑金与他们讲理，他们伸手就打……”

“咱们快去看看！”秀春和田妈急奔医院。

第四十五章 广播会

郑红早就得到消息：上边有人主张启用刘赤山。这简直成了他一块心病。郑红是靠造刘赤山的反起家的。如果刘赤山东山再起，他的宝座就会摇摇欲坠，更谈不上再向上爬，他怎么不急成热锅上的蚂蚁一般？他表面上不得不拥护毛主席的干部政策，欢迎老干部回县抓工作；暗地里却收集刘赤山的黑材料，向上打小报告。可以说搞阴谋他是行家，可是贼人总是胆虚的，县委也不属于他一个人。真理就像遍及世界的小草，不畏料峭的春寒，按照自己的规律生长与发展。

郑红为此事大伤脑筋，睡不安床，食不甘味，脸蛋明显消瘦了许多。那天他做了一夜的梦。恍惚记得自己坐在周围都是山的一块地方，看天像脸盆大的一块。他想翻越山石到外边去，但是不可能，每攀一次都从石头上滚下来，不是手没抓住就是脚没登牢，跌得他头破血流。最后一次滚下来摔断了脊梁骨，再也爬不起来了。在恍惚中他觉得自己跟气球那样升到天上，往下看头晕目眩，吓出一身冷汗，往上看，是玉皇大帝所在的仙境，仿佛还看见王母娘娘在开蟠桃会。正当他心中狂喜之际，气球“啪”的一声爆炸了。他也记不清自己是坐在了王母娘娘宴宾的仙座上，还是随着气球爆炸而摔下来。他的被子都被汗水浸湿了，他深怪梦醒得太早，闭上眼睛再接着做已是不可能了。

为这梦他自己圆了好几天，有时候觉得是个好梦，是吉祥的预兆；更多的时候觉得是个预兆灾难的噩梦：向上爬，摔得头破血流……为此他大为不悦。

正当他一筹莫展的时候，意外地飞来一只像能载他升天的气球一样的宝贝，就是牛永进的那封上书信。郑红从头到尾看罢，拍案叫绝：“真乃天助我也！靠着它我就可以升天赴王母娘娘的蟠桃会！”他断定：这份反党材料虽然出自牛永进的手，肯定是刘赤出的鬼点子。他恶狠狠地说：“刘赤山，这回我看你往哪儿跑，上次你破坏种植计划就应该处理你，结果你闹个增产我闹个倒脱靴；这次有白纸黑字，铁证如山！”

他凭着这份材料，在县委会上慷慨陈词：“我们赤县的工作为什么老上不去？就是因为走资派还在走！你们看看吧，这就是证据！”他把材料往桌上一拍，“真是树欲静而风不止。该是我们猛醒的时候了，阶级敌人又拿起了屠刀向我们杀来，而我们有的人还成天叫喊着要落实他们的政策。幸亏上边有明察秋毫的领导，不然非使我们犯一个绝大的不可饶恕的错误不可。你们听听吧。”他找出一段来念：“‘这样大批资本主义的结果，严重地束缚了农民的手脚，他们感到英雄无用武之地，强烈要求我们党放宽对他们的政策。’你们听听这是什么话？”郑红拍了一下桌子，上纲上线说：“这是典型的反党言论。我们大批资本主义有什么不好，这是巩固无产阶专政的必须。有些人感到不舒服，就是因为我们束缚了他们发展资本主义的手脚。是的，如果我们国家资本主义复辟了，那这些个死不改悔的走资派们就有用武之地了。然而真要那样就会出现千百万人头落地的惨状。我们伟大领袖毛主席亲自发动这场史无前例的无产阶级文化大革命，就是要挖出埋在我们党内的赫鲁晓夫，除掉资本主义的根苗。”

“这封反党信的炮制者是非常狡猾的，他们就是想借用淳朴善良的农民之口，来达到他们攻击党的无产阶级政策和无产阶级专政的罪恶目的。我建议立即对现行反革命牛永进和他的黑后台死不改悔的‘走资派’刘赤山施行无产阶级专政！”

郑红的带强制性的意见以多数票否决。会议认为，上书信是牛永进写的，与刘赤山没有关系，牛永进的行为是光明正大的，不是匿名信，向党中央反映情况是合情合法的。

眼看变成真实美景的好梦被票数给搅乱了，郑红在自己屋里关上门骂：“他妈的，党内有一个资产阶级，等进行第二次‘文化大革命’，非把他们干净彻底消灭掉不可！”他并不甘心失败，要在这份材料上做文章。他要利用牛永进这个反党典型，不仅要挖出刘赤山，还要挖出他认为的那个资产阶级，把赤县变成他一个人的天下。巨大的野心驱使他立即着手做这个大文章。他写黑材料是拿手的，平时也有这方面的积累。

暗地里磨刀稳住了他由于受挫而暴跳的情绪，一条意外的喜讯又使他高兴得发狂。上边传下一道密旨：“查出你县参与天安门反革命政治事件的人。特别要搞清牛永进。首长指示：牛永进这头小牛如能拴住听使唤则大有厚望，若不肯缚缰，则有害于无产阶级专政，要清除隐患。”郑红如获至宝，得意忘形地自言自语道：“我看谁敢违抗圣旨！我要借这股风，来个一网打尽！”

他贯彻首长的指示雷厉风行，当即布置下去：今晚八点召开重要广播会。要求各公社以大队为单位组织全体社员收听。县直各单位组织人到大礼堂。开这样的会他是用不着发言稿的，怕在大的方面遗漏，只写了一个简要提纲。一切准备就绪，他又给十面井闫生挂电话。

闫生这两天常常喜上眉梢地看报。报上登有天安门“反革命政治事件”的报道。他已经不止一次地收听了广播。也不止一次地这样遐想：如果牛永进也参加进去该多好，不被就地正法也要当场被抓，生还回来我也决不让她好受得了。

牛永进匆匆发送了没有说完遗嘱就含恨九泉的爷爷，怀着对故乡湾龙的依恋离开了使他牵肠挂肚的奶奶和妈妈，奔回十面井。

有人关心、好奇地打听天安门事件的情况，他一点也不隐讳。“我参加了，为悼念敬爱的周总理还敬献了花圈。”

他还毫不畏惧地与报纸和广播唱反调。首都人民悼念敬爱的周总理，声讨祸国殃民的野心家，代表了全国亿万人民的心愿，何罪之有？！

闫生得知了牛永进参加了天安门事件的消息，也掌握了他的言论。当他接到郑红的电话，先声夺人地向对方报告：

“郑主任，我正要向你报喜。”

“什么喜事？”

“牛永进参加了天安门事件，还与以毛主席为首的党中央唱反调，散布反革命言论。”

“这怎么能算喜讯？难道他反革命有功？”

“这个……”闫生的脸上好像被火烧了一下，马上又镇静下来狡辩道：“我是说，他公开跳出来，正好让我们当活靶子打；再顺藤摸瓜揪出一大批。这对咱们不是一件喜事吗？”

“看来你也多少有了点政治头脑。”郑红拿他逗闷子说，“我当你还是满脑袋榆木林子柳树行子呢。”

闫生说于树林指望不上了。两人以此为题扯了气闲话。接着郑红拉大旗作虎皮向他透露了上边的密旨，并密令闫生将牛刘二人严密监视起来。

郑红终于圆出了曾引起他烦恼的梦。“这就对喽！”他拍案叫绝，“分明是天赐给我的鸿运！周围是山，当中是盆地，这不正是十面井吗？我坐着气球升天，就是说我将从那里发迹。这两个不机密的人，正好是我升天的阶梯。在我连着碰壁之后，想不到一梦得道！上天保佑吧，保佑我坐到王母娘娘的蟠桃会上。”

全县广播大会按时召开。会议从始至终都是郑红一人独唱，抱着麦克风不松手。他拿出了盛气凌人的架势和不可一世的派头。他充分发挥了两片嘴的天才，从国际到国内，从大好形势到阶级斗争的新动向。讲到天安门事件时，他突然点了牛永进的名。

“天安门事件，我县有没有参加呢？有！谁？十面井公社牛永进！”正红故意停了一段时间，好让人们在震惊之后交头接耳。“牛永进这个人，我和你们大多数人一样，没见过，他是一个臭老九，他老子是刘少奇黑线上的人物，而且还犯有贪污罪，已对他实行了无产阶级专政。牛永进参加天安门反革命政治事件不是偶然的，有他的家庭背景和社会背景……”郑红搜尽了所有时髦词句，把牛永进骂得狗血喷头。他接着讲：

“如果说参加天安门事件还不能足以说明牛永进反动的话，那我向大家再公布一个事实：牛永进利用合法的权力同我们党进行了非法的斗争。他用书信的方式向党展开了进攻。他恶毒攻击毛主席的无产阶级革命路线和对农村的无产阶级政策。其用心之险恶，语言之恶毒，达到了登峰造极无以复加的地步。”

以此为题，郑红充分发挥了他的天才，含沙射影地攻击领导班子内主持正义的人。他把牛永进同刘少奇联系在一起，生拉硬扯地挂上刘赤山。他说牛永进之所以走上反党道路，除了家里黑线老子的影响，还有重要原因就是有黑手操纵，这个黑手是谁？他又点了刘赤山的名。郑红那气说呀，把平时的嫉妒尽情地发泄出来。

他想到首长的指示，担心万一首长眼里这头小牛认套服管，那牛永进就会变成首长的红人，做得太绝了对他不利，得处处想着给自己留条后路。他又换了个口气说：

“虽说牛永进犯了攻击罪，但也不是死路一条，在他面前还摆着另一条路，那就是坦白从宽。年轻人不成熟，感情容易冲动，往往被坏人利用。如果他肯交出黑后台，那么‘讨伐’、‘攻击’罪就定不到他头上，只要他坦白得好，也要从轻发落。”

郑红心里矛盾得很，就跟庞大钟那样，大概这号人是同一个心理。他既希望牛永进揭发刘赤山，又不希望他不与首长对着来。不揭出老刘，万一他出了山，郑红可算是老鼠到了猫面前；小牛要是给首长拉车，他郑红就红不起来，连吃屁都摸不着热的。郑红的思想被这些利害关系搅乱了。广播会在他的语无伦次的讲话中结束。

在枫叶顶下乡的刘赤山，劝回了散会不走的社员群众，留下了大小队干部，把当前的工作进行了周密的安排，星夜往公社赶。队干部们没人挽留他。从他那喷火的眼睛里知道他心急如焚；怕他反对，也没人敢提议送他。有了把年纪的人都知道，在革命战争年代，他多少次死里逃生，如今根本不把郑红闫生放在眼里。为防意外，队干部们一合计，派民兵连长暗地里送他，不远不近跟在他的身后。

虽说已过了清明，但塞外的夜还带着残冬的寒意。一股股夜风袭来，使人感到彻骨的凉。心如火燎的刘赤山，敞着怀，浑身上下都冒出了汗。山谷中回荡着夜鸟的叫声，一只猫头鹰忽然从一棵树上闪电般地扎到地上，眨眼工夫又腾空而起，像有经验的炮手打出的跳弹，大概抓到一只老鼠。忽又有一只两眼发蓝光的动物从老刘身边窜过。连长不由得头发立直，机敏地捡起两块大石头准备还击猛兽的袭击。他听老人讲过，豹子的眼睛夜里就发蓝光，他心里好紧张。而老刘像什么也没发现，依然大步流星地朝前走，那只眼冒蓝光被认为是豹子的猛兽窜到山路边的灌木丛中就再也没出来。大概是发现两个人，不敢轻举妄动。民兵连长扔掉石头。他悄悄把这位老县委书记护送到公社，以后再发生意外，他就爱莫能助了。

刘赤山一进公社院就直奔牛永进宿舍。牛永进正伏案写东西，发现有人来，站起身作迎接客人状，巧妙地把写的东西拦住。当看清来人是老刘，马上离开，把椅子让给他。

老刘坐下来，两只喷火的眼睛盯着牛永进，疼爱而又责怪地斥责道：

“你是怎么搞的！？”

永进递过用温水湿过的毛巾。刘赤山接过来胡乱地擦了几把满是汗水的脸，又要说什么，永进又递过一缸子温开水，他接过一饮而尽，顿时刚擦过的脸上又冒出了汗珠。

“老刘，”永进愤愤地说，“咱们给党中央的信叫人家半道给截住了！”

“你哄了我！”老刘火气很盛。

永进第一次见他发这么大的火，也知道他为什么发火。

“你当初是怎么答应的？我就怕有这招才特意嘱咐你的。”

牛永进说：“当初我已经估计到这种危险，所以只签了我自己的名。您打江山出生入死流了血，前些年又险些送了命，刘婶受怕受辱受难，弄了一身病。我不忍心再让您遭受磨难。”

“你不也一样吗？年轻轻的就压上了沉重的政治包袱。你不应该这样的。当初我们搞革命时也不是为了让你们今天这样！”老刘悲愤地说不下去。他的泪水浸湿了眼角的鱼尾纹。“你有志气，报国无门；你有学问，英雄无用武之地。现在是金玉不震，瓦瓮雷鸣。可是这一切都会变好的。我应该保护好你这株幼苗免受霜害，将来好为人民发光放热。”

永进深深地理解这位老同志的心，他说：“我承认自己的革命意志和毅力远远不如您。但我的身体比您强，比您禁折腾。”

“看着你受难我心里头更难受。横竖我这把老骨头是豁出去了。过去的事我怪你也晚了，现在你可一定要听我的，孩子！”

永进不知道老刘要拿什么主意，用心地听着。

刘赤山以一个威严的长辈的姿态，胸有成竹地说：“明天我去县里招供，就说材料是我写的，有罪定到我头上，要处理就处理我，与人家牛永进无关。最好你再写个揭发我的材料，当然你不会写，不写保持缄默也行。关于其他的，你写一下参加经过，不要写认识……”

“不！”永进不等老刘说完便说，“我绝不能保持缄默，您决不要招供。郑红正抓您辫子，我绝不能把您往虎口里送！”

“只有这样你才能得到解脱。”

“我绝不能再让他们迫害您；还有刘婶，她的身体经不住这样大的打击；还有您的孩子……无论如何我不能答应您！”

“可是你还有父母爷奶两层人，爸爸遭难已给你的家庭带来不幸，你再有个好歹，让他们可怎么活！”

“我离家远，发生啥事他们也不会知道。”永进强忍着巨大的痛苦，向老刘说，“爸爸被关在非法监狱里，不到胜利那天是出不来的，我能瞒得住他；爷爷已经含恨九泉，奶奶病瘫在床；万一妹妹知道我遭灾，我会让她向妈妈保密，她听我的，因为是给母亲减轻痛苦。所以，老刘，我的好领导，请您别说了，我明白您的心意。您也该相信我，无论遭到什么样的打击，我也不会后退！”

刘赤山感激地拉住牛永进的手。他的手上都是汗。老刘对这个年轻人又是爱又是怪，爱他勇敢坚强，大义凛然，怪他如此固执。他再三解释说：

“我的意思是把‘讨伐’‘攻击’罪定到我头上，光北京的事怎么着不了你，北京那么多人参加了，总不能都抓起来。我，你用不着担心，更是咋着不了。”

“您哄不了我。”永进深思熟虑地说：“您是郑红的眼中钉、肉中刺。您在全县人民的心中有广泛而深刻的影响。郑红就怕您东山再起。如果您把那两条罪揽过去，准得不到轻饶，我绝不能助纣为虐！”

“要是我也像你这么固执，非要到县里招供，看你怎么办！”

“您空口无凭，我有白纸黑字。”

老刘为难地叹了口气，真拿他没办法！转眼他看到桌上已写了五六页的材料，拿起来看：“好汉做事好汉当，反对向他人身上嫁祸！”副标题是：“谈谈我写上书信的经过和参加天安门事件的情形”。

永进稳操胜券地说：“我要用这份材料痛斥郑红的谬论。”

老刘把材料扯碎，板上钉钉地说：“就按我的意见来吧，你说什么也白搭！”

第四十六章 大义争“过”

刘赤山离开牛永进回自己的家。他住的是村里的民房。离家越近他的步子越难迈。他简直害怕见到妻子。当然他不担心她会反对，要是那样，当初她就不会鼓励他干。救牛永进她会举双手赞成。牛永进在她心目中有着重要的位置。他之所以一步一忧足难移，是担心妻子的身体。人家原先可不是这样子，战场上也向敌人开过枪；“文革”前当妇联干部那会儿，也是响当当的。她比他小好几岁，人长得又少相，两人走在一起简直像父女。认识老刘的人，没有不夸他妻子的。他一当“黑帮”，她跟着垮了。她受的罪比他多，终于体力不支，不得已病休在家。老刘常常自责：“都是我连累了她。”这次不知又把她连累成什么样。

他在黢黑的静夜里来到家门口，与其说老马识途，不如说是唯一还亮着的灯把他引来的。他知道爱妻还没有睡，定是在等他；然而他不知道妻子在等他算账。

老刘的贤妻岳线菊在家正阵阵哀伤。她在大喇叭里听了广播会的内容，对郑红的一派胡言气愤异常，也对丈夫一阵阵冒火：“这老东西，准叫人家整怕了，为啥把永进推到前边去？”她认为丈夫的做法委实不妥。她心疼牛永进。永进的命运以及他与命运抗争的非凡的意志，使她对这年轻人钦佩万分。她觉得丈夫千不该万不该把危险推给已伤痕累累的永进。

当她对丈夫的火气达到高峰开始下降时，她冷静地想到：赤山可不是贪生怕死的人。那为啥自己不上阵呢？身体的阵阵不适回答了她这问题。她又悲伤地自惭起来：是我拉了他的后腿。没有比这更使她痛苦的了。当年扛枪打仗她都没拖累过他。他当县官时她也没要过“夫人”的派头，“文革”吃他挂落替他受屈还感到心安理得和自豪，如今竟拖了他的后腿，她怎能不感到悲哀。当初她求爱时就表了态：“娶了我吧，不拖你后腿，以后也不！”刘赤山说她小，她说：“长得少相，岁数可不小。”就这样结合了。她一直信守着诺言，岂止不拖累，简直是他的好秘书好参谋贤内助。她越想越问心无愧。这一切难道老

头子装糊涂不知道？她由怪自己又变成怒丈夫。正在这时老刘回家来。

岳线菊的脸绷得紧紧的。老刘关切地问："又不舒服了？"

"还用问，你看不出来，也想不到？"话像石子一样硬，像西北风一样噎人。

老刘忙扶她坐下。他很纳闷，以前可从来没这样过，听口气像一个生气的病人说的话，八成病得不轻，忙问渴问饿找药倒水并好言好语地劝慰。

"甭来这套，这样驱不走我的病。"线菊怒气冲冲地说，"我问你，为什么把牛永进推上阵你躲到幕后？要怕，当初就别起雄心。"

老刘摸着了妻子的脉搏，顺水推舟地说："我不是怕自己怎么着，怕你招架不了。"

"你果然糊涂到这上头。"线菊恨得直咬牙，"我既支持你干，就作了各方面的准备，不管怎么着我也吃得消，无非是把你整死我陪葬，那也会心安理得，只当打仗那会儿就牺牲了；这样死也并非不伟大。树活一层皮，人活一口气。我们向中央反应情况就是要争这口气。你把永进推到前边，他挨整我们就好受吗？对我的身体就有好处吗？我看只能起到相反的效果。你真是成了糊涂老爷子，办了件大糊涂事！"

刘赤山觉得话说到这应该亮明真相，便一五一十地向妻子报告了实情。不过他没有透露如何行动，而是现出一筹莫展的样子向妻子请教如何是好。

"这有啥难的。"岳线菊胸有成竹地说，"到县里找郑红，承担责任解脱永进。"

解除了误会又想到了一块儿，别提他夫妻有多欣慰。

线菊烙了一大摞饼，叫丈夫连吃带拿。酒足饭饱，东方已经泛出鱼肚白。虽说是去县城，到处有食堂馆子的，线菊仍是给他备足吃的喝的，嘴里还不停地嘱咐：

"别傻狍子似的在深井死等，万一班车不给停，今天又白耽误过去。救人救火都是急事。你再多走二十里，到前川站去等。只要来车，站上怎么也能让你上去。赶早走吧。"

刘赤山傻愣愣地动也不动。

岳线菊又说："怎么，怯阵了？"

刘赤山依恋地看着妻子。他怕线菊看清他难看的脸色，故意把烟吐在脸前头。直到线菊第三次催他。他才背上妻子给打对好的黄挎包，向她深情地道别：

"我走了，你要多保重。这些话我本来不该说，事情是明摆着的。根据目前的形势，我们这次一别，下次见面不定在什么时候什么地方，也可能是只能你见到我，而我见不到你。我走了，也没啥不放心的。你可千万要保重！"

刘赤山走了。岳线菊追出门去，想叫住丈夫再说几句话，嘴张了张没喊出声来。她追到村口，见丈夫回过身来向她挥手。多像当年出征打仗，她又悬起了一颗心。她目送丈夫的身影消失在刚刚染上红霞的淡淡晨雾里。她的眼睛模糊了，她的心碎了。

刘赤山跨着大步一气走十七华里到深井，他在站牌旁边的土堆上喘口气，感到口干舌燥，掏出还热乎的水壶一气喝下大半壶，又香又甜，喝罢还想喝，但仍留一半没舍得喝。他点着一支烟，耳畔又响起了妻子甜蜜而亲切的声音：“别傻狍子似地在深井死等，万一班车不给停，又白耽误一天。救人如救火，都是急事。再多走二十里，到前川站……”前川站是由塞市到赤县的中途大站之一，上下车的人较多。按规定过往班车都要进站停车。老刘的一支烟没吸一半就又起身赶路。

他踏着染上绚丽朝霞的公路朝前走，回头看十面井，他已经走到了晨雾的上边。

来到前川汽车站，他发现站里到处都是等车的人。他怕被人认出来，悄悄躲在一边，尽量不动声色。可还是被一个六十多岁的白发老汉认出来。他叫石松林，战争年代当过交通员，与刘赤山亲热异常，啥话都说。也多亏了他，不然老刘今天非住在前川不可。他告诉老刘，来站等车要到票房登记，车来按登记的名叫号售票；还说登记在前边的也不见得能坐上车。一是县里边会多，车一来开会的优先，再加上卖票的三亲六故狐朋狗友，老百姓是干瞪眼。石老汉借题发挥，又说了好多心里话。

根据这一情况，老刘又有了新的主意，决定步行。这么多人，再来一个专车也够拉的。两辆过往车根本拉不走。所以他决定安步当车。站房里有个饮水罐，他走过去想将水壶灌满。拧开水龙头，一滴水也没流出。罐是空的，盖上却满是尘土。他扫兴地正要离去，见一抱小孩的妇女也来打水，老刘把自己的水倒给了她。

说真的，他对这七十里地委实也有点犯憷。已经走了三四十里，再走七十里能不能吃得消。老刘思量着。他摸了一下黄挎包里的辎重，毅然坚定：走！

他知道，往前走十来里，朝北拐有条小路，翻一大一小两架山，比顺公路走近二十五里，便决定走那条路。

走着走着，耳边又响起了石松林老汉的话。他想，永进上书没有错，更不能定罪。我绝不是去投案自首，而是揽责任救永进，如果因此遭枪毙，在刑场上也要高呼：“救救老百姓！”

来到路岔口，他坐到一块大石头上，连歇脚带考虑到底走哪条路合适。走

大路顺脚，不爬坡下沟，说不定还能遇到别的什么车，被捎到县城也未可知；走近路爬两座山不说，中间好长一段根本就没有现成的路。不过他喜欢山。当年出奇兵解放县城就是从这里过的队伍。时下漫山遍野的山桃花和杜鹃花即将绽开。他很想再走走那条路，重温一下当年的心情，也很想看一看烈士洒了血的地上长出的映山红。他望着大山，跃跃欲试地准备开跋。

他把烟头猛吸了一口，在大石头上按灭，起身便走。

这时一辆吉普车箭一样冲过来，在他身后停住。他回头看了一眼，觉得不干自己的事，又继续走他的路。一个他听烦了的刺耳的喊声在他身后响起：

“刘赤山！你往哪去？”

甭看也知道是郑红。老刘回过身来，见他扒着车门招呼他：“你这个老家伙，瞎窜啥？到哪儿去？”

老刘慢慢地走到小车旁，说道：“我正要去找你。”

“找我干吗到山里去？”

“这条小路就通县城。”

“老家伙，你真有精神，八成是看上山打游击的路。”

老刘还击他说：“游击是再也用不着打了，要打就看你的吧。”

“如果死不改悔的走资派上台，我们只好拉部队上山来保卫毛主席！”

“毛主席用不着你这样保卫，恐怕你也拉不起队伍来。”

郑红老羞成怒：“快上车吧！没工夫跟你磨牙，我还要跟你算账呢！”

刘赤山上了车，愤愤地使劲关上车门。车子顺着老刘来的路飞快驶去。

到底是现代化和机械化，车子一会儿就驶过了前川，一会又来到深井。这两个一会儿驶过的路，是老刘用将近三个钟头出了两身汗才走过来的。车子下了公路，速度不得不慢下来，颠得很厉害。郑红俨然像个大人物，一路上放肆地说笑，大口大口地吸烟；又不时露出浪荡公子的派头，打口哨，哼小调。老刘几次想跟他说心中的急事，老也没机会。下了公路就没法说了，一是车子颠，二是郑红开始骂街：

“他妈的你们十面井怎么搞的，这样的路也不修一修。山水林田路综合治理，叫唤得挺欢，一件他妈的都没治理好。都怪走资派还在走……”

他说什么老刘也不理他，眯缝着两眼想自己的心事。

郑红骂了这个又骂那个，后来连闫生也骂开了。结论是属他革命。车子在颠簸与骂声中来到十面井。

公社大院顿时热闹起来，出来迎接的，找大师傅做饭的，跑里跑外张罗东西的，跑前跑后沏茶倒水的，把个小小的公社搅得不亦乐乎。

郑红被请到办公室里间，老刘也跟进来。郑红看看表，叫先汇报。

闫生说：“内容倒有点，不见得理想。”

“越简单越好！”

刘赤山知趣地退到外屋，拿过报纸翻看。

明秘书出出进进，又拿碗筷又拿杯，又上酒又上菜。

“不是要汇报吗？”老刘挺纳闷地想，这时里屋又传出郑红和闫生的对话：

“还有什么内容？”

“我事先声明内容不多嘛。”

“上次去坝顶，就一个内容，手扒肉……”

哦！刘赤山明白了，什么“汇报”、“内容，”原来是他们创造的酒宴术语。

里屋猜拳、打筷子、劝酒让菜乱成一锅粥。老刘看日影偏西，也觉着肚饿，从挎包里取出烙饼，又倒上一杯水，悄悄地边吃边喝。

里屋这顿酒喝的真叫可以，从中午十一点多钟一直喝到下午两点多钟。闫生喝得酩酊大醉，吐到厕所里，被掺回宿舍。郑红真不是吹，到底经过大世面，真乃英雄海量。他比闫生喝得多，但没吐，只是脸红得像猪肝，两眼湿湿的，像转着泪。看样子还不足量，他说因为有重要任务才不喝了。他吩咐明秘书准备三暖壶水，他睡醒好喝。

明秘书没怎么喝，怕在领导面前出丑。把剩下来的酒菜藏起来一些，准备在夜深人静时再悄悄喝个够。

这位大主任既有好吃头又有好睡头。他一躺下就扯起呼来。真是鼾声如雷，搅得刘赤山好不心烦。

老刘时而踱步时而静坐，思前想后，痛心疾首，口中喃喃自语：“对不起百姓，对不起先烈，如果我……”

郑红终于停止鼾声，从床上起来就下令：“带牛永进！”

“慢着！”刘赤山这时候闯进里屋。制止住明秘书，冲郑红道：“先听我说几句话。”

“你这个老家伙，怎么还没走？等我找罢牛永进，回头再跟你算账！”

“我找你正是为牛永进的事。”

“哟！你是来揭发他的，欢迎！”郑红掏出小本本，“听说你俩穿一条裤子都嫌肥，你一定知道他的底细。我为啥指桑骂槐地影射你，就是激你起来揭发他。”他把拔下冒来的笔握在手中，很像那么回事地催道：“说吧。”

明秘书也煞有介事地做出记录的姿势。

“你们想错了，我不是来揭发牛永进的，而是来暴露我自己。”

明秘书倒吸了一凉气，心说：“这个老家伙不要命了，郑红整的就是你，哪能自己往火坑里跳？”

郑红心中自喜，他忍不住地哈哈笑两声：“好哇！要想人不知，除非已莫为，自己坦白出来总比让人家揭出来好。毛主席不是说嘛，犯了错误有什么要紧，改了就好。老刘同志准备暴露自己哪些问题？”郑红为了诱供，装出一副和善可亲的样子，管他口口声声攻击的走资派也叫开了同志。

老刘说：“上书信是我写的，与牛永进没任何关系。”

“我就知道是这么回事！”郑红一拍大腿，“可是信上为什么签的牛永进的名呢？”

“我写好底稿，为了叫中央领导看得清楚，找小牛给抄的。事后小牛找我说，由于习惯便写上了自己的名。我说平常，有功劳你不会跟我抢，有问题我也不往你身上推。既然上书信落到了你的手中，你又那样怪牛永进，所以我要跟你讲清楚。”

郑红心中暗打主意：“你想来个舍将帅保车马，我给你们来个一锅烩！”他搔搔头皮，假意犯难地说：“你如此大胆坦白，固然很好，然而怎么让人确认是真的呢？”

“如果你不信，我可以把信的内容给你说一遍。”老刘想也不想地说，“我在信中反映了当前农村的一些实际情况和社员的迫切要求。领导上的瞎指挥，种植上的不科学，农田基本建设搞了好多用不上的工程，徒有虚名，劳民伤财；一些过‘左’的口号过‘左’的做法，限制了农民的手脚，英雄无用武之地，农民的日子老也富不起来。他们强烈要求……”

“住口！”郑红拍了下桌子，“你别再放毒了！”他心里告诫自己说：“我的目的尚未达到，先别发火。”他把横眉立目又变成了眉开眼笑，“你用不着重复了。”

“这回你总该相信吧？再说我也不会跟你开玩笑！”

“是呀，”郑红随和着说，“相信你也不会拿自己的性命开玩笑。这么着吧，咱们说到纸上说不到纸下，你把情况写下来。”

刘赤山毫不犹豫，挥笔写了这样一份材料：以牛永进名义给中央的上书信，实际是我写的，与牛永进没任何关系。他签上名，写了年月日。

郑红取过印台，让老刘在他的名字旁边按上手印。他如获至宝，小心地将材料收起，顿时把脸一翻，厉声说道：“你先靠边站，带牛永进！”

明秘书得到令出屋，没多久就听到脚步声。老刘听出永进来了。

郑红没见过牛永进，一见他威风凛凛的壮实样子，不免自愧形秽。

牛永进见到郑红，虽不能说仇人见面分外眼红，但也是毫不客气：“郑主任，我恭候你多时了。”

“你就是牛永进？”

“一点不假。”永进四下看看，想找个人给作证，一眼发现刘赤山，他的心不由战栗一下，“这下可坏了，准是老刘替我领了‘罪’，怎么办？”

“牛永进，我对你久仰大名，没想到你还挺英俊。可惜却成了罪人。”郑红有意在这段下马威中将“罪人”二字说得很重。

“你先别高幸，我没罪，不管你咋说。”

“还敢嘴硬？你的反党信就压在我的大堂上！”

牛永进听惯了这种叫嚣，不屑一顾地眯起眼睛，盘算如何把自投罗网的老刘解脱出来。

郑红想挑动他俩来个鹬蚌相争，他坐取渔人之利。他说：“尽管如此，我还是认为你上了扒手的当，希望你赶快猛醒！”

“我一人做事一人当，不能像疯狗乱咬人；我也希望身为一个堂堂的革委会主任，不能卑鄙到利用手中的权力打击陷害羞与你为伍的老革命！”

“你讲话要清楚！”郑红瞪起眼睛。

牛永进的激将法真灵，郑红上钩了。他二目圆睁地问永进：

“你话里指的什么？”

“很明显，”永进不慌不忙地说，“明明上书信是我写的，你偏偏要攻击刘赤山，还要诱骗我揭发他。明眼人一看不就知道你公报私仇吗？”

“快闭住你的狗嘴！”郑红脸红脖子粗起来。他把夹在小本里的那份宝贝材料取出来，往桌上一拍，说：“如果你的话不是对红色政权的攻击，那么这怎样解释？”

牛永进慢慢向前挪步，伸手不慌不忙地把材料拿起来。刘赤山的名字配上个红红的指头印显得格外耀眼。他轻轻读道：“以牛永进名义给中央写的上书信，实际是我写的，与牛永进没有任何关系。”

“看你还有什么话说？”郑红咄咄逼人地问。

“哈哈，哈哈哈哈！”牛永进边笑边后退，将手中的材料扯得粉碎。为不留痕迹，他把碎纸屑填到嘴里吃下肚去。

“你……”郑红万没想到牛永进来这招，气急败坏地上前要打牛永进。

牛永进毫不示弱地一拍胸脯：“我怎么着？”

好汉不吃眼前亏。郑红自知不是永进对手，不敢轻举妄动，干出长气。

牛永进从衣兜里掏出一卷材料扔给郑红：“好好看看吧，我扯你一张，还

给你一叠，对得起你吧？”永进又转过身来，深情地望着刘赤山说：

“一人做事一人当！我不希望任何人这样救我；您这样也根本救不了我。粮食借不来，倒把口袋贴进去，因为粮主是狠心的狼。好心肠办的事不见得引出好结果，这难道还不一清二楚吗？”牛永进说罢扬长而去。

“牛永进！”郑红叫住他，“你就这样走了吗？”

“我要说的话，材料上写的既清楚又明白，你就以它为准吧。”

郑红把那沓材料攥在手里，怕再被抢走。他觉得眼前的对手不可思议。他问：“牛永进，难道你真的什么也不怕？”

“我当然也怕，只不过我怕的和你怕的不一样。我怕好端端的国家被你们这些人搞得国将不国，所以才这么做；你怕好人上台，又怕丢官……”

郑红用颤抖的声音打断永进的话：“你等着瞧吧！”

“我瞧着你的！”

第四十七章 惊天地动鬼神的乞求

天还黑着呢，田妈流着泪在厨房做饭。牛秀春强忍着泪水给哥哥写信。她眼里像衔着晶莹的水晶石，扰乱了正常视线，写出字来七扭八歪的。她写道：

“亲爱的哥哥：

“时至今日，我不能再向你隐瞒令人撕心裂肺的噩耗，我们日夜担心的情况终于发生了。专案组在强令我搬家时通知我，说爸爸畏罪自杀，被定为现行反革命。”

写到这里，秀春再也抑制不住，两眶热泪终于滚落下来，滴在歪扭的字迹上。她哽咽了几下喉咙，忍住了，没有大声哭泣，继续写道：

“这个晴天霹雳简直把我打昏，难道这竟是真的吗？我一直不敢也不愿相信。就是给你写信的现在我仍是不信！爸爸怎么会自杀呢？他怎么会死呢？我们怎么能没有爸爸呢！

“得到爸爸被害的噩耗，又传来黑金哥被打伤住院的消息。真是福不双至，祸不单行。黑金哥忍着伤痛陪我到专案组找庞大钟，要求归还爸爸的尸体。庞大钟有恃无恐，恣横霸道地把我们赶出洋房。

“哥哥，我们完全有理由坚信，爸爸根本不是自杀！爸爸热爱生活，他打算退休后到故乡农村度过自食其力的晚年，他盘算着要活过一百岁。爸爸更热爱党和祖国，身陷囹圄仍惦着矿山的建设。第一次进6号时，妈妈给做的新棉鞋，他一直舍不得穿，说等问题解决了，高高兴兴地为党的事业奔走时再穿。心里老想着工作和生活的爸爸不可能产生自杀的绝念。特别是爸爸已经看清了这场斗争的性质，一个捍卫真理的坚强战士是根本想也不会想去寻短见的。我们以前曾经分析过，他们如此对待爸爸，就是采取了林彪反党集团的作法——‘敌人不投降，就叫他灭亡’。爸爸是不会向他们投降的，所以他们终于下了毒手。

“爸爸到底是怎么被害的？临终时有哪些遗嘱？我想找杜大爷问个究竟。可是杜大爷在哪里？我踏破铁鞋无觅处。

“爸爸已经含恨九泉，我还习惯地步上矿门口对过的高台阶，穿过融园墙与更衣室夹成的小胡同，去给爸爸送饭，走到阴森的6号门口时才醒悟，只好抹着眼泪回家。

“哥哥，我知道你也是非常想念爸爸的。从六六年到现在，十年间你只见过爸爸一次，还是在那恐怖的非法监狱里，什么活也没顾上说。哥哥，爸爸也是非常想念你的。他被放出那阵，时常念叨你。说你也跟他吃挂落。要不是这样，你也早该结婚而且孩子也会老大了。每当提起你，我总是主张打电报叫你回家，爸爸却总是不准，说只要你工作好，他比见到你更高兴。他还说以后见面的机会还多着呢。哥，你在爸爸出来时没来看他，心里头也是这样想的吧？可是爸爸和你万万也不会想到，你们父子就这样人天永别！我们再也得不到爸爸的爱抚了；你对他的千言万语，他永远也听不到了。

“我的善良的哥哥呀，我知道，对生身之父的被害，你一定也是悲痛万分的。你想哭就痛痛快快地哭一场吧，我听妈妈说过，把苦水都哭出来，心里头不作病。

“6号企图勒令我搬家，甚至把东西给扔出来，将家门贴上封条。我没信实他们，并且把他们战胜。在我的就业仍无指望的情况下，我打算去故乡跟妈妈待些时，我把想法告诉田妈和黑金，他们也都赞同。

“当我怀着兴奋和难受的心情要去见妈妈时，不料平地又起了波澜。今天上午，不，应该说是昨天上午，6号一伙暴徒闯进咱家……”

阴险毒辣的司仁连带着赵歧、付贝生，还有在专案组门房等处露过面的三员干将，一行六人杀气腾腾地闯进德智里8号。牛秀春知道他们来者不善，听到动静就冲出屋子，企图阻止暴徒们进家。死人脸一见秀春就先声夺人地说：

“你被列为下乡对象，从即日起离开边山，到北水峪公社水沟大队插队落户。一切手续都办理妥当。”

“我坚决反对！”牛秀春跳着高地嚷道，“按政策我是留城对象，我有留城卡片，你们无权撵我走！”

死人脸瞪着眼睛说：“你爸爸成了现行反革命，你这个反革命子女就不能留城！”

“不准你污蔑爸爸，他是模范是英雄，你才是反革命！”

“不错，他是英雄和模范，可他是资产阶级司令部的英雄和模范。”

“就算你说得那样，也比你这个乱臣贼子的打手强十万八千倍。”

“你说谁是乱臣贼子？”

“你在为谁卖命？你靠谁横行不法？”

"你这个小反革命！"张嘴扣帽子、骂人、打人，踢人，是司仁连在6号养成的习惯。他想把秀春从门口拉开，倒被秀春推个趔趄。

"你想干啥？"秀春俨然不可侵犯地怒斥道："你们害死爸爸，如今又想害我吗？杀人者偿命，欠债者还钱，早晚有一天要惩罚你！"

"嘿嘿！你们都是这个脾气，死到临头还铁嘴钢牙，今天我倒要看看你这个黄毛丫头有多厉害。"死人脸提了提衣袖，"我问你：是吃敬酒还是吃罚酒？吃敬酒就痛痛快快地把房子给腾出来，老老实实去水沟插队；要是吃罚酒嘛，就别怪我翻脸不认人。"

"我不管你啥酒，反正我不跳你们布下的陷阱！"

"这也叫话。"死人脸冲打手一挥手，"开始行动！"

光天化日，明抢强夺。打手们一窝蜂似地涌进秀春家里造反，砸锅摔碗，往外扔东西。秀春在院里高喊：

"看强盗抢劫喽！强盗抢劫喽！"

司仁连怒气冲冲地威胁道："不准喊，再喊就打死你！"

牛秀春抬起一块破锅片，像举大刀似地举在空中，继续高喊。死人脸不敢上前。

一个黑铁塔似的大汉冲进院来，一把揪住司仁连的脖领，厉声问道：

"你们要干啥？"

死人脸被突如其来的袭击吓傻了。

秀春像盼来救星似地扔下"大刀片"："黑金哥，他们打家劫舍！"

田黑金像老鹰抓小鸡似地抓着司仁连，命令道："快叫他们乖乖地给我出来，不然我们要进行自卫还击！"

死人脸两腿发抖。他偷偷地解开上衣纽扣，来个金蝉脱壳，窜到打手们中间，指着黑金喊道："抓反革命！"

打手们一起朝田黑金围过来。

黑金紧握双拳，"我警告你们不要上前，不然可要吃亏。"

打手们深知田黑金的厉害，虽然他头上缠着白纱布。他们把他视作受伤的豹子，比不受伤要凶猛强悍十倍。他们面面相觑不敢近前。死人脸气急败坏地骂道：

"都是他妈的草包，五个人对付不了他一个？"

打手们经主子一将，开始向黑金袭击，黑金与他们厮打起来。黑金拾起脚边的擀面杖，像孙悟空战群魔那样，把金匝棒舞得浑圆；有两个打手被打中败下阵来。死人脸悄悄拾起切菜刀，瞄准田黑金的后脑勺，举手便砍。可是还没等刀落，牛秀春的“大刀片”就先砍在他的手腕上，菜刀落地了，血从死人脸手腕上流下来。那三个打手见他挂花，也着架不住，一起败下去。

死人脸见势不妙，抓起电话机：

“工人民兵指挥部吗？”

对方的声音：“是的。你是大拿吧？遇到了啥险情？”

“田黑金小子造反了，马上派十个武装民兵到德智里8号。”

“我给你去一个排。”

放下电话，死人脸得意洋洋地等待救兵。

“黑金哥，快走！你不能落入虎口！”牛秀春催促着他。

“田黑金，你要有种就等着，要是甘当草鸡，就夹着尾巴逃吧。”死人脸将他说。

田黑金站着未动，从容不迫地等待着危险的到来。牛秀春用乞求的口气说道：

“黑金哥，快走！你留下一条活命将来好报仇！我的好哥哥，快走吧，甭管我！”她推搡着他。

“你一个人逃跑可就贻笑大方哟！”死人脸狞笑着说。

田黑金从容而又镇静。他拉着牛秀春的手，情深义重、意味深长地说：“只要我能救你，我就不能眼看着坏人害你。如果我为救活一个同舟共济的战友而牺牲，死也能瞑目。说到报仇，我的傻妹妹，单凭你和我既报了这个深仇，也雪不了这个大恨。我们党和人民会为我们报仇雪恨的。所以你不要怕他们抓我害我，这个仇一定能报，而且日子不会太远。”

这些情况秀春在信中没有详述。她只用几句话进行概括：

“为首的是死人脸，他们用武力强迫我搬家。黑金哥带伤前来助战，被暴徒们抓进6号。我一直追到6号。等我回来时，家里所有值钱的东西都被暴徒洗劫一空。”

秀春喝了口水，润润干苦的嘴，继续往下写：

“我找到田妈，她抱住我只管哭，说啥也不叫我到水沟去，拼着老命也要把我留在身边。

“田妈也确实需要人照顾。然而我在，能给她带来好处吗？黑金哥为咱家打抱不平，连累得他也进6号；如果田妈真留住我，说不定真会被6号要了老命。我决不能让田妈为我这样牺牲。

“哥哥，说实在的，我真心不愿到水沟去。可是有啥办法呢？他们死逼着我去，就连田妈为我请求由插队变为还乡都不可以。我横下一条心：去！青山处处埋忠骨，何必马革裹尸还！

“我不知道未来的日子将是啥样子。我想，既然是他们给我布下的陷阱，就不会是平安的。对未来，我向往着，迎接着；我一点也不心跳和害怕。

“哥哥，咱们在这个生活了二十多年的边山已经没有家了。以后你用不着往这里来信和寄钱。天一明我就要离开这里，开始走我人生的生疏的路。说心里话，我对这里还是依恋的。飞转的天轮和雄伟的矸子我看惯了，给爸爸送饭的路我走惯了，跟这里的虎豹豺狼也斗惯了。可是我不得不离开这里。未来是个啥样子呢？虽然肯定是凶多吉少，但你也不要为我担心。我到哪里还是我。我知道好日子不会从天上掉下来，我也不会手持钢刀去乱砍乱杀。总之一句话：我要为生存而斗争！

“我总算禁住了这场打击。我想你也会禁得住的。我没把爸爸被害的噩耗告诉妈妈，田妈也不叫说。妈妈总还是要知道的。她知道了会咋样呢？我的哥呀，这是小妹最放心不下的。我不叫你挂牵我，是叫你集中心力想着咱那可怜的妈。

“亲爱的哥哥，咱们兄妹，你没成家，我未出嫁，可以说都还是孩子，我们不能没有母亲。我们需要母亲。可偏偏在这个时候，我们不幸失去了尊敬的父亲。哥哥呀，我的好哥哥，我们不能再没有妈妈！！我们有权力也有义务保卫妈妈！我们的妈妈是从旧社会渡苦海过来的。那几年她常说，以后和爸爸可要享福呢。爸爸退了休，往故乡一去；那里空气好，又清静，还可以养猪养鸡养兔，既有收入又锻炼身体。这个美好的愿望一直在她的心中。目前她在故乡正盼着爸爸早点回去。如果她知道爸爸不在了人世，这个沉重的打击会给她造成啥样的创伤呢？哥哥，我们应当承担妈妈的痛苦，我们应当想尽办法叫她多保重。如果人死真有灵魂，那么爸爸的英灵也会感到慰藉。

“哥，你知道我是多么疼爱妈妈吗？特别是爸爸牺牲，我把对长辈的爱全部集中到她一个人身上。此时此刻，如果我能生出一双翅膀，拼死也要飞到妈妈身边向她辞行。然而我不但生不出双翅，而且已经是一个失去了自由的人。今天6号将把我押送到水沟去。哥哥，虽然你和我一样成了‘反革命’的子女，但你毕竟还是一名国家干部，你还是有自由的。妹妹要求你去看一看妈妈，代表你也代表我。此时此刻小妹对哥无所求，只求你满足我的这个心愿！

“天要明了。田妈流着泪给我打点行装。我流着泪给你写信。我已经听到了6号的脚步声，此信不能不到此为止。我再说一遍，你是妈的好儿子，我的好哥哥，如果你珍惜我们兄妹的手足之情，珍视你与妈的母子情深，你就应该满足妹妹的这个要求：去看一看妈妈吧，我的好哥哥，啊！？”

第四十八章 劳改犯

牛秀春与田妈悲壮离别，难舍难分。哭如雷，泪如雨；仇如海，恨如山。可怜的孩子被押上吉普车，留给孤独老妈妈的是一团遮挡视线的烟尘。

就在牛秀春被押走的同一天，她哪里会想到，她寄厚望的哥哥牛永进也被戴上了“现行反革命分子”的帽子挂牌大会批斗。

会场设在十面井大队的露天剧场。开会是头天晚上用广播通知的。没有公布会议内容，只说“召开重要会议，全体社员务必按时参加”。人们对这个重要会议的内容都猜到个八九不离十。因为牛永进“浩然正气斗郑红”的事，已被当地像评书鼓词一样传开了。人们关心牛永进，打心眼里支持他，为他捏着一把汗。所以人们比以往参加全社大会到得又早又齐。

会场气氛既紧张又恐怖。主席台上，郑红坐阵，闫生既当司仪又当指挥，喝五吆六，指手画脚，他用吃奶的劲头宣布：“声讨反革命分子牛永进大会，现在开始！”接着是呼口号，牛永进挂着黑牌子，在“打倒”和“砸烂”的口号声中被押上台来。闫生历数了牛永进的“罪状”，郑红宣布县里对牛永进的处理决定：“开除公职，戴现行反革命分子帽子，就地进行群众专政。”

郑红可真是说到做到，真的把牛永进打成了阶级敌人，对他进行了无产阶级专政。

牛永进也真是条好汉，大难临头不改色，泰山压顶不低头。他泰然自若地站在台上，两手扶着挂在脖子上的黑牌子，望着台下黑压压的人群。此时此刻他并不为自己挂黑牌子感到羞愧。他认为自己是无辜的，并且还感到一种为人民做了点事和参加伟大斗争行列的自豪。他看到一双双饱含着信任与鼓励的眼睛，感到人民的心比以往与他贴得更近，并没有因为那块黑牌子而在他与人民之间竖起高墙。进而他又觉得为人民尽的那点力太微不足道了。

大会就这个内容。几个批判发言的人都是匆匆念稿，没多大工夫就开完了。闫生宣布散会。指挥退场顺序。和入场时一样，出场也是以大队为单位。牛永进被两个持枪民兵押回公社。他失去了自由（可怜的妹妹给他的信还在途中），被管制在自己在宿舍里。他对民兵说：

“其实用不着对我这样剑拔弩张，你们看，我手无寸铁，不会像真正反革命那样行凶杀人；第二我也不跑，如果我有那个心，也不会有今天的束手就擒；第三我也不会自寻短见，你们看我哪有想不开的地方？”永进向他俩诙谐地笑了笑。

这两个民兵平时对永进的印象很好，都暗地里学习他的长处。如今他们心中的好人变成了他们所看管的“罪人”，他们心里完全明白怎么回事。其中一个幽默地说道：

“别听他的‘赤色’宣传！”

另一个关心地说：“你抓时间休息吧，看你两眼满是血丝。说不定晚上还要斗你。”

“多滑稽！”永进心说道，“手持钢枪的民兵关心他看押的‘现反’分子。”

听人劝吃饱饭。永进觉得应该爱惜自己的身体。为了爸爸（他还不知道爸爸已经牺牲），为了妈妈。还为了谁？他不敢往下想。

刚一触到行李，立即觉察到床位被人翻过了，他的心像是冷不丁挨了一锥子，顿时紧张起来。他伸手摸枕头，摸了一会儿，他那突突乱跳的心才渐渐平静下来。他认准接口是自己的手工，把脸贴在上面莞尔一笑，头上滚下了豆大的汗珠。他顾不上擦一下，放好枕头又奔到立柜旁边。立柜的锁已被撬开，他慌忙打开抽屉，一看他又乐了：“天那，你们都还安然无恙，阿弥陀佛！”

他躺在床上，心里头老不踏实，取过两盒标本，放在枕边用手摸着，这才闭上眼睛。看管他的民兵以为他睡着了，也抱着枪打盹儿。牛永进哪里睡得着啊，他思潮翻滚……

牛永进宿舍的门突然被踢开，两个瞌睡打盹的民兵本能地端枪站起，永进也坐起身。闫生、郑红和公社井头林场任喜先后进屋。

“收拾东西，跟任喜走！”闫生发布命令，“从今往后你就在井头林场接受改造，一切听从他的指挥。”他又对任喜道：“他哪时调皮捣蛋你哪时报告我，公社随时开会批斗他。”

“放心吧，闫主任，我们林场四面都是大山，他插翅也难逃脱；我们二三十号人也相当个生产队。他不敢跳尿，再说，我要没有降服他的本领也不敢收留他呀！”任喜冲闫生说话是满脸堆笑的；对牛永进则绷起脸说：“动作快点，还有十七里路呢！”

牛永进保持着穷书生的特点，工作这些年也没置啥东西。一卷行李，两纸箱书，三下五除二就捆打好，放到等在门口的毛驴驮上。临走时，郑红开口道：

"牛永进，你没想到有今天的下场吧？"

"不是没想到，而是根本没想。"牛永进针锋相对地还击他的挑战，"我这个人，从不为了自己升官发财干危害党和人民的事，所以也就不考虑自己的下场。我倒要奉劝你想一想自己的下场。"

"然而你今天却成了党和人民的敌人。用你们知识分子的话说，人生有政治和肉体两个生命。从今天起已经宣判了你政治生命的死刑。一个'现反'分子，在无产阶级专政的国家，是十八层地狱下边的人。如果你后悔的话，现在还来得及。正像我可以给你戴上帽子一样，我还可以给你摘下来。"

"感谢郑红主任的一番好意。可是我有什么可后悔的呢？为老百姓说几句心里话，参加悼念人民好总理的纪念活动，这都是我心甘情愿的，现在和将来，我永远也不会认为这是错的。等到不久的将来，吃后悔药的应该是你，不然的话，我摘掉的帽子可要给你戴上了。郑红先生，记住我的话吧！"牛永进留恋地看了一眼他的宿舍，无意中在他隔壁的玻璃窗上看到两张同情的面孔。他大步上了路。那个赶脚的小男孩抽了毛驴两鞭子，骂道：

"吃料的时候不要命，干活的时候磨洋工。叫你不走！叫你不走！"

郑红气急败坏地喊了起来："不老实的反革命，到林场就斗他，狠狠地斗！"

任喜回过头来说："我们有办法。"

小男孩赶着牲口在前边走，牛永进和任喜走在后边。。他们穿过十面井村，沿街家家门口都有人看。牛永进像告别送行的队伍似的向两边点头致意。

一出村，小男孩就不再顾那毛驴了。他看看四周无人，一下子拉住永进的手，亲亲热热地说：

"永进叔，你为啥不打那个郑红？我爸说，你是个大好人；好人还挨这样的整，都怪你太老实！"

永进冲他笑笑，没有说啥。小男孩误认为永进不相信他，有点委屈地说：

"我也是林场工人。我不会套你话再打小报告。"

"真有意思。"永进破颜一笑，"你也是林场工人，我怎么没见过你？"

"我是春节后才去的。"

"多大了？"

"再过大年十四。"

"叫什么？"

"林场人都叫我小马倌。"

"好名字。你放马吗？"

"嗯！"

“会骑吗？”

“当然！不会骑马叫啥马倌？”

“我也骑过，不过以后你还得教我。”

“骑马用不着教，只要敢就行。”

任喜赶上来，从怀中掏出个手绢包递给永进：“这是烙饼，我偷着给你装来的，吃吧。”

永进接在手中，一股香味扑鼻而来。他还是早起吃的饭，现在日头已经偏西，闻到饼香才感到饥肠辘辘。他顾不上说客气话，拿起一张饼回头寻找小马倌。小马倌已经追上前边的毛驴驮子。他很懂事，老场长一赶上来，他就主动离开了。

永进给小马倌留下一张饼，用手绢包好递给任喜。他把两张饼合在一起，狼吞虎咽地吃起来。任喜又掏出一瓶酒，用牙咬开盖递给永进：

“给你，一边吃一边喝。”

永进以为是水，举到嘴边刚要喝，觉着不是味，便问：“是酒是水？”

“没见上写着‘二锅头’嘛，路过供销社时给你买的。”

“我不会喝酒。”永进把二锅头还给任喜。

“抽烟喝酒不学自会。喝点吧，压压火气。”

“我没火。”

“还嘴硬，你的嘴唇都干裂得出了血。”

永进伸出舌头舔舔起了皮的嘴唇，继续大口地吃饼。

一过红山嘴就走出了十面井盆地，转入进山的路。昏黄的日头被挡在山头的后面，两边的山夹着条像小河一样的天空。路就在满是石头的干河湾上。牲口走在石子路上，明显减慢了速度。小马倌也不在它屁股上打鞭子了。永进和任喜赶上来。老场长把烙饼塞到小马倌手里：

“把它吃了，这是永进给你留的。”

小马倌手拿烙饼，歪头看永进。

“是给你留的，我已经吃饱了。”永进腆起肚子拍了拍。

小马倌这才相信，香甜地吃起饼来。

一阵阵的风，也不知是哪个方向吹来的风，带来了山谷中的气息。红山嘴洒满了绚丽的红光，刚刚吐红的杏花蓓蕾上又镀了一层金。

一边一个纸箱子，当中一卷行李，永进看着毛驴驮，觉得似曾相识。哦！想起来了，当年他刚一分来时不也是这样的吗？还是那样灰褐色的毛驴，还是那个包行李的蓝花道的线毯。装书的纸箱子换过了？他记不太清楚。所不同的

是脚夫由大个子苗生旺换成了管他叫叔叔的小马倌。那时是严冬将至的深秋，现在是山杏花、杨柳花、榆钱花还有好多别的花都含苞待放的春天；当然还有一个最根本的区别：那时他是一个血气方刚的对生活工作和爱都充满幻想的大学生，而如今则是个被戴上帽子的“现反”分子。想过去，看现在，牛永进情不自禁地冷笑两声。不过他没有半点颓唐，他是含苞待放的蓓蕾，满怀着希望地迎接着美好的春天。

任喜不了解牛永进的心境。他觉得，一个精忠报国的青年，被压上了“现反”的大帽子，这就等于被推下万丈深渊，等于被抛进了无边的苦海，不抑郁成疾也要发疯的呐喊。永进没有发疯也没呐喊，他心里头一定如乱箭穿刺。多可惜的一头小黄牛，刚刚学会犁地……哎！老天为啥老是欺负这样的好人？他听到永进的冷笑，以为是他灰心和绝望的流露。他有好多安慰他的话，一时不知该怎么说起。

“永进，以后经常喝点酒吧，”任喜说，“酒能消愁解闷。”

“不见得吧？”永进说，“唐朝大诗人李白有句诗：‘抽刀断水水更流，举杯浇愁愁更愁。’即使酒真能像您说的那样我也不喝，因为我无愁无闷。我不是乐天派，但我从来是无忧无虑的。别以为他们给我戴上‘现反’帽子就可以让我蔫，不可能！我是无名的小草，火越烧长得越旺。刚才我正想得有趣呢。”

“想什么？”任喜很感兴趣地问。

“我在想：戴上帽子是坏事，却使我这个散仙归了位。以前我来林场是悄悄咪咪的，现在我是带着行李来安家，天天可以搞我的老本行，这不是坏事变好事吗？”

“真是多亏老刘哇！”任喜如释重负地说，“我怕你悲观失望想不开，所以想以喝酒为题劝你。本来嘛，这事搁到谁头上也会难受。既然你这样英雄海量，大伯也放心了。”

“怎么就多亏老刘了呢？”永进追问。

“批斗大会结束后，各大队书记主任都纷纷找郑红闫生，雁叫齐叫地要求要你。老刘事先指示我，一定把你要到手，还给我出了主意。我跟他们说，这个小‘反革命’你们谁也要不去，非归我不可了。我说，各队都有‘四类分子’，光十面井就二十来个，唯独林场还没有，抓阶级斗争搞大批判什么的都没个活把子打；再说林场四面都是铜墙铁壁一样的高山，正好把‘现反’分子关在里边。经我一说，队干部们都理解了我的意思，表示赞同。郑红闫生觉得林场是个大监狱，也点头答应。所以你就到林场来了。要不是老刘提醒，我还真没想到这点。到了林场你就算进了保险柜。大家不会错待你的。这里山高皇帝远，路又不好走，官们很少来。你就在林场养精蓄锐吧，总会有你英雄用武的时候！”

“你们这样待我，我心里真是有说不出的感激；不过在表面上还得把我当阶级敌人，免得给你们带来不利。”

“那当然。”任喜赞同说，“遇到情况时，咱们共同演好这场戏。”

他们走到林场时太阳已经落山。第一个出来迎接的是赛凤，它汪汪叫几声，飞跑着奔过来，把来人拦在用大块鹅卵石垒成的场院门外。它把两条前腿趴到永进的前胸，张开大嘴要与永进亲吻。永进把手伸给它，它是又吻又舔又咬。小马倌抽了三下响鞭，接着出来迎接的是郝师傅、老赵和所有的场员。赛凤汪汪叫着在前边开路，人们把永进接进屋里。老赵从泉子提来最清凉的水，郝师傅做熟了永进最爱吃的饭。人们你一言我一语地说鼓励的话。永进感动得热泪盈眶。老场长看看时候不早了，说：“今天的批斗会就到这了。”人们一一离去，赛凤却说啥也不走，它要为人们都喜爱的人站岗。

押送牛秀春的吉普车出边山顺公路往西又下公路往比，来到一个靠山的村庄。这就是强令她来插队的水沟大队。

通过押送者的毫无顾忌的交谈，牛秀春知道水沟原来是庞大钟的老家。那个咋看咋面熟的家伙原来是庞大钟的弟弟庞大铃。他独揽着水沟的大权。她以为这里有知青点，曾一度放下悬着的心。“官向官，民向民，和尚向着出家人。”她认为，虽然自己是被押送来的“黑五类”子女，可知青的心是相通的。在新家成员中能够找到知心朋友。

然而这里哪有什么知青点呦！牛秀春扛着行李跟着庞大铃失望地走过一个一个的家门口，一直出了村，庞大铃还只管走。秀春把行李放在一块大石头上，厉声问道：

“你要把我带到哪儿去？”

“就在那，”庞大铃用手一指，“看见了吗？那两间屋就是你的家。”

牛秀春看见了，就在眼前不远的地方，确实有两间房子。这叫什么房子呦！庞大铃硬要这么叫，而且用手指着，姑且先称它为房子。这两间房也没有通常的一间房大，里间无窗，外间无门，顶上无瓦。从上到下几乎都是用泥堆起的。里间有一张小炕。说它是炕，只是曾当过炕，还保存着炕的轮廓，但早已破得不能睡人。房顶几处透天，长在房上的枯草随风摇曳。牛秀春不知道这个所在曾派过啥用场。是场房？旁边又无场；只是附近有一圈摆放得整齐的石桌似的大石头。从建筑规格讲，石头桌之规整与小土房的破旧极不相称。小土屋离村边三四十米远，北面是山，南边是旷野，东侧是一条干河川。一个姑娘家敢独自在这里度过豺狼出没的漫长的黑夜吗？一天两天可以，长此以往呢？牛秀春

是被遣送到此插队落户的呀。

牛秀春挟着行李，一步一步地走近小土屋，站在门口，出神地打量着自己的这个家。

"看样子你很不满意吧？"庞大铃用挑衅的口气说："知识青年嘛，就是来农村在贫下中农的监督下进行劳改的；对你跟别人又不一样了，你是与走资派、反革命没有划清界限的黑五类，比别人更得加劲改造。别看房子破，比起红军爬雪山过草地还是在天堂上呢。苦不苦，比比长征二万五嘛。没叫你睡露天就得感谢我庞大铃了。老实告诉你吧，这里凶得很，经常闹鬼，太阳一落就没人敢到这里来。前两年这里还吊死过走资派，舌头吐得有一尺长。当然我不希望你也在这里挂干白菜，对你们这号人，不把罪受够，上帝是不会收留的。今天先放你假，从明天起就正式接受锻炼，到二队参加劳动。"庞大铃说罢就去参加为客人接风的酒宴。

牛秀春不认为他刚才这席话是大队书记说的，他和庞大钟是一丘之貉！

牛秀春坐在行李卷上盘算着如何收拾这个家。墙根处的耗子洞用石块堵一堵，把乱石粪便杂草等物清理出去，把炕垫平先凑合着睡，露天的房顶以后再想办法。门窗咋办？折点酸枣枝子挡在窗口和门口，虽不能御敌，倒也壮点胆儿。横竖还带把剪子呢，谁敢害我就扎死谁！

不少人像看稀罕似地朝牛秀春围过来。两天头上水沟就风传开了，村里将来个坚持反动立场的知青，其老子是刘少奇线上的人物，贪污了国家几万块钱，在学习班里畏罪自杀。人们还以为这个坚持反动立场的人是个二流子，怎么也不会想到具有如此多罪名的畏罪自杀人的子女竟是个眉清目秀的姑娘。人们很爱看这位姑娘的脸蛋和身段，跟画上的一样；但又不忍心目睹她遭此惨状。上了年岁的老太太和抱小孩的妇女都抹着眼泪离去。心肠硬的男人们也都含着眼泪走开。可孩子们却围着不走，像是等着走江湖的给他们要把式变戏法。

牛秀春被人们看得浑身上下不自在。她想马上去折酸枣枝，也好躲一躲这帮孩子。刚要起身，肚子饿得直响。她就拿出田妈做的糖酥饼和煮鸡蛋来吃。吃饱了，她腾出饭盒去找水，吓得孩子们呼啦一下跑着散开了。只有一个十二三岁的小姑娘没有跑。一个跑得老远的孩子喊道："春花，快跑！她打你。"小姑娘还是没有跑。她两眼盯着这个陌生但不凶恶的客人。秀春和蔼地问道：

"小朋友，你叫春花？"

小姑娘点点头。

"好美的名字！你知道水井在哪儿吗？"

"你要喝水？"春花反问。

“对！是喝水。”

“不行，井深着呢，你绞不上来。到我们家喝去吧。”春花大胆而好客地让她。

“不！谢谢你的好意，我要自己去打。”

“那你跟我来吧。”春花领着秀春去井台汲水，那群孩子又尾随了过来。

春花没说假话，辘辘上的那盘井绳令人望而生畏。根本看不见井底。秀春小心地绞上一罐水，累得大汗珠子直冒。要不是三四个小朋友帮着她摇辘辘，恐怕真还绞不上来。她呼哧呼哧地喘了一阵气，才用饭盒舀水喝。她没敢在喘大气的时候喝。听妈妈说那时喝凉水要炸肺的。

吃饱喝足她便收拾这个家。孩子们也七手八脚地帮她干。搬石头，填鼠洞，清垃圾。小土屋被收拾得焕然一新。她去山坡上折酸枣枝，孩子们也跟着去。离开小土屋时，她发现一个要饭的花子偷偷窥视她的家。她真后悔没把干粮包背上，要是叫要饭的拿了去，晚上、明天吃啥？她想回去取，又想要饭的不会做贼吧？北京的叔叔也要过饭。他说正是因为不想偷也不想抢，为了糊口活命才要饭，虽不光荣也不丢人。她又想：他既偷我的干粮，说明他也饿得没办法，拿就拿去吧。

这个要饭的大概也真想去秀春的家里作案，一个劲地在小土屋附近转悠。

第四十九章 讨吃鬼

要饭的穿着破衣烂衫，个头不大。说不清是锅底黑还是煤黑，他的脸上和手上都沾得满满的。看不准他的年龄，那张黑里透着青的脸被一顶破边露顶的草帽遮盖着。半条破口袋卷着一件又脏又破的棉袄，用绳子捆着吊在肩上。背着的破兜子里顶多不过三两块窝头或馒头。他在小土屋附近转悠，活像个幽灵。难怪人们常用的骂人的话有这么一句：“讨吃鬼。”幸亏在白天，要是在夜晚，准会让人联想到那个在小土屋里吊死的“走资派”。幽灵在秀春的家门口转了一阵，还在石头桌上坐下歇歇脚。要不是秀春招走这帮孩子，就他这个样，准得围上一大圈。说不定还有顽皮的小朋友用石头或土块砸他。本来嘛，新社会还要饭吃，又不是丧失了劳动力。走不动爬不动的，国家还有照顾呢。

这要饭的大概也是秀春叔父那类人，把讨吃当成自食其力。走村串户也不易着呢，还得说好听话，弄不好还要遭狗咬。偷摸才是可耻的，肥了自己坑害他人。他应该很容易地想到，这个被发配来的知青带来的东西一定会有讨吃人需要的。女孩子的衣服虽然他不能穿，但可以卖钱；起码要有点心之类的好吃的。实在不行还可以偷上个漱口缸子喝水用，省得到井台扒着水罐喝让人家讨嫌。总之他进去顺手牵羊或挑挑拣拣地拿啥也不会有人阻拦。因为小屋的主人和看热闹的孩子们已经消失在土坡的那边了。然而讨吃人没进秀春的家。如果他不是秀春叔父那种要饭的，就是嫌一个穷知青油水不大，或者是以不偷她作为把本该跟踪他、奚落他的孩子们引走的报答。他歇会儿腿起身到小土屋跟前往里看了看，然后就离开，进村要饭去了。

美丽壮观的大自然使牛秀春忘掉了一切悲痛和烦恼。她欢乐得像一只小鸟似地跳来跳去。山坡上洒满了温暖而充沛的阳光。万年蒿、酸枣树、小毛杏……把山坡点缀得青青翠翠。蔚蓝的天空中飘着朵朵悠闲的白云，和风习习舞动着她的为爸爸戴孝的白纱巾。她一会儿跳到这里折酸枣枝，一会儿又跳到那里拾干柴。仿佛她与身边飞着的蝴蝶比舞姿，也仿佛花蝴蝶在与她比美。孩子们玩得更畅快。有的捉彩蝶，有的追逐戏闹……他们手里都拿着东西，不是酸枣枝就是干柴。在高兴的玩耍中没忘记为可怜的人帮忙。牛秀春像幼儿园的阿姨，带着孩子们来春游。

太阳偏西的时候，他们满载而归，其实早就够了，他们谁也舍不得叫大好的春光白白地流去。大部分时间都是在尽情地玩耍中过去的。他们蜂拥从山坡上下来，腾起一股黄尘。

牛秀春一见小土屋，心情马上又沉重起来，像自由的鸟见到了关它的笼子。孩子们并没留意她的变化，纷纷把干柴放到土屋里，把酸枣枝放到窗下。秀春想，就自己的身份，孩子们对她这么好，会不会给他们的家长带来灾祸？她不该让孩子们对她这样亲，可她又实在不愿谢绝天真烂漫的孩子们的友谊。她想了想，对孩子们说：

“你们都挺可爱的，见着你们我自己也仿佛回到了童年。我愿意和你们打交道。可是我有这样的担心，咱们这么好，万一有人嫉恨咋办？”

“不要紧的姑姑，往后我们偷着跟你好不就中了吗？”说话的小男孩叫双九，农历九月初九生的。

“对！”双九的话提醒了秀春。她又像在山上那样高兴起来，“往后咱们背地里好，别让红眼的人看出来。”

孩子们一阵哄笑，给秀春闹糊涂了。双九说：“姑姑，你也知道我们这的红眼圈？”

秀春摇头。她岔开话题，和蔼地对孩子们说：“今天不早了，大家玩得也够累的了，还帮我干了不少活，我打心眼里感谢你们。都回家吧，不然爸爸妈妈该等得着急了。”

在秀春的再三催促下，孩子们不舍地离去。只有春花没走，她往秀春跟前凑，依偎到她身边。

“你咋不回家？”秀春握住她的小手问。

“我想跟你做伴，姑姑。”

“我不用做伴的。”秀春道，“再说你爸妈也不会答应。”

“爸妈……”春花的眼眶涌满了泪水，哽咽着说，“我没有爸爸妈妈了。”

“们他都去哪儿了？”秀春关切地问。

“叫庞大铃和红眼圈他们给整死了。”

“为啥？”

“爸爸是大队书记，他们说是走资派，黑天白夜地斗他，打他，不叫回家，不给饭吃。后来就发现爸爸吊死在这个土屋里。妈妈找庞大铃要人，红眼圈放出狗来咬她。红眼圈先把妈打倒，狗仗人势，对妈妈乱叫乱咬。乡亲们把她救出来时只有一口气，没抬到家就死了。”

“可恶的坏蛋！”牛秀春恨得咬牙切齿。她问：“红眼圈是谁？”

“就是庞大铃的老婆，外号叫红眼圈。”春花告诉说，“实际她眼圈并不红，就是嫉妒心强，看到谁家多只鸡也红眼。”

“你现在跟谁过呢？”秀春问。

“叔叔和婶娘。他们待我挺好的。那我也想爹妈，他们死得惨。”春花伏在秀春肩上哭了。

秀春掏出手帕给她擦泪，开导她说：“别难过，也别流泪，把恨和仇都记在心里。你的仇会报的。”

“姑姑，收下我跟你做伴吧。”小春花再三恳求。

“不。”秀春仍是不答应，“你正是长身体的时候，住这样的地方要生病的。”

“那你呢？”

“我大了，横竖也要炼出来。”

“你一个人不怕吗？”

“怕啥？”

“他们说这里经常闹鬼。”

“我不信那一套，世界上根本就没鬼！”

“有人说那是我爸屈死的魂灵，我倒很想见一见呢。”小姑娘怀着跃跃欲试的心情。

“小春花，你不要胡思乱想。”秀春耐心地教育她说：“人死以后不会再有魂灵出现。所谓鬼呀神的，都是剥削阶级用来骗人的鬼话。这些道理等你长大了就自然明白了。爸爸妈妈双双惨死，轮着谁也要痛苦万分。春花，你要学本领，长志气，快长大，给我们死去的亲人争口气。”

春花深深地点头。秀春见她玩弄自己肉乎乎的小手。小手上血迹斑斑，秀春见了很是心疼，见上边扎着酸枣刺，便从包里取出针来给她挑，挑好又吻了吻。她握住她的小手，深情地道别：“好了，从今往后咱们是好朋友，再见！”

送走了春花，秀春又开始收拾这个家。她把拾来的柴草往孩子们帮她垫平的土炕上铺了一层，把行李放到上边。找了截干树枝插在土墙缝里，把挎包挂在上边。将酸枣枝码到窗子的三分之二那么高，留下一条看天用；把拦门用的放在门口的一边，等晚间睡时往门口一挡就方便了。她又找了一些砖头和几块较为方正的石头，在屋里码了一个简易灶，又上井台打来一盆水（是一个社员倒给她的）。舀上一饭盒坐在简易灶上，生着火。很好烧，就是烟多一点。但是烟往上走，在黑黑的挂满蜘蛛网的屋顶上转了两圈，一部分从“天窗”跑掉，大部分从门窗溜走，带走了土屋里的霉气和潮气。时间不长就将一饭盒水烧开了。她很高兴。她感到了饿，不想吃甜食，就找出咸麻饼来吃。田妈可真够细心的了，摸透了闺女的胃口，给做了糖、盐两种干粮。她吃了两个还是三个？没有记清，反正是吃饱了。又喝了一气水。她出去散步。土屋的门窗和天窗还冒着淡蓝色的炊烟，看上去很有一派生气。

村里传出吉普车的马达声，秀春推断：准是6号押我的人酒足饭饱之后返回边山。他们咋不来光顾我一下呢？一定喝得酩酊大醉，顾不上来了。马达声远去，一切都开始静下来。太阳已经落入了山的后面。鸟入林，鸡上窝。好一派园田风光。炊烟夹杂着饭香随着风从村里飘来。秀春想：以往这个时间爸爸早该吃上饭了。天上的朵朵白云不知何时全都游走了。它们也回家了吧？天空不再像中午那样蔚蓝，变得昏灰暗淡，和从土屋里冒出的烟气差不多。

这里好面熟呀，南望是平川，背面是连绵的群山。故乡不也是这样的吗？只是这里没有闻名千里百乡的舍身崖和龙潭湖。小时听奶奶讲："南边没山。"一次奶奶又讲："南山出猴，北山出老头。""奶奶，您不是说南边没山吗？"她当场把奶奶问得哑口老半天。奶奶解释说，她说的出猴的南山是指大南边的山。她上地理课才知道，南边不但有大山，还有大江大海，我们的祖国大得很。可爱的祖国！她把学到的知识告诉奶奶，奶奶又给她讲南海菩萨的故事。

多少时不见奶奶了，她又该有好多的新故事了吧？爷爷的病也不知咋样了，一定是日趋严重，不然妈妈早该返回边山了。妈妈照顾着卧炕不起的爷爷，心里头准老惦着爸爸。她不知道爸爸早已含恨九泉。可怜的妈妈！秀春不知道爷爷也悲愤辞世，可怜的秀春！

这是啥响声？是响汽？是响汽。不是边山的报时，而是火车的鸣笛。矸子山叫那个鼓出来的山包挡住了，再向东走一段，绕过这个该死的山包就能看见了吧？平时守在它身边都百看不厌，猛地离开了它真是想得慌。矸子山很像金字塔。虽然没有尼罗河畔的金字塔历史悠久，却比它高大，能看到能摸着，还可以攀到它的半腰。矸子山对于她比从画册上看到的金字塔更受鼓舞，更要起敬。是民族主义还是爱国主义？她没有想。

田妈自己也该吃饭了吧？剩下她一个人在家，可要放声痛哭了。昨天这个时候她还和6号吵架呢。可从未见她这么凶过，为了我她豁出命来了。田伯和黑金哥都被关进6号，她有冤无处申，有苦无处诉，只有靠泪水往外流。人的泪呀，啥时候才能流干呢。

这是到哪儿了？已经绕过那个山包了。咋还看不到矸子山？嗷，天黑了，明天再来看吧，赶快回小屋，不然辨不清路。她顺着来路往回走。

从苍穹上垂挂下来的轻柔的夜幕，把地上的万物都裹在其中。小土屋在夜幕中露出了狰狞的面目，越走近看越像一个怪兽的头，睁着一大一小黑洞洞的两眼。土屋对秀春还真有了感情，它不吓唬自己的主人。秀春知道，在灯光点点的村子东边的这个黑黝黝的建筑，不是什么怪兽的头，而是自己的家；黑洞洞的一大一小，不是怪兽的两眼，而是自家的门和窗。

秀春来到小土屋跟前，停下来故意干咳两声。如果里边进了猫儿狗儿啥的，这两声咳就会把它吓跑，免得进去时冷不防吓一跳。她的咳声过后，并没有猫狗从门口跑出来，而从窗口传出了土粒落在盖行李的塑料布上的“哗啦”声。她进到土屋，把事先准备好的酸枣刺挡在门口。

她紧闭了会儿眼睛，再睁开时，土屋里的陈设便模糊地映入眼帘。简易灶里已没有了火星，屋里还有一股烟熏火燎的气味。饭盒里的水不凉不热正好喝。她咕噜喝了几大口。她拉开行李。土炕将将和褥子一样宽，还没有褥子那样长。她坐到炕上，将挎包从墙上摘下来抱在怀里。麻饼的香味从挎包里散发出来。她默默地望着窗外。屋里屋外静谧得让人窒息。不远处传来两声夜鸟的怪叫声。她有生以来第一次感到这样孤独。她有满腹的委屈和痛苦，多想大声地哭泣；她柔肠寸断地思念家乡和亲人，多想放声地呼叫。然而清醒的理智终于抑制了她的强烈的感情。她没有发疯地喊叫，也没有让自己莹洁的泪水无价值地流出来。

月亮渐渐地升上了天空，像大半个哭丧着的脸。此时此地秀春看到这个不圆的月亮，心里产生了一种不可言状的恐怖。她的肩头和脊背发凉。土屋里还没有傍晚在外散步时暖和；而现在外边比屋里冷多了，一股股凉气从窗口涌进来。她的无神论的信念是不可动摇的。可是思想往往不受信念的约束。她从恐怖的哭丧着脸的月亮，又想到在土屋里上吊的“走资派”。她见过上吊死的人，当时觉得不像人们形容得那样可怕，而现在想起来可怕极了，比人们形容得厉害十倍。一切她曾想过的凶神与恶煞、鬼怪与妖魔、魑魅与魍魉都成群结队地出现在她脑际，怎么也赶不走，气得她把眼睛闭上，那也无济于事。因为它们不是在眼前而是在眼后，一闭眼反而更清晰。她只得又把眼睁开。

忽然，一个黑影从她眼前闪过。不知是由于紧张而产生的错觉还是真有其物，她的心颤抖了一下。紧接着又有第二个，第三个。天那！这不是错觉，分明是真的！

“不是鬼，定是坏人！”牛秀春小声地念叨着，“我早就防着这招，来时带着剪子呢！”她拉开挎包后边的拉锁，把手伸进去摸。“天哪！咋没有了呢？”秀春差点叫起来。“那个要饭的偷走了？可他为啥不偷麻饼和鸡蛋，专偷一把剪子干啥呢？不对，一定是田妈悄悄拿出去的。好糊涂的田妈哟！好心办坏事。我哪会自寻短见呢？是用它防身的呀。这可咋办？坏人来了，我手无寸铁。”

这时，窗口已经出现一个狰狞的人影。

“你这个鬼东西，到这来干啥？”牛秀春愤怒地骂了一句，同时紧握双拳。

“我不是鬼东西，是人。”那个鬼影小声地说了话。

“是人也不是好人！”

“我是庞大铃，水沟的一把手，你可别弄错。”

“你刚吐一字姑奶奶就听出是你。深更半夜来这来干啥？”

“你也老大不小的了，我这时候找你，还用问是啥事？”

“流氓！畜生！滚开！你找错门了，回家找你妈去吧！”牛秀春怒不可遏。

“你骂得我都对，可是我不滚。”

“你不滚我就叫人！”

“嘿嘿！甭说水沟，附近十里八村的谁不知道我庞大铃？喊破天也不会有人来救你，除非是鬼。”庞大铃又改变了语气说，“我说秀春姑娘，你不要敬酒不吃吃罚酒。你这块肥内横竖我是要吃到口的。乖乖从了我啥事没有，往后有你的好果子吃；不从我就来硬的，八寸脚给你穿三寸鞋。我可是先礼后兵，现在我听你一句话，从还是不从？”

“你这头野驴，你敢过来姑奶奶就用牙把你咬死！”

“我看你能尿三尺高！”说着庞大钟动手往下拉挡窗的酸枣刺。

牛秀春高喊：“救命呀！庞大铃杀人了！”

不等把酸枣刺拉完，庞大铃一跃跳上窗台，这时传来一个破罗嗓子的声音：

“不要脸的鬼东西，真是狗改不了吃屎。老娘抓你来了！”

听声音这个女人离土屋有好大一节。庞大铃骂了一句臭婆娘，急着往土屋里跳。牛秀春用最大的力气拳击这头扑进来的恶兽。庞大铃像被一枪打中了似的倒在了窗外。牛秀春知道，凭自己的力量不可能把奸人打翻出去。她正纳闷怎么回事，只见一个黑影猛地压在了庞大铃的身上。黑影伸手掐住了他的喉头。

“你个臭婆娘，老子干啥你也管。”庞大铃没好气地骂道。

“你看错人了，”压在他身上的黑影说道，“你的红眼圈女人离你还八丈远呢！”

“你是谁？”庞大铃心惊肉跳地问。

“我是鬼！”黑影大声地说道。

“鬼爷饶命！”庞大铃告饶。

“饶命？鬼比你这头野兽更不讲情面，今天非掐死你不可！”

“鬼爷爷千万饶他一命，我担保下次他不敢了！”红眼圈呼喊着奔过来。

“站住！要敢过来连你也掐死！”

“是是，我站住。”红眼圈吓得瘫在地上。

“你不是鬼，我认出你那顶破草帽，今天你还到大队要过饭，我还赏了你一张烙饼。”庞大铃有了反抗的勇气。

“不准动！”鬼发出命令，同时用膝盖使劲压住他的小腹，“再动我就要你的命！”

“好，我听话。可是你为啥装鬼吓我？”

“你这个笨蛋！难道鬼就不能装成要饭的？就算我是要饭的又咋样？”

“我叫人来打死你。”

“你死到临头还说梦话，我这就掐死你！”

“鬼爷爷饶命！”红眼圈又喊起来。

“别看你打死个要饭的，到时候也得叫你偿命。你的账人们一笔笔都给你记着呢。杀人偿命欠债还钱，总有这一天！更何况我是鬼。我是一个被你夺权后你亲手打死的人变成的鬼。你把我害死后，把我又吊在这土屋里，反说我是上吊自杀。判官已经查出了你的杀人罪刑，阎王爷授权我要你的命。我宽大为怀，给你个自新的机会；没想你又来欺负这位我保护的姑娘，那我只好结果了你！”

庞大铃吓得浑身筛糠。他确认这真是个鬼。不然对他的底细咋知道得这么清楚？他已经没有了任何反抗的能力，任凭鬼来摆布。他很怕死，央告道：“饶我一命吧。我上有老下有小，他们……”

“鬼爷爷，您就看在我家的老娘和三个孩子的份上饶了他吧！”红眼圈五体投地，看也不敢看鬼一眼。

“饶过你这次可以，不过得定个条件。”

“啥条件我都答应，只要别掐死我。”

“听着！”

“我听着。”

“以后不准你伤害这位纯洁的姑娘！”

“让她到水沟来，全是我大哥庞大钟的主意。”

“我知道。谁的账跟谁算！你知道这姑娘是什么人？”

“不知道。”

“她就是住寒窑的王宝川，日后要作娘娘的！她是我保护的人，如果你胆敢再像今天这样轻举妄动，我随时都可以像今天这样把你抓住。那时定要你一死！听清没有？”

“听清了。”

“向我发誓。”

“我发誓：以后决不欺负你保护的姑娘，如果我说了不算，就叫鬼把我掐死！”

“放心吧，鬼爷爷。”红眼圈也保证说，“我这也管着他呢。”

“你滚吧！”鬼把一摊肉泥似的庞大铃踢起来。他紧张得大腿像生锈的枪栓拉不开。他挪到他老婆跟前。红眼圈搀着他往村里走。身后又传来恐怖的声音：

“你记着，鬼时刻都在跟着你，小心哪时掐死你！”

两个蹒跚颤抖的黑影消失在幽暗的村口。

鬼影立在秀春的窗前，那顶破草帽下的脸的轮廓比在白天所见的还要黝黑。

“秀春姑娘，叫你受惊了。”鬼不再那样凶恶，变得和蔼善良。

“十分感谢您救了我，留个姓名吧，有朝一日我得到解放，即使不会像您说得作娘娘，我也要报答您的。”

“我已经说过了，再说一遍，请别害怕，我是一个不能让人认出来的鬼。”

“既然不肯留名，那您快走吧。待会儿庞大铃会叫人来抓您的。”

“放心吧姑娘，我想他是不敢的。就是来了也不要紧，村里人都恨死了他。我揭出他的罪状，人们会把他当成鬼打。”

“那就请进来说话吧。外面的露水会让您受凉的。土屋虽陋，比外边要暖和。”

“谢谢你对我如此信任。我这有棉袄呢，凉不着的。再说站在这也能看到村上的动静，以防你所说的那种万一。”

“听您说话不傻，看您与庞大铃格斗又很有体力，为啥走上了讨吃要饭的路呢？”

“我和你一样，也是被逼无奈。”

“看来世界上真还有比我更惨的人。哎！”秀春长长地叹了一口气。

“我虽讨吃要饭，但并不感到哀伤。你为啥要叹息？”

“如果您真是鬼，那我就相信了命运。我是在哀叹自己的苦命。”

“你，”要饭的机警地朝村口看了看，问道：“你肚子里有很多苦水吗？”

“提起苦水，敞开口往外倒，三天三夜也倒不完。”

“趁着这清冷的月夜，你就向我倒一倒吧。即使不能为你排忧解难，也愿分担你的忧愁。”

“作为一个女孩子不应该随便向外人乱说自己的身世。可是您在危难之中救我，又给我送来无价的友谊；虽然我们素不相识，甚至您连姓名都不肯透露，但您是我最可信赖的人。‘同是天涯沦落人，相逢何必曾相识。’

“我本来应该是世界上最幸福的人之一。我生在新中国，长在红旗下，根植在劳模之家。然而正当我走向成年的时候，我的幸福被夺走了。爸爸在被6号非法关押五年之后惨遭杀害，爷爷卧病在床，妈妈回故乡照顾老人，哥哥在遥远的塞外，我被遣送到这里插队落户，变得和小土屋一样的孤独。要不是您救了我，我会和庞大铃拼个你死我活。”

在秀春讲述身世时，要饭的把注意力几乎全部集中到村口；当他听到秀春说拼个你死我活时，马上说：

“目前你最重要的不是消灭敌人，而是保全自己。”

“我决不自寻短见。可是对庞大铃这样的野兽只有和他拼，拼死我也不瞑目。因为……”

“我这里有一把匕首，”他打断秀春的话，从腰间抽出一把闪着寒光的刀递给秀春，嘱咐道，“你收下它仗胆用。”

“我并不害怕，鬼都帮我，神更会保护我。不过我还是收下这礼物，用来证明今夜不是梦。”秀春把明晃晃的匕首紧握在手。

“你还有啥最挂心的？”要饭的又关切地问。

“我母亲。”秀春说，“我妈妈还不知道爸爸惨死的噩耗，万一她哪天知道了，我真担心她承受不住这种打击。”

“好了，这你就放心吧，我想办法抚慰你的母亲。”

“真是太感谢了！”秀春高兴起来。

“等我见了你妈妈，她会问起你，我该咋回答呢？”

秀春不假思索地说：“您就告诉我妈：‘你的女儿在顽强地生活着，用战斗迎接着胜利！’”

“好，真是太好了！你给了我鼓舞和力量。请你接受我对你的一点赠与，算是为你搬进这个新家填的宅。”说着，要饭的将一包东西从窗口扔进去，又不容推辞地说：“你一定要收下，这是我的一点心意。”

“真是盛情难却。我收下了。难道您还不肯向我说出尊姓大名吗？”

“一个鬼是没有姓名的。等我由鬼变成人的时候，你定会知道我是谁。”

“你还这样不信任我，使我很伤心，难道……”

“秀春姑娘，不是我不信任你，现在我还真是个鬼。请别害怕。我见你身体颤了一下。”鬼又转过话题说，“你还没告诉我你爸是为啥被6号害死的呢。”

“这个问题很复杂。他们的借口是万尺帆布案，说爸爸贪污了万尺帆布。”

“帆布？”鬼对这个问题挺感兴趣。“那次我要饭到离这个村八里地的马家套，见一个社员穿着帆布衣服。我问他从哪儿买的，他说是困难时期一个亲戚从水沟买的。他还说这一带不光是他一家有。”

“难道与万尺帆布案有关？”

“这可说不定。”

“如果破了案，爸爸的沉冤便可昭雪，还可以解放一大批人。”

“那当然。”鬼下结论说，“所以你要顽强地活下去。我非常钦佩你‘用战斗迎接胜利’的信心和决心。”要饭人看看东方的天空，“天快亮了，我得回巢穴去，光天化日不是鬼的世界。你任重而道远，千万要多保重！”

“不要再嘱咐了。您的话胜过一万遍嘱咐，我全记下了，永世不会忘。”秀春依恋地挽留道：“不能再待会儿吗？”

“你已经让我可以放心地走了。等我由鬼变成人的时候咱们再握手吧。那时我们再见！”

鬼的影子消失在小土屋的墙角。秀春从窗子跳出去，向前追了几步。鬼影又回过头来，向秀春挥了挥手。秀春直望到鬼影消失在黎明前的黑暗笼罩的弯曲的小道上。

第五十章 炸堡垒

牛秀春对慈母的牵挂并非多余。就在她被押往水沟的同一天，妈妈便知道了爸爸被害的噩耗。这还不算，巨浪把她压到了地狱的最底层。她，一个善良勤劳的中国普通的妇女，能禁得住这沉重的打击吗?

杀害了牛羊伴，庞大钟为消除隐患，让牛家在边山绝迹，他兵分两路，一路付贝生押牛秀春去他布置好的陷阱，由其弟庞大铃将她制死；一路由专案组司仁连负责遣送金蓟的户口和粮食关系。庞大钟要置金蓟于死地，又不想让她痛快地死，让她活着受罪。

司仁连一行来到湾龙，驻村工作组组长左继左接待了他们。

左继左是在“农业大上干部大下”的风头中由省城来到县城的。由大批判办公室主任摇身一变为县委副书记，他选中了闻名遐尔的止山下的湾龙作为自己的基点，想搞出一套比舍身崖还要引人注目的典型经验。

他正处于猫咬尿脬无从下口的烦躁苦闷中，发迹的机会忽然送上门来。他利用机遇的聪明才干比解数学方程要顺手十倍。

他传来大队书记林鹤，向他了解金蓟的情况。林鹤便把金蓟的来龙去脉如实介绍一番。左继左听了很不解渴。他喜欢听到她的闲话，又问：“她这个人怎么样？”

林鹤对金蓟的印象极好，但他没直接发表自己的看法，拐了个弯说：“从她照顾公婆的尽心劲看，这个人应该说很不错。”

“那倒不见得。”左书记反驳道，把公婆气死的也不见得坏。衡量一个人好坏的标准应该是革命！”

“左书记说得对。”林鹤别看文化不高，很会随机应变。他俩的年龄相仿，地位却相差悬殊。林鹤对左继左毕恭毕敬，“我们乡下人看问题难免片面。”

“乡下人？你是一个大队书记，不能把自己混同一个普通的老百姓。”左书记真不愧当过大批判的头，处处不忘教训别人。

林鹤也是一个老于世故的人，无故加之而不怒。他眯缝起小眼逢迎地说：

“左书记收我这个徒弟吧，我不出师您就别出村。

左继左听了感到舒服。他那张脸笑得挺英俊，“走哇，领我去见识见识那位反革命家属，我就不信她长着三头六臂，边山来的客人简直谈虎色变。”

金蓟正在院子里收拾菜圃，她像一个园艺家，对自己的实验基地设计精心、布局合理、井然有序。除了留下走人的过道，院子的土地全都利用上了。四边挖了栽植向日葵和倭瓜的坑穴，院中都作成了长条畦子，畦埂踩得光溜溜，畦面搂得平展展。在靠窗向阳的地方育有三畦秧苗。她把塑料布揭开，给黢青蘸绿的秧苗浇水。真格万物有情，她每用炊帚撢一次水，整齐划一的苗苗们都要冲她抖一抖身子，给她跳舞，向她致意，着实让人喜爱。她眉开眼笑地问：“取掉塑料棚，夜间你们怕冷不呢？”秧苗像是幼儿园的孩子，金蓟仿佛听到了它们异口同声地回答；“不怕！我们都长大了，该到露天地里锻炼了。”金蓟说：“好哇，明天就把你们栽出去。”

她正全神贯注与苗苗们说话，左继左和林鹤来到她的身边。

“大嫂子，你这是跟谁说话呢？”林鹤的问话吓她一跳。她不自然地笑笑，说：

“你这么忙，难得到我家串门，快进屋。”说着她把水瓢和炊帚放在水桶里，用衣襟擦着手往屋里让客人。

林鹤看看院里晾晒的瘫痪病人的尿垫，又看看干净利落的左书记。左书记站着不动。

金蓟不认识左书记，看他的派头，估约是县委工作组的。她对工作组没啥感情。队里不往她家派饭，她也不参加村里的任何活动，与工作组没打过任何交道。

金蓟见客人不肯进屋，她就没强让，反正是话到礼到。

“他是县委左书记，兼驻咱村工作组组长。”林鹤介绍说。

金蓟不失礼地冲左书记点点头。

林鹤又介绍道：“这就是牛羊伴的家属。”

冷若冰霜的左书记没作任何表示。

金蓟本来对二位不速而至就深为纳闷，听了林鹤提到丈夫的名字心里更感不安。

但她没有从客人口中探听什么的意图，默默地看着这位气宇不凡的左书记。

“看样子你很会治家呀。”左书记突然冒了这么一句。

金蓟道：“春不种秋不收。这么好的地闲着也实在可惜。好歹种上点就能打好些。”

左书记像是听懂了似地点点头，又问："你育这么多秧苗栽得了吗？"

"哪能一家栽呢，街坊四邻的都要来这出苗，看样子还不准够呢。"

左书记又深深地点了两下头，表现出很得意的样子。

"大嫂子，"林鹤也学着上司的腔调问，"你种这么多瓜呀菜的吃得了吗？"

"吃不了晒干，等着拿到城里吃，这几年城里头可缺菜了。"

"再卖上点现钱，不就一举多得吗？"左书记循序诱导说。

"上街去卖可办不到，"金蓟笑着说，"要是有人登门来买也决不让他空回去。"

左书记又点了几下头。他问："你家养着几只鸡呢？"

"这不，"金蓟指着南墙角的一个篱笆圈说，"三只草鸡，一只公鸡。叫我给圈起来了，不能吃我的菜。"

"为啥就养这么两只？"林鹤问。

"这两只哪行，今年计划养二十只。"金蓟说，"老母鸡正抱着蛋儿呢。鸡孵鸡二十一，再有两三天小鸡就出来了。"

无需再多问什么了。左继左转身对大队书记道："你亲眼看到也亲耳听到了吧，通过对公婆的好坏是看不透金蓟其人的。"

"应该说是家庭过日子的行家里手。"林鹤错解了左书记的意思。

"不对！"左继左立即变脸道，"是资本主义复辟的行家里手！"

林鹤倒吸了口凉气，金蓟也感到刺耳。左继左侃侃而谈：

"我们要抓住这个资本主义复辟的典型，开一个路线分析会，使我们村的全体党员和广大社员都受到一次生动的阶级斗争和路线斗争的教育。把资本主义的歪风打下去，使社会主义的正气树起来。"左书记命令金蓟道："你要在明天的大会上作检查！"

"检查？"金蓟愤愤地说，"我有啥可检查的？一没偷二没抢，犯病的不吃犯法的不作，我不检查！"

"你最好别这么硬气。这是县委工作组在跟你说话。"左书记横眉立目。

"莫说是县委工作组，就是省委工作组也不能乱来。"金蓟不惧怕他这套。

"你不要再以为我们管不着你，"

"我可从来没这么以为过。"

"不管你以为没以为，都是过去的事了。我正式通知你，从今天起，你就归林鹤管辖。"

金蓟听了，身子一晃，但很快又站稳。她咬了咬牙，理直气壮地说道："即使真像你说的那样，你们也没道理叫我作检查。"

“你这个反革命家属，在城里混不下去了，来农村钻我们的空子。”

“我是来照顾公婆的！”金蓟反驳说。

“在照顾公婆的招牌后面，你在大搞资本主义复辟活动。”

“你张口闭口资本主义，请给我讲讲，啥叫资本主义？”

“你就是资本主义！”左书记也像边山6号那样耍开了赖。

“我只不过种菜养鸡为了糊口，混得一天三顿粗茶淡饭；你这位书记哪天吃得都比我们好，顿顿净米细粮，天天好酒好菜，一顿饭差劲你就皱眉头。如果我叫资本主义，那你又叫啥主义？”

“要是像你只顾发展个人的小天地，那社会主义大天地谁去搞？”

“如果都像你这样光吃不干，你们吃的喝的从哪里来？”

“这是社会分工的不同，你个臭家庭妇女懂个屁！”左书记火了，破口骂街。

“分工我懂。”金蓟仍不恼不怒不慌不忙地说，“当然不能让一个县委书记也去种菜。但是老百姓搞点家庭副业，你们当领导的不要横加阻拦。”

“社员如果都像你这样治理个人的小家，就会忘掉社会主义的大家。干个人活费了劲，干集体活就没了劲。一个人的劲头是有限的，都用在个人发家致富上，集体的事业就搞不成。所以……”左书记下结论道，“我们决不能为形形色色的资本主义开绿灯。如果我们站不稳这个无产阶级立场，就不配做共产党员，更不配做党的干部！”左继左一甩袖子走了。林鹤回头看了金蓟一眼也追了出去。

两位书记走后，金蓟又去亲近她的秧苗。“好可怜哟！”她对它们说，“有人也给你们戴上了资本主义的帽子，你们愿意戴吗？”她往秧苗上撢水，着水的秧苗动了动身子，像在摇头。“对，不能戴！你们可要经得住春天的霜呀！”她把桶里的水全倒在苗畦里。屋里传出老婆婆的呼叫声，她赶忙奔进屋去，问什么事，回答说没事，出屋那么长时间她不放心。

第二天，湾龙的社员们正吃着早饭，大喇叭里就响起了驻村工作的组的通知，县委副书记兼组长的左继左亲自下指示：

“贫下中农和广大社员同志们注意了！今天我们县要在咱们村召开路线分析会。这是一次非常重要的会议。前来参加的有全县三十一个公社的书记主任，我们公社的生产队长以上的全体干部。为了开好这一具有重大意义的会议，我们提出如下要求：一，政治挂帅，思想领先。全体男女老幼社员一律参加，做到一个不落。二，加强纪律性，革命无不胜，以生产队为单位，于七点五十分整队入场，八点钟准时开会。三，阶级斗争，一抓就灵。所有同志都要保持高度的革命警惕，严防阶级敌人的捣乱和破坏。四，忠不忠，看行动。各大小

队干部一定要高度负责，党团员要发挥模范带头作用，保证按质按量地完成好这次政治任务。”

左继左既有造反派的脾气又有组织天才。昨天下午他亲自给各公社下达通知，晚上又召开了湾龙大小队干部和全体党员两个同样内容的会。两个会都由他亲自进行鼓动演说。

他真没白下辛苦，会议严格按他的安排进行。除了两个最远的山区公社外，二十九个公社的书记主任都提前赶到。湾龙所在的公社二十七个大队的大小队干部也都相继列队进村。就像集结作战部队那样，各路人马都准时无声无息地集结到金蓟的家门口。会场就设在这里。门口的两株槐树上挂了会标：“炸掉资本主义堡垒，向社会主义进军！”左近的墙上和篱笆上也都贴满了红红绿绿的写着类似内容的标语。会场主席台非常简单，随风摆的会标下就一张高桌，上面放着扩音器，没有暖壶水杯，连把椅子也没有。参加会的人都席地而坐。紧靠主席台的是各公社的一二把手，紧挨他们的是东道主公社大小队干部，再往后是湾龙的男女老幼社员。以主席台为中心，两边街筒都灌满了人。会场很肃静，小孩子都被大人吓唬得不敢吱声，连哭也只是咧嘴。

八点整，当会议正要开始时，那两个公社的四名干部挥汗如雨地赶到。左书记当众训斥了他们：“这是打仗！不是小孩子过家家。这是两个阶级不拿枪却你死我活的斗争！过去打仗耽误一分钟就会导致整个战役的失败；如今你们迟到，说明头脑中阶级斗争的弦绷得不紧。全县三十一个公社，都像你们这样，我们的会还开不开呢？阶级斗争还搞不搞呢？社会主义还干不干呢？”四位干部大气都不敢出，悄悄听左书记训斥。左书记见他们头上的汗直往下流，大概产生了恻隐之心，纲没再往高里上便叫他们入列了。

大会没另设司仪，由左书记大包大揽，也没公布程序，上来就是左书记发言。

“我们这个会，说得和平一点是路线分析现场会，实际上是向资本主义的碉堡开炮的大会。大家请看这个农家大院，这是一个典型资本主义堡垒；这是过去的一个地主庄园的缩影。户主是一个五十多岁的妇女，名叫金蓟。她搞资本主义那一套在城市吃不开了，就以照顾老人为名来到乡下，利用这块阵地，修起一座碉堡向社会主义展开了猖狂的进攻！

“她一家统共才两口人，却开出四分大的院子，育了三畦瓜秧菜苗。她的如意算盘是卖鲜菜，晒菜干到城里卖缺。她就这样钻我们社会主义的空子，何其毒也！

“我们大家不能小看这样的碉堡，它绝不是独立的，像原子弹那样放出射线，起连锁反应，毒害我们千家万户。社会上具有这样或那样非无产阶级思想的人，也愿意与这样的碉堡挂钩，真是鱼找鱼，虾找虾，乌龟找个鳖亲家。金蓟也直言不讳地供认，她育的这些苗，不光是自己用，街坊四邻都要到这里来移苗。我们说，她育的是修正主义的苗，结的必是资本主义的果。街坊四邻还有街坊四邻，资本主义将这样蔓延开来，就会由一个碉堡变成十个百个、千个万个，这些个碉堡连成片，我们革命先烈用鲜血染成的红色江山就变质了。请同志们想想，这是何等严重的问题。对于资产阶级的磨刀声，我们怎么能视而不见听而不闻！

“在两个阶级、两条道路、两条路线严酷的斗争面前，我们各级党组织和革命委员会，所有的共产党员、共青团员及一切革命同志，决不能手软，为捍卫我们的红色江山，我们要向资产阶级的猖狂进攻展开猛烈的反击。要重炮猛轰资本主义的顽固堡垒！”左继左激动万分，紧握双拳，在麦克风前扯着嗓子喊。他讲到重炮猛轰一句，给站在身旁的口号员使个眼色，一男一女立刻一句接一句地领着呼口号：“党团员立即行动起来！”“向资产阶级堡垒开炮！”“炸翻资产阶级的土围子！”……

口号就是命令。湾龙的党团员呼啦起立，在林鹤的带领下，冲进“资本主义的堡垒”，推倒蓟家的院墙和篱笆，算是炸开了土围子。接着又七手八脚地捣毁三畦秧苗，踏平准备栽苗的窝穴和菜畦。口号还接着喊：“彻底割掉资本主义的尾巴！”“坚决不留修正主义的隐患！”林鹤抢先冲进屋，抱出老母鸡趴蛋的盆子。左书记身先士卒，那只带表的手抓住老母鸡，麦克风把老母鸡的嘎嘎叫声扩大十倍百倍；他的另一只手抓住母鸡的头，狠劲一拧又一拽，三下五除二便把鸡头给揪下来。鸡血喷了他一身一脸。他把揪掉的鸡头狠劲往地上一摔，像摔摔炮，又把无头的鸡掷到地上，那只鸡死得又惨又冤，在地上扑打了好几下翅膀，卷起了一团团土尘。

昨天从金蓟家出来，左书记就批评大队书记右倾，心慈手软，不敢抓活生生的阶级斗争。林鹤为了表示自己能当书记，抓起盆里的鸡蛋来，学着左书记的样子往地上摔，一只只小鸡还没来得及看一眼这个世界就都见了阎王。要不是犯忌讳，他会连盆也摔掉。这一带人死了爹娘才由儿子摔盆呢。左书记见林鹤只摔鸡蛋不摔盆，提示道：“革命要彻底！”林鹤知道他指的是啥意思，却故意装糊涂。左书记只好自己抓过盆来，举过头顶，把金蓟家里使了多年的瓦盆摔得粉碎。

“革命”进行到这里，口号声也停下来。会场鸦雀无声，人们连大气都不敢出。左书记用血淋淋的手抓住播音器，宣布道：“下面由现行反革命家属金蓟交代她复辟资本主义的黑心！”

大会一开始，金蓟被两个民兵看住。左书记命令党团员进行“革命”时，她只能束手观望，要不是尚有好多让她挂心的事，她会和左继左拼命。听到让她交待什么黑心，她气得脸色更白。她缓步来到麦克风前。人们全神贯注地盯着她。她镇定地说道：

“左继左昨天就告诉我作检查，我当时就答复他：不检查！因为我没作需要检查的事情。所以我没作在这么多人面前讲话的准备。我没想到身为共产党县委书记的左继左今天来这么一场革命，逼得哑巴也要说话。所以我要说几句。我的心颤栗了。当我看到左书记命令人推我家的墙拆我家的篱笆，我的心颤栗了；我想起了当年日本鬼子在我家推墙刨地找地道；我看到人们在左书记的命令下践踏我的秧苗，我想起了当年的八路军，行军打仗都绕着走，保护老百姓的庄稼；我听到老母鸡撕心裂肺的叫声，我仿佛听到亲人被侵略者杀害时的呼喊。我的心碎了，我不明白这到底是为啥。”

“因为你搞资本主义！”左书记说。

“是这样。”金蓟理了理被风吹到脸前的花白头发，越说越铿锵有力。“昨天左书记就这样说，说我搞资本主义。天那，我一个文化不高的家庭妇女，竟能搞资本主义！大概到美国去还能竞选总统。我养鸡种菜只不过为糊口，难道社会主义是为了让人们喝西北风？也许左书记会说，发展副业集体搞，那我要说集体和个人都搞不是更好吗？也许左书记会说，个人搞会影响集体，我说只能有好的影响，不会有坏的影响。有的社员，比如我，不能参加集体劳动，在家闲着也是闲着，搞些力所能及的家庭副业，对集体对社会都有好处。社会主义是让人们过好日子，我搞得正是社会主义！左书记有权命令人推我家墙毁我家苗，他还能掐死我的鸡摔我的盆；但是他没有办法把他的意志强加给我，哪怕他让我去坐牢！

“说到这里，我得说一句感谢左书记的话。感谢他让我利用播音器说这翻话，不然我的破碎的心更难复原。可是我不能再说下去了。尽管还有满腹的话，不说倒不是怕左书记的小本本，秋后算账，而是我炕上还有一个瘫痪的婆婆。她离不开我照顾。我已经听到了她的呼唤。我得去伺候她了。最后问一句左书记：你是不是吃饭长大的？你想明白这一点，那你自然就明白我是正确的。”说罢，金蓟朝黑压压的人群扫了一眼，然后转身离开了主席台，一步一步走进屋去。

“人们都看到了，也听到了，”左书记又抓起麦克风说道，“资本主义就是这样顽固、凶恶、持久地向社会主义进攻着。我们共产党人，革命同志，一定要擦亮眼睛，认清当前两个阶级两条道路、两条路线斗争的特点，掌握阶级斗争的新动向。在这场斗争中我们要打进攻战！我可以断言，我们县五百一十九个大队，队队都有这样的土围子，都有资本主义堡垒，我们要重炮猛轰！有多少轰多少，不获全胜决不收兵！我们要用无产阶级专政的铁拳，扫清前进道路上的一切障碍。‘金猴奋起千钧棒，玉宇澄清万里埃。’堵不住资本主义的路，就迈不开社会主义的步。我们消灭了资产阶级的土围子，炸平资本主义的堡垒，就能保证革命红旗胜利飘扬！”

大会在左书记慷慨激昂的讲话后结束。

会后，左继左又指挥人连根刨了牛强亲手栽植的门口挂会标的两株国槐。

金蓟回到屋里，拿了块点心给婆婆吃。

婆婆说：“我不要这个，给我点水喝，嘴里头很苦。”

金蓟取水给她喝。她问：

“外边乱哄哄地干啥着？”

“人们看着我育的秧苗好，前来参观。”

“我好像还听到你在大喇叭里讲话。”

“那是我给人们介绍经验呢。”金蓟说得声音很大，让老人都能听清。

老人听了，脸上出现了菊花瓣似的笑容。金蓟的泪往她的破碎的心里流。

第五十一章 噎泪装欢

老牛遇害了，秀春咋办？为啥没有她的消息？永进知道吗？金蓟的心碎了。她痛悼死者，挂牵生者。她的心在呼喊，呼喊自己的丈夫，呼喊自己的儿和女！

炕上躺着的婆婆在五里雾中。她什么都还不知道，也许到死她也不会清楚。她还在想刚才的事，不满又不解地说：

“小鹤子抱走咱家的鸡，我还听到了老母鸡的号叫声。”

金蓟敷衍着婆婆：“那是给老母鸡打预防针。”

“鸡瘟挺厉害吗？”

“别提有多厉害了。”

“你脸色很不好。”老人关切地注视着儿媳。

“我们的鸡被打死了。”

“是小鹤子打的吗？那小子毛毛躁躁的不懂事。”老人埋怨说。

金蓟语意双关地说：“他真不懂事。”

“死一只鸡，犯不上这么心疼，”老人自己虽很心疼，但仍劝慰儿媳道，“只要咱们孩子大人的都好好的，这比啥都强！”

一句话刺中了金蓟的心窝，她浑身骤然一颤，耳畔又响起了左继左的声音：“牛羊伴畏罪自杀，你这个反革命分子的家属在城里混不下去了……”她不相信这位左组长的话，因为她相信丈夫没罪，也绝不会自杀。然而姓左的如此肆无忌惮地到她家造反，又很适合“墙倒一路推，破鼓万人捶”的老话。直到开大会之前，对左书记的话她一直是百分之九十的不信。所以昨天一个下午和整个慢长的春夜，她的心还算平净；眼下她突然意识到问题的严重性，心头火烧火燎地焦灼不安。

“永进和秀春都有信来吗？”老婆婆又问，“你咋哭了呢？”

金蓟发现自己流了泪，忙用手背抹了抹眼，破涕为笑：“我还在想鸡的事。”

“挺大的人跟小孩子一样了，真是老小孩小小孩。”老人心疼地责怪起来。

“您好好休息吧，别老想着事。”金蓟用手给老人理了理苍白的头发，“快晌午了，我去做饭。”

她出得屋来，看到被洗劫过一般的院落，鼻子一阵阵泛酸。想到丈夫，心头一阵阵疼痛。她恨不能生双翅飞到边山了解个究竟。武威庞大钟之流是吃人饭不拉人屎的东西，啥事都干得出来。老牛叫他们害死了。女儿咋办？为啥听不到她的音讯？怀念丈夫，惦记女儿，家遭洗劫，炕有病母，想哭不能出声，金蓟承担着巨大的打击，忍受着莫大的痛苦。

路线分析会前，到金蓟家串门的，虽说不上门庭若市，但也是你来我往；如今院墙和篱笆都没有了，变得大敞四开，却不见了一个串门的人影。变成了门可罗雀。金蓟还没有心思收拾残局。她的心烦乱得很，干啥都心不在焉，丢三落四的，常常是两眼发直，坐在那就不知道起来。要不是老婆婆客观约束着她，她会憋闷得发疯的。

也不知道是怎样打发掉的时日。这天中午，白发老人被儿媳喂饱了饭，迷迷糊糊地睡着了。金蓟坐在那里又陷入痛苦和悲哀之中。仅两天时间，她就明显苍老了，花白的头发乱蓬蓬的；从左书记带着人造反时气得苍白的脸，一直没有泛起红色来；嘴唇青紫，久闭不开；两眼通红，喷射着怒火与愁云。

忽然，门帘被挑开了，一个干部模样的人出现在门口。他中等身材，白净的脸蛋，看上去四十不会出头。他朝屋里打量两眼便闪身进来。

金蓟看着他面善，却想不起他是谁。

“老嫂子，不认识我了？”来人摘掉鸭舌帽，露出了满头花白的头发。

“马安！”金蓟不由得叫出声来。但马上又沉下脸来，躲他远远的。

“嫂子，你没认错，我是押车员马安！”来人自我介绍，微笑着让金蓟仔细辨认。

“你用不着这样，我已认出你来。”主人冷冷地说，“我们是风马牛不相及的。”

“嫂子，你可以这么说，我也不想反驳你。”马安毫不客气地一屁股坐到炕上。

“我想这么说并没冤枉你。”金蓟变得咄咄逼人，“你和老牛同被抓进6号，你就像鸟儿一样得到了自由，而老牛……”金蓟咬住下唇没往下说。

“牛大哥咋样？”马安瞅着金蓟的眼睛问。

“你心里不比我清楚？”金蓟两眼喷射着怒火，“我真怀疑你的自由是用无辜人的生命换来的！”

来客皱了皱眉头，心平气和地说：“要不是我来前就做好了遭谴责的准备，

我会被你枪弹一样的话打走的。可是我想到了咱们常说的一句话，‘光棍子怕调个’，如果咱们换一个位置，我也会这么说的。”

“你到我家有啥事？”金蓟不想与他磨牙，态度生硬地问。

“无事不登三宝殿。”主人越是冷淡，客人越是打哈哈凑近乎，“民以食为天，啥事也得吃了饭再说。”

“饭倒是有，”主人仍然怒容未改，“可是……”

“我的好嫂子，不要节外生枝，在‘可是’后边做文章了，有现成的饭快端出来吧。来个讨吃要饭的叫声大嫂也不能白叫，咋也得赏碗饭吃。我一进家叫你八声嫂子了，难道叫我白叫不成？”

“不白叫还抹道黑？”

“给碗饭吃就行。”

金蓟的态度缓和了点，不再那样抱着敌意，但仍保持着戒心。她出屋给押车员备饭。

老奶奶不知啥时醒来。她没有动，睁开眼看客人，估计是边山来的，想听听有关儿子的情况，眯缝眼睛装睡。可是她大部分听不清，听清了的也不懂。在儿媳出屋时，她睁开眼睛问客人：

“你是边山的吗？”

“唔，不！”马安矢口否认，他怕老人向他提问，谎说北京来的。老人没听清马安的回答。她含着眼泪道：

“我是因为想儿子才瘫在炕上的。他爹是想他坑死的。我儿子还没出来的信吗？不见到儿子，我死也不能瞑目。”

金蓟端来饭菜。押车员并没吃多少。他为病榻上的老人感到万分难过，为对老人撒谎感到莫大的罪过。他从边山赶来，肚里已经没有了一点食了，但口里的饭菜他实在难以下咽。他只想哭，要不是他带着神圣的使命他会哭的。他问：

“这里也驻着工作组吧？”

“边山不是也去了什么大员吗？”

“院墙和篱笆咋都倒了呢？”

“大风刮的。”

“这股风真大，我见把院里的菜畦都给吹翻了，门口还连根拔走两棵树。”

“那又咋样，树拔走了我再栽。”

“我看要不是有大娘拴着你，恐怕把你也得吹跑。”

金蓟嗤之以鼻地一笑：“多大风也休想把我吹走。我已经半截身子埋在这里，因为这是我的家。”

“你不惦着牛大哥吗？”谈话步入正题。

“别再跟我打马虎眼！”金蓟又绷起面孔，正言厉色道，“快跟我说实话！”

“既然这样那我就实说，你可一定要挺住。”马安沉痛地说，“老嫂子，老牛被他们杀害了。”

可怜的金蓟，她内心深处侥幸存在的一线希望破灭了。她失声地喊道：“天那！这是真的。”话一出口，她马上又镇静下来。倒不是因为听到老婆婆的咳声，主要是不能在外人面前暴露自己的伤口。她变得比刚才还要冷静。

“老嫂子，节哀顺变吧，把仇恨记在心里……”

“那……”金蓟欲言又止。她想打听女儿的下落。

“为啥不说了？虽然你强作镇静，但我看出了你的焦灼。好嫂子，我知道你还不信任我，那我也要如实告诉你。我就是带着安抚你的使命来的。”马安看了看静听他说话的老人，压低了声音说：“牛大哥被害几天以后牛秀春才知道。6号强令她到水沟插队。那是庞大钟的家乡。现在村里说话算数的他的兄弟庞大铃。秀春的日子过得很苦。但她生活得很顽强。她在‘用战斗迎接胜利’。她最挂心的就是你，老嫂子。”

金蓟用疑惑的眼光审视押车员。

“好嫂子，”马安恳求似地说，“不管你对我的怀疑和怨恨多大多深，请你务必相信我的话。另外再接受我的几句忠告，别看现在的风头对你很不利，但春和景明的好日子离着不远了。你一定要顽强地生活下去，等着看党和人民为牛大哥报仇雪恨，享受胜利。”

这番话像温暖的春风吹进了金蓟的心坎，误会解除，雪释冰消。她实心实意地给马安倒了杯茶，向他提出一连串的问题。

“你有啥大靠山？出来后到哪儿去？现在……”

“我这不是在这儿吗？”不等金蓟把问题提完，马安就说，“别问了。有关我本人的问题一个也不能回答。你就一百个相信我。”

金蓟没了戒心，很是内疚。她打心里感谢这位神秘的押车员。要给他重新做饭，马安谢绝。马安掏出一叠钱来，递向金蓟：

“嫂子，这是非常时期，来得匆忙，没顾上给大娘买东西，嫂子代劳吧。”

“心意我领了，钱不能收。”

马安把钱塞到她手里：“太见笑了。以后多有再多花吧。”他趴到病人耳边，抬高声音说：“大娘，您好好养着吧，我走了！”不等对方作出反应，他转身往外走。金蓟留他不住，送他到院里。他小声对金蓟说：

“如果有人问我是谁，就说是上边下来私查暗访的。”

神秘的押车员神秘地走了。

牛永进收到田妈投寄的秀春妹的挂号信，是在几天后的一个中午。他和小马倌从山里回来，代他签字收信的伙房郝师傅把厚厚的信交给他。他认出是秀春妹的笔体，备感惊讶：妹妹从未写过这么长的信。是万尺帆布案破获了？要么就是爸爸再度出狱？不是如此高兴的事哪有这么多话？他怀着美好的想象，用激动得发抖的手把信拆开。这时小马倌端过饭来：

“永进叔，快来吃，趁热香。”

“好。”永进应了一声，但注意力全在信上。信的开头几句话像重型炮弹，打得他眼花缭乱。他把信胡乱折起放进衣兜，踉踉跄跄奔出屋去。

林场西北角有个天然蓄水池，水面不大，统共不过二分地，最深处不过两米，池里有泉眼，一年四季总有一股清水流出。井头的老乡管它叫泉子。人们常到这里饮牲口，截长补短的还有妇女抱着大包大包的衣服来洗。也许这与永进故乡的龙潭相似？反正他常到这里来早练和散步。

永进一直奔到这里，坐到一块一半在水一半在岸的大石头上，掏出信来看。看着看着，滚滚的泪水夺眶而出。他一拳打在石头上，手磕破出了血，他一点也不察觉。

“该枪毙的武大员！该刀剐的庞大钟！该取缔的非法监狱！”他强忍着撕心裂肺的痛苦把信看完，陷入了极度的悲哀中。他仿佛看到爸爸被打得遍体鳞伤的尸体，妹妹在6号的小门口悲愤地痛哭；他仿佛看到了妈妈在舍身崖上哭天号地的呼喊；耳畔还响着秀春妹的带哭声的乞求：“我们不能再没有妈妈……妈妈经受得住这样痛苦的打击吗？……去看一看妈妈吧，代表你也代表我……天快亮了，押送我到水沟的人一会儿就来。我失去了自由……你有自由，去看看妈妈吧，啊！？”

一股清风吹过，远处传来阵阵松树的歌声。青青的柳枝随风飞舞，碧澄的水面扬起微波。水波牵扯动了牛永进的视线，他看到自己魁伟的身影在水面浮动。水面渐渐平静下来，像一面镜子，把高远的蓝天、游闲的白云和安稳下来的柳枝都吸收在里边，也清晰地照出永进的那张没有笑容也没有悲哀的憔悴的脸。

他紧闭着嘴唇，紧咬着牙关，两眼喷射着异样的光。他把信折好装在衣兜里，顺手掏出个小本来。小本里夹着一首《十像诗》。小马倌给他的时候说，是林场的人为鼓励他，七嘴八舌地凑起来的，别看不够诗的水平，这可是大伙的一片心。

像葵花一样向阳
像雄鹰一样翱翔
像高山一样坚贞
像大海一样深沉
像钢花一样放光
像五谷一样飘香
像青松一样霄汉
像海燕一样矫健
像黄牛一样勤奋
像激流一样永进

读罢这道《十像诗》，他脸上掠过自愧的笑容。

他看看诗，又看看水面上自己的影，把写诗的纸撕得粉碎，揉成一个个小团团，使劲朝水里抛去。明镜似的水面被打碎，激起的圈圈涟漪中出现他魁伟身躯的碎影，像葵花，像雄鹰，像高山……

他专心而又出神地欣赏着荡漾的水景，远处又若隐若现地传来秀春妹的乞求声。

水面渐渐平静下来，像打碎的镜子又对在一起。永进发现水里又多出两个人影。一个黑红的脸膛，一个留着花白的胡子，是刘赤山和任喜。他二人几乎是异口同声地问：

“又发生了什么事？”

永进不想讲，不想再让朋友为他分忧。他平静地说：“我很好，什么事也没发生。”

“你骗不了我，你脸色不对。”老刘像一个经多识广的侦察员，一下子将永进看破，“快告诉我实情。”

任喜也说：“小马倌向我报告，说你拆开家信只看两眼就跑出来了。赛风告诉我们你在这儿。”赛风正关切地望着永进。

永进无法再掩饰，他在想如何启齿。

“家信怎么说？爸爸怎样了？”老刘问。

“秀春妹来信说，爸爸惨遭杀害！”永进压抑着满腔的悲愤，报告了实情。

刘赤山和任喜也像永进那样强忍着愤怒。赛风张着血盆大口……

“你快回边山看看吧。”任喜说。

“边山已经没有家了。爸爸被杀后，妹妹被强令到乡下插了队。妈妈早已回故乡照顾老人。”

“她知道你爸被害的消息吗？”老刘问。

“妈妈！”永进心如刀绞，“妈妈知道吗？她要知道爸爸惨死的噩耗会怎样？妈妈呀！”他真想大声地呼喊。

蓝天上银黑色的雁群留下了声声鸣叫，远处又响起了滚滚松涛，永进心里喊道：“北飞的大雁哪，你能不能调头往南飞？把我的心带走？带给我时刻牵挂的妈妈！”

大雁没有回答，像排着人字队列的匆忙的挑夫，留下一串吱吱呀呀的扁担声。池边的垂柳替天上的大雁轻轻地摇头，池水替永进漾起了愁波。如果秀春知道哥哥也没有了自由，准不会发出那样的乞求吧？永进多难哪，他的心碎成了千万瓣呀！

“这样吧，”老刘深思熟虑说，“你明天就回故乡看你妈。”

“能行？”永进顿时兴奋起来，但马上又摇头说，“不！叫他们知道你们放走了‘现反’分子，你们要担罪过的。我不能去！”

“你放心地走吧，有啥不是我担着！”任场长摸着花白胡子说：“你应该相信我有办法对付他们；再说他们把你交给了我，对我放心。他们不会轻易到这里来，场子也保得住密。”

“就这样定了。”刘赤山掏出一叠人民币塞到永进手里，“正好给你作路费。”

“不不！我有钱。”永进推辞。

“本来就要给你，哪能不收？再说也不是我一个人的意思。”老刘又嘱咐道，“在母亲面前不要流泪，好好安慰她，我们必胜。要顽强地活着。”

永进紧紧拉住老刘和老场长的手，无限感激而又非常自信地说：“我懂了！”

“你的事也别跟老人说，免得她再担份忧。”老刘仍不放心地叮咛，“有什么解决不了的问题回来咱们再说。”

永进深深地点头，感激得说不出话来。

“人是地上仙，一日不见走一千。”第二天傍晚，听惯了松涛声的牛永进，又听到了啥身崖上姑姑等的叫声。他感到振奋，到家了！即将见到时刻挂牵着的妈妈，他的心又骤然紧张起来。一路上他什么也没听到，什么也没见到，一直想着妈妈。快到家门口时，他的腿再也迈不动了。他没有找见家门口，要不是记忆最深的童年时期把故乡印在心田刻在脑际，他真不会一下就找到这里来。两棵大槐树不见了，由爷爷年年修整的篱笆门没有了，院墙也都倒塌成土。永进立时产生了是否遭强盗洗劫的疑问；看房子还好好的，似乎又让人放心。空荡荡的院子寂然无声。永进不知道家里发生了什么事情，正要喊着妈妈奔进屋去。忽然看一位斑白头发的妇女，默默地用土坯垒西边的院墙。她身上沾着土，背略微有点驼，干活也显得吃力，但却没有一点畏难情绪。她的苍白的脸被晚霞镀上一层颜色，紧闭的嘴和喷射光芒的两眼流露出她的刚毅与顽强。永进一眼就认出来了，这就是自己引以为豪的母亲。

“妈。”永进怕惊着聚精会神干活的母亲，亲切而又轻轻地叫了一声。

“永进？”金蓟有些不相信自己的眼睛，疑惑地望着从天而降的儿子，是不是在做梦？

永进奔到她身边，亲切而高声地叫道：“妈妈！”

“进儿！”金蓟大喜过望，把儿子搂在怀里。这不是梦，是真的。她问：“妈的儿，你咋来了？”

“出差。”永进作了回答母亲提问的准备，编好的假话张口就来，“到北京办些事，顺便看看您和奶奶。”

“到北京有啥差？”

永进没想到妈妈刨根问底，胡乱想了个理由道：“来北京给单位买东西。”他有些支吾与慌乱。细心的母亲产生了疑惑。

“咱家咋变得这样大敞四开的？”

“那天忽然来了一股狂风，把咱家闹得天翻地覆的。”金蓟脸上浮现出淡淡的笑容。

永进判断出了事情的真相。也不枉他这些年在农村斗批改中长的见识。他顺着母亲的话茬说：

“一阵阵的凄风苦雨，让你受难了。都怪儿子不争气！”永进心里很难受。

“你争气又咋样？还能呼风唤雨？”妈妈又是一笑。

永进注意到母亲脸上的青筋和深深的皱纹。她瘦多了。

细心的母亲也发现，儿子一言一行都像个成熟的大人；黝黑的脸上长着硬茬胡须。这使母亲颇感欣慰。从他一降生，湿窝挪干窝，从小学到大学，就是为让他长大成人，如今他都快变成小老头了，好像转眼间的事。在儿子长大的欣慰中，更多地包含着辛酸。男大当婚，女大当嫁。按理她早该抱孙子了，可儿子仍光棍一条。儿女超过年龄找不上对象，是做父母的最头疼的事，同时还有没尽到责任的愧感。金蓟觉得没脸见儿子，渐渐地垂下了眼皮。

“妈，您不舒服吗？”永进用手心试母亲的脑门。

“我身体很好。”

“您又为我的事难过了吧？我是来安慰您的，想不到给带来了痛苦。”

“来安慰我？”母亲诧异起来。

“是的。”永进意识到失言，顺水推舟地说，“您不是为我找不上对象发愁难过吗？这次来就是要告诉您，我有爱人了。”

“真的？”母亲惊喜而又狐疑。

“这还能骗你？”

“带来照片了吗？”

“来得匆忙没顾上。下次一定带来。”永进怕妈妈再往下问，改变话题道，“奶奶好吗？”

“你进去看看吧。”金蓟说，“奶奶这些天半夜里总要叫几声爸爸的小名；人一到这个时候才可怜呢，想人想不来，自己又不能去。”

永进奔到奶奶跟前。和爷爷一样，奶奶把他当成了爸爸。永进看着奶奶枯瘦的身躯和断肠的愁容，心里头一酸一酸地难受。听到奶奶的声声问话，更使他的心像刀割一样疼痛。

当她认出是孙子，赶忙问：“没去看你爸爸吗？他啥时候能出来？给他们拍个电报，就说我想他要想死了，临死还不让当娘的看儿子一眼吗？”奶奶一连气地问。她似乎不需要永进用语言回答。她的转着泪的两眼盯视着孙子。从他的表情上她得到了真实的情况，忍不住的泪水流到枕头上。

永进不愿意用谎言安慰卧病的奶奶，什么话也没说，用手帕给奶奶擦泪，用手抚摸奶奶的皮包骨的面颊，表达孙子的情意。

晚饭时，永进把买来的北京糕点一口一口地喂奶奶，还非叫奶妈妈也吃；妈妈则眼瞅着儿子吃她做的犒劳饭菜。其实他们祖孙三代谁吃啥都不香。

永进不知道该如何安慰妈妈。因为她面对着风暴没有畏首畏尾；他不知妈妈晓不晓得爸爸的事情。他听妈妈说：

“以后别往边山和这里寄钱了。”

“为啥？”永进以为妈妈知道了爸爸遇害的噩耗和他的遭遇，颇感震惊。而妈妈却说：“你不是有了对象了吗？也要攒些钱成家呀。办事的时候告诉我一声，我也尽力帮你，没有多还有少。别看咱家连着遭灾遭难，日子还过不塌。我盘算着种菜、养鸡、养猪，只要勤谨点，啥钱都能找回来。”

“您的计划不是让狂风给吹乱了吗？”

“哪能呢？”妈妈异常坚定而又自信地说，“我的意志是不可能动摇的。你没见我在垒墙吗？恶风吹倒旧的，我再建起新的来。”

“要是妖风再给吹倒呢？”

“那我就从头再干！”妈妈说，“你没见止山的鹰吗？风越大越猛越迎着风飞。我们人更得要不屈不挠！”

“伟大的母亲！”

妈妈又说：“既然你是来安慰我的，那我就告诉你我的心思，也好使你放心。

你知道，妈这个人不相信命运，我一向认为事在人为。旧社会没少受苦受难，你老爷挑着八根绳带着一家老小逃荒到边山，受的苦难几天几夜也说不完。那个世道没给穷人安排活路。可是妈和你爸一样，不信天由命，而是奋斗着活过来了。现在是共产党领导的新社会，别看也有乌云遮天的时候，但那是兔子尾巴，长不了。所以妈更没啥可怕的。对我你就放心吧，从旧社会活过来的人，多大的困难都能克服，多大的打击都能禁住。我活一天就要朝前奔一天，决不受命运的摆布。”

“妈妈，您真是个好妈妈！”

“妈对你倒有些不放心。”母亲伸手理儿子的乱发，语重情长地说：“当初爸爸抓进6号，你看饭不馋，看天不蓝。妈真担心你会急出一场病来；现在妈更担心了，万一出现更糟的事呢？你能不能禁得住？”

是时候了，应该将真相告诉妈妈。永进想，如果妈妈知道内情还这样，他将一百个放心；如果她痛苦失常，也好进行安慰。于是他说：

“妈，实话跟您说了吧，爸爸……爸爸遭了毒手！”

永进留心妈妈的表情，见她无动于衷，这使永进大惑不解。

妈妈说：“我知道你根本不是出差，而是特意来安慰我的，对吗？”

“您都知道了？”

“边山来人送来了我的户口关系，还能不知道？”她没有透露马安的事。

永进告诉妈妈：“秀春写信报告了爸爸的事，还乞求我来看您。本来是安慰您的，您却做了安慰我的工作。”

“这回你总该放心了吧？妈是泰山压顶不弯腰的！”

“我为有您这样的母亲感到自豪！”

“既然放心了，明天就给我回单位上班。”

永进也想早点回去，怕事情败露给老刘和任喜添麻烦；又想和妈妈多待些时，还有看一天少一天的奶奶，更是让他难舍难分。他跟妈商量说：“我想帮您收拾一下战场。”

母亲说：“我自己能办好。”她嘱咐儿子：“卖啥吆喝啥，干啥谋啥。要学本领，为国为民多做好事，这就是为爸爸报了仇！你只管朝前奔吧，家里的一切你都甭惦着。”

永进在慈母的劝说下，第二天离开了家。临走把带来的那盒标本交给了妈妈：“您好生给我保管着，等以后哪天我爱人见了它一定高兴！”

和奶奶道别时，他洒了泪水，他明白，这很可能是最后的一面。

回到井头林场，永进把在路上就重新抄好的《十像诗》贴在自己的床头。

第五十二章 六亲不认

牛永进探母归来，解除了后顾之忧；本来想安慰母亲，却受到了母亲的鞭策与激励，使他精神饱满干劲倍增。他把林场当成了自己的家，当成了实验室，老场长分配他和小马倌放牧，而他给自己安排的工作，是一个科学家、研究员、林场的主人所应干的事，他都张罗着干。他把整个火一样的心都投入到他热爱的事业上。虽然他的处境在一般人看来已经落进了苦难的深渊，而他自己却感到日子过得比起没戴“现反帽子”那阵要幸福成百上千倍。

然而生活是不平静的。在他幸福扎实的航程中又遇上了轩然大波。

晚饭罢，牛永进照例进行独自散步。不知是习惯还是景色的诱惑，他又来到泉子边。在垂柳间漫步了几个来回。又坐到那块大石头上，这块石头可以说是专为他而设的。他发现赛风又悄悄地跟了来，冲它说：“回去看护场子吧，我没事的。”赛风固执地不走，永进再三说：“回吧，听话，不然我要生气了。”为不让永进生气，赛风不情愿地走了。

石头表面很光滑，被太阳晒得暖烘烘的，日头虽落到了枫叶顶的后面，石矶的余热尚未散尽。平静的水面映出永进的影子。他来此地并非欣赏黄昏的景色，也不是来照自己健美的身躯。他在为一件事情大伤脑筋。今天他又收到兰菊妹的信。前两封他看也没看就扯碎抛在水里了。只保留两枚邮票。此信如何处理呢?

晚牧归场，自打郝师傅把信给他，他就一直考虑这个问题。他照例扯下邮票夹在小本里。发现信封背面有三行小字：

“邮递员同志：如果此人已调离十面井，请将信转到他的新地点；如果所调地扯不详，请将信退回。敬礼！”

永进沉思片刻，毅然将信撕成四瓣，举到空中，正要往水里投，忽然看到了水中自己的影子，想起了林场的亲人们为鞭策他凑起来的那首《十像诗》。他觉得这样的行为与诗不符，慢慢把手放下，把信对起来看：

哥哥，亲爱的哥哥：

这是妹妹第三次给你写信，以前两封信都是石沉大海。我想你一定收到了。为什么不回信？你说过，我们的友谊是阶级的友谊，任何人，任何力量也休想把我们分开！你知道，见不到你的信我心里有多难受？我的同事们也打听你，分担我的见不到你回音的忧愁。我的亲哥哥，不管发生了什么情况，你都应该给我来信！此信发出后，如果再收不到你的回信，暑假我便到塞外千里寻兄！

永进手捧着信，反复看了三遍。他坐在石头上，直到从山里刮来的凉风吹下了夜幕才离开。他捧信的手出了好些汗。

小马倌已经把加满油擦得明亮的罩子灯点着了。永进默默地进屋，习惯地找出书、本和笔。小马倌也习惯地摊开课本，等着永进指教。永进把教他学习的事忘了。他本人也没看书和动笔，呆若木鸡地坐在那里。小马倌以为他又在构思，没打扰他。他把昨天学的课文看两遍，默写一遍。写罢与书上核对无误，就看下一课。有几个字他不认识，就写在纸上，然后轻声地问：

"永进叔，这几个字念啥？"

永进想起没给他上课感到内疚。他指着课本一字一句地给小马倌念。学生很聪明，只一遍就把几个生字记住了。永进还要给他讲，他说：

"甭了，书中的意思我全懂，等明天到山上我跟你说。现在快忙你的吧。"小马倌把课文功整地抄一遍，把生字写两遍，然后鸣金收兵。他把两卷行李都拉开，出去给马添草。回屋见永进还两眼发直地呆坐着。他还细心地发现永进眼角的泪水，在油灯下闪着晶莹的光。他从未见永进这样过，大惊小怪地说：

"永进叔，你哭了？"

"是吗？"永进眨眨眼睛，用手指肚揩了揩眼窝，强笑了一下说，"敢情还真有泪，我都不觉得。"

"啥事让你这么难过？"小马倌不知所措地问。

"没啥。"永进又笑了一下，"你知道老黄牛也流泪吗？"

"咋不流？我还用手给擦过呢。不知是累的还是难过的。"他莫明其妙地望着永进，不知他问这干啥。

"这就对了。"永进自言自语。他催小马倌快睡。

小马倌带着疑问躺在被窝里，不久就发出了均匀的呼吸声。

夜很静，赛风不时地叫几声，显示它守卫的忠诚。永进在灯下艰难地给兰菊妹写回信。他写了扯，扯了写，桌上团了好几页纸。最后写成这样一封信：

兰菊：

请允许我大胆地再叫你一声妹妹！

你一连来的三封信我都收到了。

我本来不该再给你写信。出于良心的不忍，觉得还是向你把话说明的好。

我是说过，我们的友谊是阶级的友谊。可是有人硬把我们变成了两个阶级。我的一家都被赶出了无阶级队伍。所以我们的友谊也应该因为我们变成了不同的阶级而结束。

我不能不如实告诉你，爸爸终于被他们害死，定为“现行反革命”，万尺帆布的贪污犯，连骨灰都无影无踪；秀春被强迫到农村插队；在故乡的妈妈也未能逃脱他们的迫害；我也被戴上了“现行反革命分子的帽子”，到井头林场劳动改造。

兰菊，我不能叫你受到株连，我不希望我家的悲剧在你家重演。所以我决定和你们断绝一切关系！

兰菊，把我忘掉吧！如果现在还保存着我的信件，请全部给我寄回。我要把它们烧掉，用这把火烧掉不属于我的一切！

兰菊，我不希望你为此而悲伤。如果那样，我的心将更加痛苦。你要勇敢地朝前奔！留心地平线上的朝霞吧，它会告诉你我怎样生活。

叫叔婶多保重！祝你和小妹妹天天向上！

这封信发出后，很快收到了兰菊的回信。

永进哥哥：

尽管你只想叫我一声妹妹，但我永远承认你是我最亲的哥哥！

看了你的信，我的泪水流成河。你这么长时间不来信，来了信又说了这样绝情的话，你知道妹妹的心里多难受吗？要是你在我身边，我不哭着打你才怪呢！

天安门广场一别，我对你百般挂念。不知魔爪会不会伸到你那去。我写信询问，满怀期望等你的回音。

我已经摸到了规律：我的信一发出，第七天头上准能收到你的回信。前六天我都是很坦然地过去的。到了第七天，我的心开始激动。因为等邮递员一到就可以读到你激情昂奋、感人肺腑的信了。下午下第二节课，报纸来了，竟没有我的信！我把报纸都展开，里外翻个遍也没有；我把几封别人的信一封一封地又看两遍，还是没有我的；但我仍不失望，我怀疑传达室宋大爷跟我开玩笑。等他一本正经地说真没有，我的心立时冷下来。那也不认为你没写，怀疑邮丢了。

我怀着侥幸、疑惑、期望、焦灼的心情一连给你发了三封信！

由于见不到你回音，我作了各种设想，甚至比你信上说得还要严重。可我做梦也不会想到你竟单方作出如此决定。你也太不了解自己的妹妹了！

我想了，可能是牛伯伯的事株连到你，再加上你的刚直不阿的牛性子脾气，他们很可能对你伸出“无产阶级专政的铁拳”。但我相信，任何打击都不会把你压倒。因为你是一个为真理斗争的英雄。我也相信你会以一个胜利者的姿态向我报告一切消息的。

我又想，你虽然逃出这儿的魔爪，可能又被那儿的魔爪抓住。怕措辞激烈信发不出，你会含蓄和幽默地讲，或是写几首诗，我都能看懂。如果我知晓你坐牢的消息，我会去看你。我们在狱中相见，一定会使你大喜过望。你会含笑跟我讲“飞雪迎春到”！

可是没有迹象表明你已入狱。我的信未被退回就使我相信这一点。你那刚打开的话匣子为什么关住呢？这个谜使我心焦。我在等着你讲真实而生动故事！

我又开始胡思乱想：莫非你嫌我跟不上你前进的脚步？要是那样，你更应该帮助我。因为我是你比手足还亲的妹妹。莫非我们有对不住你的地方？那你也应毫不客气地提出来。我们三代人都是患难与共的阶级亲人。莫非你病了？那写封短信也可以呀！

任凭我按图索骥，任凭我胡猜乱测，都找不出个恰当的答案。我身心绞痛，像有该死的恶魔纠缠。还是我的同事想出了主意：“放了假去找他！好好耍耍你当妹妹威风。”暑假找你是一定的。见了你我不会耍威风，只能告诉你我是怎样地盼你信来着。

信！终于让我盼来了。你毕竟还是我的亲哥哥，最了解妹妹的心。正当我万分想念你的时候，你就来跟我说话。我从来不把你的信只看作信，那是一颗诚挚的心！每当我读你信，好像觉得你就在我跟前与我说话。

我怀着甜蜜的心情拆开了信。第一句话就把我呛得倒吸了一口凉气。为什么叫我允许你只再叫我一声妹妹呢？

我往下看，泪水模糊了我的双眼。由于在备课室里，我不想叫同事们看到我的眼泪，强忍着，直到把嘴唇咬破出了血，终于没忍住恸哭了起来。

我的哭，绝不是因为我不懂事，也不是悲痛你的命运，更不是畏惧这像寒流一样袭来的沉重打击。我是为你的狠心而流泪，为你单方作出错误决定而忧伤，为你忍痛割爱而难受。

亲爱的哥哥，虽然我连打你的心都有，但妹妹并不恨你。我明白你为什么要作出这样的决定。我也理解你痛苦难忍的心情。你一定是把泪水哭干了之后才给我写的那封信。你信的字里行间都浸透着殷红的血和悲伤的泪。我也知道，这样做也并非完全是你心狠，而是有比你更心狠千万倍的豺狼，硬是把我们好好的一家人拆散！

永进哥哥，你说怕株连，难道我就不怕株连你吗？哥哥呀，可不能那样看问题。以前都是我听你的，今天妹妹要批评你。我也不怕你说妹妹班门弄斧、出言不逊。全国人民的心都是连着的。这一点难道你就想不通吗，哥？

亲爱的哥哥，妹妹早就意志坚如铁：杀头跟你一起赴刑场，坐牢跟你一起进班房。你被打成“反革命”，我甘愿当你受株连的妹妹。总之一句话：妹妹从思想上离不开你这个哥哥！

朝霞红得像火似血，四周都红。我总觉得你就在如火似血的朝霞里。我要向你学习，像你一样流汗流血！

永进把妹妹这封用泪水写成的信捧读好几遍。他连夜给兰菊妹回了信。其中有这样的话：

“你给我上了一堂生动的课。你的信像一面镜子，照出了我的不足。是我错了。我诚恳地接受批评。等哪天向你负荆请罪。有这样志同道合心心相印的好妹妹，我的奋斗哪能没有劲头呢？”

第五十三章 小马倌的神话

春姑娘在塞外停留的时间非常短暂。深山里的人们还没欣赏够粉红的山杏花和接踵而开的深粉红的山桃花，夏天就给群山披上了葱绿的盛装。松林在阔叶林的翠绿的衬托下显得格外墨绿；红里透黄的娘娘脚脱掉了御赐的黄袜，长出了细长的豆荚；一簇一片的胡榛子长出了毛刺刺的胡榛；葱郁的山坡点缀着鲜嫩的黄花和浮云似的白芍；火红的山丹丹开放在整齐划一的白羊草中间；梯田和滩地里也长出了绿油油的庄稼。夏天的大地比美丽的春天可要丰富多彩。就连高远的蓝天也被吸引得低垂下来，白云更是依恋着不走。因为春姑娘并未远去，在绿叶间能看到她躲藏不住的身影。

被开除公职打成"现反"分子在林场劳改的牛永进的生活、工作和学习，也像藏着春天的夏天一样丰富多彩。他比刚分来时胖了，但还是那么精神饱满；没有了走出校门时的充满学生气的幻想，变得内向与深沉；不过还是那么坚贞，对一切充满了信心。

和牛永进形影不离的小马倌一有时间就被工人们叫去讲永进的故事。永进的故事也多着呢。人们问小马倌永进有无爱人，小马倌说有，问是谁，回答说："老刘、任爷爷还有我和你们大家。"人们一阵笑，向不晓得啥叫爱人的小马倌解释说永进有无女人。他摇头说不知道。人们让他侦察。他直接问永进。永进不语，他生了气，永进才向他透露点实情。于是小马倌向人们炫耀说永进的女人好着呢！人们再往下问：这女人在哪，叫啥，咋从未见她来过……这些小马倌可一点都不知道，但他却跟人们说："这是秘密。"

在进山放马的路上，小马倌与永进同骑一匹马。他进一步向永进了解他女人的情况。永进告诉他说：

"由于家里出了祸事，就与她中断联系。她现在怎样我也不知道。"

"这就怨你。"小马倌毫不客气地批评他，"平时你教育我要诚实，你也给我做榜样。可你对自己的爱人为啥不讲真话呢？如果你讲了，她变了心，说明她不配做你爱人，也省得你老把这样的人当知己；如果像刘书记爱人那样，有福跟着一块享，有罪跟着一块受，你不比现在更美！”

永进被朋友批评得深感内疚，他狠狠地谴责自己：“我真后悔！”

“你打算咋办？”小马倌问。

“等我的身体和我的思想一样自由的时候，我就去找她。”永进坚定地说。

“可是人家嫁了别人咋办？”

小马倌天真的提问使永进陷入深深的痛苦中。

他们把牲口赶到牧坡上。永进登上山顶。壮丽的自然景色使他陶醉。而他的心仍感到酸痛，他自言自语地说：“我真后悔！”

中午永进没有回场，让小马倌带饭来。

场里人利用午饭的时间围着小马倌问长问短问东问西。有人问永进采些个花呀草的有啥用，还有人问捉那么多虫子蛾子蝴蝶的干啥。这些问题几句话可说不清。小马倌只回答说：“这都是大学问。”又有人问：“你们整天在山里都干些啥？”小马倌理直气壮地回答：“当然是放牧！”其实永进在山里可不光是放牧，他搞了好多试验，不是干活就是看书写字。可是小马倌不能向人们讲，万一走漏风声，让郑红闫生知道了对永进不利。

人们关心永进，了解永进；小马倌也愿意把永进的情况介绍给人们。他说：“我有三个解不开的谜。”这下人们更来了劲，纷纷要求：“快说出来让我们帮你猜。”小计马倌抹了一下嘴：“你们敢情吃饱了呢，永进叔还饿着呢。”说罢他拿上郝爷爷给准备好的饭盒跑着进山去了。

小马倌的三个谜，一是永进用的纸夹子，使得非常旧了，都分辨不清它原来是啥样的，他都舍不得换新的。说他小气，他把手表卖掉买试验用的种子；说他大气，连个纸夹子的钱都舍不得花。小马倌理解不了，认为是个谜。

第二个谜就是永进的那支笔。小马倌不只一次地发现，永进叔只要一拿起这支笔，他的什么精神都来了，什么劲头都有了。常常忘了吃饭和睡觉。小马倌不可思议，也认为是个谜。

林场的午饭一般总是山药汤蘸莜面。山药汤烂糊糊的，莜面窝窝筋筋的。人们吃着可香了。郝师傅总是对永进格外关照，不是在他的汤里放个鸡蛋就是加些豆腐。开始时永进百般推辞，甚至以绝食相要挟。郝师傅就是坚持，说刘书记任场长都支持他这样做，工人们更是没意见。永进只好认可，他把这份情深深地记在心里。这是人民的情和爱，他立志要千百倍地报答。

白桦树下，小马倌看着永进叔吃饱喝足，从草地上站起来，打了个响鞭，说去看马。永进冲小马倌拍了拍黄挎包，说：“有事叫我。”小马倌会意打着响鞭而去。

小马倌走后，永进站起来伸了个懒腰，重又坐下，靠在光滑的树干上，以腿当写字台，把小马倌说的那个旧纸夹子从挎包里取出来，又从夹子里拿出一叠纸，放在写字台上用神笔写起字来。

永进的一举一动小马倌都看得一清二楚。他真不明白永进的心里咋那么多话，老也写不完。“一定是神笔在起作用！”小马倌这样认为。

小马倌又放牧又留心观察永进，西北上来乌云都不知道，隆隆滚过的雷声把他惊动。紧接着吹来了凉风，他抬头看了看天，大有黑云压城城欲摧之势。“不好，要下蛋子！”小马倌把牲口赶到山坳里，又跑回来找永进。铜钱大的雨点子噼里啪啦地掉下来，而永进还没发觉。

“永进叔，来雨了！”小马倌跑到永进跟前，把腋下夹着的草帽扣到他头上。

永进慌忙收摊。他命令说：“快离开大树！”

“为啥不在这避雨？”

“这有危险！容易中雷电。”永进托着小马倌跑出离大树三丈远的地方。雨点越来越密。打在手上、脸上感到麻酥酥的，让人起鸡皮疙瘩。永进把草帽给小马倌戴上。真是暴风骤雨。没容他们找地方躲，冰雹就随着雨点没头没脑地打下来，砸到小马倌捂草帽的手上，像被弹弓打上了一样疼。他看见打在永进头上的冰雹被弹得老远。永进本能地把手捂在头上。一抬胳臂，腋下夹着的挎包掉在地上。小马倌给拾起来：

“快把书包顶在头上！”

经他提示，永进不但不往头上顶，反而抱在怀中，像保护婴儿似的不让受雨淋雹打。

小马倌不忍心让永进叔挨蛋子打，把草帽摘下来，往高里一跳给永进戴上。永进没再推让。他把小马倌搂在怀里蹲在草坡上。雨和冰雹越下越大，连那株白桦树都看不见了。一切都包在冰雹和雨的幕中。

“牲口都哪儿去了？”永进关切地问。

“都赶到好地方了。”

“它们怕不怕？”

“平常！”

霹雳响在头顶，震得山坡都直摇晃，群山发生共鸣。鸡蛋大的冰雹打在永进身上，在永进怀中的小马倌听来像咚咚咚胡乱敲击的鼓声。

“永进叔，疼吗？”

“开始觉着疼，现在不觉着了。”

急风暴雨来得迅猛，过去得也快。像天兵开战，给大地丢下了双方的战耗品，连响着隆隆的战炮移到东南的天边去了。随着习习的和风，西北边铺开了湛蓝的天。

像解除了防空警报似的，小马倌从永进怀里钻出来。永进却还像木鸡似地坐在那里。

“永进叔，快起来呀！”

“我动弹不了啦，快拉我一把。”永进除了胸脯有块干地方，从头到脚整个湿透。他面色苍白，嘴唇发紫，上下牙直打架。他的臂膀和脊背都被蛋子打麻了。小马倌很害怕，担心地问：

“不要紧吧，永进叔？”

“平常！刚才是叫冰雹砸的，起来活动活动就好了。”

“你的手像蛋子一样凉。”小马倌仍不放心。

永进下意识地搓搓手：“快去看咱们的马！”他率先朝山下跑。小马倌见他跑得还是那样起劲，也就放心了。

他们跑到山坳，牲口都安然无恙，摆动着尾巴吃露在冰雹外面的草。那头小马驹高兴得跑来跳去，见到主人时还朝天嘶叫两声，像是报首战告捷之喜。

小马倌也高兴地抽了几下响鞭。他从草窠里拾起几颗冰雹来，自己先放到嘴里一颗，又挑一个大的送到永进嘴里。他俩像吃冰糖似的嚼碎咽了。他看看黄挎包，只湿了一小片，里边的夹子和纸都干干的；再看看小马倌，像刚从老鹰翅膀底下飞出的小雏，在狂风暴雨中没有损伤一根毫毛。永进也情不自禁地跳起来。畜群自动回牧坡吃草。小马倌伸手抓了抓永进的上衣口袋，大惊小怪地说：

“哎呀，不好！你的钢笔跑丢了。”

“没有的事。”永进无动于衷地说。

“真没了。不信你摸。”

“我的神笔没在那，在这呢。”永进从包中取出笔让他看。

“神笔？”小马倌颇感好奇。

“对，神笔！”永进故意把笔在他面前一晃，又小心地放回包里。

小马倌叫永进回场换衣服。他答应着走了。但他没有回场，而是到他的试验田看有无受冰雹的危害。

永进又回到牧坡，见畜群安然吃草，小马倌一跑一颠地采黄花和尚未打伞的蕨菜，他便把湿衣服脱下晾到白桦树上，又坐在树下像雨前那样写起字来。

小马倌突然发现白桦树上的衣服，接着又发现了永进叔。他钦佩地说道：

“神笔，真是支神笔。”

小马倌终于将神笔之谜传了出去。这天晚饭罢，林场的工人们约好到永进屋来看。其中自然少不了赛风。

永进很愿意和朋友们聊一聊。他把爸爸将得奖的金笔赠给他，鼓励他努力学习，后来金笔丢失，心疼得他吃不下饭睡不着觉，直到从苗圃地里找回心才放回肚里的情形，当故事讲给人们听。回忆往事，有甜蜜的幸福；面对现实，更多的是辛酸的悲哀。

人们散去后，永进和小马倌在灯下工作和学习。赛风在屋里和他们做伴。小马倌做完功课，提着马灯给马添草。他从马棚里出来，听到大队广播喇叭喊任喜接电话，他的心又提到嗓子眼，快步回屋，拿起笔给自己出了道算数题：“永进叔四月来场，到七月来场共几个月？公社一共批斗他六次，平均每月批斗几次？”他算出得数来，把题和解交给老师。永进看罢，冲他笑笑，用笔把六字改成五字。

“不能改，”小马倌解释说：“刚才大喇叭又广播叫任爷爷接电话，我估约着又是叫你去公社挨斗。”

永进又将五字改过来，在题解后边打了对勾，继续写字。学生劝他道：

“永进叔，你要早点睡，明天好有精神。”

“没事。”永进满不在乎地说：“爱谁批谁斗，我把眼一眯，就是最好的休息。”

小马倌在为永进祷告中睡着了，永进继续工作到深夜。

第二天，牛进并没被公社叫去。中午时在赛风的汪汪叫声中闫生进场。他一进大门就被赛风震慑住了，不敢再迈进一步。赛风毛直立，眼射凶光，张着血盆似的大口追咬闫生。伙房郝师傅出来把狗撵去，闫生进屋。

林场正开饭，人们见闫主任驾到都主动端着碗离开伙房。任喜表面热情地接待他，派人去买鸡蛋、豆腐，给他另开锅。闫生对此不但不拒绝，反而连句客气话都没有。他觉得在自己的辖区享受太上皇的待遇是天经地义合理合法的。

“怎么没见那个反革命？”闫生问。

“在山里放马没回来。”任喜说。

“午饭也省下了吗？”

“不，由小马倌给送。”

这时小马倌拿着饭盒过来，他用愤恨的目光瞪着闫生。

“对，饭还是要给一口的。对这样的人，我们也要给出路。”闫生发现小马倌，叫住他问：

“牛永进在山里干什么？”

“放牧呗！”

“他为什么不回来吃饭？”

“他说为了让牲口吃好。”

闫生转了转眼珠，又问：“你跟他在一屋住吗？”

“场长让我监督他。”

“他都有什么不满言论？”

“不知道。”

“他没骂过共产党吗？”

“这怎么会！”小马倌说，“永进讲，没有共产党就没有新中国，也就没有他们一家。他哪能骂救命恩人呢？”

闫生被小马倌呛得说不出话来。任喜给他下台阶说：

“闫主任，永进知道小马倌是咱们的探子，所以他不会对他说什么。咱们快回办公室喝酒去。”任场长又训斥小马倌道：“告诉牛永进，他要是把马给我放瘦了，那我可不答应！你也得好好监视他！”

小马倌听出来了，这就是要告诉永进注意身体；也叫他好好照顾他。

闫生对办公室门前的那畦花很感兴趣，蹲下来看，采下一朵闻香。任喜告诉他，这叫大烟花，是闫守贞来时种的。这畦花给牛永进招来一场祸。

第二天牛永进被通知到公社开会。全林场人又开始提心吊胆，个个愁眉不展。小马倌为缓和气氛，给人们讲述他的第三个谜。其实这个谜小马倌已经解开了，此时讲出来是让人们猜的。

“永进叔常常自言自语地说：我真后悔。他说这话有时在山坡上，望着远处的青山和蓝天上的白云，皱着眉头说罢就摇头叹息。好像做了件天大的错事。那个难受劲就别提了，换一个人会痛苦地大哭的。夜深人静，他工作罢睡觉时，我也不止一次听他说这话。”

“是呀，”听了小马倌的介绍，有人说，“真是让人后悔，怀着一腔的热血，为了绿化山山岭岭，改变咱这的穷山恶水，心没少操，劲没少卖，到头来闹了一顶反革命的帽子。要不是死乞白赖地要求到这来，恐怕……”

“他绝不是后这个悔！”小马倌反对道，“他说过，不把咱这绿化好，他就不离开。说咱这地方好，人更好，舍得为咱献出一切。他虽被打成反革命，但他并没拦兴。我们都看着了，他在拼命地工作。所以他绝不是后悔到这来，不信就打赌。”

没人跟他打赌，也没人再问永进到底后什么悔，都含着热泪不再言语。

牛永进被打得遍体鳞伤，一步一挪地出了了十面井。忽听身后有人喊：

“永进同志！等一等。”

是谁这样胆大妄为，竟敢管一个“现反”分子叫同志？永进颇感奇怪，便停住脚步，慢慢地转过身来，朝喊声望去。他模糊地看到有一个人影朝这边跑来。要是在平时，只要他看一眼就能断定来人是谁。可是今天，他的两眼都被打肿了，只能看到一个模糊的身影。听声音是一个熟悉的女同志。他不敢确认是谁，反正不是于树林。她已和二厂的工人结了婚。自从永进被戴上反革命帽子，他们只隔着玻璃窗见了一面。

那个模糊的身影在永进眼里变得清晰起来，是闫守贞。她跑到牛永进跟前，一把抓住他的手哭泣起来。

“你为什么要这样？”永进深为诧异。

闫守贞泣不成声地说：“是我的过错让你挨了打。”

“到底是怎么回事？”永进仍不解。

“林场的大烟花是我种的，闫生却给你定了繁殖毒品的罪名；如果种花有罪，应该定到我头上；而你把罪都揽到自己身上，咋挨打也不揭发我一个字。我真恨自己没能上台为你鸣不平。”

“他们打我时，没见你在场呀？”

“闫生施手腕把我反锁在宿舍里，于树林回屋，我才从她嘴里知道这事。”

永进说：“根本原因绝不是那畦大烟花，那只不过是一个借口，没有大烟花还会有别的借口。所以你不要为此伤心难过。我不怪你，你也没错。那不是毒品，只是花。如果是毒品，不管是谁种的，我也要承担责任。你可以心安理得，快回去吧。”永进推开她那双像她的心一样滚烫的手。

“不！”闫守贞搀扶他说，“我要送你回林场！”

“这怎么行！”永进本能地向后躲了两步，“我这么大个人用不着送；再说也会招来闲话。”

“我不怕说闲话。我已经看清了，你是一个真正的好人。我打心眼里爱你。我也可以嫁给你！”

“嫁给一个现行反革命？”永进苦笑着问。

“我不认为你是反革命，你是一位英雄，还怕你不要我呢。”

“非常感谢你对我的信任。你是一个正直而又善良的好姑娘。虽然命运注定我们不能结合，但也请别认为我嫌弃你，那才刺伤我的心呢。”

闫守贞的脸红红的：“现在我要送你回场。有啥话在路上说吧。”

“我已经说过不用送。”

“我跑来就是为送你。”

“为什么？”

“于树林告诉我，散会时，张润文要派人送你回场，闫生不叫；张书记怕你在半路上自寻短见，闫生宁笑着说还怕你不这样呢。小于要来送你，我听了就赶到了她前头。”

永进听罢放声大笑起来：“告诉你，好心的姑娘，我是不会死的！我热爱人生，还有未竟的事业。你看这莽莽的群山，我爱它们，它们也爱我。在这么多的爱中我不能死，再难我也要坚强地活着。永远活在世上才对我的心思呢。别看现在这样，用不了多久，一切都会正常的；如果等不到那天我就被打死，我死也不瞑目！”

“你的话既让人欣慰又让人伤心，我相信你不会自寻短见，但还是答应我送你一程吧。”

“真是善良的姑娘，我没有理由不愿意和你多待会儿。你知道吗？你种的那畦花还有一个美好的名字：虞美人。正像你守贞。此时此刻、此情此景，你让我非常感动。”

闫守贞也感动得哭了。她紧紧抓住永进的手，真情实意地说：“永进，我们逃离这里吧，远走高飞。我愿意永远和你在一起，任凭到天涯到海角，只要在你身边陪伴，我都心甘情愿！”

永进感动得泪流满面：“守贞，我会永远记住你的话和这个美好时刻，这种温馨将永远陪伴着我。为了你的这份情这份爱，我也要好好地活着。我不逃走，我要勇敢地面对现实。”

“可是现实对你是这样的残酷。”守贞用手帕给永进擦冒血的伤口。

“这正是对我的历炼。守贞，你放心地回去吧。”

“我会永远地祝福你。”

“我也是。你是天外飞来的天使，你将永远让我感到美好。”

闫守贞被劝回了。她一步三回头，永进望着她的身影消失在村庄里。

牛永进继续朝前走。没走多远，赛凤突然出现在他身边。这位朋友和牛永进有着特殊的感情。它刚满月时，是牛永进把它从公社粮库用自行车载到林场的。那天它晕车直吐，晚上孤单地号叫，永进把它抱到炕上，让它睡在他身边。它的响亮的名字也是永进起的，取自一个美丽的故事。此时它见了永进，先是亲昵地在他裆下钻了几圈，又把前爪趴到主人的胸脯上，发出了凄惨的叫声。好像在问：“是谁把你打成这个样？”永进的满头黑发被揪得乱蓬蓬的，青一块紫一块的脸上血迹斑斑，衣服上沾着不少土，几处被扯破，露出肉的地方也见到伤痕。赛风添着他的衣扣，不时地号叫着。

“叫什么，不认识了？咱们快走吧。”永进抚摸一阵赛风的头，推开它向前赶路。赛风在他的前后左右跑来路去。这时候，如果有谁敢动永进一根毫毛，赛风会把他吃掉。

牛永进感到浑身疼痛松软，就像散了骨头架，行进的速度很慢。走一程还要歇一会儿。过了红山嘴进入山沟以后，他看见路边花草间有蝴蝶飞舞，其中有一只特别好看。永进两眼就盯住了那只，小声道：“我还没有这样的标本。”等那只蝴蝶落稳，他蹑手蹑脚地摸过去，冷不防伸手把蝴蝶捉住。他自己也摔了个嘴啃泥，牙也碰出了血。新伤带旧伤，疼得他躺在了地上。赛风又凄惨地围着他转圈地叫。它叼住他衣服的后襟，一个劲地往高抬，永进趁势想从地上爬起来，可是没成功，疼得他头上直冒汗。汗水浸湿了脸上的血迹，伤口又往外渗血。赛风把嘴伸到永进的脸前头，像是焦急地询问主人的伤势。永进伸手抚摸它的头，安慰它说：

“不要紧的赛风，我歇会儿就能起得来。”他把手中的蝴蝶举到眼前，报喜似地说：“你别看我摔了跟头，看我捉到只多么好看的蝴蝶！”赛风伸过鼻子嗅了嗅。永进说：“现在看不好，等回去把它展了翅做成标本你再看，好不好？那时才好看呢。”

永进喘息了一会儿，慢慢地爬起来，在赛风的警卫下，慢慢地走回林场。

第五十四章 等待平反者的狂想

牛永进点着马灯，给马添草。秋虫早已在悲鸣中消失。山里的夜迷人的静。夜鸟都格外爱护这夜的安宁，发出的叫声都是短促的。繁星像是经过擦拭的明珠，在迷人的夜空中闪着耀眼的光。

“天河调脚，棉裤棉袄。”永进从马棚里出来，遥望茫茫的银河，叨念起儿时奶奶教的儿歌。那时候，奶奶讲故事到深夜，睡觉前出来解手，仰望天上的银河，让他认牛郎织女星。永进从小就同情牛郎织女，恨硬把他们分开的王母娘娘。此时此刻遥望星空的牛永进，不禁又是悲从中来：“听奶奶故事时，虽然恨蛮横霸道的王母娘娘，但并不知道牛郎织女的苦衷，当时奶奶也没有说。现在我总算体会到了……我真后悔！”

赛风听到他的声音，摇头晃尾地跑来和他亲热。永进抚摸它的头，问道：“刚才我说的话你都听到了吗？”赛风“汪汪”叫了两声。永进又说：“你知道我后悔什么吗？”赛风答不上来。“你不知道，”永进非常惋惜，“要是知道了该多好！”

赛风突然甩开永进，箭一般冲到门口。门口有了动静，但它一声没叫，说明进来的是场里人。谁呢？这么晚来场有什么事？

永进一见到黑影就认出是老场长。他连夜从公社赶来都没进家，急着报告永进一件大事。永进见他满头大汗，心疼而又责怪地说：

“有啥大不了的，您还连夜赶来。我随时都准备着呢，啥时批啥时斗由他们的便！”

“这回你可猜错了，不是啥大不了的事，而是天大的事！”他抓住永进的手，胡须兴奋地抖动。

“发生了什么事？”永进有些紧张。

“‘四人帮’抓起来了，‘四害’倒台了，你解放了！”

真是天大的喜讯！牛永进天天盼着这一天，他坚信这一天终究会到来，只是没想到来得这样的快。永进抓住老场长的手只说了三个字：“胜利了！”他没有欢呼，也没有雀跃，涌出的热泪代替了一切。

永进接连收到两个妹妹的来信。秀春妹的信是这样写的：

“边山的十月，不似春光胜似春光。金风把黄金赠给了五谷，给林薮的绿衫也镀上了金黄。你所处的塞外该是秋风萧瑟一片灰茫了吧。然而不管自然气候如何差异，我们都应该处在同一个欢腾的气氛里。

“我们终于用战斗迎来了胜利的一天！水沟的群众自发地组织起来到边山扭秧歌。我当然也参加了。我们的队伍和高擎彩旗的工人合在一起，喊着震天响的口号转了几条街，又浩浩荡荡开进融园，来到6号小门口。这里我们不知来过多少次，但我从未感到像现在这样自豪过。人们高呼着口号，要求释放田大伯和田黑金。司仁连等打手像丧家犬一样跑得没了影。愤怒的群众捣毁了那个森严的小门，像潮水一样冲进去。等我挤到前边，人们已经搀扶着田大伯和黑金哥出来了。我简直认不出来他们。田伯的头发白的像雪，黑金哥瘦得不成人样，戴着脚镣。真没想到我们竟会这样在这里相会。一个大力气的工人给黑金哥砸开镣铐。他还要放一把火烧掉这个非法监狱，被黑金哥止住了，他说留下这个罪恶的见证比毁掉它更有意义。

“救出了亲人，人们继续游行。田伯和黑金哥被拥到队伍的前列。黑金哥举着被砸开的铁镣。我脱离开秧歌队跑到前边，一手搀着田伯，一手挽着黑金哥，昂首挺胸朝前走。

“游行队伍所到之处，人们鼓掌，放炮放花，比过大年还热闹。当晚我没随秧歌队回村，住在为我操碎了心的田妈家。田妈被这样大这么多的喜事给闹蒙了。她捧着我的脸笑又摸着儿子的镣伤哭，真是百感交集。在欢庆胜利的时刻，我也自然想到了爸爸。今天的胜利是多少像爸爸这样的人用鲜血和生命换来的呀。谈话间他们又问到你，我告诉他们你信里说的情况，说你被安排到林场搞科学试验工作。他们都为你逃脱‘四人帮’的魔爪感到庆幸。田伯和黑金哥的身体虚弱得很，我很想帮田妈照顾他们几天。田妈也百般留我。但我还是决定明天一早就回村去。这次没人强令我，完全是我自作主张。因为越是胜利越不能离开自己的岗位。

“另外告诉你，帆布案的线索已经越来越清晰。以后专门跟你讲。

“田妈非拉我跟她说话。为了让你早点见到信，不得不就这样寄给你。”

真是一封报喜的信！虽然秀春没有细讲，但永进已经想象出当时队伍游行的场面。

知道内情的兰菊妹妹，则更多地关心永进的政治生命。她在信中写道：

“十月里刮春风，塞外也不会例外。你这顶反革命帽子该扔了。你要及时地报告我平反的喜讯，我在焦急地等待着！”

林场的人也都以为牛永进会很快得到平反。但日子一天一天地过去，丝毫也听不到什么音讯，急的老场长几次到公社去问。头一次得到的答复是“先等等”；第二次是“上边还没有精神”；第三次回答明确了“牛永进是因为参加天安门反革命事件和攻击党的方针政策才定得罪，不能平反。”

老场长如实把情况告诉永进，他还要到县上去找。永进劝阻道：

“任大伯，您用不着这么急。春风既然刮开了，不吹化地冻三尺，不吹来百花盛开是不会止住的，要有一个过程。虽然没给我平反，但我和你们一样体会到了党的阳光的温暖。”

任喜还是到县上去了。他质问郑红：

“‘四人帮’倒台这么长时间，你们为啥还不给牛永进平反？他是直接受四害迫害的英雄。”

“他算什么英雄！”郑红仍不可一世地说，“牛永进是因为参加反革命政治事件和恶毒攻击毛主席的无产阶级政策才戴的帽子，不但不能平反，还要对他进行批判。”

“你继续执行‘四人帮’那一套！”

“你老头子知道个屁！牛永进是‘四人帮’一条线上的。”

“你血口喷人！”

“我有证据。”

“拿出来看看。”

“江青说他‘大有厚望’。”

“那又咋样？永进就是大有厚望嘛。”

“所以不能平反。”

…………

老场长为永进鸣不平不成，惹了一肚子气回来。

永进听罢他的介绍，嗤之以鼻地一笑，安慰气得喘粗气的老人道：

“大局已经定了，小小的郑红一手遮不住天；他只不过是会变化的小爬虫，不然便生存不下去。”

第二天，牛永进忽然提出一个使人意想不到、使老场长大为惊骇的要求：

“任大伯，我有个计划，您务必帮我实现。”

“啥计划你就说吧，对你我没有不答应的要求。”

“您到公社找闫生汇报，就说我这些时在林场不服管制，要求让我到全县各村轮着批斗。”

“这叫啥计划呀！”老场长急了，“躲都躲不及呢，哪能故意往火坑里跳！你别担心郑红要批斗你，他在县里咋批我管不了，想从我这里要人没那个门。除非让你出去做官，否则谁来要我也不放。他总不能调来军队抓你。那我们也能保护住你。”

“任大伯，您还不了解我的意思。”

“啥意思我也不能按你的要求去做，说你的坏话我张不开嘴。你不能去自找苦吃。”

“我是要自找一点苦吃，这是工作上的需要。”

“你到底要干啥？”

永进向老场长说出了自己的计划：

“我以为‘四害’一除，很快就会还我一个公民的权利。可是看情形还要有一番周折。然而我不能等，再这样等下去我会发疯的！我必须尽快把整个大马群山区考察一番。除了‘四害’，四化建设将大发展。我们这光山秃岭，发展林业有更大潜力，为了向组织提供正确合理的建设方案，我要踏遍全县的山山岭岭，进行我计划好了的专业考察。我想了许久，在目前情况下，只有让我去各大队游斗，才能实现这一计划。如果一天去一个大队，再加上大雪封山、阴天下雨，有一年半或两年的时间就能走遍全县四百多个大队。白天我走山串岭进行踏查，晚上站在台上让人们批斗，只要不打得我走不动就行。”

老场长不出声了。他很钦佩永进，过去只把他看成是一个好人，好干部，渐渐地永进在他眼里变成了国宝。他抱着烟锅想了半晌才说：

“我很赞成你的计划，可是这样做我不放心。”

“社员们不会打我的，您不放心啥？”

“你想得太简单。咱们大马群山区不是轻易用脚板子走过来的。还有毒蛇猛兽，变化无常的天气。也许你爬到山顶上来雷雨，也许你走到沟岔下来山洪。冬天的白毛风刮得人睁不开眼，把人活活冻死在路上。想不到的困难多的是。”

“您就放心吧，我早就做好了吃大苦的打算。”他拍拍大腿，信心百倍地说：“您就等着听喜报吧。”

“一天两天十天八天都可以，日子长了能受得了？”老场长还是不放心，“再说你一个人出去连个信都没法通。”

“我跟永进叔一起去！”小马倌自告奋勇地说。

“这可不行！”永进反对说，“不能让你也去吃苦。”

“跟你吃苦我也高兴。再说你还可以继续教我学习。”

“你年龄还小。”

“这有啥关系？能爬山不就行了吗？”小马倌央求道，“答应了吧，永进叔。保证不给您添麻烦。”

“出去久了不想家吗？”

“你不想我就不想。”

小马倌想在口试场上取得好成绩，老师不再发问了。小马倌像考上大学一样高兴。

任喜知道改变不了永进的意志。也觉得此举正确。但想到窜村游斗的凶多吉少，他仍是拿不定主意。他去找在枫叶顶下乡的老刘商量。

刘赤山专程赶到林场。

“你再等些时不行吗？”老刘说，“等给咱俩都落实了政策，我派人帮你干。”

“不能再等了”，永进急不可待，“耽误得这么久，我已经是心急如焚，再等我真的要疯了！”

“我同意了。”刘赤山紧握牛永进的手，深情地祝愿他成功。

第五十五章 谁是英雄

牛永进的计划实现了。

郑红之辈曾幸灾乐祸地认为：这下会把他置于死地，不让人们斗死也得爬大山累死。然而牛永进则信心百倍地认为：这次利用游斗的机会进行专业调查，还能增强体质，真是再美不过了，为大森林之歌将奏出更美的乐章。

小马倌名义上是现行反革命分子的监督员，实际上是牛永进的通讯员、运输员、机要秘书、小学生、得力助手，是同甘苦共患难的战友。永进不再叫他小马倌，给他起了大名，叫马奔明。取意奔向光明的未来。

说话间两年过去了。已经达到初中文化水平的马奔明，查阅记录，列了这样一份单子：

行程 16000 里

采到昆虫标本 740 种

采到林木病害标本 89 种

采到植物标本 917 种

采土样 800 包

岩石和矿石标本 393 颗

（标本、土样、岩石和矿石没全部带回林场，大部分留在当地）

画草图 526 张

选出优树 27 株（其中油松 7 株，榆树 9 株，桦树 6 株，山杨 5 株）

见到豹子 3 只、狍子 20 余群、野猪 12 只，还有山羊、山鸡及各种鸟类

写诗 68 首

马奔明长一头

永进叔瘦 30 斤

…………

一九七八年秋，牛永进和马奔明就是带着这样的硕果，风尘仆仆地回到井头林场。

林场的亲人们早就知道了他们回来的准信，也早就盼着这一天。

他们的身影刚一出现在林场门口，最先发现的当然是赛凤，它吼叫着箭一样地冲过去。伙房郝师傅听赛凤叫声不对劲，断定有异常情况，怕发生意外，也快速冲出屋来。他眼神不算太好，但认出了小马倌；不用问，他身边那高个的一定是永进了。他见赛凤这么凶，以为它认不出永进了，忙大声地提示赛凤："赛凤！赛凤！不能咬，是永进，他是永进！"赛凤哪管这些，照直朝永进扑过来：这还用说，我能不认识永进！？它把前爪扑到永进胸口上，和久别的朋友拥抱，它不停地哼叫着：你可回来了，真的想死我了，为啥不来看我？永进明白赛凤的心意，他把脑门贴在赛凤的脑门上，无比深情地说："赛凤，我一直都没忘记你，我也很想你，你是我最好的朋友。"赛凤听得明白，它眼里涌满了泪，它顺势舔去永进流到脸颊的泪水。永进也用拇指揩去赛凤眼里的泪，安慰它说："赛凤，别难过，你看我这不是很好吗？"赛凤用审视的眼光观察永进：头发很长，但很浓密；脸膛黝黑，但充满着坚强。它又观察永进的衣着，很是破旧，但还有样子；黄胶鞋也多处破了……这些别人早就不穿了，但永进还穿着，看上去也挺帅的。赛凤很知趣，亲热一气之后，它主动把永进让给林场的人。它让到一边汪汪地叫起来。这叫声，是欢迎的礼炮？是欢乐的乐章？还是……赛凤没有说。

林场沸腾了，人们欢天喜地地欢迎凯旋的英雄。老场长含着热泪把永进摸个遍。他不觉得自己黑发变成了白发，却说永进大变了。关于永进的情况，一直在老场长的掌握之中。马奔明每次回场送东西都要向他详细汇报。他对小马倌左嘱咐完了右嘱咐。见了永进的面，他感到比小马倌汇报的要好，比他想象的要强。老场长打心眼里满意。

久别重逢，要说的话是越说越多的。

当人们老是向永进问三问四的时候，永进老是不忘介绍马奔明，说他如何机灵能干，遇到有工作组的大队，他给永进藏标本藏图。永进还夸他胆大心细。说第一次遇见豹子，马奔明一点都不害怕，就跟遇到一只山羊似的；第二次遇见，他帮永进先上树。小马倌辩解说，第一次不害怕，是因为永进叔告诉他说是狍子，帮永进叔先上树，是因为他比永进叔上树快。

关于刘赤山已经重回县里抓工作的事，永进早就知道了。说来场前去县里找过他。他到省城开会去了。老场长意味深长地说：

"刘书记从省城回来就要找你。这回千里马总算遇上了伯乐。"

永进也有同样的预感。

这些时他加紧内业。野账记载得清楚详尽，平时又没把事情积压下，总的内业也很省劲。又有马奔明这样勤快而又得力的助手，没几天就把两年的外业成果整理得井井有条。土壤的测定，一些植物和昆虫标本的鉴定等工作，眼下还不能进行。计划写的《大马群山区考察报告》和《开发建设大马群山的建议》也列出了提纲。有了骨架往上填肉是便宜的，因为都是现成的东西。

大功告竣，永进放马奔明回村与家人团聚。他自己也想喘口气。他收到两个妹妹问他行踪的来信。他想起还没有把考察胜利结束，凯旋的消息报告她们。他立即着手写了三封信，两个妹妹各一封，另一封给妈妈。虽然都是报平安，但说法大不相同。给秀春妹说是考察结束，给兰菊妹说是游斗完毕，给妈妈则说一切都好，放心勿念。

这天他和老场长去寺坡，那里有永进的试验地。

大约十点钟的光景，一辆吉普车扬起一路烟尘飞驶进井头林场。伙房郝师傅闻声出来，年轻的司机笑脸相向：

"同志，牛永进在这吗？"

郝师傅顿时警惕起来，不冷不热地问："你找他有啥事？"

司机仍是满脸堆笑地说："小车来接，当然是好事。"

"好事？"郝师傅仍是怀疑，"谁派你来的？"

"县委。"

"县委谁？"

"刘书记。"

"就是刘赤山书记吗？"

"那当然。"

郝师傅的脸一下子解冻了，满面春风地朝他走过去。司机被闹愣了，本能地向后直退。

"你别躲。"郝师傅用大手一把抓住他的胳膊，又解释又道歉地说："刚才我误会了，快请屋里坐。"他拉着司机往屋里走，"老刘早就吩咐过，一定把永进保护好，不能落到坏人的手上。我怕你是郑红派来的，所以审你一大气。都怪我有眼不识泰山。"他一把将司机推坐到炕上，"你等着，我先给你烧水喝，想吃啥告诉我，尝尝咱的手艺。"说着便着手去干。

司机一把拉住他说："老大爷，我不喝也不吃，快告诉我牛永进在哪儿？"

"为啥这么急？"

"刘书记比我更急地等着他呢。"

"一大早他和老场长进山去了。"

"进哪边的山？"

郝师傅用手指画着说:“在石灰窑那道沟,顺着路一直走,见着岔路进西沟。”

司机开车去接。

牛永进和老场长在山坡的试验田地旁正热火朝天地谈论着林业上的事。听到汽车马达声，老场长手搭凉棚循声望去，发现了吉普车，判断说：

“准是刘书记派车来接你的。”

永进没有提出异议。吉普车在他们待的山脚下停住,呜呜地响了两声喇叭,司机跳下车向他们招手。

事情虽然来得突然,确是意料之中的。老场长没有像郝师傅那样盘问司机,而是迎合他的心情催永进快走。司机不打算再进林场，把任喜撂在路上，他们急着赶路。权衡轻重缓急，老场长想留司机吃顿饭也没开口。永进坚持回场一趟，说有重要事情。司机只得依他。

永进飞跑回自己屋里，拆开枕头，从里边取出一个手绢包揣在怀里，来不及向陪伴他的油灯、写字台、插在墙上的各样标本道别就飞跑着上车。老场长和郝师傅目送着吉普车飞驰而去。

赤县正召开全县三级干部会，刘赤山请牛永进到会上来，是要当众给他平反。牛永进被接到县城的第二天，县委就在大礼堂召开大会。会议一开始刘书记就宣布给牛永进彻底平反的决定。会场爆发了热烈的掌声，持续时间之长，充分表达出人们的心声。

“同志们！”刘赤山开始讲话，会场安静下来，“牛永进的事大家都早就知道，还有件事你们并不知道，他为了对大马群山区进行全面细致的考察，主动要求到各村去游斗。这样他就有机会走遍咱们县的大小山头，他成功了！为我们县的经济建设作出了不可估量的贡献。”人们备感震惊，会场一片寂静。刘书记说：“牛永进是个非常好的青年。在‘四人帮’把他打入十八层地狱的时候，他不灰心丧气，不绝望悲哀，仍是时刻想着祖国的建设和自己的责任。这种精神是多么伟大和可贵！正向赵主任说的，牛永进是我们县的英雄。在这个会议上，我们要把英雄介绍给大家。”

掌声，热烈的掌声，雷鸣般的掌声。

牛永进在掌声中走上主席台，压抑着翻江倒海般的激动心情。掌声没停他就说：“同志们，我有好几年的时间没敢称别人为同志了。今天我要自由地呼喊：‘同志们！同志们好！’”台下的人都哭了。永进没有哭，但泪水不听话簌簌地往下流。他哽咽着说：“我没少站在你们面前，那时虽说是挨批斗，但我从你们那里得到力量，使我勇敢地活过来，今天我依然感到了你们的伟大。今后，我要更好地报效赤县人民，更好地报效国家。刚才刘书记说我是英雄，这个称号我受之有愧，真正的英雄是老刘，咱们的刘书记！”

刘赤山被闹蒙了。永进继续说：

“在‘四害’猖獗时，在难中的刘书记一直没忘记你们，他心里一直装着赤县人民。冒着危险替农民说心里话的是刘书记。我只不过是替他代代笔。”

老刘没想到永进说这些，忙矢口否认道：“那不是真的，没有那回事！”

永进从兜里掏出那个手绢包，把那沓材料举过头顶，高声地说道：“同志们看，这就是刘书记讲真话的记录！我知道会有今天的胜利，所以一直保存着。这回大家明白了，真正地英雄是老刘！”

会场又是掌声如雷。

赤县六百多人的三干会开得非常成功。

牛永进一直参加会议。散会的时候刘书记问他今后如何打算，他说：

“我很留恋十面井，更留恋井头林场。我想以那里为根据地，同林业战线上的同志一起，为全县林业发展尽我的力量。”

老刘说，县委决定把他调到县里来，给他英雄用武之地。永进欣然从命。

刘婶问他个人的事如何打算。他缄默不语。这又勾起他痛苦的思绪和深深的怀念。

牛永进搭送开会人的卡车回到十面井，又徒步回到井头。林场设宴为他接风。山珍野味摆满了一大桌，大家围坐在四周。老场长和小马倌在永进的两边。桌上的菜腾着香气，人人脸上泛着异彩。老场长兴奋得胡须颤抖，满怀喜悦地致祝酒词：

“今天我们开个庆祝会，庆祝我们场的创始人牛永进得到彻底平反。我们宰了头猪，打了几只野兔和斑翅，就等着永进回来开这个宴会。说老实话，这样的庆祝会打早就准备好了。蕨菜黄花是去年采的，酒是去年用沙棘果酿的。这天总算盼到了！我看得出来，大家还保持着刘书记宣布给永进平反时那股高兴劲，是该高兴，这是咱们大家的喜事。咱们把杯子举起来！”任喜带头站起身，人们也跟着起立，“为永进得到彻底平反，干杯！”他一饮而尽。大家纷纷与永进碰杯。永进仍举杯未动。任喜说：“永进，这杯酒你一定要喝。”

永进环视大家，说道：“你们知道我从不喝酒，只是这第一杯酒应该敬谢对我一往情深的同志们。也许哪一天我的身躯随着我的理想远走天涯，但是我永远也忘不了幼雏长翅膀的井头，忘不了我被打成反革命时把我当成亲人的你们。谢谢朋友们！”永进一口喝下这杯酒。

接着又满上第二杯。老场长又举杯道：“永进全县考察，小马倌——马奔明也是有功的，为他初立战功干杯！”

永进和大家一起干下第二杯。

马奔明跟老场长咬了会儿耳朵，又对大家说："今天我们庆祝永进叔平反，可巧也是对我的欢送。明天我就要离开林场。爸爸说，往后日子一年比一年好过，有奔头了，不能光看着眼前的工分，要想着今后的大业，往后干啥没文化不也行。爸爸跟公社中学说好了，让我去上学。学校考了我，让我在初一插班。家里不相信我有那么高的水平，老师也奇怪。我告诉他们说，是大学生专门教我的。"人们都为小马倌高兴，纷纷给他敬酒。他喝得脸红红的。

郝师傅把炖得又香又烂的肉盛上桌，大家随便地吃喝、说笑。有两伙人还猜开了拳。

小马倌道："永进叔，我有一样请求，不知你答不答应？"

"什么要求我都答应。"永进道，"你就提吧。"

"我要去念书了，想跟你要上那个夹子，不知你肯不肯给。"

"它太旧了，我再给你买个新的，还买书包和钢笔作纪念。"

"不，"马奔明执意说，"我就要那个旧的。好使我一见到它就能看到你白天黑夜地奋斗，为国家兴旺，我也要像你那样；其实我更喜爱那支笔，但我不要，那是你心上的宝贝；我也要亲自培养出自己的神笔来。"

"咱们一言为定！有志者事必成。我相信你准能。"永进非常喜欢小马倌，与他有着深厚的情谊。他心血来潮，伸出手来说："划几拳。"

马奔明提提衣袖，也伸出胖乎乎的小手，和永进划开了拳。

"独占一，哥俩好，三星照……"猜拳声和一阵阵笑声响成一片。

人们谁也没有想到，这个庆祝宴会又是欢送永进的宴会。

电报传来了边山的佳音，让牛永进三日内赶到边山，参加爸爸的平反追悼会。

第五十六章 真相大白

牛永进取道县城，把喜讯报告给曾为他分担痛苦和忧愁的刘赤山和刘婶。第二天到北京。由于行程紧张，他没去叔婶家，只在火车站匆匆给兰菊妹妹写了封简短的信，报告了他和爸爸平反的喜讯，以及他的行程。

来到阔别的边山，金字塔状的矸子山和山下的一切都对他张开了欢迎的手臂。飞转的天轮向他热烈地鼓掌，各种车辆的马达声、鸣笛声，夹杂着行人的笑语声，这是为他演奏的雄壮的交响曲。秋风吹开了夏季的蔚蓝而低垂的天幕，露出了淡蓝色的轻纱。边山比塞外暖和得多，一切都还是金秋的色彩。塞外的树木都换上了铅灰色或墨绿色的冬装，而边山的树还穿着袈裟漫舞。

牛永进匆匆赶路，额汗涔涔。他穿过摊贩叫卖、人群熙攘的小马路，拐过高大宽敞、挂满电影广告的工人俱乐部，两腿又习惯地把他带到了德智里，在八号门口停住。“我咋又到这来了？”他顿时醒悟过来，“这里已经不是我的家了。”他怕房子的新主人见怪，想马上离去。见新漆过的门上挂着一把新锁，看来主人是出去了。于是他把这所曾经居住多年的老屋又打量一番才不舍地离去。

他知道，矿上会把他当上宾接待，招待所就在融园里。但他没有去。并不是怕受招待感到不自在。他必须得先到田妈家。那是他在边山的第二个家，那里有他的亲人。

田妈家住高工房，在融园的西南边。当路过融园南门时，他临时决定去6号观一下光，便步上了水泥台阶。

6号非法监狱从外表上看没有大变化，高高的围墙上依然架着电网，小门照样关得严严实实。小门上新换的两块门板，使永进想像出当时游行队伍的洪流冲击这座非法监狱的情景。他想学当年的样子按几下门铃，门框上的电键已经没有了。他伸出的手索性摸摸上边的痕迹。他离开依然森严的6号，煤焦路好久没有人走过了。本来踩得圆滑的炉碴好象又被风雨打出棱角来，走在上面沙沙响得厉害。洋槐树上的乌鸦已搬到别处去了。他站在融园南门的台阶上欣赏了一阵矸子山、井架、凯旋门和出出进进的人流。不知过了多久才朝田妈家走去。

油着灰漆的门虚掩着，牛永进推开门，慢慢地走进去。院里没人，屋里也没动静。他想，田伯和黑金都没下班，田妈准在抽空休息。他怕惊动田妈，悄悄地进屋。干净利落的田妈把小客厅收拾得整整齐齐。在这座西式的房子里，摆得多是中国式的旧家具。只有那对沙发像是近些年新置的。沙发巾的绣花是龙和凤，显示着民族的气息。永进没坐沙发，坐到高背椅子上。椅垫是用好几样布对起来的，像观音菩萨的莲花座。他不声不响地坐下来，不禁得意地想：田妈醒来发现我，会把我当成吓跑菩萨的凶神，抄起家什来打我该如何是好。正想着，忽然一双大手捂住了他的眼。永进伸手摸这双手。他在孩提时代可没少开这样的玩笑，按照常规猜对了就得把手松开，否则就得老猜。永进猜对了。他一摸这双手就知道是田黑金。对方没按常规来，猜对了也不松手。直到永进奋起反抗。他俩的块头和气力可以说是旗鼓相当不分上下。一个从大马群山上下来，一个虽在6号塌了膘，但在田妈的细心照料下又很快恢复了体力。他俩撕闹可不要紧，可怜田妈的小客厅，一切都改变了原样。

他们就这样相见。他们都是从恶魔的掌心里解放出来的，在胜利中相逢自然喜不自禁。但在说话中黑金庆幸永进逃脱“四害”的魔爪，还羡慕他野马似的在大山里奔了两年。

有苦难言的永进苦笑了一下。他不想解释，三言两语也说不清楚。他想马上知道轰动百里煤海的万尺帆布问题。可还没等他发问，院里就传来了田妈的声音。

田妈并不是像永进想象的那样在家休息。那阵是愁事多没空休息，现在是喜事多没空休息。她从街上买回活鸡活鱼和青菜，要为秀春和金蓟接风。她掐不准永进几时来。她算定秀春和金蓟今天准到，因为她们离着比永进近，又有专人去接。可是她没想到派去接秀春的儿子独往独来。虽说见了永进也大喜过望，但仍因秀春未到感到气恼。等官复原职的田伯回家，告知接金蓟的人也没完成任务时，她可再也憋不住了，机关枪冲着所有的目标开火。一会说儿子无能，一会儿骂丈夫不会用权，嗔着他没亲自去接；一会数道秀春，怪她不想她，一会儿埋怨金蓟老糊涂，不知啥事小啥事大。经儿子和丈夫再三解释，她心里虽然想通了，但嘴上还是不饶人。

多好的团员机会，生是不如意，田妈万分扫兴。田伯说追悼会不能再托，有永进作全权代表，明天就开。

牛永进直到和田黑金躺在床上就寝的时候才有机会打听帆布案。

田黑金清了清嗓子，说道："'四人帮'一伙想通过万尺帆布案加害忠良。牛叔为捍卫真理壮牺牲，爸爸也吃尽了苦头。"

"这我知道，请往下讲。"

"轰动整个边山乃至百里煤海的万尺帆布案，曾搞得异乎寻常的神密。一讲实事求是，一下子就弄清了。这里边就有秀春和押车员马安的功劳。"

"马安不是早被他的'大亲戚'救走了吗？"永进忍不住问。

"看来你对眼下的情况是擀面杖吹火——一窍不通。"

"一点不假。"

"你先别急着问马安。咱们花开两朵，各表一枝。还接着说帆布。确凿的证据充分证明：那个曾狐假虎威的专案组长庞大钟和其胞弟庞大铃是帆布案的真正作案者。"

"有这样的事？"永进震惊地坐起身来。

"你做梦也没想到吧？躺下听我慢慢跟你讲吧。"田黑金点着一颗烟，给他从头讲起，"庞大钟的兄弟庞大铃，五八年大跃进时从水沟村到矿柱子厂当工人。在困难时期，三级工不如二畦葱。他六〇年弃工经商。就在这年，在矿长办公室工作的庞大钟得知供应科去天津加工风筒的消息，把庞大铃招到家里密谋。'人不得外财不发，马不吃夜草不肥。老天给咱哥俩送来了发大财的机会，看你有没有胆量要这笔财。'大铃一拍胸脯，不可一世地说：'为了发财，没有咱哥们干不出来的事。铁饭碗好不好？为了发财我大铃毫不吝惜地把它摔了。有啥发财机会你就说吧，掉脑袋都不怕。'庞大钟告诉他说：'后天供应科要往天津送一车帆布，用驻军的汽车，押车员是和你同过事的马安。'大铃说：'那小子同我没交情，跟我也不投脾气。''这不成问题，'大钟说，'有钱能使鬼推磨，相信你有办法买通他。'经过一番策划，他俩终于定出偷布方案。

"庞大铃背着半袋胡萝卜到马安家。在食不饱肚的困难时期，胡萝卜比黄金还要受人喜爱。马安虽未看出他是黄鼠狼给鸡拜年，但也留有戒心。他当即拿出三十元钱塞给累得喘气冒汗的庞大铃。大铃顿时变了脸，悻悻地说道：'你把我当成啥人了？要是卖，在街上早被人们抢了。今天大老远地给你背来，这是咱哥们的义气和情分。我再缺钱花也不能要你的。你也别害怕，我一不是地主富农，二不是资本家，不会把你拉到水里头去。我也没有求你干这干那的事。老实讲，我现在比你阔多少倍，手头的票子成把地抓。等哪天欢迎你光临我家，咱哥俩痛饮它几杯。'正像庞大铃说的，马安与他没半点交情，收下这么多贵重之物很是过意不去，告诉他说自己要到天津办事，问他有没捎的。庞大铃装

腔作势地问：‘哟！你咋也跑开外交了？’诚实的马安告诉他实情，‘矿上要往天津送一车帆布，我是押车的，采购员乔士奎早就在那里。’‘真是不巧不成书，’庞大铃拍手叫绝，‘看来我那个亲戚不会饿死。’马安不知何意，大铃说：‘我天津有个表姨，吃代食品吃得浑身浮肿，现在生命垂危。我早想给送两袋胡萝卜救她一命，没办法尽这份孝心，我发了几天愁，想不到你老弟给我带来了佳音。’

“马安有些为难，大铃看出了文章，忙说：‘马老弟用不着犯难，老哥保证不给你带来麻烦。汽车路过水沟时下公路到我们村拐个弯，装上东西就走。到了天津就甭你管了。’马安仍是皱眉不应。大铃又说：‘只要你肯助老哥一臂之力，日后定有重谢；司机的工作由我来做，用不着动你押车员的权威。’提到司机，马安一动，想借司机把他顶回去，‘怕不行，车和司机都是驻军的，军人只认命令不认私情。’庞大铃蛮有把握地说：‘妥了，不就是部队吗？他们没少跟矿上打交道，这点屁大的事用不着当官的下令，司机自己就能作主。’他拉着马安到部队与司机接头。

“巧舌如簧的庞大铃果然说通了解放军司机，并把原计划夜间十二点的出发时间提前两个小时。拉着帆布的汽车开到水沟时，红眼圈正好备毕酒宴。马安事先就想到了这点。他不进院，催促装车快走。庞大铃哪里肯依。他拍着马安的肩膀，不容推辞地说：‘平时想请你，八抬大轿也抬不来。今天有啥说的？哪有不进家的道理？再说主不引客不行。到这儿来你是主人。你这样让人家解军同志咋办？’

“马安只好就范。他本来不吸烟，又被庞大铃强让着吸着了烟；他本来也不喝酒，又被主人强让着端起了杯子。就这样庞大铃夫妻一步步让客人上钩。”讲到这田黑金又点着一支烟，使劲吸了两口，准备在永进干涉的时候掐灭。奇怪的是这位自称苦行僧的人并没吱声。他用胳臂肘拱拱他：

“喂！伙计，睡着了吧？”

永进呛得咳了几声：“别说正听你讲案子，就是放催眠曲，这个时候我也睡不着觉。”

黑金说：“那我吸烟你为啥不反对？”

“我把你当成被迫吸烟的马安了。”

田黑金又使劲吸两口，把烟掐灭，继续讲：

“菜肴还是很丰盛的。在困难时期能弄到鸡鸭鱼肉也确实不容易。自古道‘高情难却’，马安只得客随主便。

“当屋里让酒让菜的时候，外边庞大铃和他老婆孩子，神不知鬼不觉地从车上偷走上千尺帆布。打里打外的红眼圈用暗语报告大功告成，一直说不着急的主人开始催客人快吃快喝快走。

“庞大铃偷布时看到一个人影。他判断是村党支部书记刘生茂。所以在‘文革’中庞大铃亲手将他害死。

“庞氏兄弟巧作的帆布案隐蔽了好长时间。以前矿上搞这个案子时，爸爸和牛叔也曾对汽车进水沟这一情节产生过疑问。但没有发现可疑的问题。因为布确实拉到了蜜瓜道橡胶厂。可是没有不透风的墙。后来爸爸和牛叔他们听到不少反映，说水沟一带不少人穿帆布衣服，不少家有帆布用品，这就引起了对庞氏亲兄弟的怀疑。刚要着手搞，被文化大革命搞乱了。”

“庞大钟组织的工人造反军和庞大铃组织的农民造反团联合行动，砸了布案专案组，爸爸进牛棚，牛叔靠边站。后来发展成真正的作案者整人民功臣。”

“可是拉到天津的那车布下落如何呢？”永进问。

“事情非常简单，简单得说出来你也不敢相信，相信了之后又会大惊小怪。一开始，橡胶厂一口咬定说没收到这车布，后来又说叫货主提走。”

“与乔大伯有关系吗？”

“有关系。”黑金又点着一支烟，加重语气说：“可以说与他的关系非常大。”

“看来……”

“不，你不要以为乔伯有啥问题。是从乔伯的遗嘱中发现的新线索。”

“遗嘱？”永进诧异起来。

“是的，”田黑金心情沉重地说，“乔伯被迫污谄了爸爸和牛叔，自知心亏理短，无脸见人，卧病在床，在‘四害’倒台前含恨去世了。死前写了份遗嘱，说对不起爸爸和牛叔。他恨自己的女儿，更恨女儿的幕后操纵者。乔伯用血泪写的这份遗嘱，乔大妈一直珍藏着，直到爸爸官复原职，她才交到矿上。”

“可怜的乔伯。”永进默哀良久，又急着问，“帆布到底谁提走了呢？”

“谁也没有提走。”

“那去哪儿了呢？”

“矿上本来是想用帆布作风筒，因为帆布规格不合适，叫厂家更换，这时于科长去世，别人又不摸头，这事就搁下了。接着橡胶厂和轮胎厂分家，帆布分到了轮胎厂。而橡胶厂则作了帆布叫货主提走的记录。轮胎厂老也不见货主的面，便将帆布作无主户上交国库。乔伯在遗嘱中提到了轮胎厂，到那里一查便清楚了。”

永进沉默良久。后来他又问：

“乔晓娅幸福吗？”

“她呀，应该说幸福得不能再幸福了。”

“此话怎讲？”

“她疯了。她逼迫乔伯打伪证的行为受到家庭和社会的强烈谴责。唯一能安慰她的爱情又被潘永红一脚踢翻，她就疯了。经治疗虽不大吵大闹的了，但还是疯。命运真是太无情了，对相信它的人更是不讲情面。”

牛永进追想着晓娅的清音和美貌，又设想着她变疯的样子，不禁阵阵哀伤。

又是沉默。良久永进又问：“马安到底是怎么回事？”

“这你得问马安，让他亲自跟你说吧。”

“杜大伯呢，他怎么样了？”

田黑金不出声了。

永进催促道：“快往下讲。”

“你看看窗户都发白了，抓紧时间睡一觉吧，好有精力参加会。万尺帆布带来的故事七天七夜也讲不完，光听我说可不行，你的生动故事还一字没讲呢。”

“我有啥故事？”永进以为黑金知道了自己的底细，正想找话岔开，却听他说：

“你爬了两年大山，能没生动故事？寒寒暑暑，雨雪风霜，还有那壮丽的秋色与春光，不给我讲几天是不会放你走的。”黑金打了个哈欠，又提起精神说：“忘了告诉你，庞氏兄弟得到了应有的惩处。”

黑金呼呼地睡着了。永进哪里合得上眼？他想着一幕一幕的往事，就好像画在万尺帆布上的梦。

第五十七章 追悼会

牛羊伴的平反昭雪追悼会在大马路对面的第一工人俱乐部举行。原计划五百人参加，实际上参加的人数无法统计。大礼堂里满满当当的，大马路上也站着可街筒的人。矿有线广播站把追悼会的实况转播到千家万户。

会场正中挂着牛羊伴的巨幅画像，是一名矿工利用业余时间画的。遗像下安放着牛羊伴的骨灰盒，上面盖着鲜艳的红旗。骨灰盒里没有骨灰，而是他的一撮头发和一块血手帕。

追悼会由田美海矿长主持，矿务局政治处白处长致悼词。

会上老杜头简短地介绍了他亲眼目睹的英雄牺牲的经过，并向田矿长交出了他用生命保存下来的一张珍贵的照片——敬爱的周总理与牛劳模亲切握手的照片。原来，他并没有按庞大钟的命令把照片烧掉，而是趁机保护了起来。

当田矿长紧紧握着他的手，代表全矿职工向他表示敬意的时候，他一迭声说是马安的功劳。

是的，老杜头之所以能够逃脱“四人帮”的魔爪，把照片保存到今天，确是马安的功劳，是他从魔鬼的口中夺回了他的生命。

牛羊伴牺牲后，老杜头看蒙在鼓里按时送饭的牛秀春实在可怜，决定冒死告诉她实情。可6号看出了苗头，抢在前头打发了他。庞大钟说让他安度晚年，在东北区给他找了两间工房，说让他先搬进去，慢慢地踅摸老伴。

这是两间靠北偏西的房子。原先的主人在井下事故中死了，女人带着孩子投靠了乡下的亲人。司仁连和一个打手帮老杜头把简单的行李搬来。他假惺惺地对老杜头讲：“您可别往坏处想。不让您在6号看门，完全是为了照顾您。这么大岁数了，也该享几天清福了。庞组长已经答应我为您提的要求：按上班一样待您，工资照发，一切福利不少。这么多年，没功劳也有苦劳。往后有啥难处冲我说，咱们不能白交情一场。”接着他又诡秘地说：“当前阶级斗争复杂得很，好人坏人谁脸上也没标签，您可要当心。”说罢他与打手便走了。

老杜头默默地收拾了一下这个家，抱着头坐在炕沿上发愣。他还不适应如

此清静而单调的环境，心里还留恋着6号。他想念他的“犯人，”想念天天顿顿都按时送饭的秀春姑娘，也想念自己的岗位。他明白自己为什么被赶出6号。牛羊伴被害的第二天，他端着秀春送来的饭又走进二号牢房。面对着人去铺空的黑牢，他痛苦地哭了。许是泪水没有擦净，也许是哭红的眼睛和没有胡子遮掩的脸上流露出来的心中的悲愤让庞大钟发现了。庞大钟是决不会容许具有这种感情的人在他的“保密机关”的。按说脱离早晚会被清算的6号这块是非之地，本来是件天大的好事，而老杜头却怏怏不乐。倒不是懊悔失去了胖组长的信任，而是担心6号里的田矿长的安全。好心而善良的老杜头还不知道自己的生命危在旦夕。

庞大钟决不会傻到那个地步，把掌握大量内部情况的异己分子白白地放出去。庞大钟给老杜头安排的是一条死路。老杜头虽亲眼看着司仁连从他家走了，但他没看见监视他的暗探就在附近。

搬到新家缺柴少米，再说他也无心思做饭。他到附近的饭馆买回一瓶酒和下酒菜，一个人在家里自斟自饮。

老杜头一举一动庞大钟都知道得一清二楚。庞司令拍手叫绝道：“妙极！他肯喝酒对咱们更有利。他想以酒浇愁，那就叫他彻底消愁吧。”他把一小包东西交给司仁连，指令道：“把它放到他的酒里，等明天上午公安机关就会得出他自杀的结论。”死人脸接过小包打开一看，吓得差点叫出声。他知道，这一点点雪白的面面是剧毒物氰化钾。他倒不是怕别的，而是怕自己有一天也会被主子用这东西毒死。

司仁连大摇大摆地走进老杜家。可巧老杜头正在酒后酣睡。他提起桌上那个还有半瓶酒的瓶子，背过身悄悄把氰化钾放在里边，又轻轻把酒瓶晃了晃，然后将酒瓶照原样放好。他怕老杜是装睡，笑着说道：

“您真是一醉方休啊！把这瓶酒喝完就别喝了，省点钱好娶老伴呀。”

老杜毫无反映，照样紧闭着双眼微张着嘴，均匀的呼吸带着轻轻的鼾声。司仁连放心了。他又看了一眼毒酒瓶，悄悄溜了出去。他小声跟暗哨说：

“你完成任务了。对这位老人我们可以百分百地放心。他对共产主义和无产阶级专政是无限忠诚的。”

司仁连将经过向庞大钟汇报，被表扬说干得漂亮。他们高兴地等着老杜头暴死的喜讯。

老杜一觉睡到黄昏。他从炕上爬起来，揉揉眼睛，看看染着晚霞的玻璃窗，责备自己道：

“我咋睡这么长时间？门铃响过了吗？”他以为自己还在6号呢。他侧耳听听外面的动静，觉着不对劲；又摸摸屁股后头，已经没有了那串钥匙，这才醒过酒来。他心烦意乱地在屋里踱步，拉着灯，一眼发现那半瓶酒，走过去满满地斟了一杯，自言自语地说道：“真是举杯浇愁愁更愁啊，从此与你绝缘！”他把酒一饮而尽。他吧嗒吧嗒嘴，好像品出了什么味道，接着又是一杯。还是说不清啥滋味，直到喝下第三杯，他才察觉出来：这酒咋不如开始喝着辣呢？他奇怪地拿起瓶子来看，发现瓶上贴的商标和原来的大不一样。他举着瓶子到灯下看，不禁大吃一惊：我明明买的是二锅头，咋就变成了白青梅？真是活见鬼！老人马上意识到了问题的严重性，他判断道：这是庞大钟下毒手害我，咋办？他把瓶口对着鼻子闻了闻，好像闻到了毒药的味道。他明白，喝下三杯毒酒，不久就会死去，急得团团转，顿时出了一身冷汗，头上的汗珠也吧嗒吧嗒往下掉。他找出一个红布包抱在怀里，越发不知所措。这时听到门口有脚步声。他的心为之一震，希望来的是一位救命恩人；同时也警惕地把红布包揣在怀里。来人是细皮嫩肉的马安。

“你！”老杜被马安的突然驾到惊呆了。

“是的，杜大叔。”马安亲切地说道。

“你不是被‘大亲戚’救走了吗？现在找我有啥事？”老杜不友好地问。

“杜大叔，”马安上前拉住他的手，诚挚地说道，“现在不是回答您的盘问的时候，快收拾一下跟我走，这里你不能待了。”

“去哪里？”老杜生硬地问。

“到外地躲一躲。”

“为啥？”

“一言难尽。”

“不说清楚我死也不走！”老杜固执地坐到炕上，两手下意识地掐着肚子。

马安无奈，只好告诉他说：“您一从6号被开除出来我就得到消息，我担心他们加害您，所以就留了这份心。我发现有人监视您，我也看见您到饭馆买酒菜，我又看见死人脸到你家，几分钟后他又大摇大摆地出来。从他的脸上我看到了杀机。我又看到他把监视您的人撤走。这就是说他们不再担心您这个危险分子。换句话说，他们已经有了您必死无疑的把握。庞大钟自以为计划周密，执行得稳妥。他哪里知道螳螂捕蝉，黄雀在后。

“司仁连乘您酒后熟睡之机，在您的酒里放了烈性毒药，等您醒后再喝就会中毒身亡，然后您会被确认为自杀。您在这个世界上消失了踪迹，他们也就解除了后顾之忧。”

“好了，我完全明白了。”老杜带着绝望的痛苦说，“我虽然知道他们心

毒手狠，却没想到这么快就对我下毒手。我已经喝下了他们害我的毒酒；实话告诉你，我真不想现在死，因为还没有了却一桩大的心事。虽说我还不明白你现在的身份，但通过刚才的话也能断定你是个好人。你必须答应我对你的托付，这样我死也能瞑目。”老人摸摸怀里的红布包，乞求地望着马安。只要他一答应，他就把东西掏出来交给他。

马安扑哧一笑，轻松地说：“杜大叔，您别害怕。您是不会死的。”

“不！”老杜执拗地说，“你不要送医院救我，我死也不去！你快说到底答应不答应我的请求？！”

“杜大叔，您喝的是我的白青梅。他们下毒的二锅头在这呢！”马安从兜里掏出酒瓶子，在老人面前一晃，告诉他说，“死人脸走后我紧接着进来，见您在炕上躺着，吓我一身汗。以为他把您杀死了。又听您出气均匀，身上无伤，才放下心来。我想，他一定在您的酒里作了文章。我悄悄把酒提回家，用一点洒在一块馒头上，扔给在垃圾堆找食吃的野狗，它刚一吃下马上就死了。”

“好毒的药！”老杜情不自禁地说。

“药是很毒，可是害您的人的心比这药毒！所以这里您不能待了，马上跟我走！”

面对这种情况，老杜头思考了片刻，他冷不丁一把将毒酒抢到手中，果断地说：“既然他们非要我一死，我跟你走也是个麻烦，会连累一大串人；虽然我想活，但我是不怕死的，只要你答应给我办一件重要的事情，我立刻就将毒酒喝下！”

马安没料到老杜来这手。他不敢去抢夺毒酒，怕他不顾一切地喝下，而是镇定地说：“您不能死，这样死去不是英雄！也太便宜了他们。”

“我不想当英雄。”老杜头又上来那股倔劲，把毒酒举到嘴边，反复问马安：“答应不答应我的恳求？”

“我啥也不答应！”马安后退一步，做出要走的样子，生气地说：“您这样死掉，好人痛心，6号解恨。敬爱的总理和牛科长的英灵也要严厉地批评您。您还不如庞大钟知道您的存在的重要。他们害您是想杀人灭口；如果是他们的阴谋得逞，已经将您害死，那是无可奈何的。而您却偏偏在革命需要您的时候按6号的意图去死，您好糊涂啊！”马安愤恨地说不下去。

当马安提到敬爱的总理和牛科长的时候，老杜就被说动了心。他放下毒酒，双手捧着前胸，自愧地说：“我也知道应该活着，可我怕给你带来麻烦。”

“杜大叔，”马安靠近他，情真意切地说，“您这话又说远了。如果我怕麻烦，就不会冒险来救您。我们都是为着同一个目标，同生死，共患难。别看坏人一时猖獗，总有一天会倒台。用不了多久我们就会扬眉吐气地过好日子。”

“这么说你不怕受牵连？”

“别说这些了，咱们赶紧离开这里。”

他们小作收拾，老杜头就被马安拉走了。

庞大钟做了一夜的美梦，傍天亮时被噩梦惊醒。浑身鲜血淋淋的胡了老头找上门来，让他偿命，吓得他直往被窝里钻。他自圆其梦地想：这么说胡子老头已经呜呼哀哉了。他很高兴，上班后给行政科打电话，叫给刚退休的老杜头送点吃的和烧的，并派司仁连同往。这样一来，有行政科的人发现老杜头的尸体比光是专案组的人更主动。

他稳坐在洋房里静候佳音。一个心腹打手跟他闲话：

“除掉了老杜头，下步该是乔士奎了吧？”

“乔士奎早已经死了。”庞大钟说。

打手奇怪了：“我咋没听说呢？”

“他的女儿乔晓娅早把他杀了。”

打手还没领会其中之意，司仁连忽然来报：

“不好了，老杜头失踪了！”

庞大钟打了个冷战：“跑哪去了？”

“不知道。”死人脸把一个纸条递给胖组长。

庞大钟展开纸条读道：“我喝了毒酒，不愿死在家里，到天上寻找我的灵魂，到塌陷区寻找我的尸首。”庞大钟仔细看这两行歪扭的字迹，脸上出现喜色，“是杜老头的笔体。这么说他已经上西天了。”

实际上这个时候老杜头已经坐在马安北京的舅舅家的客厅里。

第五十八章 泪痕残

追悼会结束后，牛永进得到通知，矿上要与他谈重要事情。

老杜头、马安与永进相见，深情厚谊，悲喜交集。他们的手紧紧地拉在一起，久久地说不出话来。老杜头告诉老朋友，如今他在马安手下服务。马安当了柱子厂厂长，他在柱子场看门。柱子厂又成了他的家。他盛情邀请永进到他家做客。永进哪能不去呢，他做梦都想见他们，向他们当面表示打心眼里的感激。他算了下时间，决定后天到柱子厂拜见马厂长和杜大伯。永进想从黑金口中得知矿上找他有何要事。黑金不否认知道详情，但他说："本人历来反对走后门，自己不走，对别人也不开。"他只好耐心地等待。午饭一罢，他就急不可待地向田伯询问。田矿长拿出一把崭新的铜钥匙递给永进，起身说道：

"走，咱们到你的新家去谈。"

"我的新家？"永进大惑不解，两眼出神地望着这把崭新的钥匙。

黑金插话说："新家旧家都在一个地方——德智里八号。"

永进立时联想到新漆大门上的那把崭新的锁，曾担心会见外的新主人原来就是他本人。被扫地出门的居住了多年的老屋又将成为他的家。他不怀疑这是真的，只是太使他没有料想到，致使他一时竟不知作何感想。

"还傻愣着干啥？"田妈催促说，"快去看看吧，有啥不满意的地方冲你大伯说。你们先去，我随后就到。"

田美海父子陪着牛永进来到他的旧居新家德智里八号。永进打开新漆门上的新锁，轻轻地把门推开，一股熟悉而又亲切的气息扑面而来。他怀着无比激动的心情走进这个感情深重的家。整洁的院落，整洁的房子，井井有条的摆设，都和原来的一样，使他备感温暖和亲切。他的身心同时进入了遭劫前的境界。牛永进条件反射地把眼光投向正面的墙壁，一幅亲切感人的照片映入他的眼帘。那就是杜大伯保存下来的他们的传家宝。照片仍和老杜头保存时那样，用两块比照片略大的玻璃夹着，四边的茬口粘着胶布。永进上前取下照片，爱不释手地端详着。田矿长说：

"为了纪念老杜同志的功绩，我没让更换相框。"

"这样好。"永进很满意，把照片重又挂在墙上。

田伯告诉他说："家什行李等物件都是照原来的样子置办的。"

"你好好看看哪件和原来的不一样，"黑金插话说，"评评我的记性如何。"

"和原来的一样。"永进说，"我还以为把原来的又找回来了呢。"

田伯说："你大妈说做几件时髦的家具，我没同意。不过你啥时候想做大伯全力支持。"

永进没有理会田伯的话。他在欣赏写字台、椅子、靠北墙的一对箱子，它们的漆色、大小以及花纹都和原来的一般无二。写字台玻璃板下压着的图片是秀春喜爱的唐菖浦的切花，写字台靠墙的地方，有一卷露着红绿黄等色的纸，右角放着毛笔和砚台。永进自然想起当年炮轰 6 号非法监狱时的情形。

"永进哪，我不能不告诉你，"田矿长心情沉重地说，"你爸的平反昭雪追悼会是开了，但是大伯却担着好大的风险。"

永进的注意力被吸引过来，莫明其妙地望着田美海。

"上边不同意开追悼会公开平反，想单让家属和子女知道就算了。因为你爸并没有被彻底平反，还留有很大的尾巴。"

"啥尾巴？帆布问题不是已经水落石出了吗？"永进不解地问。

田矿长说："爸爸在 6 号关押期间，被勒令写的检查交代中，不少处都提到了刘少奇，有人说这是对他的吹捧，所以不能彻底平反。"

永进欲言又止，好多话不知咋说。

"你不要为我担心。"田美海说，"我心里头有底。会开了也不会给我定啥罪。不开全矿职工都不干。你也别为'尾巴'发愁。我想这只不过是暂时的。慢慢地一切都会好起来。这事原打算向你保密。我考虑还是直说了好，相信你会正确对待。"

"我是支持爸爸这样做的。"黑金说，"由于'四人帮'的流毒尚远未肃清，把功劳说成是罪恶的事还常有。所以你不要把牛叔看成是有污点的人，并因此再背上沉重的包袱。应该认识到这是牛叔的光荣。我们应该学习先辈敢讲真话的精神。"

没等永进有所表示，田妈就吵闹着进来：

"你们跟永进瞎说些个啥，我的意见你们就是不采纳！"田妈真生气了。"坏人倒台了，可孩子的伤还没好，你们咋这么不疼人，忍心再给他雪上加霜？"她又安慰永进道："孩子，别信他们的。你没见有多少人参加追悼会吗？那才是真的呢。有这么多人保驾，谁也甭想再坏他的名。黑渣糊壳加不到他头上！"

田妈很激动，永进还是第一次见她这样。他安顿田妈坐下，心平气和地说：

“爸爸的问题留了尾巴，不会对我咋样，正像他当英雄时我也夹着尾巴作人一样。大伯告诉我实情，是对我的信任；您不叫说，也是为我好。我决不辜负你们的一片心意，既不因胜利而狂喜，又不为尾巴而沉闷，照样脚踏实地走我的路。”

田妈拍着永进的肩膀，连声称赞。她转向丈夫：“还不快把喜事告诉永进！”

田伯笑道：“我们在等着你说嘛。”

“其实用不着说永进也该明白了。”田妈说，“都看清了吧？这就是你的家。‘四人帮’把你们一家人从这里拆散，现在矿上又要叫你们在这里团聚。把你妈从故乡接来，把秀春从乡下抽上来，你再从外地调回来，一家子团团圆圆地过上一段，等你娶了媳妇我再把秀春接过去。”

永进被说得脸上红扑扑的。他有些不好意思起来，“田妈，看您说哪去了。”

“咋着，不相信我的话？那就让矿长给你证实吧。”

“你大妈说得都是真的。”田美海郑重其事地说，“别看你爸的问题还留着一个很大的尾巴，在对待你们的事情上还是公正的。”

“别老尾巴尾巴地挂在嘴边上，”田妈不满地说，“给好人安尾巴安不上，大骡子大马没尾巴还不行，以后就别再提这事了。”

“你跟我理解得不是一个意思。”田矿长继续说，“上级已经批准，请回你妈，抽调秀春，马上就可以进行。对你我们只能商调。商调信已经发出，你回去再申请一下，会放你的。咱矿准备建个矿柱林场，你来当技术场长。”

“正好实现你的理想。”黑金说。

“你知道，咱们这一带有大面积的山场，应该充分利用起来。建林场，让荒山给咱们长矿柱，长栋梁。”

田黑金更是极力怂恿永进赶快调回来。

田妈心急地看表，说：“真是卖啥吆喝啥，三句话不离本行。别忘了碰头儿！”

这时外边突然响起一个银铃般的声音：

“田矿长在这儿吗？”

不等田美海回答，来人已经挑帘进屋。

这是一位二十几岁的姑娘，高高的个头，健美的身材，身着洗得退色的劳动布工作服，满头乌发罩在工作帽里。黑里透红的脸上泛着青春的光彩。她那双滴溜溜转的大眼睛把屋里的人都扫视一遍，两腮的梨窝随着话音出现：

“喝！你们一家子都在这儿？”

田妈热情迎接她。永进虽不认识她，由于是在自己家里，出于礼貌也站起身来。她毫不客气地坐在田妈和永进中间。田伯笑眯眯地说：

“你可真能找！”

姑娘的脸不被人察觉地一红，张口解释道：“我去家里找您了，吃了闭门羹；又到矿里找，还是没见影。唐书记告诉我你在这里。”

她这番解释只有蒙在鼓里的永进相信是真的。黑金不禁抿嘴乐。田妈本来就是笑着的。田伯故意问：

“知道这是谁家吗？”

这回姑娘的脸可红得厉害了。田妈给她解围道：“不介绍人家咋能知道呢。”田妈一手拉住一个，给永进和来客之间架起一座金桥。又互相介绍说：“这就是一提起来你就抿嘴笑的牛永进。她是咱们矿先进工作者边艳双。”介绍罢，田妈还负责把他俩的手接到一块。姑娘很大方，热情地和永进握手，腼腆的永进像机器人那样受田妈摆布。田妈很高兴，用羡慕的眼光望着他俩，没头没脑地说：“真是不巧不成书。”

姑娘两只大眼把永进上下左右打量一番。永进像受铁扫帚扫过一样难受。还好，姑娘很会来事，看清了永进之后，把永进的手使劲一握便松开了，同时深表歉意地说：

“来得真不是时候，打扰你们了。”她从兜里掏出一卷东西交给田矿长：“您不是急着看一个材料吗？我给您拿来了。”说罢她便告辞，像来时一样，一阵风似地走了。

边艳双轻盈的脚步声消失以后，田妈松了口气。她仔细观察永进，见他脸上还飘着红云，她很满意。田美海把姑娘给他的东西随便翻翻，然后递给永进。永进不知何意，接过来看，原来是一本杂志。

“我根本没要啥材料，说明她很精明。”田伯乐呵呵地说，“这场戏是你大妈导演的。目的是让你相相这位姑娘，你看着咋样？”

“啥咋样！”田妈抢过话茬说，“要不是永进，换一个人我还舍不得让姑娘嫁他呢。人家也是大学毕业，今年刚满二十七岁，父母都在矿上工作。艳双的人品，不是我偏心，在咱矿上秀春排第一，她得排第二。人家工作上先进，还是个五好姑娘呢。”田妈扳着指头说：“心眼好，长得好，活计好，性气好，写字好。一直没对象是等着有福的人呢。我已经把你的情况向她讲了。她没一丁点意见，打心眼里满意。我说等你回来再让她相相，她说对你甭相，主要是让你相她。就这样安排了你们见面。”

“你大妈说得一点也不过分。这可是打着灯笼都难找的。”田伯说，“你可千万不要错过机会。我看就这样吧，待会儿我去跟她说：成了！”

三双眼睛都盯着永进，等待着他说话或点头。

永进仍像个没有感情的机器人，没表任何态，没出声也没动作。

“这么着急哪儿行？”田妈成竹在胸地说：“搞对象不是搞选举，说声同意就拉倒，得搞才能对上象。我看这么着，今天就算见见面，明儿让永进去看秀春，等回来再与艳双接头。看看电影，拉拉家常，谈成了再把姑娘领到老家让婆婆相相，等结了婚再回单位联系往回调。”

第五十九章 新编《牧羊圈》

田妈对永进的关怀比对亲生儿子还要胜过一筹。她觉得，永进母亲远在乡下，自己应该担当起做母亲的责任，这样才对得起在“四人帮”屠刀下壮烈牺牲的牛羊伴。她要千方百计地把永进的婚事办成功，好了却一桩大的心事。可牛永进却想着如何辞掉的主意。他非常理解田妈的心意，也对边艳双怀有好感。但他一直在想着他的秋萤。斗争胜利了，他能够履行自己的诺言，实现美好而坚定的夙愿：寻找过去的爱，哪怕她在天涯海角！

永进知道，不管怎样巧妙地拒绝都会刺伤田妈的心。他甚至想实在不行就叫边艳双出面。

按照田妈的安排，也是永进的计划，第二天去看妹妹牛秀春。

他记下田妈的嘱咐、埋怨、盼望等等一大车话，载着她打点的一提包好吃的，骑自行车出发了。

驶过小马路闹市区，迎面过来一位挺引人注目的步履蹒跚的人。她不走人行道，在马路上靠左行。牛永进老远按铃，却得到相反的效果。行人听到铃声非但不躲，反而冲着车来，害的永进不得不使双闸，在离行人不到一米的地方跳下车来。什么人如此不讲秩序？他不满地看了对方一眼。这一看可不要紧，不禁叫出声来：

“晓娅，乔晓娅！”

对方听见声音，抬起垂着的眼皮。她那双曾经很美丽的眼睛变得还不如木偶的灵活与有光，傻愣愣地盯着永进，没有任何表情。她衣着简朴而干净，头发也梳得很光；苍白的脸上没有血色，脑门带着擦伤，两颊似有泪痕；苗条的身材变得卷曲，就像萎蔫了的黄瓜。永进感到阵阵心酸。他把自行车支到便道上，想把晓娅扶到便道上说话。对方不让他扶，用迟钝的动作躲着他，脸上毫无表情地说：

“好鞋不沾臭狗屎，小心脏了爪子！”她慢慢挪到便道上，差点让路牙子绊倒。永进把她扶住：

“晓娅，你不认识我了吗？”

“……”晓娅木然不语，用嘴咬着右手的食指。

“我是永进，牛永进！”他大声地告诉对方。

“永进？牛永进，嘿嘿！”晓娅枯槁的脸上现出嘲讽的笑，接着说道：“永进，牛才能永进；我是笨鸭子，不会浮水，在大海里头不如淹死幸福。我本来到天堂报到了，该死的上帝偏不收留我，说我该去找马克思……”

“晓娅！”永进亲切地喊了一声。他虽已知道她疯了，仍正经地跟她说话：“晓娅，现在胜利了，你千不该万不该变成这个样子。”

“胜利？”晓娅像被针刺着似的战栗一下，说道：“胜利就跟幸福一样，是你们的不是我的；你们捧着蜜桃吃，我抱着苦果啃。还有这食指，爸爸就是咬着食指咽的气。”

“你要振作起来，往好处想。阳光也照到了你身上。”

“阳光照到你身上是暖的，照到我身上是辣的。你还让我想好事？天哪！我不想比这更幸福了！上帝说我把幸福想得太多了，所以他毫不吝啬地给了我这么多。”

“你这就是幸福吗？”

“你说呢？看我穿的是绫罗绸缎，吃的是大米白面，喝的是玉液琼浆。我还能拉金尿银呢。”

“晓娅，你说过的，”永进用她的话开导她说，“那时革命需要你那么做你做了，现在革命需要你变过来，你变过来就是了。你无罪，要恨祸首。”

“祸首？”晓娅诧异了，“让我这样幸福的除了亲人就是朋友。你看，有我自己，有我哥乔通路，有我前夫潘永红。永红，知道吗？还有我的不少同事。只有我弟何宽是个小气鬼，比老葛朗台还吝啬。这也难怪，他有一阵子不是我们乔家的人。”

“你为啥不怪‘四人帮’呢？”

“‘四人帮’？他是大老板，他们都听他的。”

“好尖刻的语言！”永进轻声说道，“只可惜出自一个精神病人之口。”

“闹了半天你把我当成疯子了。这个世界没好人。去你的吧，呸！”晓娅愤怒地朝永进吐了一口就蹒跚地走了，嘴里还唠叨着：“质本洁来还洁去，不教污淖陷渠沟……”

“晓娅，别走！你听我说，我虽然生过你的气，但我从来没诅咒过你。因为该诅咒的不是你。想想看，我们谁没做过违心的事？！你不要这样，要理直气壮地活着，别在乎别人怎么说……”任凭永进说啥，晓娅没有停步，也没有回头，她旁若无人地走了。

永进心里有说不出的感慨。他久久地注视着她，直到她那萎蔫了的枯瘦的形骸消失在过往的行人中。永进又不禁流出了眼泪。

良久，他才跨上自行车继续赶路。脑海中老是浮现着那个口咬食指的乔晓娅。直到眼前出现一个大村庄。晓娅的影子才被秀春的形象所取代。根据行前田黑金的介绍和他从前的印象，他断定这个村庄一定是公社所在的水峪村。穿过村子再往西北走十二华里就是水沟村。去水沟的路是慢上坡，永进骑车感到费力。

就在出水峪不远的路上，牛永进与牛秀春巧遇。秀春是从公社散会回村。她健壮的体魄和衣着让永进没认出来。错把她当成是当地的农家女。他骑车超过了她，是秀春认出了哥哥，从身后叫住他。兄妹两就这样相见。

他们互相打量着，谁也没想到对方会变成这样。回忆起一幕一幕的往事，似乎又觉得应该变成这样。一切都顺理成章天经地义。用秀春的话说，“既承担了做大人的义务，能不变成大人的样子吗？”

胜利后的相见是令人振奋的。兄妹两慢慢地走着，热烈地谈着。妹妹向哥哥介绍没能参加爸爸追悼会的原因。说公社的工作会和矿上的追悼会定在了同一天，秀春选择了前者。说把工作搞好就是对爸爸最好的悼念。永进表示理解和支持。他把追悼会的情况告诉妹妹。兄妹俩又对爸爸洒下了怀念的泪水。

路过三八水库，秀春领永进过去参观。一条大坝拦住了一泓碧汪汪的秋水。秀春告诉哥哥说，这是她参加设计和修建的，组织全村妇女苦战一年零两个月。有了这座水库，能使几百亩的土地解除干旱的威胁。库满水时，田黑金来看她，望着她那粗黑的脸和干裂的嘴唇，又摸她贴着胶布的松树皮似的手，没说一句话。水面镜子似得照出他们的身影。秀春再也找不到自己少女时的形象。黑金为啥不说话，难道嫌秀春变丑了不成？他朗诵了一首诗，让秀春又感动又不好意思。

人要心美像就美，
雄心装得三江水。
妙手巧绣天和地，
春美皆因人勤美。

秀春说，也许诗人不会承认这是诗，但她喜欢。她还让哥哥也当场来一首。

永进把去年秋天和小马倌一起登上大马群山主峰伯乐峰顶时作的诗朗诵给妹妹听。

有气有志心自宽，

披荆斩棘攀险山。
站在高处看世界，
更觉重任担在肩。

“妙，好诗！”秀春拍手叫绝。

永进说：“我站在山顶上冲着东西南北中各朗诵一遍。”

“我说秋风为啥那样悲壮，原来带着你的诗。”

“你比诗人更会夸张。”

兄妹两谈着诗，秀春追问他小马倌是谁。永进差点说出自己的遭遇，但话到嘴边又咽了回去。

来到小土屋跟前，永进不禁奇怪地问：

“领我到羊圈房干啥？”

“羊圈房？”秀春称赞道：“好高明的眼力！你咋一下子就认出是羊圈房呢？”

“你看那一圈石台，是啖羊用的。”

“到底是去过塞外的人。我以前就不懂，还以为这圈石头是小鬼的餐桌或神仙的石凳呢。”

“可是你把我领到这干啥？”

“这就是我的家呀！”

“你的家？”永进备感惊异，“这么说你就一直孤苦伶仃地住在这羊圈房？”

“这有啥大惊小怪的？快进屋吧。”

永进弯腰进第一个门，像是进到暗室，顿时眼前发黑，什么也看不见了。进第二个门时，脑门撞到门楣上，震得小屋哗哗往下掉土。他紧闭了会儿眼，才看清楚里边的陈设：靠南窗有一盘小炕，如果硬要睡两个人，那就谁也翻不过身来。靠东墙有一张分不清什么颜色的高桌。永进被秀春让到那把老式椅子上。他紧皱浓眉，伸手揉撞得生疼的脑门。

“大个子还不注意矮房檐。”秀春帮哥哥揉撞起包的脑门，“黑金哥刚来时也是这样。他劲更大，差点把我的门框撞坏。”她像哄小孩似地对着永进的脑门吹口气，风趣而又深情地说：“好了好了，别皱眉了。就算给你的见面礼。不打不成交，往后你可要想念这座羊圈房呢。”

秀春没工夫照顾永进，急着到大队汇报会议精神和研究工作。她嘱咐哥哥：“你先歇会儿，渴了饿了自己张罗，家里啥都有；水开了就喝，饭熟了就吃，甭等我。”

永进默默地呆坐了好一阵。他怎么也想不到妹妹竟以这样简陋的羊圈房为家。被强令落户那阵不必说了，现在变了，她为啥还没改变环境？

刚从凉风阵阵的外面进来时，小土屋还有一股暖意，此时他感到冷气袭身。他起身踱步。这时他看清被当作办公桌的高桌上整齐地放着一叠杂志，还有文房四宝；靠北墙的木头支架上放着粮食袋。永进扶着门框把头探向外间。他看到：靠北墙堆放着煤，旁边还有引火柴；靠西墙整齐地排列着锹锄镢锨、扁担和挑筐；木橛子上挂着三四个磨破了的垫肩。东墙靠门的地方有一个小锅台，锅台上有一个卧放的纸箱子，算是碗柜子。小风箱旁边是个能放一担水的水缸。正像秀春说得，土屋里是应有尽有。

永进看着从小门口照进来的日头影，盘算着如何下手做饭，猛听门外飘进甜甜的一声喊："黑金叔！"

这是谁？不等永进分辨，一个翩翩少女飞跑进来拉住了他的手。

"黑金叔，你是来接春姑走的吧？"

永进支吾其词，不知该咋回答。

少女发现认错人了，甩掉对方的手退到小屋门口，用敏锐的目光打量这位陌生的客人。

永进怕少女见怪，解释道："你别害怕，我不是外人，是……"

"永进叔！你是永进叔。"不等永进介绍，少女又喊着奔过来，比刚才还亲热和欢喜。她说："春姑常提起你，所以我能一下子把你认出来。"

"你很聪明，猜得一点不错。"永进问，"你是谁呢？"

"我叫刘春花，常跟秀春姑做伴。"

"念书呢吗？"

"念呢。"

"爸爸叫啥？"

春花顿时消失了笑容，垂下了眼皮。

永进自知失言，深感内疚。祖国刚刚经历十年浩劫，谁家没有伤心事？真不该随便发问，勾起少女的哀愁。他改口说："你咋知道黑金叔来了呢？"

"我见着春姑的身影飞跑去了大队，知道她散了会，想给她做好饭，让她办完事吃便宜的。见了自行车，我以为是黑金叔来了。"春花姑娘闪着大眼睛问："春姑真的要走了吗？"

"不知道。"

"你哄我，当哥的能不知道？"春花不高兴了。

"我真不知道。"永进抚摸着她肉乎乎的小手，解释道，"你想想，我刚从很远的塞外来，进屋没说两句话她就去大队了，她的情况我咋会知道呢？"

春花想到春姑向她说过，永进叔是个勇敢坚强而又正直的人。她相信了他的话，立刻高兴了起来，闪着两眼求援地说：

“你能劝她别离开我们吗？”

“她要到哪儿去？”永进不解地问。

“可能就你不知道，这的人都嚷嚷遍了，说矿上要抽她，区里要调她，公社还要留她。我们都高兴春姑出去工作，又希望她离我们越近越好。”

“那就让她既工作又不离开你们。”

“太妙了！”春花高兴地拍手。

“可是，”永进泼冷水说，“我的话她也不见得听。”

“不可能。”春花有根有据地说，“春姑常跟我念叨你，对你佩服着呢，你的话她能不听！？”

“好，那我就按你的意思劝她。”永进答应下来。他感到肚子饿了，跟春花商量道：

“你帮我做饭好吗？“

“当然。黑金叔来就常是我做饭。只是别嫌我手艺赖。”

“我带了好菜，你看做点啥饭好呢？”

“啥都行，就看你爱吃啥了？”

“那就吃红薯塌锅吧。”永进在塞外吃山药粥时就想这样做饭吃，可在边山一带还没人这样吃，今天他要试一试。

春花从外边窖里取来红薯，洗干净。永进淘米，春花点火，两人相互配合，一起下手，时间不大就烧开了锅。永进看看汤适中，用不着往外撇。他拿出田妈给秀春炖好的鱼和肉爓在锅里。烧住火，锅里出来香味。借焖饭的机会，永进问春花：

“你春姑一来就住这吗？”

“那还能住哪？坏蛋庞大铃把她当‘四类分子’一样对待，有好房子还能让她住？现在这屋子可好多了。春姑刚来那会儿，要门没门，要窗没窗，屋顶还透着天。我们一些孩子帮着她采酸枣枝当门窗。那个难劲就别提了。要啥没啥，庞大铃还不断地给她气受。要不是是春姑，换个人也死在这了。后来大伙才七拼八凑地帮她把这个家收拾好。”

“‘四人帮’倒台后她为啥不搬到好房子去呢？”

“‘四人帮’倒台，春姑并没有得到解放，庞大铃还想把她打成‘四人帮’线上的人，直到庞大铃进大狱春姑才算自由。”

“自由了为啥还不搬家？”永进追问。

“你可千万别跟春姑说这事，她会跟你翻脸的。队里特意给她盖三间大房，让她搬进去，她就是不肯，说：‘日子艰难的时候在这里能住，日子好了就不能了吗？把新房子让给窜房檐的社员吧，我在小土屋里住惯了，舍不得离开。’她硬不搬谁也没办法，她也提了个要求，叫给安一盏电灯，说也享受一下现代化的幸福。别看这房子不济，大人孩子都爱来。春姑在这里办公，看书写字，每天都过半夜才睡。她已经掌握了好几门大学的课程。社员们说，应该给她编一出戏——新编《牧羊圈》。”

听了春花的介绍，永进感到这小土屋变得亲切异常。

饭刚刚焖好的时候，秀春回来了。好一顿美餐，金黄的米和沙瓤白薯焖出来的饭又香又甜，他们光吃饭，都忘了吃菜。秀春说这样的好饭神仙也吃不到，春花说要把这种吃法在水沟一带传开。永进不禁产生一种快感，居然为人民的生活交流作出贡献。

夜里，这对久别重逢的兄妹睡不着觉，今夜不该入眠。兄妹俩手拉着手膝促着膝在暖烘烘的小土炕上就这样坐着。夜很静，秋虫没有悲鸣，夜鸟也没有发出叫声，它们都在倾听，倾听这兄妹共叙别情。永进无比深情地望着妹妹，有多少话不知从何说起。多少个难熬的日日夜夜，多少次泪流成河……我的好妹妹，叫你受苦了。作为哥哥，我对不住你，没有保护好你，我真的有愧。我真的好想你，在最艰难的日子里，我真想飞到你身边，但我身不由己呀！我的好妹妹，有多少事你还不知道。永进眼里满是泪水。他使劲抑制着，想不叫泪水流出，但是做不到。两行热泪簌簌地往下流。秀春也同样深情地望着哥哥。她打心眼里感到有哥哥真好，虽然在她最艰难的时候哥哥没在身边，但她心里有仗持，哥哥在千里塞外给她力量，给她胆量，给她希望。她虽不知道哥哥到底受了多少苦，但她断定哥哥也受了很多苦。苦日子终于熬过来了。此时的秀春百感交集，有多少次想哥哥想得流了泪，在那艰难的岁月里，她做梦都想有哥哥在身边，此时哥哥就在身边，手拉着手，膝促着膝，这是真的吗？不是做梦吧？她的泪水也是簌簌地往下流。今夜应该哭泣。忆往昔，峥嵘岁月。有多少哭的理由，当时都没有好好地哭，其实今夜也不想哭，但是忧愁、喜悦和泪水都是控制不住的，那就哭吧。但是还不能放声地痛哭，那就饮泣吧。兄妹俩抱头饮泣。饮泣声从小土屋的窗护飘向夜空，眨眼的星星应该知道是谁在哭，为什么哭……

第二天永进回边山。秀春没有强留。他们约好七九年春节都去故乡看望母亲。秀春建议哥哥在边山多住两天，并叫他给田妈捎话，说她很想她，等忙下这阵子就回去看她。

虽然没有强留，但她实在舍不得哥哥走。如今胜利了，见了面又忽然要分手，真不情愿哪！永进何尝不想与妹妹多待些时日，可他还有好多挂心的事。他就像江河里的一滴水，多好的港湾也留他不住，他要奔向大海。

秀春为哥哥送行，边走边向他倾吐衷肠。

“哥，快帮我出出主意。现在矿上往回抽我，区里还要调我，公社是真心实意地留我，你说我该咋办好？”

“你心里早有小九九。”永进说，“不过我得告诉你，矿上又给咱们安排了一个家，还在咱们的老屋——德智里八号。接妈妈，抽你，调我。让咱们在边山来个大团圆。”

“这是组织上对咱们莫大的关怀和照顾。老实讲，我们对边山有着特殊的感情，也很想到爸爸洒尽血汗的地方工作。”

“那就回去。”

“可我又不忍心一怕屁股就走。这里的乡亲跟我一起熬过了艰辛的岁月，胜利了咋好就甩开他们？再说这里也有我想干的事业。别看来时不愿意，现在让我离开还真舍不得。”

“那就留下。”

“你这是拿的那家子主意？到底是同意我留下还是同意我走？”

“我也没法回答你。”永进为难地说，“实话跟你说吧，我也不想往回调。”

“为啥？”

“还用问，和你一样。”

“我希望妈和你都回边山，既然这样我也不强求你。”

秀春很通情达理。她说：“到处都可以摆开干四化的战场，就看哪最需要吧。可以先让妈一个人在边山，等她老得不能动的时候再说。”

秀春冒昧地提出了永进的老大难问题。

“哥，也许你会怪我不该在幸福的欢乐中触动你内心的伤痛，可我非要问个究竟，你对你的终身大事咋考虑的呢？”

“正要告诉你，田妈他们给我找了一个，还巧妙地见了面。请你转告田妈，我与人家比自愧弗如；还要跟田妈说，事虽未成，我对她的感激之情和办成事是一个样的。”

“你为啥不同意呢？”

“……”永进默然不语。

“你不要再瞒我。我知道你还恋着秋萤姐。”

“我准备寻找她！”永进坚定而又充满信心地说，“不管他在天之涯还是海之角，我一定要找到她！”

“可是，”秀春委婉地说，“假如你一直爱着的秋萤姐和别人结了婚，那你该咋办？其实这也不能怪她。因为是从你这与人家断的线。”

永进痛苦地皱着眉头，固执地说：“真要那样，我就终身不娶！”

“哥！”一股哀愁袭上秀春心头，两行热泪从她两眼流出。“原谅我重新勾起了你的痛苦。这件事万不能再像从前那样任性和片面。我早该好好劝劝你。但你啥都比我懂。让我祝你幸福吧。”

“谢谢妹妹。”永进说，“如果真的失掉我深爱着并且一直在怀念着的秋萤，会使我万分痛苦，但我能够忍受。而且在为祖国的四化而奋斗中，我也会成为世界上最快乐的人之一！”

第六十章 恸哭

一个振奋人心的喜讯，打破了永进在边山的逗留计划。

他原打算对杜大伯、马厂长、通路大哥进行拜访。再接触接触乔晓娅。那时秀春也该腾出空来看田妈，说不定还能抽出时间来与妹妹一起回故乡探望母亲。永进虽没有调回来的打算，然而他对边山确实是依恋的。他想与金字塔似的矸子山为背景，与秀春合个影，作为永久的纪念。至于边艳双的事，他早就忘到九霄云外了。田妈却时刻也没忘记。她悄悄给他们安排了培养感情的时间；她还想着让永进吃起膘来，好让永进母亲见着高兴。

牛永进听到为"四五"事件平反的广播，废除了在边山的一切计划与安排，决计马上动身进京。这可急坏了田妈。

"您为啥不守信用？"田妈责怪地说，"这不是成心要我的好看吗？大妈哪错待了你就直说，不然我看你能走得成！"

"大妈，"永进深情地说，"咱们两家有特殊的关系，根本不可能出现待好待赖的矛盾；正因为这种关系，我也想多住些时。可是我实在待不住了，就像战士听到冲锋号不能再伏在战壕里那样，我必须走！"

田妈知道自己没有办法再拴住这头倔强的小黄牛。她一时不理解永进为啥非着急着走。她认为，边山有他奋斗的天地，被拆散的一家重新团聚；又有艳双这么好的姑娘，除非想着出家当和尚才对她不动心呢。田妈忽然想起，他八成是为早点调回来才急着回去，于是便说："调来早一天晚一天都行，关键是把眼前的大事办好。看我把电影票都买好了。我想让你和艳双借看电影的机会好好谈谈，争取尽快定下来。昨天人家姑娘又来着，把你夸了好一气。"

田妈正说着，黑金回家来。她像得到援军一样高兴，告状似地跟儿子说："永进要走！"

田黑金把装有饭盒的干粮袋往桌上一丢，冲永进道："我就知道你待不住了。"

"你要是我也会这样的。"

"跑惯了山的青羊老关在圈里会闹毛病的。也不能强留你，咱们讲讲清楚。"

田妈不知儿子向着谁，也摸不清他俩唱哪出戏，悄悄地在一旁听。

“先说边艳双，”黑金开门见山地说，“关于她的情况，你已知道一些了。她原来是机电科的科员，上了两年大学，毕业又回到原单位。人头你看了，心里头掂量掂量配过配不过你。别忘了咱们上中学时就听到过的说法：机电科姑娘找对象的条件是‘三员’，男方得是党员或团员、技术员、一百元。可以这样说，边艳双从哪方面讲都是全矿女工之冠。你对她的态度究竟咋样？”

“人家对你是一百个愿意。”田妈插话说。

永进说：“我相信你们对她的评价，也可以看得出来，她确实是个好姑娘。”

“你早表这个态不省得让我着这么大的急？”田妈高兴地说：“我这就打电话让她来，你俩当面锣对面鼓地谈妥，你爱留爱走我就不管了。”说着她就抓起话筒。

“大妈，”永进从田妈手中夺过话筒，“您先别打。”

“咋着，你想亲自打？真是媒人没人，还没说成你眼里就没我了。”

“您听我说，”永进怕伤田妈的心，吞吞吐吐地说：“我只是说她好，并没有……”

田妈从他的表情里知道了他没说出的话，一下子从头凉到脚：“闹了半天你不同意，早知这样，我费这么大劲干啥？”她气得直跺脚。

“大妈，我理解您对我的心意。虽然这事不能成，但我也像成了一样感谢您。”

“我不是为了让你感谢。”田妈生气地说，“我不明白你为啥这时候还不找对象。那时候有家里的黑锅，现在为啥？”

“妈，您别生气，这是个秘密。”黑金忍不住说，“让我来揭开这个秘密。当初爸爸和您打听他对象的事，我和秀春都说没有，其实他有恋人，由于牛叔遭到迫害，他们失掉了联系。”

“都过去八百年的事了，早没戏了！”田妈说。

“永进你说实话，”黑金问，“是不是还想着那个她？”

“忘不了的，”永进喃喃地说，“我也不想忘。”

“多少年了，真了不起！”田妈叹起气来，“真是爱人爱人，爱得这么深。”

黑金又问：“你到底打算咋办呢？”

“我已经说过了，一定要找到她。”

田妈和黑金都钦佩地点点头。

“矿上安排你们在边山团聚。你往回调不调呢？”黑金又问。

“你去问秀春吧。”

“不用问了。”黑金说，“人各有志，都想战斗在祖国和人民最需要的地方。我知道你是不会来的。两年的进山考察，不是游山玩水，你不会轻易地放弃自己的事业的。天安门事件得到平反，对你又是一个激励和鞭策，所以你急着要走。你的事业在召唤你，党也给你创造了轻装上阵的条件，你要飞了。”

田黑金的话句句说到永进心里，他眉开眼笑地点头。

“妈，给永进开绿灯吧。”他又对永进说：“你对杜大伯许的愿这次是还不了啦；还有马安，他也很想见你；通路大哥也打听你。你对他们不辞而别，我负责向他们解释。”

“一定要多多地道歉。”

“你可让我在艳双姑娘那头坐蜡喽！”田妈异常惋惜地叹了口气。

永进嘱咐田妈一定要好好说，别伤了姑娘的心。

永进情真意切地对黑金说：“替我多关照关照晓娅，她不该这样的。怪罪她是不公正的。我们要帮她好起来。”

黑金深深地点头：“我明白。”他又问永进：“真的要走了吗？”

永进肯定地回答：“是的。”

田黑金意味深长地说：“我祝愿你和你心中的她成功！但我也要说泼冷水的话，爱情是永恒的，而相爱的人不见得都成眷属。呼唤者和被呼唤者很少能互相应答。”

“那也不是她的罪过。”

“你还找不找别人呢？”

“要找也得得到她的允许。”

“我钦佩你对爱情的忠贞，静候你的佳音。”

牛永进将那把带着他的体温的新钥匙还给了田矿长。他怀着对第二故乡异常依恋和对未来无限神往的心情，告别了边山的亲人，告别了他所敬仰而又使他激奋的矸子山和昼夜不停地飞转的天轮。

当北京的晚霞被明亮的灯光所代替的时候，牛永进的身影出现在叔叔家的门口。一家人只有兰菊对他的突然驾到不感到奇怪。

“你这是从哪儿来？”祥叔两眼瞪着他问，“听你大妹妹说你在搞一项山区建设工程，像大禹治水那样几过家门而不入。”

和祥叔一样，吉婶、月季、腊梅也都不用正眼看他。很显然，他们都对他老大不高兴。只有兰菊心里有数。

永进嘿嘿地傻笑两声，坐到依然放在那的他的那张专用床上，回答叔叔像审问那样提出的问题：

“我从十面进到赤县，从赤县到边山，又从边山到北京。”

“亏你还知道北京有个家！”叔叔越说越来火，“真是越大越不招人稀罕；你小时候可不这样，怎么变得让人莫名其妙了呢？”

“你这样可倒好，把妹妹都带坏了。”吉婶旁敲侧击地说，“兰菊啥话也不跟我说了，问到头上也是假话连篇。这回你们都得给我交代清楚！”

永进不知如何解释，像认错的小学生那样，垂着头，任凭叔婶发落。

兰菊感到解气。她袖手旁观，希望父母把哥哥痛骂一顿。腊梅不再像从前那样亲昵，月季冲他睁着比牛眼还大的眼睛。

腊梅向永进开火道：“哥，你曾三次答应把照片拿来，为什么说话不算数？”

“谁说话不算数？”永进反驳道，“我是最信守诺言的！”

“这次带来了？”

“当然。”

“在哪儿？”腊梅奔到永进身边，“拿出来我看。”

永进从人造革包中取出一个黑布包，打开来，把仍用两块玻璃夹着的照片捧在手中。

全家人都围过来看。祥叔抢先拿到手里。他的脸像吹了春风解了冻，眉开眼笑地望着盼望已久的照片，乐得合不上嘴。

“看咱们总理多威武，真像一名矿工！”他看着照片问永进，“你爸身体好吗？那时他显瘦，现在该发福了吧？”

祥叔的话没人回答，一家人都在看照片，没人理会永进。祥叔又说：

“周总理要是活到现在，保证还得接见咱们的牛大哥！”

腊梅把照片夺到自己手里，“真好！”她先是赞美，紧接着又惊叫起来，“哎呀！上边怎么还有血迹？”

“别胡说！”吉婶呵斥道。

“就是血迹嘛，不信问哥哥！”

永进哪去了？他们抬头寻找。

这时从屋里传来哭声，这是没有压抑住的哭声。

怎么回事？他们进到屋里，见永进伏在桌上长声地抽泣。

“发生了什么事？”祥叔莫名其妙地问。

永进只哭不答。

“你爸病了吗？”祥叔又问，“爷奶好吗？”

永进再也压抑不住了，放声痛哭起来。兰菊本想劝解，可她的眼泪也被招了出来。她伏在永进肩上，兄妹俩一起哭。

祥叔他们十分紧张。吉婶抓住兰菊的手，用颤抖的声音问：

“到底发生了什么事？快讲出来，别让妈着急。”

兰菊呜咽地说不出话来。吉婶又说：

“嗔怪我们说了吗？那是打心眼里疼你们。也怪我们不关心你们。”

“妈，不是那么回事！”兰菊哭着说。

“那又是怎么回事呢？”

兰菊抬起泪脸来，咬了咬下唇，抽泣着说：“大伯被‘四人帮’害死了，爷爷让‘四人帮’气死了，哥哥他们一家被拆散了！”

正像惊雷震下雨来那样，腊梅、月季和吉婶在震惊之后都伤心地哭了。连从不知道哭的饱经忧患的叔叔也滚下了痛苦的泪水。

永进万般想念惨死的亲人，抓心挠肺地痛哭，兰菊趴在他肩上呜咽。腊梅、月季和吉婶悲痛地抽泣，祥叔悄悄地流泪。

哭吧！把积郁在心中的伤心泪都流出来！

哭吧！把天大的冤屈都哭出来！

哭吧！为逝去的亲人！

哭吧！把悲泪流干，剩下的应该是喜泪！

第六十一章 走天涯

“九点十五分准时在东单等我，我和你一起去天安门广场。”

牛永进吃罢早点，洗净碗筷，封好炉子，坐到沙发上第三次看这张字条。这是兰菊妹上班前悄悄塞给他的。他真不明白她为啥要搞得这样神秘。就这么简单一句话，啥时候都能说，干吗还要写成字条、还要背着人塞给他？刚才他没顾上想，现在上班的上学的都走了，家里就他一个人。他看看表，时候还早，便开始琢磨此事。他摇头一笑，自言自语道：“这个妹妹真有意思。”算是得出来的结论。其实他本人更有意思，只是自己不觉得。当他拿到字条时，也不知道背着人，展开便看，弄得兰菊怪不好意思的。可巧腊梅发现他看字条，好奇地问：“哥你在看什么呢？”说着她就探过头来看。这时兰菊急了，呵斥小妹道：“你啥都管，多为学习操心比什么都强！”“就管就管！又没问你，我是跟哥哥说话。”腊梅撒起老闺女的娇来。永进看着字条念了句俄语，于是小妹产生了哥哥在学外语的错觉。字条的秘密就这样被保下来。

八点二十分永进离开家，乘车到指定地点。兰菊妹已在那里等他。

“你早来了吗？”永进问。

兰菊歪过头去不理睬他。永进看看表，可不是，迟到了五分钟，初次赴约就没遵守时间，可不就要得点颜色看看嘛。他忙解释说：“不知道车这么难坐。不知者不怪罪嘛。”永进前言不搭后语的话把兰菊说得扑哧一笑，但马上又绷起脸来。

“闹了半天你还不知罪。”她说，“去边山参加大伯的追悼会，为什么不带上我？我们共同盼来的胜利，你竟独自享受。”

永进自知理亏，忙赔礼道：“怪我计划不周。老虎还有打盹的时候呢，我又不是老虎。”

“还不是老虎呢，一连战胜武威、郑红两员干将，又与大马群同奔两年，不是老虎也变成老虎了。”

“我是初生牛犊不怕虎。”永进说，“战胜‘四人帮’是党和人民的力量；

爬大马群山，是祖国四化建设的吸引。”

兄妹俩说着话，顺着长安街的人行道朝天安门走。永进不由大步流星，兰菊小跑着紧追。她喘着粗气埋怨道：“真是走山路练出来的，为什么不就合一下我？”

永进放慢了速度，兰菊挽住他的胳膊，满意地说：“这才像散步的样子。你刚才就跟抢肉包子似地往前冲。”她伏在永进的胳膊上笑弯了腰。

永进对挎胳膊走路很不习惯，就像被人指着脖梗子嘲笑似的脸上发烧。本来与妹妹很是亲近，此时连看也不敢看她了。渐渐地他并没发现有谁注意他们，甚至连兰菊大声地乐也没人理会；他又看到在过往的行人中，像他们这样挎胳膊的大有人在，有年龄相仿的青年和中年，也有年岁相差悬殊的老年和少年。永进想：这些人中，有情侣、朋友，父女、爷孙，而我们是兄妹，还怕个啥？走着走着他也就习以为常了，也像其他的人那样，大方自然地与妹妹说笑。

永进问：“你为什么把简单的问题搞好得如此神秘？”

“你指什么事？”兰菊歪过头问。

“你跟我来天安门，就一句话的事，干吗非要写条子？”

“根本就没机会说。”

“没机会？”永进奇怪了，“从昨天我一进家门就哪也没去呀？”

“我指的是没有咱俩单独在一起的机会。”兰菊说，“昨晚爸妈跟你没完没了地说，早起又乱哄哄的。”

“同着他们说怕什么呢？”永进非要问个究竟。

兰菊的脸涨得通红，支吾着说：“我也说不清楚，也许是老向他们保密形成的习惯吧。总之别问了，我回答不了。”她灵机一动，反攻为守地说：“腊梅要字条看，你为什么要说俄语呢？”

“还不是尊重你的意志。要不那样，本来挺简单的问题，让她一闹就会复杂起来。”永进说，“当初我报告你家里横遭劫难的情况，向叔婶保密是必要的，现在你跟我去天安门，即便去天边，为什么瞒着他们呢？”

“你干吗老使我处于受审的紧张状态中？”兰菊气得跺了一脚，挖苦他说：“真是一个傻瓜提出的问题比十个聪明人所能解决的还要多十倍！”

永进不言语了。兰菊得意地瞟了他一眼，不再提这事。

他俩漫步到游人如织的天安门广场，心中油然腾起一种胜利的喜悦与激情，就好像偎依在母亲的怀抱中，呼吸的空气都像乳汁一样香甜。

永进展开双臂，作了几下深呼吸。

“干吗？想一个人飞走吗？”兰菊风趣地问。

永进深情地说："每当我登上一个山头，都要向这里眺望，虽然崇山峻岭挡住了我的视线，但是她的形象在我的心中；虽然'四人帮'给我戴上了'现反'帽子，但祖国和人民并没有抛弃我。我常常梦见北京，梦见我们在这里向'四人帮'宣战的情形。我早就想胜利时来这里好好体会一下幸福，同时鼓足百倍的干劲，再从这里出发，去奋斗属于我们的未来！"永进高兴地抓住妹妹的手，主动与她挎起了胳膊。

"有你这样的哥哥，我打心眼里感到自豪，但我也毫不掩饰对你的意见。"

"我求之若渴，洗耳恭听。"

"你太自私。"

"呦！我第一次听到这样的指责，望乞明示。"

"你光想着自己去奋斗，为什么不想着我？"

"我已经用行动表达了意思。"

"什么意思？"

"这不！"永进挎着她的胳膊抖了抖，说道，"与你并驾齐驱！"

兰菊满意地把头贴在哥哥的粗壮的臂膀上。

他们来到为周总理敬献花圈和举手宣誓的地方。兰菊回忆道：

"你虽然从这里逃脱，可我一直放心不下。因为'四人帮'的黑手伸得很长，在得不到你的音信的日子里，真叫人心急如焚。"

"我对你也是一直牵挂着。"永进说，"我后悔不该只顾一个人跑。也曾像谴责逃兵一样谴责过自己；更使我内疚的是还曾想与你断绝关系。现在看来都是我的错。我甘愿受打受罚。"

兰菊说："金无足赤，人无完人。英雄也不是没有缺点的。不过往后你再想把我忘喽，那我可不答应！"

"我哪能没良心到那种地步，忘掉同舟共济的战友，更何况我们两家建立了三代人的患难与共的情谊，即使你忘掉我，我也不会忘掉你。"

"我不愿听花言巧语的表白，喜欢看实际行动。"

"那你就骑驴看唱本，走着瞧吧。"

"等一会儿我就会知道。"

永进没有领会妹妹的话。

他们围着高耸入云的人民英雄纪念碑绕了两圈，来到天安门城楼前。走上金水桥。兰菊感到累了。她抚摸着光滑的石栏，建议坐下来休息一会儿，于是他们便坐到东侧的金水河堤沿上。

永进坐在给妹妹挡风的地方，兰菊靠在哥哥身上。兄妹俩漫无边际地谈起来。由北京谈到边山，由边山谈到故乡，又由故乡谈到塞外。永进谈到塞外的一些见闻，又引出了兰菊的不少话来。她谈到她的两个同学，一个男的一个女的。女同学贪图钱财，找了个不称心的男人，家里住房有余，家具齐全，一切应有尽有，就是没有夫妻间的感情。那个男的各方面都挺棒，就是找的对象拿不出手，而他们的感情却最好……谈话中流露出兰菊的分明的爱憎和非凡的思想境界。

兄妹二人观点一致，情投意合，就是谈到乔晓娅时看法不同：兰菊为之解恨，永进为之哀怜。

“罪有应得！”兰菊说，“为了个人的幸福，不顾原则立场，出卖真理，坑害别人，包括自己的生身之父，到头来只能是自食其果。自己酿的苦酒自己喝。”

永进不同意她的意见，说：“她本不想那样，也是被卷进来的，何罪有之？她也是‘四人帮’的牺牲品；她的心中也有怒和恨，而她的亲人不理解她，把罪都加到她头上，使她有苦无处诉，导致了精神失常。我们不能把‘四人帮’的罪恶分给别人，更不能用‘四人帮’的做法对待上他们当的犯错误的人。你好好想想，我们做过的违心的事还少吗？我们谁也不想这样，但我们被卷了进来，所以才这样。”

兰菊被哥哥说得口服心服。“你是正确的，”她中肯地说，“我这个人太爱感情用事了。人谁不犯错误，可人们往往不能正确对待。其实他们比别人更需要帮助，更需要温暖和友爱。”

“说着容易，做起来就难了。我也是这样，总看着整过我的人别扭。虽没有以牙还牙以眼还眼的想法，但也有很难去掉的成见。人性的这个弱点应该克服。”

一股冷风吹过，兰菊打了个寒战，水红的脸上冒出了鸡皮疙瘩。

“冷了吗？”永进关切地握住妹妹的手，埋怨道，“这么凉了，干吗不早说。”

“跟你在一块把什么都忘了。”

“真是个傻丫头。”

“傻倒不傻，就是一个心眼。”兰菊站起来跳了几跳，“你穿得比我单薄，为什么不冷，手还这么热乎？”

“你跟我能比吗？”永进不无自豪地说，“我在塞外经受过雪地冰天的严寒，这点冷算什么，还不跟坐在热炕头上一样。”

“坐在热炕头上？”兰菊眨着美丽的两眼问，“那你也感到有火炉烤着了？”

永进想了想才理解妹妹的意思，嘲笑说：“你的手像冰一样，还火炉呢！

你弄颠倒了，火炉在这！”永进把大拇指指向自己。

兰菊抱住他的手，撒娇地说：“那敢情，是我把热都给了你！”

他们挽着手步上金水桥。在金水桥上他们商定去登景山。他们乘上5路汽车。车上人很多，永进一只手抓住扶手，另一只手扶着妹妹。兰菊面对着他，变换的车速不时地使她的头碰到永进的脸。兰菊的心里产生了一种异样的感情。

永进第一次到景山来。他左顾右盼，目不暇接。兰菊的注意力却全在哥哥身上。她问：

“哥，塞外到底有多冷？”

“有多冷？怎么跟你说呢？告诉你零下多少度也形容不出冷的程度来；这么说吧，要是你到了那呀，保准冻得哭鼻子。”

“你这么小看我？”兰菊假意生嗔地看着哥哥。

“别误会。”永进自圆其说，“我是说寒气会使你流鼻涕，冷风吹得你流眼泪。让人一看，可不跟哭一个样吗？”

“你真会随机应变！反正以后要证实的。到时候咱们再说。”

“非常欢迎你去做客。不过冬天别去，白毛风可是不讲情面的；夏天去，三伏天的凉风对谁都有好感。”

“哼！”兰菊嗤之以鼻地哼了一声，不以为然地说：“你以为我要去做客吗？要当主人的！”

“那更才求之不得呢。”永进玩笑道，“正像当地老乡说的，我就缺少个打里打外的人照顾呢。”

“你不嫌我笨？”

“纯粹是滑天下之大稽。”永进正经八百地说，“你有你的远大抱负。哥哥哪能让你干那活呢？况且……”

“况且什么？”

“况且我现在还用不着。也许等七老八十我走不动爬不动的时候需要，可这时替自己作那时的打算还太早。所以我还没想。”

“苦行僧！”兰菊狠狠地挖苦永进。她主张先登景山，然后找地方吃干粮。永进对她唯命是从。

登山的时候，永进几次用手掌推兰菊的脊背，助她一臂之力。她总是反对：“别推，我自己能行。”她向前跑几步，回头笑哥哥登得慢，“追呀！登山的英雄。”她这回头一笑，使永进猛然想起秋萤。他脑海中浮现出苗圃地里相互追逐的场景。“秋萤！”他不由自主地喊出声。“哥，你喊什么？”兰菊莫明其妙地问，永进矢口否认：“我没喊谁呀？”“我听到你喊一个人。”永进打马虎眼说："我是喊'注意！'怕你不小心摔倒。""这就对了。"兰菊信以为真，又继续向前跑。

在景山顶上鸟瞰祖国的首都，一派雄伟壮丽的景象。永进绕着山顶的凉亭看了一圈。他的目光像磁针那样射向了北方，遥望与之有着浓厚情谊的大马群山。他发现身旁的妹妹也和他望着同一个方向。她靠在凉亭的大红柱子上，凉风吹动着她披在肩上的方头巾。她的细嫩的脸蛋和耳朵冻得红红的。她眺望得挺出神。

"你看什么？"永进问。

"我仿佛看到了一直向往着的大马群山。"

永进越看兰菊妹越像他怀念着的秋萤。他伸手捧住她红扑扑的脸。

"你看我冷了吗？心里头热着呢。"兰菊抓住了他的手。

"我是在补偿哥哥抚爱妹妹的义务。"永进深情地说。

"妹妹要是不需要呢？"兰菊俏皮地说。

"不需要就再还给我。"永进抓住妹妹的手往自己的胡子脸上摸。

兰菊的手刚一触到他的脸，就像触电般地缩了回来，旁若无人地嚷道："哎哟！扎手。"她说："先该着你的吧，等会儿再还。"

永进兄妹手挽着手走下山。在一个向阳的休息椅子上他们吃了水果和面包。接着又是散步。永进问：

"你一个星期也没有今天一天走的路多吧？累不？"

兰菊所答非所问地说："情人脚下无征途。"

他们绕景山一圈又回到原地。那个向阳的休息椅仍无人占。永进又坐下休息。兰菊说："这不好，离路太近，老被人看。"她拉着哥哥往山上走。好地方都被一对对的男女占据了。她拉着他只管走。永进用不耐烦的腔调问：

"我要把我带到哪一国去？"

"这是让你看爬山表演，让你这位老师当场检验我当你徒弟行不行。"

好容易在半山腰上找了个合适的地方。虽然离着那亲亲热热的一对近了点，但兰菊已经很满意了。鸡犬之声相闻，彼此各不相扰。

永进也很喜欢此处，古松参天，小柏交错。透着温暖阳光的大树根旁有两块长方形的城墙砖，砖上还垫着报纸，像是有人刚刚给他们让出的地盘。永进首先坐了下来。如果兰菊也在旁边的那块砖上坐下，两个人就可以促膝谈心。可是她没有马上坐，像是显示力气给师傅看似的，她把那块大砖搬起来，放到挨永进更近的地方，这样她坐下来就可以挨哥哥紧紧的。

她把砖放稳，一下子扑到哥哥怀里，害怕地喊："哥，虫子！"

永进被闹愣了，“什么虫子？在哪儿？”他在她手上乱找。

“你看，那不是嘛。”

永进看见了，在那块砖底下有两三条偎依在一起的毛毛虫。他这才放下心来，让妹妹坐下，说：“你用不着怕，它们已经开始冬眠。这是……”

“你别说！”兰菊伸手捂住他的嘴，抢着说，“我知道。让我想想，”她用小棍挑起一条虫子，略加思考，说道：“这叫松毛虫，以三龄幼虫在树下越冬。松毛虫属鳞翅目枯叶蛾科。对不对？”兰菊自豪地望着哥哥问。

“完全正确。”永进奇怪妹妹掌握这方面的知识，正要问她干吗学这些，听她说：

“小时候在故乡你带我在树下玩，有一条虫子掉在我脖子上，把我吓哭了。你把虫子拿下来扔到地上，用脚踩死，还解恨说：‘叫你欺负我妹妹！看你还敢不敢！’你给我报了仇，我止住眼泪。那时你批评我说：‘真没出息，连虫子都怕，还有脸哭。’我说：‘它长得吓人嘛。’你嘲笑我说：‘虫子都能把你吓哭，还想打敌人呢。’我说：‘我怕虫子但不怕敌人。’你说：‘要是敌人拿着虫子向你进攻呢？’我被问得无言以对，哑然失笑。刚才我害怕那是装的。”说着她用脚尖把松毛虫碾死。这场戏到此为止。她问：

“哥，我那保存你百十来封信，为什么只字不见你说对象的事？”

“我这个人傻，竟提比十个聪明人所能解决的还多十倍的问题，不会搞对象。”

兰菊听出他是反唇相讥，仍是满意地一笑。她把头贴在永进的肩膀上，又问：

“哥，你爱我吗？”

“当然爱。”

“真的？！”兰菊歪过头问。

“这还能假，因为你是我妹妹。”

“我不是说那种爱。”兰菊解释道，“我是指那个爱。”

“那种爱我爱得更深了。”永进伸手抚摸她的乌黑的头发，情深地说，“我们是两个姓的一家人，有着三代祖传下来的阶级深情。我们既是兄妹又是战友和同志，这种爱是比什么都宝贵的。”

“我指的是特殊的爱！”兰菊着起急来。

“特殊的爱？”永进领悟到了。

“干脆说吧，”兰菊站起身，大方而又坚定地说，“我要嫁给你！”

“不不不！”永进也站起来，往后退着说，“我俩齐大非偶。”

“你说得纯粹是齐东野语！”兰菊撒娇地说，“正因为你大才叫你哥哥呢！”

“我们是兄妹。”

“我们虽然胜过亲骨肉，但又不是亲骨肉。”

“你不应该爱我，在北京找一个就比我强，可以建立起一个温暖的家，还可以照顾叔婶。要是嫁给我则不然。我没有一个固定的家。”

“愿跟你走遍天涯！”

“好妹妹，”永进又捧住兰菊的脸，激动地说，“你真伟大，我打心眼里敬佩你，也应该把伟大的爱献给你这样伟大的人。可是我们现在不能相爱。”

“为什么？”

“因为……”永进痛苦地摇了摇头，“一言难尽！”

“哥，你说吧。”兰菊伸手抚摸他的有坚硬胡茬的脸，诚恳而又深情地说，“对向你求爱的妹妹,还有什么可隐瞒的呢？我横竖是要把什么都献给你的！”

永进痛苦难熬，摇头叹息。

“十年浩劫，给咱家造成了巨大的灾难，也一定给你的恋爱造成了悲剧。告诉我吧，相信妹妹会给你排难解忧。”

永进两眼充满了泪水。他抚摸着妹妹的头。面前的那双美丽的眼睛，白皙透红的脸蛋，站在他面前的妹妹，变成了在他心目中扎根并不断生长的秋萤。

“你为什么不说话？”

“实在无法启齿。”

“是你所爱的姑娘抛弃了你？”

“不不！”他相信秋萤不会这样。

“你是因为现在还到找不到爱人而悲哀？”

永进摇头。

“是你相中了人家而对方不爱你？”

“也不是。”

“哦，我明白了。”聪明的兰菊扳动着指头说，“不是被人抛弃，也不是被人鄙弃，更不是自暴自弃，那一定是心中有一个爱人，由于家里遭难与她失去了联系，如今胜利了还没接上关系，你的心还在想着她。”

永进微微地点头，怕动作大了更刺痛妹妹的心。

兰菊的手渐渐地变凉了，从永进的脸上移开，像失去了磁力一下子掉下来似的。她用颤抖的声音说：“果真是这样。”

永进心如刀绞。他抓住兰菊的手，悔恨交加地说：“妹妹，都怪我当初没向你讲清楚。在这欢庆胜利的幸福时刻又给你造成了新的痛苦，这都是我的罪！好妹妹，我的痴心使我不能满足你赤诚的心愿，你打我骂我吧，或者把我当成最坏的人，与我永断葛藤！”永进滚烫的泪水滴到妹妹冰凉的手上。

兰菊挣脱开哥哥的手，掏出手绢给他擦泪。永进得到这样的抚慰心里更加难受，抱住妹妹的头抽泣起来。

“别这样，哥！”兰菊推开永进，继续给他擦泪。“哥，”她柔声细语地说：“你不要错误地理解我。我心中并无怨恨和妒忌。现在我们之间的这种情形，是我早就想过了的。那我也一心主定地爱你！我爱你，不是想把你当作我一个人的宝贝，我是爱你的事业和你为事业坚强执著的奋斗精神。我决心跟你一起为大森林之歌去奋斗。为了实现这个美好的愿望，我也作了不少准备。几年来我自修了林业院校的几门课程，可以给你当个虽不见得称心但保证听话的助手。哥，不要难过，既然历史给我们造成了一堆乱麻，我们就要用清醒的头脑和巧妙的手把乱麻理清楚。哥，我不仅同情你在政治上的遭遇，也同情你在爱情上的磨难。我支持你寻找断线的恋人，而且一定要找到她！如果她在与你失掉联系后与别人结了婚，我们就结合；如果她一直等着你，我将为你们的胜利相逢而高兴。那我也不改变跟你去为大森林之歌而奋斗的决心。我将以一个小妹妹、小徒弟的身份出现在兄嫂面前。如果你们给我找到和你一样为事业奋斗的人作配偶，我也将高兴地嫁给他。那时我也不幻想我们成为来世夫妻，只求我们在一起奋斗，把我们的爱都倾注在祖国的四化事业中！”

妹妹的话像春风驱散了永进脸上的愁云。兰菊的心像一团炽烈的火，照得他心明眼亮。永进抱住了身边的古树，仰望它参天的躯干和跳跃在枝上的鸟，心中涌出了美好的赞歌；兰菊一手拉住永进的手，一手抚摸树干，仰头上望。此时能抒发他们情怀的只有歌。

你是一株顶天立地的大树
愿化春风把你全身来轻抚
愿化雨滴作滋润你的甘露
愿化枝丫与你向上共甘苦

你是一只小鸟活泼又自由
理想向上没使你随波逐流
大树为你遮风寒永不枯朽
你的翅膀震动着我的歌喉

求友声唱枝头鸟儿吐真情
枝丫摇松涛响大树诉心声
凤凰鸟梧桐树志合道又同
一心注定干四化爱情花儿红

第六十二章 故乡情

姑姑等的叫声传进了金蓟的梦乡。她睁开眼睛一看，窗户纸已染上了金色的霞光。她隐约记得做了个非常非常香甜的梦。可使劲回忆梦的内容，又是怎么也回忆不清楚，只留下一股强烈的余香，吧嗒吧嗒嘴还满是甘甜。当她听到姑姑等第二声鸣叫，便猛然想起了由嘴上甜到心里的梦：儿子带着美丽的姑娘回家来。儿子拉着姑娘的手向她介绍说："这就是您朝思暮想的儿媳妇。"媳妇甜甜地叫了一声："妈！"她的心里像装了蜜，甜得没法再甜了。"这么好的梦咋一时竟忘了呢？"金蓟望着染上霞光的窗户，小声地责怪自己。"梦还是忘了好。"她想起老年人的话，觉得忘了梦不该责怪。后来她又怀疑那不是梦，而是自己的想象。

她既带着梦的香甜又怀着忘掉梦的好兆头的快意起了炕。

真是人逢喜事精神爽。今天她的脚步比哪天都轻快，至使往天听惯了主人脚步声的老远就在窝里叫个不停的鸡鸭鹅，辨别了好一阵才发出开门前的哄叫。她打开大豆丝编成的窝门，悄悄走出的是鸡，扭出来的是鸭和鹅。它们都睁着圆眼出神地望着主人。

"去吧，先不喂你们。"金蓟对它们像对懂事的孩子似地说话，"先出去找点吃的，不然都变懒了。"

家禽似乎听懂了主人的话，金蓟去开院门，它们紧跟在后面。门刚一打开，领队的大公鹅就率先走了出去。鸭和鸡跟在鹅的后边。也有的鸡留在院里刨食吃。

金蓟又来到猪圈跟前，三头猪同时向主人扬头致意。体大膘肥的白花猪，吃力地支撑起两条粗壮的前腿，坐在原位上没起来；小不点最欢实，窜到猪圈门子跟前，后腿站在猪食槽里，前蹄登在槽沿上，用齐头的硬鼻子拱圈门，长白客郎嫉妒小不点的受宠，又嫌它弄脏了食槽子，用有力的嘴巴一下子把它拱到一边去，向主人扬头显示它的力量和争宠。

"横不讲理！"金蓟面带笑容地数叨它一句，"看人家白花多老实。你要老这样霸道可得吃瓢子！”

小不点见主人支持自己，就又窜到圈门跟前来，干脆把后蹄登在横沿上，前蹄往圈门上边够。

“你也别蹬鼻子上脸！”金蓟又数道开小不点，“看把你惯得也太没样了，等长到长白那么大，还不得欺负它？”

长白闻声又把小不点拱到一边去。小不点还挺不让人，回过身去照准长白的粗腿就是一口。长白没理它，也不在乎它这一口，还不如解痒痒时自己咬的劲大呢。小不点得寸进尺，连着向长白进攻。对方被激怒了，向小不点还击。可是机灵的小不点不等长白的长嘴挨到它，早已窜到白花的脊背后头去了。长白慑于白花的威力不敢进攻，只冲着小不点叫阵，长长的嘴巴分明在说：“你过来，看我不收拾你！”小不点前蹄登在白花的肉脖子上，仗势说：“你敢来？胆小鬼，你不敢来！”白花用温和的眼光望着怒气冲冲的长白。它虽然偏袒小不点，但也不欺负长白，耐心地劝它们和好。

“真有意思！”金蓟看着它们的架势，忍不住乐了，“你们打吧，打累了好吃食。”她转身回屋去了。

一挑门帘发现炕上的被褥还没叠，她先扑哧一笑，对自己连嘲带讽地说：“今天我咋了？往天可从没这样过，都是叠好了炕才出屋的。”她把被褥叠得有棱有角放在炕头的墙角处，又用那块白底蓝花的线毯苫上。平时可没这样讲究过。穿鞋下地时，她又看到门帘子打卷，不免激起她的兴奋。按当地人的说法，门帘子打卷是来客人的预示。她家有几处表亲，都已多年没有走动。所以金蓟不会想到那些个亲戚会来。她掐算了一下，肯定地说道：“一定是永进他们回家来！”

人逢喜事就是精神爽。已成规律的喂猪喂禽和她自己的早餐，都是在盼望与亲人会面的兴奋中进行的。

她用竹扫帚把院里院外的斑斓落叶扫成堆，收到靠西墙角的柴火垛旁边晒起来。回头又来收拾屋子。把大红躺柜和上边的妆套、坐镜、坛罐等摆设擦了又擦，把暖瓶和茶具也擦得净又亮，把磨得发光的青灰炕沿和炕席也用湿搌布擦干净，铺上平时总叠着的炕被，从躺柜里又拿出洗得干干净净，叠压得平平展展的漂白布炕单罩在炕被上。忙活这一大气，她坐到暖烘烘的炕头上休息。刚刚坐稳，猛然想起还有件重要事没干，就又下地翻箱倒柜。她从中间那节躺柜里找出经心保管着的儿子带来的那盒标本，把它放在选择了半天的梳头匣子上边的位置，怕落上土，把它立起来，又找了块干净的花布搭在上边。自打永进把它带回家来，她就像保管宝贝似地照料着它。像怕被人抢去，又怕碰着，把它藏在柜底，五防六月她总是把它倒腾出来，在炕头上烘几次。她记得儿子说过不能晒，一晒标本的色泽就不鲜艳了；怕招虫子，还往里边小心地放过几次卫生球。她给这些标本都起了好听的名字。把榆绿天蛾叫作美媳妇，把雀纹天蛾叫作俊小伙，把杨毒蛾叫白姑娘，把大灰象甲叫小淘气……这些干死的昆虫标本在金蓟眼里都变成了活生生的宝贝。她每次摆弄它们，总是用掌心擦着标本盒的玻璃盖，用心同它们说话。她想儿子想得发了疯，对这些个儿子嘱咐她保管好的小东西也喜爱得着了迷。儿子的话她一直牢记在心。她虽是随着儿子爱屋及乌地喜爱这些标本，但还因为是儿媳妇见了高兴的东西，所以她对这些个小东西的感情又深了一层。她觉得自己对未见过面的儿媳妇的爱比对儿子要深，想儿媳比想儿子还烈。

金蓟端详着摆在梳头匣子上的标本，又想念起儿媳来。根据记熟了的汇款单上的字体，她想象着她的容颜。

“大嫂子在家吗？”金蓟听到院门口有人喊，而且听出是村支书林鹤的声音，起身迎出去。

她和林鹤的疙瘩随着风波的平息而解开了。他向她道了歉，说自己的心本不是那样的；她也不记他的账。

“大嫂子，来客人了！”林鹤带着一个女干部走进院来。

说曹操曹操就到。金蓟一见来人，满面春风地过去：“我正盼着你们来呢。”她抓住认为是儿媳的女干部的手，四下里寻找着问：“咋就你一个人来了？”

对方被问得有些不好意思，微笑地点头道：“嗯！就来我自己。”

“他为啥没跟你一块来？”金蓟望着儿媳的惹人喜爱的眼睛问。

“您说得是谁？”对方的惊异的眼神中流露出让人难以言状的哀伤。

不等金蓟再开口，林鹤笑着说：“大嫂子闹误会了，这位是县里来咱这下乡的袁同志。你热情好客，家里又整洁安静，安排她在你这住，打里打外的也是个伴。”

“欢迎欢迎！”金蓟再次握住女干部的手，虽然证实了不是自己的媳妇，仍不减刚才的热情，“欢迎你跟我做伴，大娘会把你当亲人一样看待。”

客人怀着感激的心情冲金蓟笑笑，表示深深的谢意。

林鹤抬腕看了看表，冲金蓟说道：“我可把袁同志交给你了。”

“你就一百个放心吧。”金蓟半开玩笑地说，“我们娘俩投缘，可以说是一见钟情；不这样我也不能慢待了下乡干部。”

“你听见了吧，”林鹤对干部说，“这位大娘可是个热心快肠的人，跟她在一块就没有愁眉不展的时候。别看她自己头发都白了。”他再次看表，告辞道：“你们先热乎着，我去给袁同志派上饭。”

“还派哪家子饭？”金蓟说，“既在我家住，为啥不在我家吃？”

“这太麻烦了。”女干部很是过意不去地说。

“一家人不说两家话。有啥麻烦的？我自己不也是一天三顿动烟火吗？我儿子也和你似的，走百村，吃千家。”

“袁同志别客气，这就跟你的家一样。”林鹤冲金蓟说，“先说说做啥好吃的给袁同志接风？”

“做啥好吃的也不能打你的牌，有你陪着我还怕闺女吃不饱呢。”

“那我得赶紧走了，省得闻着香味勾起我的馋虫来。”他跟女干部打声招呼便走了。

金蓟微笑地望着他的背影消失在篱笆门外边，转身对袁同志说：“咱们进屋，你点饭，大娘给做。”

“等等，让我再好好看看。”

“看啥？”

“看您门口挂的红辣椒和老玉米。”

“爱吃吗？”

“不光是爱吃。”袁同志深情地说，“我一见到这样的画面就感到无比亲切。大娘，您刚才说咱娘俩投缘，我也有同感。一进院，我一眼就看见您门口挂着的黄金般的老玉米和火焰般的红辣椒，一下子我就爱上了这个地方。在见到您以前，我就对这家的主人产生了深深的敬意。”

“你也喜欢门口挂这些？”

“非常喜欢！”

“这么说咱们娘俩是又投缘又对脾气。不瞒你说，大娘在门口挂这些还另有所讲呢。”

“您快说说还有什么讲？”袁同志好奇地追问。

“不怕你笑话大娘水平不高，跟你直说了吧，门口挂棒子，我们这管老玉米叫棒子，出来进去老看着，老是棒子棒子的，取日子过得真棒的吉祥；辣椒红得像火，取日子过得红红火火的美意。”

“大娘您真有意思！”袁同志抓住金蓟的胳膊，娘俩偎依着朝屋走去。

金蓟意味深长地说：“大娘相信你赞美的是真心话。‘四人帮’倒台了，工作组也不那么‘左’了。要是在那年头，说这话还得了？不斗两天也得批三天。不过那时候我也不会这么说。你说的‘真有意思’，不是大娘我有意思，而是生活真有意思。”

她们进屋坐稳。金蓟还拉着她的手。她关切地问道：“你的手咋这么凉？”

“我也不知道。”

“快到热炕头上暖和暖和。”金蓟边说边往炕上推她。

“暖和不过来的。夏天也是这样。”她脱鞋上炕。

“盘不好腿就靠在被垛上把腿伸开。你们工作人盘腿不习惯。”

“我会盘腿。”袁同志像老太婆那样盘腿坐在炕上。“虽然我家是城市的，但在农村待得时间可不短。盘腿是同学教我的。”

说话间金蓟冲好一茶缸红糖水递到客人手中，催促说：“趁热喝，一会就暖和过来。”

客人接过来，既高情难却又有些犹豫。

“喝吧。我说过了，不把你当外人；你也别见外。”金蓟上炕，盘腿坐在客人对面。

袁同志双手捧着茶缸取暖，不时地捧到嘴边喝。脑门上冒出了细小的汗珠。

金蓟仔细地打量着她。看她白皙细嫩的面皮，年龄不会大；看她两眉间深深的眉谷，定是走过了艰难而漫长的路。这闺女很受端详，大大的黑眼睛招人喜爱，翘鼻子和薄嘴皮的小嘴长得挺均称，两个大耳朵垂露在乌黑的剪发外边。只是有一点不尽人意，她的脸色白得像纸。等她喝一气糖水间歇的当儿，金蓟说出了自己的担心：

“你脸色这么不好看，是不是有啥病？”

“原来身体可好呢，就打一九七〇年往后竟成这样子。医生也查不出啥病来。”

“你觉着咋样呢？”

“觉着老是冷。”

“在大娘这多住些时吧，我给你保养保养。”

袁同志不置可否。她无限感激地望了金蓟一眼，把眼皮悄悄垂下。

“你老家是啥地方的？”金蓟与她攀谈起来。

“祖籍是山东泰安的，我也是泰山脚下生人。记事时随父母到省城。”

“咋到这来了？”

她迟疑了一下，捧起茶缸喝水，用缸子遮住脸说：“我男人在县城工作，一个月前我从省城调到这里。”

金蓟扑哧一乐：“看你还跟大姑娘似的羞羞答答的呢；别看岁数不大，说出话来可不年轻，像你们这个岁数的人都管自己的男人亲切地称作爱人，唯独你还男人男人的说过时的话。”

女干部红了一下脸，莞尔一笑。她似乎不愿意让别人谈论自己的宝贝男人，变被动为主动地说：

“大娘，就您一个人吗？”

“哪能呢！”金蓟无限自豪地说，“家里人可多着呢，闺女儿子媳妇的都有。”

“他们都在哪儿？”

“闺女在边山市郊插队，儿子和媳妇都在塞外工作。”

“大伯呢？”

“大伯？”金蓟的心被刺了一下，但马上又镇定下来，眨着眼睛爽朗地说，“他牺牲了。”

客人自知失言，为了打岔，又急不择言地问：

“咋不把孙子接到身边来？”

“看你说的。”金蓟高兴得乐出了眼泪，“儿子结婚晚，小孙子还未出世呢。”

袁同志怕再说下去又勾起老人更多的心事，便又岔开话题。而金蓟谈兴浓，滔滔不绝地说：

“虽然还没见过面，不是我夸口，我那儿子和媳妇是没挑了，都孝心着呢。别看几年不来看我，可联系老没断，儿子写信，媳妇寄钱。就跟他们开支似的，月月不落，老是不停。我写信不让她寄也不行。你看我，哪用得着他们的钱呢？”

“多好的老人！”客人打心眼里敬佩金蓟。她又另起话题说：“大娘，听林书记说，‘四人帮’那会儿您可吃了不少苦。”

“吃点苦好哇，吃过苦的人更热爱甜日子。”

“您能不能跟我讲讲呢？”

“那些事，几天几夜也说不完的。”金蓟回避她的询问的目光。袁同志看出老人不愿倾吐沉在心底的苦水，便步步深入地提问道：

“两年前咱这进驻过工作组吗？”

“驻过。”金蓟简单地回答。

“组长是县里的左副书记？”

“叫左继左。他的名字我可记得清。”金蓟诙谐地一笑，“跟他干的事一样，真是‘左又左’。我养鸡种菜栽树他都说是资本主义，开现场会把我的院墙和篱笆推倒，刨树毁地。他还亲手把我的老母鸡掐死。”这些气人的事，金蓟耿耿于怀，至今提起嘴唇都气得发抖。

“像这样不为人民办好事的坏书记应该削职为民。再咬他几口也不解恨。”袁同志也气不公，说替大娘解气的话。

金蓟看着她怒发冲冠的样子，呵呵地乐了。“孩子你错了。大娘可不那么想。左书记是受了‘四人帮’的毒。如果他现在干四化也像当年那样卖劲，仍

是个好干部。等哪天他再到我们村下乡，我还要请他喝酒吃肉呢。”

“您真是个开通的好大娘。”

“这全是真心实意的话。哪能不让犯错误的人改错呢，又不是独出心裁搞的，有‘四人帮’指挥嘛。你要是能见到左书记，给我捎个话，就说我还想他了呢。”

袁同志似乎对金蓟护短不以为然。她泼冷水说：“您和他见了面，恐怕谁也不会高兴。因为他并没有变成您要求的那样。”

“那我就合合适适地数叨数叨他。”金蓟仍信心十足。

“他要是能听得进像您这样人的意见就好了。”

“他还是那样吗？”金蓟诧异地问。

“大娘，我们不再提他了，说点高兴的事吧。”客人用手掌搓搓自己青白的脸，似乎要驱走由于刚才的谈话浮在脸上的灰云。

金蓟看看躺柜上的座钟，说：“待会儿咱们再做饭吃。我再给你冲杯糖水。”她起身下炕。

“大娘，可别再放糖了。”袁同志也下炕与金蓟争夺茶缸，“我自己倒点水就行了。”

“别客气。”

“您是长辈，哪能老叫您伺候。”

茶缸被客人抢去了。她把糖根喝下去，又把渣子倒出来，用清水漱漱口，掏出手绢擦干嘴。金蓟一直注视着她的举动，好像在哪儿见过她？一时也说不清楚是她长得面善还是动作面熟。袁同志不知大娘这样看自己何意，也微笑地看她。金蓟忙把眼光瞥向一边，正好面对梳头匣子上的标本盒。她伸手习惯地擦已经很干净的玻璃。旁若无人地用眼睛和它们说话。

顺着大娘的视线，袁同志的眼前像闪电那样突然亮起一盏灯，燃起一团火。她扑过去把标本盒捧在手中，急不可待地问：

“这是哪儿来的？！”

“我儿子带来的。”金蓟用手指点着说，“你看它们多好看，有的展翅要飞，有的伸腿要跑；你知道它们都叫啥吗？这个，穿得花花绿绿的，叫美媳妇，这是俊小伙，这是小淘气……”

“永进！”袁同志失声地喊了起来。金蓟以为儿子回来了，回头看看不见人影，听听外面也没人声。只听袁同志用颤抖的声音说：“永进，我可找到你了！”她把脸紧紧贴在标本盒上。

“这是咋回事？”金蓟莫明其妙地问，“你认识我们永进？”

“大娘，我是袁秋萤。”女干部把标本盒抱在怀中，面向老人让她好好端详。

“袁秋萤？好耳熟的名字！”金蓟两眼盯着她想了想，忽然大悟地说：“你是永进的老同学？”金蓟像抱小孩子似地抱住秋萤的臂膀，亲亲热热地说：“看我还老眼昏花地蒙在鼓里呢，原来是自己的儿媳妇到家了。真是的，你还跟妈兜哪家圈子？林鹤也真坏，故意不告诉我。你是问路问到他头上的吧？永进咋没跟你一块来？看你把身子骨搞的，甭说也是受了咱家的牵挂。”金蓟心疼地抚摸儿媳没有血色的脸蛋。

袁秋萤注视着她亲手制作的标本，感慨万分，百感交集，千言万语涌上心头，泪水在眼眶里转。

“这盒标本是永进两年前带回来的。”金蓟解释似地说，“永进叮嘱我要经心保管，不要受潮，不要招虫，不要遭鼠嗑。他说，他的爱人——也就是你——见了一定高兴！”

金蓟的话音未落，秋萤的滚滚热泪滴到标本盒上。

“这是咋回事？”金蓟被弄得丈二的和尚摸不着头脑，“孩子，你不舒服吗？”她拿过标本盒，把秋萤扶坐到炕上，无比关切而又亲热地说：“哪儿不合适告诉妈，妈给你请医生。”她感到秋萤的手变得更凉，心里很着急。

秋萤把标本盒和金蓟拿标本盒的手一起紧紧地握住，又把脸贴到标本盒上失声地哭起来。金蓟明显地感到，她的脸像玻璃一样凉；而她流出的眼泪却滚烫滚烫的。

“快告诉妈发生了啥事？”金蓟用颤抖的声音问。

“妈妈！”秋萤亲切地叫了一声，泣不成声地说，“永进，永进……”

金蓟见她哭得说不出话，吓了一大跳，以为儿子出了事，把心顿时提到嗓子眼，失声走调地问：“永进他咋啦？”

“永进他把喜爱这些标本的人忘了！”秋萤咬着牙说出这句话。

金蓟把心又放回到原处。由于不解她话中的意思，心中不禁又紧张起来：“他不喜欢你了？这不可能，我的儿子不是喜新厌旧的那号人。你们肯定发生了误会。”金蓟非常自信，她给秋萤擦眼泪。

“妈，您还不知道，”秋萤抽泣着向老人诉说道，“我和永进同学五年，毕业后我们没有分到一起，分手时约定由他先给我写信。谁知他一走就石沉大海。从七〇分别到现在，八年我没见到他写的一个字！”

“这么说你们俩没成？”金蓟明白过来了。

“要是那样，我能这么伤心地哭吗？”

金蓟无限惋惜地说：“你们俩感情那么深，却没成夫妻，让我也空高兴了一场。不过我总算见到了我儿子日夜思念着的你。”

“妈妈，您的话我相信。”秋萤看了看保存得完好如初的标本，“可是他既然思念我，为什么和我断线呢？”

“孩子，这对你是个解不开的谜，对我可就非常好理解。”金蓟抚摸着秋萤的乌黑的头发，告诉她说，“那年家里发生了天降的灾祸。你大伯平白无故地被抓进了非法监狱。不用说，永进是怕牵连你，才跟你断的线。‘四人帮’企图拉你大伯上贼船。他识破了他们的阴谋，不跟着他们的指挥棒转，‘四人帮’就杀害了他。这冤案直到今天才得到昭雪。你想他能忍心让你受牵扯挂吗？我们家都受到了株连。我的公婆先后被坑死，我女儿被强令到乡下去，我被迁返还乡，就属永进轻点，他还失掉了你。这个伤口他永远也不会愈合。不管找了谁他也会想着你。他对你的爱，像大海一样深，他会终生感到失去你的痛苦。”

“这么说是我错怪了永进。”秋萤有些内疚和懊悔。她又埋怨说：“可是无论如何他也不该和我断绝关系。他应该相信我会跟他一起披荆斩棘，赴汤蹈火。”

“再往深里说我就讲不清楚了。正好永进也快回来了，说不定今天就到。见了面你们当面锣对面鼓地说清楚。”金蓟爱抚地给秋萤擦去泪痕。秋萤象听话的孩子那样老老实实地让她擦。

娘俩商量做饭。金蓟问她想吃点啥？秋萤说现在啥也不想吃，建议做她以前最爱吃的饭：锅底烀白薯，锅边贴饼子，外加辣子酱。

“永进也爱吃这饭。”金蓟打破迷津地说道：“我说一见着你觉得面熟呢，好些地方你都和永进一样！”

娘两个正行动做饭，这时门外传来惊雷似的一声喊：“妈！”

第六十三章 错！错！错！

“……家里又翻了个个，日子过得红火开了。篱笆和院墙又原地立起。是我用蚂蚁啃骨头的精神一点一点建设的。在被连根刨走的树坑内，新栽的树长势更旺。圈里总保持大中小三口猪，卖掉大的买小的。院里有一群鸡鸭，还养了几只鹅。鹅下蛋大，还能看家。等你家来时，那只大公鹅会把你当外人用大嘴铲拧你的大腿。抽时间回家看看吧，再不回来就认不得家门了。妈也非常想你。”

这是不久前金蓟给儿子信中的一段话

永进按照母亲信中的提示，想象着家里的变化。他风尘仆仆，迈着轻快的脚步，来到阔别的故乡——湾龙。村里盖了不少新房，婆娑飞舞的林薮间隐现出红窗青瓦。他匆匆来到家门口。比当年爷爷还勒得精巧的篱笆门吸住了他的目光。门口两边的两列毛白杨为欢迎凯旋的游子热烈地鼓了一阵掌，像散花那样飘下肥大的叶片。永进像孩提时代捕捉飞蝶那样用手捉到一片，举到嘴边亲吻。他嗅到了勤劳的汗香。“伟大的母亲！”永进小声地说出了心中的赞美。他悄悄地走进篱笆门，留心头顶有疙瘩的大鹅奔过来当外人拧他的大腿。还好，鹅和鸭都到尚未封冻的龙潭里游泳觅食去了。在窗根底下晒太阳的单脚独立的几只鸡听到异样的脚步声，都睁开眼睛，放下团起来的那只脚，寻找逃遁的路。它们见这位微笑着的陌生人并没有捕捉它们的意思，便纷纷解除了警惕，歪头用一只圆眼睛眨也不眨地盯着他。圈里的猪拱门嘶叫，见永进走过时叫得更欢实。挂在房门口的泛着金光的老玉米和火焰般的辣椒一下子跳入他的眼帘，眼前顿时跳出了他心中的秋萤。这幅农家独具的景致是秋萤最喜爱的画面。永进不只一次见到她在这种景致前欢快地跳和听到她深情地赞美。永进揉揉眼睛，面前的秋萤又回到他心中。“我一定要找到你！”永进再次握拳发誓，“不管怎样也要带你来故乡看看。”

永进本想能在生机勃勃的院里见到勤劳的母亲，听到屋里有说话声，便跳着脚地喊了一声“妈”，声音非常响亮。这是他攒了好几年的劲头。

尽管由于声调高，他自己听着不像自己的声音，但是母子天性，妈妈一下子就听出了儿子的声音。她答应着，叫着儿子的乳名奔出屋来。

永进像小孩子那样扑到妈妈的怀里，母亲像亲乳儿那样摸他的头又摸他的脸，把日夜想念的儿子亲热了好一番。

“妈，”永进仔细打量着母亲，“您变得鹤发童颜，真叫我不敢认了。”

“好日子让人越过越年轻。”

“奶奶好吗？”永进在想念妈妈的同时也惦念着奶奶，给家里的每封信中都要对奶奶进行问候。妈妈回信总说好，不叫他挂念。可是此时妈妈却告诉他：

“奶奶早就去世了。不过她看到了‘四人帮’倒台；我怕影响你爬大马群山，就独自做主把老人安葬了。如果你有意见，就埋怨妈一顿吧。”

永进的激动的泪水未干又涌出了悲痛的泪水。怕让妈妈难受他没有大声痛哭。“可怜的奶奶！”他擦去泪水，反过来安慰母亲做得对，想得周到。他心说，就是当时我知道了也回不得家。

得到了儿子的体量，金蓟很心安，解除了多时的负疚。她捉住永进的一只手，高兴地告诉他：“快进屋看看谁来了，你做梦也不会想到是你时刻想见着的人！”

永进正要朝屋里奔去，猛然发现门口泛金光的棒子和火焰般的辣椒之间，出现一个熟悉的不能再熟悉的身影。他疑心眼前的场面是一幅印象中的画，眨眨眼睛再看，画中人迈步向他走来了。乌黑的头发还是那样披散着，秋水般美丽的眼睛依然流露着无比的深情。这不就是铭刻在心的时常在梦乡出现的秋萤吗！

“秋萤！”永进喊着奔过去。

“永进！”秋萤喊着奔过来。

多像曾经做过的梦！永进在梦乡遇见了秋萤，也是像这样向她奔去，当他展开双臂要紧紧地拥抱她时，秋萤却像秋天的萤火虫那样在他眼前一闪就飞走了。此时的故乡相见，永进仍怀疑是梦。当他们只差一步就挨在一起时，永进蓦地收住了脚步。他要好好看一看再拥抱，免得又像梦中那样扑空。

秋萤也把脚步收住了。当她的目光与永进的亲切而又锐利的目光相遇时，很不自然地垂下头去。

永进怀着无比激动和幸福的心情，使劲打量阔别的恋人。短短的一刹那，他在她那张和以前一样美丽的脸上发现了尚未退尽的蝴蝶斑。永进的心像遭了针刺，难受得几乎瘫倒在地上。见到这样的真人比在梦里扑空还使他惆怅千万倍。多年来在他头脑中交织起来的梦像肥皂泡一样一下子破灭了。美妙的侥幸的希望变成了痛苦的泪水油然而生。

秋萤深知永进因何流泪。她心中的痛苦是不亚于他的。而且她还有一股强烈的怨恨。她为了安慰永进，也为了讽刺他，瞟了他一眼，轻声说：

“听说你找个好爱人，为什么不带家来让妈妈看看呢？”

“我的爱人是谁你还不知道吗？”抑制不住的五味俱全的泪水从永进的高高的鼻梁两边簌簌地流下来。他原来想，尽管对秋萤的想念已经到了断肠的程度，但等找到她也不要像梦里那样冲动，别一下子就拥抱她，要先握她的细绵绵热乎乎的手，再端详她那双深潭似的眼睛和五官匀称的脸，最后再热烈地拥抱她。好好体味与恋人久别重逢的幸福。当他第一眼见到她，确认不是幻觉也不是梦的时候，虽然冲动得忘了原来的设计，但是那股积攒多年的感情引起的冲动并没能使他与天外飞来的情人拥抱到一起。他们之间有了一道鸿沟和高墙，像有两只失去鲜艳鳞片的蝴蝶在秋萤两颊舞动。永进清醒地知道其中的奥妙。用封建男子大丈夫的说法，象征着鲜花已异属别主。他为失去世界上无价的珍宝而伤心痛苦地饮泣。

秋萤还不了解问题的细节。她仍认为永进已经像她那样另有所配。虽然在对方的感召下也伤心地垂泪，但她有些内疚的心中更多的还是高傲和怨恨。

慈母看到两个深深相爱的人竟是以痛苦的眼泪取代了久别重逢的欢乐和幸福。她的心像刀割斧剁一样难受。然而她毕竟是饱经风霜的老人，能够忍受和承担巨大的痛苦与悲伤。

一阵带着浓浓寒意的风吹来，吹乱了秋萤的满头乌发，把永进眼里滚出的泪珠吹散成细小的泪星，飘散到秋萤的前襟上。被霜冻死的绿叶在树尖上沙沙作响，也像是在伤心地哭泣；有两片熟透了的金黄的老叶飘落到两个近在咫尺似隔天涯的情人之间，像是对他们的痛苦给予同情和安慰。

“老天爷可真是不公道，千不该万不该安排你们这样见面。这不是诚心让人伤心落泪吗？也可能是因为你们年轻不信他才叫你们这样的。”金蓟想用诙谐的趣言把眼下的局面转换成愉快的场面。她强笑着说：“快进屋咱们做饭吃。猪也饿坏了，听它们把圈门拱得山响。先说点别的。等吃饱喝足你们再往开里解疙瘩。”

老人的话就是命令，两人都不再出声，但都闷着怒气和火气，像一对赌气了的小伙伴。母亲曾试图扯些天南地北的话题令他们融洽，但却枉费心机。帮妈妈做饭时，他们为不能成眷属而深感遗憾。

吃饭的时候，妈妈和永进把秋萤让到炕尖上。她对如此的款待，心里又产生了别样的滋味。她想，这个位置本应是老人的，我和永进应该是分坐两边……

永进挑选光滑透亮的红薯给秋萤。他故意小心不挨她的手。妈妈给她挑选黄黄的玉米饼。甜甜的红薯，喷香的饼子，秋萤吃在嘴里都味同嚼蜡。她只吃了一点点就撂筷子了。金蓟知道她难过得吃不下，怕她吃下作病，也就没强让，只是说：“你们工作人都是吃猫食的。吃不下别强吃，啥时饿了我再给你做。”

永进见她悲哀得几乎没有进食，心里很难过。为宽慰她，说道：“我可还没吃饱呢。你忘了我们一起吃饭时你总是慢吃等着我啦？今天咋不陪着了？不再怕我挨饿了？”

这番话又使秋萤一阵阵心酸。她没说什么，只是垂着眼皮硬强着一笑。细心的母亲注意观察到了：她笑的时候特别像儿子。

饭罢，永进和秋萤又帮妈妈喂猪喂鸡。等事罢回到屋里时，妈妈提出问题，促使永进摊牌。她用埋怨的口气冲儿子说：“你早就告诉我你有了爱人，我以为你娶的那个好姑娘就是秋萤，闹了半天不是这么回事。找了谁也罢，这次回家应该把她带来。你们办喜事没打我个知字我也不怪你，不往家带人也可以解释成工作忙，凡是通情达理的人也不会挑剔；可是你答应我带照片来呀？为啥对我失信？！”

金蓟责怪儿子时，秋萤眯缝着美丽的眼睛，幸灾乐祸地看着永进。她很支持妈妈如此发难，也很想知道这些情况，好抓住把柄挖苦他，解一解心中的怨气。她两眼盯着永进，看她如何回答。

永进有点委屈地说：“我不敢对母亲失信，照片我带来了。”

“快拿出来让我瞅瞅。”金蓟高兴起来。

永进从衣兜里掏出个小本本，找出一张二寸大的照片递给妈妈。

金蓟手捧照片，秋萤也凑过来看。

“你拿错了！”秋萤首先喊道。

“没错。”永进收起小本，肯定地说。

“这不是个男的吗？咋就成你爱人了？”母亲也奇怪地喊起来。

“他就是我爱人！”永进说，“按月寄钱的、您心目中的好媳妇就是他媳妇。”

“他是谁？”秋萤睁着亮晶晶的眼睛问。

“他是我们的县委书记刘赤山。”永进的话语中带着感激和自豪的激情。

“你简直把我闹糊涂了。到底是咋回事？”母亲举着照片，用沙哑的声音问。秋萤也在用美丽的眼睛发出同样的疑问。”

“不用问了。不是几句话能够解释清楚的，够写一本厚厚的书。”

“这么说你还没爱人？”母亲声音颤抖了。

“我有爱人，但是……”

“谁？你的爱人是谁？”

“妈，还能有谁？”永进压抑不住地说，“我一直爱着我的秋萤，而且我一直相信她也像我爱她那样在爱我等我……”

“妈妈！”不等永进说完，秋萤就扑到金蓟怀里悲痛万分地恸哭起来。

妈妈一个劲地给她擦泪，不知道该怎样安慰她那颗受了重伤的心。“孩子，别这样，注意点身子骨。”她扳起秋萤的泪水满面的脸，用发自肺腑的声音说：“你虽然没有成为我的儿媳妇，就作我的女儿吧。女儿跟妈更贴心。”

“妈妈！”秋萤打心眼里满意地认可。她埋在母亲的怀里止不住哭声。

永进抚摸着标本盒，怀着复杂的心情端详恋人亲手制作的，慈母经心保管的，色泽鲜艳完好无损的标本，多少难忘的往事催着他回忆。

秋萤的哭声使他回忆不下去，声声都揪着他的心。他见母亲劝也没有用，便道：

“妈，您就让她痛痛快快地哭一场吧。您说过，把苦水都流出来心里头不作病；我们在一起时，从未见秋萤流过泪，这么多年她定是积攒了不少苦水。秋萤，你哭吧，大声地哭吧！把你心中的怨恨，把对我的谴责，把你的委屈都同泪水流出来吧。虽然你已作了孩子的妈妈，但在母亲面前我们永远是孩子。在妈妈的怀抱里，把你的痛苦、哀伤和积郁都哭出来吧！”

听了永进的话，秋萤反而停止抽泣，擦干眼泪说：“心中的病已经作成了，泪水流成河也是医不愈的。”她到坐镜前擦拭泪痕，梳理乌发。她的轻柔的举动吸引着永进的恋恋的目光。

秋萤邀永进到外边散步。母亲见外面阳光灿烂，树梢只轻轻地摇，说明风不大，也就没有阻拦。她目送他们的身影消失在篱笆门外。

舍身崖的雄姿仰头可见，姑姑等的叫声从直刺云天的崖顶上传来。这对被世事捉弄得不能结合在一起的情人，听到这鸟叫，感到异常的凄婉。高墙和鸿沟使他们不得不保持一定的距离。来到止山下，秋萤顺着直立的峭壁仰望崖顶，她说：“我仿佛来到了曾听到过的神话里。”

“我向你讲过舍身崖的故事。”

“这就对了。”秋萤踏着枯草走到崖根底下，伸手抚摸光滑的崖壁上的像上了锈的铜钱一样的苔藓。崖下的强风吹动着她的衣襟。她把白皙的脸贴到清冷的崖壁上，无限深情地说：“我说一到这里就有无限亲切的感觉呢，原来这是你曾向我讲过的故乡；都怪我记性不好，不然八年前我就会到这里来找你。省得让我成了现在这个样！”

永进走过去，也伸手抚摸秋萤摸过的苔藓和她贴过脸的崖壁。

“这里风硬，待久了会使你感冒的。”永进关切地建议离开。

秋萤恋恋不舍地倒退着离开崖壁，在风小的地方停下来。一直跟着她移动的永进注意到她在注视崖壁上的雕像。便告诉她说：

“这就是千百年来人们赞美的婴姑。她的雕像一直保存得完整。她的容貌、衣着，还有她坐的莲花盆都染有鲜艳得体的颜色。文化大革命中，这个好端端石雕被破坏成这个样子。”

秋萤长长地叹了口气。永进以为她要说什么，但她什么也没说，只是望着婴姑的雕像，一缕黑发被风吹到脑门上。永进憋不住了，突然问道：

“你过得幸福吗？”

“你看我像幸福的吗？”秋萤差点喊起来。她的尖利声音与她的体质很不相称。她怒气十足地说：“我是幸福还是痛苦难道你还看不出来吗？感谢你施好心使我没受到你们家的株连，按说我应该幸福。然而你心目中的秋萤是什么样来着？你再看看现在的我又是什么样子？你摸摸我的手，一年四季都是这样的。”秋萤把手伸给他。永进小心地把她的手握住，然后又慢慢放开。“以前你也曾不止一次地抚摸过我的手，你感到有这么凉过吗？没有，从来没有！一天天的，我是在硬撑着。按医生说我早该趴下了。”一股风吹来，她左右动了动。“我的身体是这样来着吗？不是。你应该知道我为什么垮成这样子。问我幸福吗，你看我幸福不幸福：我有一个现任县委副书记的男人。我也算个七品官的夫人呢。我的女儿刚过百日。”

“他对你不好吗？”

“我痛苦的关键倒不在这里。”秋萤咬了一下发紫的嘴唇，怒视着永进，“你为什么不给我写信？！”

“这里有风，咱们边走边谈吧。”

他们顺着扳倒井流出来的清水往前走。

秋萤开始倾倒苦水：“你可曾想到，我们分别后，到了约定的日期，我是怀着怎样的激动心情盼你的信，一天两天三天……我坐卧不宁，茶不思饭不想。我望眼欲穿也没盼来你一个字。我不明白到底为什么。我不相信分手时你的那句话不是戏言。可我在见不到你信的情况下，那句话时时穿刺着我的心。我渐渐地觉得自愧弗如。然而由于你的形象已经铭刻在我的心中，使我看不上别的男人。我抱定主意等你，等你的信，等你回心转意，如果你对我一度变心的话。一年两年，三年四年，五年六年，六年过去了。一二三四五六说着容易，你可知道这六年我是怎样熬过来的？我望眼欲穿，我肝肠寸断，我痛不欲生，我度日如年！你知道六年是多少天吗？没有一天不盼你信，没有一个夜晚不做梦。有时梦见你和我在一起，把我激动得笑醒；有时梦见你遇难，又使我哭醒；还梦见你与别人成了亲……我写信寻找你十八次，像大海里捞针，没找到你半点踪迹。这些信大部分被退回。虽有两封未被退回但你也未必收到。因为你对我‘莺其鸣矣，求其友声’的可怜呼唤，一定会给我回音的。山虽冷酷尚且如此，何况我又没做对不住你的任何事情。你一定会的，哪怕这回音会使我悲伤地落泪。在我的一切努力都石沉大海的情况下，我仍不绝望。我相信你不会像我梦中的那样遇到不幸，老人说梦见死是活，我也相信你不会轻易抛掉我。这种自信倒不是我觉得自己如何伟大使你倾倒，而是因为我对你的爱太深了，很大程度是我的希望。

“在沙枣花七里飘香的季节，我专程到我们斗批改的那个村庄，在你靠过的树上，采一枝花繁叶茂的枝条，把它压成标本，一直带在身边。

“我相信你在爱着我。我的同事和家里人却不这么认为。他们说，如果你真心实意地爱我，那你一定不在人世了，不然绝不会不来信；如果你还活着，说明你并非真心实意地爱我，或者是真的爱过，由于日久生厌，使你见异思迁了。事实是你两千多天不给我来信！在这种情况下，我又想起了分手时你的赠言。我没有理由再把它当成戏言。虽然客观的现实使我主观地认为爱我的永进已经不存在了。但那我也不想找别的男人。然而我禁不住社会和家庭的压力，万不得已听从了曾骂过我‘傻姑娘等汉子’的同事和家人的带强制性的劝告。不得已嫁给了爸爸一个老战友的儿子。如果你现在以你还等我没有结婚的有力条件来攻击我谴责我的话，那可就太屈了我的心！”

不知不觉他们已顺着龙潭的堤岸行走在垂柳间，柳叶大部分都已脱落，不少漂浮在明镜似的水面上。游鱼打着水花，还不时有鲤鱼跃出水面。碧汪汪的龙潭水清澈可爱。鸟儿误把他们当成夫妻，欢快地鸣叫着为他们助兴，雄飞雌从，陪伴着他们在飞舞的柳枝间穿梭。

“无论如何，我没有放弃见到你的决心和渴望，从来没有。如果在世上找不到你，到阴间我也要找到你。我找你倒不是想再和你怎么样，我只想问为什么，为什么？到底是为什么？！”

雄伟的止山也在问：“为什么，为什么？到底是为什么？！”

秋萤的问话和止山的回音，声声刺痛着永进的心。此时此刻他只有深深地谴责自己：“都怨我，都怨我！我真后悔！！”过了好长时间，永进又喃喃地说：

“我有什么资格怨恨你和谴责你呢？造成这种局面的责任完全在我。”永进痛苦地摇了摇头，“我真后悔！我本来给你写了信，正当我要发出时，家里

突降天灾。我把信压下，奔回边山为父亲鸣冤。……直到几天以前我才得到平反，接着又参加爸爸的平反昭雪追悼会。

“整整八年，你知道我是怎么过的吗？吃苦受累，受冤受气，等等这一切我都不在乎，唯独让我痛苦难挨的是对你的思念。我后悔当初与你失掉联系。我常常望着隔开牛郎织女的银河谴责自己，靠在大树上、躺在被窝里，总之每当我想到你就谴责我自己。

“阔阔八年，你知道八年是多少天吗？我对你纯洁而坚贞的爱一直没变，而且越来越深。青山绿水，明月繁星，蓝天白云，雷电长风，它们都会热心地为我作证。因为我面对着它们对你发出的呼唤准能把它们打动。月亮圆了又缺，天河的流向调过来又调过去，天蝎从东边爬出来经过我的窗口爬到西边去，猎户对它不停地追赶……月复一月，年复一年，我成千上万次地呼唤你的名字。秋萤。回答我的是一派寂然无声。连山谷的回音都没有。因为我不能大声地呼叫，更多的时候是在心里头呼唤。

“那次我遭蛇咬，在昏迷中我呼唤的是你。我以为我不行了……”

秋萤道：“等等，两年前我做了一个奇怪的梦。我梦见你遇到灾难，你叫我不但要活着而且要生活。在这种情况下我才屈服于外界的压力，不情愿地嫁了人。”

永进道：“真是天意呀。每当我面对繁花盛开的青山，清澈潺潺的溪流，悠闲自得的白云而喃喃自语的时候，它们都知道我是在对你思念和呼唤。绿茵肥沃的草地，荒凉贫瘠的山梁，以及深山中的林间，我所踏遍的整个大马群山区都录下了你的名字。那是大自然保存下来的我爱你的证据。我幻想着有一天，我，连同那大马群山的引力，一定能把你吸到我身边来，我们共同用汗水普写大森林之歌。”

“你别说了！”秋萤痛苦地发出一声啜泣，她凝视着高天中淡淡的缕缕白云，“我全明白了。我说白云为什么老是对我那样忧愁，它们对我向你的询问有难言的痛苦；我说长风为什么老是对我如泣如诉，它们载着你对我断肠的思念和焦灼的呼唤！你对爱情的坚贞，我心如明镜。事到如今我更后悔！”这时舍身崖上传来姑姑等的清脆叫声。秋萤悔恨交加地说：“姑姑等等，姑姑等等，我为什么不再等等！”她的美丽的眼中又流出了两行泪水，被风吹散，眼角和鼻梁两边留下了清晰的泪痕。

“秋萤，不要这样。”永进劝慰她道，“我们都是带着累累伤痕来庆祝胜利的，相互埋怨和自我责怪，这些都不应该，我们要把恨和泪都化成力量，为使历史的车轮不再倒转，尽匹夫之责！”

袁秋萤深深点头认可。她告诉永进说：“唐婉的和陆游《钗头凤》的词我找到了。”她想勾起永进的诗兴，他背诵罢陆游的原词，她还要再背诵唐婉的和词。永进心情无比沉重，不想往下听：

“别提这些了。”

秋萤明白了，她的心不由也沉重起来。是的，他们的遭遇，不也是《钗头凤》的一阕和词吗？！

永进真是一头闲不住的牛，一没活干他就坐卧不安。母亲这里让他放了心。见到秋萤的夙愿也已经实现。他又听到伟大的召唤。他又要出征了。行前他到墓地悼念爷爷和奶奶。爷爷的遗言他铭记在心。虽然奶奶没有留下遗嘱，但她所讲的一个个美丽动听的故事将永远陪伴和激励永进的生活和工作。

永进临行时，袁秋萤又赶上为他送行。

雄鹰在舍身崖上空迎风展翅。姑姑等的叫声响彻云天。

牛永进心中无限感慨。

“妈，在您最需要我的时候我不在您身边，那时我没有自由身，现在我有了，咱娘俩终于盼来了团聚，真是望眼欲穿哪！我们满腹的话还没来得及说，我又要从您身边飞走。妈，作为儿子，我感到愧对母亲！”

“不许说傻话！”母亲眼里含着惜别的泪花，“妈理解你的心。本来边山给我们作了大团圆的安排。但我们人各有志，都想着在最需要的地方发光放热。孩子，你就毫不顾虑地飞吧，飞得越高越远越好。妈不拉你后腿。别看我这把年纪了，我还想飞呢！别老想着我，祖国是更伟大的母亲，要时刻想着她！”

永进被妈妈感动得流出了热泪。

秋萤告诉永进，不管他飞到哪里，她的心将永远陪伴着他。她的心永远向往着大森林。她要为林业工作者写一部赞歌。

送行的路短又短，送别的话长又长。汽笛阵阵撕心裂肺。

秋萤拉着永进的手不放，悄声乞求道：“你要尽快成家，这是妈和我的共同心愿。答应吧。”

永进轻轻地叹了口气，小声道：“我的好秋萤，你不知道，爸爸还留着问题的尾巴。”

“这没什么，我们既然坚信我们伟大的党，就要结合实际，时间将证明一切，一切都会好起来！你不能再固执地错过成家的机会。”

“曾经沧海难为水，除却巫山不是云。”永进说，“我可以接受你的忠告。不过我要告诉你，我爱也爱过了，恨也恨过了，今后我只注重两个字，那就是

‘奋斗’！”

“我知道，你是憋着劲去奋斗的！”

在慈母亲和恋人的目送下，永进乘的列车开走了。汽笛的清脆鸣响，在秋萤听来像是舍身崖上姑姑等的叫声。

又是小站上的离别！重复了八年前的一幕。八年，一转眼三千多天过去了。袁秋萤偎依着母亲，望着列车驶去的方向。她在心里沉重地发问：“发生的这一切，该不是梦吧？！”

第六十四章 兰菊出塞

再见，北京！

常兰菊乘上北上的列车，向生活了二十多年的祖国首都北京告别。她以伟大的行动履行她神圣的诺言。长这么大还是第一次远行。如今离开视她如掌上明珠的父母，离开得天独厚的京城，此时此刻她没有一点离愁别绪，相反倒出奇得高兴。她并非没有强烈的感情，她爱父母爱北京，也留恋故土和亲人。但此行是为了投奔最爱，其他一切都让位于此。这一天她盼望了好久，终于名正言顺地如愿以偿。她能不高兴吗？至于远方的路是坎坷还是平坦，未来的岁月会是何等的艰辛，严酷的现实与火热的理想之间会有怎样的天壤之别，这一切的一切她都不去想，心里只有一个念头，快快见到阳关的故人。

汽笛一声长鸣，列车徐徐开动。

常兰菊，这朵温室中的鲜花要移栽塞上。

时值盛夏，北京火炉般的天气溽暑蒸人，到了塞上，仿佛来到天国，顿觉秋高气爽。可秋天哪来这么多花呀，黄的红的粉的白的，开遍坡坡岭岭，开遍沟沟岔岔。啊！这分明是百花盛开的春天。

兰菊早就说暑假时来，但没说具体哪一天。她想突然出现在哥哥面前，给他一个从天而降的惊喜。谁承想一下车倒惊得她目瞪口呆。日夜想念的哥哥正张着双臂迎接她。她一头扑到牛永进的怀里，大喜过望地问：

“哥，你怎么知道我今天到？”

“妹妹驾临再不知道更不配做你哥了。”

“都怪妈妈。我原打算让你感到喜从天降呢。”兰菊有些扫兴。

“我感到喜从天降了。”

“不过也好，”兰菊又重来兴致，“早点见到你我更高兴。”

兰菊见永进骑自行车来接她，又不遂心愿：“为什么不像当年苗生旺接你时那样，赶着毛驴来？”

“半机械化不是更好吗？”

“我想和你徒步走。”

“路很远的。”

“你忘了？情人脚下无征途。”

“这也要走好长时间的。”

他们上了路，好走的地方就骑车，难走的地方就步行。兄妹俩边走边说。

“平时我把塞外说得过于好，你亲眼见了定会大失所望。”

“何以见得呢？”

“你忘了支华她哥怎么说了？他跑遍全国，结论是天下就属北京好。”

“我又不是支华她哥，个人有个人的看法。”

这里没有亭台楼阁，也不像北京那样车水马龙，而这里的一切都让兰菊感到亲切。洁净清新的空气有着说不出的甘甜，山野散发着花草、树木和庄稼的馥郁的芳香。天空蓝得像海，白云像扬起的白帆……兰菊哪看过这些呀，她左顾又盼，目不暇接，大口大口地呼吸香甜的空气，尽情地享受。她光顾看山看天了，被路上的石头绊了一下，要不是抓住了自行车，非摔倒不可。永进借机说:

“怎么样？还是北京的大马路好吧？这个下马威该使你冷静下来了吧？”

“这算啥下马威，在哪儿也有马失前蹄的时候。”兰菊满不在乎这些。她神往着真正的考验:“赶上白毛风才真叫下马威呢，我盼着早点尝尝那个滋味。”

“寒假不能让你来，白毛风可不是好玩的。”

“没啥了不起的，大不了冻掉鼻子和耳朵。你不说这里的象鼻山就是神仙冻掉的鼻子变的吗？”

“可不是光是冻掉耳朵鼻子这么简单。”

“那又怎么样？难道还冻死不成！”兰菊无所畏惧，不无豪迈地说，“我真要冻死了，你就把我的骨灰撒在你踏过的山山岭岭。”

牛永进深情地望着千里昭昭飞来的凤凰，对她产生无限的深情。他越发证实了妹妹此来不单是度暑假的，很大可能是千里寻夫。他早就把故乡奇遇秋萤的事向兰菊讲了。当时兰菊擦干悲喜交集的眼泪，再次表示决心嫁给他。他也再次回绝。他打算终身不娶，在塞外英雄马壮地干些年，把耽误的时间抢回来，实现自己的理想，也算是继承了爸爸遗志。现在妹妹找上门来，那就让她高高兴兴地度一个暑假，然后千方百计地打发她走。

兰菊考虑到哥哥会固执己见。但她也是铁了心。所谓喜鹊落在梅树上，石滚打来也不飞。她要尽快让永进知道，免得夜长梦多节外生枝。

来到铁路基似的扬水站旁边，兰菊觉得这个地方很好，决定在这与哥哥摊牌。于是她提出歇歇脚。永进唯命是从，主随客便。他把自行车支在路旁，拉着妹妹的手来到土基旁边，在树荫下席地而坐。他让妹妹坐在那块光滑的石头上。事有凑巧，这里就是他当年拒绝于树林求爱的地方。看来当年的戏又要在今天重演。

兰菊也想给哥哥找块石头坐，永进吓唬她说：

“别乱动，这里可有蛇呀。黑乌蛇，就是书上说的蝮蛇，毒得很。”

其实兰菊本不害怕。她佯装害怕的样子，窜到永进身边，借机扑到他怀里。

一股甜美的温馨沁入永进的肺腑。老实讲，他打心眼里喜欢她，也真心实意地爱她，不是不想拥抱她，不是不想亲吻她。但是他努力抑制着，像大理石雕像那样无动于衷，兰菊闭着眼睛，陶醉在莫大的幸福中。永进抑制着感情，抑制着心跳。他怕时间长了情感会像山洪那样冲破堤岸，让妹妹早点从他怀里离开。他吓唬她说：

“快起来，那边地里干活的人看着咱们呢。”

“我不管！”兰菊像小时候那样在哥哥怀里撒娇，而她现在体会到的是别样的亲情。

永进眯缝起双眼，坐怀不乱，学出家人的样子念起经来。

兰菊直起身，用手理了理乌黑的头发，说：“虽然我突然到来没让你惊喜，还有让你吃惊的事呢。”

永进知道她要说什么，故意插科打诨地说：“是吗？在北京找上对象了？”

“我这次来是与你完婚的。”兰菊认真地说。

永进叹息一声，摇了摇头：“我的好妹妹，这个问题我们不是早就说清了嘛。”

“你的那些谬论都被我驳得体无完肤。”

永进又苦口婆心地说：“我的好妹妹，你想过没有，叔婶一年比一年上岁数，叔叔身体又不好，本来我不能照顾他们就颇感不安，你再远离他们，能叫我忍心吗？兰菊，答应我别远离他们，权当替我尽孝心，行不行？”

“不行！”兰菊斩钉截铁地说。“你别拿爸妈当挡箭牌。他们身边还有月季、腊梅。我的决定也是得到爹妈支持的。你反对我也就等于反对父母。既然你这么有孝心，怎么还违抗父母之命呢？”

“兰菊，我是说……”

“你先听我说，来前我到故乡拜见了伯母。伯父惨遭杀害，爷奶含恨九泉。秀春姐有田妈一家照管。伯母最挂心的就是你，最心疼的也是你。伯母听说我要嫁给你，高兴得泪如泉涌，像敬菩萨那样敬我。我叫她一声妈，她把我搂在怀里接收我做儿媳。”

“可是作女儿也可以呀，无论如何你只能是我最亲的妹妹。”

“妈希望我来照顾你。冷啦热啦，饱啦饿啦，母亲无时无刻不挂在心中。我要在你身边，传达体现母亲对你的爱。”

“你看我身大力不亏的，能吃能喝，不怕冷不怕热，哪点需要人照顾？”

“故乡之行，我还见到了你心目中的秋萤姐。”兰菊含羞带愧地垂下头去，喃喃地说，“哥，你真是好眼力，恋着一位世上无双的女子。论人品，论气质我都自愧不如。如果因为你心里的位置全被她占据而不能容我，我毫无怨言。”兰菊眼里涌出了泪花。她说不下去了。

永进心里是恋着秋萤，今生今世也不会忘记；然而他也爱兰菊。当初他看上秋萤就是因为她长得像兰菊；现在看兰菊，越看越像秋萤。他也很需要兰菊，也知道和她在一起会享受到和与秋萤在一起一样的幸福。然而他不能动摇拒绝的决心：不能娶兰菊，不能让她到塞外来。这里的气候和生活她吃不消。不能为自己的幸福而害苦她。永进见妹妹自愧得很难过，抚摸着她头，安慰道：

“不要胡猜乱测，你不比秋萤差。”

兰菊破涕为笑，接过话茬说：“只有一点我敢跟秋萤姐比，那就是我和她一样地爱你。”

永进相信妹妹说的是真心话，也很为她爱的执著而感动。但他反复警告自己：不能答应，千万不能答应。他故意装作置若罔闻的样子，冷冰得像一尊石像。

兰菊见他久思不语，以为他又在想念秋萤，于是又说：“我死心塌地地要嫁给你，原先只是我自己的心愿，现在还代表秋萤姐的心愿。她非常支持我，跟我说：‘好好爱他吧，代表你也代表我。’现在你拒绝的是我们两个人的爱，如果秋萤姐知道了，该会多伤心！”

永进没想到兰菊有如此匠心。他简直坚守不住，眼看要丢掉阵地了。兰菊又乘胜前进：

“哥，这回你总该答应了吧？”

永进摇头。

“还是不同意？你不是说过只要秋萤姐应允，你就再找吗？为什么说话不算数？”

永进黔驴技穷。但他死活不肯答应，被逼得急头白脸地说：“我的好妹妹，我们这样不是很好吗？”

“结成夫妻，永远在一起不是更好吗？”兰菊也急了。

“不好！”永进斩钉截铁地说。

“为什么？！”兰菊咄咄逼人地问。

“为什么，还能为什么！”永进道，“难道非让我把心掏出来给你看吗？”

兰菊也激动地喊道:“我不是已经把心掏给你看了吗？为啥偏视而不见？！”

…………

兄妹俩吵得脸红脖子粗，悻悻离开扬水站。他们赌着气，一言不发地走进公社大院。

一向苦行僧似的牛永进忽然领来了个如花似玉的大美人，顿时轰动了十面井。不少人都前来探视。永进无比自豪地把自己美丽的妹妹介绍给来人。兰菊虽然气尚未消，但也要逢场作戏，不能给哥哥丢面子。她不愧是大都市长大的，既不忸怩腼腆，又大方得得体、温文尔雅，加上她动人的美丽，让人赞不绝口。

应酬了好一气，总算消停下来。兰菊显得很累了。永进打水给她洗尘。这时又有人敲门。永进没有说请进，将门打开一条缝，想把来人搪回去。一看是八抬大轿都抬不来的贵客，忙将门敞开迎进来人。

贵客是曾与牛永进患难与共的前辈岳线菊。自从给刘赤山落实了政策，平反出山，岳线菊也觉不出身体有啥病了，要求出来工作，得到组织的批准。她来十面井下乡，听说永进妹妹来塞外度暑假，于是过来看望。

一见面，永进首先把岳线菊介绍给兰菊，让妹妹叫她刘婶。刘婶可把兰菊看个遍，接着就是赞不绝口。聪明的兰菊见客人对自己一见如故，马上判断出她是与哥哥同甘共苦的刘赤山的爱人。原来他们神交已久。不见亲人不落泪，兰菊一头扑进刘婶的怀里，用眼泪和呜咽声诉说心中的委屈。刘婶被闹蒙了，问永进咋回事。永进叹口气，表示一言难尽。

兰菊哭得很伤心。刘婶也被招得热泪盈眶。她紧紧抱着兰菊，像对待自己亲生女儿似地说：

“好闺女，先别哭。有啥话跟我说，大婶给你做主。跟我到客户去，咱娘俩慢慢地说，好不好？”刘婶像哄小孩似地将兰菊哄住。

兰菊抽泣着与刘婶走了。屋子里就剩下牛永进一个人。他顿感空落落的。他用妹妹使过的水洗了把脸，坐下来想安静一会儿，可是他安静不下来。妹妹的哭声震颤着他的心。是他叫她痛哭流涕的。多么纯情可爱的姑娘，为什么拒绝她呢？不喜欢她吗？齐大非偶吗？她不配做自己的妻子吗？等等等等，这些问题都不是。他打心眼里非常喜欢兰菊，正因为这样才如此坚决地拒绝她。仿佛他有兰菊一来定会受罪的预感。他担心妹妹这朵温室中的鲜花经不起塞外的风风雪雪，所以绝不能把她移栽到这。他有他的想法，那就是终身不娶。也不是表示什么抗议。爱也爱过了，恨也恨过了，剩下的该是自己奋斗了。也不是充英雄。他有他的打算，他想在这块撒过汗流过血的地方干到退休，先为国尽

忠；那时母亲八十岁，再回故乡照顾母亲，对长辈尽孝。偏偏来了个千里寻夫的兰菊。她爱得那样坚强执著，看样子不达目的决不会罢休。这使永进大伤脑筋。实在不行就答应了吧。这可就太苦了妹妹。不行！这念头只一闪就被他坚决否定。

不知过了多久，刘婶过来叫他。把他叫到到客户。她压低了声音告诉永进：

“兰菊在里屋睡着了。由于悲伤，她身子骨很弱。”刘婶用责怪的眼光看着永进。

永进对刘婶报以感激的目光。

“为什么拒绝兰菊？”刘婶问。

“她是我妹妹。”

“别跟我打马虎眼，兰菊都跟我说了。”

永进知道自己说不清楚，叹口气垂下头去。刘婶继续说：

“我知道你心中恋着秋萤。我虽不熟知你们的恋爱观，但我知道你旧情难忘。但历史已经这样了，你咋还扭不过弯来呢？那只是柏拉图式的恋爱。兰菊是多么可爱的姑娘，她不计较这些，打心眼里爱你，一心主定要嫁给你，你咋就这么无情，忍心伤姑娘的心呢？再说，兰菊到底哪点比不上你那个秋萤？就凭她这么爱你，你就是铁石心肠也早该化过来了。”

永进被刘婶这气进攻攻得沉不住气。他想解释，一时又不知从何开口，只是说：

“刘婶，不是这样的。”

“那是啥样的？”刘婶追问。

永进说：“我也想过调到边山或是故乡去，与兰菊结合，可我又实在舍不得离开这里。只好舍一头。”

刘婶说：“我真不明白为啥非得离开这里才能与兰菊结合。先说你舍哪一头呢？”

“我打算舍弃兰菊，在这里干到退休。”

“在这里干为啥就不能与兰菊结合呢？”刘婶越发纳闷。

“刘婶，你不知道，我妹妹是在蜜罐里长大的，从没尝过什么叫苦。如果我为了自己的幸福，把兰菊娶到塞外来，岂不是害了她？”

“原来是这么回事。”刘婶像是听出点门道。“但是你这样无情地拒绝她，不是更害了她吗？再说塞外还能苦哪去呢？你们是国家干部，基本生活有保证。这里不就是冬天冷点、风多风大点吗？别的挑不出毛病来。我看这不是问题的关键。”刘婶停下来望着永进。永进不知刘婶指的关键是什么，乞求明示。

“关键是你爱不爱兰菊。”刘婶画龙点睛地说，“回答这个问题，爱不爱兰菊？”

永进嗫嚅着，没有马上回答。

“你只说爱，或是不爱。”

怎么能说不爱呢？从小到大，永进对兰菊有一种骨肉般的亲情。自从知道秋萤另嫁，他对兰菊的这种亲情又升华成亲于兄妹胜于兄妹的男女之间的爱。他对兰菊从来没有不爱过。刘婶瞪着眼睛等着他回答。他大胆而又响亮地说了声“爱”便羞红了脸垂下头去。

话音刚落，从里屋奔出个人来，一下子将永进抱住。好像飞来的凤凰落到梧桐树上。兰菊根本没有睡，是刘婶导演的这场戏，目的是让兰菊亲耳听一听永进的心声。

兰菊听到了，确确实实地听到了。“爱”，多么动听，多么亲切，多么响亮，多么有力，这是天堂传来的声音，震响了她心中的弦，使她周身热血沸腾。她有生以来第一次听到这样的声音。然而却并不陌生。因为是从她深深爱着的哥哥心底发出来的，其实也可以说是大山的回音，所以她听着亲切，听着入耳。早在情窦初开的时候，闹不清啥叫白马王子，但她依稀觉得永进哥哥就是自己的白马王子。果不其然，活生生的现实告诉她，她的白马王子就是永进哥。

“爱”兰菊要的就是这个，别的啥都不用说了。也不需要听。她只需要爱。有了爱就有了一切，就有了整个世界。爱，动日月，移群星。

兰菊搂着永进的脖子，把脸贴在他宽厚的胸脯上，她证实了才刚听到的从天堂传来的那个使她激动不已的声音，确确实实是从永进哥心底发出的。他们没有亲吻，然而兰菊却感到了爱的莫大的幸福。

天意不可违。牛永进还有什么可说的？他拒绝也并非不爱。如果拒绝成功，他要大哭一场。现在是他失败了，但却流出了幸福的泪水。

还能说什么呢？用刘婶的话说就是“有啥话留着在洞房里说吧。”

任喜得到喜讯，喜得他大放异彩。他亲自操办婚宴，把老伴叫到林场布置洞房。

没穿婚纱，没穿礼服，没留结婚照，常兰菊出嫁了，牛永进娶妻了。

没有车接，没有车送，没有彩礼，没有陪嫁，没有锣鼓喧天，没有鞭炮齐鸣。但这里有一张张盛开的鲜花似的亲切的笑脸，有一颗颗真诚向他们祝愿的心。

办事这天，牛永进先到林场。马奔明赶着马接新娘。他已是初中生，在家度暑假，老场长特意委以此任。刘婶自然要护送兰菊出嫁。十面井的人几乎是倾城而出，夹路相送。红山嘴也有不少人跑到路边相迎又相送。井头村的人也是倾城而出。人们跳着笑着，热烈欢迎。人们看新娘，发祝愿，与之同喜。人人都说新娘漂亮，永进有福……兰菊听到了人们的悄悄话：这多年永进没有白等，终于等来了天仙般的女人。兰菊的心比仙女甜蜜十倍。

林场的人簇拥着新郎，早早就在大门口迎候。人们比庆祝永进平反时还要高兴。任喜不住地进伙房关照，伙房早已飘出了山珍的香味。喜婶盼新娘心急如火，进进出出，还不住登高瞭望，嘴里念叨着："咋还不来呢？真是的！"

最先知道送新亲队伍驾到的是赛风。它箭也似的跑上前去。任喜怕赛风吓着新娘，但是没能喝住它。赛风第一次违令。因为它不是扑咬生人，而是欢迎新娘。它欢叫着围着新娘转了几圈，然后跑在前边开路，一直欢叫个不停。

新郎被簇拥着迎过去。人们用热烈的掌声表达内心的喜悦和对新娘的欢迎。新郎将新娘抱起，在人们的喝彩和赛风的叫声中步入林场。

两间房大的会议室又布置成庆祝永进平反时的样子，所不同的是正面墙上多了一对大红喜字。一个娶妻，一个出嫁，新郎新娘的父母都远在千里之外。但这里有他们的亲人。刘婶、老场长和喜婶正襟危坐。接受新郎新娘的敬拜。唱喜歌的是憨厚的老赵。小马倌离场后，由他接替放马的任务。他老跟小孩似的，谁也说不准他的实际年龄。两年前永进就帮他推算出已四十岁出头。但看上去超不过二十岁。他虽长得面嫩，但说话办事都跟老太太似的。他没念过书，肚子里什么词没有，此时只是当马奔明的传声筒。小马倌说一句，老马倌给传一句：

"像葵花一样向阳，"

"像雄鹰一样翱翔，"

"像高山一样坚贞，"

"像大海一样深沉，"

…………

"像黄牛一样勤奋，"

"像激流一样永进。"

他俩的表演使人们忍俊不禁，婚礼达到高潮。按岁数小马倌得叫老赵叔叔呢。但这个叔叔没有一点架子和威严，倒像是幼儿园里的小朋友，阿姨教啥他学啥。

笑出眼泪的刘婶问："老赵，你念的是啥喜歌？"

"《十像歌》。"老赵大嘴咧得像瓢似地乐着，简练地回答。

"从哪学来的？"刘婶又问。

马奔明怕接班人老赵说不清楚，抢先回答说："是永进叔受难那会儿，大伙为了鼓励他，你一句他一句凑起来的。"

"《十像歌》很好，再念一遍。"

"像葵花一样向阳……"小马倌一起头，林场人都跟着念开了。就连目不识丁的老赵也跟着张嘴（事后人们嘲笑他是滥竽充数）。婚礼再次掀起高潮。

别开生面的婚宴既简朴又实惠，人们劝酒让菜，猜拳行令，好不热闹。

婚礼举行得非常成功。天公也作美，真是青山绿水白云蓝天，都在为牛永进贺喜。它们是永进的朋友，最了解他的心，都有一本永进的故事。美中不足的是刘赤山因为忙没能按计划赶来。不过有岳线菊全权代表。

洞房就是永进当年住的那间房。虽说也没有多大的变化，但这对喜字带来了满屋子的喜气。墙上又插了不少花蝴蝶、扑灯蛾、金花虫、金龟子之类的标本，永进以为是马奔明的杰作，可老赵说是他干的，那就不容置疑，百分之百是他干的。老赵实在着呢，从不说假。那首《十像歌》，还贴在当年的地方，仿佛从没人动过。但洁白崭新的纸让人一看便知道是刚贴上去的。这肯定是小马倌干的，老赵是绝对干不了的。永进认识小马倌的字。

没有人闹洞房。人们在新房坐了一气就陆续离去了。最后走的是刘婶和喜婶，她们对新郎新娘比自己的孩子还稀罕，心疼的话，嘱咐的话，亲热的话说了又说，老也说不完。

赛风没有趁人多的时候凑热闹。等人们都走了，它才摇着尾巴进来。在新婚夫妇身上嗅嗅这嗅嗅那，好一番亲热。新郎告诉亲娘，赛风也是他最好的朋友，还告诉她为啥给狗起名赛风。赛风坐在地上，两条前腿直立着，认真听永进说话，它含泪的两眼看到新娘向它示意。它哼哼几声想说什么，终于没有说出来，于是就摇着尾巴出去了。它在院里汪汪汪地叫了一阵。永进听得出，这是赛风的心声，在向他们贺喜，在向他们祝愿；也是把喜事报告给繁星，报告给大山；繁星眉开眼笑，大山传来回声……

山区的夜是那样静，洞房的夜是那样甜。兰菊第一次体会到，永进可没少体验这静静的夜。在这寂静的长夜里，不知多少回叹息，不知流了多少眼泪，不知忍受了多少孤独，更不知立了多少志向，流了多少勤奋的汗水。这一切都已成为历史。如今再也不会独自伴孤灯了，他一直喜爱的兰菊，如今成了他最爱的新娘。这样甜蜜美好的夜他也是第一次体会到。

洞房里，只有新郎和新娘。新娘早就盼着这一天，早就盼着投进永进哥的怀抱。这一天终于来到，她倒胆怯起来，垂着头，羞红了脸，不敢看新郎一眼。新郎也有点胆怯。他不敢一下子接收这么大的幸福。正所谓怀抱琵琶不敢弹，怕的是高兴之中断了弦。永进坐到兰菊身边，拉住她的手，她的手汗涔涔的。他又抚摸她的臂膀，她的臂膀散着馨香。他又捧起她的脸。她的脸是那样光滑细腻，热乎乎的。永进目不转睛地看着她，他第一次感到她这样美这样亲。兰菊仍害羞得不敢正视永进。她把眼光投向别处。永进也顺着她的眼光扫视新房，很是感慨地说：

“我说过我没有固定的家。”

“我也说过愿跟你走遍天涯。”兰菊悄悄看永进，把身子悄悄往永进身上靠。永进要亲她，她把头扭过去，揭短说：

“你不是说我们齐大非偶吗？”

“你不是说我那是齐东野语吗？”

新娘一头扎到新郎的怀里。永进一下子把兰菊抱住，抱得是那样紧，表达的意思是永远永远也不分开！

常兰菊如愿以偿，牛永进得到了爱。真是珠联璧合，夫妻恩爱。暑假后一开学，兰菊就成了十面井中学的教师。入秋时节永进调到县里。刘婶说应该把常老师也调到县里来。但永进和兰菊都说不着急，过两年再说。兰菊特别喜欢十面井。她还悄悄告诉刘婶，说接受了秋萤姐的一个任务，了解永进的战斗历程，她好为他写书。

就这样，他们暂时成了牛郎织女。永进工作虽忙，但也老截长补短地来看兰菊。常常是来十面井下乡，公私兼顾。

常兰菊这朵温室中的鲜花并非像永进想象中的那样脆弱。她禁住了塞外冬天的白毛风的考验，也在春天的大黄风中站稳了脚跟。常兰菊，她是一朵奇花，亭亭玉立开放在离父母千里之外的塞外。

幸福欢乐的日子过得快，转眼一年过去。永进从县城到十面里来看兰菊。他带来消息说，县委书记刘赤山即将调往地区。晚上睡觉时，他还不好意思地告诉妻子，说上边准备提拔他进县领导班子。这无疑也是喜讯。但他们并没有沾沾自喜，而是深感责任重大。兰菊決心辅佐永进，把青春贡献给大山。她在永进怀里念了一首诗：

只有在你面前，
我才有万语千言。
只有在你怀抱，
我才有欢欢笑笑。
我伟岸俊美，
你从不赞佩。

我奇丑无比，
你从不嫌弃。
我获得成功，
你跟着高兴。
我遭到惨败，
你支持我再来。
连结我们的纽带，
是永恒永恒的爱。

念罢她问：“你说这首诗应该以什么为题？”

永进张口便说：“我与大山。”

“嗯，还可以。”兰菊老觉着不理想，她说，“还是叫‘我与自然’好。这样更全面，自然包括大山。”

“妙极！”永进拍手叫好。

兰菊抚摸着永进的胸脯，说：“不知为什么，我把你和大山联在了一起，看到你就像看到山，看到山又像看到你。我还想，我要是死在你前头，就把我的骨灰撒在你踏遍的山山岭岭……”

“别瞎说！”永进打断兰菊的话。

兰菊把永进的手放在她鼓起的肚子上，说：“等咱们的儿子出世，就叫他大山。”

“要是女儿呢？”

“那也叫山。”

第六十五章 奇祸又起

牛永进被列为提拔对象。有一份外调材料对他很不利。重用的事只得作罢。但组织上本着对干部负责的精神，对他重新调查。

常兰菊不了解事情的真象，以为牛永进又挨整了。她打电话询问。永进告诉她还没有结果，不过一再让她放心。他问心无愧，不会有事的。兰菊说要来看他，他嘱咐兰菊千万不要来，为了不久将出世的小宝宝着想，好好呆在十面井敬候佳音。

牛永进也考虑到，万一妻子在最需要他的时候自己又不能回去怎么办？为使妻子身边有人，他给林场任喜写了信，介绍了他的处境和兰菊身怀六甲的情况，拜托喜婶费心多加关照。

这天马奔明忽然驾到，使永进吃惊不小。机灵的小马倌解释说："兰菊姨挺好的，怕你有事，借星期天打发我来看看，乘下午车还要赶回去。"永进又一再嘱咐不要挂心他，叫马奔转达妻子，千万千万注意身体！

兰菊能不挂念吗？不管永进如何高风亮节，也不管他如何大肚能容。但兰菊再也容不得有人加害永进！

又过些时，仍不见有佳音传来，焦躁万分的常兰菊坐卧不安。她提笔给永进写信。

永进哥：

我知道不该在这个时候分你的心，我不是不懂事理的人。我很想你，早想到县城看望你。你给红灯不放行，说为了我们的宝宝，我听你的。我又早想叫你回来一趟，即使什么话也不说，让我看你一眼我就能放心。为避免他们说你逃避审查，怀疑你心中有鬼，没向你提出请求。马奔明看你回来，跟我说你很好，可是他背着我擦泪。这些时我很不安。也没做什么恶梦。因为整夜整夜睡不着。我很害怕，依稀觉得我正做着一场噩梦。

我对你放心，相信你无辜，相信你能挺住。可我容不得再有人迫害你。

事情总要水落石出，我倒要看看到底是谁在加害你，我要恨他一辈子，下辈子我也不会原谅他。上帝会让他蜕成驴听我们使唤。

这些时我们的宝宝越来越不安分了。他在为你打报不平呢。我真担心他提前出世。因为宝宝知道现在太需要一个为你鸣冤叫屈的人了。宝宝知道他的母亲行动不便，他要为你提前出世了……

我害怕而又担心，如果你能回来，最好回来一趟。千万！

妹兰菊

常老师给永进发信那天喜婶从井头赶来了。她本想看看就走，见兰菊脸色蜡黄，精神忧郁，便留了下来，陪她作伴，给她开心，照顾她起居。

牛永进见到妻子的信，差点哭出来。他虔诚地感谢上帝，在失掉秋萤之后又给了他一位好妻子。妻子和他真是心心相印。永进熔化在妻子对他的爱中。他惦念妻子，牵挂没出世的宝宝，决定回十面井看看。遇到一位好心人悄悄告诉他说："出去调查你的人快回来了，是黑是白到时候便知，你最好再等等。"永进觉得此言有理。听人劝，吃饱饭。他只好耐心地等。

常老师满怀信心，以为永进会来看她。然而数天过去。仍不见丈夫的踪影。又使她雪上加霜。她意识到问题的严重。她再也按捺不住了。大早起来，她简整行装，对喜婶说：

"我不能傻老婆等汉子，我要去找永进。"

"你疯了？"喜婶生气地骂她。"就你这身子骨能出远门吗？"

"没问题！"常老师异常自信。"如果我再这样等下去，说不定要把身子毁了呢。"

"我决不能让你去！"喜婶紧紧地拉住她。"天这么冷，风这么大，说不定又要变天。白毛风一刮，要冻死人的！"

"我不怕。"兰菊非常固执，死活要去。喜婶急了，骂她说：

"我拿你当女儿待，你哪能不听我的话呢？就算你不怕风不怕冻，可你得为肚子里的孩子想想呀，万一有个三长两短的对得起谁？"

常老师似乎被说动了，迟疑了一会，但还是坚持要去。她忍着满腔悲愤的泪水，哽咽着说："万一永进有个好歹，有谁对得起他？我和孩子还怎么话？"

喜婶也被说哭了。但她仍不放行。她说这就去打电话，说永进爱人病了。

电话打通了，喜婶告诉兰菊说是县"清三"办公室一姓安的接的，他答应向领导汇报，为永进求情。

"天底下还是好人多。"喜婶这样宽慰兰菊。

兰菊焦躁万分，度日如年。三天过去，望眼欲穿，来路踪影皆无。

灰云满天，风头怒吼。天气真让喜婶言中了。眼看天兵即将开战，会有败鳞残甲满天飞。喜婶也看出来了，兰菊的心里早刮开了白毛风。只见她一咬下唇，坚定不移地说：

“喜婶，我去了。万一有什么不幸，告诉永进把的骨灰撒在他踏遍的山上。”说罢抬腿便走。喜婶虽知拦不住，但还是千方百计地阻拦。

“孩子，你为啥不珍惜自己和孩子两条命呢？”

是的，两条人命那！常兰菊哭了。她泣不成声地说：

“喜婶，永进比我们娘俩更重要！谁不知道他受的苦？为什么他老受冤屈？我再也忍受不下去了！我必须为他鸣冤叫屈！永进是我的无价宝，我为他而生为他而死，我不能没有他，不能让他再受伤害。我冒死为他鸣不平也不单是为他，也是为了人世间的公道，为了人世间的正义！”

喜婶还能说啥，只有眼泪能表达她的心声了。她紧紧抓着兰菊的手渐渐地松开了。但她不能让兰菊自己去，她也陪着。还叫马奔明用马车送她们到深井。

那些大山呢？那些大山呢？那些田那些树那些路呢？哦，全叫风，白毛风给刮走了。白毛风刮得天昏地暗。整个世界都让白毛风统治了。一辆小马车在白毛风中疾驰。谁在这样的恶劣天气里还出门去？常兰菊。她傻她俏她不机密吗？她身子骨本来就不强壮，用永进哥的话说是温室中的鲜花，虽说有了锻炼，但这些事又把她折腾苦了。不亚于一场场晚霜连打刚出土的幼苗。她也时刻没有忘记身怀七个月的身孕。在这样的鬼天出门，不怕冻死吗？知道。常老师机密着呢，知道照顾自己保护未出世的孩子；她心里明镜似的，啥都知道。但是她不怕，啥都不怕！白毛风算啥？死又算啥？为了永进哥，为了申张正义，她啥都不怕！大风你就刮吧！大雪你就下吧！风雪再大也休想把我难住！常兰菊在车上迎风坐着。她怒目而视，牙关紧咬。她的心里有多少恨那。为什么，为什么好人老挨整？是谁，是谁又在陷害永进？老天那，你为什么这样不公道？常兰菊紧握双拳，她的心在呐喊，她腹中的婴儿在呐喊。风在怒吼……

喜婶舍命陪君子。她土生土长在塞外，深深地知道白毛风的厉害。在这样的天气里出远门，就是自己的亲生女儿她都不会陪的。兰菊就不同了。不仅仅因为她是十面井大人孩子都尊敬的常老师，更重要的这是为永进鸡冤叫屈，为永进打报不平。刀山要上，火海也要闯。她把兰菊搂在怀里，用白茬老羊皮袄裹着她，给她温暖，作她的靠山。

马奔明使出马倌的绝技。开始时很稳当，马走得也不慢。可是白毛风太厉害了，风头一来，常常使马停下来。马倌就到前头牵着马走。风雪中，他们艰难前行。

喜婶全付武装，白茬老羊皮袄，狗皮帽子，毡靴子。但她感到越来越冷。常老师可没这么多甲胄。她头上只围着毛线围巾，在这样的天气里根本顶不了多大事。喜婶把自己的狗皮帽子给她戴，兰菊不要，硬说不冷。喜婶也发现了她头上的豆大的汗珠。经多识广的喜婶感到大事不妙。她问兰菊：

“你哪不舒服？”

常老师咬咬牙，用刚学到的当地方言回答：“平常。”

喜婶哪里肯信。她生过七个娃，活了四个。大女儿和兰菊仿上仿下。都成这个样子还说平常。你瞒不过我。她又问：

“是不是肚子疼？要跟我说实话。”

兰菊点了一下头。她把下唇咬破出了血，大口大口地喘着粗气。喜婶立时意识到发生了什么事情。他伸过手去摸兰菊的肚子。兰菊的双手正本能地抱住腹部。她已经没有了一点力气，把整个身子靠在喜婶的怀里。喜婶的心一沉，象压了座大山。她急忙向马奔明发出命令：

“站住！调过车来，快！往回走，卫生院，快！”

第六十六章 莫！莫！莫！

白毛风把牛永进的心吹成雪屑一样的粹片。

他本人并不惧怕。像这样的鬼天气他经的多了。比这还厉害的大风雪也没少考验他。他都挺过来了。他是担心十面井的妻子。他知道喜婶肯定会接受他的请求，到兰菊身边照顾她。但她对他又遭冤枉，在旧伤痕上又添新伤痕的痛苦与悲愤，善良的喜婶是无法抚慰的。妻子在信中报告了身体状况，他已是十分挂心。请假未获准，他感到问题严重。他从来没像现在这样度日如年。

十面井的情况他一点不知，打电话询问，话务员说接不通，电话线叫风刮断了，又让牛永进雪上加霜。原先是他虽往坏处想，但往好处希望。以为万一有什么变故妻子会打电话来，或者是别人给打来。这些时一直没有十面井的消息，他以为妻子平安无事，以为兰菊在静候他的佳音。当他得知电话线已断，就再也沉不住气了，再也不敢抱美好的希望了。大风吹断了电话线，也刮走了压在他身上的大石头。不能再忍了，不能再度日如年地等待，无论如何要去看兰菊。他仿佛有了妻子必须要他去保护才能安全的预感，他决心强行前往。这样做也许会给他罪加一等，那又怎么样，横竖有自己一百多斤顶着呢。如果兰菊有个三长两短那就非同小可，他将痛不欲生。他不敢这样想。他宁愿自己九死也要换回妻子的一生。

打好了算盘，下定了决心。他便去长途汽车站买票。这时已是下午三四点钟。远途来的车陆续进站，旅客们庆幸安全抵达，鱼贯出站。根据往常的经验，这个时候来买明天的票非白跑一趟不可。因为早已售完告罄。进到站房，售票口前空无一人。永进的心一下子凉了。因为没有票了，所以没人来买。他见一个口还开着，就抱着试试看的心情走了过去。万一还有呢，万一售票员开恩照顾他一张呢。他掏出钱来递进售票口，同时客气地说：

“同志，买一张深井的票。”

售票员正在点钱，眼皮抬也不抬，不耐烦地说：“你没看见挂着满员的牌子吗？”

“哦，对不起。”永进逢场作戏地看了一眼玻璃窗上挂着的一小溜写着红字“客满”的小牌。他道了歉，仍趴在小口不肯走。等售票员把一叠钱点完，他又说：“同志，能不能照顾一张，没座站着也可以。”

“多一张也不能卖，这么大的风，翻了车还不怨我？”售票员瞟了他一眼，又补充了一句，“要是雪老下，明天发不发车还不一定呢。”

“可也是。”永进无可奈何，自言自语地说，“看来，还是我的‘11’路车保险。”他悻悻离开售票口。

“同志！”售票员把嘴对着售票口喊他。

永进被喊回来，站到原位，听候她下一个号令。

“你就是牛永进吧？”售票员两眼瞪着他，好奇地问。

“大丈夫行不更名坐不改姓，我就是牛永进，请问有何指教？”

“对不起，刚才没认出来。”售票员换了副热情的面孔，“你买哪的票？”

“深井。”

“回十面井吗？”

“是的。”

说话间，售票员已将票递了出来。永进接过票一看，嗬！二号，这是王子的座位。他付了钱，道了声谢离开车站。

永进想，还是跟“清三”办公室打声招呼好。端谁碗受谁管嘛。不过不管获准与否是坚决要走的。他边走边想要说的话。

来到县“清三”办公室门口，有两个人正出来。其中一个永进认识，一块下过乡。那人见了永进，一把将他拉到一边，向他报喜说：

“你解放了。有人打了你黑枪。我们这次调查，上次那人罗列你的问题都不存在。人家市‘清三’办公室给出了证明，你是清白无辜的。不但无罪而且有功。说你们保护了老干部。为了尽快解放你，这不，我们调查回来，连家还没回，先向领导汇报。”

好一个闪电！这是沉闷了已久的闪电，一切都被照得一清二楚。永进什么都明白了。他狠狠地“咳”了一声，算是一声雷吧。

快！快让妻子，让关心他的亲人快快知道这一喜讯。他到邮局打电话，话务员说断线还没接上。他又拟了份电报：

“真相大白我遭黑枪现又解放。”

邮局说电话不通，电报也发不出去。

永进向上苍祈祷：“老天爷开开恩吧，千万千万别大雪封山，别把我困住，保证明天汽车畅通。老天爷救救我吧，救救我的妻子和未出世的孩子吧！老天

爷呀，我这厢有礼了！”

上天感动了，被牛永进感动了。后半夜风小了，雪停了。第二天出了太阳，只是冷得出奇，连积雪都躲到背风的角落里。路一点也不滑。汽车畅通无阻。永进坐在王子的座位上，不挨挤不被挡，可以任意欣赏车窗外的景致，别提心里多美了。

闹了半天是一场虚惊。妻子准还惊魂未定。永进想，要不要一下告诉妻子呢？可以在考验考验她，看她吓到什么程度。就说：“我又被打成反革命，不久将发配沧州。这次来是和你诀别。”忽然一个急刹车，永进身子向前一倾，要不是反应敏捷非栽到发动机盖子上不可。这使他意识到刚才的想法不吉利。他重新坐好，不敢再瞎想。他用一只手紧紧抓住旁边的铁柱，免得再出意外。

汽车开到深井，虽不是顺风，却一路平安无事。永进跳下车，大步朝十面井奔。下了公路，顺着侵蚀沟走出壶口，眼前就是七面井。穿过七面井，杨水站遥遥在望，过了杨水站，可就快到十面井了。离家门越近他的心越紧张。兰菊不会有事吧？不会的！我没事，妻子也不会有事。上帝保佑着我们。

快到杨水站时，他看见一个人朝他走来。也像他那样急着赶路。他认出是马奔明，不禁一阵欣喜。他紧走几步，先问个究竟再报喜讯。可是不等他开口，当年的小马倌，如今的马奔明已奔到他怀里：

“永进叔，你可回来了！”

“发生了什么事？！”永进的心一下子提到嗓子眼，两眼瞪着马奔明，“快说发生了什么事？！”

马奔明没有回答，而是下命令说：“快跟我来。”

怎么回事？到哪儿去？永进没有问，也不敢问；永进意识到情况不妙，但是他不去想，也不敢想。他尽量使自己的脑海变成一片空白，没有问号也没有句号，什么都没有。他紧紧地跟着与他有患难之交的朋友，任凭把自己带到哪里，不回头，也不却步。

这不是公社卫生院吗？是的。兰菊病了？不要想！妻子小产了？咋又想！……永进排斥着一个个涌进脑海中的念头，强压着跳出来的心，一步三晃地跟着马奔明走进卫生院。马奔明把永进带到一间病房。他老远就喊上了：

“喜奶奶，永进叔来了！”

喜婶正在兰菊床前伤心落泪。听到喊声，她忙把眼泪擦掉。永进推门进来，首先看到的是躺在病床上的妻子。见她似乎睡着了。永进没敢鲁莽，悄悄俯下身去，和声细语地说：

“真是朵温室中的鲜花，这么不禁折腾，感到哪儿不舒服？”

兰菊没有一点反应。她睡得好沉、好香。

永进抚摸她的脸，感到冰冷冰冷的，又轻轻摇动她的头，感到僵硬僵硬的。怎么回事？他喊妻子，声音由小到大：

“兰菊，我来了。兰菊，我没事了！兰菊你醒醒，我是永进，我回来了，真相大白了，我又解放了！！”

任凭永进说什么，兰菊都不会听到了，永远永远听不到了；任凭永进怎么呼喊，兰菊都不会醒了，永远永远都不会醒了；任凭永进怎么呼唤，兰菊都不会回来了，永远永远不会回来了。

永进接受不了这个现实，不相信这是真的。他转过身来问喜婶：

“发生了什么情况？这是怎么回事？”

喜婶没有回答。她流着忍不住的泪，伏到兰菊耳边，用母亲般的亲切的声音，发出颤抖的呼唤：

“兰菊，你睁开眼，看看谁回来了？兰菊，你醒醒，永进回来了。你不是最惦念他吗？他平安回来了，就在你脸前头，快睁开眼睛看看……”喜婶希望出现奇迹。她听说过人死了以后又被亲人把魂灵叫回来的事。

然而奇迹没有在这里发生。兰菊仍一动不动。失去最后一线希望，喜婶恸哭起来，泪如雨下。

永进劝慰喜婶。他急着要知道事情的真相。

喜婶边哭边告诉他：“一听你又挨整，兰菊就气炸了肺。她知道你是冤枉的，早想为你去打抱不平，被我劝住；后来听不到你一点消息，她死活要去，我还是不依。她说这口气不出她会憋闷死的。没办法，只好让小马倌找车，我陪她一起去。刚走到杨水站，她就坚持不住，返到卫生院。婴儿早产，她大出血。昨天夜里就……”喜婶说不下去了，伏到兰菊身上哭嚎起来。

妻子真的死了吗？牛永进感到五雷轰顶。“天呐，天呐！为什么？为什么！为什么？！”牛永进发出震天动地的哭喊。他紧握双拳，一口气没哭出来，一下子晕倒在兰菊身边。

喜婶和马奔明都吓坏了，忙又呼叫永进。

过了好长好长时间，永进才哇的一声哭出来，像决堤的洪水，像出山的猛兽，他的哭声惊天地、动鬼神。他伏在妻子的胸脯上，恸哭如雷，泪如泉涌。

“兰菊，兰菊！你咋就死了呢？是我害了你呀，我的好妹妹。我为啥要娶你，我要坚持独身，你就不会到这来，是我害了你，我有罪！”永进又哭昏过去。

喜婶忙又劝慰永进，可她劝不下去，一张嘴就流泪，一张嘴就是哭，“永进，别这样，不怨你。怨我，我辜负了你的重托，没照顾好兰菊。”

永进一醒来又是哭："兰菊，你已经适应了这里，怎么还死了呢？真不该，真不该呀！"永进一把鼻涕一把泪，"兰菊，不是告诉你别担心我吗？我在大海大洋里练出来了，什么都不怕，啥苦都能吃。看看你，为了我你命丧黄泉。"

喜婶说："她见你又挨整，气不公，咽不下这口气。她是呼唤着你的名字咽的气……"

"兰菊，我的好妹妹，你千呼万唤，唤回了我，你却先我而去。兰菊，你为啥走得这样急，你为啥不等等呢……"

马奔明买来蜡烛，在常老师灵床前点上长明灯；喜婶给兰菊烧纸，口中念念有词，眼泪如断线的珍珠。

"兰菊拾钱吧，喜婶给你送钱了。别不收。你在阴间过得好好的，我们好放心……"

马奔明从未经受过这样的场面。常老师的死，给他巨大的打击，他失掉了最亲的亲人，心中无比哀伤；看到永进叔悲痛欲绝的样子，他心如刀绞。他不知道该怎样与永进叔分忧，一个人悄悄地哭。他也学喜奶奶的样子烧纸，抽泣着说：

"兰菊姨拾钱吧，永进叔想你，我们更需要你，你真不该这么早离去……"

永进咋也接受不了这个现实。兰菊怎么就死了呢？该不是做梦吧？如果是梦，那就快点醒吧，好见到活着的妻子！

然而这分明不是梦，因为哭有泪。兰菊躺在那里，一动不动地躺着，是那样安详，睡得那样深沉与香甜。但她半睁着眼睛，分明是死不瞑目。她没有看到丈夫的平安归来。她生前是何等地盼望夫妻相逢的时刻，她用生命把永进盼来，自己却匆匆离去。兰菊紧咬着牙关，下唇有咬破的痕迹。嘴角留有殷红的血。她这是恨！她是怀着满腔的悲愤离开的人间。她不知道天寒地冻吗？她不知道身怀六甲吗？她不知道有生命危险吗？她什么都知道，但是她什么都不在乎。

兰菊死得悲壮，使永进敬佩不已；兰菊死得凄惨，使永进痛心疾首。兰菊咽气的情形，他不敢想象。真是"生不能临别话几句"……永进掏出那份没有发出的电报稿，把它扔到火里。他抚摸兰菊的头发、脸、胸脯，抚摸她的全身，大滴大滴的泪洒到她身上。

喜婶见永进平静了些，说："永进，兰菊叫我告诉你，她的骨灰撒在……"

"别说了，喜婶。别说了。"永进又伏到兰菊身上哭起来。

喜婶本来还有重要的事情告诉永进，见他这样，没敢再往下说。

兰菊死了。永进做梦都不会想到，一个活生生的人，无疾而死，永进不知道为什么。问天，天无言；问地，地无语。

永进不敢向家人报告兰菊去世的噩耗，他无法启齿。不单是怕亲人们伤心，也无法向家人解释。兰菊怎么死的？他说不清道不明。

常兰菊去世了，十面井的人与牛永进同哀。常老师的学生为她佩戴黑纱。井头林场送来场员们亲手制作的花圈。永进为爱妻守灵三天。任喜派林场老赵来陪他。永进不困不饿不渴，他没有一点这方面的感觉，统治他的只有哀伤。三昼夜他没合过眼。他望着静躺着的爱妻，时刻希望出现奇迹，希望妻子从沉睡中醒来。

奇迹没有出现，常兰菊没有醒。她的遗体被灵车拉到县城火化场火化。人们很快习以为常。因为死人的事是经常发生的。况且少了谁地球也要转。不过十面井中学的学生们切实体会到了巨大的损失。十面井乃至全赤县的人民对牛永进深表同情。

兰菊的死，给永进巨大的打击，使他的身心受到了极大的伤害。好比一颗种子，饱经了严冬的磨炼，刚刚在望眼欲穿盼来的春天里长出绿苗，正要一展英姿，又遭到料峭的春寒。

真相大白了，永进解放了。他的行动用不着再经“清三”办公室的允许了。关于提干的事，早饭已过午饭未到，梁山泊英雄排座次已经排的满满当当，座无虚席。塞翁失马安知非福？永进并不把那事放在心上。让他颇为反感的是人们的框框与偏见取代了应有的公正。譬如一个人被人说曾吃过人，内查外调结果纯属诬陷。但人们对被诬陷者老是另眼看待，生怕自己也被吃掉。真可谓贼咬一口，入骨三分。

遵照妻子的遗愿，牛永进借下乡之便，把兰菊的骨灰撒在他挥洒血汗的大马群山，撒在赤县的漫山遍野。

数九隆冬，大雪封山，挡不住牛永进的脚步。他把妻子的骨灰撒在雪山上。兰菊。你看漫山皆白，大地为你戴孝。这晶莹的雪象征着你纯洁的心灵……永进扒开积雪，抓一把土放在骨灰盒里。

春天来了，雪化了，怎么山坡又变白了？那不是雪，是山杏花。永进把妻子的骨灰撒在开满山杏花的山坡上。兰菊，你就与山杏为伍吧，他们年年花满枝果满树……永进在山杏树下抓一把土放在骨灰盒里。

兰菊，你看这面坡，红得像云霞，像鲜血，像旺火。这是大杜鹃花。这种花只有人迹罕见的高山才有。用我的汗你的血把它们浇灌。它们象征我们永恒的爱和火红的心……

兰菊，这里的花可真多！山桃花、山丹花红的耀眼，黄灿灿的是娘娘脚、黄花菜，在草丛中怒放的罂粟花、芍药花像朵朵的云霞，干旱的阳坡有清香扑

鼻的紫荆和山花椒，五颜六色的山菊花不等到秋天就竞相开放，兰镜子和照三白在严冬里都不落叶。兰菊，你这朵花本来已经在塞外扎下了根，却偏偏在青春年少时夭折。是我没有保护好你。我不配做你丈夫！

兰菊，我有时很羡慕老赵。就是我们在井头林场举行婚礼时，念喜歌的那个老赵。你看他像小孩子似的，实际岁数可不小了呢。我从没见他着过急上过火操过心。什么天下大事，人类前途，国家命运，他从不过问，岂止这些，简直对啥都不过问。整天就知道干自己的活，吃自己的饭，睡自己的觉。有人管他叫俏货，我从未这样叫过他，因为于心不忍。我很敬重他，只要他能干，什么都靠得住，从不偷奸耍滑，从不看谁的眼色行事。老场长经常派他单独执行任务。也许他并不潇洒，但是他活得非常轻松，非常自然。我越来越觉得他是天底下最好的人。在赛风的好朋友圈中，如果我排第一，那排第二的一定是老赵了。有时他单独在林场院干活，由于耳朵背，听不到开饭的钟声，赛风就跑着去找他。我曾经有趣地想，如果我生来就像老赵那样，肯定不会流那么多眼泪。我被打成反革命时，也学过他的样子。不让一切烦恼沾身。但是一直没有成功。我现在说羡慕他，并非悔恨过往。我真的无怨无悔。我感谢大自然把我塑造成这样的我！

兰菊，你死了！有我履行你的遗嘱；等我死的时候，如果也想把骨灰撒在大山上，和你来世在一起，不知谁能帮我实现遗愿。喜婶屡次三番地表示，说一定要对得起你，对得起我。每当说起，我总是打断她。不是她没把你照顾好，用不着忏悔。倒是我们欠喜婶的太多了。她一定每天都要为我们祈祷。让我们祝她平安长寿。

兰菊，这就是大马群山主峰伯乐峰，是全赤县的最高峰。我曾在这里大声地恸哭和呐喊，我也曾尽兴地颂诗。如今我又站在了这里，鸟瞰赤县的群山，像万马奔腾，你的骨灰就撒在了这马群似的山中。今天我把你最后一把骨灰撒在伯乐峰顶。兰菊，我的亲妹妹，我的好妻子，你可以瞑目了。我把你的骨灰撒完了，但盒里又装满了。这是我在赤县的山山岭岭上，在遍洒你骨灰的山山岭岭上收集的土。我将把它永远带在身边，使我感到你时刻都和我在一起，也使你时刻感到，我，你的不称职的哥哥，不合格的丈夫，就在你身边。我们相依相傍，时时刻刻，永永远远！

兰菊，我还要告诉你，我好像得了一种病，一种很难治的病。你别担心，不是要命的病。医生说是类风湿之类的病。关节经常疼痛得使我难耐，难耐得真想一死了之，和你在天国团聚。虽说我很想见你，但我还不想死。我还有未竟的事业，也是你的事业。我年少时的理想不但没有被岁月磨灭，相反岁月却给了我实现理想的勇气、力量和能力。我要争一口气，为我们这一代人争一口气。历史可以忘记我们，但我们不会忘记历史！我们要用赤子的报国之心为历史的公道提供佐证！零落成泥碾作尘，依然香如故！

尾 声

岳线菊了解到牛永进的情况，特意到赤县来看他。她告诉永进，刘赤山来赤县时找过他，说下乡了，他又追到乡下，说上山了，没能见上面。刘婶了解永进，心疼永进，要把他调到市里去，找最好的医生给他看病。永进也想早日摆脱病魔，便恭敬不如从命了。

就这样，牛永进离开了播下了他青春岁月的赤县。思念亲人、难舍故地，思前想后，百感交集。所以他在载着他离开大山的班车上恸哭。

一首歌渐渐取代了牛永进的哭声：

人生不是梦，
因为哭有泪，
因为笑有声。

人生不是梦？
我哭何无泪？
我笑何无声？

人生是人生，
似梦不是梦，
不是梦似梦。

莽莽苍山凝着爱，
茫茫大洋溢着情，
千爱万情都是真。
悲欢离合烟云过，
日月万古明。

苦命甜命由谁定？

或许有前世，
或许有来生，
但所感受到的
只有今世今生。

班车飞速行驶着，离鸟语花香的大山越来越远，离车水马龙的城市越来越近。牛永进不再哭泣，心里边咏颂着一首诗——《和〈钗头凤〉》。

到了，塞市到了。班车停稳，旅客先后下车，鱼贯出站。牛永进回过头来，遥望并不遥远的远方。他久久地没有将头转过来，索性把身子转过去。离开了吗，那浸着他和他亲人血水、泪水和汗水的大马群山？是的，离开了，现正站在人来车往的城市街头。过去了吗，那难忘的峥嵘岁月？是的，过去了，血水、泪水和汗水都变成了烂漫的山花……永进的眼里又涌满了泪水，说不准这是什么泪。是恨吗？不是。经受了这么多的苦难，难道真的不恨吗？是的，真的不恨。不应有恨。因为苦难是金！那就是爱了。是的，真的是爱。我爱，故我在。他的心中有着多少爱呀，他的爱写在了大马群山里。如今来到新的地方，还要继续往前写……过往的行人中有人无意碰了他一下，他这才回过神来。过去的故事已经过去，但生活还得继续，新的故事又将开始。他慢慢转过身来，步履艰难地朝前走。从他缓慢和吃力的动作看，他的类风湿病肯定是已经不轻。他能战胜这样的病魔吗？那可是当今世界的难题，被誉为不死的癌症。他保经风霜的脸上，他刚毅的不屈不挠的眼睛里，写着完整的答案。他依然坚定地朝前走。他的虽然蹒跚但却稳健的身影融入在茫茫百姓中。